KB104636

DORIS LESSING

THE GOLDEN NOTEBOOK

# 금색 공책

**1**

창비세계문학 73

# 금색 공책

## 1

도리스 레싱

권영희 옮김

창비

# 차례

일러두기
1. 이 책은 Doris Lessing, *The Golden Notebook*(HarperPerennial 1999)을 번역 저본으로
   삼았다.
2. 본문 중의 각주는 옮긴이의 것이다.
3. 본문 중의 고딕체는 원서에서 이탤릭체로 강조한 부분이다.
4. 외국어는 되도록 현지 발음에 가깝게 표기하되, 우리말 표기가 굳어진 것은 관용을
   따랐다.

# 저자 서문
## 1993년

이 소설의 행보는 줄곧 나를 놀라게 한다. 새로운 곳에서, 그것도 자주 의외의 장소에서 끊임없이 고개를 들기 때문이다. 가장 최근의 경우는 중국이었다. 나는 중국 본토 작가협회의 초청으로 그곳에 갔다. 당시 8만부를 찍어낸 직후였는데, 거대한 그 나라에서 대단한 숫자는 못되는 작은 규모였다. 책은 사흘 만에 품절되었다. 전에 출판되었을 때에도 꽤 많이 팔렸다. "누구나 다 읽었지요." 그들은 그렇게 말했다. 요즘 그 말이 의미하는 바와 같이 대학에 있는 사람들은 대부분 이 책을 읽었다는 얘기였다. 베이징, 상하이, 시안, 광저우의 대학들에서 내가 만난 이들은 영미 문학에 조예가 깊었고 의욕적인 관심을 보였다. 지금에야 떠오른 생각이지만, 대학들은 점점 더 중세 수도원의 우리 시대 버전에 가까워지고 있다. 너무 가난해서 사람들이 책을 사지 못하는 나라들에서도 지성과 관련된 것들이 건재하게 해주므로. (중국을 아직도 빈곤한 나라로 묘사할 수 있다는 뜻은 아니다.) 최근 리우데자네이루의 호텔에서 일하는 여성 종업원이 내게 이런 편지를 보냈다. "저는 책을 살 돈이 없답니다. 남편이 대학에서 일하는데, 도서관 이용이 가능해서 저를 위해 『금색 공책』을 빌려주었지요. 선생님께 알려드려야 할 것 같았어요……"

이 책이 중고등학교와 대학에서 역사와 정치학 수업의 읽기 과제로 쓰인다는 말도 들었다. 이런 소식을 접하면 기쁘다. 이 책을 쓴 한가지 이유도 소설이, 특히 19세기 문학에서, 마땅히 있어야 할 자리가 비어 있다고 느껴서였다. 가령 차티스트[1]들과 그들의 개인적인 삶, 그들이 벌인 토론과 그들이 겪은 갈등, 그리고 가능하다면 19세기 런던에서 번성했던 소규모 혁명가 그룹들, 대부분이 유럽의 혁명을 촉발하는 데 헌신한 그런 집단들의 맛과 풍미를 제공하는 소설들이 있다면 읽어보고 싶다. 『금색 공책』은 시대에 대한 하나의 유용한 증언이라고 나는 생각한다. 세상 모든 곳에서 공산주의가 이미 사망했거나 사망하고 있고, 그게 아니라도 성격이 변질되고 있기에 더욱 그렇다. 이제 그 신념은 바람과 함께 사라졌고, 사람들이 품었던 그 믿음보다 더 가능할 법하지 않은 것도 없는 듯하다. 소설은 공식적인 역사가 대신할 수 없는 방식으로 우리에게 감정의 매트릭스를 제공하며 한 시대를 제대로 음미할 수 있게 한다.

유고슬라비아인 여학생이 내게 이런 말을 한 적이 있다(그 시기가 언제쯤인지는 내용을 보면 알 수 있다). "그 모든 오래된 정치 얘기가 참 흥미로웠어요." 공산주의 국가인 유고슬라비아에서 오

---

[1] 1830~50년대에 영국에서 참정권 운동을 벌였던 노동자들.

래되고 이국적인 얘기라. 하지만 이런 말도 듣는다. "70년대에 제가 몸담았던 정치 그룹에서 실제로 벌어진 일들을 이 책에서 읽었네요" 또는 "『금색 공책』은 여성으로서 저의 삶을 묘사하고 있더군요".

처음 나왔을 땐 꽤 고급한 수준의 독자들을 위한 책으로 여겨졌으나 최근에는 런던 북부의 한 학교에서 열다섯살 난 여학생들이 이 책을 받아 포기하지 않고 읽어냈고, 올해 짐바브웨 대학의 한 수업에서는 백인과 흑인 학생, 남학생과 여학생 모두의 요청으로 이 책이 읽히고 있다고 한다. 친구인 그 대학 강사가 하는 말이, 짐바브웨에 공산주의 정권이 들어서기도 전인 그 옛날 젊은 공산주의자들의 대화가 이상주의적이고 낙천적이라는 점에 학생들이 놀라워했다고 한다. 지금 그들은 공산주의와 공산주의자 하면 사리사욕을 추구하는 기회주의부터 떠올리기 때문이다. 공산주의가 더 나은 세상을 위한 순정한 꿈으로 시작되었다는 사실을 미처 생각하지 못하는 것이다.

『금색 공책』에 대한 편지를 여성 독자만큼이나 많은 수의 남성 독자로부터도 계속 받는다. 책을 읽으면서 여자들의 감정과 경험에 눈뜨게 되었다거나, 당대 정치에 관한 내용 또는 지금 그들에게는 터무니없는 마초로 보일 미국인 인물의 '스타일'이 특히 흥미로웠다고들 한다. 자주 있는 일이지만, 남자친구나 남편으로부터 자신에게 영향을 끼쳤다는 말과 함께 이 책을 건네받았다는 얘기를 여성 독자가 편지로 전해주기도 한다. 반면에 어떤 남성이 최근 여차여차한 책을 읽었고 마음에 들었노라고 말하는 것을 들은 적도 있다. 그이는 도리스 레싱이 여성운동의 전유물이었던 시절에 대학을 다녔기 때문에 내 책들을 굳이 읽어보지 않았는데, 그래서 아쉬웠고 그 말을 전하고 싶어 편지를 보낸다고 했다.

그렇다. 나는 여전히 많은 논평을 받고 있고, 그 내용은 늘 흥미롭지만 예상하지 못한 내용일 경우에는 특히 그렇다. 가령 버몬트에 '금색 공책'이라는 서점이 있다거나……

얼마 전 이 소설을 다시 읽으면서 그 안에 쏟아부은 미쳐 날뛰는 에너지가 새삼 떠올랐다. 아마도 그 때문에, 즉 그 안에 '충전된 에너지' 덕에 이 책이 계속해서 읽히고 관심을 받는 모양이다. 정말로 이 책에는 놀라운 활력이 들어 있다. 그 일부는 갈등의 에너지이기도 하다. 소설 창작은 내게 일련의 관념으로부터 빠져나오는, 심지어 삶의 한 방식에서 벗어나는 길을 내는 과정과도 같았지만, 쓰는 동안에는 그런 생각을 하지 못했다. 이 책의 빽빽한 틀 속에서는 흥분이 끓어오른다. 가끔 어떤 책에 들어 있는 에너지가 명시적인 메시지와 충돌하는 경우가 있다. 이 사실을 최초로 깨달았던 순간은 도스또옙스끼의 『악령』을 읽고 낙천적이며 활력을 얻은 느낌이 들었던 때였는데, 실상은 그 소설보다 더 비관적인 이야기를 상상하기도 어렵다. 같은 정도의 강렬함을 갖고 쓴 나의 다른 책은 표면적으로는 『금색 공책』과 아주 거리가 멀다. 바로 『제8행성 대표 만들기』로, 두 책 모두 한계 지점들을 가리키고 있다.

"저 자신이 이 책으로부터 영향을 받았기 때문에 딸에게 책을 건넸고, 딸도 아주 좋아합니다." 이런 얘기를 하는 50대 여성을 여럿 만났다. 어떤 젊은 여성에게서는 이런 얘기도 들었다. "엄마가 이 책이 자신에게 영향을 끼쳤다며 읽어보라고 권하셨는데, 지금은 엄마를 훨씬 잘 이해하게 되었어요." "이 책을 엄마도 읽었고, 지금은 제가 읽고 있어요"라는 말도 자주 듣곤 했다. 이렇게 두 세대에 걸쳐 읽히는 책이 되었는데, 얼마 전에는 어떤 할머니가 이 책을 아들에게 건넸으며, 또 그 아들이 자기 딸에게 책을 읽어보라고 권했다는 얘기까지 들었다. 세 세대. 그렇다, 나로선 우쭐해질 수밖에.

요즘 나는 자서전 1권을 쓰고 있는데,『금색 공책』에 담은 몇몇 사람과 사건에 관해 생각하면서, 실제 일어난 일을 기록하는 것보다 소설이 '진실'을 더 잘 이야기할 수 있다고 결론지었다. 왜 그런가 하는 어마어마하게 커다란 주제에 대해서는 아직도 잘 모르겠다.

도리스 레싱
1993년 8월

# 저자 서문
## 1971년

이 소설의 모양새는 아래와 같다.

'자유로운 여자들'이라는 제목의 골격 또는 틀 아래 6만 단어 남짓한 통상적인 중편소설이 있는데, 그 자체를 한편의 완결된 작품으로 볼 여지도 있다. 하지만 나는 그것을 다섯장章으로 나누고, 그 사이마다 검정, 빨강, 노랑, 파랑, 이렇게 네가지 색 공책의 단계를 끼워 넣었다. 공책 주인은 「자유로운 여자들」의 주인공 애나 울프다. 공책을 한권이 아닌 네권이나 갖고 있는 건, 애나 자신이 인정하듯 혼돈이 지배하고 형식을 잃어버린 삶이 완전히 무너질까 두려워 현실의 제반 요소들을 분리해야 하기 때문이다. 하지만 공책들에 쓰는 일을 끝냈을 때 그 파편들로부터 새로운 어떤 것, 「금색 공책」이 나올 수 있게 된다.

네권의 공책에 걸쳐 등장하는 인물들은 토론하고, 이론을 세우며, 현실을 교조적으로 설명하는가 하면, 딱지를 붙이고, 연결 고리를 끊기도 한다. 가끔은 그 시대의 아주 보편적이고 대표적인 목소리로 그러는 까닭에 그들은 이름 없는 존재가 되기도 하고, 오래된 도덕극에 등장하는 교리 씨와 '어디에도 속하지 않으니 난 자유로워' 씨, '사랑을 쟁취해야 해 그리고 행복도' 양, '뭐든 잘해야만 해' 부인, '진짜 여자는 어디 있나' 씨, '진짜 남자는 어디 있나' 양, '난 미친 게 분명해 사람들이 그렇다고 하니까' 씨, '모든 걸 경험하며 살기' 양, '나는 혁명한다 고로 나는 존재한다' 씨, 그리고 '이 작은 문제들을 잘 해결하면 큰 문제들을 감히 대면하지 못했다는 사실을 잊을 수 있겠지' 부부가 되기도 한다. 한편 이들은 서로를 비추고 다른 이의 어떤 측면이 되거나 상대의 생각과 행동을 낳음으로써 각자 상대방으로 존재하며, 전체들을 구성한다. 내부의 「금색 공책」에서 모든 것이 합쳐져 경계는 무너지고 분열이 끝나면서 형식 또한 사라진다. 그리하여 두번째 주제인 통합이 승리를 거두는 셈이다. 애나와 미국인 쏠 그린은 '무너져 내린다'. 두 사람은 돌았거나 광기에 사로잡혔거나 또는 미쳤다고도 할 수 있다. 그들은 서로에게 그리고 다른 사람들을 향해 '무너져 내리는' 과정에서, 자기들의 과거를 재료 삼아 스스로 만들어낸 잘못된 패턴들, 즉 그들이 스스로와 서로를 떠받치기 위해 만들어놓은 패턴과 공식 들을 돌파해나간다. 서로의 생각을 들으며, 그들은 자기 안에 상대방이 있음을 깨닫는다. 애나를 질시하고 파괴적으로 대하는 쏠 그린은 이제 그녀를 떠받치고 조언을 건네면서 그녀의 차기작 「자유로운 여자들」의 주제를 들려주는 것이다. 반어적인 제목의 그 소설은 이렇게 시작한다. "런던의 아파트에는 그들 두 여자뿐이었다." 그를 독점하려 하고 많은 것을 요구하면서 광적인 질투심에 시달리던 애나의 경우, 쏠에게 전에는 주지 않으려 했던 새로 산 예쁜 공책, 금색 공책을 주면서 다음 문장으로 그가 쓸 차기작의 주제를 제공한다. "알제리의 메마른 언덕 기슭에서, 그 병사는 자기 소총에 번득이는 달빛을 지켜보았다." 두 사람이 함께 쓰는 내부의 「금색 공책」에서, 이제 쏠을 이루는 것과 애나를 이루는 것, 또한 그들과 그 공책에 나오는 다른 사람들을 구분하는 일은 불가능하다.

'무너져 내림'이라는 주제, 말하자면 때로 사람들이 '부서질' 때 그것이 자기치유이자 내면의 자아로 하여금 잘못된 이분법과 분리를 넘어서게 만드는 일이라는 이 주제는 분명 다른 작가들도 즐겨 다뤄온 것이며, 나 또한 이후 다른 작품들에서 다루었다. 하지만 과거의 별난 단편을 제외하면 그 주제에 대해 처음으로 쓴 것은 바로 이 작품이었다. 경험이 사고와 패턴으로 자리 잡기 전이었기에, 이 소설에서 그 주제를 더 거칠고 경험에 더 밀착되게 다룰 수 있었다. 날것 그대로의 재료에 더 가깝기 때문에 더 가치가 있다고 볼 수도 있으리라.

하지만 이 중심 주제를 알아보는 사람은 아무도 없었는데, 출간되자마자 적대적인 평론가들과 호의적인 평론가들이 공히 이 책을 성性 대결에 관한 소설로 격하했고, 여성 독자들은 이 소설을 성 대결에서 유용한 무기로 삼았던 까닭이다.

그때부터 줄곧 나는 곤란한 입장에 놓였다. 여성들에 대한 지지를 거두는 것이야말로 내가 끝내 원치 않은 일이었기 때문이다.

여성해방운동에 관해 짚고 넘어가자면, 물론 나도 이 운동을 지지한다. 많은 나라에서 여성들이 활기차고 설득력 있게 말하듯이 그들이 이등 시민이기 때문이다. 사람들이 그들의 주장을 진지하게 경청하는 정도일지언정, 일단 그들은 성공을 거두고 있다고 할 수 있다. 이전에는 적대적이거나 무관심했던 온갖 사람이 지금은 이렇게 말하고 있다. "나도 그들의 목표는 지지해. 다만 그들의 새된 목소리나 불쾌하고 막돼먹은 행동거지가 맘에 안 들 뿐이야." 이는 모든 혁명적 운동이 맞닥뜨리는 불가피하고도 가시적인 단계로서, 모두를 위해 누군가가 쟁취해놓은 것을 향유하는 데만 골몰하는 사람들은 개혁가들을 내치기 마련이다. 그렇다고 해서 여성해방운동에 의해 많은 것이 바뀔 성싶지는 않다. 그들의 목표에 무슨 잘못이 있어서가 아니라, 온 세상이 우리가 지금 겪고 있는 대격변에 흔들려 새로운 패턴을 만들어내고 있다는 점이 이미 분명하기 때문이다. 아마도 그 대격변을 다 겪고 나면, 정말로 그런 일이 가능하기나 하다면, 비로소 여성해방운동의 목표들은 미미하게 그리고 예스럽게 보이리라.

하지만 이 소설은 여성해방운동의 응원가가 아니었다. 공격성, 적대감, 원망과 같은 여성의 다양한 감정을 이 책은 자세히 묘사해놓았다. 그 감정들을 활자화한 것이다. 언뜻 보기에, 많은 여성이 생각하고 느끼고 경험하고 있던 것들이 엄청난 충격으로 다가왔다. 즉각적으로 대량의 고색창연한 무기가 쏟아져 나왔는데, 늘 그렇듯 주로 쓰인 것들은 '여자답지 못한 여자' '남성 혐오에 사로잡힌 여자'라는 주제였다. 이런 반작용이야말로 도저히 타파될 수 없는 모양이다. 남자들과 심지어 다수의 여자들도 여성참정권 운동가들을 가리켜 여성성을 상실한, 남성적이고 야수 같은 자들이라고 했다. 지금까지 읽어본 지구상 어떤 사회의 기록에도 자연적으로 주어진 것 이상을 요구한 여자들이 남자들과 심지어 일부 여자들로부터 이런 식의 반작용을 유발하지 않은 사례는 없었다. 상당수의 여성 독자가 『금색 공책』에 분노를 표했다. 여자들이 부엌에서 다른 여자들에게 투덜대며 불평하고 수다로 푸는 내용들, 또는 자신의 마조히즘에서 분명하게 표현하는 내용들을, 많은 경우 그들은 결코 소리 높여 말하지 않을 것이다. 남자의 귀에 들어갈지도 모르니까. 여자들은 너무 오랜 세월 반半노예였기 때문에 지금처럼 겁쟁이들이 되었다. 사랑하는 남자에 대해 자기가 정말로 생각하고 느끼고 경험한 바를 내세울 준비가 된 여자들은 아직 그리 많지 않다. 넌 여자답지 못하고 공격적이야, 네가 내 남성성을 훼손하잖아, 남자에게 이런 말을 들을 때 대다수 여자는 여전히 돌멩이를 맞은 강아지처럼 달아나는 법이다. 이런 식으로 협박하는 남자와 결혼해 살고 있거나 이런 남자를 조금이라도 진지하게 받아들이는 여자는 그런 대접을 자초한 셈인지도 모른다. 약자를 못살게 구는 남자는 자기가 사는 이 세상이나 그 역사에 대해 아무것도 아는 게 없는 자다. 즉 남녀가 과거에 무한히 다양한 역할들을 맡아왔고, 지금도 어떤 사회에서는 그렇게 하고 있다는 사실 말이다. 따라서 그런 남자는 무지하거나 혹은 통념을 따르지 않으면 두려워지는 비겁한 인간이다…… 이 내용을 난 오래된 과거에 부치는 편지를 쓰는 심정으로 적고 있다. 10년만 지나도 지금 우리가 당연하게 생각하는 모든 것이 다 쓸려나가리라 확신하면서.

(그러면 왜 소설을 쓰는 걸까? 정말, 대체 왜! 어쨌든 우리는 마치 ……한 것처럼 계속 살아야 하기 때문이 아닐까?)

어떤 책들은 견해의 단계를 건너뛰어 아직 도래하지 않은 사회에서 응결될 앎을 가정하는 까닭에 제대로 읽히지 못한다. 이 책역시 여성해방운동에 의해 비로소 탄생한 태도들이 이미 존재하는 것처럼 쓰였다. 10년 전인 1962년에 처음 나왔으니 말이다. 지금 초판이 출판되었다면 단순히 반작용을 일으키는 식이 아니라 진지한 독서의 대상이 될 수도 있었으리라. 세상이 너무 빠른 속도로 달라졌으니까. 어떤 위선적 태도들은 이제는 사라지고 없다. 가령 10년 또는 불과 5년 전만 해도, 성적으로 반항적인 시대였음에도 불구하고, 남성 작가들, 특히 미국 작가들과 이 나라 작가들 역시 여성을 그릴 때면 남성을 괴롭히는 자, 배신자, 무엇보다 권위를 무너뜨리고 기력을 소진시키는 존재로 묘사하며 맹렬하게 비난하는 소설과 희곡을 쏟아냈다. 게다가 남성 작가들의 이런 태도를 사람들은 명백히 여성 혐오적이고 공격적이며 신경증적인 태도로 취급하는 대신 당연하게 받아들였을 뿐 아니라, 그것이 어떤 사상적인 근거들로 뒷받침되는 양 온전하고 정상적인 태도로 간주했다. 물론 그런 식의 반응은 지금도 이어지고 있지만, 그럼에도 세상이 훨씬 나아졌다는 사실은 의심할 바 없다.

이 책을 쓰면서 너무 몰입했던 나머지 이 작품이 어떻게 받아들여질지에 대해서는 별로 생각해보지 않았다. 소설의 구도를 머릿속에 담고 처음부터 끝까지 계속해서 써 내려가느라 집필이 어려웠기 때문도 있지만, 책을 쓰는 과정 자체가 내게는 배우는 과정이었기에 더욱 이 일에 매달렸다. 아마도 스스로에게 엄격한 구조를 부과하고 여러 한계를 설정하면 전혀 예상치 못한 지점에서 새로운 물질을 짜내기도 하는 모양이다. 전에는 내 것으로 인식하지 못했던 온갖 종류의 생각이나 경험이 쓰는 과정에서 나타났다. 그런 까닭에 이 책에 투여된 경험뿐 아니라 원고를 쓴 실제 시간이 정말로 트라우마적인 과정이 되었다. 요컨대 그것이 나를 바꿔놓았다. 이 응결 과정에서 빠져나와 출판사와 친구들에게 원고를 건넸을 때, 나는 내가 성 대결에 관한 논설을 작성했다는 사실을 전해 들었고, 어떤 해명도 그 진단을 바꾸지 못하리라는 사실 또한 곧 깨닫게 되었다.

하지만 이 책의 정수, 구성, 이 책 안에 들어 있는 전부가 암시적으로든 명시적으로든 말하는 바는, 우리가 사물을 분리하거나 구분지어서는 안된다는 것이다.

"구속. 자유. 좋은. 나쁜. 그렇다. 아니다. 자본주의. 사회주의. 섹스. 사랑……"「자유로운 여자들」에서 애나가 하는 이 말에 바로 그 주제가 담겨 있다. 큰 소리로 외치며 북을 치고 팡파르를 울려 주제를 공표하는 식으로…… 아니, 그런 식으로 제시했다고 나 나름껏 생각했다.『금색 공책』이라는 책 속의 「금색 공책」이라는 한 장이 아마도 중심 주제로서 그것의 비중을 온전히 전달하고 입장을 뚜렷이 표명한다고 여겨지리라 믿었던 것처럼.

하지만 아니었다.

다른 주제들 또한 이 책을 꾸리는 과정에 포함되었는데, 그것들을 쓰던 때가 내게는 결정적으로 중요한 시기였다. 수년간 머릿속에 담겨 있던 생각과 주제 들이 한군데로 모아졌던 것이다.

하나는 똘스또이가 러시아에 대해, 스땅달이 프랑스에 대해 쓴 것과 같이 100년 전 영국, 즉 지난 세기 중반 영국의 지적·도덕적 풍토를 묘사한 소설이 전무하다는 생각이었다. (요즘은 책 내용이 실제 인물이나 사건 등과 무관하다는 점을 의무 사항처럼 반드시 적시해야만 한다.)『적과 흑』그리고『뤼시앵 뢰벤』을 읽으면 마치 그곳에 살고 있는 사람처럼 당대 프랑스를 알 수 있고,『안나 까레니나』를 통해서 당대 러시아를 생생하게 접하게 된다. 하지만 매우 유용한 빅토리아 시대 소설은 단 한편도 존재하지 않는다. 하디로부터 가난이 무엇인지, 협애한 시대가 제시하는 가능성보다 더 광활한 상상력의 소유자로 사는 일이 무엇인지, 희생양이 된다는 게 어떤 것인지 전해 들을 수는 있다. 조지 엘리엇의 경우에도 그 나름대로 훌륭하긴 하다. 하지만 빅토리아 시대 여성으로서 엘리엇은 시대의 위선에 편승하지 않을 때조차 자신이 좋은 여성이라는 사실을 보여줘야 했다. 이런 도덕적인 태도 탓에 그는 아주 많은 것을 제대로 이해하지 못한다. 아마 심하게 과소평가된 메러디스야말로 그 목표에 가장 근접한 작가이리라. 트롤럽도 같은 주제를 시도했지만 다루는 범위가 충분히 넓지는 못했다. 단 한편의 소설도 윌리엄 모리스에 대한 훌륭한 전기 한편에 들어 있는 만큼의 활력이나 실천적인 사상들의 대립을 보여주지 못한다.

물론 이런 시도를 하면서, 나는 삶을 바라보는 여성의 방식을 필터로 삼는 경우에도 남성의 방식을 필터로 사용하는 것과 같은 타당성을 가지리라 믿었다…… 그 문제를 제쳐두고, 아니 중요한 문제라 생각하지 않은 채, 금세기 중반 우리 시대가 갖고 있는 이념의 '느낌'을 제대로 살리기 위해서는 사회주의자와 맑스주의자를 주요 인물로 삼아야 한다고 생각했다. 우리 시대의 중대한 논쟁들은 사회주의 사상의 다양한 장 내부에서 이어져왔기 때문이다. 그 논쟁에 참여한 사람들은 정치운동과 전쟁과 혁명을, 다양한 종류의 사회주의 혹은 공산주의가 전진하거나 봉쇄당하거나 후퇴하는 동향들로 생각했다. (최소한 우리는 우리 시대를 돌아보는 사람들이 지금 우리의 방식과는 완전히 다른 관점을 가질 수도 있다는 가능성을 인정해야 한다. 마치 우리가 영국과 프랑스 그리고 러시아에서 일어난 혁명들을 당시 사람들과는 매우 다르게 파악하는 것처럼 말이다.) 하지만 '맑스주의'와 그로부터 파생된 다양한 분파는 도처에서 너무도 급속하고 활발히 여러 사상을 촉발했기에, 거기서 '빠져나오는' 순간 이미 사람들의 머릿속에 스며들어 일상적인 사고방식의 일부분이 되었다. 30~40년 전만 해도 극좌파에 국

한된 사상들이 20년 전에는 좌파 전반에 널리 퍼졌고, 지난 10년 사이에는 모든 정파에 걸쳐 사회적 통념의 평범한 내용이 되었다. 그토록 완전하게 흡수되었으니 하나의 세력으로는 그 힘이 다했다고 봐도 무방할 것이나, 맑스주의는 지배적이었고 내가 쓰려 했던 종류의 소설에서도 중심적인 내용이 되어야 했다.

오랜 시간 내 머릿속에 담겨 있던 또 하나의 생각은 주인공이 모종의 예술가이되, '막힌' 상태여야 한다는 것이었다. 예술에서 한동안 예술가 주제가 지배적이었다 ― 본보기로서의 화가나 작가, 음악가. 주류 작가들은 예외 없이 그 주제를 다루었고 대다수의 비주류 작가도 마찬가지였다. 예술가와 그의 거울상에 해당하는 사업가라는 원형이 우리 문화 전반에 걸쳐 있다. 후자는 천박하고 둔감한 자로 제시되는 반면, 선자는 창조자로서 온갖 종류의 과도한 감수성과 고뇌에 찬 존재로 그려지며, 하늘 높이 치솟은 자기중심성은 그의 창작물을 감안해, 사업가가 자신의 생산물 덕에 용서받아야 하는 것과 마찬가지로 용인되어 마땅하다는 식이다. 이미 아는 내용에 너무 익숙해져 있다보니, 우리는 전형으로서의 예술가가 새로운 주제라는 점을 잊었다. 100년 전만 해도 주인공이 예술가인 경우는 드물었다. 군인, 제국의 일꾼, 탐험가, 목사 내지는 정치인이 주인공이었다. 아직 플로렌스 나이팅게일이 되지 못한 여자들에게는 참 안된 일이었지만 말이다. 오직 괴짜나 별난 인간만이 예술가가 되려 했고, 그러기 위해 싸워야 했다. 하지만 우리 시대의 '예술가', 곧 '작가'라는 주제를 다루면서, 나는 그 인물을 막힌 상태에 처하게 하고 왜 그런 일이 벌어졌는지를 논하는 과정으로써 그 주제를 전개하기로 했다. 이와 연계하여 전쟁, 기아, 가난처럼 감당하기 힘든 문제들과 그 문제들을 반추하려 애쓰는 미미한 개인 사이의 간극을 다룰 필요가 있었다. 하지만 이 기이하도록 고립되어 있고 기이하도록 자기탐닉적인, 세인들이 받들어 모시는 귀감이야말로 더이상 용인할 수도 없고 정말이지 더이상 참아줄 수도 없는 존재였다. 젊은 세대는 자기들 나름대로 이 사실을 간파하고, 그들만의 새로운 문화를 창출하여 그 존재를 바꿔버렸다. 수십만명이 영화를 제작하고, 영화 제작을 보조하고, 온갖 종류의 신문을 발행하고, 작곡을 하고, 그림을 그리고, 책을 쓰고, 사진을 찍으면서 말이다. 고립되고 독창적이며 예민한 존재를 끌어내리고 없애버린 것이다. 수십만명이 그 존재를 모방함으로써. 어떤 경향이 극에 달한 셈이고, 종국에는 끝나게 될 것이다. 그러면 늘 그렇듯 모종의 반작용이 일어나리라.

'예술가' 주제를 다루다보니 주관성 문제를 건드리지 않을 수 없었다. 내가 소설을 쓰기 시작했을 때 작가들은 '주관적으로' 쓰지 말라는 압박을 받고 있었다. 19세기 러시아에서 가장 유명한 벨린스끼를 위시하여 예술, 특히 문학을 짜르 체제와 억압에 대항하는 무기로 활용하던 일군의 특출한 재능을 가진 사람들이 개진한 사회주의 문예비평처럼 공산주의 운동 내부에서 그런 압력이 생겨나기 시작했다. 그 압박은 빠르게 모든 곳으로 퍼져나갔고, 이 나라에서는 '실천'이라는 구호와 함께 느지막이 1950년대까지 여파를 남겼다. 공산주의 국가들에서는 그 압력이 아직도 강력하게 작동하고 있다. '로마가 불타는 와중에 너는 멍청한 개인적인 문제들을 갖고 이러쿵저러쿵하느냐'는 식으로 일상생활의 수준에서 그 압박이 나타났고 그것에서 자유롭기는 어려웠다. 가장 가깝고 소중한 사람들, 가장 존경할 만한 일을 하는 사람들, 이를테면 남아프리카연방에서 유색인종 차별에 맞서 싸우는 사람들이 가하는 압박이었기 때문이다. 하지만 줄곧 소설을 비롯한 여러 예술 형태는 점점 더 개인적인 모습을 띠게 되었다. 파란색 공책에서 애나는 자신의 강연에 대해 이렇게 쓴다. "'중세 예술은 개인적이지 않고 공동체적이었죠. 집단의식으로부터 나왔다는 말입니다. 그 시대 예술에는 부르주아 시대 문학을 추동하는 고통에 찬 개인성이 없었어요. 개인적인 예술을 추동하는 이기주의를 마침내 버리게 되는 날이 언젠가는 올 겁니다. 우리는 인간의 자아분열이나 동료들로부터의 고립이 아니라 동료에 대한 책무와 형제애를 표현하는 예술로 돌아가게 될 거예요. 서양의 예술은 점점 더 고통을 기록하는 영혼들이 내지르는 고뇌에 찬 단말마가 되고 있어요. 고통이 우리의 가장 깊은 현실이 되고 있는 거죠……' 이렇게 늘어놓는 식이었다. 그러다 한 석달 전쯤 나는 강연 도중에 말을 더듬기 시작했고, 끝맺지도 못했다."

애나가 말을 더듬은 까닭은 뭔가를 회피하고 있어서였다. 일단 어떤 압력이나 흐름이 시작되면 피할 길이 없는 법이다. 지극히 주관적이지 않을 수가 없다. 말하자면, 그 시대 작가의 임무가 바로 그거였으니까. 외면할 수 없는 문제였다. 다리나 댐 건설에 관한 책을 쓰면서 그걸 지어 올린 사람들의 정신이나 감정을 나타내지 않을 수는 없다. (이러한 설명이 일종의 희화라고 생각한다면, 전혀 아니다. 이 양자택일의 문제는 지금 이 순간에도 공산주의 국가들에서 문예비평의 중심에 놓여 있다.) 결국 나는 이 딜레마, '사소한 개인적인 문제들'에 대해 쓰는 것을 불편해하는 태도에서 벗어나기 위해서는, 고유하게 자신만의 것이라는 의미에서는 그 어떤 것도 개인적일 수 없음을 인정해야 한다는 걸 깨달았다. 스스로에 관해 쓸 때 우리는 다른 이들에 관해 쓰게 된다. 우리의 문제와 고통, 즐거움과 감정, 그리고 우리의 특출한 생각이 오롯이 우리 자신만의 것일 수는 없기 때문이다. '주관성'의 문제, 즉 미미한 개인인 동시에 그토록 가공할 만하고 경이로운 가능성들의 폭발에 휩쓸린 존재에게 전적으로 집중하는 저 충격적인 작업이란 그 개인을 소우주로 바라보는 것이며, 이런 식으로 개인적인 것, 주관적인 것을 관통하여, 기실 삶이 늘 그렇듯이 개인적인 것을 보편적인 것으로 만드는 일, 혹은 철없던 시절 우리가 "내가 사랑에 빠졌나봐" '내가 이런 저런 감정을 느끼고 이런저런 생각을 하고 있구나'라고 생각하는 것처럼 어떤 사적인 경험을 훨씬 더 큰 어떤 것으로 변형하는 일이다. 성장이란 결국 자기 자신의 고유하고 엄청난 경험이 실은 누구나 공유하는 것임을 깨닫는 일에 불과하다.

또 하나 내가 했던 생각은 이 책이 제대로 형태를 갖추면 그 자체로 통상적인 소설에 대한 논평이 될 수 있으리라는 것이었다. 소설이 탄생한 이래 소설에 대한 논쟁은 끊이지 않았다. 우리 시대 학자들이 쓴 글을 읽고 오해할 수도 있지만 그 논쟁은 근래에 시작된 것이 아니다. 중편인 「자유로운 여자들」을 전체 재료의 요약이자 압축으로 제시하면서 통상적인 소설에 대해 말하고 싶은 바가 있었다. 작가가 작품 하나를 끝냈을 때, 가령 '얼마나 진실을 제대로 전달하지 못했는지, 얼마나 복잡한 이야기들을 제대로 풀어내지 못했는지. 내가 경험한 것들이 이토록 조야하고 형식이나 형태도 분명 제대로 갖추지 못했는데 이 시시한 말끔한 글이 어떻게 진실일 수 있겠어'라며 불만스러워하는 심정을 그런 식으로 제시하고 싶었던 것이다.

그러나 나의 주된 목표는 그 자체로 논평이 될 수 있는 어떤 형태를 이 책에 부여하는 일, 즉 무언의 진술로서 책이 형태를 통해 말하도록 하는 것이었다.

이미 말했듯이 이 사실을 알아차린 독자는 거의 없었다.

그 한가지 원인은 이 책이 영국 소설의 전통보다는 유럽 소설의 전통에 더 가깝다는 점이다. 아니, 그 시절에 영국 소설의 전통으로 여겨지던 것과 달랐기 때문이라고 해야겠다. 따지고 보면 영국 소설에는 『클래리사』『트리스트럼 샌디』『비극적 희극인들』[2] 그리고 조지프 콘래드도 있으니까.

하지만 의심할 바 없이, 사상에 집중하는 소설을 쓴다는 건 어려움을 자초하는 일이다. 우리의 문화가 너무도 편협한 까닭이다. 가령 수십년간 똑똑한 젊은 남녀들이 대학 문을 나서며 이런 말을 자랑스럽게 입에 올린다. "물론 저는 독일 문학에 관해서는 아는 게 전혀 없어요." 그게 유행이다. 빅토리아 시대 사람들은 독일 문학에 대해 속속들이 알고 있었던 반면, 프랑스 문학에 관해서는 잘 몰라도 마음에 거리낄 것이 없었다.

그밖의 사항들에 관해 말하자면, 우선 내가 맑스주의자나 한때 맑스주의자였던 이들로부터 이 책에 대해 제대로 된 비평을 받은 건 우연이 아니었다. 그들은 내가 무엇을 시도했는지 알아보았다. 맑스주의야말로 사물의 총체적인 모습과 요소들의 관련성을 보기 때문이다. 혹은 그러려고 노력한다는 편이 맞는지 모르겠지만, 지금 맑스주의의 한계에 대해 얘기할 필요는 없겠다. 맑스주의의 세례를 받은 사람에게는 시베리아에서 일어난 사건이 보츠와나 사람들에게 영향을 끼치는 것이 당연하다. 공식적인 종교들을 제외하면, 맑스주의는 우리 시대에 최초로 전세계적인 정신 혹은 윤리를

---

**2** 각각 쌔뮤얼 리처드슨, 로런스 스턴, 조지 메러디스의 소설.

표방한 시도였다. 그 시도는 틀어져서 점점 더 작은 교회와 교파와 교리로 나눠지는 다른 모든 종교처럼 나눠지고 또다시 나눠지는 현상을 막지 못했다. 그럼에도 그것이 하나의 시도였던 건 분명하다.

내가 이 책으로 무엇을 시도했나 생각하다보니 결국 비평가들 얘기를 꺼내게 된다. 하품을 유발할 우려가 있지만 말이다. 소설가와 비평가, 극작가와 비평가 간의 이 서글픈 말다툼을, 독자들은 이미 너무 익숙해져서 아이들 싸움으로 치부할 정도다. "아 그래, 꼬맹이들이 또 싸우네." 혹은 "당신들 작가들은 온갖 찬사를 받거나 최소한 주목받는 존재들이잖아. 그런데 왜 그렇게 늘 상처를 받지?" 독자들 말이 옳다. 이 글에서 세세히 밝히지는 않겠지만 나는 작가로서 인생을 시작한 초창기에 몇가지 소중한 경험을 통해 비평가와 서평가 들을 가늠하는 감각을 얻게 되었다. 하지만 이 소설 『금색 공책』에 대해서는 그것을 상실했다. 대부분의 비평이 믿기 힘들 정도로 멍청한 내용이었다. 균형 감각을 회복한 다음에야 나는 문제의 근원을 이해할 수 있었다. 작가는 비평가에게서 또다른 자아를 찾는 경향이 있다. 자신이 도달하고자 하는 바를 파악하고 그 목표에 부응했는가, 하지 못했는가라는 기준 하나로 자신을 판단하는, 자신보다 더 뛰어난 지력의 소유자인 다른 자아 말이다. 지금까지 내가 만난 작가들을 보면, 마침내 그 드문 존재, 진정한 비평가를 만났을 때 모든 편집증을 떨쳐버리고 자기가 필요로 한다고 생각하는 걸 찾아낸 사람으로서 고마운 심정으로 주의를 기울이지 않는 작가는 단 한명도 없었다. 하지만 그건 불가능한 요구에 가깝다. 어째서 작가는 이 예외적인 존재(가끔 실제로 존재하기도 하지만), 완벽한 비평가를 바라는 걸까? 자기가 시도하는 바를 이해하는 다른 누군가가 존재해야 할 이유가 대체 뭘까? 결국 이 특정한 누에고치를 잣는 사람은 단 한명이고, 그걸 자아내야 하는 사람도 딱 한명이다.

비평가와 서평가 들이 제공해주길 기대하는 것, 그토록 우스꽝스럽고 유치하게 작가들이 열망하는 바를 그들이 제공하는 일은 가능하지 않다.

그런 일이 가능하도록 비평가들이 교육을 받지 않았기 때문이다. 그들은 정반대 상황이 벌어지도록 훈련을 받는다.

대여섯살 나이로 처음 학교에 입학할 때 훈련은 이미 시작된다. 점수와 상, '등급'과 '우열', 별표 혹은 여전히 많은 학교에서 줄표 따위와 더불어 개시되는 것이다. 이런 경마식 사고방식, 승자와 패자로 가르는 사고방식이 "작가 X는 작가 Y보다 몇걸음 앞서 있거나 그렇지 못하다. 작가 Y는 뒤처진 상태다. 최근작에서 작가 Z는 작가 A보다 더 훌륭한 모습을 보여주었다"라는 식의 평으로 이어진다. 아주 어린 시절부터 아이는 이런 식으로 생각하도록 훈련을 받는다. 언제나 비교, 성공, 실패의 관점에서 생각하도록 말이다. 이는 잡초 뽑아내기 체제라고 할 수 있다. 약자는 기를 꺾어 중도에 포기하게 하고, 소수의 승자를 만들어내 그들끼리 늘 경쟁하게 만드는 체제 말이다. 이 문제에 관해 길게 얘기할 생각은 없지만, 공식적인 지능지수와 무관하게 모든 아이가 갖고 태어나는 재능들은 살아가는 내내 그들과 함께 머무르면서 자기 자신과 다른 모든 이를 풍요롭게 해줄 수 있다. 단, 그 재능이 성공 게임에서 가치 있는 상품으로 간주되지만 않는다면.

아이가 처음부터 배우는 또 한가지는 자신의 판단을 불신하는 일이다. 아이들은 권위에 복종하는 법과 다른 이들의 의견과 결정을 구하는 법, 인용하고 순응하는 법을 배운다.

정치 영역에서 아이는 자신이 자유로운 민주사회의 구성원이자 자유의지와 자유로운 정신의 소유자로서 자유국가에 살고 있으며, 독자적으로 결정을 내리는 존재라고 배운다. 동시에 아이는 자기 시대의 전제와 신조에 갇힌 존재로서, 그것들이 존재한다는 사실을 한번도 듣지 못했기 때문에 의심할 줄도 모른다. 아이가 인문과학과 자연과학 중 하나를 선택해야 하는 나이가 되면(우리는 아직도 양자택일이 불가피하다는 생각을 당연하게 받아들이기에) 인간성, 자유, 선택의 가능성이 존재한다는 이유에서 종종 인문과학쪽을 선택한다. 이미 자신이 체제에 의해 형성되었음을 모르는 채로. 아이는 그런 선택 자체가 우리 문화의 핵심에 뿌리내린 그릇된 이분법의 결과임을 알지 못한다. 이 사실을 알아차리고 더이상 틀에 박힌 인간으로 살기를 거부하는 아이들은 분열되지 않아도 되는 일을 찾고자 하는, 절반은 무의식적이고 본능적인 시도로서 학교를 떠나기 마련이다. 경찰에서 학계, 의료계에서 정계에 이르기까지 우리는 중도 이탈자들에 거의 주의를 기울이지 않는데, 언제나 작동해온 이런 제거의 과정은 독창적이고 틀을 바꿔놓을 가능성이 있는 이들은 일찌감치 배제하는 한편 그 틀에 이미 맞춰졌기에 그것을 좋아하게 된 이들만 남겨놓는다. 젊은 경찰관은 해야 하는 일이 마음에 들지 않아서 떠난다고 말할 것이다. 젊은 교사는 자기의 이상이 현실의 벽에 부딪쳤기에 교단을 떠날 것이다. 이런 사회적인 기제는 사람들의 눈에 잘 띄지 않지만 우리의 제도들을 강고하고 억압적으로 유지하는 데 있어 어떤 다른 수단보다도 강력하다.

그런 훈련 체제 속에서 수십년을 보낸 아이들이 비평가와 서평가가 되기 때문에, 작가나 예술가의 그토록 어리석은 바람, 즉 풍부한 상상력을 동원한 독창적인 판단은 불가능하다. 그들이 할 수 있는 것, 그들이 아주 잘하는 것은 작가에게 어떤 소설이나 연극이 당대의 감정이나 사고 패턴들, 즉 사유 풍조와 잘 맞는지 아닌지 여부를 알려주는 일이다. 그들은 리트머스시험지와도 같다. 풍향계라고 할 수도 있겠다. 귀중한 풍향계. 그들은 여론을 가장 예민하게 재는 척도이기도 하다. 정계를 제외하면 분위기와 여론이 가장 빨리 바뀌는 곳이 문단일 것이다. 이 사람들이야말로 처음부터 끝까지 바로 그런 식으로 교육받았기 때문이리라. 자기 자신의 의견을 다른 사람에게서 구하고 스스로를 권위자와 '기성의 견해'에 맞춰온 이들이니까. '기성의 견해', 경이로울 정도로 이를 잘 드러내는 표현이다.

사람들을 달리 교육할 방법이 없는지도 모른다. 그럴 수도 있겠지만 하여간 내 생각은 다르다. 이런 상황에서는 최소한 사물을 적절히 묘사하고 제대로 명명하는 일이 도움이 될 것이다. 이상적으로는 모든 아이에게 학교 다니는 내내 다음과 같은 말을 들려줘야 한다.

"너는 지금 세뇌되는 중이란다. 아직 우리는 세뇌가 아닌 교육 체계를 개발해내지 못했거든. 미안하지만 이게 최선이야. 이곳에서 네가 배우는 내용들은 현재 이 특정한 문화에 담겨 있는 편견과 선택의 조합이지. 역사를 조금이라도 살펴본다면 이것들이 얼마나 일시적인가 알게 될 거야. 이전 시대 사람들이 만들어놓은 전제적인 사유의 틀에 스스로를 끼워 맞춘 자들이 바로 너희를 가르치는 선생님들이셔. 이 체제는 스스로 영원히 굴러갈 거란다. 그러니 너희가 다른 아이들보다 더 씩씩하고 남다른 개성이 있다면 학교를 떠나 독학하면서 독자적인 판단력을 키울 수 있는 방법을 찾아보는 게 좋을 거야. 남아 있겠다면 늘 이 사실을 기억하도록 해. 너희는 이 특정한 사회의 편협하고 특정한 필요에 맞게 틀에 부어져 본떠지고 있다는 것을."

다른 작가들처럼 나 또한 여러 나라에서, 특히 미국에서 내 책들에 관해 논문과 에세이를 작성하려는 젊은이들로부터 줄곧 편지를 받는다. 그들이 한결같이 하는 말은 이렇다. "작가님 작품에 대한 평론과 작가님에 관해 글을 쓴 비평가, 그러니까 권위자들의 명단을 주시면 감사하겠습니다." 게다가 그들은 전적으로 무관하지만 중요하게 취급하도록 교육받은 수천가지 세부 사항에 관해서도 알려달라고 요청하는데, 그게 또 이민국 서류 더미처럼 어마어마한 양이다.

이런 요청을 받으면 난 이렇게 답한다. "친애하는 학생에게. 당신은 미친 게 분명하군요. 대체 왜 몇달 몇해를 한권의 책, 심지어 한 작가에 대해 수천 단어를 쓰느라 허비하는 거죠? 수백권의 책이 읽어달라며 당신을 기다리고 있는데 말이지요. 스스로 해롭기 짝이 없는 체제의 희생양이 되었다는 사실을 당신은 모르는 것 같군요. 만약 스스로 내 작품을 주제로 골랐고 정말로 논문을 써야 한다면 내 책이 당신에게 유용하다는 사실에 진심으로 감사하겠지만, 그런 경우 그냥 내가 쓴 걸 읽고 무슨 생각이 들었는지, 그 소설을 당신 자신의 삶, 당신 자신의 경험에 견주어보며 스스로 판단을 내리는 편이 낫지 않을까요? 백이니 흑이니 아무개 교수가 말한 내용은 눈곱만큼도 신경 쓰지 말고."

"친애하는 작가님," 그들은 이렇게 답한다. "하지만 권위 있는 평자들이 뭐라고 했나 알아야 하는걸요. 그들을 인용하지 않으면 교수님이 점수를 주지 않을 테니까요."

이건 국제적인 체제로서 우랄산맥 국가들에서 유고슬라비아에 이르기까지, 미네소타에서 맨체스터까지 전적으로 동일하다.

요점은 우리가 너무 익숙해서 그것이 얼마나 나쁜지 더이상 알아차리지 못한다는 사실이다.

나의 경우 열네살 때 학교를 떠났기에 그 체제에 익숙하지 않다. 한때는 그 사실이 유감스럽기도 했고 뭔가 소중한 것을 놓쳤다고 생각한 적도 있다. 지금은 운 좋게 탈출했다는 마음으로 그저 감사할 따름이다. 『금색 공책』이 출판된 후 나는 문단 체제가 돌아가는 방식을 알아보고, 비평가나 서평가를 만들어내는 과정도 살펴보았다. 무수히 많은 시험지를 읽어본 적도 있는데, 내 눈앞에 보이는 것들이 도무지 믿기지 않을 따름이었다. 문학 수업에 들어가보기도 했는데, 역시 내 귀에 들어오는 말을 믿을 수 없었다.

아마도 여러분은 이렇게 말할지 모른다. 그건 과장된 반응이고, 당신은 그럴 권리가 없어. 그 체제 안에 있었던 적이 한번도 없노라고 스스로의 입으로 말했으니까. 하지만 난 전혀 과장이라고 생각하지 않는다. 외부자의 반응은 그것이 신선하고, 어떤 특정한 교육에 매인 탓에 갖게 되는 편견에서 자유롭다는 단순한 이유만으로도 가치가 있다.

하지만 이런 조사를 해본 뒤에 나는 어렵지 않게 스스로가 제기한 다음 질문들에 대답하게 되었다. 왜 그들은 그토록 편협하고, 그토록 사적이며, 그토록 옹졸한가? 왜 그들은 언제나 조각내고 깎아내리는가? 왜 전체에 대해서는 관심이 없고 세부적인 것들에 그토록 매료되는가? 왜 그들은 비평가라는 단어를 늘 흠잡는 사람으로 해석하는가? 왜 늘 그들은 작가들을 상호 보완적인 존재가 아니라

갈등하는 존재로 보는가? 답은 간단하다. 이런 식으로 생각하도록 훈련되었기 때문이다. 우리가 하는 일과 목표하는 바를 이해하고 우리에게 조언과 진정한 비평을 해줄 수 있는 사람은 거의 언제나 문단 밖에 있는, 심지어는 대학 체제 밖에 있는 사람이다. 이제 막 학문의 길에 들어선 학생일 수도 있고, 아직도 문학에 대한 사랑을 잃지 않은 학생, 혹은 자신의 본능에 따라 다독하는 사려 깊은 사람일 수도 있다.

한권의 책에 대해 1~2년간 논문을 써야 하는 그 학생들에게 난 이렇게 말하고 싶다. "독서를 하는 방법은 오직 한가지뿐이에요. 도서관과 서점에 가서 훑어보고 관심이 가는 책들을 집어 든 다음 그 책들만 읽으면 됩니다. 지겨운 책은 내려놓고 질질 끄는 부분은 건너뛰면서요. 읽어야 한다는 느낌이 들어서, 또는 어떤 유행이나 운동의 일부라서 책을 읽는 일은 절대 없어야 해요. 스무살이나 서른살에 지겹게 느껴진 책이 마흔살이나 쉰살 때 당신을 위해 문을 열어줄 수도 있고 그 반대의 경우도 가능함을 명심해야 합니다. 당신 인생의 특정 시기에 적합하지 않은 책은 읽지 마세요. 출판된 그 모든 책만큼 많은 출판되지 못한 책들이 있고, 그만큼 많은 결코 쓰이지 못한 책들도 있으며, 쓰인 글, 역사, 심지어 사회적 윤리를 강박적으로 경외하는 지금 이 시대에조차 이야기의 형태로 전수되는 그만큼 많은 책이 존재함을 기억하길 바랍니다. 또 쓰인 것의 관점에서만 사고하도록 길든 사람들, 불행히도 우리 교육 체계의 산물들 거의 대부분이 유일하게 할 수 있는 일이 그런 식의 사고에 불과할 텐데, 그들이 눈앞에 놓여 있는 것을 놓치고 있다는 사실도 기억하세요. 예를 들어, 아프리카의 진짜 역사는 여전히 흑인 이야기꾼과 현자, 흑인 역사가와 주술사 들에게 맡겨져 있지요.

구술사로서 백인과 백인의 강탈로부터 아직은 안전하게 지켜지고 있는 셈입니다. 마음을 열면 어디에서든 쓰이지 않은 글로 된 진실을 발견할 거예요. 그러니 결코 활자화된 지면의 노예가 되지는 마십시오. 무엇보다 1~2년을 한권의 책 또는 한명의 작가에게 할애해야만 한다는 것은 당신이 잘못된 교육을 받아왔다는 의미이고, 당신은 이 사실을 깨달아야 합니다. 당신은 마땅히 공명할 수 있는 한권의 책이나 작가에서 다른 책이나 작가로 옮겨 가도록 교육받아야 했고, 필요한 것에 대해 스스로의 직관적 감정을 따를 수 있도록 공부했어야 합니다. 다른 사람들의 글을 인용하는 법이 아니라, 그것이야말로 당신이 키워야 했던 능력이에요."

그러나 불행히도 거의 대부분의 경우 너무 늦은 탄식이 된다.

한동안은 최근 일어났던 학생들의 저항이 정말로 사태를 바꿔 놓을 것처럼 보이기도 했다. 대학이 자신들에게 가르침이랍시고 내미는 죽은 것들에 강하게 반발함으로써 뭔가 신선하고 유용한 것이 그 자리를 대신할 수도 있을 것 같았다. 하지만 이제 저항은 끝난 모양이다. 슬픈 일이다. 미국에서 학생운동이 한창 활발했던 시기에 나는 학생들이 수업계획서 내용을 거부하고 자신이 스스로 고른 책들, 스스로의 삶과 관련이 있다고 생각한 책들을 강의실에 가져온다는 얘기를 편지로 전해 들었다. 그런 수업들은 때로 격하고 분노에 찬 감정들로 흘러넘쳤고, 흥미진진했으며, 삶의 생기로 끓어오르기도 했다. 물론 그런 일들은 선생들이 이에 공감하고 권위에 대항하여 학생들의 편에 서서 결과를 감수할 준비가 되어 있을 때 가능했다. 자신이 따라야 하는 가르침의 방식이 좋지 못하고 지루하다는 사실을 자각하는 선생들이 존재하며, 다행히 약간의 운만 따른다면 학생들 스스로는 추진력을 상실했을지언정 잘못된 것을 뒤집을 선생들도 얼마든지 있다.

그러는 사이 어떤 나라에서는 이런 일이 벌어졌다……

30~40년 전, 한 비평가가 자신이 판단하기에 문학에서 가치 있는 것을 구성하는 작가와 시인의 사사로운 목록을 만들면서 그외 모든 다른 작가와 시인을 제쳐놓았다. 그 목록은 즉각적으로 엄청난 논쟁을 불러일으켰고, 그는 장문의 글을 출판하여 자신의 목록을 옹호했다. 찬반양론으로 나뉘어 수백만 단어가 쓰였고, 양편에서 학파와 교파 들이 출현했다. 그뒤로 숱한 세월이 흐른 뒤에도 그 논쟁은 여전히 계속되고 있으며…… 아무도 이 상황을 서글프거나 우스꽝스럽게 여기지 않는다…… 그 나라에는 어마어마하게 복잡하고 축적된 학식으로 무장한 채 원작, 즉 소설, 희곡, 이야기를 다룬다고 하면서 종종 2차나 3차 자료를 다루는 비평서들이 존재한다. 이런 책을 써내는 사람들은 전 세계에 걸쳐 대학들에서 하나의 층위를 형성하고 있으며, 국제적인 현상으로서 문학계 최상층에 포진해 있다. 그들의 인생은 비평하고, 서로의 비평을 비평하는 데 소요된다. 그들은 최소한 이런 활동이 원작보다 더 중요하다고 간주한다. 문학도가 시와 소설, 전기와 이야기를 읽는 데보다 더 많은 시간을 비평과 비평에 대한 비평을 읽는 데 들이는 것도 가능한 일이다. 아주 많은 이들이 이런 상황을 서글프거나 우스꽝스러운 일이 아니라 지극히 정상으로 생각한다……

최근 곧 대입 시험을 치를 어떤 소년이 쓴 「안토니와 클레오파트라」에 관한 에세이를 읽었다. 그 글은 매우 독창적이었고, 진정한 문학 수업이라면 마땅히 이끌어내야 할 감정, 즉 작품을 향한 열정으로 넘쳤다. 그 글에 담당 선생은 이런 평을 적어 소년에게 돌려주었다. 이 에세이는 채점이 불가능하다. 권위 있는 비평을 인용하지 않았기 때문이다. 이런 사태를 서글프고 우스꽝스럽게 생각하는 선생은 거의 찾아보기 어렵다……

이곳에서는 스스로 교육받은 사람이라 여기며 책을 읽지 않는 보통 사람들보다 우월하고 더 교양 있는 존재로 자신을 생각하는 이들이 작가에게 다가가 어딘가에서 호평받은 것을 축하하면서도, 정작 그 책을 읽는 일이나 자기의 관심이 성공에 있다는 사실에 대해서는 곰곰이 생각해볼 필요성조차 느끼지 않는다……

이곳에서는 어떤 주제에 대해 한권의 책이 출판되면, 가령 천문관측에 대한 책이 나오면, 그 즉시 열군데가 넘는 대학과 협회, 텔레비전 프로그램에서 작가에게 천문관측에 관한 강연을 해달라는 요청을 보낸다. 그 책을 읽어보겠다는 생각은 절대 그들 머리에 떠오르지 않는다. 이런 행동은 전혀 우스꽝스럽지 않고 지극히 정상적인 것으로 간주된다……

이곳에서는 자기 앞에 놓인 책 말고는 작가의 다른 작품을 읽어보지 않은 젊은 남녀 서평가나 비평가가, 이미 20~30년간 활동해오며 열다섯권의 작품을 출판한 그 작가에 대해 시혜라도 베푸는 듯한 태도를 보이거나, 혹은 논평 자체가 따분하다는 듯이, 혹은 제출된 에세이에 몇점이나 줄까 저울질하듯이 차기작에 대해 이런저런 주문을 하며 평을 쓰는 일이 버젓이 벌어진다. 아무도 이런 일이 터무니없다고 생각하지 않는다. 특히 젊은 비평가나 서평가는 셰익스피어 이래 모든 작가를 마치 가르쳐야 할 대상처럼 취급하면서 이런저런 식으로 분류하도록 훈련받은 자들이라 그런 태도에 문제가 있다고는 절대 생각하지 않는다.

이곳에서는 고고학 교수가 식물과 의술, 심리적인 방법들에 대해 발전된 지식을 갖춘 남미 부족에 대해 이렇게 쓸 수도 있다. "놀라운 일은 이 사람들이 문자를 갖고 있지 않다는 점이다……" 아무도 그가 터무니없는 소리를 한다고 여기지 않는다.

이곳에서는 퍼시 비시 셸리 사망 100주년 주간에 세 문예지에, 동일한 대학의 동일한 교육을 받은 세 젊은이가, 마치 셸리를 언급하는 것 자체가 그에게 엄청난 은혜를 베푸는 일인 양 똑같은 어조로 가능한 한 가장 미미한 찬사를 동원하며 실은 그를 비난하는 비평을 싣는 일이 벌어지지만, 아무도 그 현상이 우리 문단 체제에 뭔가 심각하게 잘못된 점이 있음을 나타낸다고는 생각하지 않는다.

마지막으로…… 이 소설은 저자에게 한결같이 정말 값진 경험을 안겨주었다. 예를 들어보자. 쓴 지 10년이 지났지만 나는 일주일 사이 이 소설에 관한 세 통의 편지를, 지적이고 견문이 풍부한 세 독자, 굳이 자리에 앉아 내게 편지를 쓰는 수고를 다한 이들로부터 받은 적도 있다. 한 독자는 요하네스버그, 다른 독자는 샌프란시스코, 또다른 독자는 부다페스트에 살고 있을 수도 있다. 그리고 여기 런던에서 난 그 편지들을 한꺼번에 혹은 하나하나 읽으며 늘 그렇듯 편지를 보낸 이들을 향한 감사와 함께, 내가 쓴 것이 독자들을 자극하거나 밝혀주거나 혹은 심지어 짜증 나게 할 수 있다는 사실에 기쁨을 느낀다. 하지만 첫번째 편지는 전적으로 성 대결, 여성에 대한 남성의 비인간적 태도, 남성에 대한 여성의 비인간적 태도에 관한 것이어서, 작가는 그 많은 지면을 오직 그 한가지에만 할애한 셈이 되었다. 그 여성 독자는 — 늘 여성인 것은 아니지만 — 이 책에서 다른 어떤 것도 보지 못했으니까.

두번째 편지는 정치에 관한 것으로, 아마도 나처럼 오래된 공산주의자가 보냈음 직하다. 그 또는 그녀는 정치에 관해 몇장에 걸쳐 쓰면서 다른 주제들은 아예 언급조차 하지 않는다.

이 두통의 편지에는 이 책이 말하자면 아직 어렸을 때 가장 흔했던 반응들이 담겨 있다.

세번째 편지는 한때는 드물었지만 지금은 나머지 것들을 따라잡고 있는 내용으로, 정신질환이라는 주제 외에는 다른 어떤 것도 보지 못하는 남성 혹은 여성 독자가 쓴 것이다.

어쨌든 이 모든 것이 한권의 동일한 책이다.

이런 일들은 자연스럽게 이런 질문들을 다시 떠올리게 한다. 사람들은 책을 읽을 때 무엇을 보는가, 어째서 어떤 사람은 하나의 패턴만을 볼 뿐 다른 패턴은 전혀 보지 못하는가, 작가로서 한 작품에 관해 그토록 명징한 한가지 그림을 갖고 있는 경우에도 독자들은 그렇게 다르게 볼 수 있다니 얼마나 이상한 일인가.

이런 종류의 생각에서 새로운 결론이 나왔다. 작가가 자신이 보는 것을 독자들이 보기를 바라거나 자기가 보는 식으로 소설의 형태와 목표를 이해하기를 바라는 일은 유치한 소망일 뿐 아니라, 그 작가가 가장 근본적인 요점을 깨닫지 못했음을 의미한다. 즉, 계획과 형태와 의도가 이해되지 않을 때에만 책은 살아 있고 강력하고 비옥해지며 생각과 토론을 촉발할 수 있다는 점 말이다. 형태와 계획과 의도가 파악되는 순간 그 책으로부터는 더이상 어떤 것도 얻어낼 수 없다.

책의 패턴과 그 내적 삶의 형태가 저자에게처럼 독자에게도 명백해질 때, 아마도 그 순간이 그 책의 전성기가 끝나는 시점이고, 그 책은 던져버리고 새로운 책을 다시 들어야 할 때이리라.

도리스 레싱

1971년 6월

# 자유로운 여자들

1

## 1957년 여름 애나는 한동안 떨어져 지내던
## 친구 몰리를 다시 만난다

런던의 아파트에는 그들 두 여자뿐이었다.

"그러니까 무슨 말이냐면," 계단참에서 전화 통화를 하고 돌아오는 친구에게 애나가 말했다. "내가 보기엔 모든 게 다 부서지고 있다는 거야."

몰리는 통화를 길게 하는 편이었다. 벨이 울렸을 땐 "그래, 뭐 재밌는 얘기 없어?"라고 막 물은 참이었다. 이제 몰리는 이렇게 말했다. "리처드야. 지금 이쪽으로 오겠대. 다음 달까지 시간 낼 수 있는 날이 오늘밖에 없다네. 암튼 그렇대."

"난 그냥 있을래." 애나가 말했다.

"그래라, 그대로 있어."

몰리가 옷매무새를 살폈다. 바지에 스웨터 차림이었는데, 낡아서 허름해 보였다. "그냥 이대로 만나지 뭐." 몰리가 이렇게 결론을 내리고는 창가에 앉았다. "무슨 일인지 말 안하더라. 매리언과 또 위기인 모양이야."

"너한테 편지 안했어?" 애나가 조심스레 물었다.

"리처드도 했고 매리언도 했지. 아주 **살갑게**. 참 이상하지, 그렇지 않니?"

**참 이상하지, 그렇지 않니?**는 두 사람이 수다라고 부르는 밀담을 나눌 때면 어김없이 치는 음과 같았다. 하지만 방금 그 음을 쳐놓고도 몰리는 "지금 말해봐야 소용없겠다. 여기 오는 길이라잖아"라며 말을 돌렸다.

"내가 와 있는 걸 보면 가버릴지도 모르지." 애나가 쾌활하지만 약간은 공격적인 뉘앙스로 말했다. 몰리는 예리한 눈길로 친구를 보았다. "아, 근데 왜?"

애나와 리처드는 서로 싫어하는 사이였다. 리처드가 몰리 집에 올 때면 애나는 늘 먼저 자리를 떴다. 이제 몰리는 이렇게 말했다. "실은 마음속 깊은 곳에서는 널 좋아하는 게 아닐까? 그러니까, 그 사람은 원칙대로 날 좋아한다고 굳게 믿고 거기 맞춰 행동하잖아. 바보 같아서 언제나 누군가를 좋아하지 않으면 미워해야 하는 위인이거든. 그래서 자기로서는 인정하기 싫은 나를 향한 악감정을 너한테 떠넘긴 건지도 몰라."

"그렇다면 다행이고." 애나가 대답했다. "근데 그거 알아? 네가 없는 동안 알게 됐는데, 사람들이 너와 나를 거의 대체 가능한 존재로 보더라."

"그걸 이제야 알았니?" 애나가 자명한 사실을 들고 나오면 언제나 그러듯 몰리는 의기양양한 태도로 대꾸했다.

둘의 관계는 일찌감치 균형이 잡혀 있었다. 대체로 몰리가 세상 이치에 더 밝았지만 재능은 애나 쪽이 우월했다.

물론 애나도 자기 나름의 관점이 있었다. 일단 그녀는 미소를 지으며 그 사실을 최근에야 알았다는 걸 인정했다.

"모든 면에서 이렇게 다른데, 참 이상하지." 몰리가 말했다. "결혼도 안하고 여러모로 비슷하게 살아서 그런가봐. 사람들은 그런 것만 보니까."

"자유로운 여자들이잖니." 애나가 조소를 머금고 말했다. "사람들은 아직도 남자와의 관계로 우리를 재단하잖아. 개중 제일 나은 부류도 그러니 원." 덧붙인 이 말에는 애나가 여태 비친 적 없던 한 자락 분노가 담겨 있어서 몰리는 한번 더 예리한 눈길을 재빨리 친구 쪽으로 던졌다.

"그거야 우리도 마찬가지 아니야?" 다소 신랄하게 몰리가 대꾸했다. 그러고는 "글쎄, 안 그러기가 너무 어려우니 말이다"라고 얼른 덧붙였는데, 애나의 놀란 표정 때문이었다. 둘 사이에 잠시 정적이 흐르는 동안 서로의 눈길을 피한 채, 그들은 심지어 오랜 친구 사이라 해도 떨어져 지낸 1년은 무척 긴 시간임을 실감했다.

결국 한숨을 내쉬며 먼저 입을 뗀 쪽은 몰리였다. "자유로운 여자들 맞지. 떠나 있는 동안 우리가 대체 어떤 존재들인지 곰곰이 생각해봤는데, 완전히 새로운 부류의 여자들 아닐까 싶더라. 정말 그렇지 않니?"

"하늘 아래 새로운 건 아무것도 없답니다." 독일어 억양을 흉내 내려 애쓰며 애나가 대꾸했다. 짜증이 난 몰리는 세상사에 통달한 노파의 음성에다 완벽한 독일어 억양으로 따라 했다. "하늘 아래

새로운 건 하나도 없습디다." 여섯개 언어를 능란하게 구사하는 그
녀였다.

애나가 실패를 인정하며 얼굴을 찡그렸다. 자기로선 외국어를
배우는 게 불가능에 가까웠고, 다른 사람처럼 말하고 행동하기에
는 자의식이 너무 강했다. 한동안 몰리는 그들에게 정신과 상담을
해주던 마더 슈거, 그러니까 마크스 부인과 외모까지 똑같아 보인
적도 있었다. 두 사람은 그 엄숙하고도 고통스러운 의례에 관해 품
었던 회의를 '마더 슈거'라는 애칭으로 표출했는데, 시간이 지나면
서 그 이름은 한 사람 이상의 의미를 갖게 되었다. 그들에게 마더
슈거는 세상을 보는 관점 그 자체로, 도덕적이지 못한 것들과 창피
할 만큼 가까운, 그럼에도 전통적이며 깊이 뿌리박힌 보수적인 관
점을 뜻했다. 마더 슈거와 치렀던 의례를 놓고 이런저런 의견을 교
환하던 시절, 그들은 느낀 바를 이야기하며 **그럼에도**라는 표현을 사
용하곤 했다. 요즘 애나가 생각하기엔 그보다는 **그렇기 때문에**가 더
적절할 성싶었다. 오늘 이 점과 다른 몇가지에 대해 몰리와 이야기
를 나눠볼 요량이었다.

하지만 몰리는 전에도 애나가 마더 슈거를 비난할라치면 늘 그
랬듯이 재빨리 이렇게 말했다. "아무튼 그 여자 정말 대단했어. 난
너무 엉망이었기 때문에 뭐라고 흠잡긴 좀 그렇네."

"'당신은 엘렉트라예요' 아니면 '안티고네군요', 마더 슈거는 늘
이런 식이었지. 그걸로 그냥 끝이었잖아." 애나가 말했다.

"글쎄, 딱히 그게 끝은 아니었지 않나?" 두 사람이 보낸 그 고통
스러운 성찰의 시간을 생각하며 몰리는 쓴웃음을 지었다.

"정말 그걸로 끝이었어." 평소와 달리 애나가 고집을 부렸다. 몰
리는 의아한 표정으로 친구를 다시 살피지 않을 수 없었다. "그렇

다니까. 아니, 뭐 마더 슈거가 이 세상 모든 이로움 중 하나를 내게 베풀지 않았다는 건 아니야. 그분이 도와주지 않았다면 너무 힘들었던 그 시절을 극복하지 못했겠지. 그렇긴 한데…… 어느 오후 그 널찍한 방에 앉아 있던 때가 또렷이 기억나. 차분한 간접조명에 부처상이며 그림이며 조각상이 놓여 있던 그 상담실 말이야."

"그래서?" 이제 아주 못마땅한 어조로 몰리가 받아쳤다.

그 문제라면 절대 다시 거론하지 않겠다는 무언의 결의에 맞서 애나가 말을 이었다. "지난 몇달 곰곰이 생각해봤는데, 그 문제에 대해 지금 너랑 얘기를 좀 나눴으면 싶어. 결국 우리 둘 다 겪은 일이잖아. 같은 사람한테……"

"그래서?"

애나는 굴하지 않았다. "그날 오후 다시는 이곳에 오지 않으리라 결심했던 기억이 나. 그곳에 널려 있던 그 빌어먹을 미술품 때문이었지."

숨을 가쁘게 들이마시며 몰리가 서둘러 말을 받았다. "난 무슨 말인지 모르겠다." 애나가 대꾸하지 않자 몰리는 타박하듯 물었다. "나 없는 동안 뭐 좀 썼니?"

"아니."

"너한테 몇번이나 말하지만," 몰리의 목소리가 날카로워졌다. "그 재주를 쓸모없이 던져버리면 내가 널 용서하지 못할 거다. 진심이야. 내가 바로 그런 꼴이 났는데, 똑같은 잘못을 네가 저지르는 거 볼 자신이 없어. 그림, 춤, 연기, 창작, 뭐 하나 내가 제대로 한 게 있니? 게다가 이제는…… 넌 정말이지 재능을 타고났잖아, 애나. 대체 왜 그래? 도대체 이해를 못하겠어."

"늘 그런 식으로 탓하고 언짢아하는데, 왜 그런지 내가 어떻게 말할 수 있겠니?"

몰리는 애끓는 비난의 눈길을 친구에게 던지며 눈물까지 글썽였다. 그러곤 어렵게 말을 꺼냈다. "난 말이야, 머리 한구석으로는 언젠가 결혼을 할 거고, 그러면 타고난 재능을 죄다 허비해도 문제가 안될 거라 생각했어. 최근에는 애도 하나 더 낳을까 생각했다니까 글쎄. 멍청한 생각인 줄은 알아. 하지만 정말 그랬어. 이제 내 나이 마흔에 토미도 다 컸지. 어쨌든 결국 중요한 건, 혹시 네가 단순히 결혼할 생각으로 글을 쓰지 않는 거라면, 그건 정말로……"

"암튼 우리 둘 다 결혼은 하고 싶잖니." 농담조로 애나가 대꾸했다. 그 말투 탓에 두 여자는 다시 말을 삼갔다. 이제 어떤 주제들을 놓고는 더이상 몰리와 마음을 나누지 못하리라는 사실을 이미 애나는 고통스럽게 깨달은 터였다.

몰리는 덤덤한 미소를 지으면서도 고통에 찬 날카로운 눈길을 친구에게 던졌다. "좋아, 하지만 언젠가는 너도 후회하게 될 거야."

"후회라." 놀란 애나가 소리 내어 웃으며 말했다. "몰리, 왜 넌 다른 사람도 너와 마찬가지로 어떤 일은 해내기가 몹시 힘들다는 걸 믿으려 하지 않니?"

"넌 운이 좋아서 딱 한가지 재능만 타고났잖니, 넷이 아니고."

"나의 그 하나가 너의 네가지 재능만 한 압박에 시달린다면?"

"이런 기분으론 너랑 얘기 못하겠다. 리처드 기다리는 동안 차나 마실까?"

"맥주나 뭐 다른 게 좋겠는데." 애나가 도발하듯 덧붙였다. "나 이러다 나중에 술꾼 되는 거 아니야?"

애나가 기대했던 언니다운 어조로 몰리가 대꾸했다. "농담 마, 애나. 알코올중독이 어떤 건지 잘 알면서 왜 그래? 매리언을 봐. 나

없는 동안 그 여자 술독에 빠져 산 거 아니지?"

"그건 대답할 수 있어. 술독에 빠져 살았지. 여러번 찾아오기도 했고."

"널 찾아왔다고?"

"안 그래도 그 얘기 하려던 참이었어. 너랑 내가 대체 가능한 존재 같다고 했을 때 말이야."

몰리는 사람 욕심이 있었다. 애나가 예상했듯이 원망스러운 마음을 내비치며 몰리가 물었다. "리처드도 널 만나러 왔던 거야?" 애나가 끄덕이자 몰리는 활기차게 말했다. "맥주 좀 마시자." 부엌에서 차가운 방울이 맺힌 긴 유리잔 두개를 내오며 몰리가 말했다. "리처드 오기 전에 다 얘기해주는 게 좋을 거다, 응?"

리처드는 몰리의 남편이었다. 아니, 한때 남편인 적이 있었다. 몰리는 '20년대식 결혼'이라고 스스로 명명한 사건의 산물이었다. 그녀의 부모님은 헉슬리, 로런스, 조이스처럼 세상의 위대한 빛과 같은 인물들 주변을 맴돌던 지적인 보헤미안 무리 속에서 잠시 반짝이는 인생을 살았다. 부모님의 결혼 생활이 단지 두세달 유지되고 끝나버렸기에 몰리는 참담한 유년기를 보내야 했다. 경제적 안정과 사회적 체면 때문에 그녀는 열여덟살이 되던 해 아버지 친구의 아들과 결혼했다. 이 결혼으로 토미를 낳았다. 스무살이었던 리처드는 이미 견실한 사업가의 길에 들어서서 줄곧 그런 인생을 살아온 터였다. 몰리와 그는 어울리는 짝이 아니었다. 함께 산 지 1년 남짓 되자 더이상은 서로를 견디지 못했다. 그후 리처드는 매리언과 재혼했고 아들 셋이 연달아 태어났다. 토미는 몰리가 키웠다. 이혼의 실무가 일단락되자 몰리와 리처드는 다시 친구가 되었다. 나중에는 매리언과 몰리도 친해졌다. 이게 바로 몰리가 "참 이상하지, 그렇지 않니?"라고 곧잘 말하는 상황의 전모였다.

"토미 얘길 하느라 리처드가 우리 집에 왔었어." 애나가 말했다.

"뭐? 왜?"

"그야 멍청한 이유였지! 토미가 종일 생각에 빠져 지내는 게 괜찮은 건지 묻더라. 난 그게 생각하는 걸 뜻한다면 누구에게나 좋은 일이라고 했지. 이제 토미도 스무살 청년이니 어쨌든 간섭할 일은 아니라고."

"글쎄, 그애한테 좋은 일이 아니긴 해."

"그애를 데리고 출장이나 뭐 다른 구실로 독일 여행을 떠나는 건 어떨까도 묻더라고. 토미에게 직접 물어보라고 했지. 물론 걘 싫댔고."

"보나 마나 그랬겠지. 토미가 안 갔다니 유감이지만."

"내 생각에 리처드가 날 찾아온 진짜 이유는 매리언이야. 하지만 매리언이 날 한발 먼저 찾아왔던 참이라, 말하자면 우선권을 갖고 있었던 거지. 그래서 매리언 얘기는 전혀 꺼내지 않았어. 너한테 매리언 얘기를 하려고 이리로 오는 길일 거야."

몰리는 애나를 주의 깊게 살폈다. "리처드가 몇번이나 찾아왔니?"

"대여섯번쯤."

잠시 침묵이 흐른 뒤 몰리가 왈칵 화를 쏟아냈다. "매리언을 내가 마음대로 다룰 수 있다는 생각 자체가 참 이상하네. 왜 나야? 내가 아니라도 왜 하필 너니? 어쩌면 넌 자리를 비켜주는 편이 좋겠다. 내가 없는 동안 온갖 복잡한 문제들이 벌어지고 있었다면 좀 난처한 상황이 될 수 있으니까."

애나도 물러서지 않았다. "아니야, 몰리. 난 리처드에게 만나자고 한 적 없어. 매리언에게도 그런 얘기 한 적 없고. 어쨌든 우리가 사람들에게 같은 역할을 맡은 것처럼 여겨지는 게 너나 내 잘못은 아니잖아. 네가 말했음 직한 걸 내 입으로 말해줬을 뿐이야. 적어도 난 그렇게 생각해."

장난기 어린 이 말에는 어린아이의 간청 같은 느낌마저 어려 있었다. 애나는 부러 그렇게 말했다. 언니 격인 몰리는 이제 미소 띤 얼굴로 대꾸했다. "글쎄, 관두자." 그러면서도 계속 애나를 유심히 살폈는데, 애나는 친구의 그런 태도를 짐짓 모른 척했다. 이젠 정말이지 리처드와 자기 사이에 일어난 일을 알리고 싶지 않았다. 작년에 벌어진 그 참담한 일을 전부 다 털어놓을 수 있게 되기 전까지는.

"매리언은 요즘도 술 많이 마셔?"

"그런 모양이야."

"너한테 그런 얘기를 다 했다는 거지?"

"그래, 자세하게 전부 늘어놓더라. 이상한 건, 틀림없이 마치 내가 너인 것처럼 얘기하더란 거야. 심지어 실수로 날 몰리라고 부르기까지 했다니까."

"정말 모를 일이네." 몰리가 말했다. "이렇게 될 줄 누가 생각이나 했겠니? 너랑 나는 분필과 치즈처럼 완전히 다른데."

"아마 크게 다르지 않은지도 모르지." 애나가 무심히 대꾸했다. 하지만 몰리는 믿을 수 없다는 듯 소리 내어 웃었다.

몰리는 키가 크고 뼈대도 굵은 체형이지만 가냘파 보였고, 심지어 소년 같은 인상마저 풍겼다. 금발이 섞인 거친 갈색 머리를 남자아이처럼 짧게 자른 헤어스타일과 천부적인 패션 감각 때문일 것이다. 몰리는 동원할 수 있는 모든 다양한 꾸밈새를 즐겼다. 가령 통이 좁은 바지와 스웨터를 걸친 말괄량이로 나타났다가는 곧바로 커다란 녹색 눈가에 화장을 하고 광대뼈를 강조한 얼굴에 볼록한 가슴이 최대한 돋보이는 드레스를 입은 세이렌의 모습으로 등장하는 식이었다.

그건 몰리가 삶을 벗 삼아 즐기는 사사로운 게임 중 하나였고 애나는 그런 친구가 부러웠다. 하지만 자책감이 들 때면 역할놀이를 그렇게 즐기는 자신이 부끄럽다고 몰리는 말하곤 했다. "정말 다른 사람이 돼버린 것 같아, 그렇지 않니? 다른 사람으로 느낄 정도라니까. 게다가 그런 내 태도엔 악의적인 구석이 있거든. 왜 그 사람 있잖아, 지난주에 얘기했던 남자. 그 사람이 낡은 바지에 늘어진 면 티셔츠를 입은 내 모습을 처음 봤거든. 그런 다음 내가 완벽한 팜 파탈로 변신해서 레스토랑에 걸어 들어간 거야. 날 어떻게 대해야 좋을지 아주 막막해하더라. 저녁 내내 말 한마디 못하고. 그 모습을 실컷 즐겼지. 어떻게 생각해?"

"어쨌든 넌 그걸 즐기잖니." 애나는 웃으며 대꾸하곤 했다.

반대로 애나는 작고 마른 몸에 피부색은 가무잡잡했고, 약골에다, 크고 검은 눈동자는 언제나 경계 태세에 머리는 부스스했다. 대체로 자신의 외모에 만족했지만 늘 매한가지 모습이었다. 그녀로서는 자기 기분을 겉모습에 투사하는 몰리의 재주가 부러웠다. 애나는 말쑥한 차림과 섬세한 느낌의 옷을 선호했는데 그게 너무 점잔 빼는 숙녀 같기도 했고 약간 부자연스럽기도 했다. 강렬한 인상을 줄 만한 요소라고는 여리고 흰 손과 작고 뾰족한 하얀 얼굴뿐이었다. 하지만 수줍음이 많아 남들 앞에 나서지 못했으며, 자기가 생각하기에도 존재감이 미미했다.

두 여자가 함께 외출할 때 애나는 일부러 존재감을 지우고 눈에 띄는 몰리에게 자신을 맞췄다. 단둘이 있을 땐 애나가 주도권을 쥐기도 했지만 그마저도 두 사람이 처음 친구로 지내기 시작했을 무렵에는 생각할 수도 없는 일이었다. 언행이 투박하고 직설적이며 꾸밈없는 몰리는 아주 보란 듯이 애나를 좌지우지했다. 천천히, 그리고 마더 슈거의 상담에 힘입어, 애나는 자신을 내세우는 법을 익혔다. 심지어 최근에도 몰리에게 맞서야 하는 상황에서 그럴 수 없었던 순간이 있었다. 스스로도 겁쟁이라는 사실을 인정할 수밖에 없는 것이, 애나는 싸우거나 볼썽사나운 장면을 연출하느니 늘 져주는 편이었다. 말싸움을 하면 오히려 힘이 나는 몰리와 달리 언쟁 뒤엔 며칠씩 기분이 좋지 않았다. 몰리는 펑펑 울면서 용서받지 못할 말을 입에 올리고도 반나절 뒤엔 모조리 잊어버리곤 했다. 그러는 동안 애나는 집에 축 늘어져 쉬어야 했다.

마더 슈거에게 상담받던 시절에 탄생한 표현들, 즉 '불안정'하고 '뿌리 뽑힌' 존재들이 바로 자기들이라는 사실은 몰리와 애나 모두 순순히 인정했다. 하지만 요즘 애나는 이 표현들을 조금 다른 식으로 쓰는 법을 배우는 중이었다. 변명해야 할 무언가가 아니라 다른 종류의 철학으로 생각해야 마땅한 어떤 태도를 뜻하는 기치로서 말이다. 애나는 몰리에게 이렇게 말하는 상상을 하며 즐기곤 했다. "몰리, 그 모든 상황에 대해 우린 그릇된 관점을 가지게 되었던 거야. 마더 슈거께서 잘못하신 거지. 그렇게 좋다는 이 안정과 균형이 대체 뭐니? 이렇게 급변하는 세상에서 날품팔이처럼 느끼며 살아가는 게 뭐가 잘못이란 말이야?"

하지만 전에도 수백번은 그랬듯이, 몰리와 이야기를 나누는 이 순간 애나는 이런 생각을 하고 있었다. 대체 왜 난 다른 사람에게 내 관점을 강요해야 직성이 풀리는 걸까? 유치한 발상 아닌가? 다른 사람들까지 그래야 할 이유가 없잖아. 결국 나 혼자만 그런 느낌을 갖고 사는 게 두려워서겠지.

그들이 앉아 있는 2층 방에서는 좁은 골목이 내려다보였다. 골목길 창문마다 화분 상자가 놓이고 페인트칠한 덧창이 달려 있었다. 포석에는 햇볕 쬐는 고양이 세마리와 페키니즈 한마리, 그리고 일요일이라 느지막이 나온 우유 수레가 보였다. 흰 웃옷 소매를 걷어붙인 우유 배달원이 서 있었고, 열여섯살 먹은 그의 아들이 철망 바구니에서 하얗게 빛나는 우유병들을 하나씩 꺼내 현관 계단 위로 미끄러뜨리듯 올려놓았다. 몰리네 창문 쪽으로 다가왔을 때 남자가 올려다보며 고개를 끄덕였다. 몰리가 애나를 보며 말했다. "어제 저 사람, 게이츠 씨가 들어와서 커피 한잔 했어. 얼마나 흐뭇한 기색이던지. 아들이 장학금을 탔는데 그 얘기가 하고 싶어서 입이 근질거렸던 모양이야. 내가 먼저 그랬지. '저희 집 아이는 이렇게 유리한 환경에 교육도 많이 받았는데, 보세요, 대체 뭘 해야 할지도 모른답니다. 근데 아드님은 부모가 돈 한푼 들이지 않았는데도 장학금까지 받았네요.' 그러니까 '그러게요, 원래 그런 법이죠' 하는 거야. 흠, 듣고 보니 이렇게 그냥 당할 수는 없다는 생각이 들더라. 그래서 말했지. '게이츠 씨, 아들이 이제 우리 중산계급으로 올라섰으니, 그애랑 말도 잘 통하지 않을 거예요. 그건 알고 계시죠?' 그랬더니 그 사람이 대꾸했어. '세상이 원래 그런 법이니까요.' 그래서 난 '세상 이치가 그런 게 아니라, 망할 놈의 계급만 따지는 이 나라가 그런 거죠'라고 말해줬어. 게이츠 씨는 그 빌어먹을, 노동계급 보수당 지지자거든. 근데 그 사람이 뭐라는 줄 알아? '제이컵스 양, 세상이 다 그런 법이에요. 아드님이 살길을 제대로 찾지 않는다고요? 거참 안된 일이네요.' 그러고는 남은 배달을 하러 떠났어. 위층에 올라가보니 토미가 침대에 앉아 있더라. 그냥 멍하게. 아마 지금도 방에 있다면 여태 그러고 앉아 있을 거다. 게이츠 씨 아들은 정신 똑바로 차리고 목표를 향해 나아갈 테지. 하지만 사흘 전 내가 돌아왔을 때부터 토미 그 녀석이 한 일이라곤 침대에 앉아서 생각에 잠기는 게 전부야."

"아, 몰리, 그건 너무 염려 마. 그애는 문제없을 거야." 창틀에 기대어 그들은 게이츠 씨와 아들을 지켜보았다. 아버지는 활달하고 거친 인상을 풍기는 왜소한 사람이었고, 아들은 역시 거친 인상이긴 해도 훤칠한 호남형이었다. 몰리와 애나는 소년이 빈 바구니를 들고 돌아와 수레 뒤편에서 우유병 하나를 휙 꺼내며 아버지의 지시를 듣고 미소와 함께 고개를 끄덕이는 것을 보았다. 거기엔 서로에 대한 완벽한 이해가 자리하고 있었다. 남편 없이 아이를 키우고 있는 두 여자는 찡그리듯 부러움의 미소를 교환했다.

"결국 요점은," 애나가 말을 꺼냈다. "너나 나나, 그냥 자식에게 아버지를 만들어주겠다는 생각으로 결혼하려던 건 아니었다는 거야. 그러니 지금 그 대가를 감수해야겠지. 대가라 부를 만한 게 있다면 말이야. 꼭 있는 것 같지도 않다만."

"너한텐 아무런 문제도 아니겠지." 몰리가 시큰둥하게 대꾸했다. "넌 뭐든 무사태평이잖니. 뭐든 그냥 내버려두는 편이니까 괜찮겠지."

애나는 마음을 다잡았다. 잠시 대꾸하지 말까 하다가 조금 뒤 힘들게 입을 뗐다. "그건 아닌 것 같아. 두가지를 모두 가지려고 애쓰니까 너나 나나 문제인 거야. 우린 규정대로, 교과서대로 사는 걸 늘 거부해왔잖아. 하지만 세상이 우리를 규정대로 대해주지 않는다고 왜 지금 와서 조바심을 낼까? 결국 그래서 이렇게 된 건데."

"그런 식으로 말할 줄 알았어." 몰리가 반발하듯 대꾸했다. "근데 너와 달리 난 사변적인 사람이 아니라서 말이야. 넌 늘 그런 식이지. 어떤 일에 부딪치면 이론을 세우기 시작하잖아. 난 그저 토미가 걱정스러울 뿐이야."

친구의 어조가 너무 강해 애나는 적당한 대꾸를 찾지 못한 채 그저 다시 거리를 물끄러미 내다보았다. 게이츠 씨와 그의 아들은 모퉁이를 돌아 이제 모습을 감추었고 그들이 끌고 가는 빨간 우유 수레만 보였다. 맞은편 거리 끄트머리에 새롭게 눈길을 끄는 사람이 나타나 있었는데, 손수레를 미는 한 남자였다. "갓 따 온 시골 딸기 사세요." 그가 외쳤다. "오늘 아침에 금방 딴 딸기요, 아침에 딴 시골 딸기 팔아요……"

몰리가 애나 쪽으로 흘낏 시선을 돌리자 애나는 어린 소녀처럼 씽긋 웃으며 고개를 끄덕였다. (어린 소녀 같은 이 미소가 몰리의 비난을 누그러뜨리기 위한 것임을 그녀는 못마땅한 마음으로 의식했다.) "리처드 먹게 좀 사 와야겠다." 의자에 놓인 핸드백을 집어 들고 몰리가 달려 나갔다.

햇살이 따스하게 비치는 창에 계속 기댄 채 애나는 몰리를 바라보았다. 몰리는 벌써 열을 내며 딸기 장수와 흥정하는 중이었다. 웃으며 손짓하는 몰리의 맞은편에서 남자는 묵직한 붉은 딸기를 저울에 쏟아부으며 고개를 가로저었다.

"글쎄, 가게 유지비 같은 것도 안 내잖아요." 몰리의 말이 들려왔다. "그런데 왜 똑같이 받아요?"

"가게엔 이런 신선한 딸기가 없다니까요, 부인."

"아이고, 됐어요." 붉은 과일을 하얀 사발에 가득 담아 자리를 뜨면서 몰리는 이렇게 덧붙였다. "순 사기꾼 같으니!"

젊지만 벌써 안색이 누렇고 비쩍 마른 몸에 가난으로 찌든 딸기 장수는 몰리가 이미 쏙 들어가버린 건물 창문 쪽으로 험상궂은 얼굴을 돌렸다. 번쩍이는 저울을 매만지며, 남자는 두 여자를 향해 내뱉었다. "유지비 좋아하네, 당신네들이 그게 뭔지 알기나 해?"

"그러면 이리 올라와 커피나 들며 좀 알려주지 그래요." 그의 도발에 생기가 돈 몰리가 응수했다.

그러자 남자는 고개를 떨어뜨려 바닥을 보고 웅얼거렸다. "일하지 않아도 되는 편한 사람들도 있겠지만 어떤 사람들은 일을 해야 먹고사니까."

"그러지 말고 내 말 들어요." 몰리가 말했다. "뚱한 곰처럼 그러고 있지 말고 여기 와서 당신 딸기 좀 들라니까요. 값은 내가 치렀지만."

그는 몰리를 어떻게 대해야 할지 헷갈리는 모양이었다. 길게 늘어진 짙은 금발의 기름진 앞머리 아래로 혼란스럽다는 듯 젊은 얼굴을 찌푸린 채 잠자코 서 있을 뿐이었다. "그쪽은 그런 부류인지 몰라도 난 아니거든." 이를테면 퇴장하면서 기어코 쏘아붙인 한마디였다.

"그럼 당신만 손해지 뭐." 몰리가 창가에서 물러나며 말하고는 죄책감을 털어내려는 방편으로 애나를 향해 웃음을 터뜨렸다.

하지만 창 너머 그 남자의 고집스럽고 원망 어린 어깨를 바라보던 애나는 방금 일어난 일에 대해 자신이 생각한 것이 옳았음을 확인하며 나지막이 말했다. "너, 저 사람 마음에 상처를 입힌 거야."

"빌어먹을." 어깨를 으쓱하며 몰리가 대꾸했다. "영국에 돌아온 게 딱 실감나네. 누구랄 것 없이 죄다 입을 악다물고 작은 일에도 부르르하니 말이야. 이 얼어붙은 땅에 발을 들여놓을 때마다 전부 깨부수고 소리치고 비명 지르고 싶어진다니까. 우리의 이 성스러운 공기를 들이마시는 순간 그냥 딱 갇히는 느낌이라고."

"어쨌든," 애나가 말했다. "그 사람 생각엔 네가 자기를 비웃은 거야."

다른 손님이 맞은편 집에서 흘러나오듯 나왔는데, 바지와 헐렁한 셔츠를 입고 머리에는 노란 스카프를 두른, 일요일의 편안함이 느껴지는 차림의 여자였다. 딸기 장수는 무심한 태도로 여자에게 딸기를 팔았다. 손잡이를 들어 수레를 앞으로 밀기 직전에 그 남자는 다시 애나와 몰리가 있던 창가를 쳐다보더니, 작고 뾰족한 턱을 팔에 괸 채 검은 눈동자로 자신을 주시하며 미소 짓는 애나의 모습만 발견하고는 못마땅하다는 듯, 그래도 호의를 보이며 말했다. "유지비라니, 여자들이란……" 혐오스럽다는 듯 가볍게 콧방귀도 뀌었다. 그들을 용서한 셈이었다.

햇빛을 받아 부드러운 붉은빛으로 반짝이는 과일 더미 너머 거리를 따라 멀어져가면서 그가 외쳤다. "아침에 막 따 온 신선한 딸기 사세요. 오늘 아침에 딴 딸기요!" 얼마 후 200야드쯤 떨어진 대로에 이르자 그의 목소리는 소란스러운 차량 소리에 파묻혀 사라졌다.

애나가 돌아보니 몰리는 크림을 듬뿍 얹은 딸기 사발을 창턱에 올려놓고 있었다. "리처드에겐 안 주려고." 몰리가 말했다. "뭐든 심드렁해하니까. 맥주 더 마실래?"

"딸기랑 먹는다면야 포도주가 제격이지." 군침을 삼키며 애나가 딸기 속으로 스푼을 밀어넣자 서걱거리는 설탕 알갱이 아래 크림의 매끄러운 질감과 함께 부드럽게 미끄러지며 저항하는 과육이 느껴졌다. 몰리는 날렵하게 포도주를 따르고 하얀 창틀에 잔을 놓았다. 흰색으로 칠한 창틀에 놓인 두 잔이 햇살을 받자 주홍과 노랑의 떨리는 마름모꼴 결정체가 아른거렸다. 두 여자는 별 아래 앉아 즐거움에 가벼운 한숨을 내쉬면서 엷은 온기 속으로 다리를 뻗고는 눈부신 사발에 담긴 딸기의 색과 적포도주를 잠자코 바라보았다.

그러나 이내 초인종이 울렸고 그들은 본능적으로 몸을 추슬러 좀더 단정한 자세로 고쳐 앉았다. 몰리가 다시 창밖으로 몸을 내밀고서 외쳤다. "머리 조심해!" 그런 다음 낡은 스카프로 현관 열쇠를 싸서 던졌다.

리처드는 몰리가 위층에 있는 걸 알면서도 한번 올려다보지도 않은 채 몸을 구부려 열쇠를 주웠다. "이렇게 던지는 거 무지 싫어하지." 몰리가 말했다. "유난스럽지 않니? 벌써 몇년이나 지났는데. 별거 아닌 듯 굴면서도 나름대로 싫은 티를 내는 거야."

리처드가 방으로 들어왔다. 이딸리아에서 이른 여름휴가를 보내며 살갗을 멋지게 그을린 참이라 그런지 중년의 나이임에도 훨씬 젊어 보였다. 몸에 딱 맞는 노란 운동복 셔츠에 새로 산 밝은색 바지 차림이었다. 리처드 포트메인은 여름이건 겨울이건 일요일엔 어김없이 야외 활동에 어울리는 옷차림을 즐기는 사람이었다. 지위에 걸맞은 이런저런 골프와 테니스 클럽 회원이면서도 그는 사업상의 이유가 아니면 결코 게임을 하지 않았다. 오래전부터 시골에 별장이 있었지만, 주말에 사업상 친교를 위해 필요한 경우가 아니면 그를 제외한 가족들만 그곳에서 지냈다. 그는 뼛속까지 도회적인 인간이었다. 주말이면 클럽과 술집, 바 이곳저곳을 다니며 시간을 보냈다. 약간 작은 키에 피부색이 짙고 다부진 몸에는 살집이 좀 있었다. 미소를 지을 때면 동그란 얼굴이 매력적이었지만 평상시엔 무뚝뚝하니 고집스러워 보였다. 약간 돌출된 이마와 부릅뜬 눈이 전체적으로 확고한 존재감을 주었고 끈질긴 의지의 소유자라는 느낌에도 한몫했다. 리처드는 성가시다는 듯 주홍색 스카프에 느슨하게 싸인 열쇠를 몰리에게 건넸다. 몰리가 열쇠를 받아 새하얀 손가락 사이로 부드럽게 미끄러지는 천을 이리저리 놀리며 말을 건넸다. "시골에서 건강한 하루를 보내려고 막 떠나는 참인가보네, 리처드?"

그런 유의 이죽거림에 이미 마음의 준비를 했던 터라, 그는 딱딱한 미소를 지으며 하얀 창틀 안으로 눈부시게 들어오는 햇빛을 향해 잠시 시선을 돌렸다. 그러다가 애나를 발견하자 자기도 모르게 얼굴을 찌푸리며 뻣뻣하게 고개를 까딱하더니 "손님이 계신 줄 몰랐네, 몰리"라고 말하며 서둘러 두 여자 모두에게서 떨어진 방 건너편 자리로 가 앉았다.

"애나는 손님이 아니지." 몰리가 말했다.

몰리는 햇빛 속에 나른하게 앉아, 자비롭게 봐주겠다는 표정으로 그가 앉은 쪽을 향해 고개를 돌리는 자신과 애나의 모습을 리처드가 충분히 의식할 때까지 일부러 잠시 기다린 다음 이렇게 물었다. "리처드, 포도주 마실래? 아님, 맥주나 커피? 그것도 싫으면 따뜻한 차 한잔?"

"스카치가 있으면 한잔해도 나쁘지 않겠군."

"바로 당신 옆에 있지." 몰리가 말했다.

하지만 그는 스스로 확신하기에 남자답다 할 만한 면모를 이미 충분히 내비친 터라 위스키 잔은 그대로 두었다. "토미 얘길 하러 왔어." 이렇게 말하고 리처드는 애나 쪽을 흘깃 보았는데, 그녀는 마지막 남은 딸기 한개를 핥아먹는 참이었다.

"그 얘긴 애나랑 이미 충분히 한 거 아닌가? 그렇게 들었는데. 덕분에 이제 셋이 함께 얘기할 수 있게 되었네."

"애나가 다 말한 모양이군……"

"딱히 그런 건 아니야." 몰리가 대답했다. "우리도 오늘 오랜만에 처음 만났거든."

"그럼 당신들이 속마음을 나누려는 걸 내가 괜히 방해한 셈이네." 쾌활하고 관대하게 대하려는 기색이 역력했다. 그럼에도 그의 말은 거들먹거리는 듯 들렸고, 두 여자는 우스우면서도 불편한 마음이었다.

리처드가 갑자기 일어섰다.

"벌써 가?" 몰리가 물었다.

"토미 방에 가보려고." 예상했던 대로 그는 이미 예의 독단적인 고함을 내지르기 위해 폐 속 가득 공기를 들이마신 상태였다. "리처드, 제발 걔한테 소리 좀 지르지 마. 이젠 어린애도 아니잖아. 게다가 방에 있는 것 같지도 않아." 몰리가 그를 제지했다.

"틀림없이 방에 있어."

"당신이 어떻게 알아?"

"위층에서 창밖을 내다보고 있었으니까. 아니, 당신은 어떻게 아들이 집에 있는지 없는지도 몰라?"

"모르면 어때서? 내가 그애 감시자는 아니잖아."

"글쎄, 그렇다고 치자. 그래서 결국 어떻게 됐지?"

두 사람은 이제 노골적으로 적의를 드러내며 마주 섰다. 몰리가 응수했다. "토미를 어떻게 키워야 했는지에 대해 당신과 입씨름할 생각 없어. 누가 옳았는지 따지기 전에 당신 세 아들이 다 자랄 때까지 기다려보자고."

"그 아이들 얘기를 하러 온 게 아니잖아."

"걔들 얘기는 왜 하면 안되는데? 벌써 골백번도 더 했잖아. 애나 랑도 얘기했던 거 아니야?"

두 사람이 분노를 다스리는 동안 잠시 정적이 흘렀는데, 자신들의 분노가 이미 그토록 강렬해진 게 놀랍기도 하고 두렵기도 한 터였다. 둘의 사연은 이랬다. 그들은 1935년에 처음 만났다. 몰리는 스페인 공화정의 대의명분에 깊이 개입하고 있었고 리처드도 마찬가지였다. (하지만 몰리가 늘 덧붙이듯이, 그는 이때 일을 정치적 이국 취미에 경도된 시절의 후회막심한 일탈로 언급하곤 했다. 그때는 다들 그랬잖냐며.) 부유한 포트메인가 사람들은 리처드의 정치 활동을 영구적인 공산주의 성향의 증거로 섣불리 단정하고 생활비를 끊어버렸다. ("세상에, 단 한푼도 주지 않다니! 당연히 리처드는 아주 기뻐했는데, 그때까지는 가족들이 자기에게 주목한 적이 한번도 없었거든. 그 참에 그는 대번에 당원증을 꺼내 들었지." 그때 일을 몰리는 이렇게 표현하곤 했다.) 리처드는 돈 버는 일 말고는 아무런 재주도 없었지만 그때는 미처 깨닫지 못한 채 2년간 몰리에게 얹혀살면서 작가가 되겠다고 습작까지 했다. (몰리는, 물론 세월이 흐른 뒤에야, 이렇게 말했다. "이보다 더 진부한 태도를 상상할 수 있겠어? 리처드야 뭐든 남들과 똑같이 해야 하는 위인이긴 하지만. 그땐 누구든 위대한 작가가 되고 싶어했잖아. 그 모두가! 공산주의자의 옷장 속에 있는 그야말로 치명적인 해골 알지? 정말 끔찍한 진실 말이야. 그건 바로 당의 노병들이, 수년간 당 말고는 어떤 생각도 해본 적 없을 것 같은 그 사람들이 누구 할 것 없이 낡은 원고나 시 뭉치를 어딘가에 숨겨놓고 있다는 거야. 누구나 우리 시대의 고리끼나 마야꼽스끼가 되고자 했지. 끔찍하지 않니? 애처롭기도 하고. 모두 실패한 작가인 셈이잖아. 뭔가 의미심장한 일이지. 그게 뭔지는 모르겠지만.") 몰리는 모종의 경멸을 느끼며 리처드를 떠난 뒤에도 수개월 동안 그에게 생활비를 대주었다. 리처드는 좌파 정치에 갑작스러운 반감을 느꼈고, 같은 시기 몰리가 부도덕하고 무책임한 보헤미안이라는 결론을 내렸다. 또 이혼 후에 자기가 토미를 키우겠다고 을러댔으나 어쨌든 몰리로서는 다행스럽게도 그가 어떤 여자와 잠깐 동안이나마 연애한 사실이 꽤 널리 알려지면서 그렇게는 할 수 없게 되었다. 그뒤에는 포트메인가의 품에 다시 안겨, 몰리가 애정 어린 조소를 담아 표현했던 이른바 '씨티의 일자리'를 받아들였다. 지위를 물려받기로 한 뒤로 리처드가 얼마나 대단한 거물이 되었는지 몰리는 지금까지도 제대로 알지 못했다. 이후 리처드는 매리언과 결혼했는데, 당시 매리언은 어리고 따스한 성품을 지닌 상냥하고 조용한 아가씨로 꽤나 명망 있는 집안 출신이었다. 그들 사이에서 세 아들이 태어났다.

몰리는 여러 방면에 재주가 있던 터라 춤을 잠시 추었지만 발레리나로 성공할 체형이 아니라는 이유로 그만두었고, 시사풍자극에서 노래하고 춤추는 역할도 해보았지만 너무 경박하다는 생각에 때려치웠고, 그림 수업도 들었으나 전쟁이 발발한 뒤 언론인으로 활동하면서 그마저도 관두었다. 그뒤엔 공산당 문화 선전 활동에 종사하면서 언론 일도 접었는데, 몰리 같은 사람들이 다 그랬듯 끔찍한 권태를 견디지 못한 탓에 공산당 활동마저 종국에는 집어치웠다. 결국 몰리는 조연급 배우가 되었고, 자괴감에 한참 시달린 뒤에야 비로소 자신이 본질상 딜레탕뜨라는 진실과 화해하기에 이르렀다. 그녀가 가진 자존감의 근원은 스스로 표현하듯 무릎을 꿇고

---

1 기업 본사와 금융회사 건물이 밀집한 런던 중심부 지역.

어딘가로 기어 들어가 안착하지는 않았다는, 가령 안전한 결혼 생활에 주저앉지 않았다는 데 있었다.

몰리가 느끼는 불안의 비밀스러운 근원은 다름 아닌 토미였다. 리처드와 1년 넘게 전쟁을 벌이는 것도 그 아이 때문이었다. 리처드는 몰리가 토미를 혼자 지내도록 집에 남겨둔 채 1년이나 떠나 있었다는 사실을 특히 못마땅해했다.

원망을 가득 담아 리처드가 말했다. "작년에 당신이 그 아이를 혼자 내버려둔 동안 자주 만났는데……"

몰리가 말을 잘랐다. "내가 벌써 여러번 설명했거나 아니면 설명하려고 무진 애를 썼는데, 충분히 생각한 다음, 혼자 있는 게 그 아이에게도 좋겠다 싶어 결정한 일이야. 왜 당신은 토미가 아직 어린 애인 양 말하는 거야? 벌써 열아홉이 넘었다고. 편안한 집에다 생활비도 넉넉히 주고, 모든 것이 제대로 갖춰진 상태로 떠났다니까."

"토미를 떼어놓고 온 유럽을 활개 치며 실컷 재미 보고 다닌 건 왜 인정하지 않으시나?"

"물론 즐거운 시간도 누렸지. 뭐, 그러면 안될 이유라도 있어?"

리처드가 큰 소리로 기분 나쁜 웃음을 터뜨리자, 몰리는 참지 못하고 말을 이었다. "정말이지, 애 낳고 처음으로 맛본 자유로운 시간이었어. 그게 뭐가 나빠? 당신은 하고 싶은 대로 다 하고 돌아다니면서 매리언, 그 사람 좋은 작달막한 여자는 사내애들에게 손발이 묶여 꼼짝 못하고 살잖아. 당신이 뭘 하고 다니는지야 논외로 치고 말이야. 입이 아프게 얘기해도 도대체 당신은 내 말을 알아듣는 법이 없어. 난 토미가 저 빌어먹을, 엄마 치마폭에 싸인 영국 남자가 되는 게 싫었어. 나한테서 완전히 벗어나길 바랐지. 진심이니까 웃지 마. 토미와 내가 이 집에서 단둘이 살면서 너무 가깝게 지내며 서로의 모든 것을 아는 게 꼭 좋은 일은 아니거든."

짜증이 난 리처드는 눈살을 찌푸리며 쏘아붙였다. "이 문제에 관한 당신의 개똥철학은 이미 다 알고 있으니까 그만하시지."

이때 애나가 끼어들었다. "몰리만 그런 건 아니야. 내가 아는 모든 여자, 그러니까 정신이 제대로 박힌 여자들은 다들 자기 아들이 그렇게 될까 걱정하고 있어…… 그럴 만한 충분한 이유도 있고."

이 말에 리처드는 적의에 찬 눈길을 애나에게 돌렸고 몰리는 두 사람을 날카롭게 주시했다.

"그렇게 된다는 게 뭔데, 애나?"

"그러니까 내 말은," 애나가 일부러 상냥하게 대답했다. "자기 성생활에 약간 불만을 느낀다든가 그런 거? 음, 내가 그걸 좀 지나치게 강조했나?"

밉살스러운 짙은 홍조로 리처드의 얼굴이 붉어졌다. 이어 그는 몰리 쪽을 돌아보며 말했다. "좋아, 당신이 해서는 안되는 어떤 일을 일부러 벌였다고 말하려는 건 아니야."

"고맙네."

"하지만 그 녀석, 대체 뭐가 문제야? 시험을 제대로 통과한 적이 있나, 옥스퍼드에는 가지 않겠다지, 그냥 앉아서 생각에만 잠겨 있으니……"

생각에 잠겨 있다는 말에 애나와 몰리는 웃음을 터뜨렸다.

"그 녀석 정말 걱정이야." 리처드가 말을 이었다. "정말이지 걱정스럽다고."

"나도 염려하고 있어." 몰리가 사려 깊게 대답했다. "그게 우리가 의논해야 할 문제 아니었어?"

"내가 그 녀석한테 이것저것 계속 제의하고 있다고. 도움이 될 만한 사람들을 사귈 수 있는 온갖 종류의 모임에 나오라고 말이야."

몰리가 다시 웃음을 터뜨렸다.

"좋아, 비웃고 조롱해. 하지만 지금 우리가 웃으며 여유 부릴 상황은 아니라고."

"걔한테 도움이 된다길래 난 감정적인 도움을 상상했지. 당신이 혼자 잘나신 작은 속물이라는 걸 자꾸 깜박하네."

"말로는 아무에게도 상처를 주지 못하는 법이야." 예상 밖의 위엄을 갖추며 리처드가 대꾸했다. "원한다면 실컷 비난하라고. 당신은 당신 방식대로 살아왔고, 난 내 식대로 살아왔잖아. 내가 말하고 싶은 건, 그 아이가 원하는 무엇이든 난 해줄 수 있는 위치에 있다는 거야. 그런데도 도통 관심이 없으니. 걔가 당신네 무리와 건설적인 뭐라도 하고 있었다면 상황이 좀 다를 텐데."

"당신, 늘 내가 토미를 당신에게 맞서게 한다는 식으로 말하더라."

"그게 틀림없는 사실이니까."

"당신이 사는 방식이나 소중히 여기는 것들, 당신의 성공 게임, 그런 것들을 내가 어떻게 생각하는지 매번 지적했다는 뜻이라면 물론 그렇다고 할 수 있지. 내가 믿는 모든 것에 대해 침묵해야 할 이유라도 있나? 그래도 난 늘 토미에게 이렇게 말했어. 저기 네 아버지가 있다. 아버지의 세상이 어쨌거나 존재하고 있으니 그 세상에 관해 너도 알아야 한다."

"대단하셔."

"몰리는 늘 토미에게 당신을 더 자주 만나야 한다고 했어." 애나가 끼어들었다. "그건 분명해. 나도 마찬가지로 그렇게 말했고."

그들이 무슨 말을 했는지는 중요한 문제가 아니라는 듯, 리처드는 성가시다는 표정으로 고개만 까딱할 뿐이었다.

"리처드, 당신은 아이들에 대해선 도통 아는 게 없어. 아이들은 분열된 상태를 달가워하지 않아." 몰리가 말했다. "토미가 알고 지내는 내 주변 사람들을 봐. 화가, 작가, 배우 들 말이야."

"정치꾼들도 있지. 동지들을 잊으면 쓰나."

"그래, 그들이 빠져야 할 이유도 없지. 토미는 자기가 살아가는 이 세상에 대해 뭘 좀 깨달아가면서 자랄 거라고. 이건 당신네 세 아들에 관해 당신이 말할 수 있는 것, 그러니까 걔들 전부를 이튼과 옥스퍼드에 집어넣는 일 이상의 중요한 성취야. 토미는 온갖 종류의 사람들과 부대끼며 컸어. 그 아이만큼은 상류층의 좁은 웅덩이에서 세상을 보게 되지 않을 거야."

애나가 끼어들었다. "이런 식으로 하다간 아무 결론도 안 나겠다." 자기 말에 담긴 분노를 의식하며 애나는 농담으로 무마하려 했다. "결국 절대 결혼해선 안 될 사람들이 결혼했다는 건가? 아니면 최소한 자식은 낳지 말았어야 했는데 낳았고." 목소리에 다시 분노의 기색이 담겨 있음을 의식한 그녀는 이를 누그러뜨리려고 덧붙였다. "수년 동안 똑같은 얘기를 하고 또 하고 또 했잖아? 어떤 일에도 결코 합의 못하리라는 사실을 이제 받아들이고 그만합시다."

"토미가 걸린 문제인데 어떻게 그만둘 수 있겠어?" 리처드가 벌컥 짜증을 냈다.

"꼭 소리를 질러야겠어?" 애나가 말했다. "토미가 다 듣고 있을 수도 있잖아? 이런 게 아마 토미의 문제겠네. 자기 때문에 부모가 입씨름을 벌인다고 느끼겠지."

몰리가 황급히 문 쪽으로 가더니 문을 열고 귀를 기울였다.

"말도 안돼. 위층에서 타자 치는 소리가 들리잖아." 그러더니 그녀는 다시 돌아와 말했다. "애나 네가 영국인 티를 내면서 격식을 차리면 진짜 피곤해지더라."

"목청 높이는 게 싫어서 그래."

"글쎄, 난 유대인이라 그게 좋은데."

리처드는 다시 고통스러운 기색이었다. "좋아, 당신은 스스로를 미스 제이컵스라고 부르지. 미스라니. 독립과 자기만의 정체성을 누릴 권리 때문에 말이야. 그게 뭘 의미하든 관심도 없으면서. 하지만 토미는 그런 미스 제이컵스를 엄마로 둬야 하는 거잖아."

"미스가 못마땅하신 게 아니겠지." 쾌활한 어조로 몰리가 응수했다. "제이컵스가 문제 아니야? 그렇잖아. 당신은 언제나 반유대주의자였으니까."

"미치겠군." 리처드가 짜증을 냈다.

"말해봐. 당신 친구 중에 유대인이 몇이나 되지?"

"나한테 친구는 없고 사업상 지인만 있다고 말했던 사람은 당신 아니었나?"

"물론 당신 여자친구들을 빼면 그렇지. 흥미롭게도 나랑 헤어지고 만난 여자 중 유대인이 셋이나 되더라."

"제발 작작 좀 해." 애나가 다시 끼어들었다. "난 집에 가야겠다." 그러고는 창에 기댔던 몸을 일으키며 나갈 채비를 했다. 몰리가 웃으며 일어나 애나를 붙들어 앉혔다. "여기 그냥 있어. 의장 노릇 해야지. 그런 역할 꼭 필요해."

"좋아," 애나가 마음을 굳히고 말을 이었다. "할게. 그러니 제발 입씨름은 그만해. 대체 뭐가 문제니? 우리 모두 똑같은 얘기를 하고 있다는 건 인정하지?"

"우리가?" 리처드가 되물었다.

"그래. 일단 당신이 벌여놓은 사업들 중 일자리 하나를 토미에게 줘야 한다는 게 몰리의 생각이야." 몰리처럼 애나도 리처드의 세계에 대해 반사적으로 경멸을 표하며 말했고, 그러자 리처드는 짜증스러운 웃음을 터뜨렸다.

"내가 벌여놓은 사업들 중 하나라. 몰리 당신, 정말 그런 생각이야?"

"이런 말 할 기회를 굳이 준다면, 그래 맞아."

"됐네." 애나가 말했다. "그럼 싸울 이유가 없네."

리처드는 이제 위스키를 한잔 따랐다. 넉살 좋게 참는다는 듯이. 몰리도 같은 표정으로 기다렸다.

"그럼 이제 다 된 건가?" 리처드가 물었다.

"물론 아니지." 애나가 대꾸했다. "토미도 같은 생각이어야 하니까."

"그럼 다시 원점이네. 몰리, 소중한 당신 아들이 돈의 신을 섬기는 무리들과 어울리는 걸 왜 그토록 반대하는지 이유를 물어봐도 되려나?"

"내가 그 아일 좋은 사람으로 키웠으니까. 토미는 괜찮은 인간으로 성장했어."

"그래서 나 때문에 타락하면 안된다 이건가?" 리처드는 애써 화를 누르고 미소까지 지으며 대꾸했다. "당신이 가치를 두는 그것들을 그토록 놀라울 정도로 확신할 수 있는 이유가 대체 뭔지 물어봐도 될까? 최근 2년간 그것들이 꽤 타격을 입었는데 말이지, 그렇지 않아?"

두 여자는 시선을 교환했다. 방금 그 말은 어차피 나올 얘기였으니 그냥 무시하자는 뜻이었다.

"토미의 진짜 문제는 자기 삶의 절반을 공산주의자들 혹은 자칭 공산주의자들에 둘러싸인 채 보냈다는 거야. 이런저런 이유로 어울린 사람들 대부분이 그런 자들이었지. 이제 그들 모두 당을 떠나고 있거나 이미 떠났잖아. 그게 토미에게 영향을 끼쳤다고 생각하지 않나?"

"뭐, 그야 물론 그렇지." 몰리가 대답했다.

"물론 그렇지." 짜증 섞인 웃는 얼굴로 리처드가 따라 했다. "대답 한번 시원하네. 하지만 당신의 소중한 가치들은 어떤 대가를 치르게 되려나. 영광스러운 쏘비에뜨의 아름다움과 자유 위에서 토미를 키운 대가 말이야."

"당신이랑은 정치 얘기 하기 싫어."

"그래," 애나가 말했다. "정치 얘긴 절대 금지야."

"관련이 있는데 왜 안된다는 거야?"

"당신은 토론을 하는 게 아니라 신문에서 따온 표제어들만 들먹거리니까." 몰리가 응수했다.

"그래, 그럼 이렇게 한번 말해보지. 2년 전에 당신과 애나는 회합이란 회합에는 죄다 참석하고 눈에 보이는 모든 걸 조직하고 다녔잖아……"

"난 안 그랬는데." 애나가 말했다.

"발뺌하지 마. 어쨌든 몰리는 분명 그랬지. 그래서, 지금은 어떤 상태지? 러시아는 엉망이 되었고, 동지들은 어떤 대가를 치렀지? 내가 알기로는 그들 대부분이 신경쇠약으로 고통 당하거나 아니면 돈을 엄청나게 벌고 있다지."

"중요한 건," 애나가 말했다. "이 나라에선 사회주의가 영 답보

상태라는 거야."

"다른 모든 나라에서도 그렇지."

"좋아. 사회주의자로 자랐는데 지금은 사회주의자가 되기 어려운 시대라는 게 토미의 문제라면, 그 점에는 우리도 동의해."

"그 우리라는 건 폐하께서 쓰시는 우리인가? 사회주의자들의 우리? 아니면 그냥 애나와 몰리의 우리를 말하는 건가?"

"사회주의자의 우리가 맞겠네. 이 논쟁의 목적에 부합하려면." 애나가 대답했다.

"하지만 당신들도 지난 2년 사이에 전향했잖아."

"아니, 그렇지 않아. 그건 삶을 바라보는 방식의 문제니까."

"내가 보기엔 지금 삶을 바라보는 당신의 방식은 무정부주의의 방식인데, 그걸 사회주의자의 방식으로 봐달라고?"

애나는 몰리 쪽을 살폈다. 몰리는 아주 살짝 고개를 저었지만, 리처드는 놓치지 않았다. "애송이 앞에서 토론은 하지 말자, 그거야? 당신들 보면 참 기가 막힌 게, 대체 어디서 그런 터무니없는 오만함이 나오는 거지? 몰리, 당신 대체 뭐야? 당신 요새 「큐피드의 날개」라는 걸작에서 배역 하나 맡았다며?"

"우리 조연 배우들은 입맛대로 극을 고를 수 없어. 게다가 1년이나 놀았잖아, 그래서 파산 상태거든."

"아, 그렇다면 당신의 자신감은 빈둥거리는 데서 나오는 건가? 확실히 하는 일에서 나오는 것 같지는 않으니."

"발언 멈춰." 애나가 말했다. "내가 의장이니까. 이 얘기는 여기서 그만두지. 우린 토미 이야기를 하고 있잖아."

몰리는 애나의 말을 무시한 채 공세를 시작했다. "당신이 나에 대해서 하는 말이 사실일 수도, 아닐 수도 있어. 하지만 당신의 그 오만한 태도야말로 도대체 어디서 나오는 거야? 난 토미가 사업가가 되는 게 싫어. 당신이 그런 인생을 그럴싸해 보이게 광고해온 것도 아니잖아. 사업가야 누구라도 될 수 있지. 당신도 종종 그렇게 말하지 않았어? 그러니 그만해, 리처드. 이 집으로 찾아와 거기 앉아서는 당신 삶이 얼마나 공허하고 어리석은지 떠들어댄 게 대체 몇번이더라?"

애나가 얼른 경고의 손짓을 하자 몰리는 어깨를 한번 으쓱하고는 말했다. "좋아, 내가 그리 요령 있는 편은 아니라는 거 인정해. 하지만 왜 그래야 하는데? 리처드가 말한 대로 내 삶은 별 볼 일 없어. 나도 인정한다고. 그럼 리처드 당신 삶은 대체 어떤데? 당신의 불쌍한 매리언, 아내 혹은 안주인이면서도 결코 인간 대접은 못 받는 매리언을 보라고. 당신 아이들, 단지 당신이 원한다는 이유로 상류층 제조 공장에 떠밀려 들어가는 그 아이들한테는 아무런 선택권도 없잖아. 당신의 그 멍청하고 하잘것없는 연애들. 대단하다 싶은 게 대체 뭐가 있어?"

"당신들 나를 입방아에 올려놓고 꽤나 속속들이 찢어댄 모양이군." 애나를 향해 적의를 드러내며 리처드가 중얼거렸다.

"아니, 그렇지 않아." 애나가 말했다. "적어도 지난 몇년은 안 그랬어. 우리 지금 토미 얘기를 하고 있잖아. 그 아이가 찾아왔길래 난 리처드 당신을 만나보라고 했어. 전문적인 일자리가 없는지, 그냥 사업 말고, 그냥 사업은 멍청한 짓이니까 유엔이나 유네스코같이 뭔가 건설적인 일이 있는지 알아보라고 일러줬지. 그런 일자릴 당신 통해서 얻을 수도 있잖아?"

"그렇긴 하지."

"그랬더니 걔가 뭐래, 애나?" 몰리가 물었다.

"토미 말이, 생각할 시간이 필요하대. 안될 이유 없잖아? 이제 겨우 스물이야. 인생에 관해 생각하고 실험하길 바란다면 그렇게 하도록 놔둬야 하는 거 아니야? 뭣 때문에 그 아일 몰아세워야 해?"

"한번도 몰아세워진 적이 없다는 게 토미의 문제지." 리처드가 말했다.

"알려줘서 고맙기도 하네." 몰리가 응수했다.

"목표라는 걸 가져본 적이 없는 놈이야. 몰리는 무슨 어른 대하듯 늘 그 녀석을 방치했으니까. 자유니, 네가 스스로 결정하라느니, 이래라저래라 하지 않으마, 그렇게 아이를 대하는 게 올바른 태도라고 생각해? 동지니, 규율이니, 희생이니, 그러면서 권위에는 또 넙죽 엎드리고……"

"당신이 할 일을 얘기해줄 테니까 잘 들어." 몰리가 말했다. "당신 사업 중에서 단순한 이윤 추구나 판촉이나 돈벌이 따위 아닌 부문에 자리 하나 마련해. 건설적인 일거리를 알아보라는 뜻이야. 그런 일자릴 찾아내면 토미에게 말하고 결정은 개한테 맡겨."

딱 들러붙은 샛노란 셔츠 위로 얼굴은 화가 나서 벌게진 채, 리처드는 두 손에 쥔 위스키 잔을 빙글빙글 돌리며 그걸 내려다보고 있었다. "고맙군." 마침내 그가 입을 열었다. "그렇게 하지." 자신이 아들에게 제공할 것의 가치에 관해 그토록 완고한 자만심을 내비치며 이 말을 내뱉었기에 애나와 몰리는 서로를 향해 다시 눈썹을 올리며, 늘 그랬듯 이번 대화도 아무 소용 없었다는 의견을 눈짓으로 교환했다. 리처드가 이 무언의 비난을 가로막기 위해 덧붙였다. "당신들 참 별나게 순진해."

"사업에 대해서 말이야?" 몰리가 커다란 소리로 유쾌하게 웃으며 물었다.

"큰 사업에 대해서겠지." 애나가 즐거운 기분으로 나지막하게 덧붙였는데, 사실 그간 리처드와 대화를 나누며 그의 권력이 어느 정도나 되는지를 깨닫고 꽤 놀라긴 했던 터였다. 하지만 그 점이 애나가 느끼는 그의 존재감을 키운 것은 아니었다. 도리어 국제적 자본이라는 배경과 대비되어 그가 더 쪼그라든 듯 여겨졌다. 남편이었던 이 남자, 이 나라의 강력한 자본가 중 하나인 남자에게 일말의 존경심도 느끼지 않는 몰리가 애나는 더 좋아졌다.

"오오." 몰리가 못 견디겠다는 듯 신음을 냈다.

"엄청나게 큰 사업." 애나는 몰리가 이 말에 맞장구쳐주기를 바라며 웃었지만, 이 여배우는 어깨를 크게 으쓱이는 특유의 몸짓과 함께 하얀 두 손을 내밀어 손바닥을 펴 보였다가 다시 무릎에 올려놓을 뿐이었다.

"그 얘기로 몰리에게 깊은 인상을 남기는 건 다음 기회로 미뤄야겠는데." 애나가 리처드를 향해 말했다. "최소한 노력은 해볼게."

"이게 다 무슨 소리야?" 몰리가 물었다.

"소용없어." 냉소와 울분과 분노를 담아 리처드가 말했다. "그 숱한 세월 동안 저 여자가 단 한번이라도 내게 뭔가 물어볼 만큼 관심을 보인 적이 없었다는 거 혹시 알려나?"

"당신은 토미 수업료를 지불했지. 내가 당신한테 원한 건 그게 다였고."

"몰리, 넌 사람들한테 리처드가 일종의 영세기업가라고 했잖아. 고만고만하게 성공한 식료품업자쯤 되는 양 말이야." 애나가 말했다. "근데 알고 보니 내내 재계의 거물이었잖니. 참 대단한 인물이긴 하다. 우리가 증오해야 하는 자들 중 하나인 셈이네, 원칙상 말이야." 그러면서 그녀는 웃었다.

"정말 그런가?" 이 평범하고, 적어도 자기가 보기엔 별로 똑똑하지도 못한 이 남자가 뭐라도 된다는 사실에 약간은 놀랐다는 듯 관심을 보이며 몰리가 비아냥거렸다.

애나 역시 똑같이 느꼈기에 그 표정을 알아차렸고, 따라 웃었다.

"맙소사," 리처드가 말했다. "당신들과 이야기하면 마치 야만인들을 상대하는 것 같아."

"왜?" 몰리가 받아쳤다. "뭐, 당신 참 대단한 사람이네, 이렇게 느껴야 맞는 거야? 혼자 힘으로 그 자리에 올라선 것도 아니잖아. 그냥 물려받아놓고는."

"그게 어때서? 지위 자체가 중요한 거야. 체제가 잘못된 것일 수는 있지. 이 문제에 대해선 논쟁할 생각 없어. 당신들 어느 한쪽과 생각이 같아서가 아니라, 경제에 대해선 둘 다 원숭이처럼 무지하니까. 하지만 이 나라를 돌아가게 하는 게 바로 그 체제거든."

"물론 그렇겠지." 몰리가 말했다. 손바닥을 위로 향한 채 두 손을 무릎에 가만히 올려놓은 상태였다. 이제 몰리는 무릎 위에 두 손을 모으고 훈계를 기다리는 아이의 몸짓을 무의식적으로 흉내 내고 있었다.

"그런데 왜 경멸하는 거야?" 리처드는 틀림없이 이 얘기를 이어 갈 태세였지만, 조용히 비웃는 몰리의 손을 보고 이내 말을 멈췄다. "빌어먹을!" 그가 관두며 내뱉었다.

"그렇지 않아. 경멸하기엔 뭐랄까, 너무 익명성이 강하잖아. 우리가 경멸하는 건……"

몰리는 당신이라는 말은 잘라먹고, 예의를 차리지 못했다는 자책감에 조용히 무례를 범하던 손동작을 멈췄다. 그러고는 얼른 등 뒤로 돌려 손을 숨겼다. 그 모습이 애나는 재미있었다. 넌 단지 손놀림으로 그를 조롱해서 말을 막아버리는구나, 이렇게 말해도 몰리는 무슨 뜻인지 모르겠지. 저렇게 할 수 있다니 참 대단해. 그런 것도 타고난 복이지……

"그래, 당신들이 나 경멸하는 건 알아. 하지만 이유가 뭐지? 몰리 당신은 어정쩡한 여배우에 불과하고, 애나는 한때 책을 썼다지?"

몰리가 본능적으로 손을 옆구리에서 들어올려 무심히 무릎 위를 만지작거렸는데, 마치 이렇게 말하는 것 같았다. 리처드 당신은 정말이지 지루하기 짝이 없는 인간이야. 리처드는 그 의미를 알아차리고 인상을 썼다.

"그게 무슨 상관이야." 몰리가 말했다.

"상관이 왜 없어?"

"우리가 굴복하지 않았기 때문이겠지." 몰리가 진지하게 대답했다.

"무엇에?"

"모른다면 얘기해줄 수도 없어."

리처드는 자리를 박차고 일어설 기세였다. 허벅지 근육이 팽팽해지고 경련이 이는 모습이 애나의 눈에 들어왔다. 싸움을 막기 위해 그녀는 얼른 입을 열어 그의 불길을 자기 쪽으로 당겼다. "바로 그게 문제야. 당신은 늘 이야기를 늘어놓지만 진짜 무슨 일이 벌어지는지 전혀 모르지. 그래서 어떤 것도 제대로 이해하지 못하잖아."

애나가 의도했던 대로 되었다. 리처드는 그녀 쪽으로 몸을 돌려 앞으로 기울였고, 그래서 애나는 금빛 잔털로 덮인 채 열기를 뿜어내는 매끈한 구릿빛 팔과 역시 구릿빛의 목덜미, 역시 구릿빛에 열이 올라 불그스레한 그의 얼굴을 똑바로 마주하게 되었다. 자기도 모르게 싫은 기색을 내비치며 살짝 뒤로 물러나는 순간 리처드가 말했다. "글쎄, 애나, 황송하게도 난 당신을 전보다 더 잘 알게 됐는데 말이지. 당신이 뭘 원하는지, 세상사에 대해 무슨 생각을 하고 어떤 식으로 지내는지 알게 되었다고 해서 당신이 대단한 사람으로 보이진 않는데."

얼굴의 홍조를 의식하며 애나는 애써 그의 눈빛에 맞서 일부러 느릿하게 말을 끌었다. "아마도 당신이 달갑지 않은 건 내가 스스로 원하는 게 뭔지 알고, 언제나 실험할 준비가 된 자세로 살아왔고, 이류 인생을 그 이상인 척 스스로에게 절대 가장하지 않고, 거절할 때가 언제인지를 안다는 점 아닐까?"

몰리는 재빨리 두 사람을 번갈아 쳐다보며 한숨을 내쉬더니 강조하듯이 무릎에 손을 툭 떨궈 감탄을 표하고는 무의식적으로 고개를 끄덕였다. 의혹을 확인해서이기도 했고 애나의 결례를 승인한다는 뜻이기도 했다. 몰리가 일부러 오만하게 말을 느릿느릿 끌며 "저기, 대체 무슨 일인데 그래?"라고 묻자 리처드가 돌아보았다. 몰리는 다시 입을 열었다. "당신, 우리가 사는 법을 두고 한번만 더 우리를 공격하면, 내가 해줄 수 있는 말은 이것뿐이야. 당신 자신의 사생활이 어떤 꼴인가 보면 그런 말은 삼갈수록 좋을 거라고."

"그래도 난 체면 유지는 하거든." 리처드는 이렇게 대꾸했고, 예상했던 말을 그가 그렇게도 기꺼이 내뱉는 걸 보고 애나와 몰리는 동시에 폭소를 터뜨렸다.

"그럼, 그거야 우리도 잘 알지." 몰리가 말했다. "그나저나 매리 언은 좀 어때? 진짜 궁금해서 그래."

리처드는 이제 세번째로 같은 말을 했다. "그 문제도 당신들 입방아에 이미 올랐던 모양이군." 그러자 애나가 끼어들었다. "당신이 날 찾아왔던 거 몰리에게 얘기했어. 당신에게 하지 않은 말도 몰리에게 해줬지. 매리언도 날 만나러 왔었다는 거."

"그럼 이제 그 얘기나 들어볼까?" 몰리가 말했다.

애나는 리처드가 자리에 없는 양 이야기를 시작했다. "글쎄, 듣자 하니 매리언이 아주 골칫덩어리라 리처드가 걱정인 모양이야."

"언제는 안 그랬나 뭐." 몰리도 애나와 같은 어조로 대꾸했다.

리처드는 잠자코 앉아 두 여자를 번갈아 바라보았다. 그가 일어서서 나가버리면 그냥 내버려둘 태세로, 한편 뭐라고 정당성을 주장하는지 들어볼 생각으로 두 사람은 잠깐 기다렸다. 하지만 그는 아무 말도 하지 않았다. 자신에게 노골적으로 적의를 드러내는 이 두 여자가 한 조가 되어 조롱하며 비난을 퍼붓는 통에 아예 넋이 나간 것 같았다. 심지어 고개를 끄덕이기까지 했는데, 어디 계속해보라고 말하는 듯했다.

몰리가 입을 열었다. "우리 모두 잘 알듯이, 리처드는 자기보다 신분이 낮은 여자와 결혼했잖아. 아, 물론 사회적 신분 말고. 그 정도로 부주의한 사람은 아니니까. 하지만 그의 말을 그대로 옮기자면, 그 아내는 참하고 평범한 그저 그런 여성이야. 운 좋게 가문 방계에 귀족들이 여기저기 박혀 있기는 하지만. 분명 그분들이 회사 공문서 상단을 장식하는 데 아주 유용하실 테지."

이 말에 애나는 피식 웃었다. 귀족들은 리처드가 주무르는 종류의 돈과는 아무 상관이 없기 때문이다. 하지만 몰리는 그 웃음을 무시한 채 말을 이었다. "물론 사실상 세상 모든 남자가 참하고 평범하고 지루한 여자와 결혼했지. 참 안된 일이야. 우연찮게도 매리언은 착한 사람이지만 절대 명청하진 않거든. 다만 15년 동안이나 자신을 어리석은 여자로 느끼게 만드는 남자의 아내로 살아왔을 뿐······."

"그 멍청한 아내가 없다면 이 남자들은 도대체 어떻게 될까?" 애나가 한숨을 쉬며 맞장구를 쳤다.

"아, 그건 당최 모르겠다. 정말 우울해지고 싶을 때 난 근사한 남자들, 그러니까 멍청한 마누라를 둔 멋진 남자들을 떠올리곤 해. 얘기를 들어보면 억장이 무너질 지경이거든. 진짜 그렇다니까. 마찬가지로 여기 멍청하고 평범하기 짝이 없는 매리언이 있어. 물론 리처드는 대부분의 남자가 그러듯이 꽤 충실했어. 즉, 첫아이를 낳고 아내가 산후조리원에 들어가기 전까지는 말이야."

"그렇게 오래전 이야기를 왜 다시 꺼내는 거야?" 심각한 대화를 나누는 양 리처드가 자신도 모르게 소리를 지르자 두 여자는 다시금 폭소를 터뜨렸다.

몰리가 웃음을 그치고 진지하나 성마른 어조로 말했다. "아, 빌어먹을 리처드, 당신 왜 그렇게 바보처럼 구는 거야? 당신은 매리언이 아킬레스건이라며 자기연민에 빠져서 아무것도 안하잖아. 그러면서 왜 오래전 일을 들먹거리느냐고?" 몰리는 아주 정색을 하고 똑 부러지게 그를 질책했다. "매리언이 산후조리원에 갔을 때 말이야."

"13년 전 일이야." 리처드가 괴로운 얼굴로 대꾸했다.

"당신 곧장 나한테 왔지. 내가 당신과 곧바로 침대로 뛰어들 거라고 생각하는 것 같더라. 받아주지 않으니까 남자로서 자존심이 완전히 구겨졌지. 기억나? 이제 우리 자유로운 여자들은 깨달았어. 아내가 산후조리원에 들어가는 순간, 그 소중한 톰, 딕, 해리는 곧장 애인 집으로 찾아간다는 사실을, 늘 아내 친구 중 한명과 자고 싶어한다는 사실을 말이야. 그렇게 많은 이들에게 해당하는 아주 흥미로운 심리학적 사실인데, 왜 그러는지는 통 모르겠어. 하지만 틀림없는 사실이지. 난 한번도 받아준 적 없어. 당신이 또 누구를 찾아갔는지 모르겠지만……"

"내가 누군가에게 갔다는 건 어떻게 아는데?"

"매리언이 아니까 내가 알지. 이런 일들이 소문을 타는 거 참 안된 일이야. 그 일이 있고부터 당신은 애인을 줄줄이 만들었잖아. 그 여자들에 관해 매리언은 죄다 알게 되었지. 당신은 매리언에게 다 털어놓아야 직성이 풀리니까. 매리언에게 아무 말도 하지 않았다면 당신 그만큼 신나지 않았겠지?"

리처드는 당장이라도 뛰쳐나갈 태세였다. 허벅지 근육이 굳어졌다가 다음 순간 풀리는 모습이 애나 눈에 보일 정도였다. 하지만 마음을 바꿨는지 그는 잠자코 앉아 있었다. 꽉 다문 입에 한자락 야릇한 미소를 띤 채로. 채찍질을 당하면서도 미소 짓고 있기로 작정한 사람 같았다.

"그러는 동안 매리언은 세 아이를 길렀지. 정말 불행하게 살면서. 가끔씩 당신은 매리언에게 애인을 구하는 것도 나쁘지 않을 거라는 말을 흘렸어. 그럼 조금은 피차일반이 되니까. 심지어 매리언이 너무나 틀에 박힌 중산계급 여자라는 둥 지겹도록 인습적이라는 둥 그런 말까지 했잖아……" 몰리는 잠시 멈추고 리처드를 향해 싱글거렸다. "참 대단한 척하는 하찮은 위선자야, 정말." 거의 상냥하게 느껴지는 목소리였다. 일종의 경멸에서 나오는 상냥함. 리처드는 다시 불편하게 사지를 움직이더니 최면에 걸린 사람처럼 말했다. "계속해봐." 그러고는 다음 순간 곤경을 자초했다는 걸 깨닫고는 서둘러 덧붙였다. "당신이 그 일을 어떻게 말하려나 궁금하네."

"하지만 분명 놀랄 일은 아니잖아?" 몰리가 말했다. "당신이 매리언 대하는 방식을 두고 내가 어떤 느낌을 받았는지 숨겼던 기억은 없는데. 결혼한 첫해를 빼면 줄곧 매리언을 무시했잖아. 아이들이 어렸을 땐 코빼기도 안 비쳤지. 사업상 친구들을 접대하거나 호화로운 만찬이니 뭐니 그딴 거 준비해야 할 때를 빼면 말이야. 하지만 매리언 자신을 위해서는 뭐 하나 해준 게 없었어. 드디어 어떤 남자가 나타나 매리언에게 관심을 보였고, 순진한 매리언은 당신이 상관하지 않을 거라고 생각했지. 애인이나 구해보지 그래, 아내가 당신 여자들에 대해 불평할 때면 그렇게 입버릇처럼 말했으니까. 그런데 막상 매리언이 바람을 피우니까 난리를 쳤지. 참지 못하고 아내를 협박하기 시작했어. 그러자 그 남자가 매리언과 결혼하고 거기다 세 아이까지 모두 받아들이겠다고 했어. 그 정도로 사랑한다며 말이야. 하지만 그렇게는 안되었지. 갑자기 당신이 도덕군자로 변신해서 구약의 선지자처럼 날뛰어댔거든."

"그자는 매리언보다 한참 젊었어. 오래가지 못했을 거라고."

"매리언이 그 사람과 살면 불행했을 거라는 말이야? 아내가 불행할까봐 당신이 걱정이나 한 적이 있었던가?" 몰리가 조소했다. "그게 아니고 자만심에 상처를 입었던 거야. 당신 정말 열심히 노력해서 매리언의 사랑을 다시 얻어냈잖아. 그 남자랑 완전히 끝낼 때까지 질투심에 난리를 치고 사랑한다 사랑한다 하면서 키스를 퍼부었지. 그렇게 매리언을 안전하게 손아귀에 넣는 순간 다시 흥미를 잃어버리고 멋진 대기업 집무실의 호화로운 안락의자에 앉은 비서들 품으로 돌아갔고. 그러고도 당신은 매리언이 우울해하고 문제를 일으키고 술을 마시는 게 부당하다고 생각하잖아. 아니, 당신 정도 지위의 남편을 둔 여자로서 적절한 수준 이상으로 마신다고 해야 하나. 어쨌든, 1년 전 내가 떠난 이후로 뭐 새로운 일 있었어, 애나?"

리처드가 성을 냈다. "그 문제로 이런 촌극을 연출할 필요는 없잖아." 애나까지 끼어들면서 이제 전처와의 단순한 언쟁을 넘어선 상황에 이르자 열이 오른 것이다.

"리처드가 와서 매리언을 어디 알코올중독 치료센터나 그런 데 보내야 하지 않겠냐고 묻더구나. 아이들에게 너무 안 좋은 영향을 끼친다면서."

몰리는 가쁘게 숨을 들이켰다. "당신 설마 그러진 않았지?"

"아니야. 하지만 그게 왜 그렇게 끔찍하다는 건지 모르겠군. 그 무렵 매리언은 술고래처럼 마셔댔는데, 아이들에게 정말 나쁜 짓이었어. 이제 겨우 열세살 된 폴이 물을 마시러 밤중에 일어났다가 매리언이 완전히 의식을 잃은 채로 바닥에 쓰러져 있는 꼴을 보기도 했다고."

"정말 보내버릴 생각을 했단 말이야?" 힐난하는 기색조차 사라진 먹먹한 음성으로 몰리가 물었다.

"그래, 몰리, 알았다고. 하지만 당신이라면 어떻게 하겠어? 게다가 당신은 걱정할 필요도 없는 게, 여기 당신 부관인 애나도 당신만큼 충격을 받았거든. 당신이 원했을 법한 정도로 내게 죄책감을 심어줬지." 그는 다시 반쯤 웃고 있었다. 서글픈 웃음이기는 했지만. "사실 당신들을 만나고 나면 내가 정말 그 정도로 비난받아 마땅한 놈인가 생각하게 된다고. 몰리 당신은 너무 과장하는 버릇이 있어. 마치 내가 무슨 푸른 수염²쯤 되는 것처럼 말하잖아. 맞아, 한 대여섯번 사소하게 바람피운 적은 있지. 내가 아는 한, 꽤 오래 결혼 생활을 한 남자들 대부분이 그래. 그렇다고 그 마누라들이 죄다 알코올중독자가 되진 않는다고."

"아마도 멍청하고 무딘 여자를 골랐으면 더 좋았겠네?" 몰리가 떠보듯 물었다. "아니, 당신이 무슨 짓을 하고 돌아다니는지 매리언에게 떠벌리지나 말았어야지. 멍청해도 너무 멍청해! 매리언은 당신보다 천배는 나은 사람이라고."

"여자가 남자보다 낫다는 게 당신 지론이니 그건 두말할 필요도 없지. 하지만 내게 별 도움은 안 되는군. 있잖아 몰리, 매리언은 당신을 신뢰하잖아. 가능한 한 빨리 아내를 만나 얘기 좀 해주면 어때?"

"무슨 얘길 하라는 거야?"

"몰라. 난 상관없으니까. 뭐든 좋아. 원한다면 내 욕을 해도 되고. 어쨌든 술만 좀 끊을 수 있게."

몰리는 과장된 몸짓으로 한숨을 내쉬고는 경멸과 연민이 뒤섞인 표정을 입가에 떠올린 채 그를 바라보며 앉아 있었다.

"글쎄, 난 정말 모르겠어." 마침내 몰리가 운을 뗐다. "이 모든 게 도무지 이해가 안된다고. 리처드 당신은 왜 뭐든 해보지 않는 거야? 매리언이 일말의 애정이라도 느낄 수 있도록 최소한의 노력이라도 해야 하는 거잖아? 휴가를 내서 어디 여행이나 가지 그래?"

"이딸리아에 데리고 가긴 했지." 자신도 모르게, 그의 목소리에는 그래야 했다는 데 대한 원망이 잔뜩 묻어났다.

"리처드, 제발!" 두 여자가 동시에 외쳤다.

"나와 여행하는 걸 좋아하지 않는다고." 리처드가 말했다. "여행

---

2 샤를 뻬로가 민간설화를 바탕으로 쓴 「푸른 수염」의 주인공으로, 여러명의 아내를 죽인 인물이다.

하는 내내 날 지켜보더군. 한순간도 예외 없이 날 주시하고 있다는 걸 알 수 있었지. 내가 스스로 목매달기만 기다린다는 듯이. 도저히 견딜 수 없을 정도였다니까."

"휴가지에서 매리언이 술 마셨어?"

"그건 아니야, 하지만……"

"그럼 된 거네." 하얗게 빛나는 두 손을 펼쳐 보이며 몰리가 말했다. 그 손이 마치 더 말할 게 뭐가 있냐고 묻는 듯했다.

"들어봐 몰리, 그때 매리언이 술을 입에 대지 않은 건 그게 일종의 게임 같은 상황이었기 때문이라는 거 모르겠어? 거의 협상 같은 거지. 당신이 여자에게 눈길 주지 않으면 나도 술 안 마신다. 그것 때문에 아주 꼭지가 돌더라. 결국 남자에겐 어쩔 수 없는 어려움이 있어. 당신들 해방된 여성들은 이런 어려움을 이해할 거야, 간수처럼 나를 빤히 쳐다보고 있는 여자랑은 도저히 그게 안되는 거지. 그 아름다운 휴가지의 오후 시간에 매리언과 잠자리를 갖는 건, '자 한번 봐줄 테니 어디 스스로를 입증해봐'라는 스포츠 경기 같았다고. 한마디로, 매리언과 할 때는 서질 않았어. 이렇게 말하면 사태가 충분히 명확해지지? 돌아온 지 이제 일주일 되었어. 아내는 아직까진 괜찮아. 충실한 남편 역할을 하느라 난 매일 저녁 귀가하고, 그러면 둘이 마주 앉아 서로에게 예의를 갖추지. 아내는 조심하느라 내가 낮 동안 뭘 했고 누구를 만났는지 묻지 않아. 나 역시 조심성을 발휘해서 위스키가 얼마나 줄었는지 슬쩍 확인하는 일 따위는 하지 않고. 하지만 아내가 자리를 비우면 어쩔 수 없이 병 쪽으로 시선이 가. 매리언이 머리 굴리는 소리도 귀에 들릴 지경이지. 날 원하지 않는 걸 보니 틀림없이 다른 여잘 만나고 왔군. 생지옥이야, 진짜 생지옥이지. 그래, 뭐 다 괜찮아." 진심을 담으려 애쓰느라 몸을 앞으로 숙이며 그가 울부짖듯 말을 이었다. "알았다고 몰리. 하지만 당신들도 두가지 다 가질 순 없어. 당신 둘은 결혼에 관해 실컷 지껄여대지. 글쎄, 당신들이 옳을지도 몰라. 아마 그렇겠지. 결혼 생활이 본래의 이상적인 상태에 조금이라도 근접한 경우를 본 적이 없으니까. 좋아. 하지만 당신들은 결혼 제도 밖에서 몸을 사리고 있잖아. 이건 지옥 같은 제도니까 말이지. 나도 똑같은 생각이야. 하지만 난 그 안에 있고, 당신들은 꽤나 안전한 가장자리에 멀찍이 서서 설교를 하는 형국이지."

아주 무덤덤한 얼굴로 애나가 몰리를 보았다. 몰리는 눈썹을 치올리며 한숨을 쉬었다.

"자, 그러니 이젠 어쩔까?" 리처드가 짐짓 상냥하게 물었다.

"우린 지금 가장자리에 머무는 자의 안전에 관해 생각 중이야." 애나도 그의 태도에 맞춰 상냥하게 대답했다.

"집어치워, 리처드." 몰리가 말했다. "우리 같은 여자들이 그 대가로 어떤 벌을 받고 사는지 당신이 알기나 해?"

"글쎄," 리처드가 대꾸했다. "그건 모르겠지만, 솔직히 당신 문제를 왜 내가 신경 써야 하지? 하지만 당신한테 없는 문제에 대해서는 알고 있지. 순전히 육체적인 문제 말이야. 15년을 데리고 산 여자 앞에서 어떻게 그게 서겠어?"

패를 죄다 잃고 마지막 카드를 내밀듯이 그는 동지애를 담아 이 말을 던졌다.

잠시 정적이 흐른 뒤 애나가 입을 열었다. "아마도 습관이 들어 있었더라면 좀 쉬울 수도 있겠지?"

이어서 몰리가 응수했다. "육체적인 문제? 육체라고? 아니, 그건 감정적인 문제야. 당신은 감정적인 문제가 있어서 결혼 초부터 바람피우며 돌아다닌 거야. 육체랑은 아무 관련이 없다고."

"관련이 없다고? 여자들에겐 쉬운 문제니 그렇게 말하겠지."

"아니, 여자들에게도 쉽지 않아. 하지만 최소한 우린 당신처럼 육체와 감정이 아무 관련도 없는 양 나불댈 정도로 어리석진 않으니까."

리처드는 의자에 앉은 채 몸을 뒤로 젖히며 웃음을 터뜨렸다. "좋아," 잠시 뜸을 들이다가 그가 말했다. "그래, 물론 내가 잘못 생각했어. 좋다고. 예상했던 반응이야. 하지만 당신들한테 이거 하난 꼭 묻고 싶은데, 100퍼센트 나만 잘못한 거야? 당신들 눈엔 내가 악당으로 보이잖아. 그런데 도대체 왜냐고!"

"매리언을 사랑했어야 마땅한데 안 그랬잖아." 애나가 간명하게 대꾸했다.

"그렇지." 몰리도 덧붙였다.

"맙소사." 리처드는 말문이 막힌 듯했다. "그렇다면 더 할 말이 없군. 어쨌든 난 해야 할 얘길 했으니까. 털어놓기 쉬운 얘긴 아니었다고……" 거의 협박이라도 하는 듯한 어조에 두 여자는 다시 얼굴까지 빨개질 정도로 웃어젖혔다. "여자들을 상대로 성에 관련된 얘기를 솔직하게 털어놓기가 쉬운 줄 알아?"

"당최 이해가 안되는 게, 당신이 한 얘기가 뭐 그렇게 엄청난 사실은 아니지 않나?" 몰리가 대꾸했다.

"정말이지…… 허세만 가득한 얼간이잖아." 애나가 말했다. "무슨 신탁이 내려준 마지막 천기누설이라도 되는 양 이 모든 얘길 늘어놓네. 영계 애인이랑 단둘이 있을 땐 보나 마나 섹스 얘기 나눌 거면서 뭘 그래. 여기 우리 둘이 있다고 무슨 사교계 신사인 척 구시는 이유가 대체 뭘까?"

몰리가 재빨리 말했다. "토미를 어떻게 하면 좋을지, 우리 아직 아무것도 결정 못했어."

애나와 몰리는 문밖의 인기척을 들었지만 리처드는 듣지 못한 터였다. "좋아, 애나. 당신 궤변에 경의를 표하는 바야. 더이상 할 말이 없군. 알았어. 좋아. 자, 그럼 이제 우월하신 두 여성분이 뭔가를 도모해주시지 그래. 난 토미가 우리 집에 와서 함께 살았으면 해. 그 아이가 몸을 낮춰 동의해준다면 말이지. 매리언을 좋아하지 않으려나?"

몰리가 문 쪽을 보며 나지막이 대답했다. "그건 걱정할 필요 없어. 매리언이 날 만나러 올 때마다 둘이 시간 가는 줄 모르고 떠드니까."

기침 같기도 하고 노크 같기도 한 소리가 다시 났다. 문이 열리고 토미가 들어왔을 때 세 사람은 앉은 채 입을 다물고 있었다.

토미가 그들 얘기를 들었는지 아닌지는 알 수 없었다. 그는 부친에게 먼저 조심스레 "아버지 오셨어요?"라고 인사한 다음 애나에겐 묵례를 했다. 시선은 내리깐 채였다. 요전번에 애나를 만나 속내를 터놓고 그녀에게 공감 어린 호기심을 일으킨 적이 있는데, 애나가 그 일을 상기시키는 눈길이라도 던질까 걱정이 되었던 것이다. 이어 그는 모친에게 다정하지만 아이러니한 미소를 지어 보였다. 그런 다음 뒤돌아 남아 있는 딸기를 흰 사발에 담으며, 여전히 등을 돌린 채 물었다. "매리언 아줌마는 좀 어떠세요?"

그들이 하는 얘기를 들은 것이다. 토미라면 문밖에 서서 엿듣고도 남을 아이라고 애나는 생각했다. 그래, 엄마에게 인사를 건넬 때처럼 멀찌감치 떨어져 아이러니한 미소를 지으며 듣고 있는 그의 모습이 머리에 훤히 그려졌다.

당황한 리처드가 뭐라 대답할 말을 찾지 못하고 머뭇대자 토미가 재차 물었다. "매리언 아줌마는 어떠시냐고요."

"잘 있지." 리처드가 기운차게 대답했다. "요즘 정말 잘 지내."

"다행이네요. 어제 커피 한잔 하러 만났을 땐 엉망진창인 것 같았거든요."

몰리는 재빨리 리처드를 향해 눈썹을 치올렸고, 애나는 얼굴을 찌푸렸으며, 리처드는 이 모든 상황이 그들 잘못이라고 힐난하듯 두 여자를 노골적으로 노려보았다.

토미는 줄곧 어른들의 눈길을 피한 채 천천히 딸기를 먹었다. 그들이 처한 상황을 자기는 다 이해하며 그들에 관한 자신의 단호한 판단을 다들 과소평가했다는 사실을 몸 전체의 모든 윤곽선으로 내보이면서. 그의 생김새는 아버지와 비슷했다. 몰리의 활력과 생기는 조금도 물려받지 않았고, 아버지를 닮아 짙은 피부색에 둥글둥글하고 탄탄해 보이는 체격이었다. 그러나 특히 조급한 태도로 잽싸게 돌아칠 때면 어두운 눈동자에 집요하게 이글대는 고집이 한층 뚜렷하게 드러나는 리처드와는 다르게, 토미는 마치 자기 본성에 갇혀버린 사람처럼 머리부터 발끝까지 단추로 채워진 것 같은 인상이었다. 오늘 아침에는 주홍색 셔츠와 헐렁한 청바지를 입고 있었는데, 말끔한 정장 차림이었다면 더 보기 좋았을 것이다. 몸짓이며 말이, 제동이 걸린 듯 느릿느릿한 느낌이었다. 몰리는 아이가 입을 떼기 전에 반드시 열까지 세겠노라 서약한 사람 같다며 익살스러운 불평을 늘어놓곤 했다. 아들이 수염을 길렀던 어느 여름에는 엄숙한 얼굴에다 난봉꾼의 수염을 붙여놓은 꼴이라며 역시 익살스럽게 불평을 했었다. 엄마가 커다란 목소리로 주야장천 이런 즐거운 불평을 늘어놓으면 토미는 결국 이렇게 대답하는 식이었다. "알아요, 내가 엄마를 닮았으면 하는 거죠? 호감을 주는 외모 말예요. 하지만 운 나쁘게도 엄마한테서는 성격만 물려받은 걸 어째요. 거꾸로 됐어야 좋은데. 그러니까, 내가 엄마 외모에 아버지의 성격, 적어도 그 근성을 가졌더라면 더 좋지 않았을까요?" 몰리가 의도적으로 둔감하게 구는 어떤 사실을 인정하게 하려 애쓸 때면 으레 그렇듯이, 그 점에 대해서도 토미는 끈질기게 물고 늘어졌다. 한동안 이런 성향을 걱정하던 몰리는 애나에게 전화를 걸어 이렇게 말하기까지 했다. "애나, 끔찍하지 않니? 어떻게 이런 일이 생길까? 몇년 동안이나 뭘 생각하다가 마침내 그걸 그냥 받아들이기로 했는데, 갑자기 사람들이 그 얘길 꺼내고 이제 보니 그들도 똑같은 생각을 하고 있었던 거야."

"하지만 너도 토미가 리처드처럼 되는 건 분명 바라지 않잖아."

"그야 그렇지. 하지만 근성에 관해선 그애 말이 맞아. 토미가 그 얘기를 꺼낸 방식을 좀 봐. 엄마 성격을 물려받다니 난 참 불운하네요, 결국 이 말이잖아."

토미는 딸기를 하나도 남기지 않고 다 먹었다. 내내 아무 말도 하지 않았고 그들 역시 입을 열지 않았다. 명령에 따르기라도 하듯 그들은 그저 토미가 딸기 먹는 모습을 지켜보았다. 토미는 조심스럽게 먹었다. 단어 하나하나를 끊어 또렷하게 발음할 때처럼 입을 오물거리며, 딸기를 하나하나씩 모두 먹었다. 수업을 받는 어린 소년처럼 부드러운 갈색 눈썹은 내내 찡그린 채였다. 노인처럼 한 입 먹기 앞서 입술을 달싹거리기도 했다. 아니면 눈먼 사람 같다고, 그 몸짓을 보며 애나는 생각했다. 언젠가 기차 안에서 눈이 먼 사람 맞은편에 앉은 적이 있었다. 토미처럼 그 사람도 도톰한 입술을 꼭 다문 채 살그머니 속으로 뭔가를 삭이는 사람처럼 입을 내밀었다. 누군가를 바라보는 모습조차 참 비슷했던 게, 시선이 자기 내부를 향하는 느낌이었다. 물론 그 사람은 앞을 못 보니 어쩔 수 없었을 테지만. 그 사람과 기차 안에서 마주 앉았을 때 그랬듯이, 온통 자기 자신에게 쏠린 듯 앞 못 보는 시선을 마주하니 애나의 가슴에 히스테리가 치밀기 시작했다. 리처드와 몰리도 마찬가지인 모양이었다. 찌푸린 얼굴로 불안하고 초조하게 몸을 이리저리 비틀었다. 이 녀석이 우리 모두를 지독하게 괴롭히고 있구나, 애나는 짜증을 느끼며 생각했다. 문밖에 선 채 아마도 꽤 오랫동안 그들의 대화를 엿듣고 있었을 그의 모습도 떠올랐다. 직접 본 것도 아니면서 애나는 그러한 모습을 거의 확신하기에 이르렀고, 이제는 자기 즐거움을 누리느라 그들을 앉혀놓고 기다리게 한다는 데 생각이 미치자 얄미운 마음까지 들었다.

토미의 온몸에서 뿜어져 나오는 아주 희한한 종류의 금기에 맞서 애나가 억지로라도 침묵을 깨려는 순간, 토미가 접시를 내려놓고 그 위에 스푼을 얌전하게 얹은 뒤 차분하게 입을 열었다. "세 분께서 또 제 얘길 하고 계셨나봐요."

"물론 아니지." 리처드가 그럴싸한 다정함을 담아 대답했다.

"물론이지." 몰리의 말이었다.

토미는 두 사람을 향해 관대한 미소를 지었다. "아버지 회사 중 한곳의 일자리를 제안하신 적 있죠. 그거 오래 생각해봤는데요, 괜찮으시다면 거절할까 해요."

"아, 토미." 몰리가 절망적으로 신음했다.

"일관성 없게 나오시네요, 엄마." 몰리를 향해, 그러나 바라보지는 않은 채 토미가 말했다. 누군가를 향해 시선을 돌리면서도 동시에 자기 내부만을 계속 응시하는 것이 토미의 습관이었다. 모든 이를 공평하게 살피려고 애쓰느라 얼굴이 진중하다 못해 어리석어 보일 정도였다. "그게 단지 직업 선택의 문제가 아니란 거 잘 아시잖아요. 저도 그들처럼 살아야 한다는 뜻이죠." 리처드가 다리를 움직여 자세를 고치며 폭발 일보 직전의 숨을 몰아쉬었지만 토미는 아랑곳 않고 말을 이었다. "누굴 비판하려는 건 아니에요, 아버지."

"비판이 아니라면 대체 뭐냐?" 리처드가 성난 웃음을 터뜨리며 물었다.

"비판이 아니라 가치판단이지." 의기양양하게 몰리가 응수했다.

"아, 빌어먹을." 리처드가 내뱉었다.

이런 반응을 무시한 채 토미는 엄마가 앉은 쪽을 향해 계속 말을 이었다.

"좋든 싫든 엄만 어떤 일의 가치를 굳게 믿도록 절 키우셨잖아요. 그러곤 이제 포트메인사에 들어가서 일하라고요? 대체 왜요?"

"그러니까 네 말은, 왜 난 너한테 그보다 더 좋은 걸 못 주냐는 거겠지?" 자책으로 쓰라린 말투였다.

"더 좋은 게 없는 거겠죠. 엄마 잘못은 아니에요. 그런 뜻은 아니에요." 부드럽지만 치명적인 단호함이 묻어나는 그의 말에, 몰리는 들으라는 듯 한숨을 푹 내쉬며 어깨를 한번 으쓱이더니 두 손을 내밀어 펼쳤다.

"엄마네 무리처럼 살기 싫은 건 아니에요. 그건 아니라고요. 지금까지 오랜 시간 엄마 친구들 얘기를 들어왔는데, 다들 자기 삶이 아주 엉망진창이라고 여기거나 실제로 그렇지 않은데도 그런 꼴이라고 생각들 하시는 것 같아요." 눈살을 찌푸린 채, 토미는 말 한마디 한마디를 신중하게 생각하며 내놓았다. "그건 제가 상관할 바 아니죠. 하지만 엄마도 어쩌다보니 그렇게 되신 거잖아요. 삶의 어떤 순간에 난 앞으로 이런 사람이 될 거야, 결심한 게 아니라요. 제 말은요, 엄마나 애나 아줌마한테는 아, 내가 이런 사람이었어? 하면서 놀라기도 하는 그런 순간들이 있었다는 거예요."

애나와 몰리는 그의 말이 틀리지 않음을 인정하면서 서로를 향해, 그리고 토미를 바라보며 미소 지었다.

"자, 그러면……" 리처드가 의기양양해서 끼어들었다. "그 문제는 해결이군. 애나와 몰리처럼 살고 싶지 않다면 대안이 있잖아."

"아니요." 토미가 말했다. "그렇게 볼 수도 있겠지만, 아직 제 말 안 끝났어요. 대안은 없어요."

"하지만 너도 뭔가를 하면서 살아야 하잖니!" 이제 장난기라곤 전혀 없이, 몰리가 놀란 목소리로 날카롭게 외쳤다.

"그건 아니죠." 자명한 사실을 지적하듯 토미가 대꾸했다.

"방금은 우리처럼 살기 싫다며."

"그렇게 살기 싫다고 말한 건 아니에요. 그럴 수 있을 것 같지 않다는 거지."

이제 그는 인내를 가지고 설명할 태세로 아버지 쪽으로 몸을 틀었다. "엄마와 애나 아줌마의 특징은 사람들이 '작가 애나 울프, 배우 몰리 제이컵스'라고 말하지 않는다는 거예요. 잘 모르는 사람들이 부르는 경우를 빼면요. 엄마나 애나 아줌마는 무슨 일을 하는지로 스스로를 규정하지 않으니까요. 하지만 아버지와 같은 일을 하면 일이 곧 제 모습이 되겠죠. 모르시겠어요?"

"솔직히 잘 모르겠다."

"그러니까, 전 차라리……" 그는 적당한 말을 찾지 못해 잠시 입술을 달싹거리더니 찌푸린 얼굴로 침묵에 잠겼다. "이렇게 설명해야 할 순간이 올 것 같아서 그 문제에 대해 한참 생각해봤어요." 부모의 부당한 요구를 감내할 각오가 되어 있는 듯 토미는 참을성 있는 태도로 다시 말을 이어나갔다. "애나 아줌마나 엄마, 그런 사람들은 단지 하나의 모습이 아니라 여러가지 모습으로 살잖아요. 아버지도 아시다시피 이 사람들은 변화할 수 있고 어떤 다른 삶을 선택할 수도 있어요. 성격이 변한다는 게 아니라 한가지 틀에 박혀 살지 않는다는 뜻이죠. 만약 어떤 일이 벌어지거나, 혹은 혁명 같은 변화가 일어난다면……" 혁명이라는 말에 리처드가 가쁜 숨을 성마르게 들이마시는 동안 토미는 잠시 기다렸다가 다음 말을 이었다. "그래야만 하는 순간이 닥치면 이 사람들은 뭔가 다른 삶을 살수도 있다는 말이에요. 하지만 아버지, 아버지는 절대 달라지지 않을 거예요. 아버지가 아는 방식 그대로만 쭉 살겠죠. 전 그렇게 되고 싶지 않아요." 이렇게 해명이 마무리되자, 토미는 입술을 삐죽 내밀고 입을 다물었다.

"넌 너무나 불행하게 살게 될 거다." 몰리가 거의 신음하듯이 말했다.

"그건 또다른 문제예요." 토미가 대꾸했다. "지난번에 저랑 온갖 얘기를 다 나눴을 때도 엄마의 마지막 결론은 '저런, 어쨌거나 넌 불행하게 살게 될 거야'였죠. 그게 일어날 수 있는 최악의 일인 것처럼 말이에요. 하지만 불행에 관해서라면, 엄마나 애나 아줌마도 행복한 사람들이라고 할 순 없잖아요. 아, 물론 아버지보다야 행복하지만요. 매리언 아줌만 말할 것도 없고." 그는 아버지를 대놓고 힐난하면서도 이 마지막 말을 부드럽게 덧붙였다.

리처드가 열을 올렸다. "왜 매리언 얘기만 듣고 내 말은 안 들어보는 거냐?"

아버지를 무시한 채 토미는 말을 이어나갔다. "제가 말도 안되는 얘길 한다고 생각하실 수도 있겠죠. 제 말이 순진한 소리로 들린다는 건 이미 알고 있었어요."

"물론 순진한 소리지." 리처드가 말했다.

"아니, 그렇지 않아." 애나가 반박했다.

"애나 아줌마, 지난번에 아줌마랑 만나 얘기한 다음 집에 돌아와서 생각해봤어요. 음, 아줌만 나를 진짜 아무것도 모르는 녀석이라고 생각하는구나."

"아니, 전혀 그런 생각 안했는데. 문제는 그게 아니야. 네가 이해하지 못하는 건 말이지, 우리는 토미 네가 우리보다 나은 삶을 살길 바랄 뿐이라는 거야."

"왜 제가 그래야 하죠?"

"글쎄, 그건 우리가 여전히 변할 수 있고, 더 좋은 사람이 될 수 있기 때문이 아닐까?" 젊음을 향해 경의를 표하며 애나가 대답했다. 이어 자기 음성에 담긴 호소의 기미를 의식한 그녀는 웃으며 덧붙였다. "맙소사, 토미, 너 때문에 지금 우리가 아주 신랄한 평가를 받는 기분이라는 거 알고 있기나 하니?"

그러자 처음으로 토미가 약간은 쾌활한 기분을 내비쳤다. 애나를, 이어 엄마를 제대로 바라보며 미소 짓기까지 했다. "제가 평생 엄마와 아줌마 얘기만 듣고 자랐다는 사실 잊으셨어요? 사실 가끔은 두분이야말로 어린애 같다고 생각하지만, 그래도 차라리 그게 나아요……" 아버지는 쳐다보지도 않은 채 토미는 거기서 말을 멈췄다.

"내게는 말할 기회조차 주지 않다니, 참 유감이구나." 리처드가 이렇게 자기연민을 드러냈지만, 토미는 고집스럽게 얼른 그에게서 한발 더 물러나며 애나와 몰리를 향해 말했다. "저로서는 성공이니 뭐니 그런 것보다는 차라리 두분처럼 실패자가 되는 편이 나아요. 물론 실패를 선택하겠단 말은 아니에요. 실패가 선택의 문제는 아니잖아요. 제가 뭘 원하지 않는지는 알겠는데, 그렇다고 원하는 게 뭔지는 모르겠어요."

"한두가지 현실적인 질문이 있다." 리처드가 이 말을 꺼냈을 때, 애나와 몰리는, 자신들이 염두에 두었음 직한 의미와 똑같은 뜻으로 토미가 실패라는 단어를 입에 올렸다는 사실에 대해 곱씹고 있었다. 하지만 둘 중 어느 쪽도 그 단어를 자기 인생에 적용해본 일이 없었다. 설령 그랬다 하더라도 딱 들어맞는 최종적인 의미로 써본 적은 없었다.

"뭘 해서 벌어먹고 살 생각이냐?" 리처드가 물었다.

몰리는 화가 치밀었다. 리처드의 조롱이 뿜어내는 불길 때문에 토미가 자신이 마련해준 이 안전한 성찰의 시기 밖으로 내몰리는 건 원치 않았다.

하지만 토미는 이렇게 대답했다. "엄마만 괜찮으시다면 엄마에게 당분간 얹혀서 지낼까 해요. 사실 돈은 거의 쓰지 않거든요. 그래도 벌어야 한다면 언제든 교사 일은 할 수 있으니까요."

"내가 마련해주는 일자리보다 그게 훨씬 반듯한 삶의 방식이라는 거지."

리처드의 말에 당황한 토미가 대꾸했다. "아버진 제 말의 의도를 제대로 이해하지 못하신 것 같네요. 아마 제가 제대로 설명을 못한 탓이겠죠."

"커피숍에서 빈둥거리기나 하는 그런 부류가 되겠군." 리처드가 말했다.

"아뇨, 제 생각은 달라요. 아버진 돈 많은 사람만 좋아하니까 그런 식으로 말씀하시겠죠."

이제 세 어른은 입을 다물었다. 몰리와 애나는 토미가 스스로의 힘으로 자기 소신을 관철할 수 있겠다 싶어서였고, 리처드는 자기 분노가 폭발할까 염려해서였다. 잠시 후에 토미가 덧붙였다. "어쩌면 작가가 되어볼까 싶기도 해요."

리처드는 신음 소리를 냈고 몰리는 애써 말을 삼갔다. 하지만 애나가 외쳤다. "세상에, 토미, 내가 그렇게 조언을 했는데."

토미는 애정을 담아, 하지만 고집스럽게 응수했다. "잊으셨나본데, 애나 아줌마가 가진 창작에 관한 복잡한 관념이 제게는 없거든요."

"복잡한 관념이라니?" 애나가 날카롭게 물었다.

"들려주신 말씀에 대해 전부 생각해봤어요."

"무슨 얘기였는데?" 몰리가 물었다.

"토미, 너 알고 보니 참 무서운 애구나. 무심코 한 말을 그렇게 심각하게 받아들이다니." 애나가 말했다.

"하지만 진심 아니셨나요?"

애나는 농담 한마디로 그 일을 무마하고 싶은 충동을 겨우 누르며 말했다. "그래, 진지하게 말하긴 했지."

"네, 알아요. 그래서 들려주신 조언을 곰곰이 생각해봤죠. 그 속엔 어떤 오만함이 들어 있더라고요."

"오만함?"

"네, 제가 보기엔 그래요. 두차례 뵙고 아줌마께 들은 말을 모두 합쳐보니, 오만함이 느껴졌어요. 일종의 경멸이랄까요."

나머지 두 사람, 몰리와 리처드는 이제 대화에서 배제된 채 웃는 얼굴로 물러앉아 담뱃불을 붙이며 시선을 교환하고 있었다.

하지만 애나는 진솔하게 질문을 이어가던 토미의 모습을 떠올리며, 적어도 이 순간만큼은 오랜 벗 몰리조차 제쳐두기로 했다.

"경멸처럼 들렸다면, 이제 와서 설명하려 애써본들 제대로 안될 것 같구나."

"그렇겠죠. 사람들을 더이상 신뢰하지 못하신다는 뜻이니까요. 제가 보기엔 두려우신 것 같아요."

"두렵다니, 뭐가?" 애나가 물었다. 리처드 앞이라 그런지 확 까발려진 기분이 드는데다 목구멍마저 메마르고 따가웠다.

"외로움이죠. 알아요, 이런 말 좀 우습게 들린다는 거. 물론 아줌만 외롭지 않으려고 결혼하느니 차라리 혼자 살기로 작정하셨죠. 제 말은 그게 아니에요. 애나 아줌마는 삶에 관한 생각을 쓰기가 두려운 거잖아요. 그렇게 하면 무방비 상태로 자신을 드러내거나 고독한 처지가 될 수도 있으니까요."

"아," 풀 죽은 음성으로 애나가 말했다. "그런 거니?"

"네. 두려움이 아니면 경멸이겠죠. 정치 얘기를 하던 중에 아줌만 공산주의자로 살면서 정치 지도자들이 진실을 말하지 않는 게 다른 어떤 일보다 끔찍하다는 사실을 알게 됐다고 하셨죠. 하나의 작은 거짓말이 거짓말의 늪을 이루고 퍼져나가 모든 것을 독살할 수 있다고도 하셨고요. 기억하세요? 꽤 오래 그 얘길 하셨잖아요. 정치 관련해서요. 하지만 아줌마에겐 아무도 본 적 없는, 자신만을 위해 쓴 책이 여러권 있죠. 사람들이 자신을 위해 쓴 책들이 세상 어디에나 서랍 속에 처박혀 있다고도 하셨어요. 진실을 적는 일이 위험하지 않은 나라에서도 그렇다고요. 기억하세요? 글쎄요, 제가 보기엔 그건 일종의 경멸이 아닐까 싶은데요." 딱히 애나를 보는 것은 아니었지만 토미는 열에 들뜬, 스스로를 탐문하는 어두운 시선을 그녀 쪽으로 던지고 있었다. 잔뜩 달아오른 애나의 초췌한 얼굴이 눈에 들어오자 그는 자신을 추스르며 주저하듯 덧붙였다. "아줌마, 정말로 생각하신 바를 말했던 거 맞잖아요, 아닌가요?"

"그랬지."

"하지만 제가 그 말을 곱씹어볼 줄은 예상 못하셨고요."

애나는 고통스러운 미소를 머금은 채 잠시 눈을 감았다. "내가 널 과소평가했다는 생각이 드는구나. 내 말을 얼마나 진지하게 받아들이는지 잘 몰랐네."

"그것도 마찬가지예요. 창작과 매한가지죠. 제가 아줌마 얘기를 진지하게 받아들이지 않을 이유라도 있나요?"

"요즘 애나가 작품 쓰고 있는 거 까맣게 몰랐네." 몰리가 단호한 태도로 끼어들었다.

"아니야." 애나가 얼른 대꾸했다.

"늘 이런 식이죠." 토미가 말했다. "왜 그렇게 말씀하세요?"

"끔찍한 혐오감이나 쓸모없다는 느낌에 시달렸다고 말했던 거 기억나. 그런 감정을 퍼뜨리는 게 싫은가봐."

"문예 쪽 진로에 대한 혐오를 너한테 심어준 거라면," 리처드가 웃으며 말했다. "이제 애나와 싸울 일은 절대 없겠군."

너무 뜬금없는 말이어서 토미는 점잖게 당혹감을 억누르고 그를 무시한 채 말을 이어갔다. "혐오스럽다면 그냥 그 감정 그대로 느끼면 되잖아요. 왜 아닌 척하죠? 하지만 그보다 중요한 건 책임 얘기였죠. 저도 똑같이 느껴요. 사람들이 서로에 대한 책임을 다하지 않는다는 거 말이에요. 도덕적 책무를 거부하는 바람에 사회주의자들은 적어도 당분간은 도덕적 세력이 될 수 없다고 하셨죠. 소수의 몇몇을 제외하면요. 그렇게 말씀하시지 않았나요? 아무튼 그렇다 치고요. 하지만 삶에 관한 생각을 공책에 적고 또 적으면서 서랍에 감춰놓는 것도 책임을 다하는 자세는 아니지 않나요?"

"대다수 사람들은 혐오를 퍼뜨리는 일이야말로 무책임한 짓이라고 말하겠지. 무정부 상태도 그렇고. 혼돈의 감정도 마찬가지야." 애나는 반쯤 웃으면서도 애처롭고 서글픈 얼굴로, 토미 또한 이런 느낌으로 자신을 대하기를 바라며 말했다.

그러자 토미는 그래봤자 소용없다는 듯 곧바로 입을 닫고 뒤로 물러나 앉았다. 끈질기고 집요한 몸가짐으로 그는 다른 사람들처럼 애나도 자신을 실망시킬 게 분명하다고 말하고 있었다. 스스로의 내면으로 물러서면서 그가 말했다. "어쨌든 이 말을 하려고 내려왔어요. 앞으로 한두달 특별히 하는 일 없이 지낼까 해요. 원하시는 대로 대학에 들어가는 것보다는 그 편이 돈도 덜 들겠죠."

"돈이 문제가 아니잖니." 몰리가 말했다.

"돈이 문제라는 걸 결국은 알게 될 거다." 리처드가 말했다. "마음 바뀌면 전화해라."

"어떻게 되든 전화는 드릴게요." 아버지에게 할 도리는 한 셈이었다.

"고맙구나." 언짢은 기분으로 리처드가 짧게 대답했다. 그는 성난 얼굴을 두 여자 쪽으로 돌려 애써 웃어 보이며 잠시 서 있었다. "조만간 다시 들르지. 몰리."

"언제라도." 몰리가 상냥하게 말했다.

그는 애나 쪽을 향해서는 차갑게 묵례를 건네고 잠시 아들의 어깨에 손을 올려놓았는데, 토미가 반응을 보이지 않자 이내 방을 나섰다. 그 순간 토미도 자리에서 일어나며 말했다. "방에 가볼게요."

그러고는 고개를 앞으로 쑥 내민 채 걸어가더니, 한 손으로 문손잡이를 만지작거리며 몸이 겨우 빠져나갈 정도로만 문을 열었다. 마치 자신을 쪼그라뜨려 지나가려는 듯한 모습이었다. 잠시 후 계단을 올라가는 규칙적인 소리가 들려왔다.

"그건 그렇고." 몰리가 말문을 열었다.

"뭐가?" 애나가 마음을 다잡으며 물었다.

"내가 없는 새 참 많은 일이 일어난 모양이다."

"해서는 안될 말을 토미에게 한 건 분명한 듯하네."

"충분히 안해서 그런 건지도 모르지."

애나가 힘들게 말을 꺼냈다. "그래, 몰리, 창작 문제 따위에 관해 네게 말해줬으면 하는 마음 잘 알아. 하지만 나로서는 지금 그게 문제가 아니라……" 몰리는 회의적인 태도로, 심지어 원망마저 서린 표정으로 잠자코 기다렸다. "이걸 내가 예술의 문제로 생각했다면 쉬운 일이었을 거야. 안 그래? 현대소설에 관해서라면 우린 언제나 아주 지적인 대화를 나눌 수 있으니까." 목소리에 묻어나는 짜증을 누그러뜨리고자 애나가 미소를 지었다.

"그 일기에 뭘 쓴 거니?"

"일기 아니야."

"뭐가 됐든."

"완전한 혼란의 상태, 바로 그거야."

희고 통통한 손가락을 꼬았다 풀었다 반복하는 몰리의 모습을 애나는 지켜보며 앉아 있었다. 그 손들이 말하고 있었다. 나한테 왜 이렇게 상처를 주니? 하지만 꼭 그런 식으로 나와야겠다면 난 그냥 참을게.

"이미 한권 썼는데, 다음 작품을 못 쓸 이유가 없잖아?" 몰리의 말에 애나는 참지 못하고 웃음을 터뜨렸는데, 그제야 친구 눈에 가득 고인 눈물을 알아차렸다.

"널 비웃는 게 아니야."

"그냥 내 마음을 모르는 거겠지." 눈물을 꾹 참으며 몰리가 말했다. "난 못했지만 넌 해낼 거라는 생각이 얼마나 큰 위안이 됐는지."

애나는 고집스럽게 "내가 네 분신은 아니잖아?"라고 내뱉기 직전, 아마 자신이 엄마에게도 이 비슷한 말을 했을지 모르겠구나 싶어 얼른 삼켰다. 아주 어린 시절에 돌아가서서 엄마에 관한 기억은 별로 없었지만, 이런 순간 애나는 자신을 좌지우지하는 강력한 누군가를, 자신이 맞서 싸워야만 하는 존재를 떠올릴 수 있었다.

"어떤 주제에 대해서는 네가 너무 화를 내니까 말을 어떻게 꺼내야 할지 모르겠어." 애나가 말했다.

"그래, 나 화 많이 났어. 자기 재능을 쓸모없이 허비하는 사람들을 보면 화가 치밀거든. 너뿐이 아니야. 많은 이들이 그래."

"네가 없는 동안 재밌는 일이 하나 있었어. 배질 라이언 생각나? 그 화가 말이야."

"그럼, 한때 알고 지냈지."

"신문에 났어. 다시는 붓을 들지 않겠다고 했대. 세상이 너무 혼란스러워서 이제 예술은 쓸모없어졌다는 거지." 잠시 침묵이 흐른 뒤 애나는 호소하듯 물었다. "이런 얘기는 너한테 별로 의미 없나?"

"없어. 더욱이 너한테 들을 얘긴 아닌 것 같은데. 어쨌든 넌 이런 저런 감정에 대한 소소한 소설이나 끼적거리는 사람이 아니잖아. 넌 진짜 현실에 대해 쓰니까."

웃음이 터져 나오려 했지만 애나는 정색하고 말했다. "몰리 넌 우리가 내뱉는 말 거의 대부분이 공허한 메아리에 불과하다는 거 알고 있니? 방금 네가 한 말은 공산주의 비평, 그것도 최악의 부류들이나 하는 소리야. 만약 맑스주의가 뜻하는 게 있다면, 그건 감정이란 사회적 기능이자 산물이므로 감정에 관한 소소한 소설 한편도 '진짜 현실'을 반영해야 한다는 그런 얘기……" 몰리의 표정을 알아차린 애나가 말을 멈췄다. "그런 얼굴 하지 마, 몰리. 그 얘기 해주길 원했잖아. 그래서 하는 거야. 사실 또 할 얘기가 있어. 우울하긴 해도 엄청 재미있는 얘기야. 지금, 그러니까 1957년 우린 돌아갈 수 없는 강을 건넌 셈이잖니. 그런데 나로선 전혀 예상치 못했던 일종의 현상이 갑자기 영국에서 벌어지고 있단 말이지, 아주 많은 이들이, 그것도 당과 아무 관련도 없던 사람들이 갑자기 들고일어나 자기들이 방금 막 그런 생각을 해냈다는 식으로 외쳐대는 거야. 감정에 관한 소소한 소설이나 연극은 현실을 반영하지 못한다고 말이야. 이 말 들으면 깜짝 놀랄 텐데, 그 사람들이 말하는 현실이란 게 경제 아니면, 새 질서에 반대하는 자들을 무참히 쏘아 죽이는 기관총이란다."

"나로선 내 생각을 표현할 수 없다는 것만으로도 불공평하단 생각이 드네." 몰리가 얼른 말했다.

"어찌 됐든 난 소설 한편을 썼을 뿐이야."

"그랬지, 그런데 거기서 나오는 돈이 다 떨어지면 어떡하려고? 그 작품이야 다행히 성공했지만, 인세도 언젠가는 끊길 거 아니니?"

애나는 애써 말을 삼갔다. 몰리의 말에는 전적으로 적의가 담겨 있었다. 우리네가 다 겪는 그 압박을 너도 당하게 되어 기쁘다는 식으로 말했던 것이다. 애나는 생각했다. 이 모든 것을, 작은 뉘앙스 하나하나를 너무 의식하지 않고 살 수 있으면 참 좋으련만. 한

땐 그런 것들을 알아차리지도 못했을 텐데, 이제는 누구와 대화를 해도 마치 지뢰밭을 건너는 기분이었다. 가끔은 가장 친한 친구조차 갈비뼈 사이로 칼날을 깊숙이 꽂을 수 있다는 걸 왜 난 그냥 받아들이지 못하는 걸까?

안 그래도 돈이 찔끔찔끔 들어와서 곧 일자리를 구해야 하는데 넌 기쁘겠네, 애나는 냉담하게 대꾸하려다 말을 삼켰다. 대신 몰리가 내놓은 말의 액면에만 대응하자는 생각으로 기운차게 말했다. "그래, 얼마 안 있으면 돈이 떨어질 것 같아. 일자리를 구해야지."

"그런데도 내가 없는 동안 아무것도 안했단 말이지."

"정말 복잡한 삶을, 그것도 아주 많은 면면을 겪었지." 다시 의심스러운 표정을 짓는 몰리를 보고 애나는 더이상 숨기지 않기로 했다. 농담을 하듯 가볍게, 한편으로는 푸념하듯이 이렇게 말을 이었다. "올 한해 나쁜 일이 많았어. 그중 하나는 리처드와 거의 잘 뻔했다는 거지."

"그런 것 같더라. 리처드만 봐도 올해가 너한테는 재수 없는 해라는 건 분명하네."

"웃기는 게, 그 위쪽 동네도 정말 난장판인 모양이야. 들으면 놀랄 거다. 근데 넌 왜 여태 사업에 대해서는 리처드랑 얘길 나눠본 적이 없는 거야? 이상한 일이네."

"넌 그럼 리처드가 부자라 관심이 생겼다는 얘기니?"

"아, 몰리. 그건 당연히 아니지. 말했잖니, 모든 게 부서지고 있다고. 저 위쪽 동네 말이야, 그 사람들은 어떤 일에도 가치를 두지 않아. 중앙아프리카의 백인들이 생각나더라니까. 이런 말을 하곤 했잖아. '글쎄, 물론 한 50년 지나면 흑인들이 우리를 죄다 바다로 쓸어버리겠죠.' 그것도 아주 씩씩하게. '우리가 하는 짓이 잘못됐다는 거야 우리도 잘 알고 있다' 뭐 이런 뜻이겠지. 그런데 50년이 지나기 훨씬 전에 그게 현실이 되었지."

"그건 그렇고, 리처드랑은 어떻게 된 거야?"

"그러니까 그게, 어느날 리처드가 비싼 식당에서 밥을 사준 적이 있어. 축하하는 자리였지. 전 유럽에 알루미늄 냄비인지, 냄비 닦는 수세미인지, 비행기 프로펠러인지 따위를 공급하는 회사의 지배 지분을 막 사들인 참이라나. 재력가 넷이랑 예쁜 여자 넷이 모였어. 나도 그중 하나였고. 거기 앉아서 테이블 둘레의 얼굴들을 쳐다보는데, 세상에, 참 끔찍하더라. 공산주의자로 첫걸음마를 떼던 시절이 생각나더라고. 기억나? 원수들을 쏴 죽이는 게 우리의 유일한 의무라고 믿던 그 시절 말이야. 그땐 그들의 반대편에 있는 자들도 똑같이 무책임하다는 걸 미처 깨닫지 못했지. 어쨌든 난 그 얼굴들을 바라보고 있었어. 면상들을 쳐다보며 잠자코 앉아 있었지."

"그거야 늘 하던 얘기잖아." 몰리가 말했다. "뭐가 새삼스럽니?"

"아주 절절하게 느꼈다는 거. 그리고 그 남자들이 자기 부인에게 함부로 구는 거, 물론 진짜 무의식적으로 그러지만. 세상에 몰리, 너나 나나 살면서 참 마음에 안 드는 순간이 있을지 모르지. 그래도 다행이지 뭐니, 우리 같은 사람들은 적어도 절반은 문명인이니까."

"그건 그렇고, 리처드랑은?"

"아, 그렇지. 글쎄, 뭐 대단한 일은 아니었어. 어쩌다 그렇게 된 거지. 리처드가 새로 뽑은 재규어로 집까지 바래다줬어. 난 커피를 대접했지. 그 인간, 준비가 단단히 돼 있더라고. 거기 앉아 있자니 이런 생각이 들더라. 뭐 지금껏 잤던 멍청이들에 비해 더 나쁜 것도 아니니까."

"애나, 대체 어쩌다 그렇게 된 거니?"

"그러니까 넌 그 끔찍한 도덕적 고갈, 될 대로 돼라, 뭐 그런 기분인 적이 한번도 없었다는 뜻이니?"

"너 말하는 방식 말이야. 낯설어."

"그럴지도 모르지. 하지만 이런 생각이 들었어. 우리가 남자들처럼 이른바 자유로운 삶을 산다면, 똑같은 언어를 쓰지 말아야 할 이유도 없지 않나?"

"우린 그들과 같지 않으니까. 그게 요점이잖니."

애나가 웃으며 말했다. "남자들. 여자들. 구속. 자유. 좋은. 나쁜. 그렇다. 아니다. 자본주의. 사회주의. 섹스. 사랑……"

"애나, 대체 리처드랑은 어떻게 된 거냐니까?"

"별거 아니야. 뭐 대단한 일처럼 생각하는구나. 그냥 앉아서 커피 마시며 그 바보 같은 면상을 쳐다보고 있었어. 내가 남자라면 아마도 그가 백치 같다는 이유만으로 잘 수도 있겠다, 이런 생각을 하면서. 그러니까 리처드가 여자라면 말이야. 그러다가 갑자기 정말 지겨워지지 뭐니. 정말이지 너무, 너무나 지겹더라고. 잠시 뒤에 리처드 그 작자가 내 권태로운 기분을 알아차렸는지 주의를 끌기로 작정했던 모양이야. 일어서더니 그러더라. 아, 이제 플레인가[街] 16번지인지 뭔지에 있는 집으로 가야겠다고. 내가 아, 그러지 마, 당신 떠나면 견딜 수 없어, 이렇게 나오길 기대한 거지. 몰리 너도 잘 알다시피, 딱한 유부남들은 아내와 꼬맹이들에게 매여 있잖니. 하나같이 그렇게들 나오지. 제발 내 처지를 불쌍히 여겨줘, 플레인가 16번지, 교외의 그 따분하고도 편리한 집으로 난 돌아가야 해. 리처드도 일단 그렇게 말해본 거야. 마치 거기 살지 않는 사람처럼, 자기 아내와 결혼한 사이가 아닌 것처럼, 그 집과 자기는 아무 상관도 없는 것처럼 그렇게 세번씩이나 말하더라. 플레인가 16번지의 작은 집과 집주인 여자, 뭐 이런 식으로."

"정확하게 말하면, 가정부 둘과 자가용이 석대나 딸린 더럽게 거대한 리치먼드의 저택이지."

"리처드가 교외 주택가 분위기를 온몸으로 발산한다는 사실이야 너도 인정하겠지. 하여튼 유별나. 근데 그런 부류 남자들이 다 그렇더라고. 잘나가는 실업가들 말이야. 레스토랑에서 본 그자들도 예외 없이 그랬어. 가사노동을 덜어주는 가전제품들과 아빠한테 안녕히 주무시라고 뽀뽀하러 내려오는 잠옷 입은 꼬맹이들이 그 사람들 곁에 어른거릴 정도로. 전부 다 부른 배나 두드리고 앉아 있는 빌어먹을 돼지 새끼들이지."

"너 꼭 창녀처럼 말하는구나." 이렇게 내뱉은 뒤 몰리는 자기 입에서 나온 말에 놀라 미소를 지어 보였다.

"이상한 일이긴 한데, 정말 대단한 의지를 발휘할 때만 나 자신이 창녀처럼 느껴지지 않는단다. 그 사람들, 물론 무의식적으로 그러는 거긴 하지만, 무진장 애를 쓰더라고. 그래서 매번 누군가를 창녀처럼 느끼게 만드는 게임에서 이기는 거야. 그래, 아무튼. 난 '잘가, 리처드. 난 졸려서 말이야. 상류사회 인생 소개해줘서 고마워'라고 말했어. 그러자 리처드는 이미 세번이나 주워섬긴 그 말, 아지겨운 마누라가 버티고 있는 집으로 이제 돌아가야 하는구나, 하는 말을 또 해야 하나 말아야 하나 망설이며 서 있더구나. 저 상상력이 부족한 애나라는 여자는 어째서 날 애처롭게 여기지 않는지 의아했을 테지. 물론 잠시 뒤 저 여잔 지식인에 불과하잖아, 왜 다른 여잘 고르지 않았을까, 후회하는 속내가 뻔히 보였어. 그래서 난 그들이 앙갚음하는 그 순간을 잠자코 기다렸지. 리처드가 그러더

라. '애나, 신경 좀 써야겠어. 실제 나이보다 열살은 더 들어 보여. 이러다간 아주 쭈그렁 할망구가 되겠어.' 나도 받아쳤지. '하지만 리처드, 만약 당신에게 그래, 좋아, 내 침대로 가, 했다면 이 순간 당신은 내가 너무도 아름답다 하겠지. 진실은 분명 그 둘 사이 어딘가에 있을 테고.'"

몰리가 가슴에 쿠션을 움켜 안고 웃어젖혔다.

"그러자 그 남자가 이러더구나. '그렇지만 애나, 커피 준다면서 날 이리로 불러 올렸을 땐 그게 무슨 의미인지 분명히 알고 있었을 텐데. 난 아주 정력적인 남자라고.' 그러더니 또 '여자랑은 관계를 갖든가 말든가, 둘 중 하나라고'라는 거야. 순간 진절머리가 났어. 그래서 말했지. '아, 리처드 제발 가버려. 당신 정말 지겨운 인간이야.' 그래서 오늘 리처드와 나 사이에, 그 뭐냐, 그래, 긴장이 조성될 수밖에 없었던 거란다."

몰리가 웃음을 그치고 말했다. "어찌 됐든 너와 리처드 둘 다 정신 나간 게 틀림없다."

"맞아." 웃음기 하나 없이 심각한 얼굴을 하고 애나가 대답했다. "그래, 몰리, 내 생각에도 내가 미친 상태에서 그다지 멀리 있지 않은 것 같아."

이 말을 듣자 몰리는 자리에서 일어나며 재빨리 말했다. "점심 준비할게." 그녀의 눈길에서 자책과 뉘우침이 묻어났다. 애나도 일어서며 말했다. "그럼 잠시 부엌으로 가지 뭐."

"뭐 재미있는 소식이나 얘기해봐."

"아아," 애나가 하품을 하며 건조하게 말했다. "생각해보렴. 뭐 새로운 게 있겠니? 모든 게 다 똑같아. 하나도 빠짐없이."

"1년이나 지났는데? 제20차 소련 공산당 전당대회도 있었고, 헝가리에다 수에즈 사태. 인간의 마음도 자연스럽게 한곳에서 다른 곳으로 옮겨 갔겠지? 그래도 달라진 게 없다고?"

몰리네 작은 부엌의 하얗게 칠한 벽면에는 살림살이가 빼곡하고 가지런하게 들어차 있었고, 줄지어 늘어선 알록달록한 잔이며 접시의 표면, 벽과 천장에 응축된 증기 방울이 반짝였다. 창문에는 김이 서려 있었다. 오븐은 열기가 발산하는 에너지로 들썩거리는 듯했다. 몰리가 창문을 확 열어젖히자 구운 고기에서 풍기는 강렬한 냄새가 축축한 지붕들과 흙이 덮인 뒤뜰 너머로 몰려 나갔고 동시에 한뭉치의 햇빛이 기다렸다는 듯 사뿐히 창턱을 넘어 들어오더니 부엌 바닥에 동그랗게 웅크렸다.

"영국이네." 몰리가 말했다. "요맘때 영국에 돌아오는 게 다른 어느 때보다 나쁘더라. 벌써 배에서 몸 밖으로 기가 확 빠져나가는 느낌이야. 어젠 가게에 뭘 좀 사러 갔는데, 그 친절하고 반듯한 얼굴들이 기다리고 있는 거야. 누구랄 것 없이 그렇게 친절하고, 그렇게 반듯하고, 그렇게 더럽게 지겨운 얼굴들이라니." 몰리는 잠시 창밖을 응시하다 작정한 듯 돌아섰다.

"우리 자신은 물론이고 우리가 아는 모든 이가 평생 영국에 대해 투덜거리며 살 거라는 사실, 인정하는 편이 좋을 거야. 그런데도 눌러앉아 살고 있지."

"곧 다시 떠날 작정이야. 토미만 아니면 당장 내일이라도. 어제 극장에 나가서 리허설을 했거든. 캐스팅된 남자들이 한명 빼곤 죄다 동성애자더구나. 그 다른 한명은 열여섯살이고. 대체 내가 여기서 뭐 하는 건지 모르겠어. 나가 있는 동안엔 모든 일이 자연스러웠거든. 남자들이 여자로 대해주니 기분이 좋고, 내 나이도 가물가물할 정도였지. 섹스에 대해선 생각조차 안해도 되었고 말이야. 한

두번 유쾌한 연애를 했지. 속 끓이는 일도 없이 뭐든 참 수월했어. 하지만 이 땅에 발을 들여놓자마자 허리띠를 졸라매면서 기억해야 하지. 자, 이제 조심해야 해. 이 남자들은 영국 남자니까. 아주 드문 예외를 빼면 말이야. 그러니 온통 자기를 의식하고 섹스를 의식하며 지낼 수밖에. 이렇게 엉망진창인 사람들로 가득 찬 나라가 어떻게 나아질 수 있겠어?"

"한두주만 지나면 다시 적응하게 될걸."

"적응하고 싶지 않아. 벌써 체념이 스멀거리며 올라오는 게 느껴진다고. 이 집도 그래. 새로 칠을 해야 하는데, 칠이며 커튼 설치며 시작하기도 싫다니까. 여기선 왜 모든 게 이렇게 힘든지 모르겠어. 유럽에서는 그렇지 않거든. 밤에 한두시간만 자도 행복하더라. 여기선 잘 때도 애를 써야 하니……"

"그렇지, 맞아." 애나가 웃으며 말했다. "그건 우리가 지난 수년간 어딘가에서 돌아올 때마다 했던 얘기잖아."

지하철이 근처 땅속을 지나가자 집이 흔들렸다. "저 천장도 어떻게 좀 해야겠네." 애나가 올려다보며 덧붙였다. 전쟁이 끝날 무렵 폭격을 맞아 지붕이 뚫렸던 이 집은 텅 빈 상태로 비바람을 맞으며 2년 동안 방치되어 있었다. 여기저기 다시 손을 보긴 했지만 지하철이 지나갈 때면 칠을 한 깨끗한 벽면 뒤 자재 알갱이들이 흘러내리는 소리가 들릴 정도였다. 천장을 가로질러 금도 가 있었다.

"아, 빌어먹을." 몰리가 말했다. "마주할 자신이 없어. 하지만 해야겠지. 대체 어찌 된 셈인지 오직 이 나라에서만, 아는 이들 전부가 태연한 얼굴을 하고 하나같이 씩씩하게 버티는 걸까?"

"우리가 아는 나라가 여기니까 그렇겠지. 다른 나라들 같은 경우엔 거기 살면서 생각하지 않잖아."

"꼭 그렇진 않다는 거 너도 알면서. 암튼. 재미있는 소식이나 얼른 들려줘. 점심 금방 차릴 테니까." 외롭다는 티, 마음 나눌 사람이 없다는 티를 온몸으로 풍기는 건 이제 몰리 차례였다. 그 애처롭게 인내하는 두 손이 애나를 책망하고 있었다. 애나는 생각했다. '대체 남자들은 뭐가 문제인가' 토론에 지금 합세하면 점심때까지는 집에 못 가겠지. 오후 내내 머물 거고, 그러면 몰리와 나는 서로 따뜻하고 친밀하게 느끼면서 우리 사이에 놓인 벽도 사라지겠지. 그러다 헤어질 무렵엔 다시 갑작스러운 원망과 응어리가 고개를 들 테고. 어쨌든 우리 헌신의 진정한 대상은 늘 여자가 아니라 남자였으니까…… 애나는 자신의 내면에 침잠할 태세로 자리에 눌러앉을 뻔했다. 하지만 그렇게 하지 않았다. 그녀에게 이런 생각들이 스쳐 갔다. 이런 거 전부 끝내고 싶어. 남자 대 여자로 맞서기, 모든 불평과 비난과 배신 이런 것들 송두리째 던져버렸으면 좋겠어. 게다가 그건 떳떳하지 못한 일이잖아. 우린 어떤 방식으로 살기를 선택했어. 그 대가를 알면서도. 설령 그땐 몰랐다 해도 지금은 알잖아. 그런데 왜 푸념하고 불평하냐고…… 더구나 까딱하면 몰리와 난 일종의 쌍둥이 노처녀 처지가 되어 둘러앉아 서로 이런 말이나 주고받을 테지. 너 그때 왜, 그 남자, 이름이 뭐였더라, 하여간 그치가 그 무신경한 말 함부로 내뱉던 거 기억나니, 그게 1947년 무렵이었지 아마……

"얼른, 얘기해보라니까." 한참이나 잠자코 있는 애나를 향해 몰리가 더없이 활기차게 말했다.

"그러자. 동지들 얘길 듣고 싶은 건 아니겠지?"

"프랑스와 이딸리아에 있을 때 지식인들이 밤낮으로 제20차 소련 공산당 전당대회와 헝가리, 그 사건들을 바라보는 관점과 교훈,

실수에서 뭘 배워야 하나 그런 얘기들을 했다고."

"다행히 사람들도 이제 슬슬 지겨워하고 있기는 하지만 여기도 같은 상황이었으니 그 얘긴 생략할게."

"좋아."

"그래도 세 동지 얘긴 해야겠다. 그냥 지나가는 정도로만." 몰리가 인상을 쓰자 애나가 급히 덧붙였다. "노동계급의 멋진 세 아들이자 노조 간부인 남자들 얘기야."

"누구 말이지?"

"톰 윈터스, 렌 콜훈, 봅 파울러."

"아, 그 사람들 물론 알지." 몰리가 얼른 말했다. 그녀는 모든 사람과 전에 알고 지냈던 사이 아니면 현재 아는 사이였다. "그 사람들이 왜?"

"전당대회 직전, 그러니까 이런저런 책략과 유고슬라비아 사태 등등으로 우리 모임에서 그 모든 소동이 일어났던 때 그 사람들을 만났어. 그들이 당연히 문화 문제라고 부르는 어떤 일 때문이었지. 생색내듯이 그런 표현을 썼잖니. 그 무렵 나와 비슷한 부류들은 당 내부에서 싸우며 많은 시간을 보내고 있었거든. 우린 참 순진한 무리였지. 러시아에서 썩어빠진 일들이 벌어지고 있다는 사실을 부정하기보다는 인정하는 편이 훨씬 낫다고 설득하느라 갖은 애를 썼으니 말이야. 하여튼. 그들 셋이 뜬금없이 편지를 보내온 거야. 물론 각자 따로 보낸 편지들이었지. 다른 두 명이 편지를 쓴 줄은 모르고서. 엄청 진지한 내용이더라. 모스끄바에서 더러운 일들이 벌어지고 있다거나 스딸린 수령님이 발을 잘못 내디뎠다는 취지의 루머가 노동계급의 적들에 의해 전파되고 있다는 거야."

몰리는 웃었지만 예의에서 나온 웃음이었다. 너무 자주 그런 일로 상처를 받은 터였다.

"아니, 그게 핵심은 아니었어. 핵심은, 그자들이 보낸 편지들이 서로 바꿔 읽어도 될 정도로 완전히 똑같았다는 거야. 물론 필적은 빼고."

"그 정도면 꽤 많이 달랐던 셈이네."

"재미 삼아 그 세 통의 편지를, 게다가 길기는 또 어찌나 긴지, 모두 타자기로 쳐서 나란히 놔봤지. 표현, 문체, 어조 모든 면에서 똑같더구나. 이 편지는 톰이 쓴 거고, 저건 렌이 썼구나, 도저히 분간할 수 없을 정도로."

몰리는 원망에 차서 말했다. "그래서 그 공책인지 뭔지, 너랑 토미가 쉬쉬하는 거기에다 그걸 쓰려고?"

"아니, 뭔가를 알아내려고 해본 거야. 그런데 내 얘기 아직 안 끝났는데."

"아, 그래, 채근하지 않을게."

"그러곤 전당대회가 열렸고, 그 즉시 난 편지 세 통을 더 받았어. 죄다 신경증적이고 자기비난조에 죄책감으로 가득했지."

"또 타자로 쳐봤어?"

"그럼. 그런 다음 나란히 놓고 읽어봤지. 한 사람이 썼다고 해도 될 정도더라. 무슨 말인지 모르겠니?"

"모르겠어. 무슨 말을 하고 싶은 건데?"

"글쎄, 이런 생각이 뒤따르기 마련이잖아. 난 대체 어떤 고정관념의 덩어리인가? 어떤 익명의 전체에 속한 부분인가?"

"그래? 난 그런 생각 안 드는데." 몰리가 말을 이었다. "아무것도 아닌 존재가 되고 싶거든 그렇게 해. 하지만 내게는 그런 꼬리표 붙이지 말아줘."

이 발견과 뒤따른 생각들이야말로 몰리와 가장 나누고 싶었던 이야기였기에 애나는 실망하며 얼른 말을 돌렸다. "좋아. 암튼 난 그게 참 재밌더구나. 뭐, 그건 그렇고, 그런 다음 대혼란의 시기가 왔고 사람들이 더러 당을 떠나기도 했어. 아니, 심리적 유예기간이 끝난 **모든** 사람이 당을 떠났다고 해야 하려나. 그다음, 갑자기 같은 주에 말이야, 그게 참 기이한 일이었는데, 몰리……" 자신도 모르게 애나는 다시 호소하듯 얘기하고 있었다. "같은 주에 편지 세통을 더 받았지 뭐니. 의심이 깨끗이 가신, 확고한 목적의식으로 가득한 그런 편지를 말이야. 헝가리에서 일이 터진 바로 그다음 주였어. 말하자면, 채찍이 한차례 지나가자 망설이던 자들은 얼른 자리를 뜬 거지. 그 편지들도 하나같이 똑같았어. 물론 실제 단어 하나하나가 그랬다는 건 아니야." 몰리가 부러 못 믿겠다는 얼굴을 하자, 애나는 성마르게 덧붙였다. "문체와 자구, 말을 엮는 방식을 말하는 거지. 먼젓번의 신경증적이고 자기비하적인 편지들은 결코 존재한 적도 없었던 듯이 썼더라. 사실 톰, 렌, 봅 그자들, 분명 자기가 그 편지들을 썼다는 것조차 잊어버렸을 거야."

"하지만 너 그 먼젓번 편지들 잘 가지고 있지?"

"법정에서 사용하진 않을 거야, 묻는 이유가 그거라면."

몰리는 선 채 분홍과 연자주색 줄무늬 천으로 유리잔을 천천히 닦아 내려놓기 전에 하나씩 들어 불빛에 비춰보았다. "글쎄, 난 그 모든 것에 하도 신물이 나서 다시는 신경 쓰고 싶지가 않네."

"하지만 몰리, 보나 마나 우린 그럴 수 없을 거야. 오랜 세월 공산주의자 내지는 거의 공산주의자, 또는 뭐라고 부르든 오랜 세월 그랬잖아. 그래놓고 갑자기, 아 정말 지겹다, 이런 말은 못하는 거지."

"우습게도 난 실제로 지겨워. 그래, 이상하다는 거 알아. 2~3년 전만 해도 남는 시간에 뭐든 조직하는 일을 돕지 않으면 죄의식에 시달리곤 했지. 이젠 그냥 내 일만 하고 나머지 시간엔 게으름을 부려도 일말의 죄책감조차 느껴지지 않아. 애나, 난 신경 끊었어. 그냥 상관하지 않는다고."

"이건 죄책감의 문제가 아니야. 그 모든 게 뭘 의미하는지에 대한 고민의 문제지."

몰리가 대꾸하지 않자 애나는 얼른 말을 이었다. "거류민들 얘기 듣고 싶니?"

거류민이란 정치적인 이유로 런던에 체류 중인 일단의 미국인들에게 그들이 붙인 별칭이었다.

"아니, 절대. 그자들도 신물 나. 아니다, 그래도 넬슨에게 무슨 일이 있었는지는 궁금하네. 그 사람은 좋으니까."

"미국 문학사에 길이 남을 걸작을 쓰고 계시지. 아내와는 헤어졌어. 아내가 신경증 환자라나. 그러곤 여자친구를 구했어. 아주 괜찮은 애로. 그 여자도 신경증 환자라는 결론을 내렸어. 그애를 떠나 아내한테 돌아갔지. 아내가 신경증 환자라고 다시 결론지은 다음 갈라섰대. 또다른 여자친구를 만들어서 잘 지내고 있는 걸 보니, 그 여잔 아직까진 신경증이 아닌 모양이야."

"다른 사람들은?"

"뭐 이런저런 식으로 이하동문이야."

"그래, 그럼 건너뛰자. 로마에서 미국인 거류민들을 마주친 적 있어. 참 더럽게 비참한 무리더라."

"그랬구나. 또 누구 얘기 듣고 싶어?"

"네 친구 마트롱. 그 아프리카 사람 알지?"

"알다마다. 지금 수감되어 있으니 아마 내년 이맘때쯤 총리가 될 테지."

몰리가 웃었다.

"네 친구 데 썰바는?"

"한때 친구였지." 다시 웃으며, 그러나 애나의 비판적인 어조를 앞서 짐작한 몰리가 물리치듯 대꾸했다.

"최근에 이런 일이 있었어. 그 사람, 아내랑 같이 썰론으로 돌아갔잖아. 부인은 따라가기 싫어했던 거 기억나? 그가 너한테 편지를 썼는데 답장이 없으니까 나한테 보냈더라고. 썰론은 환상적이고 시심詩心이 넘쳐흐르는 곳이라나. 아내는 둘째를 임신 중이래."

"하지만 그 사람 부인은 둘째 낳고 싶어하지 않았는데?"

갑자기 애나와 몰리는 함께 웃음을 터뜨렸다. 어느새 둘은 한마음이 되어 있었다.

"그다음 편지에선 런던과 모든 문화적 자유가 그립다고 하더라고."

"그럼 이제 곧 그 사람 다시 보겠네."

"이미 돌아왔어. 몇달 전에. 보아하니 아내는 버리고 온 것 같더라. 그 사람 말이, 부인이 자기한테는 과분한 사람이라나. 펑펑 울면서 말이야. 그렇다고 너무 심하게 울진 않았고. 암튼 아내가 썰론에서 돈도 없이 아이 둘을 데리고 꼼짝 못하고 있으니 자기야 안심이지 뭐."

"그 사람 만나봤어?"

"응." 하지만 어떤 일이 있었는지 애나는 말할 수 없었다. 말해서 뭐하겠어? 절대 그러지 않겠다고 다짐했지만, 틀림없이 결국엔 그들이 너무 쉽게 그러듯이 메마르고 분한 마음을 쏟아내는 대화를 나누며 오후를 보내게 될 게 뻔했다.

"그래, 애나 너한텐 무슨 일 없었고?"

처음으로 애나가 응답할 수 있는 방식으로 던져진 질문이었기에 그녀는 곧장 대답했다.

"마이클이 찾아왔었지. 한달쯤 전에." 애나는 마이클과 5년을 동거했다. 그녀는 그와 헤어지고 싶지 않았지만 그 관계는 3년 전에 파경을 맞이했다.

"어땠어?"

"아, 어떤 면에선 아무 일도 없었던 것 같더라."

"당연히 그렇겠지. 서로를 너무 잘 아니까."

"하지만 마이클은 뭐랄까, 깍듯하게 굴더라고. 날 소중한 옛 친구인 양 대하며 말이야. 내가 가고 싶어했던 어떤 곳엘 태워다줬지. 자기 동료 얘기를 하더라. '딕 기억나?' 그러면서. 이상하지 않니? 딕을 여러번 만났는데, 내가 그를 안다는 사실까지 잊어버리다니. 마이클 얘기가, 딕은 가나에서 새 일자리를 구했대. 아내도 데리고 갔다더라. 애인들도 따라가고 싶어했다네. 그러더니 이 애인이란 여자들 참 어려운 존재라며 껄껄 웃는 거야. 아주 진심으로. 너 알지, 그 사람 특유의 활달함이 묻어나게 말이야. 그게 내 속을 후벼 파더라고. 그제야 마이클은 우리가 한때 애인 사이였던 게 기억났는지 당황한 기색이었어. 얼굴이 붉어져서는 자책하더구나."

몰리는 아무 말도 없이 애나를 자세히 뜯어보았다.

"그게 다야."

"아주 돼지 새끼들이야, 전부 다." 애나를 웃게 만들 생각으로, 몰리는 일부러 쾌활하게 추임새를 넣었다.

"몰리." 애나가 고통스럽게 애원하듯 말했다.

"뭐가? 그 일 다시 얘기해봤자 아무 소용 없잖니, 안 그러니?"

"글쎄, 난 쭉 이런 생각을 해봤어. 그러니까, 우리가 한가지 실수를 했을 가능성도 있다고."

"뭐라고? 겨우 한가지만 했다는 거야?"

그러나 애나는 웃지 않았다. "아니, 이건 심각한 문제야. 너나 나나 스스로가 강인하다는 명제에 충실하지. 아니 들어봐, 나 지금 진지하게 말하는 거야. 결혼이 파탄 나면 우리는 그러잖아. 너무 안된 일이지만 그 결혼은 실패작이었다고 말이야. 또 한 남자가 우리를 버리면 이렇게 말하지. 그래, 정말 안 좋은 일이지만 중요한 문젠 아니야. 남편 없이 아이를 키우는 일에 대해서도 그거 아무것도 아니라고, 우린 해낼 수 있다고 말하지. 공산당에서 여러해를 보내고는 또 이러는 거야. 안타깝지만 아무래도 우리가 실수를 한 것 같네."

"그래서 하고 싶은 이야기가 뭔데?" 몰리가 아주 조심스럽게, 애나로부터 멀찍이 떨어져서 물었다.

"그런 생각 안 드니? 어쩌면 우리한테 벌어진 일들이 정말 좋지 않은 것들이라 제대로 이겨내지 못하고 있는지도 모른다는 생각. 사실 막상 맞닥뜨리고 보니 내가 마이클과의 결별을 완전히 극복하지는 못한 것 같아서 하는 얘기야. 나한텐 끝난 일이지. 그래, 이렇게 말해야 한다는 거 알아. 그렇지 뭐, 그 사람이 날 버리고 떠났어, 그래봤자 5년이었는데 뭐, 그러니 이제는 남은 인생을 위해 살자."

"하지만 그럴 수밖에 없잖아. 다음으로 넘어가자, 해야지."

"우리 같은 사람들은 왜 실패를 인정하지 않는 걸까? 절대 인정하는 법이 없어. 인정하면 훨씬 나을 텐데. 사랑과 남자 문제만이 아니라고. 어쩌다 역사의 한가운데 있었다는 이유로 우리는 그 위대한 꿈의 편에 그토록 강렬한 심정으로 서 있었어. 중요한 점은 우리의 상상 속에서 그랬다는 거겠지. 하지만 이제 그 위대한 꿈은 퇴색했고 진실은 다른 어떤 것이 되었다고, 우린 결코 쓸모 있는 존재가 되지 못할 거라고 왜 말하지 못할까? 몰리, 결국 소수의 사람, 어떤 유형의 몇몇 사람이 자신은 그걸 위해 살았지만 이젠 다 끝났다고 말한다 해도 크게 손해 보는 일은 아니잖아. 왜 못하는 걸까? 오만에 가까운 일인지도 모르지."

"아, 애나! 이게 다 마이클 때문이야. 아마 그는 조만간 네게 돌아올 거고, 그럼 다시 시작할 수 있어. 혹시 돌아오지 않는다 해도 불평할 게 뭐 있겠어? 글 쓰면 되잖니."

"하느님 맙소사." 애나가 가만히 되뇌었다. "하느님 맙소사." 잠시 뒤에야 그녀는 애써 신중한 어조를 되찾았다. "그래, 이 모든 게 참 묘하긴 해…… 어쨌든, 난 집에 빨리 가봐야겠다."

"재닛은 친구 집에 있다고 하지 않았어?"

"응, 하지만 할 일이 있어서."

두 사람은 활달하게 키스를 했다. 여리고 부드럽게, 심지어 장난스럽게 서로의 손을 쥐어 오랫동안 만나지 못했던 서로의 마음을 상대에게 전했다. 애나는 거리로 나와 집으로 향했다. 그녀의 집은 걸어서 몇분 거리인 얼스코트에 있었다. 자기가 사는 거리로 들어서기 직전, 애나는 거의 무의식적으로 그곳의 광경을 피했다. 자신은 그 거리에 사는 것도, 심지어 그 건물에 사는 것도 아니고, 다만 그 아파트에 살 뿐이었다. 집 현관문이 등 뒤에서 닫힐 때까지 다른 광경이 눈에 들어오지 않게 할 요량이었다.

애나의 아파트는 건물 맨 위 두개 층에 걸쳐 있었고, 널찍한 방 다섯개가 아래층에 두칸, 위층에 세칸 있었다. 4년 전 마이클이 애나를 설득해서 여기로 이사 오게 되었다. 몰리의 집에 얹혀살면 늘

큰언니의 날개 아래 머무는 것처럼 좋지 않다고 그가 말했다. 따로 나와 살 만한 경제적 여유가 없다고 애나가 불평하자 방을 세놓으면 된다고 했다. 애나는 이 집에서의 삶을 그와 함께하리라 생각하며 이사를 왔지만 얼마 뒤 그는 떠나버렸다. 한동안 애나는 마이클이 만들어놓은 일상의 리듬에 맞춰 생활했다. 큰 방 하나에는 학생 둘이 살았고, 다른 방은 딸이 썼다. 침실과 거실은 애나 자신과 마이클을 위해 가구를 배치해놓은 터였다. 학생 한명이 이사를 나갔지만 애나는 다른 사람을 들이지 않았다. 그녀는 마이클과 함께 쓰기 위해 마련한 침대가 혐오스러워져 거실로 내려와, 그곳에서 잠을 자고 공책들에 집중했다. 위층엔 여전히 웨일스에서 온 그 젊은 학생이 살고 있었다. 가끔 애나는 자신이 젊은 남자와 한집에 산다고 이러쿵저러쿵 말이 날 수도 있겠다는 생각을 하곤 했다. 하지만 그는 동성애자라 그렇게 살아도 긴장감 같은 건 조성되지 않았다. 사실 마주칠 일도 거의 없었다. 재닛이 두 블록 떨어진 학교에 가 있는 동안 애나는 자기만의 삶에 몰두했고, 딸이 귀가하면 딸에게 헌신했다. 일주일에 한번 파출부에게 청소를 맡겼다. 돈은 한때 베스트셀러였던 자신의 소설 『전쟁의 접경지대』에서 불규칙적으로 조금씩 들어왔다. 아직까지는 그 돈으로 충분히 살 만했다. 아파트는 하얀 칠을 한 벽에 바닥도 밝은색이어서 외관상 꽤 근사해 보였다. 계단의 흰색 난간도 붉은 벽지와 잘 어울렸다.

이게 애나 인생의 틀이었다. 하지만 애나가 비로소 자기 자신이 되는 것은 이 널찍한 방에 홀로 있을 때뿐이었다. 방은 길쭉한 모양으로, 우묵하게 들어간 곳에 싱글 침대가 자리하고 있었다. 침대 주변에는 책이 켜켜이 쌓여 있고 신문과 전화기도 놓여 있었다. 바깥벽에는 높다란 창문이 세개 나 있었다. 방 한쪽 끝 벽난로 근처는 타자기가 놓인 책상이 차지했는데, 애나는 거기서 편지를 쓰고 가끔 서평이나 기사를 쓰기도 했다. 다른 쪽 끝에는 검은 칠을 한 기다란 가대식 탁자가 있었고, 그 서랍 속에 네권의 공책이 들어 있었다. 이 탁자 위는 언제나 말끔히 정리되어 있었다. 방의 벽과 천장은 모두 흰색이었으나 런던의 시커먼 대기 탓에 추레해졌다. 바닥에는 검은 칠이 되어 있었다. 침대에 놓인 이불도 검은색이었다. 길게 드리워진 커튼은 검붉은 색상이었다.

애나는 창문에서 다른 창문으로 천천히 걸음을 옮기며, 높다란 빅토리아풍 주택들 사이 좁은 틈새에 놓인 보도까지 이르지 못하는 흐릿하고 가느다란 햇빛을 찬찬히 살폈다. 커튼을 쳐 창문을 가리면서, 그녀는 커튼 롤러가 깊은 홈을 미끄러지며 내는 귀에 익은 소리를 즐거운 마음으로 듣고 있었다. 풍성한 실크 천이 서로 만나고 겹치면서 내는 부드러운 사르륵사르륵 소리도. 가대식 탁자 위의 등을 켜자 광택 나는 거무스레한 빛이 반짝이며 근처에 드리워진 커튼의 붉은빛을 반사했다. 애나는 공책 네권을 하나씩 꺼내 나란히 놓았다.

이럴 때면 애나는 등받이가 없는 구식 피아노 의자를 사용하곤 했는데, 지금은 거의 탁자 높이만큼 올려 앉아서, 마치 산꼭대기에 선 장군이 아래 골짜기에 도열한 자신의 군사들을 지켜보듯 네권의 공책을 내려다보았다.


공책들


[공책 네권은 모두 18인치쯤 되는 너비에, 겉장은 싸구려 물결무

늬 비단처럼 광택이 났다. 색으로 구분할 수 있었는데, 각각 검정, 빨강, 노랑, 파랑이었다. 겉장을 넘겨 처음 나오는 네면을 보면 처음부터 나름의 질서가 잡힌 것 같지는 않았다. 공책마다 첫 한두면에는 아무렇게나 끼적거린 문구나 반쯤 완성된 문장 들이 있었다. 그다음에, 마치 애나가 거의 기계적으로 스스로를 넷으로 나눈 뒤 글의 내용에 맞게 공책을 나누어 명명한 듯한 제목이 등장했다. 첫 번째 검은색 공책은 낙서로 시작하여 여기저기 음악 기호가 흩어져 있었고, 높은음자리표가 파운드화 기호로 바뀌었다가 원래 모양으로 돌아오기도 했다. 서로 맞물리는 원들로 이루어진 복잡한 도안도 있었는데, 그다음엔 이런 단어들이 적혀 있었다.]

깜깜하다

어둡다, 너무나 어두워

어둡다

여기 어떤 어둠이 있다

[그러다가 화들짝 놀란 듯 달라진 글투로 다음 내용이 이어졌다.]

앉아서 뭔가를 적을 때면, 혹은 내 마음을 편안하게 그냥 놔둘 때면, 그 말들, 너무 어둡다거나 뭔가 어둠에 관련된 말들이 자꾸 떠오른다. 공포. 이 도시의 공포. 홀로 있다는 두려움. 오직 한가지 생각을 할 때만 벌떡 일어나 비명을 지르거나 누군가에게 전화하러 내달리는 나를 막을 수 있다. 나 자신이 그 뜨거운 빛 속으로 돌아간다는 생각…… 하얀 빛, 눈을 감게 만드는 그 빛과 눈동자를 뜨겁게 비추는 그 붉은 빛 속으로. 화강암 바위의 거칠게 고동치는 열기. 그 위의 이끼를 쓸어보는 내 손바닥. 그 이끼의 결. 아주 작은 동물의 귀처럼, 손에 쥔 따뜻하고 거친 비단처럼 피부의 구멍을 집요하게 끌어당기는 그 조그만 것들. 그리고 열기. 달아오른 바위에서 풍기는 태양의 냄새. 건조하고 뜨거운, 내 뺨에 스치는 그 비단 같은 먼지에서 풍기는 태양, 태양의 냄새. 출판 대리인이 보낸 그 소설에 관한 편지들. 그 편지를 받을 때마다 웃고 싶어진다. 혐오의 웃음. 나쁜 웃음. 무기력한 자기징벌적 웃음. 열기를 뿜어내는 화강암 바위의 경사면, 달아오른 바위에 닿은 두 뺨, 눈꺼풀에 쏟아지는 붉은 빛을 떠올릴 때면 비현실적으로 느껴지는 편지들. 출판 대리인과의 점심식사. 비현실적인 느낌. 그 소설은 스스로의 생명을 지닌 일종의 피조물이 되어간다. 『전쟁의 접경지대』는 이제 나와는 아무런 상관도 없는, 다른 사람의 소유물이다. 출판 대리인은 그걸 영화로 만들어야 한다고 했다. 싫다고 했다. 그녀는 조급하게 굴지 않았다. 그게 직업이니까.

[여기 연도가 휘갈겨 있었다―1951.]

(1952) 영화사 관계자와 점심. 『접경지대』 캐스팅을 놓고 얘기를 나눔. 믿기지 않을 정도로 실소가 터질 뻔했음. 난 싫다고 함. 상대의 제의에 거의 넘어가고 있음을 깨달음. 황급히 일어나며 짤막하게 거절. 영화관에 높이 걸려 있는 전쟁의 접경지대라는 글자가 눈에 선했다. 물론 그 사람은 제목을 금지된 사랑으로 바꾸고 싶어했지만.

(1953) 아침 내내, 마쇼피 근처 습지의 나무 아래 앉아 있던 내 모습을 기억해내려 애를 썼다. 실패했다.

[여기 공책의 제목 혹은 표제가 적혀 있었다.]

어둠

[모든 면이 가운데 그어진 가지런한 검은 선으로 나뉘어 있고, 하위 항목에 제목이 달려 있었다.]

출처                          돈

[왼편 제목 아래에는 파편적인 문장과 기억 속 장면 들이 쓰여 있고, 중앙아프리카의 친구들에게서 온 편지 몇통이 붙어 있었다. 오른편에는 『전쟁의 접경지대』와 관련한 거래 기록, 번역으로 들어온 돈의 액수, 업무상 나눈 이야기 등이 적혀 있었다.

두세장 넘기면 왼편 항목들은 더이상 나오지 않았다. 3년 동안 검은색 공책에는 업무나 실용적인 내용뿐, 그것들이 실재하는 아프리카에 대한 기억을 죄다 흡수해버린 것 같았다. 그러다가 타자로 친, 선언문처럼 보이는 쪽지가 붙어 있는 지면이 나왔고, 그 맞은편에서 왼편의 항목들이 다시 시작되었다. 붙여놓은 쪽지가 바로 『전쟁의 접경지대』 시놉시스였다. 이제 '금지된 사랑'으로 제목이 바뀐 그 작품의 줄거리를 애나는 비꼬는 투로 다음과 같이 작성해서 던져주었는데, 출판 대리인 사무실의 담당자는 마음에 쏙 들어했다.]

젊고 멋진 피터 케리는 2차대전 탓에 옥스퍼드에서의 전도유망한 학문적 경력이 중단되자, 하늘색 제복을 입은 영국 공군 청년

한명과 중앙아프리카로 배치되어 조종사 훈련을 받는다. 이상주의 자에 격정적인 성향인 젊은 피터는 다들 성공을 위해 물불 가리지 않고 덤비며 인종차별이 일상화된 소도시 사회의 모습에 심한 충격을 받고 그 지역의 고상한 좌파 무리와 어울리게 되는데, 이들은 피터의 순진하고 미숙한 급진주의를 이용하려 한다. 이들과 함께 주중에는 흑인들에게 자행되는 불의에 소리 높여 항의하고 주말이면 존 불[3]을 연상시키는 호텔 주인 부스비 씨와 그의 어여쁜 아내가 운영하는, 녹음에 둘러싸인 어느 시골 호텔에서 사치스럽게 놀며 지내는 중에, 주인 부부의 예쁜 10대 딸이 피터에게 매혹당한다. 그는 젊음의 온갖 무분별함을 동원하여 그녀를 부추기고, 한편 돈벌이에 혈안이 된 술고래 남편에게 사랑받지 못하며 살던 부스비 부인 또한 그 잘생긴 청년에게 강렬하고도 은밀한 열정을 품는다. 주말마다 벌어지는 좌파의 방탕한 파티가 혐오스럽기만 한 피터는 지역의 아프리카인 선동가들에게 은밀히 연락을 취하는데, 그들의 우두머리는 다름 아닌 바로 이 호텔의 요리사다. 정치에 미친 남편 때문에 애정에 굶주려 있던 요리사의 젊은 아내를 보고 한눈에 반하는 피터, 이 사랑은 백인 정착민 사회의 금기와 도덕률을 정면으로 거스른다. 낭만적인 밀회가 한창인 순간 부스비 부인이 들이닥치고, 질투심과 분노에 불타올라 지역 영국 공군 부대의 지휘관들에게 이 사실을 폭로하자 그들은 피터를 식민지에서 멀리 떨어진 곳으로 보내겠다고 그녀에게 약속한다. 부스비 부인은 딸에게 이 사실을 알리면서도 사실은 순진무구한 어린 딸에게 굴욕감을 안기려는 자신의 무의식적인 의도를 깨닫지 못한다. 피터가 딸을 어

---

3 John Bull. 전형적인 잉글랜드인을 가리키는 말.

떻게 한 건 아니지만 어쨌든 자신을 거부하고 딸에게는 호의를 보였기 때문이다. 딸은 백인 소녀의 자존심에 가해진 그 엄청난 모욕 때문에 몸져누운 뒤 집을 떠나겠노라고 선언한다. 볼썽사나운 장면이 연출되는 와중에 어머니가 날뛰며 소리를 지른다. "널 좋아하게 만들지도 못했잖니. 그 녀석은 네가 아니라 그 더러운 흑인 계집애가 좋다며 그년한테 갔어!" 요리사는 부스비 부인에게 젊은 아내의 배신을 전해 듣고 그녀를 친정으로 쫓아버린다. 하지만 당차고 반항적인 기질의 젊은 아내는 고향 대신 근처의 도시로 떠나 그곳에서 거리의 여자로 살게 된다. 모든 환상이 갈기갈기 찢어진 채 무너진 가슴을 안고 술에 취해 식민지에서 마지막 밤을 보내던 피터는 우연히 한 누추한 술집에서 자신의 검은 연인을 만난다. 그들은 서로를 품에 안고, 백인과 흑인이 만날 수 있는 유일한 장소인 그 도시의 오염된 개천 근처 사창가에서 밤을 지새운다. 그들의 순수하고 무구한 사랑은 이 나라의 엄혹하고 비인간적인 법과 타락한 자들의 질투에 의해 이미 산산이 부서진 터, 아무런 미래를 보장받지 못한다. 전쟁이 끝난 후 영국에서 다시 만날 가능성을 애처롭게 말해보지만, 두 사람 모두 고통을 이겨내기 위한 거짓말임을 잘 알고 있다. 이튿날 아침 피터가 지역 '진보주의자' 무리에 작별을 고할 때, 그의 진중한 젊은 눈동자에는 그들을 향한 경멸이 뚜렷이 서려 있다. 한편 그의 검은 연인은 일단의 흑인들과 함께 승강장의 다른 쪽 끝에 숨어 있다. 기차가 증기를 내뿜으며 출발하는 순간 연인은 손을 흔든다. 이를 보지 못하는 피터의 눈에는 이미 자신을 기다리는 죽음에 대한 생각이 깃들어 있다. 그는 일류 조종사가 아니던가! 연인은 다른 남자의 팔에 기대어 어두워진 도시의 거리로 돌아오고, 슬프고 참담한 심정을 감추려고 요란스럽게 웃어댄다.

[맞은편에는 다음 내용이 적혀 있었다.]

　출판 대리인 사무실의 담당 직원은 이 시놉시스가 맘에 들었는지, 이야기를 어떻게 풀면 물주들에게 '좀 덜 충격적으로' 들릴까 의논하기 시작했다. 가령 외도를 저지르는 아내가 아니라 요리사의 딸로 여자 주인공을 바꾸면 좋겠는데, 이대로 둘 경우 관객이 공감하기 어렵기 때문이란다. 내가 일종의 패러디로 쓴 거라고 말하자 그 남자는 성가시다는 듯 잠시 가만히 있더니 웃기 시작했다. 이 시대 사람들이 즐겨 쓰는 타락의 가면, 무심하고도 사람 좋아 뵈는 관대함의 가면을 그 남자도 쓰고 있었고, 난 그 모양새를 유심히 살펴보았다(스딸린의 형무소에서 영국 공산주의자 세명이 살해당한 일을 두고 아무개 동지가 "글쎄, 인간 본성은 아무래도 가늠하기가 불가능에 가까우니까" 했을 때와 똑같은 표정이었다). 그 남자는 "저기, 울프 양, 악마와 밥을 먹으러 갈 때는 긴 스푼을 챙겨야 할 뿐 아니라 석면으로 만든 스푼이 좋다는 걸 지금 배우고 있는 겁니다.[4] 어쨌든 이거 완벽한, 제대로 쓴 이야기군요." 내가 고집을 부렸지만 그는 줄곧 침착하게 설득하려 애쓰면서, 아, 정말 너무도 관대하게, 지치지도 않고 계속 미소 띤 얼굴로, 영화 산업의 그 모든 문제점은 물론 인정하지만 그래도 좋은 영화들이 계속 나와야 한다는 생각에는 동의하지 않느냐고 했다. "게다가 훌륭한 진보적 메시지를 갖춘 영화는 더욱 그렇잖아요, 울프 양." 나를

4 나쁜 것을 대할 때는 더 나쁜 것을 무기로 삼으라는 의미의 속담을 패러디한 말이다.

구슬릴 수 있는, 틀림없는 문구를 찾아내서 기뻐하는 그의 속내가 얼굴에 빤히 드러났다. 자축하는 듯하면서도 냉소적인 잔인함으로 가득한 표정이었다. 집으로 돌아온 뒤, 평소보다 훨씬 강력한 혐오감이 치미는 것을 느끼며 자리에 앉아서 그 소설을 낸 이래 처음으로 다시 읽어보았다. 누군가 다른 사람이 쓴 것 같았다. 책이 나온 1951년에 서평을 써달라는 부탁을 받았다면 아마 난 이렇게 썼으리라.

"이류이긴 하나 참다운 재능을 보여주는 데뷔작. 배경의 참신함이 돋보임. 로디지아 초원의 한 정착지에서 가진 것 모두를 빼앗긴 무뚝뚝한 아프리카인들을 뒷배경으로 돈벌이에 혈안이 되어 부유하는 백인 정착민들이 빚어내는 독특한 분위기를 그림. 전쟁 탓에 식민지로 내던져진 젊은 영국인 남성과 절반은 야만인인 흑인 여성 사이의 연애라는 스토리의 참신함 덕분에 식상한 주제를 궁색하게 풀어낸 단점이 가려지긴 한다. 애나 울프의 담백한 문체는 장점으로 사줄 만함. 하지만 이것이 예술적 절제에서 나온 의식적인 간명함인지, 어떤 강렬한 감정이 소설의 형태를 결정하게 함으로써 가끔 임의적으로 달성되기도 하는, 그러나 거개의 경우 기만적인 형식상의 예리함인지는 아직 두고 볼 일이다."

하지만 1954년 이후라면 이런 서평이 될 것이다.

"아프리카를 배경으로 한 소설들이 연일 쏟아지고 있다. 『전쟁의 접경지대』는 능란한 서사에 더해 다른 작품들보다 더욱 통속적인 남녀 관계를 설정하고 이에 대해 상당히 활달한 통찰을 보여주는 수작이다. 하지만 흑백 분쟁에 관해 전적으로 새로운 관점은 거의 찾아볼 수 없다. 인종차별적 증오와 잔인함은 우리 서사문학에서 가장 충실히 기록되어온 영역이기 때문이리라. 인종적 접경지대에 대한 이 새로운 보고서가 제기하는 가장 흥미로운 질문은, 백인 정착지 아프리카의 억압과 갈등이 현재의 모습으로 수십년간 계속되어왔음에도 어째서 40년대 후반과 50년대에 와서야 예술의 형태로 폭발할 수 있었는가 하는 점이다. 그 답을 구하면 우리는 한 사회와 그것이 창출하는 재능, 예술과 그것의 젖줄이 되는 긴장들의 관계를 좀더 깊이 이해하게 될 것이다. 애나 울프의 소설은 뜨거운 가슴으로 불의에 분노하는 일 그 이상도 이하도 아니다. 좋은 작품이긴 하나 충분하다고 하기엔……"

일주일에 열권 이상의 책을 읽어대며 서평을 쓰던 석달간 깨달은 것이 있다. 그 책들을 읽을 때 가졌던 관심은 가령 토마스 만을 읽을 때 느꼈던 것과는 아무 상관이 없다는 점. 만은 작가라는 단어가 지닌 고전적 의미에 부합하는 마지막 작가, 즉 삶에 관한 철학적 발언을 하고자 소설 형식을 차용한 작가였다. 중요한 건, 소설의 기능 자체가 변하고 있는지도 모른다는 사실이다. 소설은 언론의 전초기지가 되어버렸다. 이제 우린 낯선 분야에 관한 정보를 얻기 위해 소설을 읽는다. 나이지리아, 남아프리카, 미군, 탄광촌, 첼시의 사교계 인사들 따위. 말하자면, 무슨 일이 벌어지고 있나 알아보기 위해 읽는 것이다. 오백에서 천편 가운데 단 한편만이 소설을 소설이게 하는 자질, 즉 철학의 성격을 지니고 있다. 생각해보니, 나 또한 대부분의 소설과 탐사 보고서를 같은 종류의 호기심으로 읽고 있다. 조금이라도 성공적인 대다수의 소설은 아직 독서 대중일반의 의식망에 들어오지 않은 어떤 사회 분야나 인물이 존재하고 있음을 보고한다는 의미에서만 독창적이다. 소설은 이제 파편화한 사회를 위해 파편화한 의식으로 기능한다. 이미 여러 부류로 나뉜 인류는 점점 더 세밀하게 나뉘고 있으며, 세상을 반영하여 그들 자신 안에서도 점점 더 자잘하게 나뉘고 있기 때문에, 스스로도 깨닫지 못한 채 다른 나라 사람들에 관해서는 말할 것도 없고 자기 나라 안의 다른 집단에 대한 정보를 구하고자 필사적으로 애쓴다. 자신들의 온전함을 위해 맹목적으로 무언가를 부여잡는 행위인 셈인데, 이를 위해 필요한 수단이 바로 소설 겸 보고서다. 이 나라 영국에서 중산계급은 노동계급의 삶에 대해 아무것도 알지 못하고 후자 역시 전자의 삶에 대해 전적으로 무지하다. 그 접경지대를 가로질러 보고서와 기사와 소설이 팔리고, 사람들은 야만족에 대해 알아보듯이 그 책들을 탐독한다. 가령 스코틀랜드의 어부들은 내가 어린 시절을 함께 보낸 요크셔 광부들과 다른 종족이다. 두 집단의 세계가 모두 런던 외곽의 임대주택 단지와는 또다른 세계임은 물론이다.

그럼에도 난 쓰고 싶은 단 한가지 종류의 소설을 쓰지 못한다. 질서를 창조하고 삶을 보는 새로운 관점을 만들어낼 만큼 강렬한 지적 도덕적 열정의 힘으로 가득한 그런 소설. 그건 내가 산만해진 탓이다. 새 작품을 결코 쓰지 않기로 결심했던 터였다. 쓸 수 있는 쉰가지 '주제'가 있었다. 전부가 그럴싸한 소설로 써낼 수 있는 것들이었다. 한가지 분명한 건 풍성한 정보를 제공하는 그럴싸한 소설들이 출판계에서 줄기차게 쏟아져 나오리라는 사실이다. 내겐 창작에 요긴한 자질들 가운데 딱 하나, 그것도 개중 가장 중요성이 떨어지는 자질만이 있다. 그건 호기심인데, 이조차 언론인의 호기심에 불과하다. 내 삶의 방식과 교육, 성별과 정치적 지향과 계급이 여러 다양한 삶의 분야를 가로막는 데서 느끼는 불만과 불완전함 때문에 고통스럽다. 우리 시대 가장 나은 인물들 일부도 이런 마음의 병에 시달리고 있다. 일부는 견뎌내지만 다른 이들은 무릎을 꿇는다. 이 시대의 새로운 감수성인 그 고통은 상상력을 통해 세상을 새롭게 이해하려는, 절반은 무의식적인 시도로 볼 수도 있다. 하지만 예술에는 치명적이다. 나 자신을 활짝 펼치고 할 수 있는 한 충만하게 살고 싶다. 마더 슈거에게 그렇게 말했을 때, 그녀는 보편타당한 진실을 접할 때 사람들이 흔히 그러듯 만족스럽다는 투로 고개를 가볍게 끄덕이며 예술가들이란 원래 살지 못하므로 쓰는 거 아니겠냐고 대꾸했다. 그 말을 듣는 순간 구역질이 날 것 같았다. 이렇게 쓰는 지금도 역겨움에 반감이 든다. 예술과 예술가의 가치가 바닥으로 떨어지고 엉성하게 발을 걸친 아마추어들도 문학을 자기 소유물로 여기는 판이라, 예술 본연의 정신에 헌신하고자 하는 어떤 이라도 그런 만족에 겨운 가벼운 끄덕임과 자족적인 미소를 접하면 100마일 밖으로 달아나고 싶을 것이다. 게다가 지금까지 수많은 사람이 철저하게 탐구해온, 금세기 예술의 대표적 주제인 그 진실이 어느새 괴물처럼 진부한 경구가 된 상황에서, 이제는 그것이 정말 반박할 수 없는 진실인지 의아할 지경이다. 그날 내가 마더 슈거 앞에서 그랬던 것처럼, 사람들은 혐오와 진부함에 맞서 싸우며 '삶에 대한 무기력'이라든가 '예술가' 같은 문구를 생각하기 시작하고, 그것들이 머릿속에서 공명하다가 희미해지도록 내버려둔다. 하지만 이 해묵은 주제가 정신분석가의 입에서 그토록 새롭고도 위엄 있게 튀어나왔다는 사실은 참으로 신기할 따름이다. 예술의 향기에 취해 사는 유럽인이자 교양 있는 여성의 표본 격인 마더 슈거가 주술사로서 역할을 다하는 와중에, 상담 진료실이 아닌 친구들과 함께하는 자리에서라면 입에 올리기도 부끄러웠을 그 진부한 말을 아무렇지 않게 하다니. 삶을 대하는 수준이 있고, 상담실 소파의 수준이 있다는 거겠지. 용납할 수 없었다. 결국 그것을 난 참을 수 없었던 것이다. 삶에 대한 도덕적 차원과 환자들에 대한 도덕적 차원을 달리한다는 뜻이니까. 그 소설 『전쟁의 접경지대』가 내 안의 어떤 차원에서 나온 것인지 아주 잘 알고 있다. 쓸 때부터 이미 알고 있었다. 그때도 난 그 작품을 증오했고 지금도 그렇다. 그것이 나의 내면에서 차지하는 부분이 너무 강력해져 나머지를 죄다 집어삼키려 했기에 두 손에 영혼을 받쳐 들고 그 주술사에게 달려간 터였다. 하지만 갑자기 예술이라는 단어가 튀어나왔을 때 치유자인 그녀는 자족적인 미소를 지었다. 예술가라는 신성한 동물이 모든 걸 정당화하고, 그가 하는 일 전부가 정당화된다는 듯이. 교양 있는 심리 치료사나 교수만 그런 자족적인 미소와 관대한 끄덕임을 보이는 건 아니다. 환전소 직원이나 고만고만한 언론계의 앞잡이, 우리의 적들도 그런 식으로 군다. 영화계의 큰손이 예술가를 매수하고 싶어할 때, 독창적인 재능과 창조성의 불꽃을 자기 손아귀에 넣으려는 진짜 이유는 참된 것을 파괴함으로써 자신을 정당화하고자 하는 무의식적인 소망인데, 어쨌든 그럴 때 그들은 자신의 희생양을 예술가라 부른다. 물론 당신은 예술가지요…… 그러면 희생양은 으레 히죽 웃으며 혐오를 목구멍으로 삼키기 마련이다.

오늘날 그토록 많은 예술가가 정치에 입문하고 '헌신'이니 하는 것들을 내거는 진짜 이유는 어떤 종류의 극기나 수련의 계기라도 마련하여 적들이 사용하는 '예술가'라는 말에 담긴 독성으로부터 벗어나길 원해서다.

그 소설이 태어난 순간을 난 아주 또렷이 기억한다. 맥박이 격하게 뛰었고, 얼마 후 쓰게 될 것임을 알았을 땐 쓸 수 있는 만큼 써보았다. '주제' 자체는 거의 중요하지 않았다. 하지만 지금 내가 궁금한 건 바로 이거다. 어째서 난 일어난 사건을 그냥 설명하지 않고, 애당초 그 소설을 쓰게 만든 소재와는 아무 상관도 없는 '이야기'를 만들어낸 것일까? 물론 있는 그대로 단순하게, 형식도 갖추지 못하고 그저 설명만 했다면 '소설'이 되지 못했을 테고, 출판도 불가능했을 것이다. 하지만 '작가가 되는 일'이나 심지어는 돈벌이도 나의 진정한 관심사는 아니었다. 그렇다고 요즘 작가들이 흔히 벌이는 심리 게임, 즉 창작된 사건이 실제 사건에서 유래한다거나, 가공의 인물을 실존 인물에서 가져온다거나, 어떤 관계가 다른 관계와 심리적 쌍생아라는 식의 게임에 대해 말하려는 건 아니다. 난 단순히 나 스스로에게 이렇게 묻는 것이다. 왜 이야기여야 했을까? 그 작품이 나쁜 이야기라거나, 사실이 아니라거나, 어떤 것을 비하했다는 의미에서가 아니다. 그러니까 간단히 말해, 진실 그 자체면 왜 안되었을까?

그 패러디 버전의 시놉시스나 영화사에서 보낸 편지를 볼 때면 구역질이 난다. 하지만 영화화 가능성을 두고 영화사 관계자들이 비상한 관심을 보였던 이유가 바로 그 작품이 애당초 소설로서 성공할 수 있었던 요인이기도 하다는 사실을 난 잘 알고 있다. 그 소설은 피부색 문제에 '관한' 것이었다. 진실하지 못한 내용을 담진 않았다. 하지만 작품을 태어나게 한 감정 자체가 소름 끼치는 어떤 것, 전시 상황이 촉발하는 건강하지 못하고 열광적이며 오도된 흥분, 거짓된 노스탤지어, 뭐든 닥치는 대로 풀어놓고 싶은 욕망, 정글과 무질서에 대한 갈망이었다. 이제 내겐 그 사실이 너무도 또렷해져 그 소설을 읽을라치면 마치 발가벗고 거리에 서 있는 듯 수치심이 엄습한다. 하지만 나 말고는 아무도 그 사실을 알아차리지 못하는 것 같다. 어떤 비평가도 알지 못했다. 소양을 갖춘 문인 친구들 누구도 깨닫지 못했다. 진실을 곡해하는 끔찍한 노스탤지어가 문장 하나하나를 비추고 있기에 그것은 부도덕한 소설이다. 그래서 다른 소설을 쓰려면, 글감이 준비된, 사회에 관한 그 쉰편의 보고서를 쓰려면, 그와 똑같은 감정을 내 안에 의도적으로 불러일으켜야 한다는 걸 잘 알고 있다. 그 감정이 바로 그 쉰권의 책을 르포가 아닌 소설로 만들어주므로.

그 시간을 돌이켜보며 그들 무리와 마쇼피 호텔에서 보낸 그 주말들로 돌아갈 때면 먼저 내 안의 어떤 스위치를 꺼놓아야 한다. 그 시절에 관해 쓰는 지금도 꺼야 하는데, 그러지 않으면 '이야기'가 나오기 시작하고, 그건 소설은 될지 몰라도 진실은 못될 것이기에. 마치 유난히 격정적이던 연애나 성적인 집착을 기억하는 일과 흡사하다. 노스탤지어가 깊어지고 흥분 또한 깊어지면서, 현미경 아래 세포들이 배양되기 시작하듯 놀랍게도 '이야기들'은 형태를 갖추기 시작한다. 하지만 그 노스탤지어는 너무도 강력해서 난 기껏해야 한번에 두세 문장만을 쓸 수 있을 뿐이다. 분노에 휩쓸려 모든 것을 던져버리고 분해 과정의 일부가 되고자 갈망하는 이런 허무주의보다 더 강력한 것은 없다. 이야말로 전쟁이 끊이지 않는 가장 중요한 이유다. 『전쟁의 접경지대』를 읽는 독자들은 이 사실을 모른 채 그 감정으로 실컷 배를 채우게 될 것이다. 바로 이 때문에 난 수치스럽고, 줄곧 범죄자가 된 듯한 기분에 시달리고 있다.

그 그룹은 우연히 함께하게 되었으나 전쟁의 이 특정한 국면이 일단락되는 순간 다시는 만날 일이 없으리라는 사실을 알고 있는 일단의 사람들로 이루어졌다. 서로 어떤 공통점도 없다는 사실을 우리 모두 알았고, 아주 솔직하게 이 사실을 인정했다.

그 전쟁이 세계 다른 지역에서 촉발한 열의, 신념, 끔찍한 필요가 무엇이든, 우리가 살던 곳에서는 터진 그 순간부터 이중적인 감정을 유발한다는 점이 가장 두드러진 특징이었다. 전쟁이야말로 우리에게 정말 멋진 무언가가 되리라는 사실이 곧바로 분명해졌다. 이 점은 전문가들의 설명을 요하는 복잡한 문제가 아니다. 물질적인 번영이 중앙아프리카와 남아프리카를 눈에 띄게 강타했다. 갑자기 모든 사람이 훨씬 더 많은 돈을 손에 쥐게 되었고, 심지어 아프리카인들에게도, 생명을 부지하고 일할 수 있을 만큼의 최소한만 소유하도록 설계된 그들의 경제구조에서도 전시의 번영이 흘러내렸다. 그렇게 갑자기 생긴 돈으로 살 수 있는 물자가 심각하게 부족해지는 현상도 벌어지지 않았다. 적어도 삶의 즐거움을 방해할 정도로 심각하지는 않았다. 이전에는 수입되던 물품들을 지역 제조업자들이 만들기 시작했고, 그렇게 해서 전쟁은 두 얼굴을 가지고 있음을 다른 방식으로 입증해 보였다. 가장 비능률적이고 후진적인 노동력에 기초한 누추하고 마비된 경제였기에 어떤 형태로든 외부로부터 충격이 필요했으니, 전쟁이 바로 그런 충격이었다.

냉소주의가 만연한 또다른 이유가 있었다. 처음에는 수치스러워했지만 그 감정이 지겨워질 무렵 사람들은 냉소적으로 나오기 시작했다. 우리에게 이 전쟁은 히틀러의 사악한 교리와 인종주의 등등에 맞서 싸우는 십자군 전쟁으로 제시되었으나, 사실 아프리카 전체 면적의 절반에 이르는 그 거대한 땅덩어리는 바로 그 인종적 차이에 의해, 즉 한 집단의 사람들이 다른 사람들보다 우월하다는, 히틀러의 주장과 정확히 일치하는 대전제에 의해 통치되고 있었다. 대륙 전역의 아프리카인 대다수는 자신의 백인 나라가 인종주의라는 악마에 대항하겠다며 십자군 원정을 떠나는 광경을 냉소적으로 지켜보며 비웃고 있었다. 적어도 약간의 교육이라도 받은 이들이라면 누구나 그랬다. 자신들의 땅에서라면 목숨이라도 바쳐 지켜내려 했을 신조에 대항하여 어떤 전선에라도 나가 싸우겠다는 열의로 가득 찬 백인 나리들의 모습이 그들에겐 우스꽝스러웠다. 전쟁 내내 신문 특파원 칼럼은 아프리카인 병사의 손에 그토록 많은 싸구려 총을 쥐여주는 일이 과연 안전한가를 두고 벌이는 논쟁들로 채워졌다. 그 병사가 언제든 총구를 백인 주인 쪽으로 돌릴 수도 있고, 그게 아니더라도 이 유용한 지식을 나중에 이용할 가능성도 있기 때문이었다. 매우 타당하게도, 안전하지 않다는 판정이 내려졌다.

발발한 순간부터 전쟁이 우리에게 유쾌한 아이러니를 선사하게 된 그럴싸한 이유로 다음 두가지를 들 수 있다.

(나는 다시 그 잘못된 태도로 빠져들고 있다. 그 태도를 증오함에도, 그리고 전쟁의 와중에 우리 모두가 여러달을, 아니 여러해를 그 속에서 살았고, 그게 우리 전부를 엄청나게 망가뜨린 것이 분명함에도 말이다. 그런 태도를 취함으로써 우리는 자기를 벌하고 감정을 가둬놓았으며, 어긋나는 것들을 맞춰 전체를 구성하는 일을 하지 못했거나, 하기를 거부했다. 아무리 끔찍해도 그 속에서 살 수 있도록 말이다. 전체를 보지 않으려는 태도는 우리가 세상을 바꿀 수도, 파괴할 수도 없다는 뜻이다. 궁극적으로 그것은 개인의 죽음 혹은 궁핍화를 의미한다.)

그냥 사실만을 적기 위해 노력해야겠다. 일반 대중에게 그 전쟁은 두 국면으로 전개되었다. 상황이 불리하게 돌아가 패색이 짙었던 첫번째 국면은 스탈린그라드에서 마침내 종결되었다. 이어서 승리할 때까지 그저 버티는 두번째 국면이 펼쳐졌다.

좌파와 이들과 연맹한 자유주의자들을 묶어서 우리라고 하자면, 우리에게 그 전쟁은 세 국면으로 전개되었다. 첫번째는 러시아가 전쟁 불참을 선언한 때였다. 이 선언으로 인해 소련에 대한 신념이 감정의 원천이나 다름없던 쉰 내지 백명 남짓한 우리 모두의 충성심은 한동안 묶여 있었다. 히틀러가 러시아를 침공하면서 이 시기는 끝났다. 그러자 곧장 활력이 터져 나왔다.

사람들은 공산주의에 대해, 아니 그보다는 그들 자신의 공산당에 대해 너무 감정적이라 향후 사회학자들의 연구 주제가 될 중요한 한가지 문제에 관해 사유하지 못한다. 공산당이 존재해서 직간접적으로 펼쳐지는 사회적 활동들 말이다. 자신들이 공산당 때문에 고취되고 생기를 얻고 삶에 대해 새로운 추진력을 갖게 되었다는 사실조차 모르는 사람 혹은 집단이 대부분이고, 이는 미미하게나마 공산당이 존재했던 나라들에서라면 으레 그렇다. 러시아가 전쟁에 개입하면서 좌파가 회복된 지 1년이 지났을 무렵, 우리의 소도시에서는 (지금 내가 언급하는 것과 구분되는 당의 직접적인 활동과는 별도로) 소규모 오케스트라, 독서 토론회, 극단 두개, 영화 연구회가 결성되었고, 도시 거주 아프리카 아동들의 여건에 대한 아마추어적인 조사가 이루어져 이후 출판되었을 땐 백인들의 양심을 휘젓고 때늦은 죄의식을 촉발하는 계기가 되었으며, 아프리카 문제를 연구하는 대여섯개의 토론 그룹이 조직되어 활동 중이었다. 그 도시 역사상 최초로 문화적인 삶이라 부를 만한 뭔가가 생겨났던 것이다. 공산주의자들을 오직 증오할 대상으로 알고 있던 사람들 수백명이 그 사실에 환호했다. 물론 그렇게 전개되던 여러 활동에 대해, 당시 가장 정력적이고 교조적이었던 공산주의자들은 정작 못마땅하게 여겼지만 말이다. 그럼에도 인간성에 대한 헌신적인 신념이 모든 방향으로 파동을 일으키며 퍼져나가는 상황이었기에, 결국은 공산주의자들이 이러한 현상을 고취했던 셈이다.

우리에게(아프리카 중남부 지역을 통틀어 어느 도시에서나 마찬가지였지만) 맹렬한 활동의 시기가 시작된 것이 바로 이때였다. 자신감과 기쁨에 넘쳤던 이 국면은 전쟁이 종결되기 한참 전인 1944년 어느 무렵엔가 끝이 났다. 소련이 취한 '노선'의 변화와 같은 외부 사건이 아니라, 우리 안에서 자라고 있던 내부 요인 때문이었다. 돌이켜보면 '공산주의자' 단체가 설립된 바로 첫날부터 그 요인은 존재했다. 냉전이 시작되면서 중국과 소련에 대한 어떤 관심도 매력적이지 않고 오히려 수상쩍은 것이 되는 순간 모든 토론 그룹과 단체가 당연하게도 사멸해버렸다(오케스트라나 극단처럼 순전히 문화적인 조직들만 살아남았다). 그러나 '좌파' '진보주의자' 혹은 '공산주의자'의 감수성(이렇게 오랜 시간이 지나고 보니 어떤 표현이 딱 맞는지 말하긴 어렵지만), 여하튼 그것이 우리 도시에서 최고조에 달했을 때, 그 감수성을 맨 처음 촉발한 내부자 그룹은 이미 무기력 내지 당혹감에 빠져들었고, 개중 가장 나은 부류도 그저 의무감에서 일하고 있었다. 물론 당시엔 누구도 이해하지 못했지만 이는 불가피한 현상이었다. 공산당이나 공산주의 조직의 구조에 자기분열의 원리가 내포되어 있다는 사실이 지금은 명백하게 보인다. 어떤 곳에서든 공산당은 개인이나 집단을 개별적인 공과가 아니라 어느 경우에나 당의 내부 동력에 순응하느냐 아니냐에 따라 저버리는 과정에 의해 성립하는 법이고, 심지어 그 때문에 번영할 가능성도 있다. 보잘것없고 아마추어적이며 정말이지 우스꽝스러웠던 우리 그룹에서 벌어진 모든 일이 실은 금세기 초 런던의 이스끄라 그룹[5]에 의해 공산주의가 태어났을 때 이미 발생했던 일이다. 우리가 벌이던 운동의 역사를 조금이라도 알았더라면 냉소와 좌절, 당혹감에서 조금은 자유로웠을지 모르겠다. 하지만 지금 그 얘길 하려는 건 아니다. '중앙집권'의 내적 논리는 불가피하게 분열의 과정을 초래할 수밖에 없었으니, 민족주의 운동이 일어나기 전이자 어떤 형태의 노조도 없었던 그 시기에 우리가 이미 존재하던 아프리카인들의 운동과 아무런 연결 고리도 갖지 못한 것이 그 주된 원인이었다. 경찰의 감시를 피해 몰래 우리와 접촉했던 소수의 아프리카인이 있긴 했지만, 그들은 백인이라는 이유에서 우리를 신뢰하지 않았다. 한두 사람이 기술적인 문제들에 대해 자문을 구하기 위해 찾아왔으나 그들이 정말 무슨 생각을 하고 있는지는 알 수 없었다. 당시 상황을 설명하자면, 검은 대중이 아직 일어나지 못했고 향후 2~3년은 그럴 전망이 보이지 않는 일종의 진공상태에서 혁명적 운동을 조직하는 데 필요한 각종 정보로 무장한 지극히 전투적인 백인 활동가들만이 움직이고 있었다. 남아프리카 공산당도 비슷한 처지였다. 우리가 뜨내기 이방인 집단이 아니었다면 세력 확장에 도움이 되었을 그룹 내부의 투쟁과 갈등과 논쟁이 우리를 급속히 망가뜨리는 방향으로 작용했다. 1년이 채 못되어 우리 그룹은 여러 하위 조직과 배신자들, 한둘을

---

**5** 러시아어로 '불꽃'을 의미하는 『이스끄라』(*Iskra*)는 독일에 망명 중이던 레닌이 1900년 창간한 러시아사회민주노동당(RSDLP)의 기관지로 1911년 러시아혁명과 영국을 비롯한 유럽 전역의 공산주의 운동에 커다란 영향을 끼쳤다. 애나가 말하는 '이스끄라 그룹'이란 레닌이 경찰의 탄압을 피해 1902년부터 이듬해까지 런던에 머물며 『이스끄라』를 발행하는 동안 함께 활동했던 공산주의 혁명가들을 가리킨다. 이들은 뜨로쯔끼의 노선을 지지하는 멘셰비끼와 레닌의 노선을 지지하는 볼셰비끼로 갈라져 있었다.

제외하면 끊임없이 구성원이 바뀌는 충직한 강경파로 분열되었다. 왜 그런 일이 벌어지는지 도저히 이해할 수 없었기에 우리의 감정적인 활력은 소진되었다. 태생부터 자기파괴 과정이 이미 시작되었다는 사실을 이제는 잘 알지만, 대체 언제 우리 말과 행동의 기조가 돌이킬 수 없을 정도로 바뀐 것인지는 꼭 집어 말할 수 없다. 열심히 활동하고는 있었으나, 줄곧 깊어지는 냉소가 늘 우리를 따라다녔다. 공식적인 모임이 아닌 곳에서 우리는 신념으로 발언했던 내용과 어긋나는 농담을 즐기곤 했다. 그때부터 나는 사람들의 농담을 경계하는 법을 알게 되었다. 약간은 악의적인 어조와 목소리에 실린 일말의 냉소가 10년 안에 한 사람의 인간성 전체를 파괴하는 암세포로 발전할 수도 있다. 정치조직이나 공산주의 단체가 아닌 다른 곳에서도 그런 일이 벌어지는 것을 나는 자주 목격했다.

내가 여기서 쓰고자 하는 그 그룹은 '당'에서(당시 공산당은 공식적으로 구성된 기관이 아니라 일종의 감정적 실체에 가까웠기에 따옴표를 쳐야겠다) 끔찍한 싸움이 벌어진 뒤에 결성되었다. '당'은 두 집단으로 분열되었는데, 너무 사소해서 기억조차 나지 않는 아주 작은 문제 때문에 그렇게 되었다. 다만 별것 아닌 조직상의 문제로 인해 그렇게 엄청난 증오와 원망이 발생할 수 있다는 사실에 공포와 놀라움을 느꼈던 일은 아직도 생생하다. 그 두 집단은 계속 공조하기로 했다. 그 정도의 이성은 남아 있었던 것이다. 그러나 우리는 상이한 정책들을 채택했다. 이 글을 쓰는 지금 이 순간에도 절망감에 헛웃음이 나올 지경이다. 그 모든 게 사실 아무 일도 아니었는데, 우리 집단이 사소한 일에 목숨을 거는 망명자 무리 같았던 게 문제였다. 그 나라의 현실에 비해 우리의 사상이 너무 앞서 있었던 까닭에 스무명 남짓한 우리 모두는 망명자나 다름없었다. 그렇다. 이제야 기억이 나는데, 조직의 절반쯤 되는 사람들이 몇몇 회원을 가리켜 "이 나라에 뿌리를 박지 않고 있다"고 불평을 하다가 언쟁이 벌어졌다. 이 구분선에 따라 우리는 갈라섰다.

이제 내가 속했던 작은 하부 그룹 이야기를 해야겠다. 공군기지에서 온 세 청년은 옥스퍼드 재학 시절 처음 만난 사이로 이름은 폴, 지미, 테드였다. 조지 하운즐로라는 남자도 있었는데, 그는 도로 공사 일을 했다. 다음으로 독일 출신의 망명자 빌리 로데와 나, 그 나라에서 출생한 메리로즈도 있었다. 나는 이 그룹에서 예외적인 존재였는데, 유일하게 자유로운 처지였기 때문이다. 애초에 스스로 선택해서 식민지로 왔고, 언제든 원하면 떠날 수 있다는 의미에서 나는 자유로웠다. 그렇다면 난 왜 떠나지 않았던 걸까? 그곳이 정말 싫었고, 1939년 담배 농장주의 아내가 되기 위해 처음 온 날 이후 한번도 그 나라가 좋았던 적이 없었는데. 그 바로 전해에 나는 런던에서 휴가를 보내던 스티븐을 만났다. 그리고 농장에 도착한 바로 다음 날, 그는 좋은 사람이지만 내가 그곳의 삶을 절대 견디지 못하리라는 것을 깨달았다. 런던으로 돌아가는 대신 나는 도시로 나가 비서로 일하기 시작했다. 여러해가 지나는 동안 내 인생은 조건부로 잠시 마지못해 시작해서 한동안 해보는 그런 활동들로 채워졌던 것 같다. 예컨대 그 도시에서 오직 좌파만이 약간의 도덕적 활력이라도 갖추고 있으며 오직 그들만이 인종차별이 극악무도하다는 관점을 당연하게 받아들였던 까닭에 나는 '공산주의자'가 되었다. 하지만 언제나 내게는 '공산주의자'와 애나라는 두 인격이 공존하고 있었고, 애나는 내내 그 '공산주의자'에 대해 이런저런 식으로 판단을 내렸다. 그 반대도 마찬가지였다. 아마도 일종의 무기력 상태여서 그랬으리라. 전쟁이 임박하면서 고향으로 돌아갈 배편도 구하기 어려워진 상황이었지만 난 그냥 눌러 앉았다. 하지만 삶이 마냥 즐거웠던 건 아니다. 나는 쾌락을 즐기지 않는다. 그런데도 나는 일몰 파티와 무도회에 나가고, 테니스를 치고, 햇볕을 즐겼다. 너무 오래전 일이라 지금은 그중 어떤 것도 내가 했다는 실감이 나지 않는다. 캠벨 씨의 비서 일이 어땠는지, 매일 밤 췄던 춤은 어땠는지 '기억'이 나지 않는다. 마치 누군가 다른 사람에게 일어났던 일 같다. 당시의 내 모습을 볼 수는 있다. 어느 날 인형처럼 작고 가녀린 젊은 여자의 모습이 담긴 오래된 흑백사진을 발견한 덕분인데, 그때까지는 정말 내게 일어난 일들이 맞는지 확신할 수 없었다. 식민지 여자들에 비해 나는 아는 게 많았지만 경험은 턱없이 부족했다. 식민지에서 사람들은 원하는 대로 행동할 여지가 훨씬 많기 때문이다. 내가 영국에서 싸워 쟁취해야 하는 것들을 그곳 여자들은 그냥 누릴 수 있었다. 내가 잘 아는 것은 문학이나 사교적인 것들뿐이었다. 일견 나약하고 상처 받기 쉬워 보이는 메리로즈 같은 여자들에 견주어도 난 아기에 불과했다. 사진 속의 나는 테니스 라켓을 들고 클럽 건물의 계단 위에 서 있다. 작고 선이 또렷한 얼굴에 유쾌한 듯 삐딱한 표정을 짓고서. 식민지 사람들의 훌륭한 자질인 쾌활함을 나는 결코 익히지 못했다. (왜 그게 훌륭한 것일까? 암튼 난 그 자질이 맘에 든다.) 하지만 전쟁이 시작된 후에도, 이제 고향으로 가기 위해 배편을 예약해야 한다는 말을 매일 스스로에게 반복했다는 것을 제외하면 대체 어떤 느낌으로 지냈는지 아무 기억이 없다. 그 무렵 빌리 로데를 만나 정치에 발을 담그기 시작했다. 그게 처음은 아니었다. 물론 난 너무 어려 스페인 내전에 직접 관여하지 않았지만 그런 친구들이 있었기에 공산주의와 좌파가 완전히 새로운 것은 아니었다. 나는 빌리가 마음에 들지 않았다. 그 역시 나를 탐탁해하지 않았다. 하지만 우리는 동거를 시작했다. 아니, 다들 서로가 뭘 하는지 빤히 알게 되는 작은 도시에서 가능한 만큼 함께 살기 시작했다고 해야 하리라. 우린 같은 호텔에 머물며 함께 밥을 먹었다. 거의 3년을 그렇게 보냈다. 하지만 서로를 좋아하지도 않았고 이해하지도 못했다. 잠자리 상대로 서로를 즐겼던 것도 아니었다. 물론 당시 나는 스티븐하고만, 그것도 잠깐 관계를 한 경험뿐이라 그 방면으로는 미숙했다. 하지만 빌리도 알고 나도 알았듯이, 우린 서로 잘 맞지 않았다. 그때 이후 성에 대해 차츰 많은 걸 알아가면서, 난 잘 맞지 않는다는 말이 아주 실질적인 어떤 문제를 뜻한다는 사실을 깨달았다. 그 말은 사랑하지 않는다거나, 공감하지 못한다거나, 참을성이 없다거나, 무지하다는 뜻이 아니다. 다른 사람들과는 완벽하게 행복할 수 있는 두 사람이 마치 그들 몸의 화학구조 자체가 적대적인 것처럼 성적으로 전혀 맞지 않을 수 있다. 아무튼 빌리와 난 이 사실을 너무 잘 알고 있었기에 허식이 개입할 여지도 없었다. 감정은 문제가 되었는데, 오직 한가지 점에서만 그랬다. 서로를 향해 우린 일종의 연민을 느꼈고, 그 방면으론 도저히 상대를 행복하게 하지 못했기에 늘 서글픈 무력감에 시달렸던 것이다. 우리가 다른 짝을 선택하지 않을 이유도 없었다. 하지만 그러지 않았다. 떠나야 할 때가 훨씬 지나서까지 나를 어떤 상황에 묶어두곤 하는 성향, 내가 권태 혹은 호기심이라 부르는 것을 생각해보면 내 쪽에서 다른 사람을 선택하지 않았다는 것이 그리 놀랄 일은 못된다. 나약함이었을까? 여기 적기 전까지는 이 단어가 내게 적용된다고 생각하지 않았지만, 어쩌면 그랬을 수도 있다. 하지만 빌리는 나약한 사람이 아니었다. 오히려 그는 내가 지금까지 겪어본 가장 몰인정한 사람이었다.

막상 이렇게 써놓고, 난 깜짝 놀란다. 대체 무슨 소리람? 그는 엄청난 친절도 베풀 수 있는 사람이었는데. 그러고 보니 오래전, 빌리에게는 어떤 수식어를 적용하든 언제나 상반되는 단어로 바꿀 수있다는 사실을 깨달았던 기억이 난다. 그래. 오래된 원고들을 찾아보니 빌리라는 제목 아래 이런 말들이 적혀 있다.

|  |  |
|---|---|
| 몰인정한 | 친절한 |
| 차가운 | 따스한 |
| 감상적인 | 현실적인 |

이런 식으로 하단까지 쭉 이어지고 그 밑에는 이렇게 쓰여 있다. "빌리에 대해 이런 단어들을 적으면서 내가 그에 대해 아무것도 모른다는 것을 깨달았다. 잘 아는 누군가에 대해서라면 단어 목록을 작성할 필요조차 없겠지."

당시에는 몰랐지만 내가 진정으로 알게 된 건, 누군가를 묘사할 때 이런 단어들은 모두 무의미하다는 사실이다. 어떤 사람을 묘사할 때 우리는 이렇게 말하곤 한다. "상석에 딱딱한 자세로 앉은 채, 빌리는 잠시 그의 둥근 안경알이 그를 바라보는 사람들을 향해 반짝이며 빛나도록 했다. 그런 다음 공식적인 어조로, 그러나 무뚝뚝하고 어색한 유머 감각을 발휘하면서 입을 열었다……" 뭐 이런 식으로 말이다. 하지만 요점은, 내가 집착하는 게 바로 이 점이기도 한데(그토록 오래전에, 향후 어떤 모습이 될지 짐작조차 못하는 상태에서 부질없이 작성한 그 반의어의 목록에 바로 이런 집착이 드러나다니 참 묘한 일이다), 착한/나쁜, 강한/약한 같은 단어들이 다 상관없다고 말하는 순간 나는 무도덕을 용인하고, 그저 나와는 상관없다는 이유로 '이야기'를, 그러니까 '소설'을 쓰기 시작하는 순간 그 무도덕을 승인한다는 사실이다. 독자가 빌리와 메리로즈를 실제 인물로 느낄 수 있도록 묘사하는 일이 내겐 중요하다. 내가 좌파 내부에서 혹은 주변부에서 20년을 살았다는 건 예술에서의 도덕이라는 문제에 20년간 몰두했다는 뜻이고, 그 오랜 시간이 흐른 뒤에도 내게 남아 있는 건 그게 전부이다. 그러니까 사실나는 지금 인간의 개성이라는 그 고유한 불꽃이 내게는 너무도 신성하기 때문에 다른 모든 문제는 사소하다는 얘기를 하고 있는 걸까? 그게 내가 말하고자 하는 것일까? 그렇다면 그게 의미하는 바는 뭘까?

그건 그렇고, 빌리 얘기로 돌아가보자. 그는 우리 하부 그룹의 감정적 구심점이었고, 앞서 언급한 그 분열이 일어나기 전에도 전체 조직의 구심점 역할을 했다. 빌리와 비슷한 다른 강인한 남자가 다른 하부 그룹의 리더였다. 빌리가 구심점이 된 건 자신이 옳다는 절대적인 확신을 갖고 있어서였다. 그는 변증법의 달인이었고 아주 날카롭고 지적으로 사회문제를 진단할 수 있었지만 바로 다음에 그의 입에서 나오는 문장은 멍청하리만치 교조적일 때가 있었다. 시간이 흐르면서 그의 정신은 내내 무뎌져갔다. 하지만 이상하게도 빌리보다 훨씬 더 예리한 사람들이, 그가 헛소리를 지껄인다는 걸 잘 알면서도 계속 그의 주변에 모여들었다. 기괴한 억지 논리를 펴는 빌리 앞에서 대놓고 그를 비웃을 수 있는 단계에 이르렀을 때도 우리는 줄곧 그의 주변에 머물며 그에게 의지했다. 이런일이 실제로 벌어질 수 있다는 것 자체가 참 끔찍하다.

가령 빌리가 처음으로 자신의 주장을 내세우고 우리가 받아들였을 때, 그는 자신이 히틀러에게 저항하는 지하조직의 구성원이었다고 했다. 그가 나치 친위대원 셋을 죽이고 비밀리에 사체를 매장한 후 전선으로 도망쳐 영국으로 건너갔다는 황당한 이야기도 떠돌았다. 물론 우리는 그 소문을 믿었다. 안 믿을 이유가 어디 있었겠는가? 심지어 빌리를 오랫동안 알고 지냈다는 쎔 케트너가 요하네스버그에서 건너와 빌리는 독일에서 자유주의자 그 이상도 이하도 아니었고 반히틀러 단체에 가입한 적도 없으며 자기 연령대의 징병이 임박한 시점에 독일을 떠났다는 사실을 모두 들려줬을 때조차 우리는 여전히 그 소문을 믿었다. 빌리라면 충분히 그런 일을 할 만하다고 생각해서였을까? 글쎄, 내가 보기엔 분명 그럴 수 있는 사람이었다. 간단히 말해, 모름지기 우리는 우리가 상상하는 만큼 괜찮은 존재들이므로?

하지만 빌리의 일대기를 쓰고 싶진 않다. 당시에 그런 사람은 넘칠 정도로 흔했으니까. 전쟁 탓에 벽지에 갇혀 오도 가도 못하는, 지적으로 세련된 유럽 출신의 난민. 할 수만 있다면 내가 묘사하고 싶은 건 그의 사람됨이다. 가장 주목할 만한 자질은 그가 향후 10년간 자기에게 일어날 법한 일을 모조리 생각해내어 대처할 방도를 궁리했다는 점이다. 5년 후에 일어날 모든 우발적 사건에 대해 기어코 대책을 마련해내는 사람 얘기를 하면 대부분의 사람은 참으로 이해하기 어려워할 것이다. 이런 성격에 통상적으로 쓰이는 표현은 아마 기회주의이리라. 하지만 진짜 기회주의자인 사람은 극소수다. 기회주의는 일단 자기 자신에 대한 명석한 이해를 전제로 하는데, 그런 자질을 갖춘 사람들은 어렵지 않게 찾아볼 수 있다. 그러나 집요한 추진력, 이 능력은 드물다. 예컨대 전쟁이 벌어지던 5년 동안 빌리는 토요일 아침이면 늘 (좋아하지도 않는) 맥주를 (싫어하는) 경찰청 범죄수사과의 형사와 마셨다. 빌리가 그를 필요로 할 때쯤 바로 이 남자가 고위급 관료가 되어 있을 가능성이 높아서였다. 그의 판단은 옳았다. 전쟁이 끝났을 때, 다른 난민들이 귀화 허가를 받기 훨씬 전에 이 남자는 연줄을 동원해 빌리가 귀화할 수 있도록 해주었다. 덕분에 빌리는 다른 사람들보다 2년이나 일찍 식민지를 떠날 수 있었다. 그는 영국이 아니라 베를린으로 돌아가기로 결정을 내렸는데, 만일 영국을 선택했다면 영국 국적을 비롯한 이런저런 것들이 필요했을 것이다. 이처럼 그의 모든 행동은 신중하게 앞뒤를 재어보는 계획의 속성을 띠었다. 하지만 그 자체가 너무 노골적이어서 오히려 어느 누구도 빌리가 그런 인물이라고는 생각하지 않았다. 가령 우리는 그가 사실 그 경찰청 남자를 한 인간으로는 좋아하며, 다만 '계급의 적'을 좋아한다고 인정하기를 수치스러워하는 거라고 생각했다. 그래서 빌리가 "언젠가 그자가 내게 도움이 될 날이 올 거야"라고 말할 때도, 그를 좀더 인간적으로 만들어주는 그런 약점에 애정을 느끼며 웃어넘기곤 했던 것이다.

물론 우린 그가 비인간적이라고 생각했다. 그는 인민위원, 즉 공산당의 지적인 리더 역할을 맡았다. 하지만 그는 내가 만난 어느 누구보다도 중산계급적인 인물이었다. 이는 그가 모든 본능적 성향에 있어 질서와 반듯함을 추구하고 기존의 것을 그대로 보존하고 싶어하는 사람이었다는 뜻이다. 지미가 빌리를 비웃으며 만약 그가 수요일에 혁명을 성공적으로 이끈다면 목요일에는 인습도덕부 장관으로 임명될 거라고 말했던 기억이 난다. 그 농담에 빌리는 자신은 사회주의자이지 무정부주의자가 아니라고 대꾸했다.

그는 감정적으로 나약하거나 결핍된 사람들 혹은 적응에 어려움을 겪는 사람들에게 일말의 연민도 느끼지 않았다. 사사로운 감정이 삶을 어지럽히도록 놔두는 사람들을 경멸했다. 그렇다고 해서 그가 곤란을 겪는 누군가에게 밤을 새워가며 유익한 충고를 해주는 사람이 아니었다는 뜻은 아니다. 하지만 충고를 건네면서도 그는 고통 받는 이로 하여금 스스로가 부적합하고 무가치한 존재라는 느낌에서 벗어나지 못하게 만드는 경향이 있었다.

빌리는 상상할 수 있는 가장 인습적인 상류 중산계급의 방식으로 양육되었다. 1920년대 말에서 1930년대의 베를린, 그 자신은 퇴폐적이라고 부르는 분위기, 하지만 그런 분위기가 그에게 꽤나 큰 영향을 끼쳤다. 열세살 때 다소 진부한 동성애를 경험했고, 열네살 때는 하녀에게 유혹을 받았다. 그런 뒤엔 파티며, 고속으로 질주하는 자동차며, 까바레 가수들을 겪었다. 창녀를 개심시키려는 감상적인 시도를 한 적도 있는데, 이제 그 일은 그에게 감상적인 냉소의 대상이 되었다. 히틀러를 두고는 귀족적인 경멸을 표했으며, 돈은 언제나 풍족했다.

심지어 이 식민지에서, 일주일에 2~3파운드밖에 못 벌던 시기에도 그의 차림새는 완벽했다. 인도인 재단사에게 10실링을 주고 지어 입은 양복 덕에 언제나 말쑥한 모습이었다. 보통 키에 마른 몸은 약간 구부정했고, 앞이마 선이 급속도로 물러나고는 있었으나 더없이 부드럽고 윤기가 흐르는 검은 머리엔 모자를 썼다. 높고 창백한 이마, 대개는 끊임없이 시선을 끄는 안경 뒤에 가려진 아주 차가운 초록빛 눈동자, 우뚝하며 권위적인 인상을 주는 코. 사람들이 말을 할 때면 그는 안경알을 번득이며 참을성 있게 듣다가 곧 안경을 벗어 두 눈을 드러내곤 했는데, 처음엔 적응하느라 힘없이 깜박이던 눈이 갑자기 가늘어지고 못마땅한 기색을 띠면 모두가 일순간 숨을 멈추었고, 그제야 그는 오만한 태도로 입을 열었다. 그

가 바로 빌헬름 로데, 후일(그가 기대했던 런던 소재 기업의 고액
연봉 일자리를 얻지 못하게 된 연후에) 동독으로 건너가(예의 잔
인한 솔직함을 발휘하여, 그곳 사람들이 자동차를 굴리고 운전사
까지 두며 아주 잘살고 있다더라며) 상당한 권력을 휘두르는 관료
가 된 직업 혁명가였다. 그는 분명 대단히 유능한 관료였을 것이다.
필요하면 그도 인간적일 수 있다는 점은 확실하다. 하지만 난 마쇼
피에서 본 그의 모습을 기억한다. 마쇼피에서의 우리 모두를 기억
한다. 지금 생각해보니, 정치적인 존재로서 밤새워 토론하고 활동
하던 그 모든 날보다 마쇼피에서 보냈던 시간이 우리가 어떤 사람
들인가에 대해 훨씬 더 많은 사실을 드러내는 것 같다. 물론 이미
얘기했듯이, 정치적 책무에서 스스로를 표출할 기회 없이 일종의
정치적 진공상태에 놓여 있었기 때문에 그럴 것이다.

옥스퍼드 대학에서 친구로 지내긴 했지만 공군기지 출신 세 남
자의 공통점이라곤 입고 있는 제복밖에 없었다. 전쟁이 끝나면 자
신들의 친교도 바로 끝날 것임을 그들은 알고 있었다. 서로 진짜
좋아하는 사이는 아니라고 가끔 시인하기도 했는데, 그 시절 우리
모두 그랬듯이 가볍고 딱딱하며 자조적인 어조로 그런 말을 했다.
더 정확히 말하자면 그건 빌리를 제외한 나머지 사람들의 어조였
다. 빌리가 당대의 말투나 글투를 참아준 것은 타인에게 자유를 허
용하기 위해서였으니, 그로서는 그런 관용이 무정부 상태에 동참
하는 한가지 방식이었던 셈이다. 옥스퍼드에서 이들 세 젊은이는
모두 동성애자였다. 지금 적어놓고 보니 마음을 휘젓는 그 단어의
힘이 새삼스럽게 느껴진다. 그들 셋이 어떤 사람들이었고 그들의
성격이 어땠는지 떠올리면 충격이나 혼란스러운 순간이 없는데,
막상 **동성애자**라고 쓰인 단어를 보면 반감과 감정적 동요에 맞서야

하는 상태가 된다. 참 희한한 일이다. 불과 열여덟달 후에 그들이 '우리의 동성애 시기'에 관해 농담을 나눴고, 그저 멋져 보인다는 이유로 뭔가를 한 스스로에게 조소를 보냈다고 말하는 식으로 난 이 단어에서 오는 충격을 조금 누그러뜨려본다. 그들은 스무명쯤 되는 느슨한 집단에 속했는데, 다들 모호하게 좌파 성향이고, 모호하게 문학에 관심이 있었으며, 온갖 성적인 조합으로 서로 사귀었다. 이렇게 쓰고 보니 또다시 지나치게 강조하는 어투가 된다. 전쟁 초창기였고 세 젊은이는 전투에 투입될 날을 기다리고 있었다. 돌이켜보면 그들은 일종의 사회적 항변으로서 일부러 무책임한 분위기를 연출했고, 성도 그 일부였다.

셋 중 가장 돋보이는 인물은 폴 블래큰허스트였는데, 다름 아니라 사람을 잡아끄는 강한 매력 때문이었다. 『전쟁의 접경지대』에서 열정과 이상주의로 가득 찬 '멋진 젊은 조종사'로 써먹은 인물이 바로 그 청년이다. 사실 그에게는 어떤 열정도 없었지만, 온갖 종류의 도덕적 사회적 부조리를 생생하게 포착하고 비판했기 때문에 그런 인상을 주었다. 매력적인 용모와 모든 행동에 한결같이 깃든 우아함의 이면에는 그가 지닌 진짜 차가움이 감춰져 있었다. 폴은 체격이 훤칠하고 건장하고 탄탄하면서도 동작은 날렵하고 신중했다. 둥근 얼굴에 동그랗고 짙푸른 눈, 피부는 드물게 희고 투명했으며 잘생긴 콧날에는 주근깨가 살짝 나 있었다. 부드럽고 숱 많은 머리칼이 이마 위를 늘 가리고 있었는데, 햇빛을 받으면 밝은 금색으로 눈부시게 빛났고 그늘에서는 따스한 황금빛 갈색을 띠었다. 선명하게 그린 듯한 눈썹 역시 같은 색으로 은은하게 빛났다. 만나는 모든 사람을 그는 강렬하면서도 진지하게, 정중하게 묻는 듯 아주 공손한 느낌을 주는 밝고 푸른 눈빛으로 바라보았고, 심지어 자

신의 진심 어린 존중을 전하고자 허리까지 조금 구부리며 대하곤
했다. 처음 만나는 사람에게는 나지막하고 매혹적이며 예의 바른
목소리로 속삭이며 말을 했다. 따라서 (물론 자신의 의지에 반하는
것이긴 하나) 공군 제복이 주는 비장함으로 가득 찬 이 사랑스러운
젊은이에게 굴복하지 않고 버티는 사람은 거의 없었다. 대부분의
사람이 사실은 그가 자신을 조롱하고 있었다는 사실을 알아차리기
까지 오랜 시간이 걸렸다. 잔인하게도 조용히 느릿느릿 이어지던
그의 말의 정확한 의미를 포착하는 순간 여자들과 심지어 남자들
조차 충격을 받아 얼굴이 말 그대로 하얗게 질린 채로, 저렇게 해
맑고 솔직한 얼굴에 저토록 고의적인 무례함이 가능하다는 사실을
믿기 어려워하며 뚫어져라 그를 쳐다보는 모습을 난 여러번 목격
했다. 사실 오만함이라는 측면에서만 본다면 그는 빌리와 아주 비
슷했다. 폴은 잉글랜드 중상류계급 출신으로 아는 것도 무척 많았
다. 부모님 모두 젠트리 가문에 아버지는 기사 작위가 있는 아무개
경이었다. 돈 걱정 없이 유복하고 인습적인 가정에서 자라난 이들
이 으레 갖추기 마련인 자신의 몸과 정신 상태에 대한 절대적인 확
신을 그 역시 지니고 있었다. 그가 물론 조롱을 담아 말하던 그의
'집안'은 영국 사회 상층부에 고루 퍼져 있던 터였다. 느릿느릿한
말투로 그는 "10년 전이었다면 난 영국이 전부 나의 것이고 내가
그 사실을 알고 있노라고 외쳤을 테지! 물론 전쟁이 그 모든 걸 결
딴내겠지만. 그렇지 않겠어?"라고 말하곤 했다. 미소로써 폴은 사
실 자신이 전혀 그렇게 생각하지 않으며, 우리 같은 지성인들이 그
말을 곧이곧대로 받아들이지 않으면 좋겠다는 속내를 전했다. 전
쟁이 끝나면 씨티의 일자리가 그를 위해 마련되어 있었다. 언제나
처럼 조소를 머금고 그는 이렇게 말했다. "내가 결혼만 잘하면," 매

력적인 입가에만 우습다는 표정이 어려 있었다. "난 산업계의 우두머리가 될 거야. 지성, 교육, 배경을 전부 갖추었으니 필요한 건 오직 돈뿐이겠지. 결혼을 잘 못하잖아? 그러면 중위가 되려고. 명령을 따르는 편이 책임도 가볍고, 훨씬 더 신나는 일이니까." 하지만 우리 모두 그가 최소한 대령은 되리라는 걸 잘 알고 있었다. 그런데 희한한 일은, 이 '공산주의자' 무리가 가장 확신에 차 있던 시기에 이런 대화가 오갔다는 사실이다. 위원회에서의 인격과 뒤풀이 장소인 까페에서의 인격이 완전히 달랐다. 이게 경박하게 여겨질 수도 있겠지만 사실 그렇지도 않은 것이, 만약 폴이 자기 재능을 잘 활용할 수 있는 정치 운동에 몸담았더라면 그는 그 조직에 그대로 머물러 있었을 터였다. 빌리가 (자신의 운명인) 잘나가는 경영 컨설턴트의 길을 걷지 못하자 공산주의 관료가 된 것이나 마찬가지 상황이었다. 돌이켜보면 그 시절의 그런 일탈과 냉소는 단지 가능한 일들의 그림자에 불과했다.

한편 폴은 '체제'에 관해 농담하곤 했다. 두말할 필요도 없이 그것의 가치를 전혀 인정하지 않았고, 그의 조롱도 진심이었다. 그러면서도 그는 장차 중위가 될 재목답게 맑고 푸른 눈을 들어 빌리를 응시하며 느릿느릿 말하는 것이었다. "나 지금 시간 유용하게 쓰고 있는 것 같지 않아? 동지들을 관찰하면서 말이야. 경쟁자 중위 녀석들 위로 훨훨 날게 될 거야. 안 그래? 그렇다니까, 난 적을 간파할 수 있을 거야. 아마도 친애하는 빌리 네가 그 적이 되겠지. 아무렴, 그렇고말고." 빌리는 마지못해 동감한다는 듯 살짝 미소 짓곤 했다. 한번은 이렇게 대꾸한 일도 있었다. "넌 어떻게 되어도 괜찮겠지. 돌아갈 데가 있으니까. 하지만 난 망명자라고."

그들은 곧잘 어울렸다. (장차 산업계 거물이 될 인물로서) 폴은 어떤 것에든 진지한 관심을 갖는다는 사실 자체를 절대 인정하지 않으려 하면서도 역사에는 매료되었는데, 거기서 패러독스를 찾아내며 지적 즐거움을 누렸던 까닭이다. 그에게는 단지 그런 점에서만 역사가 의미 있었다. 빌리도 이런 열정을 공유했다. 물론 패러독스가 아닌 역사 자체에 대한 열정이었다. 그가 폴에게 이런 말을 했던 것이 기억난다. "진정한 딜레땅뜨만이 역사를 비개연성의 연속으로 볼 수 있는 법이지." 그러자 폴은 대꾸했다. "하지만 친애하는 빌리, 몰락하는 계급의 일원인 나로선 다른 태도를 취할 여지가 없다는 거, 네가 가장 먼저 알아줘야겠지?" 장교였던 폴은 자기가 보기엔 대부분 멍청이인 자들과 자주 식사를 해야 했기에 늘 진지한 대화를 나눌 기회를 아쉬워했다. 물론 그가 그 사실을 털어놓을 리는 없다. 감히 말하건대, 폴이 우리와 친해진 가장 큰 이유는 우리가 그런 기회를 제공해서였다. 두번째로는 날 사랑했기 때문이고. 물론 그 무렵 우리는 모두 다양한 시기에 걸쳐 서로 사랑하는 사이가 되었다. "우리 시대에는 가능한 한 많은 사람과 사랑에 빠지는 일이 일종의 의무"라는 것이 폴의 설명이었다. 죽음을 예감해서 그런 말을 했던 건 아니다. 단 한순간도 그는 자신이 죽으리라 생각하지 않았다. 폴은 살아남을 가능성을 수학적으로 추정해봤는데, 영국에서보다 지금 그 가능성이 훨씬 높다고 했다. 그는 전투기보다는 위험이 훨씬 덜한 폭격기를 몰게 되어 있었다. 게다가 공군 고위직에 있는 삼촌이 그가 영국이 아닌, 부상자가 비교적 적게 발생하고 있던 인도로 배치되도록 알아봐주었다. 내 생각에 폴은 정말 '겁이 없었다'. 달리 말하자면 출생 이후 줄곧 유복한 환경에 폭 싸여 살았던 터라 파멸의 메시지를 전하는 신호에 익숙하지 않았다. 함께 공군에 복무했던 장교들 말을 들어보면 폴은 언제나 태연하고 자신감에 차 있으며 한치의 오차도 없는, 그야말로 타고 난 조종사였다.

바로 그 점에서 폴은 지미 맥그래스와 달랐다. 지미 역시 훌륭한 조종사였지만 두려움에 벌벌 떨고 있었다. 하루의 비행을 마치고 호텔에 들어설 때면 공포로 속이 울렁거린다는 말을 하곤 했다. 불안해서 며칠 밤을 제대로 못 잤다고 털어놓기도 했다. 울적한 목소리로 당장 내일 죽을 것 같은 예감이 든다고 말한 적도 있다. 다음 날 그는 주둔지에서 내게 전화를 걸어 사실은 자신이 "비행기를 추락시킬 뻔"했고, 순전히 운이 좋아서 죽지 않았지 자기 예감이 거의 맞았다고 했다. 그에게 조종사 훈련은 고문의 연속이었다.

하지만 독일의 도시들을 체계적으로 황폐화한 전쟁의 마지막 단계까지 줄곧 지미는 독일 전역에서 폭격기를 조종했고, 그것도 아주 능숙하게 해냈던 모양이다. 1년 이상 쉼 없이 조종했지만 살아남았다.

폴은 식민지를 떠나기 바로 전날 죽었다. 이미 인도로 배치된 상태였으니, 그의 삼촌이 말한 대로 되었던 터였다. 죽기 전날 그는 어떤 모임에서 우리와 함께 저녁을 보냈다. 평소 우리와 어울릴 때 폴은 술을 퍼마시는 척하면서도 절제하는 편이었다. 그런데 그날 밤에는 인사불성이 되도록 죽어라 마셔댔고, 지미와 빌리는 그를 호텔 욕조로 옮겨 정신을 차리게 했다. 부대 친구들에게 작별 인사를 하기 위해 폴은 새벽 무렵 기지로 돌아갔다. 나중에 지미가 얘기한 바에 따르면, 폴은 알코올에 절어 반쯤 정신이 나간 듯한 모습으로(물론 그가 자신의 상태를 그대로 내보이진 않았겠지만) 떠오르는 태양의 빛을 두 눈동자에 받으며 활주로에 서 있었다고 한다. 그때 비행기 한대가 활주로로 내려와 그에게서 몇발자국 떨어진 곳에 멈췄다. 일출 때문에 눈이 부신 와중에 폴은 돌아서서 프로펠러 쪽으로 곧장 걸었는데, 틀림없이 광채로 인해 아무것도 보이지 않았던 모양이다. 아랫도리 조금 아래부터 다리가 잘려 나갔고 그는 즉사했다.

지미 역시 중산계급이었지만 잉글랜드가 아닌 스코틀랜드 출신이었다. 술에 취했을 때나 글렌코 학살[6]처럼 오래전 잉글랜드인이 저지른 잔혹사를 이야기하며 감상적으로 굴 때를 제외하면 스코틀랜드인의 면모는 전혀 찾아볼 수 없었다. 그는 정교하게 다듬은 옥스퍼드식 느릿한 말투를 구사했다. 영국에서도 용인하기 어려운 그 억양이 식민지에서는 어처구니없이 우스꽝스러웠다. 지미도 그 사실을 잘 알고 있던 터라 자기가 싫어하는 사람들을 짜증 나게 하려고 부러 그 말투를 도드라지게 쓰곤 했다. 자기가 좋아하는 축이었던 우리에게는 미안하다면서 이런 말을 했다. "여하튼, 바보 같다는 거 나도 알아. 하지만 전쟁이 끝나면 이 비싼 말투가 내겐 일용할 양식이 되겠지." 이렇듯 폴과 마찬가지로 지미도 그의 인격 가운데 적어도 한 차원에서는 자신이 공언하던 사회주의 미래에 대한 신념을 거부하고 있었던 것이다. 그의 집안은 폴의 집안에 비하면 훨씬 소박했다. 아니, 정확히 말하자면 지미는 한 집안의 몰락하는 일족에 속했다. 아버지는 불만족스럽게 군 생활을 마친 인도군 퇴역 대령이었다. 불만족스럽다고 한 것은 지미가 힘주어 이렇게 말했기 때문이다. "그는 진짜가 못돼. 인도인들을 좋아하는데다 인간성과 불교에 관심을 쏟고 있거든. 그게 대체 뭐냐고!" 아버지가

---

6 명예혁명으로 재위에 오른 윌리엄 3세가 제임스 2세를 지지하던 스코틀랜드 가문들에 충성 서약을 요구하고, 이를 늦게 이행한 글렌코 지역 맥도널드 가문의 일족을 1692년 2월 처참히 학살한 사건.

죽도록 술을 마시며 지낸다고 그는 말했다. 하지만 그건 아버지에 대한 묘사를 완성하기 위해 내뱉은 말에 불과한 듯했다. 그 노인이 지은 시를 우리에게 보여준 적도 있는데, 내심 부친을 퍽 자랑스럽게 여기고 있는 것 같았다. 지미는 사랑하는 어머니가 이미 마흔을 넘겼을 때 외동아들로 태어났다. 얼핏 보면 그는 폴과 외모가 비슷했다. 100야드쯤 떨어진 곳에서는 거의 구분하기 힘든 똑같은 종족처럼 보였을 것이다. 그러나 가까이서 보면, 닮았기 때문에 오히려 그 둘이 완전히 다른 재료로 만들어졌다는 사실이 두드러졌다. 지미의 살집은 무거운 덩어리처럼 보였다. 움직임이 둔한데다 큼직한 손은 아이의 손처럼 통통했다. 폴의 생김새와 비슷하게 그도 조각상처럼 맑고 하얀 피부에 눈도 푸른색이었지만 우아함이 없었고, 눈빛은 처량하고 유치하게 애정을 구걸하는 느낌이었다. 옅고 칙칙한 머리칼은 기름져 가닥가닥 늘어졌다. 얼굴은 지미 자신이 즐겨 표현하듯이 퇴폐적인 인상이었다. 꽉 차고 농익어서 축 늘어진 듯 보이는 얼굴. 그는 야망이 없었다. 아무 대학에서나 역사 교수 노릇 하는 것 이상을 바라지 않았고, 그 시절 이후 실제로 그렇게 되었다. 다른 사람들과 달리, 스스로는 아니기를 바랐음에도, 그는 진짜 동성애자였다. 자신이 경멸하는 폴을 그는 사실 사랑하고 있었는데, 폴은 지미를 성가셔했다. 오랜 시간이 흐른 뒤 지미는 자기보다 열다섯살이나 연상인 여자와 결혼했다. 작년에 나한테 보낸 편지에 이 결혼에 대한 설명이 적혀 있었다. 술에 취해, 말하자면 과거로 보낸 편지임이 분명했다. 몇주 동안 잠자리를 함께했지만 아내는 거의 아무런 쾌감을 얻지 못했고 그 역시 전혀 느끼지 못했다고 했다. "맹세컨대, 나로서는 최선을 다했어!" 이어 아내가 임신했고 그걸로 그들의 섹스는 끝이었다. 간단히 말해, 그리 드물지 않은 영국식 결혼인 셈이다. 그의 아내는 그가 일반적인 남자와 다르다는 사실을 알아차리지 못한 것 같았다. 추측건대, 아내에게 꽤나 의존적인 지미는 그녀가 죽는다면 아마 자살하거나 알코올에 의지해 살 것이다.

테드 브라운이 가장 독특한 경우였다. 노동계급 대가족 출신인 그는 학창 시절 내내 장학금을 받았고 결국 옥스퍼드에 진학했다. 셋 중 그만이 진짜 사회주의자였다. 여기서 사회주의자란 본능과 본성 면에서 공히 그렇다는 뜻이다. 테드가 "마치 완전히 실현된 공산주의 사회에 살고 있거나 아니면 빌어먹을 키부츠에서 자란 사람처럼" 행동한다고 빌리는 불평하곤 했다. 그럴 때면 테드는 정말로 알 수 없다는 표정으로 그를 바라보았다. 왜 그게 비판의 대상이 되는지 그로선 이해할 수 없었던 것이다. 그런 뒤에는 어깨를 으쓱이고 어떤 새로운 열의에 가득 차 빌리를 잊어버리는 편을 택했다. 홀쭉하게 마른 몸에 검고 헝클어진 머리를 하고 담갈색 눈동자를 가진 그는 활력이 넘치는 쾌활한 젊은이였다. 언제나 빈털터리였으니 주변 사람들에게 다 내준 탓이었다. 넝마 같은 옷을 입고 다니는 것 역시 차림새에 신경 쓸 시간이 없거나 여기저기 필요한 사람들에게 옷을 줘버린 까닭이었다. 모든 이에게 자기 시간을 죄다 내주느라 자신을 위해서 쓸 시간도 없었다. 음악에 열정이 있었던 테드는 독학으로 엄청나게 공부했다. 문학에도 열정을 보였고 동료 인간들에 대해서도 열정적이었는데, 그는 자신과 더불어 그들 모두가, 참다운 인간 본성을 박탈하는 거의 전 우주적인 거대 음모의 희생양이라고 생각했다. 물론 그에게 그 참다운 본성은 아름답고 관대하며 선량한 인간성을 의미했다. 가끔 그는 자기로선 동성애자인 편이 더 좋다고 말하곤 했다. 돌봐야 할 청년들을 줄줄이 달고 산다는 뜻이었다. 사실 테드는 자신이 누리는 이익을 같은 계급 출신의 젊은이들이 똑같이 누리지 못하는 상황을 견딜 수 없어했다. 그는 공군기지에서 명민한 수리공을, 혹은 도시의 회합에서 달리 할 일이 없어서가 아니라 정말 관심을 가지고 참석한 듯 보이는 젊은이를 발굴해냈다. 그를 붙잡아 책을 읽히고 음악을 가르치는가 하면, 인생이 영광스러운 모험이라는 것을 설명하고는 우리에게 돌아와 큰 소리로 말했다. "돌에 깔린 나비를 봤으면 마땅히 구해야지." 테드는 자기처럼 우리도 그 젊은이를 '떠맡아야' 한다면서 늘 어떤 어리벙벙한 풋내기 청년을 대동한 채 서둘러 호텔로 들어서곤 했다. 우리는 언제나 그렇게 했다. 식민지에 머물던 2년 동안 테드는 열두마리의 나비를 구했고, 그들은 모두 즐겁고도 애정 어린 존경심으로 그를 대했다. 그는 그들 모두와 사랑에 빠져 있었으며, 그들의 삶을 바꿔놓았다. 전쟁이 끝나고 영국으로 돌아간 다음에도 계속 연락을 취하여 그들을 학업에 매진시키고 노동당으로 이끌었다. 그 무렵 이미 테드는 더이상 공산주의자가 아니었던 것이다. 노동당에 입당시킨 다음에도, 그의 표현에 따르면 그들이 동면하는 당원이 되지 않도록 조처했다. 그는 독일인 여성과 매우 낭만적인 연애를 한 뒤 온갖 반대를 무릅쓰고 결혼하여 세 아이를 낳았고, 요즘은 학습 부진 아동들을 위해 설립된 학교에서 영어를 가르치고 있다. 유능한 조종사였던 테드는 그답게도 일부러 최종 시험에서 떨어졌는데, 당시 맨체스터에서 온 젊은 황소 같은 청년의 영혼과 씨름하고 있었기 때문이다. 그 청년은 음악에 입문하기를 거부하고 문학보다는 축구를 고집하고 있었다. 파시즘이든 뭐든 전쟁을 위한 노력에 또 한명의 조종사를 보태는 일보다 한 인간을 암흑에서 구하는 일이 더 중요하다고 테드는 말했다. 그래서 그는 지상에 머무르다가 영국 귀환 명령을 받은 뒤에는 광산에서 복무했고, 그 탓에 평생 폐질환으로 고생하게 되었다. 이런 대가를 치르면서까지 테드는 그 청년을 구하려 했지만, 아이러니하게도 그가 구원에 실패한 유일한 사람이 바로 그 청년이었다.

신체 부적합 판정을 받아 탄광에서 풀려났을 때 그는 어찌어찌 교육가 자격으로 독일에 가게 되었다. 그의 독일인 아내는 유능하고 현실적인데다 훌륭한 간호사였으니, 그에게는 더할 나위 없는 짝이었다. 이제 테드가 돌봄을 필요로 하는 사람이 된 터였다. 폐가 좋지 않아 어쩔 수 없이 "동면하는 당원이 되었다"며 그는 쓰라린 심정으로 불평하곤 한다.

이런 테드마저 당시의 지배적인 분위기에 영향을 받았다. 그는 당 내부의 분쟁과 신랄함을 견딜 수 없어했는데, 결국 분열이 닥치자 그게 최후의 결정타가 되었다. "분명히 난 공산주의자는 아니야." 그는 음울하고 비통하게 빌리에게 말했다. "모든 걸 이렇게 세세히 따지는 게 나로서는 말도 안되는 짓 같아." "그래, 넌 분명히 아니야." 빌리가 대꾸했다. "그 사실을 깨닫는 데 얼마나 더 걸릴지 궁금하던 참이었다." 다른 무엇보다 테드를 불안하게 만든 점은, 그전에 벌어진 분쟁이 자신을 빌리가 주도하는 하부 그룹으로 이끌었다는 사실이었다. 공군기지 출신 병장이자 늙은 맑스주의자였던 다른 쪽 그룹 리더를 그는 "말라비틀어진 관료"라고 생각했으나, 한 인간으로는 그를 빌리보다 더 좋아했다. 그럼에도 그는 빌리 쪽을 택했는데…… 이 사실이 예전엔 미처 생각해보지 못한 것들로 나를 이끈다. 난 계속해서 그룹이라는 단어를 쓰고 있다. 어떤 그룹에 속한 사람들. 이 말은 집합적인 관계를 연상시키는데, 우리가 여러달 동안 매일 만나고 매일 여러시간을 함께 보낸 건 사실이다. 하지만 돌아보면, 일어난 일을 정말로 기억하기 위해 돌아보면, 전혀 사실이 아니다. 가령 테드와 빌리는 한번도 제대로 이야기를 나누지 않았던 것 같다. 가끔씩 그들은 서로를 헐뜯었다. 아니, 단 한번 제대로 마주한 적이 있었는데 맹렬한 싸움이 벌어졌다. 마쇼피 호텔 베란다에서 일어난 일이었고, 무엇 때문에 싸웠는지조차 기억나지 않지만 테드가 이렇게 소리치던 건 생각난다. "넌 아침 먹기도 전에 쉰명을 쏘아 죽이고도 태연하게 여섯 코스짜리 식사를 할 놈이지. 아니, 그들 전부를 쏘아 죽이라고 다른 누군가에게 명령을 내릴 녀석이야. 너라면 분명 그럴 거다." 그러자 빌리가 맞장구쳤다. "맞아, 그래야 한다면 난 할 거야……" 이런 식으로 한시간 이상 말싸움이 계속되는 동안 초원 위에서는 소달구지가 뿌연 먼지를 일으키며 굴러갔고, 기차가 덜커덩거리며 인도양에서 수도를 향해 달려갔다. 선술집에서는 카키색 작업복을 입은 농부들이 술을 마시고, 일거리를 찾아 이곳까지 온 아프리카인들은 자카란다 나무 그늘에 축 늘어진 채, 주인장 나리 부스비 씨가 자신들을 만나주길 벌써 몇시간째 끈기 있게 기다리고 있었다.

다른 사람들은 뭘 하고 지냈나? 폴과 빌리는 역사에 관해 끝도 없이 이야기를 나눴다. 보통 폴과 역사 논쟁을 벌이는 사람은 지미였다. 하지만 사실 지미가 하고 또 하는 소리는, 폴이 차갑고 무정하며 경박하다는 것이었다. 반면에 폴과 테드는 서로를 전혀 상관하지 않았고 언쟁을 벌이지도 않았다. 나는 '리더의 여자친구' 역할을 맡았는데, 사람들을 하나로 굳혀주는 일종의 시멘트와도 같은, 정말이지 고전적인 역할이었다. 이 사람들과 나 사이에 약간이라도 깊이를 지닌 관계가 있었다면, 난 달래고 어르는 대신 들쑤시는 역할을 했을 것이다. 그리고 메리로즈, 감히 넘볼 수 없는 미인인 그녀가 있었다. 그러면 이 그룹의 본질은 무엇이었을까? 무엇이 우리를 한데 묶어놓았던 걸까? 내 생각에 그것은 폴과 빌리가 서로를 향해 마음 깊이 품었던 혐오와 매혹이었다. 둘은 너무도 비슷했지만, 너무도 다른 미래를 맞이할 운명이었다.

그랬다. 목 깊은 곳에서 나오는 음성으로 그토록 정확한 영어를 구사하던 빌리와 기품 있고 태연자약하게 말하던 폴, 두 목소리가 게인즈버러 호텔에서 밤늦게까지 몇시간이고 이어졌다. 마쇼피에 드나들고 모든 것이 달라지기 전까지의 기간 동안 내가 그 그룹에 대해 가장 또렷이 기억하는 것은 바로 그 목소리들이다.

사실 게인즈버러 호텔은 오랜 기간 눌러앉아 지내는 사람들을 위한 일종의 하숙집이었다. 그 도시의 하숙집들은 대부분 개인 주택을 개조한 것으로, 더 안락한 건 틀림없었지만 불편할 정도로 고상한 티를 풍겼다. 난 그런 집에서 일주일을 머문 뒤 떠났다. 나로서는 그 도시의 노골적인 식민주의와 한번도 영국을 떠난 적이 없는 것 같은 중산계급 영국인들로 가득 찬 하숙집의 젠체하는 분위기 사이의 간극이 정말 견디기 힘들었다. 게인즈버러 호텔은 망명자와 사무원, 비서, 주택이나 아파트를 구할 수 없는 기혼자 들이 넘쳐나는 시끄럽고 볼품없이 덩그렇게 선 신축 건물이었다. 전쟁 탓에 그 도시는 사람들로 들끓었고 집세는 나날이 치솟았다.

독일인, 엄밀히 말해 적국의 국민이면서도 빌리는 그 호텔에 머문 지 일주일도 안되어 특권을 누리기 시작했는데, 이 또한 무척이나 그다운 일이었다. 다른 독일인 망명자들은 오스트리아 출신인 척하거나 눈에 띄지 않게 지냈지만 빌리의 이름은 호텔 숙박부에 1939년, 베를린 출신, 닥터 빌헬름 카를 코틀리프 로데라고 보란 듯이 적혀 있었다. 언제나 그런 식이었다. 호텔 주인 제임스 부인은 빌리에게 일종의 외경심을 보였다. 그의 모친이 백작 부인이었다는 사실이 제임스 부인의 귀에 들어갔던 것이다. 사실이 그렇긴 했다. 제임스 부인은 빌리가 의사라고 생각했는데, 그는 굳이 유럽에서 닥터라는 호칭이 무엇을 뜻하는지 알려주는 수고를 하지 않았다. "그 여자가 멍청한 게 내 잘못은 아니니까." 우리가 탓하면 그는 그렇게 항변했다. 빌리는 제임스 부인에게 무료로 법률 상담을 해주며 선심을 쓰는 척했고, 자기가 원하는 걸 얻지 못하면 무례하게 대했다. 한마디로, 그의 말마따나 제임스 부인이 "겁먹은 강아지처럼" 자신을 위해 이리저리 뛰어다니게 만들었다. 부인의 남편은 광부였는데 랜드에서 일어난 붕괴 사고 당시 사망했다. 쉰살인 부인은 뚱뚱했고, 찌든 얼굴은 땀으로 흥건했으며, 매사에 무능했다. 우리에게는 주로 스튜며 호박과 감자 요리를 만들어주었다. 아프리카인 하인들은 주인을 속였다. 이곳에 투숙한 지 일주일 되던 날 빌리는 부탁받은 적도 없으면서 그녀에게 호텔 경영법을 가르치기 시작했는데, 그러기 전까지 호텔은 만년 적자였다. 빌리의 가르침을 받고부터 부인은 돈을 꽤 벌기 시작했고, 빌리가 골라준 도시 전역의 부동산에 투자해 그가 호텔을 떠날 때쯤에는 부자가 되어 있었다.

나는 빌리의 옆방에 머물렀다. 또 우리는 같은 식탁에서 식사를 했다. 밤낮으로 친구들이 들락거렸다. 저녁 8시가 지나면 음식을 제공하지 않는(식사 시간이 7시부터 8시까지였다) 그 누추하고 휑한 식당은 자정을 넘긴 시간에도 늘 열려 있었다. 거기 아니면 우리는 주방에서 차를 마시곤 했는데, 가장 큰 제재라고는 제임스 부인이 잠옷 바람으로 내려와 달래듯이 미소를 지으며 제발 목소리 좀 낮춰달라고 부탁하는 게 고작이었다. 9시 이후에 방에 손님을 들이는 건 규정 위반이었지만 우리는 한주에도 여러번이나 새벽 4시 혹은 5시까지 학습 모임을 가졌다. 제임스 부인이 돈을 벌어들이는 사이 우리는 하고 싶은 대로 했고, 빌리는 부인더러 사업 감각이라고는 눈을 씻고 봐도 없는 바보라는 말까지 했다.

부인은 "맞아요, 로데 씨"라고 대답하며 낄낄 웃고는, 그의 침대 가장자리에 얌전하게 걸터앉아 담배를 피우곤 했다. 꼭 여학생 같았다. 폴이 이렇게 말한 것도 떠오른다. "너 진짜, 사회주의자가 돼서는 늙은 여자를 놀리면서 원하는 걸 얻어내는 짓을 해도 된다고 믿는 거냐?" "그 여자가 돈 왕창 벌도록 해주는데 뭐." "지금 난 성에 관한 이야기를 하고 있잖아." 폴의 이 말에 빌리는 대꾸했다. "뭔 소린지 모르겠군." 그는 이해하지 못했다. 남자들은 자신의 성을 이런 식으로 이용하는 일에 대해 여자들보다 훨씬 더 둔감하고 훨씬 덜 솔직한 법이다.

이런 식으로 게인즈버러 호텔은 우리 뇌리에 좌파 클럽과 당 그룹이 확장된 곳이자 힘들게 일해야 하는 장소로 각인되었다.

마쇼피 호텔의 경우, 첫 방문은 충동적으로 이루어졌다. 우리를 거기로 인도한 사람은 다름 아닌 폴이었다. 그 지역 어딘가에서 비행을 하다가 갑작스러운 폭풍 때문에 전투기를 착륙시켜야 했는데, 그러고서 교관과 함께 차를 타고 돌아오는 길에 점심 식사를 하려고 마쇼피 호텔에 들렀던 것이다. 그날밤 의기양양해진 그는 유쾌한 기분을 우리와 나누고자 게인즈버러 호텔로 찾아왔다. "다들 못 믿을걸. 수풀 한복판에 쾅 하고 떨어졌지. 사방이 낮은 언덕에다, 야만인들과 이국적인 동식물들에 둘러싸여 있는 곳이야. 마쇼피 호텔엔 다트와 동전치기 놀이판을 갖춘 술집도 있더라니까. 고기 파이를 아주 뜨끈뜨끈하게 내오더라고. 거기다가 부스비 부부는 말이지, 개츠비 부부랑 영락없이 똑같더군, 왜 에일즈베리에서 선술집 하던 부부 있잖아. 부스비 부부 그 사람들, 영국 밖으로 단 한발짝도 나와본 적 없는 사람들 같더라고. 보나 마나 남자 쪽은 부사관 출신일 테지. 다른 일을 했을 리 없어."

"그럼 부인은 술집 웨이트리스 출신이겠구나." 지미가 말했다. "시집보내고 싶어하는 예쁜 딸도 있고 말이야. 폴, 에일즈베리에서 너한테 눈을 못 떼던 그 가여운 계집애 기억하지?"

"물론 너희 같은 식민지 정착민들은 그 절묘한 부조화를 이해할 수 없겠지." 테드가 말했다. 그런 유의 농담을 할 때면 빌리와 나는 식민지 정착민이 되곤 했다.

"영국 밖으로 한발짝도 나와본 적 없을 것 같은 부사관 출신들이 이 나라 호텔과 술집 절반을 운영하고 계시지." 내가 말했다. "잠시라도 게인즈버러 밖으로 나가봤다면 너도 그 사실을 잘 알 텐데."

이런 유의 농담에서 테드와 지미와 폴은 식민지를 너무도 경멸한 나머지 제대로 아는 게 하나도 없는 녀석들로 취급되었다. 물론 그들은 아는 게 무척 많았다.

때는 저녁 7시 무렵, 곧 게인즈버러 호텔의 저녁 식사 시간이었다. 메뉴는 튀긴 호박과 소고기 스튜, 뭉근하게 조린 과일.

"거기 한번 가보면 어때?" 테드가 제안했다. "지금 당장 말이야. 한잔하고 돌아와서 버스를 타고 부대로 복귀하면 되니까." 분명 마쇼피 호텔이 우리 인생에서 가장 아름다운 경험이 될 것처럼, 그는 예의 열의에 찬 태도로 말했다.

우리는 빌리 쪽을 보았다. 당시 활동이 최고조에 이르러 있던 어느 좌파 클럽에서 주도하는 회합이 그날밤에 열릴 예정이었다. 우리 모두 그 모임에 참석해야 했다. 단 한번도 불참한 적이 없었다. 그러나 빌리는 모임이야 아무것도 아니라는 듯 흔쾌히 동의했다. "그런 거라면 우리가 제일 잘하는 일이지. 오늘밤 제임스 부인의 호박은 누군가 다른 분이 드시게 되겠구나."

빌리는 다섯번이나 주인이 바뀐 싸구려 자동차를 몰았다. 우리 다섯명 모두 그 차에 올라 60마일가량 떨어진 마쇼피로 향했다. 하늘은 맑지만 짓누르듯 공기가 무거웠던 밤으로 기억한다. 낮게 드리운 별들이 하늘을 뒤덮었다가 이내 섬광이 강하게 내리치며 천둥이 몰려왔다. 우리가 탄 차는 그 지역에 흔한 화강암 바위 언덕 사이를 지나갔다. 바위들이 열과 전기로 가득 차 있었던 터라 언덕 사이를 통과할 때면 열풍이 부드러운 주먹처럼 얼굴을 쳤다.

8시 30분쯤 마쇼피 호텔에 당도해 보니, 대낮같이 불을 환히 밝힌 술집에 그 지역 농부들이 꽉 들어차 있었다. 아늑하고 밝은 실내로 들어서자, 윤나는 나무판과 광택이 도는 검은 시멘트 바닥이 반질거렸다. 폴이 얘기한 대로 사람의 손을 많이 탄 다트판과 동전치기 놀이판도 있었다. 바 뒤편에는 180센티쯤 되는 키에 풍채가 당당한 배불뚝이 부스비 씨가 있었다. 그는 벽처럼 등을 똑바로 편 채 서 있었는데, 둔중한 얼굴에는 독주를 마셔댄 탓인지 불거진 실핏줄이 그물처럼 퍼져 있었고 차갑고도 영리한 인상을 주는 돌출된 두 눈이 특히 도드라져 보였다. 정오에 방문했던 폴을 알아본 그는 전투기 수리는 잘되어가느냐고 물었다. 사실 전투기가 망가진 건 아니었지만, 폴은 한쪽 날개가 번개를 맞아서 자신은 낙하선을 타고 나무 꼭대기에 내렸고 교관이 자기 팔을 붙잡고 매달렸다는 말을 늘어놓았는데, 너무 빤한 거짓말이라 부스비 씨는 첫마디부터 불편한 기색이었다. 하지만 폴이 그 얘기를 너무도 진지하게 늘어놓고는 공손하고 우아한 말씨로 짐짓 꿋꿋한 척 눈물까지 닦아내며 "제 의무는 이유를 따지는 게 아니라, 오직 하늘을 날다 죽는 거니까요"라고 마무리하자, 그는 마지못해 나지막이 껄껄 웃으며 술을 한잔 권했다. 폴은 그 술이, 말하자면 영웅에 건네는 보상으로서 공짜라고 생각했다. 하지만 부스비 씨는 손을 내민 채 가늘게 뜬 눈으로 오랫동안 그를 노려보았는데, 마치 이렇게 말하는 것 같았다. '그래, 농담 아닌 거 나도 알아. 할 수만 있다면 네 녀석이 날 바보로 만들려고 작정했다는 것도 알지.' 폴은 공손하게 술값을 지불한 뒤 대화를 이어갔다. 그러고는 몇분 뒤 환한 얼굴로 우리에게 다가와서 부스비 씨가 영국령 남아프리카 경찰의 경사 출신으로, 휴가차 영국에 갔을 때 선술집에서 일하던 현재의 아내와 만나 결혼했으며, 열여덟살 난 딸이 있고, 이 호텔에서 장사를 한 지 11년째라는 얘기를 들려주었다. "게다가 아주 훌륭하게도, 오늘 점심이 진짜 맛있었거든." 폴은 이렇게 이야기를 이어갔다.

"하지만 벌써 9시라 식당 문을 닫았고, 우리 주인장께서는 식사를 제공할 수 없으시다네. 내가 잘못한 셈이야. 쫄쫄 굶게 생겼어. 용서해줘."

"다른 방법이 없는지 한번 알아보고 올게." 빌리가 이렇게 말하고는 부스비 씨 쪽으로 가서 위스키를 주문하더니 5분도 되지 않아 우리를 위해 특별히 식당 문을 열도록 하는 데 성공했다. 어떻게 가능했는지는 모르겠다. 볕에 그을린 피부에 카키색 작업복을 걸친 농부들과 그들의 촌스러운 아내들이 들어찬 이 술집 안에서 빌리는 너무도 유별난 느낌을 주었고, 따라서 들어선 순간부터 모든 이목이 줄곧 그에게로 집중되었다. 빌리는 멋진 크림색 산둥산[편] 실크 양복 차림에, 거슬리도록 환한 불빛 아래 머리칼이 검게 빛났으며, 얼굴은 해사하고 도회적이었다. 지나치리만치 정확한 영어를 명백한 독일식 억양으로 구사하면서 그는 자신의 벗들이 모두 입이 닳도록 칭찬해 마지않는 마쇼피 음식을 먹기 위해 멀리 도시에서 일부러 찾아왔다며, 부스비 씨가 자신을 실망시키지 않으리라 확신한다고 덧붙였다. 폴이 낙하산을 타고 내려온 이야기를 할 때와 똑같이 오만하며 은밀한 잔인함이 곁들여진 말투였고, 그동안 부스비 씨는 넓적한 붉은 손을 카운터에 가만히 올려놓은 채 빌리를 차갑게 노려보며 잠자코 듣고 있었다. 이윽고 빌리는 침착하게 지갑을 열어 파운드화 지폐 한장을 꺼냈다. 수년간 어느 누구도 부스비 씨에게 감히 팁을 줄 생각은 못했을 것이다. 부스비 씨는 바로 대답하지 않았다. 그는 천천히 고개를 돌려 눈을 가늘게 뜨고는 손에 커다란 술잔을 든 채 서 있는 폴과 테드와 지미가 자기 돈벌이에 얼마나 이로운 녀석들일지 가늠해보았는데, 그러느라 그의 눈이 훨씬 더 돌출돼 보였다. 잠시 뒤 그는 "아내가 어떻게 해볼 수 있는지 한번 알아보겠소"라고 말하더니 빌리의 파운드 지폐는 계산대에 올려둔 채 바에서 나갔다. 돈을 도로 지갑에 넣으라는 뜻 같았지만 빌리는 그냥 놔두고 우리 쪽으로 와서 선언하듯 말했다. "이젠 문제없을 거다." 벌써 어떤 농부의 딸이 폴에게 관심을 보이고 있었다. 땅딸막한 몸매에 주름 장식을 댄 꽃무늬 모슬린 원피스 차림의 열여섯살쯤 된 예쁘장한 여자애였다. 폴은 술잔을 높이 들고 그녀 앞에 서서 가볍고 유쾌한 음성으로 이렇게 말을 건넸다. "3년 전 애스콧[7]에 갔던 이래 당신이 입은 그런 옷은 본 적이 없

---

**7** 윈저궁 근처에 있는 애스콧의 경마장에서 매년 영국 왕실 인사들이 참석하는 경마대회가 열린다. 영국 상류층 사교 문화의 주요 행사로, 특히 참석자들의 화려하고 개성적인 옷차림으로 유명하다.

군요." 그 여자애는 폴에게 최면이 걸린 듯했다. 얼굴마저 빨개졌다. 하지만 얼마 지나지 않아 폴이 무례하게 굴고 있음을 깨달은 것 같았다. 이때 빌리가 나서서 폴의 팔에 손을 얹고 말했다. "자, 그만하지. 이런 짓은 나중에 해도 되잖아."

우리는 베란다로 나갔다. 도로 건너편엔 유칼립투스 몇그루가 달빛에 잎사귀를 반짝이며 서 있었다. 기차가 요란한 소리와 함께 증기와 물을 레일 위에 내뿜으며 정차했다. 테드가 열의에 찬 목소리로 나지막하게 말했다. "폴, 너랑 비슷한 인간들을 죄다 없애버리기 위해서는 상류계급 전부를 총살해야 한다는 주장을 너만큼 확고하게 증명하는 사람을 난 정말 본 적이 없다." 곧바로 내가 그 말에 동의했다. 이런 일이 처음은 아니었다. 일주일 전에도 폴의 오만함에 테드는 너무도 화가 나 하얗게 질리고 토할 것 같은 얼굴이 되어서는 다시는 폴과 말을 섞지 않겠다고 선언하며 자리를 박차고 떠난 적이 있었다. "빌리도 매한가지야. 너희 둘은 똑같은 놈들이야." 다시 모임에 나오게 하기 위해 나와 메리로즈가 몇시간이고 그를 설득한 터였다. 그런데도 지금 폴은 경솔하게도 이렇게 대꾸하는 것이었다. "그 여자애, 애스콧이 뭔지 들어본 적조차 없을 거다. 알게 되면 오히려 찬사를 들었다고 여길걸." 그러자 테드는 한참 침묵한 뒤 이렇게 말할 뿐이었다. "아니, 그렇지 않을걸. 그렇지 않을 거야." 그런 다음 다시 침묵이 흐르는 사이 우리는 물결치는 은색 잎사귀들을 바라보았다. 잠시 뒤 테드가 입을 열었다. "젠장, 죽을 때까지 절대로 이해 못할 거다. 너희들 중 아무도. 어쨌든 내가 상관할 일은 아니지." 내가 상관할 일은 아니지라는 말은 그동안 그에게서 들어본 적 없는 경박한 어조로 튀어나왔다. 그러고서 그는 웃었다. 그런 웃음 역시 그때까지 테드에게서는 처음 듣는 소리였다. 난 기분이 나빴고 당혹스러웠다. 테드와 난 늘 이런 싸움에서 동지였는데 이제 그가 날 버리고 떠난 셈이었다.

호텔 본관은 간선도로에 면해 있었으며 그 안에 술집과 뒤에 주방이 딸린 식당이 있었다. 건물 전면을 따라 나무기둥들로 떠받친 베란다가 나 있고, 덩굴식물들이 기둥을 타고 자라고 있었다. 갑자기 피곤이 덮친데다 시장했던 우리는 하품을 하며 말없이 벤치에 앉아 있었다. 잠시 후 남편의 호출을 받은 부스비 부인이 내려와 우리를 식당으로 안내하고는 여행객들이 들어와 식사를 주문하는 일이 없도록 문을 닫았다. 식민지의 간선도로 중 하나가 지나는 곳이라 호텔 앞 도로는 언제나 차량들로 북적였다. 풍채가 당당하고 수수한 용모의 부스비 부인은 햇볕에 타서 얼굴이 불그스레했고 빛바랜 머리칼은 심하게 곱슬거렸다. 꽉 조이는 코르셋을 착용하고 있었는데 엉덩이가 급경사를 이루며 튀어나왔고 젖가슴은 몸 앞쪽에 달린 선반인 양 불룩 솟아 있었다. 그녀는 유쾌하고 친절하고 호의적이면서도 위엄이 깃든 태도를 지니고 있었다. 너무 늦은 시각이라 제대로 대접할 순 없지만 가능한 최선을 다해보겠다며 양해를 구했다. 그런 뒤 고개를 까닥여 인사를 하고는 웨이터에게 우리를 맡겨둔 채 자리를 떠났다. 웨이터는 근무시간이 한참 지난 뒤에도 붙잡혀 있던 터라 우리 일행에게 퉁명스럽게 굴었다. 우리는 두툼하게 구운 맛 좋은 소고기며 구운 감자와 당근을 몇접시씩 먹어치웠다. 후식으로는 사과 파이와 크림, 인근에서 만든 치즈가 나왔다. 그 모든 것이 영국 선술집의 음식들로 정성을 들여 만든 것들이었다. 널찍한 식당은 고요했다. 내일 아침 식사를 위해 준비된 식탁들이 어른거리며 빛났다. 창문과 문에는 두꺼운 꽃무늬 리넨 커튼이 달려 있었다. 지나가는 차량의 전조등 불빛이 끊임없이 리넨을 비추면서 무늬를 지웠고, 그 눈부신 빛이 도시를 향해 도로 위를 휩쓸고 갈 때면 붉고 푸른 꽃들이 아주 환하게 빛나곤 했다. 다들 졸음이 쏟아져 말수가 줄어 있었다. 잠시 후 나는 기분이 나아졌는데, 폴과 빌리가 늘 그러듯 웨이터를 하인 취급하면서 이런저런 걸 시키고 부탁하던 중 갑자기 테드가 본연의 모습으로 돌아와 한 인간으로서 그 남자에게 말을 걸기 시작했기 때문이다. 평상시보다 더욱 따뜻한 태도로 남자와 대화를 나누는 테드를 보고 있자니, 짐작건대 아까 베란다에서 있었던 일이 창피한 모양이었다. 테드가 그 남자의 가족과 일과 삶에 관해 묻고 자신에 대해 얘기하는 사이, 폴과 빌리는 그런 경우에 언제나 그러듯이 그저 먹기만 했다. 그들은 이미 오래전에 자신들의 태도를 분명히 한 터였다. "이봐 테드, 하인들에게 친절하게 구는 게 사회주의의 대의를 진작하는 일이냐?" "그래." 테드는 그렇게 대답했고, 그러자 빌리는 "그럼 도리 없지" 하며 가망 없다는 듯 어깨를 한번 으쓱했다. 지미는 술을 더 달라며 조르고 있었다. 이미 취했는데도 말이다. 내가 아는 어떤 사람보다 그는 빨리 취했다. 곧 부스비 씨가 식당에 들어와, 여행자로서 우리는 술을 마실 권리가 있다고 말했다. 어떻게 그렇게 늦은 시간에 우리가 식사를 제공받을 수 있었는지 그 이유가 빤히 드러난 셈이었다. 하지만 기대하던 독주 대신 우리가 포도주를 주문하자 그는 차가운 케이프산 백포도주를 가져왔다. 술맛이 정말 좋았다. 부스비 씨가 가지고 온 케이프산 브랜디 원액은 마시고 싶지 않았지만 결국 마셨고 포도주도 더 마셨다. 빌리는 우리 모두 다음 주말에도 오겠다고, 방을 예약할 수 있냐고 부스비 씨에게 물었다. 부스비 씨는 물론 가능하다고 하면서 계산서를 내밀었는데, 우리는 가진 돈을 전부 털어 간신히 술값을 지불할 수 있었다.

빌리는 마쇼피에서 다음 주말을 보낼 수 있는지 누구에게도 묻지 않았지만 어쨌거나 좋은 생각 같았다. 우리는 이제 싸늘해진 달빛 사이로, 차고 하얀 밤안개가 덮인 골짜기를 따라 차를 몰아 돌아왔다. 늦은 시각이었고 모두 얼마간 술에 취해 있었다. 지미는 의식을 잃은 상태였다. 도시에 들어섰을 땐 세 사람이 기지로 복귀하기에 너무 늦은 시각이었다. 그래서 그들은 게인즈버러 호텔의 내 방에 머물기로 했고, 나는 빌리의 방으로 갔다. 그럴 때면 그들은 일찌감치, 그러니까 새벽 4시쯤 일어나 그 소도시 변두리까지 걸어가서 기지로 가는 차를 기다렸다가 얻어 타곤 했다. 해가 뜨는 6시 무렵에는 모두 전투기 조종을 시작해야 했다.

그렇게 해서 다음 주말 우리 모두 마쇼피를 다시 찾았다. 빌리와 나, 메리로즈, 테드, 폴, 지미. 금요일 밤 꽤 늦은 시간이었는데, 당의 '노선'을 놓고 논쟁을 벌인 탓이었다. 여느 때처럼, 어떻게 하면 아프리카 민중들을 전투적인 행동으로 이끌 수 있을까 하는 문제였다. 그날 저녁에도 우리는 여전히 우리가 하나의 단위라고 여겼지만 공식적으로는 이미 분열되어 있었고, 그 분열로 인해 매사에 신랄한 논쟁이 벌어졌다. 대략 스무명 정도가 참석했는데, 기존 '노선'이 '옳다'는 점에 동의하나 여전히 합치된 결론에 이를 수 없다는 의견을 마지막으로 논쟁은 끝났다.

옷 가방이나 여행 가방 하나 없이 차에 탔을 땐 아무도 입을 열지 않았다. 교외를 빠져나가는 중에도 모두 침묵을 지켰다. 그러다가 곧 그 '노선' 논쟁이 폴과 빌리 사이에 다시 벌어졌다. 이미 모임에서 누군가가 장황하게 떠든 내용의 반복이었지만 우리는 그 혼란을 타개할 어떤 참신한 발상이 나오지 않을까 기대하며 잠자코 듣고 있었다. '노선' 자체는 사실 간단하고도 훌륭했다. 이 나라처럼 피부색이 지배하는 사회에서는 인종주의에 맞선 투쟁이 명백히 사회주의자의 책무라는 것이었다. 따라서 우리의 '나아갈 길'은 진보적 백인과 흑인 전위의 연합으로 쟁취할 수 있다는 결론이 나왔다. 백인 전위가 될 사람들은 누구인가? 두말할 것 없이, 노조였다. 그러면 흑인 전위는? 당연히, 흑인 노조였다. 당시 흑인 노조는 불법이었고, 불법적인 행동을 감행하기에는 흑인 노동 대중이 아직 충분히 의식화되지 않은 터라 노조가 부재한 상태였다. 백인 노조의 경우 자신들의 특권을 내주기 싫어했을 뿐 아니라 아프리카인들에 대해 그 어떤 백인 집단보다도 적대적이었다. 따라서 어떤 일을 해야 하고 실제로 할지에 대한 우리의 전망은 현실과 완전히 동떨어져 있었던 셈인데, 이는 프롤레타리아가 자유로 나아가는 길을 선도해야 한다는 것이 우리의 제1원칙인 까닭이었다. 하지만 그 제1원칙은 감히 문제 삼기에는 너무도 신성했다. 흑인 민족주의는 우리가 활동한 단체들의(이는 남아프리카 공산당에도 적용되는 사실인데) 투쟁 대상인 우익 변종이었다. 가장 건전한 휴머니즘 사상에 기반을 둔 제1원칙이 우리의 마음을 가장 흡족한 도덕적 감정들로 가득 채웠던 것이다.

이렇게 난 다시 자기징벌적이고 냉소적인 태도로 빠져들고 있다. 그럼에도 이런 태도는 얼마나 큰 위안을 주는지, 마치 상처를 감싸는 습포 같다. 분명 그것은 상처였기에, 다른 수천명의 사람처럼 나 역시 '당' 내부에 혹은 언저리에 머물던 시절을 생각할 때면 언제나 끔찍하고도 메마른 고통을 느낀다. 하지만 이러한 고통은 그 사촌 격으로 역시 치명적인 노스텔지어에 수반되는 위험한 아픔과도 같다. 이런 태도로 말고 있는 그대로 쓸 수 있을 때 이 얘기는 다시 해보도록 하자.

돌이켜보니, 메리로즈가 한마디 거들어서 그 논쟁은 끝이 났다. "그런데 너희들, 전에 했던 말만 자꾸 되풀이하고 있잖아." 그걸로 끝이었다. 메리로즈는 종종 이런 역할을 맡았고, 우리 모두의 입을 다물게 만드는 재주가 있었다. 남자들은 메리로즈에게 선심 쓰듯 굴었지만 그녀의 정치적 분별력은 깡그리 무시했다. 전문용어를 구사하지 못했고, 설령 할 수 있더라도 하지 않았기 때문이었다. 그러나 메리로즈는 요점을 민첩하게 파악하여 간명한 말로 제시할 수 있었다. 그와 달리 자신이 쓰는 언어로 표현되는 경우에만 타인의 생각을 받아들일 수 있는 정신도 있는 법인데, 가령 빌리가 그랬다.

메리로즈는 다시 입을 열었다. "분명 뭔가 잘못되었어. 아니라면 이렇게 논쟁하느라 시간을 허비할 리 없으니 말이야." 확신에 찬 어조로 이렇게 말했지만, 남자들이 아무런 대꾸도 하지 않자 그녀는 그들이 자신을 봐주듯 그냥 넘어가려는 것 같아 불편한 마음이 들었는지 호소하듯 덧붙였다. "내가 제대로 표현하지는 못하지만, 무슨 말인지 알겠지……" 그제야 남자들은 마음을 돌렸고, 빌리가 자비를 베풀듯 이렇게 말했다. "너야 물론 제대로 표현했지. 너처럼 아름다운 사람이 잘못 말할 리 없으니까."

내 옆자리에 앉아 있던 메리로즈는 고개를 돌려 차 안의 어둠속에서 내게 미소를 보냈다. 그런 미소를 우린 자주 교환했다. "난 잠이나 잘래." 머리를 내 어깨에 기대고서 그녀는 작은 고양이처럼 잠들었다.

우리 모두 아주 피곤했다. 좌파 운동의 일원으로 살아본 적 없는 사람들은 헌신적인 사회주의자들이 수년간 하루도 빠짐없이 얼마나 힘들게 일하는지 알기 어렵다. 아무튼 우리 모두 생계를 위해 일을 했고, 공군기지에서 근무하는 남자들은, 그러니까 적어도 실제 훈련을 받고 있던 남자들은 계속해서 스트레스에 시달렸다. 매일 저녁 우리는 회합과 토론을 벌이고 논쟁을 했다. 독서량도 많았다. 새벽 4~5시까지 깨어 있는 경우가 비일비재했다. 이 모든 일에 더해, 우리 모두는 영혼을 치유하는 역할을 했다. 누가 어떤 어려움을 겪든 그건 우리 책임이라는, 당시 우리의 태도를 가장 극단적으로 보여준 이가 바로 테드였다. 삶의 불꽃을 약간이라도 지닌 이에게 인생은 영예로운 모험이라는 사실을 설명해주는 것이 우리가 자발적으로 짊어진 책무 중 하나였다. 돌이켜보면 당시 우리가 떠맡았던 끔찍이도 힘겨운 임무들 가운데 유일하게 조금이라도 뭔가를 성취한 것은 그처럼 개인을 상대로 전향을 시도했던 일인 듯싶다. 우리가 맡았던 사람들 중 그 누구도 삶의 광휘에 대한 열화와 같은 우리의 신념을 절대 잊지 못하리라. 기질적으로 그런 신념을 견지하기 어려웠다 하더라도 우리의 원칙이 우리를 그렇게 만들어주었다. 온갖 다양한 일이 기억난다. 가령 빌리는 남편이 바람을 피워 불행하게 지내던 어떤 여자에게 해줄 수 있는 일을 며칠이나 고민하다 『황금가지』를 선물하기로 정하고 그 이유를 이렇게 말한 적이 있다. "개인적으로 불행을 겪을 때 올바른 접근법은 그 문제에 대해 역사적 관점을 취하는 거니까." 여자는 미안하다는 듯 그 책을 돌려주며, 자기로선 도저히 내용을 이해할 수 없고 어찌 되었든 남편이라는 존재가 자신에겐 득보다 실이 많아 그를 떠나기로 했다는 얘기를 들려주었다. 그 도시를 떠난 뒤에도 여자는 빌리에게 정중하고 감동적인 감사 편지를 꼬박꼬박 보내왔다. 그 끔찍한 말들. "나 같은 사람에게 관심을 갖고 베풀어주신 그 친절, 결코 잊지 못할 거예요." (당시 난 이런 말들을 보고도 아무렇지 않았다.)

2년 넘게 우리는 이렇게 들뜬 상태로 살고 있었다. 아마도 완전히 지쳐 떨어져서 약간은 미친 상태가 되었던 건지도 모르겠다.

테드는 쏟아지는 잠을 이겨보려고 노래를 부르기 시작했고, 폴은 빌리와 논쟁할 때 내는 목소리와는 완전히 다른 음성으로, 아프리카인들이 폭동을 일으킬 경우(케냐에서 마우마우 항쟁[8]이 일어나기 10년쯤 전이었다) 가상의 백인 정착 식민지에서 무슨 일이 일어날지 제멋대로 상상해서 들려주었다. '두 남자와 반편이'[9]가(자신이 반동적인 작가로 간주하는 도스또옙스끼를 인유하자 빌리가 항의했다) 지역 야만인들에게 혁명의 전위로서 그들의 위치를 각성시키기 위해 20년 동안 부단히 노력한다. 그런데 어느날 갑자기 런던 정경대에서 6개월간 어설픈 교육을 받은 대중 선동가가 나타나 하룻밤 사이 대규모 운동을 기획하고 '백인들을 몰아내자'라는 슬로건을 채택한다. 책임감이 강한 활동가였던 그 두 남자와 반편이는 큰 충격을 받지만 대응하기에는 이미 너무 늦은 상황이다. 선동가가 그들이 백인들에게 뇌물을 받았다고 모함한 뒤였다. 한편 공포에 사로잡힌 백인들은 날조된 죄명을 씌워 선동가는 물론이고 그 두 남자와 반편이까지 감금한다. 이렇게 해서 좌파에 지도자가 부재하는 상황이 벌어지자 흑인 민중은 수풀과 언덕으로 스며들어 게릴라 전사들이 된다. "백인 군대가 흑인 군대를 차츰 제압하던 중에, 법과 질서를 유지하기 위해 멀리 영국에서 건너온 멋지고 순수한 정신의 소유자이자 고등교육을 받은 우리 같은 젊은이들이 점차 흑인들의 마법과 주술사들에 빠져들어 결국 무릎을 꿇지.

---

8 1950년대 케냐에서 영국의 식민 통치에 맞서 전개된 무장 독립운동.
9 도스또옙스끼의 『악령』에 등장하는 인물들을 가리키는 표현으로, 이 소설에는 작가의 반혁명적 정조가 담겨 있다.

이 비열한 반기독교적 행위에 제정신을 지닌 사람들이라면 너무나 당연하게 흑인들을 위한 대의명분에서 멀어지고, 우리처럼 멋지고 순수한 그 청년들은 도덕적인 비난을 퍼부으며 흑인 게릴라들을 두들겨 패고, 고문하고, 목매달아. 마침내 법과 질서가 승리하는 거야. 백인들은 두 남자와 반편이를 풀어주고 선동가인 교수형에 처해. 이어 흑인 인구 전체에 최소한의 민주주의적 권리가 공표되지만, 두 남자와 반편이는⋯⋯ 기타 등등, 기타 등등."

이렇게 폴은 멋대로 공상의 나래를 펼쳤고, 이에 대해 우리 누구도 토를 달지 않았다. 우리가 예측한 내용과 너무 달라서였다. 더구나 우린 그의 말투에 충격을 받았다. (물론 지금은 그게 좌절된 이상주의임을 안다. 폴에 대해 내가 그런 표현을 쓰다니 놀랍다. 전에는 그가 그런 이상주의를 지닐 수 있다고 생각해본 적이 없었기 때문이다.) 폴이 말을 이었다. "다른 가능성도 있기는 해. 만약 흑인 군대가 승리한다면? 그럴 땐 현명한 민족주의 지도자가 할 수 있는 일이 딱 하나 있는데, 민족주의 감정을 강화하고 산업을 발전시키는 것이지. 동지들, 그런 일이 우리에게 일어날 경우 진보주의자로서 우리의 책무는 민족주의 국가들을 지지하는 일일 텐데, 정작 그 나라들은 우리가 그토록 혐오하는 그 모든 불평등한 자본주의적 윤리를 장려하겠지? 그렇게 되지 않을까? 난 그렇다고 봐. 내 수정 구슬에 그런 미래가 나타나거든. 어쨌든 그걸 우리는 지지해야 할 거야. 그럴 수밖에. 대안이라곤 아무것도 없잖아."

"너 술 한잔 해야겠다." 이쯤에서 빌리가 말했다.

도로변 호텔 술집들은 죄다 이미 문을 닫은 때라 폴은 그냥 곯아떨어졌다. 메리로즈도 잠들어 있었고 지미도 그랬다. 앞 좌석의 빌리 옆에 앉아 있는 테드만 깨어서 이런저런 아리아 곡조를 휘파람으로 흥얼대고 있었다. 내 생각에 그는 폴의 말을 듣고 있지 않았다. 그가 휘파람을 불거나 노래를 부르는 건 언제나 못마땅하다는 신호였다.

오랜 시간이 흐른 뒤 난 이런 생각을 했다. 끝없이 이어진 분석적인 논쟁의 시간 내내 단 한번이라도 우리가 진실 근처에 (물론 그나마도 턱없이 못 미치긴 했으나) 다가갔다면, 그건 폴이 분노에 찬 풍자의 정신으로 이야기를 늘어놓던 그 순간뿐이었다고.

호텔에 도착했을 땐 벌써 어둠이 짙게 깔려 있었다. 베란다에서 졸린 표정으로 기다리고 있던 하인이 우리를 방으로 안내했다. 객실동은 식당과 술집이 있는 본관에서 200야드쯤 떨어진 뒤쪽 비탈에 있었다. 같은 지붕 아래 서로 등을 마주 댄 스무개의 객실이 들어차 있었는데, 양편에 베란다가 있어서 열개의 방이 하나의 베란다로 이어졌다. 객실은 맞바람이 치진 않았지만 서늘하고 쾌적했다. 전기 선풍기도 있고 창문도 널찍했다. 우리는 방 네개를 잡았다. 지미와 테드, 나와 빌리가 함께 자고, 메리로즈와 폴이 각각 하나씩 썼다. 그후에도 계속 그런 식으로 방을 잡았다. 아니, 부스비 부부가 아무 말도 하지 않았기에 빌리와 나는 그 호텔에서 늘 한방을 썼다고 하는 편이 옳을 것이다. 다들 아침 식사 시간이 훨씬 지난 뒤에야 일어났다. 이미 술집이 영업을 시작한 시간이라 우리는 대체로 말없이 술을 조금 들이켰고, 이렇게 심하게 지치다니 정말 이상한 일이라고 이따금씩 중얼거리며 점심을 들었다. 그 호텔은 점심때면 언제나 푸짐하고 질 좋은 냉육과 각종 샐러드와 과일을 제공했다. 점심을 먹은 다음 우리는 다시 잠을 자러 갔다. 빌리와 내가 다른 사람들을 깨우러 갈 무렵에는 이미 해가 기울고 있었다. 저녁을 먹고 반시간이 지나 우리는 또다시 잠자리에 들었다. 다음 일요일도 마찬가지로 엉망이었다. 사실 그 최초의 주말이 그곳에서 보낸 가장 유쾌한 시간이었다. 우리 모두 극도의 피로 탓에 착 가라앉아 있었다. 술도 거의 마시지 않아 부스비 씨는 실망한 눈치였다. 특히 빌리가 말이 없었다. 정치에서 아예 손을 떼거나 가능한 물러나 공부에 전념하기로 작정한 때가 아마 그 주말이었을 것이다. 폴은 거기서 만난 모든 이를 소탈하고 유쾌하게 대했는데, 특히 부스비 부인에게 상냥하게 굴어서 부인은 그를 마음에 쏙 들어했다.

마쇼피 호텔을 떠나고 싶지 않았던 우리는 일요일 밤 아주 늦게야 도시로 돌아왔다. 떠나기 전에는 어둑해지는 호텔을 등지고 베란다에 앉아 맥주를 마셨다. 달빛이 어찌나 강렬한지 소달구지가 지날 때면 아스팔트 포장도로 위로 반짝이며 튀는 하얀 모래 알갱이들이 보일 정도였다. 축 늘어진 유칼립투스의 뾰족한 잎사귀는 작은 창처럼 빛났다. 테드가 이런 말을 한 게 기억난다. "말 한마디 없이 여기 이렇게 퍼질러 있는 우리 꼴 좀 봐라. 마쇼피, 여긴 위험한 곳이야. 주말이면 늘 여기 와서 맥주에, 달빛에, 좋은 음식에 파묻혀 동면하겠지. 그러면 결국 어떻게 될지 너희에게 묻고 싶군."

한달간 우리는 그곳을 찾지 않았다. 모두 너무 지쳤다는 걸 잘 알고 있었고, 피로로 생긴 긴장이 한꺼번에 풀어지면 어떤 일이 벌어질까 두렵기도 했던 모양이다. 정말 고된 한달이었다. 폴, 지미, 테드는 훈련 막바지라 매일 비행을 했다. 날씨는 좋았다. 강의며 공부 모임이며 사전 조사 등 부수적인 정치 활동을 맹렬히 전개했다. 하지만 '당'의 회합은 딱 한차례 있었다. 다른 하부 그룹의 경우 회원이 다섯이나 탈퇴했다. 한차례의 총회에서 거의 새벽까지 신랄한 언쟁을 벌이고도 우리는 이후 한달 동안 개인적으로 거의 매일 만났고, 서로에게 호의를 느끼면서 우리가 담당한 부수적 활동의 세부 사항을 의논했다. 참 재미있는 상황이었다. 그러는 동안 우리는 게인즈버러에서 계속 모임을 가졌다. 마쇼피 호텔에 대해, 사람을 늘어지게 만드는 그 은밀한 영향력에 대해 우리는 농담을 주고받았다. 그곳을 온갖 사치와 퇴폐, 나약함의 상징으로 삼았던 것이다. 직접 가본 적은 없지만 그곳이 평범한 도로변 호텔임을 아는 친구들은 우리더러 미쳤다고 했다. 그곳을 처음 찾은 지 한달이 되어갈 무렵, 목요일 밤에서 그다음 수요일까지 황금연휴가 시작되려는 참이었다. 그곳 식민지에서는 사람들이 휴가를 무척 중요하게 생각하는 터라 우리는 거기로 우르르 몰려가기로 했다. 원래의 여섯명에다 최근 테드의 새로운 제자가 된 맨체스터 출신의 스탠리 레트가 있었다. 테드로 하여금 훗날 조종사 자격시험에 일부러 떨어지게 만든 원인 제공자가 바로 스탠리였다. 스탠리의 친구인 재즈 피아니스트 조니도 합류했다. 조지 하운즐로와는 그 호텔에서 만나기로 미리 약속을 해놓았다. 우리는 자동차와 기차를 타고 가 목요일 밤 호텔 술집이 문을 닫을 무렵 도착했는데, 이번 주말은 지난번과는 확실히 다를 것이 분명했다.

호텔은 연휴를 맞아 놀러 온 사람들로 북적였다. 부스비 부인은 여분의 객실 열두칸이 딸린 별관도 열어놓았다. 투숙객 모두 참석할 수 있는 댄스파티가 한번, 일부 투숙객들을 위한 댄스파티가 한번 예정되어 있었다. 일상 탈출의 유쾌한 분위기가 감돌았다. 밤늦은 시간 우리가 저녁 식사를 하러 자리에 앉았을 때 식당 종업원은 꼬마전구가 달린 전선과 색종이로 식당 구석구석을 꾸미고 있었고, 우리는 다음 날 밤에 내놓으려고 미리 만들어놓은 특식인 아이스푸딩도 대접받았다. 잠시 후 부스비 부인이 사절使節을 보내 "공군 청년들"이 내일 연회장 장식 일을 도와줄 수 있을지 물어왔다. 그 사절이란 준 부스비로, 아마도 어머니에게 얘기를 듣고 호기심이 일어 문제의 청년들을 보러 온 게 틀림없었다. 하지만 그들에게서 그리 특별한 인상을 받지는 못한 모양이었다. 대부분의 식민지 젊은 여자들은 영국에서 온 청년들을 만나면 빙충맞고 젖비린내 난다는 인상을 받고는 두번 다시 돌아보지 않았다. 준이 바로 그랬다. 그날 저녁 그녀는 전갈을 전한 뒤 "공군을 대표하여" 모친의 친절한 초대에 흔쾌히 응하겠다는 폴의 지나치게 정중한 답변을 듣자마자 밖으로 나가버렸다. 폴과 빌리는 결혼 적령기의 이 딸에 관해 몇마디 농담을 나눴지만 어디까지나 "부스비 씨와 부스비 부인, 즉 술집 주인 부부"를 향한 재치 있는 입담의 일환이었다. 그 주말의 나머지 시간에도, 다음 주말에 갔을 때도, 그들은 준을 없는 사람 취급했다. 그녀에 관한 언급조차 삼갔는데, 아마 준이 너무 못생겨서 동정심이 들어 그랬거나, 누구도 그런 감정을 내비치진 않았지만 그들 나름의 기사도 정신 때문인 듯했다. 몸집이 큰 준은 피부가 불그레하고 팔다리가 굵은데다 행동거지가 부자연스러웠다. 자기 어머니처럼 혈색이 좋았으며, 역시 어머니와 같은 칙칙한 곱슬머리가 큼직큼직하고 조화롭지 못한 이목구비를 감싸고 있었다. 매력이라곤 눈을 씻고 봐도 없는 용모였다. 그러나 당시 그녀는 숱한 여자아이가 통과하는 그 시기, 일종의 꿈결과도 같은 성적 집착의 상태였기에 뚱한 얼굴을 하고 여기저기 쏘다니게 만드는 그 터질 듯한 활력을 온몸으로 발산하고 있었다. 베이커가街에서 아버지와 살던 열다섯살 무렵의 몇달간 나도 그런 상태였다. 그곳을 다시 걸을 때면, 너무도 강렬해서 마치 보도와 집과 가게 창문마저 죄다 빨아들일 것 같던 그 시절의 감정이 여전히 떠올라 우습고도 당혹스럽다. 준의 경우 한가지 독특한 점이 있었다. 그녀를 휘두르는 본능의 정체가 너무도 분명했기에, 그 모습을 목격한 남자들도 도대체 왜 준이 그렇게 괴로워하는지 알아차려야 마땅했다. 하지만 전혀 아니었다. 첫날 저녁 메리로즈와 나는 그 사실을 깨닫고 불쌍하기도 하고 우스꽝스럽기도 해서 무의식적으로 시선을 교환했고, 웃음까지 터뜨릴 뻔했다. 하지만 차마 웃지는 못했는데, 우리에게 그렇게 빤히 보이는 사실이 남자들에게는 그렇지 않다는 걸 이내 깨닫고 그들의 비웃음으로부터 준을 보호하고 싶었기 때문이다. 그곳의 모든 여성 손님이 준의 상태를 알고 있었다. 어느날 아침, 젊은 스탠리 레트와 눈이 맞아 자주 어울리던 빨간 머리 미인 래티머 부인과 베란다에 앉아 있던 나는 철로변 유칼립투스 아래서 멍하니 서성이는 준을 발견했다. 마치 몽유병자 같았다. 준은 대여섯 걸음 정도 걷다가 골짜기 너머 푸르른 산들을 응시하며 두 손을 머리로 올렸는데, 그러자 새빨간 면직물로 된 옷이 몸에 착 달라붙으면서 팽팽한 온몸의 윤곽과 겨드랑이 아래 난 진한 땀자국이 드러났다. 이윽고 그녀는 팔을 내리고 양 허리 옆으로 두 주먹을 움켜쥐었다. 그렇게 잠자코 서 있던 그녀는 다시 몇걸음 더 걷더니 이내 멈춰 서서 꿈속을 헤매는 사람처럼 잠시 멍하니 있다가 흰색 하이힐 샌들 뒤꿈치로 천천히 잿더미를 차며 햇빛에 반짝이는 유칼립투스 너머로 사라졌다. 래티머 부인은 한숨을 푹 내쉬더니 관대한 표정으로 살며시 웃으며 이렇게 말했다. "맙소사, 100만 파운드를 준대도 다시는 어린 시절로 돌아가고 싶지 않네. 그걸 전부 다시 겪어야 한다니, 나 원 참. 1조 파운드라도 마다할 거야." 메리로즈와 나도 맞장구를 쳤다. 우리한테는 이 여자애의 모습 하나하나가 몹시 민망했지만, 남자들이 전혀 눈치채지 못한다는 걸 깨닫고는 조심스럽게 준의 상태를 비밀로 지키려 애썼다. 여자가 여자를 지켜주는 여자들만의 기사도가 있는 법이고, 이것은 다른 어떤 충성심보다 강력하다. 어쩌면 그것이 우리가 당시 어울리던 남자들에게 상상력이 결핍되어 있다는 사실을 마음 깊이 의식하지 않기 위한 방편이었는지도 모르겠다.

준은 하루 일과의 대부분을 호텔 한쪽 면에서 200야드쯤 떨어진 자기 집 베란다에서 보냈다. 개미 떼가 올라오지 못하도록 베란다는 10피트 높이의 지반에 세워져 있었다. 널찍하고 시원한 베란다에는 하얀 페인트칠이 되어 있었고, 여기저기 덩굴식물과 꽃 화분이 놓여 있었다. 환하고 예쁜 이 공간에서 준은 낡은 사라사를 씌운 소파에 누워 몇시간이고 이동식 축음기로 음악을 들으며, 이 몽유병 상태에서 자기를 구원해줄 남자를 마음속에 그리고 있었다. 몇주 후에는 그 남자의 상이 너무도 또렷해져 급기야 현실의 한 남자를 만들어냈다. 메리로즈와 내가 호텔 베란다에 앉아 있을 때, 동부 방향으로 가던 트럭 한대가 멈춰 서더니 거대한 붉은 다리와 햇볕에 달궈진 황소 허벅지만 한 팔을 가진 시골뜨기 젊은이가 내렸다. 준은 아버지 집에서 자갈길 위로 배회하듯 걸어오며 뾰족한 샌들로 자갈을 차고 있었다. 술집 쪽으로 걸어가던 남자의 발치에 자갈 하나가 부딪쳤다. 그는 멈춰 서서 준을 응시했다. 그런 다음, 거의 최면에 걸린 사람처럼 텅 빈 눈으로 몇번이나 어깨 너머를 돌아보면서 술집 안으로 들어갔다. 준도 따라 들어갔다. 부스비 씨는 지미와 폴에게 진토닉을 따라주며 영국 얘기를 하던 참이었다. 그는 자기 딸을 쳐다보지도 않았고, 준은 구석 자리에 잠자코 앉아 메리로즈와 내가 있는 곳 너머 뜨거운 아침 먼지와 햇살을 몽롱하게 바라보았다. 그 청년은 맥주를 받아 들고 준이 있는 곳에서 1야드 정도 떨어진 벤치에 앉았다. 30분쯤 뒤 그가 다시 트럭에 올라탈 땐 준도 함께였다. 메리로즈와 나는 갑작스레 그리고 동시에 주체할 수 없는 웃음을 터뜨렸고, 폴과 지미가 무슨 일인지 확인하기 위해 술집 밖을 내다볼 때에야 겨우 웃음을 그쳤다. 한달 뒤에 준과 그 청년은 정식으로 약혼했고, 그때서야 모든 사람이 그녀가 차분하고 유쾌하며 지각 있는 사람이라는 사실을 깨닫게 되었다. 약에 취한 듯 마비된 모습은 싹 사라지고 없었다. 딸의 상태로 인해 그동안 부스비 부인이 얼마나 짜증을 부렸는지 알게 된 것도 그때였다. 딸에게 호텔 일을 돕게 하고 다시 친구가 되어 결혼식 준비를 의논하는 부인의 모습에는 어딘가 지나치게 활기 넘치고 지나치게 안도한 느낌이 묻어났다. 심하게 닦달하던 일을 자책하는 것 같았다. 아마도 그 해묵은 짜증이 나중에 그녀로 하여금 분노를 터뜨리고 부당한 행동을 하게 만든 원인 가운데 하나였으리라.

그 연휴의 첫날 밤, 준이 우리를 떠나고 잠시 뒤에 부스비 부인이 들어왔다. 빌리는 그녀에게 합석을 권했다. 폴도 서둘러 초대를 보냈다. 우리가 보기에도 과장스럽고 모욕으로 느껴질 만큼 정중한 태도였다. 사실, 다들 너무 지쳤던 지난번 주말만 해도 폴은 부스비 부인과 이야기를 나누며 오만함이라곤 없이 담담하게 자기 부모님과 '고향' 이야기를 들려주었던 터였다. 물론 그의 영국과 부인의 영국은 두개의 다른 나라이긴 했지만 말이다.

우리끼리는 부스비 부인이 폴 때문에 애를 태우고 있다는 농담을 나누곤 했다. 우리 중 어느 누구도 진짜로 믿지는 않았다. 그랬다면 그걸 두고 농담 따먹기를 하진 않았을 테니까. 어쨌든 적어도 나는 그렇게 믿고 싶다. 마쇼피 호텔을 드나들던 초기에는 우리 모두 부인을 아주 좋아했다. 하지만 부스비 부인이 폴에게 매료되었던 건 분명하다. 또한 그녀는 빌리에게도 매혹되었다. 그것도 우리가 두 사람에 대해 그토록 싫어했던 바로 그 자질, 즉 태연자약한 정중함 아래 깔린 무례함과 오만함 때문에.

정말 많은 여자들이 실은 학대를 기꺼이 받아들인다는 사실을 내게 깨우쳐준 이가 바로 빌리였다. 그것은 굴욕적이었고, 난 사실로 인정하기 싫어 그와 언쟁을 벌이기도 했다. 하지만 그런 경우들이 거듭 목격되었다. 빌리를 제외한 우리가 어떤 여자를 대하기 어려워하며 비위를 맞추고 배려하는 상황이 벌어지면 그는 말하곤 했다. "너희 정말 아무것도 모르는구나. 그 여자에게 필요한 건 따끔한 매질이야." ('따끔한 매질'이란 식민지에서 통용되는 표현으로, 예컨대 백인들이 "저 검둥이 녀석에게 필요한 건 따끔한 매질이야"라고 말하는 식이었다. 그런데 빌리는 보편적인 용례로 그 표현을 끌어왔다.) 메리로즈의 어머니가 기억나는데, 쉰을 넘긴 그분은 위압적이고 신경질적인 여자로 늙은 닭처럼 팔팔하고 부산스럽게 딸의 생기를 모조리 빼놓았다. 딸을 찾아 요란스레 게인즈버러로 들이닥쳤을 때 우리는 메리로즈를 생각해서 부인을 정중히 대했다. 어머니가 그곳에 머무르는 동안 메리로즈는 무기력한 상태로 짜증을 부렸고 신경쇠약 증세도 보였다. 어머니에게 맞서야 한다는 건 알고 있었지만 그럴 만한 도덕적 에너지가 없었다. 우리는 지겨운 얘기를 다 참고 들어줄 준비가 되어 있었으나, 빌리는 단 몇마디로 그분을 고쳐놓았다. 어느 저녁 게인즈버러 호텔에 들어선 부인이 텅 빈 식당에 모여 앉아 담소를 나누는 우리를 보고 큰 목소리로 말했다. "그래, 자네들 평소처럼 여기서 이러고들 있구먼. 잠자리에 들어야 할 시간에 말이야." 그러고는 자리에 앉아 대화에 끼어들 참이었는데, 그때 빌리가 번득이는 안경을 부인 쪽으로 돌리고는 목소리를 조금도 높이지 않은 채 말했다. "파울러 부인." "왜 그러냐, 빌리? 또 너냐?" "파울러 부인, 부인은 왜 메리로 즈를 쫓아 여기까지 와서 스스로를 그토록 성가신 존재로 만드는 거죠?" 가쁜 숨이 튀어나오고 안색도 붉어졌지만, 부인은 앉으려 던 의자 옆에 잠자코 선 채 뚫어져라 그를 쳐다보았다. "그렇잖아요," 빌리가 차분하게 말을 이었다. "부인은 참 성가신 늙은이예요. 원하시면 앉으셔도 됩니다. 하지만 조용히 계시고 헛소리는 지껄이지 마세요." 메리로즈는 어머니를 위하는 마음 때문에 괴로웠는지 하얗게 질렸다. 하지만 파울러 부인은 잠시 침묵한 뒤 당혹스러워하며 짧게 웃더니 자리에 앉아 한마디도 하지 않았다. 그때부터 게인즈버러에 올 때면 그녀는 늘 윽박지르는 아버지 밑에서 얌전하게 자란 소녀인 양 굴며 빌리를 대했다. 파울러 부인이나 게인즈버러 주인 여자만 그런 것도 아니었다.

이제 부스비 부인 차례였는데, 그녀는 결코 자신보다 더욱 악랄한 폭군을 추종하는 또 하나의 폭군이 아니었다. 멋대로 끼어드는 짓에 둔감한 사람도 아니었다. 하지만 그렇다고 영리한 여자는 못되었던 터라, 머리가 아니라 예민한 신경으로 자신이 괴롭힘을 당하고 있다는 사실을 분명히 깨닫게 된 뒤에도 더 많은 괴롭힘을 바라는 양 자꾸 찾아왔다. 파울러 부인처럼 '따끔한 매질'을 당하자 무릎을 꿇고서 얼빠진 듯 흡족해하지도 않았고, 게인즈버러의 제임스 부인처럼 부끄러운 듯 소녀처럼 얌전을 빼지도 않았다. 참을성 있게 얘기를 듣고 반박하면서, 저변에 깔린 건방진 태도는 무시한 채, 말하자면 대화의 표면에만 가담했고, 그런 식으로 가끔은 빌리와 폴을 창피하게 만들어 다시 예의를 갖추게 하기도 했다. 하지만 확신컨대, 혼자 있을 때면 가끔씩 귀까지 빨갛게 상기된 채로 주먹을 움켜쥐고 "그래, 그 녀석들 정말이지 한대 후려치고 싶어. 그 말을 지껄일 때 바로 쳤어야 했는데!"라며 중얼거렸을 것이다.

그날 저녁에도 폴은 곧장 당시 즐기던 놀이에 착수했는데, 말하자면 식민지인 당사자가 조롱당하고 있다는 사실을 확실히 깨닫게 될 때까지 식민지에서 통용되는 상투적 표현을 패러디하는 놀이였다. 빌리가 여기 끼어들었다.

"물론, 부인의 요리사는 이곳에서 일한 지 여러해 되었겠죠. 담배 한대 태우시겠어요?"

"고맙지만 사양할게요. 담배는 안 피워요. 맞아요, 우리 요리사 참 괜찮은 애죠. 진짜 그런 게, 한결같이 아주 충직했답니다."

"거의 식구나 다름없다고 봐야겠죠?"

"그럼요. 나도 그앨 그렇게 생각해요. 개도 우릴 좋아하고요. 분명 그럴 거예요. 지금까지 참 잘 대해줬으니까."

"아마도 친구보다는 어린애 대하듯 그렇게 대했다는 얘기시겠죠?"(이 말은 빌리가 했다.) "그들은 다 큰 어린애에 불과하니까."

"맞아요. 진짜 그렇죠. 제대로 알고 보면 그냥 어린애들이죠. 아이처럼 다루면 좋아한답니다. 엄하지만 올바르게 말이죠. 남편과 난 흑인들을 제대로 대우하는 게 중요하다고 생각해요. 그게 옳은 일이니까."

"그래도 머리 꼭대기까지 기어오르게 둬선 안되겠죠." 폴이었다. "그러면 존경심이라곤 보이지 않게 될 테니까요."

"폴, 말 한번 잘했어요. 당신네 영국 젊은이들은 검둥이들에 대해 온갖 요상한 생각을 다 갖고 있죠. 하지만 그건 참 맞는 얘기네요. 절대 넘지 말아야 할 선이 있다는 거, 개네들도 반드시 알아야죠." 그런 식으로 대화가 이어졌다.

폴이 즐겨 취하는 자세로, 즉 맥주잔을 높이 들어올리고 파란 두 눈은 매력적으로 부인에게 고정한 채, "물론 그들과 우리 사이엔 수세기의 진화라는 차이가 있죠. 그자들은 사실 비비[10]에 불과하니까"라고 말했을 때에야 부인은 얼굴을 붉히며 폴의 시선을 피했다. 5년 전까지만 해도 비비라는 단어는 용인되었고 신문 사설에도 등장했지만 이제는 식민지에서조차 너무 조야한 표현이 된 터였다. (이어서 10년이 지난 뒤에는 **검둥**이라는 말도 너무 조야한 단어가 될 터였다.) 부스비 부인은 '영국에서 가장 좋은 대학을 나온, 최상의 교육을 받은 젊은이'의 입에서 비비라는 말이 나왔다는 게 믿기지 않았다. 하지만 상처 입을 채비를 갖춘 부인이 속내가 그대로 드러나는 상기된 얼굴을 들고 다시 폴을 바라보았을 때, 그는 달포 전 어머니의 보살핌을 갈구하는 향수병 걸린 아이에 불과했을 때처럼 천사같이 사랑스러운 미소를 띤 채 앉아서 사람들의 이야기에 귀 기울이고 있었던 것이다. 부인은 갑자기 한숨을 쉬며 자리에서 일어나 정중하게 말했다. "이제 남편 식사를 준비하러 가봐야겠어요. 부스비 씨는 야식을 즐긴답니다. 저녁 내내 술집에서 손님을 응대하니까요." 인사를 하면서 부인은 약간 마음을 다친 듯 폴과 빌리를 진심 어린 눈빛으로 응시했다. 그러곤 떠났다.

폴이 고개를 뒤로 젖히고 웃으며 말했다. "정말 어이없는 자들이야. 어쩌면 저럴 수가 있지? 저런 사람들이 진짜 존재한다니 참 황당하다."

"토착민이잖아." 빌리가 웃으며 맞장구를 쳤다. 토착민이란 식민지 백인들을 가리킬 때 그가 쓰는 표현이었다.

---

**10** 개코원숭이속의 포유류를 통틀어 이르는 말로 아프리카 흑인들에 대한 경멸적 호칭으로 쓰였다.

메리로즈가 낮은 목소리로 말했다. "폴, 너 정말 왜 그러는지 이해가 안된다. 그냥 사람들을 바보로 만드는 거잖아."

"친애하는 메리로즈. 친애하는 아름다운 메리로즈." 폴은 이렇게 말하더니 껄껄 웃으며 맥주를 들이켰다.

메리로즈가 아름다운 건 사실이었다. 그녀는 작고 날씬한 몸매에 물결치는 벌꿀색 머리칼과 서글서글한 갈색 눈을 가졌다. 케이프에서는 잡지 표지 모델을 한 적도 있고, 잠시 의상 모델로도 일했다. 허영심은 전혀 없었다. 메리로즈는 애써 참고 미소를 지으며, 느릿하면서도 쾌활한 자신만의 말투로 고집스레 말을 이었다. "그래, 폴. 따지고 보면 난 여기서 자랐잖니. 난 부스비 부인이 이해가 돼. 너 같은 사람들이 내가 틀렸다는 걸 설명해주기 전까지는 나도 그랬어. 조롱으로는 그런 사람을 바꾸지 못해. 마음만 상하게 했잖아."

폴은 다시 껄껄 웃으며 입장을 고수했다. "메리로즈, 메리로즈, 너 역시 존재한다고 믿기 힘들 만큼 너무 심하게 착하구나."

하지만 그날 저녁 늦게 메리로즈는 결국 폴이 수치심을 느끼게 만드는 데 성공했다.

도로 공사 일을 하는 조지 하운즐로는 아내와 세 아이, 그리고 양가 부모님들과 함께 100마일 정도 떨어진 소도시에 살고 있었다. 그가 트럭을 타고 자정에 도착할 예정이었다. 낮에는 간선도로 작업을 하고 주말 저녁에 우리와 합류하겠노라고 제의했던 것이다. 조지를 마중하느라 우리는 식당 밖으로 나가 철로 근처 한 무리의 유칼립투스 쪽으로 갔다. 나무 아래 엉성한 목조 테이블과 벤치 몇 개가 놓여 있었다. 부스비 씨가 차갑게 보관한 케이프산 백포도주 열두병을 보내주었다. 그때쯤엔 우리 모두가 조금은 취한 상태였다. 호텔은 이미 어둠에 잠겨 있었다. 부스비 씨 집에 켜져 있던 불도 곧 꺼졌다. 역사에서 작은 불빛이 흘러나왔고 몇백야드 떨어진 객실 건물에 가녀린 불빛들이 어른거렸다. 유칼립투스 아래 앉아 있노라니, 가지 사이사이로 서늘한 달빛이 떨어지고 밤바람이 발치에 먼지를 일으켜 마치 초원 한가운데 있는 기분이었다. 호텔은 화강암 바위로 뒤덮인 나지막한 언덕들과 나무, 달빛이 있는 야생의 경관 속으로 빨려 들어가는 듯했다. 수마일 떨어진 오르막 간선도로에서는 검은 나무들로 이루어진 둔덕 사이로 희미한 빛이 가늘게 반짝였다. 유칼립투스의 메마르고 기름진 냄새, 비슷하게 메마르고 알싸한 먼지 냄새, 포도주의 차가운 냄새, 이것들이 우리를 더욱 취하게 했다.

지미가 폴에게 기댄 채로 곯아떨어지자 폴이 그의 몸에 팔을 둘렀다. 나는 빌리의 어깨에 기대어 반쯤 잠들어 있었다. 스탠리 레트와 피아니스트 조니는 나란히 앉아 상냥하고 호기심 어린 표정으로 우릴 지켜보았다. 그때도 다른 때도, 그들은 자신들이 노동계급이며 앞으로도 노동계급으로 남으리라는 사실을 분명히 했고 따라서 묵인의 대상은 자신들이 아니라 우리라는 것을 구태여 감추려하지 않았지만, 그렇다고 전쟁 통에 맞닥뜨린 요행수로 일단의 지식인들의 습성을 직접 관찰할 수 있는 기회를 굳이 마다하지도 않았다. 그런 표현을 사용한 사람은 스탠리로, 우리가 취소하라고 해도 그는 듣지 않았다. 피아노 치는 조니는 한마디도 하지 않았다. 그는 어떤 말도 입에 올리는 법이 없었다. 언제나 스탠리 곁에 앉아 말없이 그와 연합 세력을 이룰 뿐이었다.

'돌에 깔린 나비' 스탠리가 구조의 필요성을 부인하는 터라 테드는 이미 마음고생을 하고 있었다. 스스로를 위안하고자 그는 메리로즈 옆에 앉아 그녀에게 팔을 둘렀다. 메리로즈는 사람 좋은 미소를 지으며 잠자코 안겨 있었지만, 테드는 물론이고 다른 모든 남자에게서 자신을 떼어놓은 듯한 분위기를 풍겼다. 그녀처럼 예쁜 얼굴로 먹고살아야 하는 많은 여자는 남자들이 만지고 키스하고 안을 때 그냥 내버려두는 재주를 타고난다. 창조주께서 아름답게 태어나게 해주셨으니 그 정도 대가는 응당 치러야 하는 것처럼. 남자들의 손을 물리치지 못할 때면 하품을 하거나 참을성 있게 한숨을 내쉬듯 관대하게 미소 짓는 것이다. 그러나 메리로즈의 경우엔 그 이상의 뭔가가 있었다.

"메리로즈," 어깨에 기댄 윤기 도는 작은 머리를 내려다보며 테드가 무뚝뚝하게 말했다. "넌 왜 우리 중 한 사람이라도 사랑하지 않는 거니? 널 사랑하게 놔두지도 않고."

메리로즈는 그저 미소만 지었는데, 나뭇가지와 잎사귀에 가로막혀 부서진 빛 속에서도 갈색 눈동자가 크고 부드럽게 빛났다.

"메리로즈는 가슴이 무너졌으니까." 내 머리 위에서 빌리의 대꾸가 들려왔다.

"무너진 가슴은 구닥다리 소설에나 나오는 얘기고." 폴이 끼어들었다. "우리가 사는 시대에는 어울리지 않지."

"그 반대야." 테드가 말했다. "우리가 사는 바로 이 시대 탓에 예전보다 훨씬 더 무너진 가슴들이 많거든. 실은 어느 누구를 만나더라도 그 사람 마음은 온통 금이 가고 긁히고 찢기고 상처 난 조직 덩어리에 불과할 거다."

메리로즈는 수줍고도 고마운 마음으로 테드를 올려다보며 미소를 보내고는 진지하게 덧붙였다. "그래, 틀림없는 사실이지."

메리로즈에겐 깊이 사랑한 오빠가 있었다. 그 둘은 기질적으로도 가까웠지만, 더 중요하게는 견딜 수 없이 난폭하며 그들을 난처하게 만드는 어머니에게 맞서 서로를 지탱해주어야 했기에 더없는 애정과 연대 의식으로 묶여 있었다. 이 오빠가 1년 전에 북아프리카에서 사망했다. 메리로즈가 모델 일을 하며 케이프에 머물던 무렵이었다. 당연한 말이지만, 미모 덕분에 그녀에겐 일거리가 많았다. 젊은 남자들 중 오빠와 닮은 사람이 있었다. 우리는 그 사람 사진을 보았는데, 마른 체형에 연한 금발 콧수염을 기른 공격적인 인상의 청년이었다. 메리로즈는 즉시 그와 사랑에 빠졌다.

"그래, 그 사람이 오빠와 닮아서 사랑한 거 나도 알아. 하지만 그게 뭐가 문제니?" 메리로즈는 이렇게 말했고, 늘 그랬듯이 단호하고도 무심한 그 솔직함 때문에 놀랐던 기억이 난다. 그녀는 늘 "그게 뭐가 문세니?"라고 묻거나 지적했는데, 그러면 우리는 대답할 말을 찾지 못했다. 하지만 그 청년은 오직 외모만 오빠와 비슷했을 뿐이었고, 메리로즈와 기꺼이 사귀었지만 결혼은 원하지 않았다.

"네 말이 맞는지도 모르지." 빌리는 말했다. "하지만 그건 아주 어리석은 짓이야. 메리로즈, 조심하지 않으면 어떤 꼴이 될지 알고는 있는 거야? 넌 남자친구를 아주 떠받들게 될 거고, 그럴수록 더 불행해질 거다. 결혼할 만한 괜찮은 남자들이 모두 멀어지고 나면 결국 넌 그냥 결혼 그 자체를 목적으로 누군가의 부인이 되겠지. 그러고는 우리 주변에 널린, 불만에 찬 부인네로 살아갈 거야."

덧붙이자면, 바로 이게 정확히 메리로즈에게 벌어진 일이었다. 그뒤 몇년 동안에도 그녀는 줄곧 그렇게 매력 넘치는 미모의 소유자로 그 하품 비슷한 달콤한 미소를 머금고 인내심을 발휘하며 이 남자 저 남자의 팔에 안겨 그들의 구애를 용인했는데, 그러다 결국은 아주 갑작스럽게 아이가 셋이나 딸린 중년 남자에게 시집을 갔다. 그 사람을 사랑해서 결혼한 것도 아니었다. 오빠가 탱크에 짓이 겨졌던 그 순간 메리로즈의 가슴도 죽어버렸던 것이다.

"그럼 나더러 어쩌라는 거야?" 메리로즈는 저항할 수 없이 사랑 스러운 얼굴로, 달빛이 쏟아지는 바닥 저편의 빌리를 향해 물었다.

"우리 중 한명과 자는 거지. 그것도 가능한 한 빨리. 네가 지금 헤어나지 못하고 있는 그 상태를 바로잡는 데 그만한 약도 없으니 까." 세련된 베를린 사람 역할을 할 때 사용하는 잔인하리만치 유 쾌한 말투로 빌리가 말했다. 테드는 얼굴을 찡그리며 팔을 뺐다. 자 기는 그런 냉소와 한편이 아니라는 점, 그리고 만약 자기가 메리로 즈와 자게 된다면 그건 가장 순수하고 낭만적인 연애 감정 때문이 리라는 점을 분명히 하면서. 물론 그는 그랬을 것이다.

"어쨌든," 메리로즈가 말했다. "난 그게 무슨 소용이 있을지 모 르겠다. 요즘도 늘 오빠 생각이 나."

"근친상간에 대해 너처럼 완벽하게 솔직한 경우는 처음 본다." 폴이 말했다. 농담 삼아 한 말이지만 메리로즈는 자못 진지하게 대 꾸했다. "그래, 근친상간인 줄 나도 알아. 그런데 웃기는 건, 당시에 는 그런 생각을 해본 적이 없다는 거야. 알다시피 오빠와 난 서로 를 정말 사랑했거든."

우리는 다시 한번 충격을 받았다. 빌리의 어깨가 경직되는 것을 느끼며 이런 생각을 했던 게 기억난다. 그러니까, 조금 전만 해도 퇴폐적인 유럽인처럼 굴었지만 메리로즈가 오빠와 잤다는 생각이 빌리를 본래 모습, 즉 청교도적 본성으로 돌려놓았다고 말이다.

한동안 침묵이 흐른 뒤 메리로즈가 다시 입을 뗐다. "그래, 너희 들이 충격 받는 이유, 나도 알아. 하지만 요즘도 자주 그때가 생각 나. 우리가 어떤 해를 끼친 건 아니잖니? 그게 왜 문제인지 난 잘 모르겠어."

다시 침묵. 그때 폴이 쾌활하게 끼어들었다. "아무 상관 없다면 나랑 자는 건 어때? 치유될 수 있을지도 모르잖아."

축 늘어진 지미의 아이 같은 몸을 지탱하며 폴은 줄곧 허리를 곧게 편 채로 앉아 있었다. 메리로즈가 테드의 팔을 허용했듯이 폴 역시 관대하게 지미를 지탱하고 있었다. 이 무리 안에서 폴과 메리로즈는 성차의 반대편에서 정확히 같은 역할을 수행했다.

메리로즈는 차분하게 대꾸했다. "케이프의 그 남자친구도 오빠를 잊게 하지 못했는데, 네가 어떻게 할 수 있겠어?"

폴이 말했다. "대체 무슨 놈의 걸림돌이 있길래 그 멋진 남자랑 결혼하지 못하는 거야?"

메리로즈가 대답했다. "그 사람, 케이프의 명문가 출신이거든. 부모님이 날 못마땅하게 여기는지 결혼에 반대하신대."

폴은 성대 아래쪽에서 올라오는 매력적인 너털웃음을 터뜨렸다. 물론 부러 그렇게 웃은 건 아니지만, 어쨌든 그게 자신의 매력 중 하나임을 그는 분명 알고 있었다. "명문가라," 그가 조롱조로 되뇌었다. "케이프 출신의 명문가라니. 진짜 웃긴다, 하하."

들리는 것처럼 그렇게 속물적인 말은 아니었다. 폴의 속물근성은 농담 아니면 언어유희에서 간접적으로 드러났다. 사실 그는 자신을 지배하는 감정, 즉 부조리한 현상을 즐기는 일에 탐닉할 뿐이었다. 나 역시 그를 탓할 처지는 못되었는데, 아마 내가 뾰족한 이유 없이 식민지에 머물러 있었던 건 그곳이 이런 종류의 유희를 즐길 기회를 제공했기 때문일 것이다. 부스비 부부가 존과 메리 불의 모습을 하고 마쇼피 호텔을 운영한다는 사실을 알았을 때와 똑같이 폴은 우리 모두에게 웃음을 선사하려 하고 있었다.

그러나 메리로즈가 나지막이 말했다. "넌 영국 명문가들에 익숙하니까 그게 우습겠지. 그 가문들이 케이프의 좋은 가문과는 차원이 다르다는 건 나도 알아. 하지만 내겐 매한가지 아니겠니?"

폴은 불편한 심기를 감추려는 듯 계속 장난기 어린 표정이었다. 게다가 메리로즈의 힐난이 부당함을 증명하는 양, 본능적으로 몸을 틀어 지미의 머리를 어깨 위에 더 편안하게 놓으며 자신이 따뜻한 마음씨의 소유자임을 입증하려고 애썼다.

"폴, 내가 너와 잔다면 말이지," 메리로즈가 말을 이었다. "내 생각에 난 널 좋아하게 될 거야. 하지만 넌 그 사람과 똑같아. 케이프에 있는 남자친구 말이야. 나랑 결혼은 하지 않겠지. 난 좋은 가문 출신이 못되잖니. 넌 따뜻한 심성이 없고 말이야."

빌리가 너털웃음을 터뜨렸다. "이제 꼼짝 못하게 되었구나, 폴." 테드가 끼어들어 이렇게 말했지만 폴은 대꾸하지 않았다. 조금 전 약간 움직였을 때 지미의 몸이 미끄러지는 바람에 폴은 지금 자기 무릎으로 그의 머리와 어깨를 받치고 있어야 했다. 마치 아기를 안듯 지미를 안고서, 그 순간부터 저녁 내내 그는 말없이 슬픈 미소를 띤 얼굴로 메리로즈를 지켜보았다. 그 일이 있은 뒤 그는 늘 메리로즈에게 부드럽게 말을 건네며 자신을 향한 경멸을 떨쳐내기를 간청했지만 번번이 실패했다.

자정 무렵 전조등을 켠 트럭 한대가 달빛을 삼키며 달려오더니 곧장 간선도로에서 돌아 나와 철로 옆 모래가 깔린 공터에 멈춰 섰다. 건설 장비를 가득 실은 큰 트럭이었고 뒤쪽에는 작은 캐러밴이 달려 있었다. 이 캐러밴이 조지 하운즐로가 도로 일을 할 때 머무는 임시 거처였다. 그가 운전석에서 뛰어내려 우리 쪽으로 다가오자 테드는 가득 채운 포도주잔을 내밀며 그를 맞이했다. 조지는 선

채로 술을 받아 삼키며 띄엄띄엄 이렇게 말했다. "이 얼간이 주정 꾼들, 술에 푹 전 녀석들이 여기 앉아 퍼마시고 있었네." 테드가 잔을 다시 채우기 위해 새 병을 기울인 순간 서늘하고 강렬하게 풍겨오던 그 포도주 냄새가 지금도 코끝에 생생하다. 포도주는 쉭 소리를 내며 먼지 위로 넘쳐흘렀다. 흙먼지에서 비에 젖은 듯 달달하고 축축한 냄새가 올라왔다.

조지가 내게 다가와 키스했다. "아름다운 애나, 아름다운 애나, 하지만 이 빌어먹을 빌리 녀석 때문에 널 가질 수 없구나." 그러더니 테드를 밀어내며 메리로즈가 돌린 뺨에 입을 맞추고는 말했다. "세상에 아름다운 여자들이 그렇게 많은데 여긴 둘밖에 없으니, 울고 싶어지네그려." 남자들이 웃었고, 메리로즈는 나를 보며 미소지었다. 나도 미소를 보냈다. 갑작스러운 고통을 담은 그녀의 미소를 보는 순간, 내 미소 역시 그렇다는 것을 깨달았다. 메리로즈는 속내를 드러냈다는 생각에 마음이 불편한 것 같았다. 우리는 서로에게서, 또 발가벗겨진 듯한 그 순간으로부터 재빨리 시선을 돌렸다. 우리 중 어느 쪽도 그 고통을 분석하고 싶지는 않았던 것이다. 그때 조지가 포도주가 찰랑대는 잔을 든 채 앞으로 나서며 이렇게 말했다. "동지 녀석들, 빈둥대는 짓일랑 집어치워. 나한테 소식을 전해줄 순간이 도래했으니."

모두 정신을 차리고 몸을 움직이자 활력이 돌며 졸음기가 가셨다. 빌리가 조지에게 도시의 정치 상황에 관해 설명하는 동안 우리는 주의 깊게 경청했다. 조지는 지극히 진지한 사람이었다. 그는 또한 빌리에게, 더 정확히 말하면 빌리의 두뇌에 깊은 존경심을 품고 있었다. 반면 자기 자신은 바보 멍청이라고 굳게 믿었다. 스스로를 대체로 무능하며 못생긴 놈이라고 생각했는데, 아마 평생 그렇게 생각하며 살아왔을 것이다.

사실 조지의 외모는 준수한 편이었다. 적어도 여자들이 종종 자신도 모르게 그에게 반응을 보일 정도의 호남이었다. 가령 빨간 머리 미인 래티머 부인만 해도 조지가 역겨운 사람이라고 하면서도 그에게서 눈을 떼지 못했다. 조지는 키가 꽤 컸지만 떡 벌어진 어깨를 약간 구부정하게 내밀고 다녀서 실제보다는 작아 보였다. 벌어진 어깨 아래로 상체가 옆구리까지 급격히 가늘어지는 체형이었다. 황소 같은 체격에 모든 동작이 완강했고, 마지못해 억제한 힘에서 오는 억눌리고 통제된 성마름 탓인지 몸놀림이 돌발적이었다. 그를 곤경에 처하게 한 건 가족이었다. 가장으로서 그는, 당시에도 그랬지만 오랜 세월 인내하고 희생하며 극기하는 삶을 살아야 했다. 내가 보기에는 본성상 결코 그렇게 살 수 있는 사람이 아니었다. 아마도 이 때문에 자기비하에 빠져 자신감을 잃게 되었으리라. 그는 삶이 제공한 여지보다 훨씬 더 크게 뻗어나갈 수 있는 사람이었다. 그 자신도 이 점을 알았던 것 같다. 가족의 처지 때문에 자신이 좌절했다는 사실에 남모를 자책감을 느꼈고, 스스로를 비하함으로써 자신을 벌하고 있었다. 사실 나도 잘 모르겠다…… 혹은 끊임없이 아내를 배신하는 자신에게 그런 식으로 벌을 가했던 것일까? 조지의 부부 관계를 제대로 이해하기엔 당시 난 너무 어렸다. 그는 아내에게 아주 강렬하고도 헌신적인 연민을 품고 있었다. 한 희생양이 다른 희생양에게 갖는 그런 연민 말이다.

조지는 내가 아는 가장 사랑스러운 사람이었다. 틀림없이 제일 웃기는 사람이기도 했다. 자연스럽게, 저항할 수 없게 웃기는 그런 사람 말이다. 술집 문을 닫는 시간부터 해가 뜰 때까지, 방 안에 가득 들어찬 사람들을 줄곧 배꼽 빠지게 웃기는 걸 본 적도 있다. 우리는 아예 침대며 마룻바닥에 드러누워 꼼짝 못할 정도로 웃어댔었다. 하지만 이튿날 그가 한 농담들을 기억해보면 유별나게 웃기는 구석은 없었다. 그럼에도 우리는 배가 아프도록 웃어댔는데, 그건 그 사람 얼굴 때문이기도 했다. 잘생겼지만 교과서적으로 잘생긴 얼굴이 자로 잰 듯 지루한 느낌을 주었기에, 누구든 그가 판에 박힌 말만 하는 사람이라고 생각하게 되는 것이다. 하지만 더 큰 이유는 나무처럼 딱딱하고 멍청하리만큼 고집스러워 보이는, 아주 길고 얇은 그 윗입술이었으리라. 그런 입술로 슬프고 자기징벌적이며 도저히 안 들어줄 수 없는 이야기를 주야장천으로 쏟아내면서 그는 우리가 배꼽 빠지게 웃어대는 꼴을 지켜보았지만 자기 농담의 희생양들과 함께 웃는 법은 절대 없었다. '이 똑똑한 인간들을 이렇게 웃길 수 있다면 내가 생각처럼 그렇게 가망 없는 놈은 아닐지도 몰라.' 아마도 이런 생각을 하는 듯, 그는 아주 정색을 하고 깜짝 놀란 표정으로 우릴 지켜보곤 했다.

그는 막 마흔 줄에 들어서 있었다. 그러니 우리 무리에서 가장 연장자였던 빌리보다도 열두살이 많았다. 우리야 그 사실을 특별히 생각해본 적이 없지만, 조지는 의식하지 않을 수 없었다. 마치 보석이 하나씩 손가락 사이로 빠져나가 바다에 퐁당 빠져버리는 모습을 지켜보는 심정으로, 그는 한해 한해가 미끄러져가는 것을 보았다. 여자들에 대한 감정 때문이었다. 그에게 정열의 또다른 대상은 정치였다. 그가 짊어진 짐들 중에서 결코 가볍지 않았던 짐 하나가 바로 19세기 사회주의, 합리적이고 실용적이며 특히 종교적일 정도로 반종교적인 영국의 오랜 사회주의 전통 한가운데 놓였던 부모들에 의해 양육되었다는 사실이었다. 바로 그 때문에 식민지인들과 쉽게 어울리지 못했다. 그리하여 그는 비좁고 후진적인 고립된 소도시에서 외롭게 지내고 있었다. 훨씬 젊은 우리들은 그야말로 오랜만에 어울리게 된 진짜 친구들이었던 셈이다. 우리 모두 그를 정말 좋아했다. 하지만 내가 보기에 그는 단 한순간도 그 사실을 알지 못했으며, 스스로 그 사실을 깨닫게 놔두지도 않았다. 겸손함이 지나쳤던 탓이다. 특히 빌리에게 그랬다. 언젠가 나는 이런저런 강압적인 말을 늘어놓는 빌리 앞에서 온몸으로 외경심을 발산하며 앉아 있는 그의 모습을 보고 화가 치밀어 이런 말을 한 적도 있다. "제발, 조지, 당신처럼 좋은 사람이 빌리 같은 녀석의 구두를 핥는 꼴을 보면 속이 확 뒤집히는 것 같아요."

"하지만 내가 빌리의 두뇌를 갖고 있다면, 저 녀석의 머리만 내게 있다면, 난 이 세상에서 가장 행복한 인간으로 살 수 있을 거라고." 그는 이렇게 대꾸했는데, 사실 같이 사는 남자에 대해 어떻게 그런 말을 할 수 있냐며 따지지 않는 것도 그다운 일이었다. 그 말을 한 다음 그의 윗입술이 자기조소로 가늘어졌다. "그리고 **좋은** 사람이라니, 무슨 소리야? 난 형편없는 놈인데. 잘 알잖아. 내가 무슨 짓거리를 벌이는지 다 들려주는데도 나더러 좋은 놈이라네." 빌리와 나에게만 들려줬던 애인들 얘기였다.

이후 나는 그 문제에 대해 생각해보았다. 좋은 사람이라는 표현 말이다. 아마도 나는 착한 사람이라는 뜻으로 그렇게 말했을 것이다. 물론 따지고 보면 아무 뜻도 아닌 말일지 모른다. 착한 남자야, 사람들은 흔히 그런 표현을 쓰니까. 착한 여자야. 좋은 남자, 좋은 여자도 마찬가지다. 물론 대화에서는 그렇게 쓰지만, 소설에서 사용할 만한 말은 아니다. 쓰지 않도록 조심해야겠다.

하지만 더이상 분석하지 않아도 그 무리 가운데 조지는 좋은 사람이었고 빌리는 아니었다는 사실만큼은 있는 그대로 말하고 싶다. 메리로즈, 지미, 테드, 피아노 치는 조니는 착한 사람들이었고, 폴과 스탠리 레트는 아니었다. 길거리에서 마구잡이로 열명을 뽑아 이들을 소개해주거나 그날밤 유칼립투스 아래에서 있었던 그 파티에 초대했다면 그 사람들도 이 구분에 즉시 동의했을 것이다. 내가 착하다는 말을 이처럼 단순하게 사용한다 해도, 그게 무슨 의미인지 다들 금방 알아챘을 것이다.

지금까지 숱하게 생각해왔던 이 문제에 관해 다시 생각하다가, 나를 사로잡아온 또 한가지 문제와 우회적으로 마주쳤음을 깨닫는다. 물론 바로 '개인성'의 문제다. '개인성'이 더이상 존재하지 않는다는 사실을 우리는 결코 잊을 수가 없다. 쓰인 소설 태반이 그 주제에 관한 것들이고 사회학자나 다른 학자들이 닳도록 다룬 주제이기도 하다. 우리의 삶이 가하는 압력으로 인간의 개성은 산산조각이 나 사라졌다는 얘기를 하도 자주 들어서 이제는 나도 그 말을 믿게 되었다. 하지만 유칼립투스 아래 그 무리를 회고하면서, 내 기억 속에 다시 그들을 되살리면서, 그 말이 헛소리에 불과함을 불현듯 깨닫는다. 오랜 시간이 흐른 지금 다시 메리로즈를 만난대도 그녀는 어떤 몸짓을 하거나 특정한 방식으로 눈길을 돌릴 테고, 바로 그 때문에 파괴될 수 없는 메리로즈로 남는 것이다. 혹은 그녀가 '파탄을 맞거나' 미쳐버렸다고 가정해보자. 그녀는 자신을 구성한 부분들로 조각날 것이고, 연결 고리는 일부 사라졌어도 그 몸짓, 그 눈동자의 움직임은 남아 있을 것이다. 따라서 개인성의 증발에 관해 지금까지 나온 이 모든 주장, 이 반휴머니즘적인 겁박도, 충분한 감정적 에너지를 발휘하여 기억 속에 내가 알던 사람들을 빚어내는 지점에선 아무런 의미도 없다. 나는 가만히 앉아 그 먼지 냄새와 달빛을 떠올리며 테드가 조지에게 포도주잔 건네는 모습을,

그러자 조지가 지나치게 고마워하는 모습을 본다. 혹은 슬로모션 영화에서처럼 메리로즈가 끔찍하도록 참을성 있는 미소를 머금은 채 고개를 돌리는 모습이 눈에 선하다…… 나는 방금 영화라는 단어를 썼다. 그래. 회화나 영화에서 미소, 표정, 몸짓이 절대적인 확실성을 담보하듯 내가 기억하는 모든 순간이 그렇다. 그러면 내가 집착하는 확실성은 시각예술에만 존재할 뿐 소설에서는 결코 존재하지 않는 걸까? 이미 소설은 해체와 몰락의 손아귀에 사로잡혔으니까. 소설가로서 그 이면에 놓인 복잡성을 그렇게 잘 이해하면서도, 그러한 미소와 표정을 기억하는 일에 이토록 집착하는 이유는 대체 뭘까? 그렇지만 기억하지 못한다면 나는 종이 위에 단 한자도 옮겨놓을 수 없으리라. 내 살갗에 내리쬐던 그 뜨거운 햇빛의 속성을 의식적으로 기억해냄으로써 이 추운 북녘 도시에서 정신 줄을 놓지 않으려 애쓰곤 했던 것처럼 말이다.

이런 까닭에 난 조지가 착한 사람이었다고 다시 쓰련다. 또 그가 볼썽사나운 남학생 꼴이 되어 빌리의 말을 경청하는 광경이 정말 봐주기 힘들었다는 것도…… 그날 저녁 조지는 도시에서 좌파 그룹들에 발생한 골치 아픈 문제에 관한 이런저런 사실을 겸손하게 접수하며 고개까지 주억거렸는데, 그건 혼자 있을 때 그 문제들을 낱낱이 생각해보겠다는 뜻이었다. 똑똑한 우리들이야 그럴 필요 없지만 자기는 너무 어리석어서 여러시간 곰곰이 생각해보지 않고는 어떤 일도 마음을 정할 수 없기 때문이라며.

우리 모두가, 조지에게 사태를 분석해주는 빌리의 방식이 오만하다고 여기고 있었다. 그는 마치 위원회에 참석한 사람처럼 말했고, 우리에게 닥친 새로운 불안과 불신과 전에 없던 조소의 분위기에 관해서는 아무것도 전하지 않았다.

그래서 폴은 빌리를 거부하며 자기만의 방식으로 조지에게 진실을 전해주기로 작정했다. 그는 테드와 이야기를 나누기 시작했다. 테드를 바라보며, 가볍고 장난기 어린 폴의 도전에 그가 과연 응할까 궁금해했던 기억이 난다. 테드는 망설였고 불편해 보이는 표정이었지만 결국 응했다. 그런 행동이 성품과 어울리지 않는데다 그가 품어온 깊은 신념들에도 어긋났기에 테드의 말에는 과장되고 거친 느낌이 묻어났고, 이 때문에 폴의 말보다 한층 더 귀에 거슬렸다.

폴은 '두 남자와 반편이'가 "물론 아프리카인들에게는 아무것도 물어보지 않고" 결성한, 대륙 전체의 운명을 결정하는 위원회를 묘사하는 것으로 이야기를 시작했다. (스탠리 레트와 피아니스트 조니 같은 외부인들 앞에서 신념에 대해 일말의 회의라도 품을 수 있음을 인정하는 이러한 언행을 내비치는 것은 당연히 배신행위였다. 스탠리와 조니 두 사람을 미심쩍게 바라보던 조지는 그들이 우리의 동조자임에 틀림없다는 결론을 내리고 신입 회원이 둘씩이나 생겼다는 사실에 유쾌한 미소를 지었는데, 그게 아니고서야 우리가 그렇게 무책임하게 행동할 리 없다고 확신했기 때문이었다.) 이제 폴은 그 두 남자와 반편이가 마쇼피에 와서 "올바른 노선으로 그곳 사람들을 이끄는 일"에 착수하는 과정을 묘사했다.

"그 일에 착수하기에 호텔이 참 편리한 장소인 것 같지, 테드?"

"술집이 가까운데다 현대식 편의 시설도 완벽하게 갖춰져 있으니까." (테드는 술을 많이 마시는 축이 아니었으므로 조지는 이 말에 황당하다는 듯 눈살을 찌푸렸다.)

"문제는 이곳이 성장하는 산업 프롤레타리아의 중심지는 딱히 아니라는 거겠지. 물론 이 나라 전체를 그렇게 볼 수도 있고, 아마

실제로 그렇게 말해야겠지만 말이야."

"명백히 옳은 지적이야, 폴. 하지만 다른 한편으로 이 지역은 낙후된데다 반쯤은 빈사 상태에 놓인 농장 노동자들로 넘쳐나잖아."

"앞서 말한 그 프롤레타리아가 존재하기만 한다면 그들이 영도해야 마땅한 그런 자들 말이지?"

"아, 하지만 생각나는 사람들이 있군. 여기, 철로에서 일하는 찢어지게 가난하고 넝마 쪼가리를 겨우 걸친 다섯명의 흑인이 있잖아. 이들이면 충분하지 않을까?"

"그럼 그들을 잘 설득해서 자신들의 계급적 위치를 올바르게 이해하도록 만들면 되겠구나. 그럼 우린 전 지역에서 혁명적 소요를 목격하게 될 테지. 좌파 공산주의니 소아병이니[11] 하는 건 언급도 하기 전에 말이야."

빌리가 그들을 제지하길 기대하며 조지는 그를 바라보았다. 하지만 빌리는 그날 아침 작심하고 공부에 몰두할 생각이며, "이 모든 한량과 남편감을 찾는 여자"에게 허비할 시간은 없다고 말한 터였다. 여러해 함께 일할 정도로 진지하게 받아들인 이들을 그는 매우 손쉽게 내쳤다.

조지는 이제 마음이 심하게 불편해졌다. 그는 우리 내부에서 신념의 고갱이가 사라졌다는 사실을 감지했고, 이는 곧 자신의 고독을 다시 한번 확인하는 것과도 같았다. 그는 폴과 테드를 지나쳐 피아니스트 조니에게 말을 걸어보았다.

"저치들 헛소리를 참 많이도 늘어놓는구면, 그렇지 않나, 친구?"

조니는 고개를 끄덕였지만 그렇다고 딱히 조지의 말에 동의하

---

11 레닌의 저서 『좌파 공산주의라는 소아병』을 암시한다.

는 바는 아닌 것이, 내가 보기에 그는 사람들 말을 경청하는 일이 거의 없었고 다만 상대방이 자기에게 살갑게 구는지 아닌지를 감지할 뿐이었다.

"이름이 어떻게 되나? 전에 만난 적 없는 거 같은데, 그렇지?"

"조니입니다."

"자네가 미들랜드 출신인가?"

"맨체스터요."

"둘 다 당원이고?"

조니가 고개를 가로젓자 조지의 턱이 조금씩 아래로 처졌고, 이어 그는 손으로 재빨리 두 눈을 쓸었다가 말없이 주저앉았다. 조니와 스탠리는 나란히 앉아 주변을 살피면서 맥주를 마시고 있었다. 이제 조지는 장벽을 허물어보려는 갑작스럽고도 필사적인 노력으로 펄쩍 일어나 포도주 병을 들어올렸다. "조금밖에 남지 않았지만 마시게." 그가 스탠리에게 말했다.

"좋아하는 술이 아니라서요," 스탠리가 말했다. "우린 맥주 마실게요." 그러면서 주머니와 외투 앞쪽을 툭툭 쳤는데, 거기엔 맥주 병들이 여러 각도로 삐쭉삐쭉 튀어나와 있었다. 스탠리의 위대한 재능은 조니와 자신을 위해 차질 없이 맥주를 '조달하는' 일이었다. 심지어 이따금 날이 가물었던 시기에도 맥주 상자를 들고 우리 앞에 나타나곤 했는데, 그는 그것들을 도시 전역에 몰래 빼돌려 숨겨뒀다가 가뭄이 계속되는 동안 팔아서 이문을 남겼던 것이다.

"그렇겠지." 조지가 말했다. "하지만 우리 더럽게 가난한 식민지 것들은 젖을 떼자마자 케이프산 꿀꿀이죽에 밥통을 적응시키며 살아왔거든." 조지는 포도주를 아주 좋아했다. 하지만 이런 식으로까지 친밀함을 보여도 둘은 전혀 호응하지 않았다. "저 친구들 엉덩이 한번 세게 때려줘야 할 것 같지 않나?" 테드와 폴을 가리키며 조지가 물었다. (폴은 미소 지었고, 테드는 창피한 표정이었다.)

"그런 건 다 제 알 바 아닌데요." 스탠리가 말했다. 처음에 조지는 그가 아직 포도주 얘기를 하고 있다고 생각했다. 하지만 스탠리가 말하는 게 정치라는 사실을 깨달았을 때, 그는 이게 뭐냐고 따지듯 예리한 눈길로 빌리를 보았다. 그러나 빌리는 고개를 어깨에 묻은 채 혼자 흥얼거릴 뿐이었다. 그는 향수에 시달리고 있었다. 빌리는 음악에 대한 이해도 없었고 노래도 제대로 부를 줄 몰랐지만, 베를린 생각을 할 때면 거듭해서 브레히트의 「서푼짜리 오페라」에 나오는 곡을 음정도 맞지 않게 흥얼거리곤 했다.

아, 상어는 가졌다지
사악한 이빨을, 내 사랑아
그리고 끊임없이 그 이빨을
하얗게 번뜩인다지……

몇년 뒤 인기를 끌게 된 그 노래를 나는 마쇼피에서 빌리로부터 처음 들었다. "어릴 때 부르던 노래인데, 브레히트라는 남자가 만든 거야. 그 사람 어떻게 되었을까? 한때 아주 뛰어난 인물이었는데." 향수에 젖어 빌리가 흥얼대던 이 노래를 런던에서 유행가로 들었을 때 엄습했던 그 날카로운 혼란이 떠오른다.

"이봐 친구들, 이게 다 무슨 일이지?" 길고 불편한 침묵을 깨며 조지가 물었다.

"어느정도의 사기 저하 상태에 빠져 있다고 할 수 있죠." 폴이 찬찬히 대답했다.

"아니, 그런 거 아니에요." 테드가 입을 열었지만 곧 스스로를 억누르고는 인상을 쓴 채 자리에 앉아 있었다. 그러더니 이내 이렇게 말하며 벌떡 일어섰다. "난 자러 갈게."

"우리 모두 자러 갈 거야." 폴이 말했다. "그러니 잠깐만 기다리라고."

"침대에 눕고 싶어요. 이젠 진짜 졸려요." 조니였다. 그때껏 그의 입에서 나온 가장 긴 문장이었다. 그는 비틀거리며 일어나서 한 손을 스탠리의 어깨에 짚은 채로 균형을 잡았다. 그러고는 잠시 생각에 잠겼는데, 이제 일종의 진술이 필요한 시점이라고 판단한 모양이었다. "사실 어떻게 된 거냐면," 조지를 향해 그가 말을 이었다. "난 스탠리 친구라서 이곳에 놀러 왔어요. 피아노도 있고 토요일 밤엔 춤도 좀 추는 곳이라고 들었죠. 하지만 정치에는 흥미 없어요. 당신 조지 하운즐로 씨 맞죠? 저 사람들이 당신 얘기 많이 했어요. 만나서 반가웠습니다." 그가 내민 손을 조지는 다정하게 맞잡았다.

스탠리와 조니가 객실 건물을 향해 달빛 속으로 걸어가자 테드도 자리에서 일어나며 말했다. "나도 갈래, 이제 여기 다시는 오지 않을 거야."

"아, 그렇게 요란 떨 필요는 없잖아." 폴이 차갑게 말했다. 그 갑작스러운 냉랭함에 테드는 놀라서 우리 모두를 멍한 눈빛으로 응시했는데, 마음을 다치고 당황한 기색이 역력했다. 어쨌든 그는 다시 자리에 앉았다.

"저 두 녀석, 대체 무슨 빌어먹을 이유로 우리랑 여기 있는 거지?" 조지가 거칠게 따졌다. 불행에서 비롯한 난폭함이었다. "좋은 녀석들인 건 알겠는데, 걔네들 앞에서 우리 문제를 이야기하는 거, 이게 대체 뭐냐고!"

빌리는 대꾸하지 않았다. 가녀리고 애절하게 흥얼대는 소리가 내 귀 2인치 위에서 맴돌 뿐이었다. "아, 상어는 가졌다지, 사악한 이 빨을, 내 사랑아……"

폴이 테드에게 태연하게 말했다. "내가 보기엔 우리가 마쇼피의 계급 상황을 제대로 평가하지 못했던 것 같아. 명백한 핵심 인물을 간과했지. 여기 우리 코앞에 늘 있었잖아. 부스비 부인의 요리사 말이야."

"요리사라니 대체 뭔 소리야?" 조지가 이번엔 지나칠 정도로 거칠게 물었다. 그는 마음이 상해서 공격적인 태도로 일어섰는데, 그 바람에 빙글빙글 돌리고 있던 잔의 포도주가 넘쳐흘러 흙먼지를 적셨다. 그가 호전적으로 나오는 건 그저 우리의 분위기에 놀랐기 때문이라고, 우리는 그렇게 생각했다. 몇주나 그를 만나지 못한 터였다. 말하자면 우리는 조금 전에야 처음으로 우리 눈에 비친 자신들의 모습을 보았기에, 모두가 우리 안에서 일어난 그 변화의 깊이를 가늠해보고 있었던 것 같다. 그 결과 자책감을 느끼면서 우리는 조지를 원망했다. 상처를 입히고 싶을 만큼 그를 원망했다. 거기에 앉아 감정이 그대로 드러나는 조지의 화난 얼굴을 바라보며 이렇게 혼잣말을 했던 기억이 너무나 생생하다. 세상에, 정말 못생겼어. 터무니없는 사람이기도 하고. 그때까지는 그런 감정이 든 적이 없었다. 그리고 잠시 뒤, 나는 내가 왜 그런 감정을 느꼈는지 알아차렸다. 하지만 물론 그것은 폴이 요리사를 언급했을 때 조지가 왜 그런 반응을 보였는지, 그 진짜 이유를 알게 된 이후였다.

"틀림없이 그 요리사야." 조지의 속을 뒤집고 그에게 상처를 입히려는 새로운 욕망에 자극받아, 폴이 천천히 되풀이했다. "읽을 수도 있고 쓸 수도 있어. 나름의 생각도 갖고 있고. 부스비 부인이 불평하더라. 말하자면 지식인인 셈이야. 물론 사상이 방해가 되는 훗날엔 총살을 당해야 할 테지만, 그는 자신의 목적을 위해 노력할 거야. 결국 우리도 그와 함께 총살을 당하겠지."

혼란스러운 표정으로 빌리를 한참 바라보던 조지의 모습이 떠오른다. 나뭇잎 사이로 반짝이는 별빛을 관찰하듯 고개를 젖힌 채 턱을 가지 쪽으로 내밀고 있는 테드를 살피던 모습도. 또 여전히 술에 취해 시체처럼 폴의 품에 안겨 있는 지미에게로 걱정스러운 눈길을 돌리던 것도.

테드가 기운을 차리고 말했다. "오늘은 그만 됐어요. 조지, 우리가 캐러밴까지 데려다드릴게요. 거기서 헤어지죠." 화해와 우정의 표현이었지만 조지는 날카롭게 대꾸했다. "됐어." 그가 이렇게 반응하자, 폴이 벤치에 널브러져 있던 지미를 밀치면서 재깍 일어나 무심한 듯 집요하게 말했다. "당연히 우리가 잠자리까지 모셔다드려야죠."

"됐다고." 조지가 다시 말했다. 겁먹은 목소리였다. 자기 음성에 실린 감정을 알아차리고는 그가 고쳐 말했다. "이 멍청한 녀석들. 술에 전 얼간이들, 너희 전부 철로에 걸려 나자빠질 거다."

"내가 말했죠." 폴이 태연하게 말했다. "우리가 가서 당신 이불 꼭꼭 덮어준다니까요." 일어설 때 기우뚱거렸지만 곧 그는 몸을 제대로 가눴다. 빌리와 마찬가지로 폴도 엄청나게 마실 때조차 거의 티를 내지 않았다. 하지만 지금은 취한 기색이 완연했다.

"아니," 조지가 말했다. "됐다고 했잖아. 못 들었어?"

이제 정신이 들었는지 지미가 폴을 잡고 비틀거리며 의자에서 일어났다. 두 젊은이는 잠시 휘청거리다가, 조지의 캐러밴이 있는 철로 쪽으로 쏜살같이 내달았다.

"돌아와!" 조지가 외쳤다. "저 천치들. 주정뱅이 바보 녀석들!" 이미 몇야드나 멀어진 그들은 비틀거리며 간신히 균형을 잡고 있었다. 아무렇게나 벌린 긴 다리의 그림자가 반짝이는 모래를 가로질러 조지가 서 있는 곳까지 또렷하고 시커멓게 드리웠다. 꼭 기다란 검은색 사다리를 타고 흔들흔들 내려가는 작은 꼭두각시 인형들 같았다. 조지는 그들을 노려보며 인상을 쓰다가 지독하고 난폭하게 욕설을 내뱉고는 두 사람 쪽으로 달려갔다. 그러는 동안 남아 있던 우리는 겨우 참아준다는 식으로 서로를 향해 얼굴을 찡그렸다. 조지 저 인간, 대체 뭐 때문에 저러는 거야? 두 사람을 따라잡은 조지는 그들 어깨를 움켜쥐고 자기 쪽으로 돌려세웠다. 지미가 넘어졌다. 철로 주변에 거친 자갈이 쭉 깔려 있었는데, 거기서 빠져나와 바닥을 뒹굴던 자갈 위로 미끄러졌던 것이다. 폴은 균형을 잡으려 애쓰며 뻣뻣하게 몸을 세우고 있었다. 먼지 구덩이에 지미와 함께 엎어진 조지는 지미를 다시 일으켜 세우느라 펠트같이 두꺼운 제복을 입은 그 육중한 몸과 씨름하고 있었다. "이 바보 같은 놈." 그는 만취한 청년에게 거칠지만 부드러운 태도로 말하고 있었다. "돌아오라고 내가 말했잖아. 그랬냐, 안 그랬냐?" 더없이 따스한 연민의 정으로 지미를 일으키려 애쓰면서도, 또 스스로를 억누르면서도, 그는 분노로 지미의 몸을 세차게 흔들었다. 이때쯤엔 우리도 달려가 철로 옆 그들 곁에 서 있었다. 지미는 눈을 감은 채로 등을 바닥에 대고 누워 있었다. 자갈에 이마가 찢어져 흰 얼굴 위로 검붉은 피가 흘렀다. 잠이 든 모양이었다. 볼품없이 뻗은 그의 머리칼이 이때만은 품위를 갖추어, 온전히 굽이치며 이마에 드리워 있었다. 머리칼 한올 한올이 달빛을 받아 윤기가 났다.

"아, 빌어먹을." 낙심한 듯 조지가 말했다.

"그러게, 왜 그 난리를 쳐요?" 테드가 물었다. "당신 트럭에 데려다주려고 한 것뿐이잖아요."

빌리가 헛기침을 하며 목을 가다듬었다. 언제나 거슬리고 어색한 소리였다. 그는 자주 이런 소리를 냈다. 결코 긴장해서가 아니라, 때로는 노련한 경고의 의미였고 때로는 너희는 모르는 사실을 난 알고 있다는 뜻이기도 했다. 이번에는 두번째 의미임을 난 알아차렸다. 조지가 캐러밴에 누구도 가까이 오는 걸 원치 않은 진짜 이유는 거기에 여자가 있기 때문이라고, 그는 말하고 있었다. 맑은 정신일 때 빌리는 우회적으로도 절대 비밀 이야기를 누설하는 법이 없었으니, 그땐 그도 취했던 모양이다. 신중치 못한 빌리의 행동을 수습하기 위해 내가 메리로즈에게 속삭였다. "자꾸 잊어버리네. 조지가 우리보다 훨씬 나이가 많고, 그래서 그의 눈엔 우리가 조무래기처럼 보일 수도 있다는 걸 말이야." 나는 다른 사람들도 듣도록 크게 말했다. 조지가 찌푸린 얼굴로 어깨 너머로 내게 감사의 미소를 전했다. 하지만 우리는 여전히 지미를 옮길 수 없었다. 모두 그를 내려다보며 그 자리에 서 있었다. 자정이 한참 지나 땅의 열기도 사라졌고 뒤편의 산 너머로 달마저 지고 있었다. 제정신일 땐 기품도 없고 그저 불쌍해 보이던 지미가 이마에 시커먼 상처를 입은 채 더러운 자갈밭에 술 취한 모습으로 드러누워 있는 이 순간만큼은 어쩜 이렇게 위엄 있고 감동적으로 보이는지 의아해했던 기억이 난다. 동시에 나는 조지의 캐러밴에 있는 여자가 대체 누굴까 궁금했다. 무뚝뚝한 농부의 아내들, 결혼 적령기의 딸들, 혹은 그날 저녁 우리와 함께 술집에서 술을 마셨던 호텔 투숙객, 대체 그중 어떤 여자가 물처럼 투명한 달빛을 틈타 몰래 조지의 캐러밴으로 숨어든 걸까? 그 여자가 누구든, 난 부러웠다. 적어도 그 순간에는 예리하고 통렬한 감정으로 조지를 사랑하는 마음을 자각하며 나 자신을 온갖 종류의 바보라고 부르던 기억이 난다. 내가 너무도 자주 그를 거절했기 때문이다. 나중에도 그 이유를 이해할 수 없었지만, 인생의 그 시절 난 나를 진심으로 원했던 남자들이 나를 선택하도록 놔두지 않았다.

결국 어찌어찌 우리는 지미를 일으켜 세웠다. 모두 힘을 합쳐 잡아당겨야 했다. 유칼립투스 사이로 그리고 호텔방으로 이어지는 화단 사잇길을 따라 우리는 그를 떠받치고 밀면서 걸어갔다. 방에 들어서자마자 지미는 잠든 채로 곧장 침대에 내동댕이쳐졌고, 우리가 상처 난 곳을 스펀지로 닦아주는 동안에도 깨어나지 않고 누워 있었다. 상처가 깊은데다 자갈 조각이 가득 들어차 지혈하는 데 시간이 꽤 걸렸다. 폴이 지미 곁에 계속 앉아 지켜보겠다며 말했다. "빌어먹을 플로렌스 나이팅게일 역할은 정말 싫지만." 그러나 그는 의자에 앉자마자 곯아떨어졌고, 결국 아침이 올 때까지 두 사람 곁에서 상태를 지켜본 사람은 메리로즈였다. 테드는 짤막하게, 거의 화가 난 듯 인사를 하고는 자기 방으로 가버렸다. (하지만 아침에는 자조와 냉소의 분위기로 돌아올 터였다. 그는 그 엄중한 자책과 점점 더 신랄해지는 냉소 사이를 날카롭게 오가며 여러달을 보내게 될 터였다. 훗날 그는 그 시절이 자기 인생에서 가장 부끄러운 시기였다고 말했다.) 이제는 희미해진 달빛을 받으며 빌리와 조지와 나는 계단참에 서 있었다. "고마워." 조지가 말했다. 그는 강렬한 눈빛으로 내 얼굴을 뚫어져라 바라보고는 이어 빌리의 얼굴을 보며 망설였는데, 무엇 때문에 고마운지는 밝히지 않았다. 퉁명스럽게, 거의 의무감으로 농담을 덧붙일 뿐이었다. "너희한테는 언젠가 보답할게." 그런 뒤 그가 철로의 트럭 쪽으로 걸음을 떼자 빌리는 이렇게 중얼거렸다. "딱 밀회를 앞둔 남자로 보이네." 잘 안다는 듯 미소를 지으며 느릿느릿 말하는 걸 보니 예의 지적인 역할로 돌아온 모양이었다. 하지만 난 그 이름 모를 여자가 너무 부러웠기에 아무런 대꾸도 하지 않은 채 말없이 잠자리에 들었다. 세 명의 공군이 아침 식사 쟁반을 들고 들어와 깨우지만 않았다면 아마 그대로 정오까지 잤을 성싶다. 지미는 머리에 붕대를 감은 것이 편치 않아 보였다. 테드는 도저히 믿을 수 없을 만큼 사납도록 유쾌했고, 폴은 온몸으로 매력을 발산하며 이렇게 선언했다. "우린 벌써 그 요리사 무너뜨리기에 착수했어. 사랑스러운 애나 너의 아침 식사랑, 그에 딸린 필수적인 허드렛일로 빌리의 아침 식사를 만들게 그가 허락해줬지." 그러면서 의기양양하게 우리 앞으로 쟁반을 들이밀었다. "지금은 오늘밤에 쓰일 진수성찬을 준비하는 중이야. 우리가 가져온 음식 맘에 들어?"

우리 전부가 먹기에도 충분한 양이었다. 파파야와 아보카도, 베이컨과 달걀, 막 구워내 뜨거운 빵과 커피를 우리는 배불리 먹었다. 바깥에는 햇볕이 뜨거웠지만, 열린 창문을 통해 불어오는 바람은 따스하고 꽃향기가 났다. 폴과 테드는 내 침대에 앉아 나와 시시덕거렸다. 지미는 간밤에 취했던 일 때문인지 빌리의 침대에 얌전하게 앉아 있었다. 이미 시간이 꽤 흐른데다 술집 문이 열렸을 때라 우리는 얼른 옷을 갈아입고는, 지나친 열기로 시든 꽃잎들의 건조하고 톡 쏘는 향신료 냄새가 햇빛과 버무려진 화단 사잇길을 걸어 술집으로 갔다. 호텔 베란다는 술손님들로 가득했고, 역시 꽉 들어찬 술집에서는 폴이 맥주잔을 흔들며 알려준 대로 파티가 이미 시작된 상태였다.

빌리는 한발 빠져 있었다. 일단 그는 침실에 모두 모여 아침을 먹는 그런 보헤미안적인 행동을 용납하지 않았다. "우리가 결혼한 사이라면 또 몰라." 그런 불평에 내가 웃자 그는 이렇게 말을 이었다. "그래, 웃어. 하지만 오래된 규칙에는 다 이유가 있는 법이거든. 곤란을 겪지 않도록 막아준다고." 내가 웃었기 때문에 그는 짜증이 나 있었고, 나 같은 처지의 여성은 이보다 더 위엄 있게 행동해야 하는 법이라고 말했다. "어떤 처지 말이지?" 그런 순간이면 여자들이 경험하는 덫에 갇힌 느낌 탓에 나는 갑작스레 화가 치밀었다. "그래, 애나. 하지만 남자와 여자는 달라. 언제나 그랬고 앞으로도 그럴 거야." "언제나 그랬다고?" 그 자신의 내력을 기억하라는 취지로 내가 되물었다. "그게 중요한 일인 이상 늘 그럴 거야." "당신한테나 중요하겠지, 난 아니거든." 전에도 우린 이런 입씨름을 벌인 적이 있었기에 서로가 어떤 표현들을 사용할지 속속들이 알았다. 여자의 약점이며, 남자의 소유 의식이며, 고대의 여자들이며 기타 등등을 **지겹도록** 알고 있었다. 너무도 심오한 기질상의 충돌이라 어떤 표현도 서로의 생각을 바꿔놓을 수 없다는 사실도 모르지 않았다. 실은 가장 깊은 감정과 본성 면에서 우린 그 시절 내내 상대를 흔들어대고 있었던 것이다. 그렇게 해서 장차 직업 혁명가가 될 그 사람은 뻣뻣하게 고개를 끄덕이고는 러시아어 문법 책을 든 채 호텔 베란다에 자리를 잡고 앉았다. 하지만 혼자 공부하는 시간은 오래가지 않았는데, 조지가 아주 심각한 얼굴을 하고서 이미 유칼립투스 사이로 걸어오고 있었기 때문이다.

폴이 다가와서 내게 말을 건넸다. "애나, 주방에 가서 맛있는 음식들 구경하자." 그러면서 팔로 내 허리를 감았는데, 내 의도대로 빌리도 그 모습을 봤다. 우리는 자갈 깔린 길을 걸어 호텔 뒤편 나지막한 곳에 자리 잡은 널찍한 주방으로 갔다. 탁자 위에 가득한 음식에는 파리가 달려들지 않도록 망을 씌워놓았다. 부스비 부인이 요리사와 함께 그곳에 있었는데, 자기가 왜 우리를 제멋대로 주방에 들락거릴 정도의 특별 손님으로 대했는지 후회하는 기색이 역력했다. 폴은 요리사에게 얼른 인사를 하고는 식구들 안부를 물었다. 물론 이런 행동이 부스비 부인에게 달가울 리 없었다. 하지만 폴이 그런 식으로 구는 이유가 바로 그것이었다. 이 요리사와 백인 고용주 둘 다 상황을 종잡을 수 없다는 듯 약간은 못 미더워하는 분위기로 경계하며 폴을 대했다. 요리사는 혼란스러워했다. 5년에 걸쳐 수백 수천명의 공군이 식민지에 체류한 결과, 여러 변화 중에서도 특히 백인이 흑인을 인간으로 대할 수 있다는 사실을 많은 아프리카인이 뼈저리게 느끼게 되었다. 부스비 부인의 요리사는 봉건적 세계의 관계에서 나오는 친숙함을 알고 있었고, 최근에 새로 생겨난 비인격적인 관계의 거친 잔인성도 알고 있었다. 하지만 지금은 폴과 대등한 입장에서 자기 자식들 이야기를 나누고 있는 것이었다. 그런 일은 처음 겪기 때문에 한마디 할 때마다 그는 약간 주저하는 느낌이었다. 그러나 평소에는 발휘될 기회를 찾지 못했던 그 본연의 위엄이 이내 그를 동등한 상대와 대화를 나누는 사람의 모습으로 바꾸어놓았다. 부스비 부인은 잠시 듣고 있다가 두 사람의 대화를 잘랐다. "폴, 정말 도와주고 싶다면, 애나와 연회장에 가서 장식이나 도와주시죠." 전날 밤 그가 자신을 조롱거리로 만들었다는 사실을 잘 알고 있으며 이를 폴에게 전하려는 의도로 부인은 그렇게 말했다. "그럼요," 폴이 말했다. "기꺼이 그래야죠." 하지만 요리사와 한참 더 대화를 이어가겠다는 의도도 분명히 했다. 요리사는 드물게 훤한 외모의 소유자로 얼굴과 눈에 생기가 도는 건장하고 체격 좋은 중년 사내였다. 식민지의 이 지역에 사는 대다수

아프리카인이 영양실조와 질병 탓에 육체적으로 보잘것없었지만, 이 남자는 아내와 다섯 아이와 함께 부스비 가족의 집 뒤편에 있는 작은 오두막에 살고 있었다. 물론 불법이었다. 백인의 사유지에 흑인이 거주하는 것 자체가 금지 사항이었으니까. 오두막은 아주 초라했지만 평균적인 아프리카인들의 움막보다 몇십배는 나았다. 주변에 꽃과 채소를 심고 닭과 뿔닭도 키웠다. 틀림없이 마쇼피 호텔에서 일하는 것이 아주 만족스러웠을 것이다.

폴과 내가 주방 문을 나설 때 그는 관습대로 "좋은 아침 보내세요, 은코스. 좋은 아침 보내세요, 은코시카스"라고 인사를 했다. 주인님, 주인마님이라는 뜻이었다.

"빌어먹을." 밖으로 나오자 폴이 짜증과 화가 섞인 음성으로 내뱉었다. 이어 나온 말은 자기보호를 위한 짓궂고 태연한 어조였다. "내가 신경 쓰는 자체가 이상한 일이긴 하지. 어쨌든 조물주께서 내 취향과 재능에 꼭 들어맞는 삶의 위치에 날 앉혀놓은 거잖아. 근데 내가 왜 신경을 쓰겠어? 그렇긴 해도……"

뜨거운 햇빛 사이로 따뜻하고 향기로운 먼지를 신발 아래 느끼면서 우리는 연회장까지 걸어갔다. 그의 팔이 다시 내 허리를 감쌌을 때, 나는 빌리가 지켜보고 있다는 사실이 아닌 다른 이유에서 기분이 좋았다. 등허리의 잘록한 부분을 그의 팔이 은밀하게 누르는 걸 느끼면서 이런 생각을 했던 기억이 난다. 이렇게 함께 어울려 지내는 동안 매혹의 살아 있는 불길이 한순간 일어났다가 꺼지고, 뒤이어 연모의 감정과 채워지지 않은 호기심, 딱히 불쾌하지는 않지만 약간은 뒤틀린 상실의 고통을 남기겠구나. 아마도 다른 무엇보다 우릴 하나로 묶어주는 건 실현되지 못한 가능성에서 비롯하는 보드라운 고통이리라. 연회장 옆 키 큰 자카란다 아래, 빌리의 시야가 미치지 않는 곳에 이르렀을 때 폴은 날 자기 쪽으로 돌려놓고 빙긋 웃었는데, 그 순간 그 달콤한 고통이 나를 거듭 관통했다. "애나," 그가 말했다. 아니, 노래했다. "애나, 아름다운 애나, 어이없는 애나, 정신 나간 애나, 이 황야에서 우리에게 안식을 주는 사람, 관대하고 즐거운 검은 눈동자를 지닌 애나." 서로를 향해 미소 짓는 동안 태양은 나무의 두꺼운 녹색 레이스천을 통과하여 예리한 황금 바늘로 우리를 찔러댔다. 그때 그의 말은 일종의 계시였다. 당시 난 늘 혼란스러웠고, 불만으로 가득했고, 불행했고, 걸맞은 능력이 없어 고통스러웠으며, 온갖 종류의 불가능한 미래를 하릴없이 갈구하며 지내고 있었기에, '관대하고 즐거운 눈동자'라는 표현에 담긴 정신과 태도는 내게 수십년 뒤에나 가능할 터였다. 정말이지 그 시절 난 사람들을 내 필요를 위한 부속품이 아닌 다른 어떤 것으로도 볼 수 없었던 것 같다. 돌아보면서 이제야 깨닫는다. 그럼에도 그 시절 난 환히 불을 밝힌 일종의 연무 속에 살면서, 내 욕망이 바뀔 때마다 이리저리 움직이며 깜박였다. 물론 이는 젊은 시절을 묘사하는 한가지 방식에 불과할지도 모른다. 하지만 우리 중 유일하게 '즐거운 눈동자'를 지닌 사람은 폴이었고, 서로의 손을 잡고 연회장으로 들어설 때 나는 그를 바라보며 이토록 태연자약한 젊은이가 나만큼이나 불행하고 고통을 당한다는 게 대체 가능한 일인지 의아해하고 있었다. 그리고 정말 내가 그처럼 '즐거운 눈동자'를 지니고 있다면, 그건 무슨 뜻일까? 그 시절 자주 그랬듯이 몇 초간 갑작스레 머릿속을 헤집는 날카로운 우울감이 엄습하여, 나는 폴의 곁을 떠나 혼자 내닫이창 쪽으로 갔다.

그 호텔 연회장은 내 평생 가장 쾌적한 방이었던 것 같다. 이곳 역사에는 공공 회관이 없고, 그래서 정치적 회합이나 댄스파티가 있을 때면 늘 식당을 치워야 했기 때문에 부스비 부부는 이 공간을 마련했다. 돈벌이 목적이 아니라 지역을 위하는 선의에서 나온 일종의 기부였던 셈이다.

연회장은 대형 홀만큼 큰 규모였지만 광택이 도는 붉은 벽돌 벽과 암적색 시멘트 바닥 덕분에 거실 같은 분위기가 났다. 큰 기둥 여덟개가 이엉을 이은 높다란 지붕을 떠받치고 있었는데, 모두 불그스레한 오렌지색 무광 벽돌을 쌓아 만든 것이었다. 방의 양끝에 자리한 벽난로는 각기 황소를 구워도 될 만큼 컸다. 서까래 목재는 가시나무라서 톡 쏘는 쌉싸래한 향이 났는데, 공기의 건조하거나 축축한 정도에 따라 그 향이 조금씩 달라졌다. 한쪽 끝에 마련된 작은 단 위에는 그랜드피아노가 놓여 있었고 다른 쪽에는 레코드판을 잔뜩 얹어놓은 라디오 겸용 축음기가 있었다. 양쪽 측면에 창문이 열두개씩 달려 있어서 한쪽 창문들로는 기차역 너머 층층이 쌓인 화강암 바위들이, 다른 쪽 창문들로는 수마일의 시골 풍경 너머 푸르른 산들까지 내다보였다.

연회장 한쪽 끝에서 조니가 피아노를 치고 있었고, 스탠리 레트와 테드가 그 옆에 서 있었다. 조니는 두 사람의 존재를 잊은 것 같았다. 재즈 리듬에 맞춰 어깨를 으쓱대며 발을 굴렀고, 눈을 들어면 산을 바라볼 때면 약간 부은 듯한 하얀 얼굴이 멍했다. 스탠리도 조니의 무심함을 신경 쓰지 않았다. 그에게 있어 조니는 식권이며 그가 연주하는 파티의 초대장이자, 즐거운 시간을 허락하는 통행증이기도 했으니까. 조니와 어울리는 이유를 그는 굳이 감추지 않았다. 시시한 모사꾼치고는 가장 솔직한 축이었다. 보답으로 그는 '조달한' 다량의 담배며 맥주며 여자들을 조니에게 공짜로 제공했다. 나는 그를 가리켜 모사꾼이라고 했지만, 물론 이건 말도 안되는 소리다. 그는 부자의 법과 빈자의 법이 다르다는 사실을 잘 알고 있었다. 런던 노동계급 거주 구역에서 실제로 살아보기 전까지, 내게 그건 순전히 이론적인 지식일 뿐이었다. 그때 가서야 난 비로소 스탠리 레트를 이해하게 되었다. 그는 법에 대해 본능적이고도 뿌리 깊은 반감을 지니고 있었다. 간단히 말해, 우리가 그리도 자주 거론하던 국가에 대한 반감 말이다. 그게 아마도 테드의 마음을 사로잡지 않았을까? "어쨌든 그는 정말 명민해!" 테드는 말하곤 했다. 추론인즉 그 명민함을 잘 활용해서 대의명분에 복무하게 할 수 있다는 얘기였다. 테드가 그다지 잘못 생각한 건 아닌 것 같다. 스탠리와 비슷한 노조 간부 유형, 즉 거칠지만 자제심이 있고 능률적이면서도 무모한 그런 유형이 있다. 스탠리는 타인의 이익을 위해 만들어진 세상을 당연하게 받아들였지만 동시에 그 세상으로부터 가능한 모든 것을 얻어내기 위한 무기인 그 기민한 자제력을 잃는 법이 없었다. 무서울 정도로 그랬다. 크고 탄탄한 덩치, 선이 굵은 용모에 차갑고 분석적인 회색 눈동자를 가진 그가 난 무서웠다. 그런데 어째서 그는 열렬한 이상주의자인 테드를 용인했던 걸까? 테드에게서 뭔가 뽑아낼 수 있기 때문만은 아니었다. '장학생' 출신 테드가 자신과 같은 계급에 관심을 쏟는다는 사실에 감명을 받았던 것이다. 물론 그런 그가 제정신이 아니라고도 생각했다. 그래서 그는 테드에게 이렇게 말하기도 했다. "이봐, 친구, 자네는 운이 좋잖아. 우리보다 머리가 좋으니 말이야. 빈둥거리지 말고 기회를 잘 살려야지. 노동자들은 자기 자신 말고는 그 누구에게도 눈곱만 한 도움도 주지 않거든. 그게 사실이라는 건 내가 알지. 장담할 수 있고말고." "하지만 스탠," 반짝이는 눈동자의 테드가 검은 머리칼을 세차게 흔들면서 그를 물고 늘어졌다. "우리 중 충분히 많은 사람이 다른 이들을 위해 움직인다면 세상 전부를 바꿀 수도 있어. 그거 모르겠어?" 스탠리는 테드에게 받은 책을 읽었지만 이렇게 말하며 돌려주었다. "그 점에 반대하지는 않아. 행운을 빌게. 따로 할 말은 없어."

이날 아침 스탠리는 맥주잔을 피아노 위에 줄지어 쌓아놓았다. 구석에는 병이 가득 담긴 상자가 놓여 있었다. 자욱한 담배 연기 속에 햇빛 한줄기가 반사되어 비쳤고 피아노 주변 공기는 탁했다. 세 남자는 태양이 창날처럼 내리꽂히는 연무 속에서 연회장 내부의 다른 이들과 떨어져 있었다. 조니는 완전히 몰입한 상태로 연주를 계속했다. 스탠리는 술을 마시고 담배를 피우며 자신과 조니에게 어울릴 만한 여자가 들어오는지 주시하고 있었다. 테드는 스탠리의 정치적 영혼과 조니의 음악적 영혼을 번갈아 갈구했다. 이미 말했듯이 테드 역시 독학으로 음악을 공부하기 했지만 연주는 익히지 못했다. 그는 쁘로꼬피예프, 모차르트, 바흐의 소절을 흥얼거렸고, 조니에게 연주를 재촉하면서 무기력한 욕망에 얼굴을 일그러뜨리곤 했다. 조니는 어떤 곡이든 들으면 곧바로 연주할 수 있었기에, 테드가 흥얼거리면 참지 못하고 건반 위로 왼손을 움직여 그 곡을 쳤다. 마치 최면을 걸듯 조니를 압박하던 테드의 집중력이 조금 누그러지면 그 순간 조니의 왼손은 당김음으로 슬쩍 넘어갔고, 어느새 두 손이 재즈의 광란 속에 격렬하게 움직이는 동안 테드는 미소 띤 얼굴로 고개를 끄덕이다 한숨을 짓고는 구슬프고도 즐거운 표정으로 스탠리의 시선을 붙잡으려 했다. 그러나 스탠리는 다만 동료애로 미소를 돌려줄 뿐이었으니, 음악에 대해서는 완전히 문외한이기 때문이었다.

이 세 사람은 하루 종일 피아노 곁에 머물렀다.

연회장에 모인 사람은 열두명 남짓 되었는데, 방이 하도 넓어 마치 텅 빈 듯했다. 메리로즈와 지미는 의자 위에 올라서서 어둑한 서까래에 종이 화환을 걸었고, 스탠리와 조니가 이곳에 왔다는 소문을 듣고 도시에서부터 기차를 타고 온 공군 조종사 십여명이 그들을 돕고 있었다. 준 부스비는 자신만의 내밀한 꿈에 젖은 채 창틀에 앉아 밖을 내다보고 있었다. 파티 준비를 도와달라는 부탁을 받자 그녀는 천천히 머리를 가로젓고는 몸을 돌려 다시 창 너머 먼 산만 바라보았다. 폴은 일하는 무리 곁에 잠시 서 있다가 스탠리의 맥주 몇병을 멋대로 꺼내 들고는 내가 앉아 있던 창가로 다가와 나란히 앉았다.

"슬픈 광경 같지 않아, 친애하는 애나?" 메리로즈 곁에 있는 청년 무리를 가리키면서 폴이 말했다. "저 녀석들 하나같이 섹스에 굶주려서 참 보기 애처롭네. 눈부시게 아름답지만 죽은 자기 오빠 말고는 누구에게도 마음 주지 않는 메리로즈도 그렇고. 지미도 있네. 메리로즈와 어깨를 맞대고 있지만 저 녀석, 나 말곤 이 세상 누구에게도 관심이 없지. 가끔은 말이야, 저 친구와 자야 하는 거 아닌가 싶기도 해. 안될 게 뭐 있어? 쟨 정말 행복하겠지. 하지만 진실인즉 난 마지못해 이런 결론을 내리는 거야, 난 동성애자도 아니고 결코 그런 적도 없었다는 거지. 외로운 베개를 베고 누워 몸을 뻗을 때 내가 안고 싶은 사람이 대체 누굴까? 테드? 아니면 지미? 그도 아니면 늘 나를 둘러싸고 있는 저 멋진 젊은 영웅들? 절대 아니지. 난 메리로즈를 안고 싶어. 너도 안고 싶고. 물론 동시에 둘 다를 원하는 건 아니지만."

조지 하운즐로가 홀 안으로 들어와 메리로즈 쪽으로 곧장 걸어갔다. 그녀는 아직 의자 위에 선 채 주변 청년들의 도움을 받고 있었다. 조지가 다가오자 청년들은 사방으로 길을 터주었다. 갑자기 놀라운 일이 벌어졌다. 여자에게 다가갈 때 조지는 늘 지나치게 겸손하고 서툴렀으며, 심지어 말을 더듬기도 했다. (하지만 말을 더듬는 건 일부러 그러는 것 같기도 했다.) 동시에 그의 움푹한 갈색 눈동자는 거의 겁박에 가까운 열기를 뿜으며 여자에게 꽂히곤 했는데, 그러면서도 태도 자체는 겸손하고 미안해하는 식이었다. 여자들은 당황스러워하거나 화를 내지 않으면 초조하게 웃었다. 물론 그는 관능주의자였다. 많은 사람이 이런저런 이유로 그러듯이 그런 척 연기를 하는 게 아니라, 진짜 관능주의자라는 뜻이다. 그는 정말로, 절실히 여자가 필요한 사내였다. 이 말을 하는 까닭은 요즘은 그런 남자들이 그다지 많지 않아서다. 살갑게 굴지만 관능은 결여한, 문명화된 요즘 남자들 말이다. 조지는 자기에게 복속할 여자, 육체적으로 자기에게 사로잡혀 꼼짝 못할 그런 여자를 원했다. 이제는 남자들이 죄의식을 느끼지 않은 채 그런 식으로 여자를 좌지우지할 수 없게 되었다. 혹은 그들 중 극소수만이 그럴 뿐이다. 여자를 바라볼 때 조지는 정신을 잃어버릴 만큼 격렬하게 정사를 치른 직후에 상대가 어떤 모습일까 상상했다. 그런 상상이 눈에 드러날까 염려하기도 했다. 당시 난 그의 이런 태도를 이해할 수 없었다. 그가 나를 볼 때면 왜 혼란스러웠는지도 납득하지 못했다. 하지만 그때 이후로 조지와 비슷한 남자들, 말하자면 그와 유사하게 서툴고 참을 수 없을 정도로 겸손하지만 다른 한편으론 감춰진 오만한 마력을 발산하는 그런 남자들을 여러차례 보았다.

조지는 팔을 위로 올리고 서 있는 메리로즈 아래 멈춰 섰다. 빛나는 머리칼을 어깨 위로 물 흐르듯 늘어뜨린 그녀는 노란 민소매 드레스 차람이었고, 팔과 다리는 부드러운 금빛 갈색이었다. 이런 메리로즈의 모습에 공군 청년들은 거의 넋이 나간 상태였다. 조지 역시 잠깐은 얼이 빠져 꼼짝 못했다. 조지가 무슨 말을 했다. 메리로즈는 팔을 내리고 천천히 의자에서 내려와 그를 올려다보았다. 그가 다른 무슨 말을 했다. 그때 그의 얼굴이 눈에 선하다. 턱은 공격적으로 내밀고, 눈은 열기로 이글거렸으며, 바보처럼 비굴한 표정을 짓고 있었다. 메리로즈는 주먹을 들어 그 얼굴을 세차게 한대 쳤다. 할 수 있는 한 모든 힘을 실어서. 조지는 얼굴을 뒤로 젖히고 비틀거리며 한걸음 물러났다. 메리로즈는 그에게 눈길 한번 주지 않은 채 의자 위로 올라가 다시 화환 다는 일에 착수했다. 지미는 자기가 그 일격에 책임이 있는 양 한껏 당황한 기색으로 조지를 향해 미소를 지었다. 조지는 우리 쪽으로 와서 다시 한번 광대 역할을 자청하기 시작했고, 메리로즈의 청년들은 무력한 찬미자의 자세로 돌아갔다.

"저런," 폴이 말했다. "아주 인상적인데요. 메리로즈가 나를 저렇게 친다면 작업이 조금은 되고 있다고 생각할 거예요."

하지만 조지의 눈은 눈물로 그렁그렁했다. "난 바보 천치야. 멍청이지. 메리로즈같이 아름다운 여자가 날 쳐다볼 이유가 없잖아."

"그러게 말이에요." 폴이 대답했다.

"코피가 나는 것 같아." 코를 풀 핑계를 찾으며 그가 말했다. 그런 다음 그는 미소를 지었다. "온 사방에 골칫거리 투성이야." 그가 말했다. "저 못된 빌리 녀석은 빌어먹을 러시아어 공부나 한답시고 아주 관심을 꺼버렸어."

"우리 모두 골치 아프게 되었죠." 폴이 말했다. 차분하게 말을 이어가는 폴에게서는 더할 나위 없이 건강한 활기가 뿜어져 나왔다. 조지가 그 말을 받았다. "스무살 먹은 젊은 것들, 아주 얄미워 죽겠어. 아니, 네 녀석이 뭣 때문에 골치가 아플 수 있다는 거냐?"

"어려운 문제네요." 폴이 대답했다. "일단, 저 스무살 맞아요. 여자들 앞에서 매우 초조하고 불편하다는 뜻이죠. 둘째로, 스무살이 잖아요. 앞으로 살아갈 날이 구만린데, 미래를 생각하면 솔직히 아주 끔찍하거든요. 셋째, 제 나이 스물이고, 애나를 사랑하는데, 그게 가슴 무너진다는 겁니다."

조지는 이 말이 사실인지 확인하기 위해 나를 재빨리 보았고 난 어깨를 으쓱했다. 조지가 가득 따른 맥주잔을 쭉 들이켜고는 말했다. "어쨌든 누가 누구를 사랑하건 내가 상관할 문제는 아니지. 난 못난 놈이고 나쁜 놈이니까. 뭐, 그건 견딜 만해. 하지만 난 아예 내놓고 나대는 사회주의자이기도 하잖아. 그런데 돼지 새끼란 말이지. 돼지 새끼가 어떻게 사회주의자가 될 수 있냐고. 정말 알다가도 모를 일 아니야?" 농담 삼아 한 말이었지만 다시 그의 눈에 눈물이 가득 고였고, 비참한 마음에 몸마저 뻣뻣하게 굳는 듯했다.

폴은 특유의 나른하고 매력적인 태도로 고개를 돌려 커다란 푸른 눈으로 조지를 바라보았다. 이런 생각을 하는 게 또렷이 들릴 정도였다. 아, 신이시여. 여기 진짜 골칫거리가 있잖아. 그 얘긴 정말 듣고 싶지도 않군…… 마루 위로 발을 미끄러뜨리며 그는 더없이 따스하고 부드러운 미소를 내게 보냈다. "사랑스러운 애나, 내 생명보다 그대를 더 사랑하오만 지금은 메리로즈를 도와주러 간다오." 하지만 그의 눈은 다른 말을 하고 있었다. 이 울적한 백치 녀석일랑 떨쳐버려. 그러면 다시 올게. 조지는 그가 가는 것도 눈치채지 못했다.

"애나," 조지가 말했다. "난 어떡해야 할까?" 이 말에 나도 폴과 똑같은 기분이 들었다. 정말이지 골치 아픈 일엔 엮이고 싶지 않아.

여기를 벗어나 저기 화환 거는 무리와 함께 있고 싶어. 폴이 합류하자 무리는 갑자기 유쾌해졌다. 그들은 이제 춤을 추기 시작했다. 폴과 메리로즈가 짝을 이뤘고, 여자보다 남자가 많은 터라 준 부스비까지 가담했다. 춤곡에 이끌려 호텔에서 사람들이 하나둘씩 올라오고 있었다.

"밖으로 나가자." 조지가 말했다. "이 모든 젊음과 흥겨움. 이것들이 말할 수 없이 날 우울하게 만드네. 게다가 네가 나오면 네 남자친구도 입을 뗄 거 아니야. 빌리와 얘기를 좀 하고 싶어."

"고맙네요." 내가 무성의하게 대꾸했다. 호텔 베란다로 나가보니, 거기 있던 사람들 대부분이 눈 깜짝할 새 연회장으로 떠나고 없었다. 빌리는 인내심을 발휘하여 문법 책을 내려놓으며 말했다. "조용히 공부하도록 내버려달라는 건 지나친 기대 같군."

우리 셋은 의자에 앉았다. 다리는 양지로 뻗고 몸의 나머지는 그늘에 둔 채였다. 기다란 잔에 담긴 연한 금색 맥주 속에서 금속 조각 같은 햇빛 한줌이 반짝이고 있었다. 조지가 이야기를 시작했다. 극히 심각한 내용이었으나 자조적인 익살조로 말하는 바람에 모든 게 추하고 거슬리게 들렸고, 그가 말하는 내내 연회장에서는 리드미컬한 음악이 흘러나왔다. 저기 있으면 얼마나 좋을까, 나는 생각했다.

사실은 이랬다. 가족들을 위해 살아가는 그의 일상이 힘겹다는 얘긴 이미 했다. 그게 실은 견디기 어려운 정도였다. 그에겐 아내와 아들 둘과 딸 하나가 있었다. 게다가 그는 자신의 부모님과 아내의 부모님까지 모두 봉양했다. 나도 그 작은 집에 가본 적이 있었다. 잠깐 들르는 것조차 견디기 힘든 환경이었다. 젊은 부부, 아니 그 집을 떠받치는 이 중년 부부는 노인 넷과 세 아이 탓에 진짜 인생

은 눈곱만큼도 누리지 못했다. 아내는 하루 종일 힘들게 일했고, 그
도 마찬가지였다. 네 노인이 모두 이런저런 지병을 앓아서 특별 치
료와 알맞은 식이요법 같은 것들이 필요했다. 저녁이면 노인들은
거실에 나와 하염없이 카드놀이를 했는데, 말다툼도 잦고 노인네
특유의 성마름 탓에 집안 분위기도 좋지 못했다. 거실 한가운데를
차지한 채 몇시간이고 카드를 치는 동안 아이들은 비좁은 구석에
서 숙제를 했다. 조지와 아내는 일찍 잠자리에 들었는데, 침실만이
얼마간의 프라이버시를 누릴 수 있는 유일한 공간이기도 했지만
사실 너무 지쳐서 그랬다. 그게 그의 가정이었다. 일주일의 절반을
조지는 도로 공사 일로 밖에서 보냈고, 가끔은 수백마일 떨어진 그
나라의 반대편에서 일할 때도 있었다. 그는 아내를 사랑했고 아내
도 그를 사랑했지만, 비서 업무 외에 집안 살림까지 꾸려나가기란
그 어떤 여자에게도 힘겨운 일이었기에 그로서는 아내에게 영원히
죄책감을 느낄 수밖에 없었다. 수년 동안 단 하루의 휴일도 누려본
적이 없었고 언제나 돈이 부족해 6펜스와 1실링짜리 동전을 놓고
도 비참한 입씨름이 벌어지곤 했다.

그러는 사이 조지는 바람을 피우게 되었다. 그는 특히 아프리카
여자들을 좋아했다. 다섯해 전쯤 그는 하룻밤 묵어가느라 마쇼피
호텔에 들렀다가 부스비 부부네 요리사의 아내에게 첫눈에 반했
다. 이 여자가 그의 정부가 되었다. "만일 그런 표현을 쓸 수 있다면
말이지만요." 빌리가 이렇게 덧붙였지만 조지는 그 표현을 고수했
고, 농담의 기미는 전혀 없었다. "글쎄, 왜 안된다는 거지? 인종차
별이 싫다면, 그 사람한테도 제대로 된 표현을 누릴 자격을 줘야지.
말하자면 존중하는 차원에서라도."

조지는 출장 중 자주 마쇼피 호텔에 들렀다. 작년에 그는 그 여

자의 아이들이 모여 있는 모습을 보았는데, 유독 엷은 피부색에 자신을 닮은 한 아이가 있었다. 여자에게 물어보니 조지의 자식이 맞는다고 했다. 여자는 그 사실을 대수롭지 않게 여기고 있었다.

"그래서요?" 빌리가 말했다. "뭐가 문젠데요?"

도저히 믿을 수 없다는 듯 비참해진 조지의 표정이 지금도 기억난다. "빌리, 이 멍청한 놈아, 내 새끼가 거기 있잖아. 내 자식을 그런 빈민굴에서 살게 만든 게 바로 나라고."

"그래서요?" 빌리가 재차 물었다.

"난 사회주의자야." 조지가 말을 이었다. "이 생지옥에서 난 사회주의자로서 인종차별에 맞서기 위해 최대한 노력하고 있어. 그래서 어쨌다는 거냐고? 난 연단에 서서 연설을 하지. 그래, 물론 아주 요령 있게 말이야. 인종차별은 누구에게도 결코 이로운 일이 아니라고. 온화하고 유순하신 우리 예수님께서도 절대 용인하지 않으실 거라고. 그건 비인간적이고 썩어빠지게 부도덕한 짓이며, 백인들은 그 대가로 영영 저주받는 처지가 될 거라고. 이런 말이 내가 하는 일 이상의 가치가 있으니까. 그런데 이제는, 흑인 여자와 자고 식민지에 할당된 혼혈 인구에 또 한명을 보태는 썩어빠진 놈팡이가 되었잖아."

"어떻게든 해달라고 그 여자가 부탁한 것도 아니잖아요."

"그게 중요한 게 아니야." 조지는 넓적한 손바닥에 얼굴을 파묻었는데, 손가락 사이로 눈물이 흘렀다. "아주 괴로워 죽겠어. 작년 이맘때쯤 알게 됐는데, 생각만 해도 돌아버릴 것 같다고."

"그런다고 상황이 나아지는 건 아니죠." 빌리의 이 말에 조지는 갑자기 손을 떨구어 눈물로 얼룩진 얼굴을 드러내며 그를 쳐다보았다.

"애나?" 이제 그는 나를 보며 하소연했다. 나는 가장 야릇한 감정의 소용돌이에 빠져 있었다. 무엇보다 난 그 여자에게 질투를 느끼고 있었다. 어젯밤에도 내가 그 여자면 좋겠다고 생각했지만, 그때의 감정은 특정 개인에 대한 것이 아니었다. 그런데 이제 막상 그녀가 누구인지 알고 나니, 놀랍게도 난 조지를 혐오하며 비난하고 있었다. 그로 인해 죄책감을 느끼고 그를 원망했던 어젯밤과 같은 식으로. 게다가 더 나쁜 건, 놀랍게도 내가 그 여자가 흑인이라는 사실에 분개하고 있었다는 것이다. 나만은 그런 감정에서 자유롭다고 생각했지만 아니었고, 그래서 나 자신에게나 조지에게나 수치스럽고 화가 났다. 하지만 그게 전부도 아니었다. 스물서넛, 그토록 젊었던 난 당시 그렇게도 많은 '해방된' 젊은 여자들과 마찬가지로, 가정생활에 포박당하고 길들여지는 것을 아주 끔찍한 일로 여기고 있었다. 네 노인이 사망할 때까지 놓여날 가망이라곤 없이 조지와 그의 아내가 갇혀 있던 그 집은 내게 최악의 공포를 불러일으켰다. 그 집의 상황에 경악했던 나머지 악몽까지 꾸기도 했다. 그러나 이 남자 조지, 자신도 포박당한 사람이면서 그 불쌍한 여자, 자기 아내를 우리에 가둔 장본인인 남자가 다른 한편 내게는 강력한 성을 대표하는 인물이었던 것이다. 내심 달아나려 하면서도 난 어쩔 수 없이 그것을 갈구하고 있었고, 또한 그 사실을 의식하고 있었다. 조지와 자면 그때까지는 근처에도 가보지 못한 성에 대해 배우게 되리라는 것을 나는 본능적으로 알았다. 이 모든 태도와 감정이 내 안에서 어지럽게 요동치는 와중에도 나는 그를 좋아했다. 아니, 그야말로 아주 단순하게, 한명의 인간으로서 그를 사랑했다. 얼굴이 붉어지고 심지어 손이 떨리는 걸 느끼며, 나는 한동안 입도 벙긋하지 않은 채 그 베란다에 잠자코 앉아 있었다. 연회장에서 흘러나오는 음악과 노랫소리를 들으며, 난 그가 자신의 불행으로 나를 억누르면서 믿을 수 없으리만치 달콤하고 사랑스러운 무언가로부터 나를 가로막고 있다고 생각했다. 당시 나는 그 아름다운 것으로부터 스스로가 배제되어 있다고 확신하면서 깨어 있는 시간의 태반을 보냈던 것 같다. 머리로는 그게 말도 안되는 생각이라는 사실을 잘 알면서도 말이다. 가령 메리로즈는 빌리와 내가 자신이 원하는 전부를 갖고 있다고 믿었기에 날 부러워했다. 그녀는 우리 두 사람이 서로를 사랑한다고 생각했다.

빌리가 나를 보고 말했다. "애나 너, 그 여자가 흑인이라 충격 받았구나."

"그것도 그렇지만, 나 자신이 이렇게 반응한다는 게 놀라워서."

"그 사실을 인정하는 게 오히려 놀라운데." 냉정하게 말하는 그 순간 빌리의 안경이 번득였다.

"난 빌리 자네가 그 사실을 인정하지 않는 게 놀랍네." 조지가 말했다. "솔직히 말해보라고. 자넨 정말 빌어먹을 위선자야." 빌리는 문법 책을 집어 무릎에 펼쳐놓았다.

"그럼 대안은 뭔가요? 뾰족한 수라도 있는 거예요?" 빌리가 물었다. "아니, 말하지 말아요. 조지 당신답게 아이를 집으로 데려와야 한다고 생각하겠죠. 그러면 그 노인네들은 너무 큰 충격을 받아서 무덤으로 직행할걸요. 누구도 그분들한테 다시는 말을 걸지 않으리라는 점은 차치하고라도 말이에요. 세 아인 학교에서 따돌림을 당하고, 당신 아내는 실직하고, 당신도 쫓겨나겠죠. 아홉명의 인생이 완전히 결딴난다 이겁니다. 그러니 당신 아들에게 무슨 득이 되겠어요? 어디 한번 물어봅시다."

"결국 그렇게 되고 말까?" 내가 물었다.

"그래, 난 그렇다고 봐." 빌리가 말했다. 그 말을 할 때면 언제나 짓곤 하는, 완고하면서도 침착하게 입을 꽉 다문 표정이었다.

"본보기로 삼을 수도 있지." 조지가 입을 뗐다.

"뭐에 대한 본보기라는 거죠?"

"이 모든 빌어먹을 위선에 대해서지."

"그 말을 왜 나한테 쓴 거죠? 조금 전 나더러 위선자라고 했잖아요." 조지는 풀이 죽었고, 빌리가 말을 이었다. "그 고상한 행동의 대가를 누가 치르게 될까요? 먹여 살려야 할 사람이 여덟이나 있지 않나요?"

"아내가 나한테 매달려 있는 건 아니야. 내가 매달린 꼴이니까. 감정적으로는 그래. 나도 그건 알아."

"한번 더 있는 그대로 현실을 말해볼까요?" 빌리가 무한한 인내심을 발휘하며 조지 쪽으로 힐끗 시선을 던졌다. 위선자 소리를 들었으니 이제 결코 물러서지 않으리라는 것을 조지와 나 둘 다 알고 있었다. 그럼에도 조지는 그만두지 않았다. "빌리, 뭐 방법이 없을까? 정말 그런 식으로 끝낼 일은 아니잖아."

"그건 부당하다, 혹은 부도덕하다, 뭐 그런 도움이 될 법한 얘기를 바라는 거예요?"

"맞아." 잠시 가만있던 조지가 가슴께로 턱을 툭 떨궜다. "그래, 내가 원하는 건 그거 같네. 더 나쁜 건, 그 여자랑 내가 더이상 잠자리를 하지 않는다고 생각할지 모르겠지만 상황이 그렇지 않다는 거야. 부스비 주방에 하운즐로가의 피가 흐르는 꼬마가 언제든 또 생길 수 있다고. 물론 예전보다 조심이야 하지만."

"그건 당신이 알아서 할 문제고요." 빌리가 말했다.

"너 정말 인정머리 없는 돼지 새끼구나." 잠시 뜸을 들인 뒤 조지가 내뱉었다.

"고맙군요." 빌리가 대꾸했다. "그렇지만 뭘 할 수 있겠어요? 저와 같은 생각이잖아요."

"그 아이는 저 호박들과 닭들 틈에서 자라나 농장 일꾼 아니면 멍청이 점원이 되겠지. 다른 세 아인 내가 등골 빠지게 일해서 돈만 대줄 수 있다면 대학까지 가고, 그렇게 해서 이 빌어먹을 나라를 떠날 텐데."

"대체 뭐가 문제예요?" 빌리가 물었다. "혈통? 당신의 성스러운 정자? 그것도 아니면 뭐죠?"

조지도 나도 충격을 받았다. 굳은 얼굴로 일갈한 빌리는 조지가 "아니, 책임감 때문이야. 내가 믿는 가치와 하는 행동 사이의 간극 말이야"라고 대꾸할 때까지도 줄곧 화난 표정이었다.

빌리는 어깨를 으쓱했고 우리는 입을 다물었다. 무거운 정오의 고요 속에서 조니의 건반 두드리는 소리가 들려왔다.

조지가 다시 나를 쳐다보았을 때 나는 빌리에게 맞서 그의 편이 되었다. 그 순간을 돌아보면 웃음이 나올 것 같다. 빌리가 기계적으로 정치적 용어를 써서 대답했듯이 나도 자동적으로 문학적 용어를 동원해 논쟁하는 편을 택했으니 말이다. 하지만 그땐 그게 유별난 일로 여겨지지 않았다. 내가 말하는 동안 고개를 주억거리며 앉아 있었던 걸 보면 조지도 별스럽게 느끼지 않았던 것 같다.

"이봐," 내가 말했다. "19세기 문학은 이런 일들로 넘쳐나. 이건 일종의 도덕적 시금석이라고. 가령 『부활』에서처럼 말이야. 그런데 지금 넌 어깨만 으쓱하면서 대수롭잖게 여기고 있잖아."

"내가 어깨를 으쓱했나? 몰랐네." 빌리가 대꾸했다. "그래도 이젠 더이상 한 사회의 도덕적 딜레마가 사생아의 존재 여부로 응축

되지 않는다는 점 역시 사실 아닌가?"

"왜 아니라는 거지?" 내가 물었다.

"왜 아닌가?" 맹렬한 어조로 조지도 거들었다.

"그러면 넌 이곳 아프리카인들 문제가 부스비네 요리사가 낳은 백인 사생아로 집약된다고 말하는 거니?"

"자네 말 한번 참 잘하는군." 조지는 화를 냈다. (하지만 그뒤에도 그는 조언을 구하기 위해 공손하게 빌리를 찾아왔고, 그를 숭배했으며, 식민지를 떠나고도 수년 동안 자기비하로 가득한 편지를 그에게 보냈다.) 이제 그는 태양을 응시하면서 눈을 한번 껌벅여 눈물을 짜내고는 이렇게 말했다. "잔이나 채워야겠군." 그러고는 카운터 쪽으로 갔다.

빌리는 책을 집어 들고 나를 쳐다보지도 않은 채 말했다. "그래, 알아. 하지만 네가 보내는 그 비난의 눈빛이 난 아무렇지도 않아. 너라도 똑같은 충고를 했을걸, 안 그래? 아, 저런, 내내 그런 감탄사들을 내뱉겠지만 결국 같은 충고였을 거야."

"그러다보면, 결국 모든 게 너무 끔찍한 나머지 우린 둔감해지고 그 무엇도 개의치 않게 될 거야."

"몇가지 기본적인 원칙에 충실하자고 제안해도 될까? 잘못된 건 없애거나 바꿔야 한다는 그런 원칙. 징징 짜며 의자에 앉아 시간만 허비하는 대신 말이야."

"그럼 그 대신 뭘 해야 하는데?"

"그 대신 난 공부를 할 테니, 넌 가서 조지가 기대 울도록 어깨를 빌려주고 정말 안됐다고 말해줘. 그래봤자 아무 문제도 해결되지 않겠지만."

나는 그를 떠나 천천히 연회장 쪽으로 걸어갔다. 조지는 손에 잔을 들고 눈을 감은 채 건물 벽에 기대 있었다. 그에게 가봐야 했지만 그러지 않았다. 대신 연회장에 들어섰다. 메리로즈가 홀로 창가에 앉아 있길래 그쪽으로 갔다. 그녀는 울고 있었다.

내가 말했다. "오늘은 누구나 다 우는 날인가봐."

"넌 아니잖니." 메리로즈가 말했다. 빌리와 너무 행복해서 울 필요도 없다는 뜻이었기에 나는 그 옆에 앉아 말했다. "무슨 일 있었어?"

"여기 앉아 저 사람들 춤추는 거 보면서 이런 생각이 들더라. 겨우 두세달 전에 우린 세상이 변할 거고, 모든 것이 아름다워질 거라 믿었잖아. 그런데 이제 우리 모두 그렇지 않다는 걸 알잖니."

"우리가?" 일종의 두려움에 휩싸여 내가 반문했다.

"왜 이렇게 된 걸까?" 그녀가 짧게 물었다. 나로서는 그 말에 맞설 도덕적 에너지가 없었고, 잠시 뒤에 그녀가 다시 말했다. "조지가 뭐라던? 내가 때린 것 때문에 아주 나쁜 년이라고 했겠지."

"한대 쳤다고 조지가 널 나쁜 년이라고 할 사람이니? 그나저나, 정말 왜 그랬어?"

"사실 그 일 때문에도 울고 있었어. 물론 그 사람을 친 진짜 이유는, 조지 같은 사람이라면 오빠를 잊어버리게 할 수 있어서야."

"그렇다면 조지 같은 사람이 시도하게 놔둬야 하는 거 아닐까?"

"아마 그래야겠지." 그녀가 대꾸했다. 그러면서 살그머니 예의 미소를 지었는데, 그 미소는 또렷이 이렇게 말하고 있었다. 넌 참 세상 물정 모르는구나! 마음이 상해 내가 물었다. "알면서도 왜 실천하지 않는 거니?"

다시 그 작은 미소를 얼굴에 떠올리며 메리로즈는 말했다. "오빠처럼 날 사랑할 사람은 절대 없을 거야. 오빠는 정말로 나를 사랑했거든. 조지는 나와 자고 싶어하겠지. 그건 같을 수 없지, 그렇지 않니? 하지만 그게 뭐가 문젤까? 난 이미 최고로 좋은 걸 누린 적이 있고, 그냥 섹스 대신 그렇게 좋은 건 결코 다시 누리지 못할 거다, 이렇게 말하면 왜 안될까?"

"너처럼 그게 뭐가 문제냐, 그런 식으로 물으면 어떻게 대답해야 할지 정말 모르겠더라. 분명 뭔가 잘못된 건 알겠는데."

"글쎄, 그게 뭔데?" 그녀는 정말로 궁금한 것 같았고, 난 한층 더 화가 나서 대꾸했다. "넌 도대체 노력을 하지 않잖아. 그냥 포기해 버리지."

"너한텐 다 쉬운 일이겠지." 그녀가 다시 빌리를 염두에 두며 이렇게 말하니 난 더이상 어떤 말도 할 수 없었다. 이제는 내가 울고 싶을 차례였고, 메리로즈도 그걸 알아차렸지만 고통에 관한 한 자기가 무한히 우월하다는 생각으로 이렇게 말하는 것이었다. "울지 마, 애나. 울어봤자 아무 소용 없으니까. 점심 먹기 전에 씻어야겠다." 그러고는 가버렸다. 젊은 남자들은 죄다 피아노 옆에서 노래를 부르고 있었다. 나 역시 연회장을 빠져나와 조지가 있는 곳으로 갔다. 쐐기풀과 검은참나무를 헤치고 가보니, 이제 그는 건물 뒤편으로 더 멀리 가서 요리사와 그의 아내와 아이들이 살고 있는 작은 오두막 옆의 파파야 숲 사이를 기웃거리고 있었다. 닭들 틈바구니의 먼지 구덩이에 갈색 피부의 아이 둘이 쪼그리고 앉아 있었다.

담뱃불을 붙이려는 그의 매끈한 팔이 떨리는 게 보였다. 그는 불이 붙지 않는 담배를 짜증스럽게 내던지고는 나지막하게 중얼거렸다. "아니야, 내 사생아는 여기 없어."

점심 식사를 알리는 종이 호텔 쪽에서 울려 퍼졌다.

"들어가는 게 좋겠어요." 내가 말했다.

"여기 잠시만 나와 있어줘." 그가 내 어깨 위에 손을 놓았는데, 그 손의 열기가 옷 사이로 타들어가듯 전해졌다. 긴 금속성 음파를 퍼뜨리며 종소리가 멈추고, 건물 내부의 피아노 소리도 멈췄다. 사방이 고요해지자 비둘기 한마리가 자카란다나무에서 구구 울었다. 조지가 내 가슴에 손을 얹고 말했다. "애나, 지금 당장 널 침대로 데려갈 수도 있어. 다음엔 내 검은 애인 마리를, 그다음엔 오늘밤 집으로 가서 아내와 자는 거야. 그러면 너희 셋과 모두 행복하게 지낼 수 있겠지. 이해할 수 있겠어, 애나?"

"아뇨." 화난 목소리로 내가 말했다. 하지만 내 가슴에 얹힌 그의 손이 그 말의 의미를 일깨워주었다.

"이해 못한다고?" 그가 비아냥거리듯 물었다.

"네, 모르겠어요." 여성 모두를 위해 거짓말을 하며, 또 그의 아내를 생각하며 나는 버텼다. 그의 아내 생각만 하면 꼭 감옥에 갇힌 기분이었다.

그는 눈을 감았다. 검은 눈썹에 작은 무지개들이 아롱져 갈색 뺨 위에서 떨리고 있었다. 눈을 감은 채로 그가 말했다. "가끔은 외부에서 나 자신을 바라볼 때가 있어. 조지 하운즐로, 존경받는 시민, 사회주의 사상을 신봉하는 자로서 물론 별난 구석도 있지만, 그 정도는 연로하신 부모들과 매력적인 아내 그리고 세 아이에 대한 지극정성을 생각하면 아무것도 아니지. 그런데 나는 내 곁에서 엄청나게 큰 고릴라 한마리가 팔을 마구 흔들며 씩 웃고 있는 게 보이거든. 내 눈에는 아주 또렷한데 그놈이 다른 사람들 눈에 띄지 않는 게 놀라울 뿐이야." 그는 내 가슴에서 손을 떨구었고, 그제야 다시 제대로 숨 쉴 수 있게 된 나는 이렇게 말했다. "빌리 말이 맞아요. 당신이 할 수 있는 건 아무것도 없으니, 이제 자학 따윈 그만두세요." 그는 여전히 눈을 감고 있었다. 그런 말이 내 입에서 나오리라고는 예상하지 못했지만, 그가 갑자기 눈을 뜨며 뒤로 물러난 것으로 보아 그 말은 일종의 텔레파시였다. 나는 덧붙여 말했다. "자살을 할 수도 없잖아요."

"어째서?" 궁금한지 그가 물었다.

"당신이 그 아일 집으로 못 데려가는 이유와 같은 거죠. 걱정해야 할 사람이 이미 아홉이나 되니까."

"애나, 생각해봤는데, 그 아일 집에 데려간다면 말이야, 아마도 오직 두 사람만 걱정하면 되는 거 아닐까?"

대답할 말이 생각나지 않았다. 잠시 후 그는 내 허리를 감싸고 검은참나무와 쐐기풀 덤불을 되짚어 걸으며 이렇게 말했다. "호텔로 함께 가서 그 고릴라 좀 쫓아줘봐." 물론 난 그 고릴라를 거부했고, 여자가 아닌 여동생 역할을 맡았던 것에 심사가 뒤틀려서는 점심 식사 자리에서 조지가 아닌 폴의 옆에 앉았다. 점심을 먹고 우리 모두는 늘어지게 낮잠을 잔 뒤 일찌감치 술을 마시기 시작했다. 그날밤 댄스파티는 '마쇼피 지역 농장주 연합'을 위한 행사라 호텔 손님 모두에게 개방된 건 아니었지만, 그럼에도 농장주와 아내들이 큼지막한 차를 타고 도착했을 무렵 이미 연회장은 춤추는 사람들로 가득했다. 우리 무리와 도시에서 온 공군 청년들이 여럿 있었고, 조니가 피아노를 치고 있었다. 평소 피아노를 치던 사내는 조니가 자기보다 열배는 더 잘 친다는 걸 알고 기꺼이 술이나 마시러 가버린 터였다. 그날 저녁 행사 담당자가 푸른 제복의 청년들에 대해 성의 없는 환영사를 서둘러 해치워버림으로써 체면치레를 한 뒤, 모두 새벽 5시 무렵 조니가 지쳐 나가떨어질 때까지 춤을 췄다. 이어 우리는 투명하고 차가운 별이 서리처럼 맺힌 하늘 아래 무리를 지어 섰고, 달은 우리 주변에 예리한 검은 그림자를 드리웠다. 모두가 서로를 얼싸안은 채 함께 노래를 불렀다. 되살아나는 밤공기에 꽃향기가 다시 맑고 차갑게 퍼져나갔고, 꽃들은 생기 있고 강인하게 고개를 들고 있었다. 폴이 내 곁에 있었는데, 우린 그날 저녁 내내 함께 춤을 췄다. 빌리는 메리로즈와 함께였다. 지미는 잔뜩 취해서 혼자 비틀거렸다. 어찌 된 셈인지 또 어딘가에 베어 눈두덩에 상처가 나서 피가 흐르고 있었다. 그게 우리가 온종일 놀기만 했던 첫번째 날의 마지막 장면이었고, 그다음 날도 그런 식으로 흘러갔다. 다음 날 밤의 대규모 '일반' 댄스파티에도 지난밤에 왔던 사람들이 참석했고, 부스비 술집은 술을 아주 많이 팔았다. 부스비의 요리사가 과로해야 했으니 아마도 그의 아내는 조지와 밀회를 가졌을 것이다. 부실없이, 고통스러운 시선을 메리로즈에게서 떼지 못하는 그 남자와.

둘째 날 저녁에는 스탠리 레트가 빨간 머리 래티머 부인에게 관심을 보이기 시작했는데, 결국 참담한 실패로 끝나고 말았다. 참담한 실패라는 말을 쓰긴 했지만 사실 이 말은 가당치 않다. 그 시절이 그렇게 고통스러웠던 것은 그 무엇도 참담하지 않았기 때문이다. 온통 잘못되었고 추악했고 불행했으며 냉소주의로 얼룩졌지만 어느 것도 비극적이지는 못했으니, 무엇이든 누구든 변화시킬 수 있는 순간은 존재하지 않았다. 때때로 감정의 번개가 번쩍여 내밀한 참담함의 풍경을 드러내는 순간도 없지 않았지만 그런 다음에도 우리는 계속 춤을 췄다. 따지고 보면 래티머 부인과 스탠리 레트의 정사도 부인의 결혼 생활에서 한 열두번은 벌어졌을 에피소드에 불과했다.

래티머 부인은 마흔다섯살 남짓한 약간 통통한 몸매의 여자로,

손이 무척 아름답고 다리도 날씬했다. 엷고 투명한 흰 피부에 자줏빛이 감도는 푸른 빛깔의 크고 부드러운 눈은 근시여서 그런지 눈물에서 피어오르는 안개 사이로 삶을 관조하는 듯 아련하고 섬세한 느낌을 주었다. 그녀의 경우 그건 술 때문이기도 했다. 우람한 체구의 래티머 씨는 성미 고약한 장사꾼으로 폭음을 일삼았다. 호텔 술집이 문을 열자마자 마시기 시작해서 하루 종일 술을 들이켜며 점점 더 침울해졌다. 술이 들어가면 부드럽게 한숨을 쉬며 눈물을 흘리곤 하는 부인과는 대조적인 모습이었다. 그는 자기 아내에게 난폭하지 않은 말은 단 한마디도 하는 법이 없었다. 부인으로서는 그 사실을 알아차리지 못하거나 아예 신경을 끊고 사는 것 같았다. 그들 사이엔 아이가 없었지만 부인은 늘 애완견과 함께였는데, 극히 아름다운 붉은 털의 세터종 사냥개였다. 주인의 머리칼과 같은 색깔에, 눈 역시 눈물로 그렁그렁해서 무언가를 열망하는 듯했다. 그들, 빨간 머리 여자와 깃털 같은 빨간 털 개는 호텔 베란다에 함께 앉아 있다가 다른 손님들의 인사를 받기도 하고 술을 얻어 마시기도 했다. 그들 셋은 매 주말 그 호텔을 찾곤 했다. 그러다가, 스탠리 레트가 부인에게 매혹되었던 것이다. 저 여잔 잘난 척하지 않아서 맘에 들어, 그는 이렇게 말했다. 진짜 착한 사람이라고도 했다. 둘째 날 밤의 댄스파티 때는 남편이 문 닫는 시간까지 바에서 술을 마시는 동안 스탠리가 부인을 보필했다. 호텔 술집이 문을 닫자 남편은 몸도 제대로 가누지 못한 채 피아노 옆에 서 있다가 스탠리가 건네준 끝내기 술을 마시고 아내 혼자 연회장에 놔두고는 비틀거리며 자러 갔다. 그녀가 무엇을 하든 상관하지 않는 모양이었다. 부인은 우리, 아니 스탠리와 함께 있었고 스탠리는 남편을 전쟁터로 떠나보낸, 2마일쯤 떨어진 인근 농장에서 온 여자를 조니에게 '조달해'줬다. 그들이 거듭 말했듯이 넷은 멋지고 흥겨운 시간을 보냈다. 우리가 연회장에서 춤을 추는 동안 조니는 요하네스버그 출신의 체격 좋고 혈색 좋은 금발의 농장주 아내를 옆에 앉혀놓고 연주를 했다. 테드는 스탠리의 영혼을 위한 투쟁을 잠시 내려놓았다. 그가 혼자서 중얼거린 말마따나 섹스란 맞서 싸우기엔 너무 버거운 상대였다. 거의 일주일이나 되는 그 긴 연휴 내내 귓전에는 언제나 조니의 피아노 연주가 울려 퍼졌고 우린 술을 마시며 춤을 추었다.

그리고 도시로 돌아갔을 때 우리는 폴이 말한 것처럼 휴가가 우리에게 아무 도움이 되지 못했다는 사실을 깨달았다. 우리 중 단 한명만이 모종의 극기심을 유지했으니, 물론 빌리였다. 그는 매일 상당한 시간 동안 꾸준하게 러시아어 문법을 공부했다. 그런 그마저도 약간은, 그러니까 메리로즈에게 굴복하긴 했지만 말이다. 마쇼피를 다시 찾아야 한다는 점에는 모두 동의했다. 2주쯤 지난 뒤 다시 그곳에 갔던 것 같다. 보통의 휴일과는 달리 우리와 래티머 부부, 그들의 개, 그리고 부스비 가족을 제외하면 호텔은 텅 비어 있었다. 부스비 부부는 아주 공손히 우리를 맞이했다. 틀림없이 우리 얘기를 나눴을 테고, 호텔이 마치 우리 안방인 양 마음대로 행동하는 건 못마땅하지만 그렇다고 제지하기에는 큰돈을 펑펑 써대는 특급 손님이라는 사실을 인정한 모양이었다. 그 주말과 다시 몇 주가 지난 뒤 네다섯번 더 그곳에서 주말을 보냈을 때 일어난 일은 별로 생각나지 않는다. 주말마다 매번 내려가지는 않았다.

그 사건을 파국이라고 부를 수 있다면, 파국이 일어났던 건 호텔을 처음 방문한 지 여섯달 내지 여덟달쯤 지났을 무렵이었다. 마쇼피에 마지막으로 갔을 때. 일행은 전과 다름없었다. 조지와 빌리,

메리로즈와 나, 테드, 폴 그리고 지미. 스탠리 레트와 조니는 이제 래티머 부인과 그녀의 개, 그리고 예의 농장주 아내와 함께 별도의 무리를 이루고 있었다. 테드가 가끔 그들과 합석하곤 했는데, 무리에서 떨어져 말없이 앉아 있다가 금방 돌아와서는 다시 말없이 앉아 혼자 슬며시 미소를 짓곤 했다. 예전엔 못 보던 미소, 얼굴을 찡그리며 쓰라린 마음으로 자신을 평가하는 듯한 그런 미소였다. 우리는 유칼립투스 아래 앉아 베란다 쪽에서 들려오는 래티머 부인의 나른하면서도 흥얼거리는 듯한 목소리를 듣곤 했다. "우리 스탠, 마실 것 좀 갖다줄래? 스탠, 담배 한대 주지 그래. 아들, 이리 와서 이야기 좀 해봐." 스탠리는 그녀를 래티머 부인이라 불렀지만 가끔은 깜박하고 마이라라는 이름이 튀어나오기도 했고, 그럴 때면 부인은 그를 향해 아일랜드인 특유의 검은 속눈썹을 내리깔곤 했다. 스탠리가 스물두세살 정도 되었기에 그들은 스무살이나 차이가 났고, 그래서 사람들 앞에서는 모자 역할놀이를 한껏 즐겼다. 동시에 두 사람 사이엔 너무도 강력한 성적 에너지가 흘렀기 때문에 래티머 부인이 근처에 오면 우린 걱정스럽게 주변을 둘러보곤 했다.

그 주말들을 돌아보면 시간이 마치 줄에 꿴 구슬처럼 느껴진다. 우선 커다랗고 반짝이는 구슬 두개가 있고, 그다음엔 작고 미미한 것들이 이어지다가, 마지막에는 광채 나는 또 하나의 구슬. 하지만 이건 게으른 기억에 불과하다. 마지막 주말에 대해 생각하기 시작하자마자, 그사이의 여러 주말에도 분명 여러 사건이 일어났고 그것들이 결국은 마지막 주말로 우리를 이끌었으리라는 데 생각이 미치기 때문이다. 그러나 기억이 나지 않는다. 그 일들은 모두 사라져버렸다. 기억하려 애를 쓰자니 짜증이 난다. 자신만의 비밀을 고수하는 고집 센 또다른 나와 사투를 벌이는 기분이다. 그럼에도 닿을 수만 있다면, 그 모든 것은 내 머릿속에 들어 있다. 그 선명한 주관의 안개에 싸여 지내며 많은 걸 알아차리지 못했다고 생각하니 끔찍하다. 내가 '기억하는' 내용이 중요한지 아닌지 어떻게 알 수 있을까? 내가 기억하는 것은 스무해 전의 애나가 고른 것들이다. 현재의 애나가 어떤 것을 고를지는 알 길이 없다. 마더 슈거 일이나 공책에 실험 삼아 적어본 것들이 내 객관성을 날카롭게 다듬어주었으니까(하지만 이런 종류의 진술은 이 공책이 아니라 파란색 공책에 적어야 한다). 어쨌든 지금 생각하면 그 마지막 주말에 어떤 사전 경고도 없이 온갖 종류의 드라마가 폭발한 듯 보이지만, 물론 그런 일은 가능하지 않다.

예를 들어 폴과 잭슨의 우정은 분명 부스비 부인의 분노가 터지기 전부터 꽤 오래 진행되고 있었을 것이다. 부인이 폴에게 주방 밖으로 나가라고 마지막으로 명했던 순간이 생각난다. 마지막 직전 주말이었을 것이다. 폴과 나는 주방에서 잭슨과 이런저런 이야기를 나누고 있었다. 부스비 부인이 와서 말했다. "호텔 손님들의 주방 출입은 규칙 위반인 거 아시죠?" 어른들이 자기 멋대로 굴 때 아이들이 느끼듯이, 그 부당함에 대해 느꼈던 충격이 또렷이 기억난다. 우리가 주방을 마음대로 들락거린 것은 사실이지만, 분명 부인의 항의가 없었기에 그랬던 것이다. 폴은 그 말을 곧이곧대로 받아들임으로써 부인을 벌했다. 잭슨이 점심 일을 마치고 집으로 향할 때까지 주방 뒷문에서 기다렸다. 그러고는 그 남자 팔과 어깨에 손을 걸치고 이야기를 나누며 아주 보란 듯이 잭슨의 오두막을 에워싼 철조망까지 함께 걸어갔다. 이렇게 일부러 흑백의 살갗을 맞댐으로써, 그게 누가 됐든 지켜볼 가능성이 있는 백인을 열 받게 만드는 식이었다. 우리는 다시는 주방 근처로 가지 않았다. 너무도 유치한 기분이 들었기에 낄낄거리며 아이들이 여자 교장을 놓고 찧고 까불듯이 부스비 부인에 관해 떠들어댔다. 우리가 그렇게 유치하게 굴 수 있었다는 사실, 또 부인이 느낄 상처에 아랑곳하지도 않았다는 사실이 지금 내게는 놀랍기 그지없다. 폴과 잭슨의 우정에 분노한다는 이유에서 그녀는 '토착민'이 되었던 셈이다. 하지만 동시에 식민지에서 그 모습을 보고 분노하지 않을 백인은 단 한명도 없다는 사실을 우리는 잘 알고 있었고, 그런 인종주의적 태도가 왜 비인간적인가 백인들에게 설명하는 정치적 역할을 할 때에는 무한한 인내와 이해심을 발휘하곤 했다.

그외에도 한가지 기억이 더 있는데, 테드가 스탠리 레트에게 래티머 부인 얘기를 꺼냈던 일이다. 테드는 래티머 씨가 질투하고 있으며 충분히 그럴 만하다고 말했다. 스탠리는 사람 좋은 조소를 지어 보였다. 아내를 발톱에 낀 때처럼 여기는 남자는 그런 대접을 받아 싸다는 것이었다. 하지만 그의 조소는 사실 테드를 향한 것이었는데, 질투하는 사람은 바로 테드였고 그 대상은 스탠리였기 때문이다. 테드가 받은 상처를 스탠리는 상관하지 않았다. 그래야 할 이유가 없었으니까. 누구든 자기 자신이 아닌 상대방을 위한 구애의 대상이 되면 그 사실을 분하게 여기기 마련이다. 언제나 그렇다. 물론 테드는 다른 무엇보다 '돌에 깔린 나비'를 구하고자 했으며 자신의 낭만적인 감정을 꽤나 잘 통제하고 있었다. 하지만 틀림없이 그 감정이 늘 거기에 자리하고 있었기에, 몇번이나 스탠리가 입술을 꽉 다문 채 다 안다는 눈빛으로 미소를 짓고 차가운 두 눈을 가늘게 뜨면서 "관두지, 친구. 내 취향 아닌 거 알잖아"라고 말했을 때 테드는 대답할 말이 없었고, 이는 응분의 대가였다. 그럼에도 그는 아랑곳없이 스탠리에게 책을 건네는가 하면, 음악을 들으며 저녁 시간을 보내자고 제의하곤 했다. 스탠리는 노골적으로 테드를 경멸하게 되었다. 그리고 테드는 그에게 지옥에나 가버리라고 말하는 대신 순순히 그 사실을 받아들였다. 테드는, 내가 아는 가장 양심적인 사람이었음에도 맥주를 구하고 먹거리를 훔치기 위해 스탠리와 함께 '조달 원정'을 떠나기까지 했다. 다른 이유는 없고, 다만 "훗날 깨닫게 되겠지만" 스탠리에게 이것이 올바른 삶의 방식은 아니라는 점을 설명할 기회를 놓치지 않기 위해서라고 말할 뿐이었다. 그러나 다음 순간 수치스러운 얼굴로 우릴 힐끗 보고는 다시 고개를 돌린 채 자기혐오적인 쓰라림이 배어나는 낯선 미소를 짓곤 했다.

또한 여기에 더해 조지의 아들 문제가 있었다. 우리 모두 그 사실을 알고 있었다. 조지는 본성이 신중한 사람이었으니 분명 누구에게도 사실을 털어놓지 말았어야 했다고 한 1년쯤은 스스로를 고문했을 것이다. 빌리나 나는 다른 사람에게 그 얘길 하지 않았다. 그런데도 모두 알게 되었다. 어느 밤 우리가 반쯤 취했을 때 조지 자신이 아마 아무도 이해할 수 없으리라 생각하며 몇가지 언급을 했기 때문이 아닌가 싶다. 곧장 우리는 당시 그곳의 정치 상황과 관련한 절망스러운 농담인 양 그 문제에 대해 우스갯소리를 주고받았다. 어느 저녁에 벌어진 일도 기억나는데, 조지는 언젠가 아들이 집으로 찾아와 하인으로 일하게 해달라고 요청한다는 가상의 사건을 놓고 우리를 배꼽 빠지게 웃었다. 자신은 그를 알아보지 못하지만 어떤 신비로운 연결 고리 등이 그 불쌍한 아이에게로 그를 끌어당긴다는 얘기였다. 아이는 부엌에서 일하기 시작하고 "물론 내게서 물려받은" 감수성과 타고난 명민함 덕에 가족 모두 그를 사랑하게 된다. 아이는 네 노인네가 테이블에서 떨어뜨린 카드를 줍고 세 아이, 즉 "자신의 이복형제들"과 따스하지만 부담은 주지 않는 식으로 어울린다. 가령 그들이 테니스를 칠 때 공 줍는 소년이 되어 무한한 가치를 발휘하는 식이다. 결국 인내심 많은 그의 봉사는 보상을 받는다. 어느날 그 소년이 조지에게 "물론 기막히게 잘 닦은" 구두를 건네는 순간, 조지의 머릿속에 한줄기 빛이 번쩍한다. "주인어른, 제가 더 해드릴 게 있나요?" "내 아들아!" "아아, 드디어 아버지를 찾았네요!" 기타 등등, 그런 식의 농담이 끝도 없이 이어졌다.

그날밤, 손으로 머리를 감싼 채 꼼짝하지 않고 나무 아래 혼자 앉아 있는 조지가 우리 눈에 띄었다. 우리는 반짝이는 창날 같은 잎사귀들의 그림자가 이리저리 흔들리는 가운데 침울하고 무거운 그림자로 앉아 있는 그에게 다가가 곁에 앉았다. 누구도 입을 뗄 수 없었다.

그 마지막 주말 또 한번 대규모 댄스파티가 열렸고, 금요일에 우리는 차와 기차로 각각 다른 시간대에 속속 도착하여 연회장에서 합류했다. 빌리와 내가 도착했을 때 벌써 조니는 혈색 좋은 그 금발 여인과 나란히 피아노 앞에 앉아 있었다. 스탠리는 래티머 부인과 춤을 추는 중이었고 조지는 메리로즈에게 말을 붙이고 있었다. 빌리가 곧장 그들 곁으로 가 조지를 쫓아버리자, 폴이 다가와 내 곁을 차지했다. 우리의 관계는 전과 마찬가지로 따스하면서도 절반쯤은 장난스러웠고, 발전할 가능성도 충분했다. 제삼자라면 빌리와 메리로즈, 그리고 폴과 내가 각각 연인 사이라고 생각했을 것이다. 가끔은 조지와 나, 폴과 메리로즈가 그렇다고 생각했을지도 모르지만. 물론 이렇게 낭만적이고 풋풋한 관계는, 이미 말했듯이 나와 빌리 사이에 성적인 측면이 거의 없었기에 가능했다. 어떤 집단의 중심에 진정으로 완전한 성적 관계를 유지하는 한쌍이 있는 경우, 그 관계는 나머지 사람들에게 일종의 촉매제로 작용하기 마련이며 종종 무리 전체를 흩어놓기도 한다. 그때 이후로 정치적이든 아니든 그런 집단을 많이 보아왔다. 예외 없이 주변 커플들의 관계가 중심 커플(언제나 중심 커플은 있기 마련이므로)의 관계를 말해주는 법이다.

그 금요일에 우리가 도착한 지 채 한시간도 못되어 문제가 발생했다. 준 부스비가 폴과 나에게 호텔 주방으로 와서 그날 저녁에 쓸 음식 준비를 도와달라고 부탁했다. 잭슨은 다음 날의 연회 음식을 준비하느라 바쁘다는 것이었다. 그때쯤 준은 이미 예의 청년과 약혼한 터라 백일몽에서 놓여나 있었다. 폴과 내가 준과 함께 갔다. 잭슨은 아이스푸딩용으로 과일과 크림을 섞고 있었는데 폴이 곧장 그에게 말을 걸었다. 영국 얘기였고, 그곳은 잭슨에게 너무도 먼 마법의 장소라 그는 그곳에 관한 단순하기 짝이 없는 디테일, 가령 지하철이니 버스니 의회 따위의 것들이라 해도 몇시간이고 기꺼이 듣고 싶어했다. 준과 나는 함께 저녁 식사용 샐러드를 만들었다. 준은 얼른 일을 마치고 약혼자와 시간을 보내고 싶어하는 눈치였다. 그가 곧 오기로 되어 있었던 것이다. 부스비 부인이 들어서며 폴과 잭슨을 보더니 이렇게 말했다. "우리 주방에 들어오지 말라고 했던 것 같은데요."

"엄마도 참!" 준이 성마른 목소리로 말했다. "제가 불렀어요. 우리 요리사 한명 더 구해야 해요. 잭슨이 다 하기엔 너무 일이 많단 말예요."

"지금껏 15년이나 해왔잖니. 여태까진 아무 문제도 없었고."

"문제야 없었죠. 하지만 전쟁이 일어나고 공군 청년들이 만날 떼로 들이닥치니 일이 많아졌다고요. 일하기 싫어서 이런 말 하는 거 아니에요. 폴과 애나도 마찬가지고요."

"잔말 말고 시킨 일이나 해, 준." 부스비 부인이 말했다.

"엄마는 정말." 짜증스럽지만 여전히 사람 좋게 준이 말했다. 그녀는 나를 향해 얼굴을 찡그려 보였다. 신경 쓰지 말라는 뜻이었다. 부스비 부인이 그 모습을 보더니 이렇게 말했다. "애, 너 참 주제넘게 나서는구나. 언제부터 네가 주방에서 이래라저래라 했니?"

준은 화가 치밀어 곧장 나가버렸다.

부스비 부인은 깊은 숨을 몰아쉬며 평소보다 더 붉어진 수수한 얼굴을 들어 괴로운 표정으로 폴을 보았다. 만일 폴이 몇마디 온화한 말만 건넸더라면, 마음을 누그러뜨리는 어떤 말을 해줬다면, 부인은 즉시 자신의 진짜 착한 천성으로 무너져 내렸을 텐데. 하지만 그는 전과 다를 바 없이 행동했다. 그러니까 내게 같이 나가자는 뜻으로 고개를 끄덕이고는 차분한 태도로 뒷문으로 향하며 잭슨에게 이렇게 말했던 것이다. "일 끝나면 봐요. 일이 끝나는 때가 온다면 말이죠." 나는 부스비 부인에게 말했다. "준이 부탁하지 않았으면 여기 오지 않았을 거예요." 하지만 부인은 내 호소에 전혀 관심이 없었고 대꾸조차 하지 않았다. 그래서 나는 연회장으로 돌아가 폴과 춤을 췄다.

이 무렵 우리는 부스비 부인이 폴에게 반했다는 농담을 주고받던 터였다. 아마도 조금은 그랬을 수도 있다. 하지만 부인은 지극히 단순하고 성실한 여자였다. 전쟁이 시작된 이래 정말 열심히 일했고, 그 결과 한때 여행객들이 하룻밤 묵어가는 숙소에 불과했던 호텔은 이제 어엿한 주말 휴양지가 되어 있었다. 부인에게는 큰 부담이었을 것이다. 게다가 지난 몇주 사이 딸은 뚱한 사춘기 소녀에서 앞날이 창창한 젊은 여자로 변신해 있었다. 돌이켜보건대 준 어머니의 불행 근저에는 딸의 결혼이 있었던 것 같다. 준이 부인에겐 유일한 감정적 출구였음이 분명하다. 부스비 씨는 언제나 바에서 일하고 있었던데다 함께 살기 가장 힘든 부류의 술주정꾼이었다. 이따금씩 폭음하는 남자들도 '꾸준히 마시는 사람', 즉 매일, 매주, 올해에도 이듬해에도 언제나 일정한 양의 술을 마시는 사람들에 비하면 아무것도 아니다. 그런 꾸준한 술고래들이야말로 아내에게는 최악이다. 준이 300마일이나 떨어진 곳으로 가게 되었으니 부스비 부인은 준을 잃는 셈이었다. 식민지에서는 별것도 아닌 거리라지만 어쨌든 딸이 품에서 멀리 떠나게 되지 않았는가. 전시의 불안함도 부인에게 영향을 끼쳤을 성싶다. 또한 이미 여러해 전 여자로 살기를 완전히 포기한 그녀는 최근 몇주 사이에 자기와 동갑인 래티머 부인이 스탠리 레트의 구애를 받는 광경을 지켜본 터였다. 부스비 부인이 폴에 대해 비밀스러운 꿈을 품었을 수도 있다. 나도 잘 모르겠다. 하여간 그때를 돌아보면, 그녀는 외롭고 가련한 인물로 내 눈앞에 떠오른다. 당시만 해도 그녀를 그렇게 보기는커녕 멍청한 '토착민'으로 간주했지만 말이다. 오, 신이시여, 잔인한 대우를 받았던 사람들을 생각하면 언제나 고통스럽다. 우리가 가끔 부인을 불러 함께 술을 마시거나 이야기를 나눴더라면 그런 작은 일들이 그녀를 무척 행복하게 했을 텐데. 폴과 내가 주방을 떠나는 순간 그녀가 어떤 얼굴이었는지 눈에 선하다. 상처 입고 혼란스러운 표정으로 폴을 바라보고 있었다. 사태를 이해할 수 없어 돌아버리겠다는 눈빛이었다. 그러고는 잭슨에게 새된 목소리로 쏘아붙였다. "잭슨, 자네 요즘 아주 제멋대로야. 왜 그렇게 건방을 떠는 거지?"

매일 오후 3시에서 5시까지의 휴식 시간은 잭슨의 권리였다. 하지만 착하고 봉건적인 하인답게 그는 바쁠 때면 이 권리를 포기했다. 이날 오후 주방을 떠나 집으로 천천히 걸어가는 그의 모습을 본 건 5시가 넘어서였다. 폴이 말했다. "친애하는 애나, 당신을 연모하는 것 못지않게 나는 잭슨을 아낀다오. 게다가 지금 이건 원칙의 문제니까……" 그러고서 나를 떠나 잭슨에게로 걸어갔다. 그 둘이 울타리 옆에 서서 이야기를 나누는 동안 부스비 부인은 주방 창가에서 그 모습을 지켜보고 있었다. 폴이 잭슨에게 가자 조지가 내 옆으로 다가왔다. 잭슨을 보더니 그가 말했다. "내 아이의 아버지로군."

"아, 그만하세요." 내가 말했다. "그래봤자 아무 소용 없잖아요."

"이 모든 게 웃기는 광대극이라는 거 애나 넌 알고 있어? 저기 있는 내 아들한테 난 용돈도 못 주잖아. 얼마나 더럽게 해괴한 일인지 알아? 잭슨은 한달에 5파운드를 벌지. 사실 아이들과 노친네들 때문에 어깨가 빠질 지경인 내게도 한달에 5파운드면 큰돈이긴 해. 하지만 저 아이에게 제대로 된 옷을 사 입히라고 내가 마리에게 그 돈을 주면, 그건 진짜 엄청난 큰돈인 거야…… 그 여자가 그러던데, 잭슨 가족의 식비가 일주일에 10실링 정도라고. 호박과 옥수숫가루, 주방 음식 남은 거, 그런 걸 먹고 산다더군."

"잭슨은 의심조차 하지 않나요?"

"마리 생각엔 아니래. 내가 물어봤지. 뭐라는지 알아? '저한텐 좋은 남편이에요, 저나 아이들한테 참 잘해줘요……' 있잖아 애나, 그 여자가 그렇게 말하는데 평생 그때처럼 나 자신이 같잖은 놈이라고 느낀 적이 없을 정도였어."

"요새도 그 여자랑 자요?"

"그래. 근데 그거 알아, 애나? 나 그 여자 사랑해. 그 여잘 너무 사랑해서……"

잠시 뒤에 부스비 부인이 주방에서 나와 폴과 잭슨 쪽으로 가는 것이 보였다. 곧이어 잭슨은 오두막으로 들어갔고 부스비 부인은 고독한 분노로 온몸이 굳은 채 자기 집으로 향했다. 폴은 우리에게 와서 부인이 잭슨에게 한 말을 전했다. "사리 분별 못하는 백인과 건방지게 떠들어대라고 쉬는 시간을 준 게 아니라네." 폴은 너무 화가 나서 뻔뻔스럽게 굴지도 못했다. "맙소사, 애나, 세상에, 참 기가 막혀서." 그러다가 조금씩 원래의 모습을 회복하고는 나를 다시 돌려세워 연회장 쪽으로 가면서 이렇게 말했다. "정말 웃기는 건, 가령 너처럼 세상이 바뀔 수 있다고 진심으로 믿는 사람들이 있다는 거지."

우리는 술 마시고 춤추며 그날 저녁을 보냈다. 모두 아주 늦은 시각에 자러 갔다. 빌리와 나는 서로에게 기분이 상한 상태로 잠자리에 들었다. 조지가 자기 어려움에 대해 또다시 한바탕 하소연을 했다며 그는 화를 내고 진저리를 쳤다. 그가 말했다. "너와 폴은 아주 잘돼가나봐." 지난 6개월간 언제라도 할 수 있었을 말이었다. "너랑 메리로즈도 마찬가지던데." 내가 대꾸했다. 이미 우리는 호텔방 양쪽의 트윈 베드에 누워 있었다. 그는 초기 독일 사회주의의 전개에 대한 책을 손에 든 채였다. 번득이는 안경알 너머 자신의 지력을 총동원해서 이게 싸울 가치가 있는 문제인지 생각하는 모양이었다. 내 생각에 그는 싸워봤자 이 문제 역시 조지에 관한 우리의 해묵은 논쟁…… 그러니까 '싸구려 감상주의' 대 '교조적인 관료주의'로 귀결되리라 결론 내렸던 것 같다. 혹은, 그는 스스로의 동기에 관해 믿을 수 없을 정도로 무지한 사람이었기에 자신이 나와 폴의 관계를 질시한다고 생각했을 수도 있다. 아마 그랬을 것이다. 그때 나는 발끈해서 '메리로즈'를 들먹이며 반박했다. 지금이라면 이렇게 말할 생각이다. 어떤 남자에게 만족을 느끼지 못할 때 다른 남자에게 그걸 구하는 건 여자로서 당연한 권리라고, 이게 모든 여자의 진심이라고. 나중에야 연민 때문에, 혹은 편의를 위해 그 믿음을 누그러뜨릴 수 있을지 몰라도, 여자들에게 제일 먼저 강렬하게 일어나는 생각은 그런 거라고. 하지만 빌리와 내가 섹스 때문에 함께 지냈던 건 아니었다. 그렇다면 무엇 때문이었을까? 지금 이렇게 쓰면서, 난 우리 관계에 논쟁적 측면이 얼마나 강했으면 아직까지도 본능적으로, 또는 순전히 습관 탓에 옳고 그름을 따지는 식으로 그와의 관계를 가늠하는 것일까, 이런 의문에 부딪히게 된다. 어리석다. 그때나 지금이나 어리석은 짓이다.

그날밤 우리가 싸운 것은 아니다. 잠시 후 그는 외롭게 흥얼거리기 시작했다. 아, 상어는 가졌다지, 사악한 이빨을, 내 사랑아…… 이어 그는 책을 읽었고 나는 잠들었다.

이튿날 호텔 곳곳에 부아가 가시처럼 돋아나 있었다. 준 부스비는 약혼자와 춤을 추러 갔다가 날이 밝도록 돌아오지 않았다. 마침내 그녀가 귀가했을 때 부스비 씨는 딸에게 고함을 질러댔고 부스비 부인은 흐느꼈다. 잭슨과의 소동에 관한 소문은 거의 모든 종업원에게 퍼져 있었다. 웨이터들은 점심때 우리 일행 모두를 뚱하게 대했다. 잭슨이 규정대로 오후 3시에 집으로 가버렸기에 부스비 부인이 댄스파티 식사 준비를 해야 했고, 준은 전날 어머니에게 한소리 들었던 일 때문에 삐쳐서 거들지 않았다. 우리도 마찬가지였다. 준이 외치는 소리가 들려왔다. "그렇게 인색하게 굴지 말고 보조 요리사를 구하면 되잖아요. 한달에 고작 5파운드 아끼느라 순교자 인생을 살지 말고!" 부스비 부인은 핏발 선 눈과 미칠 듯 어지러운 감정이 묻어나는 얼굴을 한 채 이리저리 딸을 따라다니며 그녀가 내뱉는 말에 반박했다. 물론 부인은 인색하지 않았다. 부스비 부부에게 5파운드는 사실 아무것도 아니었다. 내가 보기에, 그녀는 보조 요리사가 없어서 두배 더 힘들게 일해야 한다는 사실에 그리 괘념치 않았고 잭슨이 그렇게 하지 않아야 할 이유도 없다고 생각했던 것 같다.

부스비 부인은 잠시 누워 쉬려고 집으로 돌아갔다. 스탠리 레트는 래티머 부인과 함께 베란다에 있었다. 4시에 웨이터가 호텔에서 제공하는 차를 내왔을 때, 래티머 부인은 머리가 아프다며 블랙커피를 주문했다. 남편과 싸운 모양이었지만 우린 남편의 불평을 너무 당연하게 여겼고 그래서 한동안 그 문제는 머리에 떠올리지 않고 있었다. 스탠리 레트가 주방으로 가서 웨이터에게 커피를 내려달라고 부탁했지만 커피는 자물쇠가 채워진 식료품 저장고 안에 있었고, 신임받는 가신인 잭슨만이 열쇠를 갖고 있었다. 스탠리는 잭슨의 오두막으로 가서 열쇠를 빌렸다. 이 와중에 그게 눈치 없는 짓임을 깨닫지 못했던 모양이다. 천성이 그렇듯이 그는 단순히 비품을 '조달할' 뿐이었다. 잭슨에게 영국 공군은 인간적인 대우를 연상시켰기에 그는 스탠리를 좋아했고, 그래서 저장고 문을 열어 래티머 부인에게 블랙커피를 내주려고 오두막에서 내려왔다. 부스비 부인은 자기 방 창가에서 이 모든 광경을 지켜보고 있던 것이 분명하다. 곧장 내려와서 잭슨에게 한번만 더 그런 짓을 했다간 해고당할 줄 알라고 경고했으니 말이다. 스탠리가 그녀를 진정시키려 했으나 아무 소용이 없었다. 부인은 마치 뭔가에 사로잡힌 사람처럼 굴었고 남편이 강제로 그 자리에서 떼내어 방으로 데려가 자리에 눕혀야 했다.

조지가 빌리와 내게 다가와 말했다. "잭슨이 잘리면 무슨 일이 벌어질지 알아? 일가족이 구렁텅이에 빠질 거야."

"당신이 그렇게 된다는 뜻이겠죠."

"아니야, 이 바보 녀석아, 이번만큼은 나도 그들 생각을 하고 있다고. 여기가 바로 그들 집이잖아. 잭슨은 가족까지 데리고 살 만한 다른 일자리 절대 못 구할 거야. 어딘가에 가서 일을 해야 할 테고, 그러면 가족들은 니아살랜드로 돌아가야겠지."

"아마 그렇겠죠." 빌리가 말했다. "0.5퍼센트나 되려나, 아무튼 그런 소수가 아니라 다른 아프리카인들과 똑같은 처지가 되겠죠."

호텔 술집이 곧 문을 열었고 조지는 술을 마시러 그리로 갔다. 지미도 함께였다. 그런데 내가 제일 중요한 일 한가지를 잊은 것 같다. 그러니까, 지미가 부스비 부인 속을 뒤집어놓은 일이 있었다. 그 사건이 일어났던 건 지난번 주말이었다. 부스비 부인이 보는 앞에서 지미가 폴을 얼싸안고 키스를 했던 것이다. 그때 그는 취해 있었다. 세상 물정 모르는 부스비 부인은 극도의 충격을 받았다. 나는 식민지의 남성적 관행이나 관념이 영국 남자들에게는 해당되지 않는다는 사실을 부인에게 설명하려 애썼지만, 그 일이 있고부터 부인은 지미를 혐오감 없이 바라볼 수 없게 되었다. 그전까지 그녀는 지미가 주기적으로 술에 절어 지내고 면도도 제대로 하지 않으며 짧게 깎은 노란 머리털 사이로 반쯤 아물어가는 상처를 가진 불쾌한 몰골의 소유자라는 사실도, 단추를 채우지 않고 옷깃도 달지 않은 제복 차림으로 빈들거리며 돌아다니는 꼴도 신경 쓰는 법이 없었다. 부인에게 그런 것들은 모두 상관없었다. 진짜 남자라면 술을 퍼마시든 면도를 하든 말든 외모에 무관심하든 다 괜찮았다. 부인은 그에게 엄마처럼 자상하게 굴기까지 했다. 하지만 '동성애자'라는 말은 용납할 수 있는 선을 넘었다. "사람들이 동성애자라고 하는, 그런 사람인가보네요." 그녀는 마치 그 단어에 독이라도 묻은 것처럼 말했다.

지미와 조지는 호텔 술집에서 거나하게 취했고 댄스파티가 시작될 무렵엔 눈물까지 글썽일 정도로 살가운 모습이었다. 그들이 들어섰을 때 연회장은 이미 사람들로 가득했다. 지미와 조지는 함께 춤을 추었는데, 조지는 우스꽝스럽게 흉내 내는 식이었던 반면 지미는 유치하도록 행복한 얼굴이었다. 두 사람은 방 전체를 한바퀴 돌았고, 그걸로 끝이었다. 검은 새틴 드레스를 입은 물개 같은 부스비 부인이 거기, 고통으로 일그러진 얼굴로 서 있었다. 부인은 조지와 지미 커플 쪽으로 다가가 그 역겨운 행동은 다른 데 가서 하라고 말했다. 그들 말고는 아무도 이 사태를 주목하지 않는 가운데, 조지는 그녀에게 얼빠진 년처럼 굴지 말라고 대꾸한 다음 이번엔 준 부스비와 춤을 추기 시작했다. 지미는 입을 딱 벌리고 선 채, 마치 한대 세게 맞았지만 왜 맞은 건지 몰라 어안이 벙벙한 어린 소년처럼 난감해했다. 잠시 뒤에 그는 혼자서 어두운 바깥으로 나가버렸다.

폴은 나와 함께 춤을 추었다. 빌리는 메리로즈와, 스탠리는 래티머 부인과 짝을 이뤘다. 래티머 씨는 바에 있었고 조지는 자기 캐러밴에 다녀오느라 자꾸 자리를 비웠다.

우리 모두 그 어느 때보다 훨씬 더 소란스럽게 굴었고 입만 열면 조롱이 쏟아졌다. 이게 마지막 주말이라는 걸 모두 알았던 듯싶다. 다시 오지 않겠다는 결정을 내린 적은 없지만, 처음 올 때 어떤 공식적인 결정도 없었던 것과 다를 바 없었다. 상실의 느낌이 손에 잡힐 듯했는데, 폴과 지미가 곧 전투에 투입될 예정이라는 사실이 한가지 이유였다.

지미가 밖에 나가 오랫동안 돌아오지 않고 있다는 폴의 얘기를 들은 것은 거의 자정이 다 된 때였다. 우리는 연회장 군중 속에서 그를 찾아보았지만 아무도 그를 발견하지 못했다. 폴과 내가 찾으러 나가려다 문가에서 조지를 만났다. 밤공기가 축축했고 하늘에는 구름이 껴 있었다. 이따금씩 그 지역에서는 우리가 당연하게 여기던 평소의 맑은 날씨가 이틀이나 사흘 정도 중단되곤 했는데, 그럴 때면 아일랜드의 부드러운 가랑비처럼 비나 안개가 옅게 흩날렸다. 지금 바로 그런 날씨라 여러 사람이 무리를 지어 혹은 커플끼리 밖에 나와 열기를 식히고 있었다. 그들 사이로 지나가며 지미의 형체를 식별하려 애썼지만 너무 어두워서 제대로 알아볼 수 없었다. 술집은 이미 문을 닫았고 호텔 베란다나 식당에도 지미는 없었다. 가망 없이 취해 화단이나 유칼립투스 아래 엎어져 있는 그를 구조한 적이 이미 여러번이었기에 슬슬 걱정이 되기 시작했다. 객실에 가본 다음 덤불과 풀밭 사이로 비틀거리며 정원을 샅샅이 뒤져보았지만 지미는 어디에도 없었다. 이제 어딜 가봐야 하나 생각하면서 호텔 본관 뒤편에 서 있을 때였다. 우리 앞 여섯걸음 정도 떨어진 주방에서 갑자기 불이 켜졌다. 잭슨이 혼자 천천히 주방으로 들어갔다. 자신을 지켜보는 이들이 있다는 사실은 알지 못했다. 그때껏 정중하거나 신중하지 않은 모습을 본 적이 없었는데, 지금 그는 분노와 고통에 싸여 있었다. 전에는 결코 그런 얼굴을 한 적이 없다는 생각이 문득 들었다. 그러다 바닥에 있는 뭔가를 보자 그의 표정이 바뀌었다. 우리가 달려가서 보니 지미가 잠든 채 혹은 취한 채, 혹은 두가지가 합쳐진 상태로 주방 바닥에 나자빠져 있었다. 그를 일으키려고 잭슨이 몸을 구부리는 순간 하필 부스비 부인이 잭슨 뒤에 나타났다. 정신을 차린 지미는 잭슨을 보자 잠에서 깨어난 아이처럼 팔을 들어올려 잭슨의 목을 감았다. 흑인 요리사는 말했다. "지미 나리, 지미 나리, 침대로 가셔야죠. 여기 계시면 안돼요." 그러자 지미가 대꾸했다. "잭슨, 당신 나 사랑하지? 안 그래? 당신 나 사랑하잖아. 다른 놈들은 날 사랑하지 않거든."

부스비 부인은 너무 심한 충격을 받은 나머지 벽에 쿵 하고 몸을 부딪친 후 겨우 가누었는데 안색은 납빛이 되어 있었다. 그때쯤엔 우리 셋도 주방에 들어서서 지미를 일으키며 잭슨의 목에 매달린 그의 손을 떼어내고 있었다.

부스비 부인이 말했다. "잭슨, 자네 내일 당장 이곳에서 떠나."

잭슨이 물었다. "마님, 제가 뭘 잘못했나요?"

부스비 부인은 이렇게 되풀이했다. "나가, 꺼져버리라고. 너랑 네 더러운 식구들 모두 썩 꺼져버려. 내일까지 나가지 않으면 경찰을 부를 거야."

잭슨은 눈썹을 찡그렸다 폈다 하며 우리를 바라보았는데, 도무지 사태의 전말을 이해할 수 없다는 고통의 주름들로 얼굴 가죽이 당겨졌다가 풀어지면서 마치 얼굴 전체가 수차례 꽉 쥐였다가 다시 놓여나는 듯 보였다. 대체 무엇 때문에 부스비 부인이 그렇게 화를 내는지, 그로서는 도무지 알아차릴 수 없었던 것이다.

그가 느릿느릿 말했다. "마님, 저는 15년이나 마님을 위해 일했어요."

조지가 끼어들었다. "내가 부인께 말할게, 잭슨." 그때까지 조지는 한번도 잭슨과 직접 말을 나눠본 적이 없었다. 그의 면전에서는 죄책감이 앞섰기 때문이다.

이제 잭슨은 서서히 눈길을 돌려 조지 쪽을 바라보면서 한대 맞은 사람처럼 천천히 눈을 껌벅였다. 조지는 묵묵히 기다리고 있었다. 그때 잭슨이 말했다. "나리, 나리께서는 저희가 떠나는 걸 바라지 않으시죠?"

그 말이 어느 정도의 의미를 담고 있었는지 난 알지 못한다. 아마 잭슨은 내내 아내에 관한 일을 알고 있었던 모양이다. 그때 그의 말은 분명 그렇게 들렸다. 하지만 조지는 잠시 눈을 감은 채 뭔가를 중얼거렸는데, 그 말은 백치가 떠들어대는 소리처럼 익살맞게 들렸다. 그러다가 그는 휘청거리며 주방 밖으로 나가버렸다.

우리는 지미를 들어올리기도 하고 밀어내기도 하면서 겨우 주방 밖으로 끌고 나가며 이렇게 말했다. "잘 자요, 잭슨. 지미 나리 도와주려 애쓴 거 고마워요." 하지만 그는 대꾸하지 않았다.

우리, 그러니까 폴과 내가 지미를 침대에 눕혔다. 축축하고 어두운 밤공기를 마시며 객실동을 내려올 때, 열두걸음 정도 떨어진 곳에서 조지와 빌리가 이야기를 나누는 소리가 들렸다. "정말 그렇죠." 그리고 "물론 그렇죠". 또 "그럴 가능성이 높죠". 빌리는 이렇게 대꾸했다. 그러면 조지는 점점 더 격하게 횡설수설하는 것이었다.

폴이 낮은 목소리로 말했다. "아, 맙소사, 애나. 나랑 가자, 지금 당장."

"그럴 수 없어."

"내가 언제 이 나라를 떠나게 될지 모른다고. 다시는 널 못 볼지도 몰라."

"그럴 수 없다는 거 알잖아."

대답 없이 그는 어둠속으로 걸어갔고, 내가 뒤를 따라가려는 순간 빌리가 나타났다. 우리 방 근처였기에 나는 빌리와 함께 객실로 들어갔다. 빌리가 말했다. "발생 가능성이 있는 일들 중에서 최상의 사건이 벌어졌군. 잭슨과 그의 가족은 떠날 거고, 조지는 정신을 차리겠지."

"거의 확실히 그 가족이 뿔뿔이 흩어져야 한다는 뜻이기도 해. 잭슨은 다시는 가족과 함께 살 수 없을 거라고."

빌리가 대꾸했다. "참 너다운 말이다. 잭슨은 정말 운이 좋아서 가족과 함께 산 거야. 그들 대다수는 그렇게 못 산다고. 이제 그도 다른 사람들처럼 된 거지. 그게 전부야. 가족과 떨어져 사는 다른 사람들을 위해 네가 울고불고한 적 있어?"

"아니, 하지만 난 그 빌어먹을 상황을 끝낼 수 있는 정책들을 지지하지."

"그렇지, 그건 그래."

"어쨌든 난 잭슨과 그의 가족들을 알게 되었잖아. 가끔은 네 입에서 나오는 말, 진심으로 받아들이기 힘들 정도야."

"물론 그렇겠지. 감상주의자들은 자기들 감정 말곤 그 무엇도 가치 있다고 생각하지 않으니까."

"조지에게 달라지는 건 아무것도 없을 거야. 조지의 비극은 마리가 아니라 조지 자신이니까. 그 여자가 떠나면 또다른 여자가 생기겠지."

"그래도 교훈은 될 거다." 이렇게 대꾸하는 빌리의 얼굴은 보기 싫게 일그러져 있었다.

나는 빌리를 객실에 남겨두고 베란다로 나갔다. 엷어진 안개 사이로 이제 반쯤 구름 낀 하늘에서 차가운 빛이 희미하게 퍼지고 있었다. 몇발자국 떨어진 곳에 폴이 나를 바라보며 서 있었다. 그때 갑자기 그 모든 도취와 분노와 비참함이 내 안에서 폭탄 터지듯 솟구쳤고 폴과 함께 있고 싶다는 마음 외에는 그 어떤 것도 상관없는 심정이 되었다. 내가 그에게로 뛰어가자 그는 내 손을 잡았다. 우리는 묵묵히 달렸다. 어디로 달리는지, 왜 달리는지도 모르는 채. 우리는 흙탕물이 튀는 아스팔트 위에서 미끄러지고 비틀거리며 동쪽으로 난 간선도로를 따라 줄곧 달렸고, 우리가 모르는 어딘가로 이어지는, 거친 풀이 난 오솔길로 접어들었다. 그 길을 따라 처음 보는 모래 웅덩이를 통과한 뒤 다시 내리기 시작한 연무 사이를 뚫고 줄곧 달렸다. 어둡고 축축한 나무들이 길 양옆에 어슴푸레 솟아났다가 뒤로 사라지는 동안 우리는 계속해서 뛰어갔다. 숨이 가빠지자, 우리는 비틀걸음으로 초원을 향해 난 샛길에 접어들었다. 나지막하니 잘 보이지 않는 잎이 무성한 식물들로 가득 찬 길이었다. 우리는 조금 더 달리다가 젖은 잎사귀 사이에서 서로를 안은 채 넘어졌다. 가랑비가 촉촉하게 내리는 가운데 위로는 낮고 검은 구름들이 하늘을 가로질러 지나갔고, 달이 어둠과 씨름하며 빛나다가 완전히 사라지자 다시 암흑이 우리를 에워쌌다. 너무도 심하게 몸을 떠는 서로를 보며 우리는 웃음을 터뜨렸다. 이가 달가닥거릴 정도였다. 나는 얇은 크레이프 드레스 위에 아무것도 걸치지 않은 채였다. 폴이 군복 상의를 벗어 내게 둘러주었고, 우리는 다시 바닥에 누웠다. 나란히 누운 우리의 육신만이 뜨거울 뿐 다른 건 전부 축축하고 차가웠다. 심지어 이 순간에도 냉정을 유지하며 폴이 말했다. "사랑스러운 애나, 이런 짓은 처음이다. 너처럼 경험 많은 여성을 고르다니, 나 진짜 영리하지?" 그 말 때문에 난 다시 웃음을 터뜨렸다. 그나 나나 전혀 영리하지 않았고, 그저 너무 행복했다. 시간이 꽤 흐르자 빛이 우리 위에서 또렷해졌고, 멀리 호텔에서 들려오던 조니의 피아노 소리가 잦아들었다. 구름 걷힌 하늘에 별이 반짝였다. 우리는 일어나 피아노 소리가 어디에서 들려왔는지 기억해내면서 호텔 방향으로 짐작되는 길을 향해 걸어갔다. 관목과 풀 사이로, 뜨거운 손을 맞잡은 채 비틀거리며 우리는 걸었고, 눈물과 풀이 머금은 물기가 우리 얼굴로 하염없이 흘러내렸다. 호텔은 나타나지 않았다. 춤곡 소리를 바람이 마음대로 비틀었던 게 틀림없었다. 어둠속에서 우리는 기어가고 올라가다가 마침내 작은 언덕 꼭대기에 이르렀다. 그곳, 회색빛으로 반짝이는 별들 아래 반경 수마일의 공간에 완전한 정적의 암흑이 자리하고 있었다. 우리는 팔로 서로를 감싼 채 젖은 화강암 바위에 나란히 앉아 새벽이 오길 기다렸다. 너무 축축하고 춥고 지친 탓에 입도 열기 어려웠다. 차가운 서로의 뺨을 맞대고서 우린 그저 기다렸다.

내 인생 전부를 통틀어 그 순간처럼 필사적이고 거칠고 고통스럽게 행복했던 때는 결코 없었다. 그 행복감이 너무도 강력했기에 믿기지 않을 정도였다. 나 자신에게 이렇게 말했던 기억이 난다. 그래, 바로 이거야, 이게 행복이다. 동시에 난 그 행복이 지극한 추악함과 불행에서 나왔다는 사실에 경악했다. 줄곧 마주 대고 있던 싸늘한 우리 얼굴을 따라 뜨거운 눈물이 흘러내렸다.

오랜 시간이 지난 뒤 붉게 이글거리는 빛이 우리 앞의 어둠을 뚫고 올라왔고, 비로소 풍경은 고요하고 희끄무레하게, 너무도 아름답게 어둠으로부터 떨어져 나왔다. 이렇게 높은 언덕에서 보니 낯설기만 한 그 호텔 건물은 우리가 생각한 장소가 아니라 반마일 정도 떨어진 곳에 있었다. 빛이라곤 전혀 없이 온통 어둠에 싸여 있었다. 우리가 앉아 있던 바위는 작은 동굴 입구에 자리하고 있었는데, 뒤쪽의 편편한 암벽은 부시먼족의 그림들로 가득했다. 이렇게 희미한 빛 속에서도 그림들은 또렷하고 강렬했지만 심하게 균열이 나 있었다. 이 지역에는 그런 그림들이 참 많았는데 백인 얼간이들이 그 가치를 모르고 돌을 던져대는 바람에 대부분 망가진 상태였다. 채색된 작은 남자들과 동물 문양들이 심하게 훼손되고 깨어진 것을 보며 폴이 말했다. "이 모든 상황에 딱 들어맞는 논평이네, 친애하는 애나. 비록 지금 나의 상태론 그 이유를 설명하는 데 적절한 단어를 못 찾겠지만." 마지막으로 그는 내게 키스를 했고, 우리는 젖은 풀과 잎사귀가 어지럽게 엉킨 사이로 천천히 언덕을 내려갔다. 크레이프 원피스가 비에 젖어 오그라들면서 무릎 위로 말려 올라간 바람에 난 종종걸음으로 겨우 발을 뗐고, 이 때문에 우리는 마주 보고 웃었다. 오솔길을 따라 느린 걸음으로 호텔로 돌아와 객실동으로 가보니 베란다에 래티머 부인이 앉아 흐느껴 울고 있었다. 그녀의 등 뒤로 객실 문이 반쯤 열려 있었는데 문 옆 방바닥에 래티머 씨가 주저앉아 있었다. 아직 술이 덜 깬 그는 취한 목소리로 꽤나 조리 있고 신중하게 말을 늘어놓았다. "너 이 갈보년. 빌어먹을 화냥년 같으니. 애새끼도 못 낳는 계집년이 어디다 대고." 이런 일이 처음은 아닌 게 분명했다. 부인은 두 손으로 아름다운 빨간 머리를 끌어당기며, 턱 아래까지 눈물이 흘러내려 엉망진창인 얼굴을 들어 우리를 보았다. 옆에서는 부인의 개가 부인의 무릎에 머리를 올려놓은 채 웅크려 앉아 미안하다는 듯 붉은 깃털 같은 꼬리를 바닥에서 앞뒤로 흔들며 나지막하게 낑낑댔다. 래티머 씨는 우리 쪽으로는 눈길도 돌리지 않았다. 핏발 선 추한 그의 눈은 아내에게 꽂혀 있었다. "게을러터지고 새끼도 못 낳는 이 갈보년. 이 화냥년, 아주 더러운 잡년이네."

폴은 자기 방으로, 나는 내 방으로 들어갔다. 방 안이 어둡고 갑갑했다.

빌리가 말했다. "어디 갔던 거야?"

내가 대답했다. "알면서 왜 물어?"

"이리 와."

나는 그에게로 갔고, 그는 내 손목을 꽉 쥐더니 자기 곁으로 끌어당겼다. 거기 누워 그를 증오하면서 의아해하던 기억이 난다. 어째서 그는 내가 다른 누군가와 섹스를 하고 막 돌아온 참이라는 걸 알았을 때만 뭔가 확신을 갖고 나와 잠자리를 했을까?

그 일로 빌리와 나는 완전히 갈라섰다. 그 일에 대해 우린 절대 서로를 용서하지 않았다. 결코 입에 올리지 않았지만 그 일은 언제나 거기 있었다. '섹스가 없는' 관계는 결국 섹스 때문에 끝나는 법이다.

이튿날인 일요일에 우리는 점심 식사 직전 철로 옆 나무 밑에서 모임을 가졌다. 조지가 거기 혼자 앉아 있었다. 늙고 서글픈 사람, 마치 볼 장 다 본 사람 같았다. 전날 밤 잭슨이 아내와 아이들을 데리고 사라졌던 것이다. 지금쯤 니아살랜드를 향해 북쪽으로 걸어가고 있을 터였다. 한때 그렇게도 활기차던 그 오두막, 아니 움막이 하룻밤 사이 텅 빈 폐허가 되었다. 파파야 너머에 휑하게 서 있는 그 집은 이제 볼품없는 폐가 같았다. 잭슨은 너무 서둘러 떠나느라 닭들도 미처 챙기지 못했다. 뿔닭 몇마리와 알을 품은 덩치 큰 암탉들, 검둥이 가금류라 불리는, 빳빳한 깃털이 난 작은 새 두세마리가 보였고, 갈색과 검은색이 뒤섞인 윤기 흐르는 깃털에 검은 꼬리는 햇빛을 받아 영롱한 빛을 내는 아름다운 수평아리 한 마리가 작고 하얀 발톱으로 흙을 긁어대며 시끄럽게 울고 있었다. "저게 나야." 수평아리를 보며 조지가 내게 말했다. 목숨을 부지하기 위해서라도 농담을 해야겠다는 듯이.

점심을 먹으러 호텔로 돌아오자, 부스비 부인이 지미에게 사과를 하겠다고 왔다. 쫓기는 사람처럼 초조한 기색이 역력했고 눈에는 핏발이 선 모습이었다. 불쾌감을 드러내지 않고는 그를 보는 것조차 힘들어했지만, 부인은 충분히 진심이었다. 지미는 아주 감사한 마음으로 사과를 받아들였다. 전날 밤 무슨 일이 있었는지 그는 알지 못했다. 우리도 얘기해주지 않았다. 그는 부인의 사과가 조지와 함께 댄스파티 때 겪은 일에 대한 것이라고 생각했다.

폴이 말했다. "그럼 이제 잭슨은 어떻게 된 건가요?"

부인이 대답했다. "이미 가고 없답니다. 잘 내보낸 거죠." 부인은 무겁고 고르지 못한 음성으로 대답했는데, 스스로도 이 사실을 믿을 수 없어 의문에 사로잡혀 있는 듯했다. 대체 뭣 때문에 15년이나 충직하게 일한 하인을 그리 쉽게 잘라버렸는지 그 자신도 궁금해하고 있었던 것이다. "그 일자리 얻고 싶어하는 사람들 엄청나게 많아요." 부인은 이렇게 덧붙였다.

그날 오후 우린 그 호텔을 떠나 다시는 가지 않기로 결심했다. 그로부터 불과 며칠 뒤에 폴이 사망했고 지미는 독일에 폭탄을 투하하러 떠났다. 얼마 지나지 않아 테드가 조종사 자격시험에서 탈락하자 스탠리 레트는 그를 바보 천치라고 했다. 피아니스트 조니는 파티에서 계속 연주를 했고, 우리에게 관심은 보였지만 한발짝 떨어진 말없는 벗으로 남았다.

조지는 원주민 책임자들을 수소문해서 잭슨의 행방을 알아냈다. 니아살랜드로 식구들을 데리고 가서 거기 머물 곳을 마련한 다음 잭슨 본인은 현재 도시의 가정집에서 요리사로 일하고 있다고 했다. 가끔 조지는 잭슨 가족에게 돈을 보냈는데, 그 돈을 부스비 부부가 보낸 것이라 믿어주길 바랐다. 자신이 생각하기로는 그 부부가 자책감을 느끼고 있을지도 모른다면서. 하지만 그들이 그래야 할 이유가 뭐가 있었겠는가? 자기들로서는 부끄러울 일이 전혀 없었는데 말이다.

이게 그 모든 일의 결말이었다.

또한 『전쟁의 접경지대』의 소재이기도 했다. 물론 이 두 '이야기'에 공통점이라곤 없다. 소설을 쓰게 되리라는 것을 깨달았던 순간을 나는 선명하게 기억한다. 달빛이 차갑고 단단하게 반짝이며 주위를 온통 밝히는 가운데 난 마쇼피 호텔의 객실동 계단에 서 있었다. 거기 유칼립투스 너머 철로 위로 화물열차가 들어와 멈춰 서더니 쉭 소리를 내고 덜커덩거리며 하얀 증기 구름을 내뿜었다. 열차 옆 조지의 트럭 뒤에는 얄팍한 포장 상자처럼 갈색 페인트칠을 한 캐러밴이 있었다. 그때 조지는 마리와 함께 캐러밴에 있었다. 방금 그녀가 집에서 나와 그리로 올라가는 모습을 본 참이었다. 서늘하고 축축한 화단에서 식물이 생장하며 내뿜는 강렬한 냄새가 풍겼다. 연회장에서는 조니의 피아노 연주가 들려오고 있었다. 등 뒤로 폴과 지미가 빌리에게 말을 건네는 소리, 폴이 갑작스레 젊은이 특유의 웃음을 터뜨리는 소리도 들렸다. 그토록 위험하고 감미로운 도취의 감각들로 가득 차 있었기에 난 곧장 계단에서 공중으로 걸어 올라가 취기의 힘으로 별들에까지도 다다를 수 있을 것만 같았다. 그때도 알고 있었지만, 그 도취는 무한한 가능성에서 나온 무모함이었고, 위험, 곧 전쟁 자체의 은밀하고 추악하며 경악스러운 맥박인 그 위험에서 비롯한 무모함이었으며, 우리 모두 서로에게, 혹은 자신에게 원했던 죽음에 대한 무모함이기도 했다.

[몇달 뒤의 날짜.]

이걸 적은 이후 오늘 처음으로 꼼꼼히 읽어보았다. 노스탤지어로 가득 차 있고 단어 하나하나에 그 감정이 묻어 있다. 썼던 당시엔 '객관적'으로 적고 있다고 생각했는데. 하지만 무엇에 대한 노스탤지어일까? 모르겠다. 그 시절을 조금이라도 다시 사느니 차라리 죽는 편을 택할 테니까. 더구나 그 시절의 '애나'는 지금 내겐 적이나 다름없는, 혹은 너무 속속들이 알게 되어 다시는 만나고 싶지 않은 옛 친구 같다.

[두번째 공책인 빨간색 공책은 아무런 망설임의 기색 없이 바로 시작되었다. 영국 공산당이라는 말이 첫페이지를 가로질러 적혀 있고 거기 밑줄 두개가 그어져 있었다. 바로 아래에는 1950년 1월 3일이라는 날짜가 적혀 있었다.]

지난주, 몰리가 한밤중에 찾아와, 당원들에게 서식이 한통 배부되었는데 거기 당원으로서의 내력과 그동안 겪은 '의심과 혼란'을 자세히 묻는 항목이 있었다고 전했다. 자기는 애당초 두세 문장쯤 적을 생각이었는데 그걸 작성하다보니 "빌어먹을 열두장짜리 논문 한편"을 쓰고 있더라는 얘기였다. 스스로에게 화가 난 것 같았다. "도대체 내가 뭘 바라는 건지 모르겠어. 고백록? 암튼 이왕 썼으니 보내긴 할 거야." 나는 그녀에게 미쳤다고 했다. "영국 공산당이 정권이라도 잡는다고 쳐봐. 그 문건이 서류철에 들어 있을 거고, 너를 처형할 증거가 필요한 경우 그걸 들이밀겠지. 수천번도 더 우려먹을 거다." 몰리는 예의 희미하고 시큰둥한 미소를 지었다. 이런 말을 할 때면 언제나 그렇게 미소 짓는다. 몰리는 순진한 공산주의자가 아니다. "너 정말 냉소적이구나." 몰리가 말했다. "현실이 그런 거 너도 알잖아. 혹은 그럴 수도 있다는 거." 내가 대꾸했다. 그러자 몰리가 물었다. "그렇게 생각하면서 입당할 마음은 왜 먹는 거니?" "그러는 넌 왜 여태 탈당하지 않고 있어?" 내가 받아쳤다. 그녀는 다시 미소를 지었는데 시큰둥함이 사라진 비꼬는 듯한 미소에 고개도 끄덕였다. 우린 생각에 잠겨 담배를 피우면서 잠시 말없이 앉아 있었다. "애나, 참 이상하지, 그렇지 않니?" 그리고 몰리는 아침에 이렇게 말했다. "네 충고 받아들였다. 찢어버렸어."

그날 존 동지가 전화를 걸어 내가 입당하기로 했다는 소문을 들었고, 문화부 담당인 '빌 동지'가 나를 만나보고 싶어한다는 말을 전했다. "물론 내키지 않으면 안 만나도 돼." 존이 서둘러 덧붙였다. "그래도 그 사람 말이, 냉전이 시작된 이래 최초로 입당을 희망하는 지식인이 대체 어떤 분인가 한번 만나보고 싶다는 거야." 이 말의 비꼬는 어조가 마음에 들었기에, 나는 그 빌 동지라는 사람을 한번 만나보겠다고 했다. 확실하게 입당 결정을 내린 것도 아니면서 말이다. 입당을 망설이는 한가지 이유는 내가 어떤 조직이든 가입을 꺼리는 부류라는 것인데, 경멸을 당해 마땅한 태도이긴 하다. 두번째 이유는 공산주의에 대한 나의 입장 때문에 동지 누구에게도 신념을 제대로 얘기할 수 없을 거라는 생각이다. 그게 분명 결정적인 이유일까? 아닌 것 같다. 지난 몇달간 정직해 보이지 않는 단체에는 몸담지 않으리라 다짐하면서도 거듭해서 가입 문턱까지 가곤 했으니 말이다. 그것도 늘 똑같은 순간에 그랬는데, 두가지 경우였다. 하나는 여러 일로 문인이나 출판업자 등 문단 인사들을 만날 때다. 문단은 결혼 안한 늙은 이모처럼 까탈스럽고 계급 면에서도 매우 배타적인 세계다. 상업적인 면에서는 너무도 뻔뻔스러워서 문단 관계자들과 접촉하는 순간 입당 생각이 들곤 한다. 다른 하나는 몰리가 열정과 활력으로 가득 차 어떤 일을 조직하려고 급히 나가는 모습을 보거나 계단을 오르다가 부엌에서 울리는 목소리를 들을 때다. 공통의 목적을 위해 최선을 다하는 사람들의 친밀한 분위기. 하지만 그걸로는 충분치 않다. 내일 그들의 빌 동지를 만나서 기질상 난 '동조자'로, 그냥 외부인으로 머물겠노라고 말할 생각이다.

다음 날.

앞면에 쇠 방범창이 달려 있고 작은 사무실이 다닥다닥 들어찬 킹가(街) 어느 건물에서의 면담. 거길 그렇게 자주 지나쳤건만 그 건물을 눈여겨본 적은 없었다. 방범창을 보니 두가지 감정이 교차했다. 공포와 폭력의 세계. 한편으론 지켜주고 싶다는 마음, 곧 사람들이 돌을 던지는 단체를 보호해야 할 필요. 첫번째 감정에 대해 생각하며 좁은 계단을 올라갔다. 영국에서는 권력이나 폭력의 실상을 기억하기 어렵고, 벌거벗은 권력의 실상을 대표하는 공산당이 유독 영국에서는 외투를 걸치고 있었기에 그토록 많은 사람이 지금까지 입당한 건 아닐까? 꽤 젊은 유대인인 빌 동지는 노동계급 출신의 지적인 남자로 안경을 썼다. 나를 대하는 태도는 거침없으면서도 신중했으며, 넉살 좋고 시원시원한 목소리에는 일말의 경멸이 묻어났다. 그 자신은 깨닫지 못하는 그런 경멸에 왠지 내가 죄송스러워하고 말까지 더듬어야 할 것 같았다는 점이 우스웠다. 면담은 일사천리로 진행되었다. 그는 내가 입당을 원한다고 들었노라 했다. 입당하지 않겠다고 얘기하러 갔으면서도, 난 이미 그 상황을 받아들이고 있는 스스로를 발견했다. (아마도 그가 보인 경멸 때문인 듯한데) 그래, 이 사람 생각이 맞아, 다들 이렇게 소임을 다하고 있는데, 양심 때문에 난 이러지도 저러지도 못한 채 빈둥거리고 있잖아, 이런 생각도 했다. (물론 그가 옳다고 생각하진 않지만.) 내가 자리를 뜨기 전에 그는 뜬금없이 이런 말을 했다. "5년 뒤에 당신은 우리를 괴물로 까발리면서 자본주의 신문에 기사를 써대겠죠. 다른 사람들이 죄다 그랬던 것처럼." 물론 그 '다른 사람들'이란 지식인들이었다. 들락거리는 당원들은 지식인이라는 당 내부의 그릇된 편견 때문이었다. 입당과 탈당 숫자는 모든 계급과 그룹에서 동일한데도 말이다. 난 화가 났다. 마음에 상처도 입었는데, 그 바람에 무장해제 되어버렸다. 나는 그에게 말했다. "내가 노병이라 다행이네요. 신출내기였다면 당신의 그런 태도 때문에 환상이 확 깨졌을 테니까." 그는 냉랭하고 영리해 뵈는 눈빛으로 한참이나 나를 바라보았는데, 그 시선은 그래, 물론 당신이 노병이 아니었다면 내가 그 말을 했을 리 없지,라고 말하고 있었다. 한편으로 나는 기뻤는데, 말하자면 울타리 안으로 다시 복귀한 느낌이랄까, 입문자에게만 허용되는 미묘한 아이러니와 공모의 자격을 얻은 듯해서였고, 다른 한편으론 갑자기 진이 빠지는 기분이었다. 물론 나는 당 핵심부의 그 갑갑하고 방어적이며 신랄한 분위기로부터 꽤 오랫동안 떠나 있었다는 사실을 잊은 터였다. 하지만 입당을 원하는 순간 핵심부의 본질을 온전히 상기할 수 있었다. 내가 아는 모든 공산주의자, 약간의 지성이라도 갖춘 공산주의자라면 '핵심부'에 대해 같은 태도를 보인다. 즉, 당을 운영하는 퇴락한 관료 집단이 당의 어깨를 짓누르고 있으며, 진짜 과업은 핵심부 모르게 이뤄진다는 생각. 가령 입당 의사를 처음으로 밝혔을 때 존 동지는 말했다. "당신 미쳤군. 그들은 입당하는 작가들을 증오하고 멸시해.

당원이 아닌 작가들만 존경하지."'그들'이란 당내 핵심부 인사들을 의미했다. 물론 농담으로 한 말이지만 꽤나 전형적인 태도다. 지하철에서 석간신문을 읽었다. 소련을 향한 공격. 소련에 관해 그들이 하는 얘기는 진실임이 분명하다. 하지만 고소해하는 그 득의양양하고 악의에 찬 어조에 신물이 나 입당하기를 잘했다는 마음이 들었다. 집에 돌아와 몰리를 찾았지만, 나가고 없었다. 울적한 마음으로 스스로에게 입당한 이유를 되물으며 몇시간을 흘려보냈다. 몰리가 들어오기에 그 사실을 전하며 나는 이렇게 말했다. "웃기는 건, 입당하지 않겠다고 말할 생각이었는데 입당했다는 거야." 몰리는 예의 희미하고 시큰둥한 미소를 지었다(그녀는 이 미소를 정치가 아닌 다른 일에 관해서는 보이는 법이 없었는데, 천성이 시큰둥한 건 절대 아니었기 때문이다). "나 역시 내 의지에 반해서 입당했지." 그런 사실을 조금이라도 드러낸 적이 없는데다 몰리는 늘 지극히 충성스러운 당원이기에 내가 화들짝 놀란 표정을 지었던 모양이다. "뭐 이제 너도 당원이니까 말해주는 거야." 몰리가 말했다. 외부인에게는 진실을 발설할 수 없다는 투였다. 하지만 그 순간에조차 직설적으로 말하지는 못했다. "오랫동안 당 주변 여러 집단을 어슬렁거렸잖니…… 아는 게 너무 많으니까 입당하고 싶은 마음이 안 들더라." 그녀는 미소를 지었는데, 그게 아니라 찡그린 것 같기도 했다. "평화운동의 가치를 믿었기 때문에 그 일을 시작했던 거야. 나 말고 다른 사람들은 모두 당원이었지. 어느날 엘런 그 막돼먹은 여자가 묻더구나, 왜 너만 당원이 아니냐고. 내가 건방지게 대꾸를 했는데, 그게 실수였어. 그 여자를 화나게 만든 거지. 한 이틀 지났나, 그 여자가 내게 와서 말하더라. 당원이 아니라서 내가 첩자라는 소문이 떠돈다는 거야. 자기가 퍼뜨린 소문이었겠지. 웃기는 게, 내가 첩자였다면 당연히 입당해 있지 않았겠어? 어쨌든 너무 열 받아서 그길로 곧장 입당 신청서에 서명했지……" 담배를 피우며 앉아 있는 몰리는 불만스러운 표정이었다. 잠시 후에 그녀가 덧붙였다. "돌아가는 꼴이 참 이상하지, 그렇지 않니?" 그 말을 한 다음 바로 자러 갔다.

1950년 2월 5일

예상했던 그대로다. 한때 당에 적을 두었으나 이제는 떠난 사람들과 정치 토론을 할 때만 내 생각을 있는 그대로 말하게 된다. 나에 대해, 나의 입당에 대해 그들은 관대한 태도를 솔직하게 드러낸다. 사소한 일탈이라는 게 그들 생각이다.

1951년 8월 19일

입당하고 처음으로 존과 점심을 먹었다. 나는 예전 당원 친구들과 하던 식으로 대화를 시작했다. 소련에서 벌어지고 있는 일들에 대해 솔직하게 인정하면서 말이다. 존이 소련을 기계적으로 방어하기 시작하자 심하게 짜증이 났다. 오늘 저녁에는 『뉴 스테이츠먼』[12]에서 일하는 조이스와 식사를 했는데, 이번에는 그녀가 소련을 공격하기 시작했다. 다른 사람이 하면 견디지 못하는 일, 자동적으로 소련을 방어하는 그 행위를 바로 내가 하고 있음을 곧 깨달았다. 그녀는 말을 이어갔고 나도 그랬다. 조이스로서는 공산주의자의 면전인 셈이었으니, 몇 가지 진부한 경구를 늘어놓기 시작했다. 나는 그것들을 되받아쳤다. 이런 식의 대결을 깨뜨리기 위해

---

12 1913년에 창간된 정치·문화 주간지. 전통적으로 좌파의 입장을 대변해왔으며 한때 소련 공산당에 우호적이었으나 스탈린의 독재 이후 돌아섰다.

두 차례 노력했고 다른 차원에서도 시도해보았지만 실패했다. 적대감으로 분위기가 까칠해졌다. 오늘 저녁 마이클이 들렀다. 조이스와 있었던 일을 얘기했다. 비록 오래된 친구지만 아마 다시는 만날 일이 없을 거라고 했다. 비록 어떤 일에 대해서도 내 정신이나 태도는 바뀌지 않았지만, 당원이 되었다는 사실만으로 조이스의 입장에서 나는 어떤 특정한 태도를 대변하는 존재가 된 셈이었다. 나도 마찬가지 반응을 보였던 거고. "글쎄, 그럼 어떨 거라 기대했는데?" 마이클이 물었다. 현실 정치 경험으로 잔뼈가 굵은 동유럽 출신 망명가인 그는 전직 혁명가 역할을 취하며 '정치적 무경험자' 역할이 주어진 내게 조언하고 있었다. 그 역할에 부응하며 나는 온갖 자유주의적 어리석음을 쏟아내는 식으로 대꾸했다. 우리가 하는 역할들, 우리가 역할을 수행하는 이런저런 방식들, 참 놀라울 따름이다.

1951년 9월 15일

잭 브리그스의 사례. 한때 『타임스』에서 일했던 언론인. 전쟁이 발발하자 신문사를 떠났다. 당시엔 정치에 관심이 없었다. 전시에 영국 정보국에서 일했다. 이 시기에 만난 공산주의자들에게 영향을 받아 서서히 좌파 쪽으로 이동했다. 전쟁 후에는 보수 일간지 여러 곳에서 고액 연봉이 보장되는 일자리를 제의받았으나 거절하고 저임금을 감수하며 좌파 신문사에서 일했다. 좌파라기보다는 좌파적인 신문사라고 해야 할까. 거기서 중국에 관한 기사를 쓰려 하자 좌파의 기둥이라는 렉스라는 인물이 그를 사임할 수밖에 없는 상황으로 몰아넣었다. 그는 무일푼 신세가 되었다. 게다가 언론계에서 공산주의자로 취급되어 취업이 불가능해진 이 시점에, 공산주의 전복 음모를 꾸민 영국 비밀 요원으로 헝가리 재판에서 그의 이름이 거론되었다. 우연히 만났을 때 잭은 극도로 우울한 상태였다. 당 언저리나 그 주변 단체에는 그가 '자본주의자의 첩자'라는 소문이 돌고 있었다. 친구들조차 그를 의심했다. 작가 단체의 모임. 우린 이 문제를 논의했고, 이 역겨운 소문을 끝내기 위해 빌을 만나기로 했다. 존과 나는 빌을 만나 잭 브리그스가 요원이라는 소문은 명백히 사실이 아니며, 이에 대해 조치를 취해달라고 요청했다. 빌은 상냥하고 유쾌한 사람이었다. "조사해서" 우리에게 알려주겠노라고 했다. '조사'란 당 윗선에서의 논의를 의미한다는 걸 알았기에 우린 그 수순을 생략해달라고 했다. 빌로부터는 한마디도 듣지 못했다. 여러주가 지나갔다. 당 간부들이 늘 써먹는 수법, 즉 어려운 상황에서는 그냥 사태가 흘러가도록 내버려두기. 우리는 다시 빌을 만나러 갔다. 아주 상냥했다. 자기가 할 수 있는 일은 없다고 했다. 왜? "글쎄, 의심의 여지가 있는 이런 경우에는……" 존과 나는 화가 나서 잭이 비밀 요원일 수도 있다는 게 대체 가당키나 한 생각이냐고 따졌다. 빌은 망설이더니, 의심의 여지 없이 불성실하며 구차한 변명을 늘어놓기 시작했다. "나를 포함해" 모든 사람이 비밀 요원일 수 있다는 식의 얘기. 그것도 환하고 친근한 미소를 띤 채. 존과 나는 울적하고 화난 마음으로 자리에서 일어났다. 무엇보다 우리 자신에게 화가 났다. 개인적으로 잭 브리그스를 만나보고 다른 사람들에게도 그렇게 해줄 것을 요구하기로 했지만, 소문과 악의적인 비방은 끊이지 않았다. 잭은 극심한 우울증에 시달렸고 좌우 양측으로부터 완전히 고립되었다. 더욱 아이러니했던 일은 렉스가 "어조상 공산주의자"라며 비판했던 그 중국 관련 기사 때문에 그와 충돌을 일으킨 지 불과 석달 만에 평판 좋은 신문사들이 동일한 어조로 기사를 싣기 시작했다는 것이다. 이에 용감한 사나이 렉스는 중국 관련 기사를 내기에 적합한 시기라고 판단했다. 그는 잭에게 기사를 부탁했다. 입장이 뒤바뀐 상황에서, 한층 더 비통한 기분으로 그는 제의를 거절했다.

다소 감상적인 드라마 버전으로 인구에 회자되었던 이 이야기는 공산주의 혹은 공산주의 언저리의 지식인들이 이 시대에 어떻게 살아가는지 잘 보여준다.

1952년 1월 3일
이 공책에 글을 거의 적지 못하고 있다. 이유가 뭘까? 이제 보니, 써넣은 것 전부가 당을 비판하는 내용이다. 그러나 나는 여전히 당원이다. 몰리 역시 그렇다.

* * *

마이클의 친구 세 명이 어제 프라하에서 처형당했다. 저녁 내내 그는 나에게 혹은 자기 자신에게 이런저런 말을 늘어놓았다. 먼저, 어째서 이들이 공산주의의 배신자일 가능성이 전무한가를 설명했다. 이어 대단히 미묘한 정치적 감각으로, 당이 무고한 사람들을 함정에 빠뜨려 처형하는 게 불가능한 이유를 늘어놓고, 이 세 사람은 아마 의도하지는 않았지만 "객관적으로" 반혁명적 위치에 놓였던 모양이라고 했다. 참다못한 내가 잠자리에 들 시간이라고 말할 때까지 줄기차게 그 얘기를 하고 또 했다. 밤새 침대에서 그는 흐느꼈다. 화들짝 놀라 잠에서 깨보면 그가 훌쩍이며 눈물로 베개를 적시고 있었다. 아침에 나는 그가 울고 있었다는 사실을 들려주었다. 그는 자기 자신에게 화를 냈다. 출근길의 그는 쭈글쭈글한 납빛 얼굴을 한 늙은이 같았는데, 나를 향해 멍하니 고개를 끄덕이는 모습이 마치 아주 먼 곳에서, 자신을 향한 참담한 질문에 갇혀 있는 사람처럼 보였다. 다른 한편, 나는 요즘 로젠버그 부부 구명 운동을 돕고 있다. 당이나 당 주변부 지식인들을 제외하면 서명할 사람들을 구하기가 어렵다. (프랑스와는 다르다. 지난 2~3년 사이 이 나라의 분위기는 극적으로 바뀌어서 전반적으로 엄혹하고, 의심이 팽배하며, 공포에 질려 있다. 균형이 무너진 이런 상황에서는 언제라도 우리식 매카시즘이 닥칠 수 있다.) '평판 좋은' 지식인들은 물론 당 내부의 인사들까지도, 로젠버그 부부를 위한 구명 운동을 하면서 어째서 프라하에서 누명을 쓴 사람들을 위한 구명 운동은 하지 않느냐고 묻는다. 이치에 닿는 대답을 하는 게 무척 곤란하다. 누군가는 로젠버그 부부를 위해 탄원해야 하지 않겠느냐는 말밖에는 할 수 없다. 나 자신이 역겹고, 로젠버그 부부를 위해 서명하려 하지 않는 이들이 역겹다. 의심과 혐오로 뒤덮인 세상에서 살아가는 기분이다. 몰리는 오늘 저녁 뜬금없이 울기 시작했다. 내 침대에 앉아 오늘 겪은 일을 이야기하다 울었다. 나지막하고 무기력한 울음. 그 모습을 보니 뭔가 떠올랐는데, 무엇인지 곧바로 생각나지는 않았다. 하지만 물론 그건 메리로즈였다. 마쇼피의 연회장에 앉아 눈물을 흘리며 그녀는 이런 말을 했었다. "모든 것이 아름다워질 거라 믿었잖아. 그런데 이제 우리 모두 그렇지 않다는 걸 알잖니." 몰리도 그렇게 울었다. 내 방 바닥에는 온통 로젠버그 부부와 동유럽에서 벌어지는 사태들에 관한 신문들이 널려 있다.

＊ ＊ ＊

　　로젠버그 부부가 전기 처형을 당했다. 밤새 구역질이 나서 애를 먹었다. 오늘 아침 깨면서 스스로에게 물었다. 로젠버그 부부에 대해서는 이런 식으로 느끼면서 왜 공산국가들의 조작 사건들에 대해서는 오직 무기력과 우울만이 느껴지는 것일까? 아이러니한 대답이 돌아온다. 나의 경우, 서방세계에서 일어난 일에 대해서는 책임감이 들지만 저편에서 일어나는 일에는 아무 느낌이 없다. 그런데도 나는 여전히 당에 남아 있다. 이런 이야기를 몰리에게 했더니, 그녀는 아주 덤덤히 잽싸게(몰리는 한창 까다로운 조직 업무를 수행하는 중이었다) 대꾸했다. "그래, 나도 알아, 하지만 지금은 바빠서."

＊ ＊ ＊

　　케스틀러. 그가 했던 어떤 말이 뇌리에서 떠나지 않는다. 특정한 시기 이후에도 당에 머물러 있는 서방세계의 공산주의자는 누구나 개인적인 믿음에서 그렇게 하는 거라고. 그리하여 난 자신에게 묻는다. 나의 개인적인 믿음은 무엇일까? 소련에 대한 비판 대부분이 사실이긴 하나, 현재의 과정을 되돌려 진정한 사회주의가 도래할 때를 기다리는 일군의 사람들이 있다는 그런 믿음. 이제껏 그 믿음을 이렇게 명료하게 표현한 적은 없었다. 물론 한때 당원이었던 사람들과는 이런 토론을 했지만, 이제 이런 말을 건넬 수 있는 이는 주변에 아무도 없다. 내가 아는 모든 당 내부 인사가 비슷하게 소통 불가능한, 제각기 다른 개인적인 믿음을 지니고 있다고 가정하는 걸까? 몰리에게 물어보았다. 그러자 그녀는 딱 부러지게 대꾸했다. "뭐에 쓰려고 그 돼지 같은 케스틀러는 읽는 거니?" 정치적인 화제든 아니든 이런 대답은 평소 그녀가 하는 말의 수준과 너무나 동떨어진 것이기에 나는 놀랐고, 그 문제에 관해 이야기해보려 했다. 하지만 몰리는 몹시 바쁘다. 조직 업무에 매여 있을 때(몰리는 대규모 동유럽 예술 전시회를 준비하고 있다) 그녀는 지나치게 몰두하는 나머지 다른 것에는 아예 관심을 두지 않는다. 완전히 다른 역할을 하고 있는 것이다. 몰리에게 정치 얘기를 할 땐 어떤 사람이 대답할지 절대 알 수 없다는 사실이 떠올랐다. 사무적이고 현명하며 냉소적인 여성 정치인일 수도 있고, 말 그대로 광기에 가득 차 열변을 토하는 열성 당원일 수도 있다. 나 역시 이 두가지 인격을 동시에 지니고 있다. 가령 거리에서 신문사 편집인 렉스를 만났을 때였다. 지난주에 일어난 일이다. 인사말이 오간 뒤 그의 얼굴에는 악의적이고 비판적인 표정이 떠올랐고, 나는 그것이 당에 대한 비판으로 이어지리라는 걸 직감했다. 또한 그가 그렇게 나온다면 내가 당을 비호하게 되리라는 것도 알았다. 그가 하는 악의적인 얘기를 견딜 수 없었고, 나 자신이 하는 멍청한 얘기도 견딜 수 없었다. 그래서 핑계를 대고 일찍 자리를 떴다. 난처한 것이, 입당할 때 우리는 곧 만나게 될 사람들이 공산주의자 아니면 한때의 공산주의자로서 입만 열면 그 끔찍한 딜레땅뜨적 악의를 내비치는 자들이라는 사실을 예상하지 못한다. 이렇게 해서 우리는 고립된다. 물론 그것이 내가 당을 떠나야 할 이유일 터이다.

\* \* \*

당을 떠날 거라고 어제 써놓은 걸 본다. 언제, 어떤 문제를 놓고 그렇게 될까?

* * *

존과 저녁을 먹었다. 우린 거의 만나지 않는데, 늘 정치적으로 불화의 언저리에 이르기 때문이다. 식사가 끝날 무렵 그는 이런 말을 했다. "우리가 당을 떠나지 않는 이유는 더 나은 세상에 대한 우리의 이상에 차마 작별을 고할 수 없어서야." 진부하기 짝이 없다. 한편 재미있는 점은, 그 말이 단지 공산당만이 세상을 더 나은 곳으로 만들어준다는 그의 믿음을, 그리고 나 또한 그런 믿음을 가져야 함을 암시한다는 사실이다. 그도 나도 그렇게 생각하지 않으면서. 하지만 무엇보다 그 말은 그때껏 그가 말한 내용 전부와 모순되었기에 내게 더 특별하게 다가왔다. (나는 프라하 사건이 명백한 날조라고 주장하고 있었고, 그는 당이 "실수"는 할 수 있을지언정 고의로 냉소를 보일 리는 없다고 말하고 있었다.) 입당했을 때 내 머리 뒤편 어딘가에 온전함에 대한 갈구, 우리 모두가 살아가는 이 분열되고 찢기고 불만족스러운 삶의 상태를 끝내고자 하는 욕구가 있었음을 상기하며 집으로 돌아왔다. 그러나 입당은 그 분열을 심화했다. 여하튼 모든 공식적인 신조가 우리 사회의 이념과 어긋나는 단체에 소속되었다는 문제가 아니라, 그보다 훨씬 깊은 차원의, 아니 이해하기 훨씬 더 어려운 어떤 차원의 문제다. 그 문제에 대해 생각해보려 하자 머릿속이 소용돌이치며 멍해졌고 혼란과 극도의 피로가 몰려왔다. 마이클은 밤늦게 돌아왔다. 생각해보려 애쓰던 내용을 들려주었다. 어쨌든 그는 정신과 의사이자 영혼의 치유자니까. 아주 담담하고 아이러니한 시선으로 날 바라보더니 그는 이런 말을 했다. "친애하는 애나, 그 문제에 관해서라면, 부엌에 앉아 있든 이인용 침대에 누워 있든 인간 영혼은 그 자체로 충분히 복잡해서 우리는 그것에 대해 제대로 아는 게 아무것도 없다고. 그런데 당신은 세상이 뒤집어지는 와중에 인간의 영혼을 알 수 없다고 걱정하면서 그렇게 앉아 있는 거야?" 이 말에 난 그냥 그 정도에서 문제를 접어버렸고 그래서 기뻤다. 하지만 더 생각하지 않으면서 그렇게 기쁨을 느끼자니 죄책감이 들었다.

\* \* \*

마이클과 베를린에 갔다. 전쟁 통에 흩어져 소재 파악이 안되는 그의 옛 친구들을 찾을 목적이었다. "아마 죽었겠지." 전에는 듣지 못한 말투였다. 감정 없이 살겠다고 결심했는지 단조로운 그 어조. 이 말투는 프라하 재판 때 시작되었다. 동베를린, 황량하고 무너져가는 끔찍한 회색빛 도시. 무엇보다 끔찍한 건 마치 보이지 않는 독이 어디로든 끊임없이 퍼져나가는 듯, 자유가 말살된 분위기였다. 가장 중요한 사건은 다음과 같다. 마이클은 전쟁 전에 알던 사람들과 우연히 마주쳤다. 그들은 적의를 숨기지 않은 채 그에게 인사를 건넸다. 그들의 주의를 끌려고 달려가던 마이클은 그 적의에 찬 얼굴들을 보자 움츠러들고 말았다. 그들은 마이클이 프라하에서 처형된 사람들과 친분이 있었다는 걸 알고 있었고, 그 처형당한 세 사람이 배신자이니 마이클 역시 배신자라고 생각했던 것이다. 마이클은 아주 낮은 음성으로 정중하게 말을 나누고자 했다. 그들의 모습은, 마치 고개를 먼 곳으로 돌린 채 두려움 때문에 쓰러지지 않으려고 서로에게 몸을 기댄 한무리의 개 혹은 짐승 떼를 연상시켰다. 그들 얼굴에 서린 두려움과 혐오, 그것과 조금이라도 유사한 어떤 것도 예전에는 목격한 적이 없었다. 그들 중 한 여자가 성난 눈동자를 이글거리며 말했다. "동지, 그 값비싼 양복 걸치고 지금 여기서 뭐 하고 있는 겁니까?" 마이클은 언제나 기성복을 사 입었고 옷에는 거의 돈을 쓰지 않았다. "하지만 아이린, 이 옷은 런던에서 구할 수 있는 가장 싼 옷인데요." 그가 말했다. 수상쩍다는 듯 그 여자의 얼굴이 갑작스럽게 굳어지더니, 친구들을 힐끗 보고는 일종의 의기양양한 표정을 띠었다. 그러고는 이렇게 말했다. "그럼 당신은 자본주의의 독성 물질을 퍼뜨리려고 여기 온 건가요? 누더기를 걸친 꼴을 보니, 물자가 충분하지 않다는 건 알겠군." 처음에 마이클은 얼이 빠질 만큼 놀랐지만 곧 예의 조롱 어린 어조로, 신생 공산주의사회에서 소비 물자 부족으로 고통 당할 수 있다는 것은 심지어 레닌조차 알았던 사실이라고 대답했다. "아이린, 당신도 알겠지만요." 반면에 영국은 아주 견실한 자본주의사회라서 소비 물자는 충분히 확보하고 있다고 그는 덧붙였다. 여자는 일종의 분노 내지 증오심으로 얼굴이 일그러졌다. 그러고는 발길을 돌려 떠나버렸고, 동료들도 함께 떠났다. "한땐 지적인 여자였는데." 마이클은 이렇게 말할 뿐이었다. 나중에 이 일에 대해 그는 지치고 우울한 목소리로 농담을 했다. 가령 이렇게. "애나, 그 모든 영웅적인 공산주의자가 목숨 바쳐 세운 사회가 이런 곳이라고 한번 상상해봐. 자기 남편이 가진 양복보다 약간 더 좋은 양복을 입었다고 아이린 동지가 나 같은 사람들에게 침을 뱉는 사회 말이야."

＊ ＊ ＊

오늘 스딸린이 사망했다. 몰리와 나는 당혹스러운 기분으로 부엌에 앉아 있었다. 나는 계속 이렇게 말했다. "이러면 우린 일관성이 없는 거다. 기뻐해야 마땅하잖아. 여러달 전부터 어서 스딸린이 죽어야 한다고 말해놓고는." 몰리의 생각은 달랐다. "나도 모르겠다, 애나. 아마 그 사람, 실제로 벌어지고 있는 끔찍한 일들은 몰랐을 수도 있어." 그러곤 웃으며 덧붙였다. "사실 우리가 이렇게 당황해 어쩔 줄 모르는 건 아마 겁을 먹었기 때문이겠지? 이미 알고 있는 사악함이 모르는 사악함보다는 낫잖니." "글쎄, 더 나쁠 수야 없겠지." "어째서 그럴까? 다들 사태가 진전되리라는 믿음을 갖고 있는 것 같아. 하지만 그럴 이유가 어디 있겠니? 가끔은 우리가 독재와 공포의 새로운 빙하기로 접어들고 있는 게 아닌가 싶어. 그렇게 되지 말라는 법도 없잖아? 누가 그걸 막겠어? 우리가?" 나중에 마이클이 왔을 때, 몰리가 한 이야기, 그러니까 스딸린은 몰랐을 수도 있다는 얘기를 들려주었다. 우리가 그렇게도 위대한 인물을 원하며, 모든 증거에 맞서 거듭해 그런 인물을 만들어내고 있다는 게 얼마나 이상한 일인가 생각했기 때문이다. 마이클은 지치고 굳은 얼굴이었다. 놀랍게도 그가 이런 말을 했다. "글쎄, 그럴 수도 있지 않을까? 그게 요점이겠지. 어떤 곳에서 일어나는 어떤 일도 진실일 수 있다는 거. 그 무엇에 대해서도 진실을 알 길은 결코 없다는 거. 뭐든 가능하다는 거. 모든 게 너무나 미쳐 돌아가는 상태라 뭐든 가능하잖아."

이렇게 말할 때 그의 얼굴은 일그러지고 상기되어 있었다. 요사이 늘 그렇듯 목소리도 무미건조했다. 나중에는 이런 말도 했다.

"그래, 그자가 죽어서 우린 기쁘지. 하지만 내가 젊고 정치 활동에 열심이었던 시절에 그는 내게 위대한 인물이었어. 우리 모두에게 위대한 인물이었지." 그런 다음 웃으려 애쓰며 덧붙였다. "어쨌거나, 이 세상에 위대한 사람이 존재하길 바라는 마음이 그 자체로 잘못된 건 아니니까." 잠시 후 그는 손을 눈 위에 대고 마치 빛이 자신을 찌르기라도 하는 양 두 눈을 가렸다. 처음 보는 몸짓이었다. "머리가 아프네. 이제 그만 자러 가지 않을래?" 잠자리에서 우리는 사랑을 나누지 않았다. 나란히 조용히 누워 있을 뿐, 이야기도 주고받지 않았다. 자면서 그는 울었고, 나는 그를 깨워 악몽 밖으로 꺼내줘야 했다.

* * *

보궐선거. 런던 북부. 후보자는 보수당, 노동당, 공산당. 지난 선거보다 득표차가 줄긴 했지만 노동당이 의석을 차지함. 평소처럼 노동당 표를 분산시키는 게 옳은지를 놓고 당 내부에서 긴 토론이 있었다. 몇번이나 이런 토론에 참석했었다. 모두 동일한 양상이다. 아니, 표를 쪼개서는 안돼. 보수당보다는 노동당이 의석을 차지하는 게 중요하니까. 그래도 공산당 정책을 지지하는 한 우리는 우리 후보를 당선시키기 위해 노력해야 해. 하지만 우리는 공산당 후보의 당선 가능성이 조금도 없다는 걸 잘 알고 있었다. 지도부에서 파견한 한 인사가 나서서, 공산당을 소수 급진 그룹의 일종으로 보는 관점은 틀린 시각이며 단순한 패배주의에 불과하다고, (이기지 못하리라는 걸 알고는 있지만) 승리를 확신하는 것처럼 선거에서 투쟁해야 한다고 말할 때까지 이 난국은 계속되었다. 그 지도부 남자의 투지 가득한 연설은 모두를 열심히 노력하도록 고무하긴 하지만 근본적인 딜레마를 해소하지는 못한다. 그간 지켜봐온 이러한 세번의 토론에서 나는 의심과 혼란을, 말하자면 농담으로 해결하는 상황을 목도했다. 아, 물론 그런 식의 농담은 현실 정치에서 아주 요긴하다. 이번 농담은 지도부가 파견한 그 남자가 했다. 괜찮습니다, 동지들. 어차피 우리는 공탁금을 잃을 테니까요. 노동당 표를 나눌 만큼 충분한 득표수도 안 나오겠죠. 비로소 마음이 편해진 많은 사람이 웃음을 터뜨렸고 모임은 해산되었다. 공식적인 모든 정책과 완전히 어긋나는 이 농담이 실은 모두가 느끼는 바를 요약해준다. 사흘 동안 오후 내내 나는 선거운동을 하러 나갔다. 선거운동 본부는 그 지역에 거주하는 한 동지의 집에 차려졌다. 그 지역구에 거주하며 늘 동분서주하는 빌이 운동을 조직했다. 오후에 선거운동을 할 수 있는 주부들 열두어명이 모이고 남자들은 밤에나 참여한다. 모두 서로를 잘 알고 있는데, 공통의 목적을 위해 함께 일하는 사람들이 자아내는 분위기가 무척 좋다. 영특한 조직가인 빌이 아주 사소한 세부 사항까지 모든 것을 치밀하게 계획했다. 득표 활동을 하러 나가기 전에 차를 몇잔 마시며 돌아가는 사태에 관해 토론을 벌인다. 이곳은 노동계급 거주 구역이다. "이 지역은 당에 대한 지지가 강력하죠." 한 여성이 자부심을 드러내며 말한다. 스물네명의 명부를 받았는데, 그중 이미 방문한 사람들의 이름에는 '미정' 표시가 되어 있다. 내가 할 일은 그들을 다시 만나 공산당 후보를 찍으라고 권유하는 것이다. 선거운동 본부를 나설 무렵 득표 활동에 알맞은 옷차림에 대한 토론이 벌어진다. 여성 운동원 대다수가 이 지역 여자들보다 더 나은 차림새라 그렇다. "평소와 다르게 옷을 입는 게 바람직하다고 생각하지 않아요." 한 여자가 말한다. "일종의 속임수니까요." "그건 그래요. 하지만 우리가 세련된 모습으로 나타나면 그들은 방어적으로 나올 거예요." 사람 좋게 웃으면서 빌 동지가 대꾸한다. "중요한 건 성과니까요." 복잡한 일에 푹 빠져 있을 때의 몰리처럼 빌에게도 같은 종류의 활달하고 선한 심성이 느껴진다. 두 여자가 부정직하다며 그를 비난한다. "우리가 하는 모든 일에 정직해야 해요. 그렇지 않으면 그들은 우리를 신뢰하지 않을 거예요." 내가 받은 명단에 적힌 사람들은 드넓은 노동자 거주 구역 이곳저곳에 흩어져 있다. 똑같은 모양의 작고 누추한 집들이 늘어선 아주 볼품없는 동네다. 0.5마일 떨어진 곳에 중앙역이 있어서 주변이 온통 자욱한 연기로 가득한 곳. 검은 구름이 낮고 짙게 깔리고, 공중으로 올라간 굴뚝 연기는 구름과 합쳐진다. 첫번째 집에는 금이 가고 페인트칠이 바랜 문이 달려 있다. 늘어진 모직 드레스와 앞치마를 걸친 C 부인. 세파에 찌든 여자다. 남자아이가 둘인데, 잘 입히고 먹였다. 나는 공산당에서 나왔노라고 한다. 여자가 고개를 끄덕인다. 내가 말한다. "저희 당에 투표할지 아직 마음을 정하지 못하셨다고요?" 그녀가 말한다. "반대하진 않아요." 적대적이지 않고 정중하다. "지난주에 찾아온 여자분이 책자를 두고 갔어요." (팸플릿 얘기다.) 결국 그녀는 이렇게 말한다. "하지만 저흰 늘 노동당을 찍었거든요." 나는 명부에 노동당이라고 표시한 다음 '미정'에 줄을 긋고 다음 집으로 향한다. 이번엔 키프로스에서 온 이주자다. 더 열악한 집이고, 괴로운 표정의 젊은 남자와 피부색이 가무잡잡하고 예쁘장한 젊은 여자가 신생아와 살고 있다. 가구는 거의 없다. 영국에 온 지 얼마 안된 모양이다. 그들이 '미정'인 이유는 투표권이 있는지 여부를 확실히 몰랐기 때문이었다. 투표권이 있다고 내가 설명해준다. 착한 사람들이지만 내가 어서 떠나주기를 바란다. 아기는 울고 있고 분위기는 압박감과 괴로움으로 가득하다. 남자는 공산주의를 반대하진 않지만 러시아인들을 좋아하지 않는다고 말한다. 느낌상 그들이 투표하는 수고를 들일 것 같지는 않지만 그래도 '미정' 난에는 손대지 않은 채 다음 집으로 간다. 잘 가꿔진 집이고, 밖에는 테디보이[13]들이 무리 지어 서 있다. 내가 문 앞에 다다르자 그들은 늑대처럼 휘파람을 불어대며 친근하게 농을 던진다. 임신 중인 안주인이 누워 있다가 나 때문에 자리에서 일어난다. 나를 들이기 전에 자기 대신 가게에 다녀오기로 하지 않았느냐며 아들을 나무란다. 나중에 가겠다고 아들이 대꾸한다. 열여섯쯤 되어 보이는, 잘생기고 거친 용모에 옷차림이 말쑥한 소년이다. 이 지역 아이들은 전부 옷을 잘 입는다. 부모들은 그렇지 못하지만. "무슨 일로 오셨죠?" 그녀가 묻는다. "공산당에서 나왔어요." 그러고서 나는 설명한다. 그녀가 말한다. "네, 전에도 오셨죠." 정중하지만 무관심하다. 동의든 반대든 뭔가 입장을 끌어내기 어려운 대화가 오간 뒤, 여자는 자기 남편이 언제나 노동당을 선택했다면서 이번에도 남편이 시키는 대로 하겠다고 말한다. 내가 집을 나설 때 여자는 아들에게 고함을 치지만, 아들은 씩 웃으며 친구들과 도망가버린다. 여자가 다시 소리를 지른다. 그래도 선한 마음이 느껴지는 장면이다. 아들이 자기를 위해 심부름을 다녀오리라고는 생각하지 않지만 그저 원칙상 고함을 치는 모습. 아들 또한 어머니가 소리를 지르리라 예상했기에 그다지 신경 쓰지 않는다. 다음 집 여자는 곧장 진심을 담아 차를 내오며 자기는 선거가 참 좋다고 말한다. "사람들이 몇 마디라도 이야기를 하러

---

**13** 1950년대 런던에 등장한 하위문화 집단을 이르는 말로, 에드워드 7세 시대의 패션을 모방한 과장스러운 옷차림이 특징이다.

계속 들르니까요." 간단히 말해, 외로운 여자다. 그녀는 개인적인 문제를 느릿느릿, 무기력하고 지친 어조로 줄곧 늘어놓는다. (방문한 집들 중 정말 문제가 있고 불행해 보이는 곳이 이 집이다.) 그녀는 어린 세 아이를 키우고 있다고, 너무 지겹다고, 일터로 돌아가고 싶지만 남편이 막는다고 했다. 강박증에 시달리는 사람처럼 끝도 없이 얘기를 늘어놓았다. 그 집에 거의 세시간이나 머물렀다. 떠날 수가 없었다. 마지막에 공산당에 투표할 거냐고 묻자 그녀가 말했다. "그럼요, 당신이 원한다면요." 다른 운동원들에게도 분명 같은 말을 했겠지. 그러고는 남편이 언제나 노동당을 찍는다는 말을 덧붙였다. '미정'을 노동당으로 고치고 다음 집으로 향했다. 그날밤 10시경에 돌아왔을 땐 세집을 제외한 모든 명부가 노동당 지지로 바뀌어 있었다. 나는 명부를 빌 동지에게 건네며 말했다. "꽤나 낙관적인 운동원들이 있는 모양이네요." 그는 말없이 명부를 획 넘겨보더니 상자에 다시 넣고는 그때 막 들어선 다른 운동원들이 듣도록 크게 말했다. "우리 정책을 진정으로 지지하는 사람들이 있으니 아직 우리 후보가 당선할 수 있어요." 난 사흘에 걸쳐 오후 내내 득표 활동을 했는데, 그후 이틀은 '미정'이 아니라 처음 방문하는 집들을 찾아갔다. 공산당을 찍겠다는 사람이 두명 있었지만 둘 다 당원이었고, 나머지는 모두 노동당 지지자였다. 그중 외로운 여자 다섯명은 남편과 아이들이 있는데도, 혹은 그들 탓에 조용하게 혼자서 미쳐가고 있었다. 모두 스스로에게 의혹을 품고 있었다. 자신이 행복하다는 이유에서 죄의식도 가지고 있었다. 예외 없이 그들은 이렇게 말했다. "나한테 뭔가 문제가 있는 게 틀림없어요." 선거운동 본부로 돌아와 나는 그날 오후의 책임자인 여자에게 이 여자들 얘기를 꺼냈다. 그녀는 말했다. "그래요. 선거운동 나갈 때마다 안절부절못하는 심정이 되죠. 이 나라엔 자기 혼자 미쳐가는 여자들이 정말 많아요." 잠시 말을 멈춘 뒤, 그녀는 나와 말을 나눈 여자들이 보인 바로 그 죄의식, 자기의혹의 이면이기도 한 약간의 공격성을 내비치며 덧붙였다. "맞아요, 나도 그랬거든요. 당에 가입하고 인생의 목적을 찾기 전까지는 말예요." 최근 이 문제에 관해 생각하는 중이다. 진실을 말하자면, 나에게는 이 여자들이 선거운동보다 훨씬 더 흥미롭다. 선거일. 득표차가 줄어들긴 했지만 노동당 후보가 당선했다. 공산당 후보는 공탁금을 날렸다. 농담 한마디. (선거운동 본부의 농담꾼 빌 동지 왈) "우리가 2000표만 더 얻었더라도 다수당인 노동당이 벼랑 끝에 서게 되었을 텐데 말이야. 쥐구멍에도 볕 들 날이 오겠지."

* * *

진 바커. 당 하급 간부의 아내. 서른넷. 작달막한 체구에 피부색은 가무잡잡하고 통통함. 말하자면 평범함. 남편은 선심 쓰듯 아내를 대한다. 언제나 꾸며낸 듯 호기심에 찬 선한 표정을 짓고 있는 여자. 당비를 걷으러 돌아다닌다. 말을 멈추는 법이 없는 타고난 이야기꾼. 하지만 가장 흥미로운 유형의 이야기꾼으로, 입을 떼기 직전까지 자신조차 무슨 말이 나올지 전혀 모르기 때문에 언제나 상기된 얼굴로 갑자기 말을 멈추고는 방금 말한 의도가 뭐였는지 설명하거나 초조하게 웃곤 한다. 아니면 말을 하다 말고 혼란스러운 표정으로 얼굴을 찌푸리는데, 마치 "이게 정말 내 생각은 아니겠지?"라고 자문하는 것 같다. 그래서 말을 할 때 그녀는 듣는 사람 같은 모습이다. 그런 그녀가 소설을 쓰기 시작했단다. 아직 시간

이 없어 완성하지는 못했다고. 장편이나 단편 혹은 희곡을 완성했
거나, 절반쯤 썼거나, 쓰려고 계획 중인 당원 동지들이 사방에 널
려 있다. 당최 이해하기 힘든 참 희한한 현상이다. 언어적 자제력
이 충격적인 수준으로 혹은 우스꽝스러울 정도로 부족한 그녀에게
선 이제 어릿광대나 세상이 인정하는 희극배우의 풍모마저 느껴진
다. 유머 감각이라곤 조금도 없는데도. 하지만 어떤 말을 들을 때면
그 말에 놀란 척하고, 경험상 사람들이 웃거나 짜증을 내리라는 걸
잘 알기에 황망하고 초조하게 웃으면서 계속 말을 이어간다. 그녀
에겐 세 아이가 있다. 아이들에 대한 그들 부부의 포부는 원대하다.
아이들을 잘 타일러 상급 학교에 진학시키고 장학금을 받게 할 계
획이다. 당 '노선'과 러시아의 상황 등에 맞추어 신중하게 아이들
을 가르쳤다. 아이들은 자신들이 소수파라는 사실을 알기에, 잘 모
르는 사람들에게는 방어적이고 폐쇄적인 표정을 짓는다. 공산주의
자들에게는 당에 관한 이런저런 지식을 자랑하곤 하는데, 그럴 때
면 부모는 자부심에 차서 아이들을 바라본다.

　진은 구내식당 관리인으로 일하고 있다. 근무시간이 길다. 자기
집이며 아이들과 자신을 아주 잘 보살피는 사람이다. 당 지부 비서
일도 하고 있다. 스스로에 대해 만족을 느끼지 못한다. "해야 할 만
큼 충분히 못하고 있어. 당이 제대로 하고 있질 않으니 말이야. 그
냥 사무실에서 일하는 것처럼 서류 작업만 하는 데 아주 질렸어.
중요한 일은 못되니까." 신경질적인 웃음. "조지는(그녀의 남편이
다) 그게 잘못된 태도래. 하지만 왜 내가 늘 굽혀야 하는지 모르겠
어. 그들도 자주 잘못을 저지르잖아, 그렇지 않아?" 웃음. "변화를
위해 뭔가 가치 있는 일을 해보려고." 웃음. "뭔가 다른 일 말이야.
따지고 보면 지도부 당원들도 분파주의 얘기를 하고 있으니까……

글쎄, 물론 그 사람들이 그런 얘길 제일 먼저 꺼내야 하는 건 사실이지만……" 웃음. "그렇게 될 것 같지는 않지만…… 암튼, 변화를 위해 뭔가 유용한 일을 해볼까 해." 웃음. "그러니까, 뭔가 다른 일. 그래서 지금은 토요일 오후마다 지적장애아들을 가르치고 있어. 너도 알다시피 내가 한때 선생님이었잖아. 걔네들을 훈련하는 일을 하지. 아니, 당원 자녀들은 아니고, 그냥 평범한 아이들." 웃음. "열다섯명이야. 힘들긴 하지. 조지 말로는 당원 늘리는 일에 몰두하는 편이 낫다지만, 정말 쓸모 있는 뭔가를 하고 싶었어……" 이런 식으로 말이 이어진다. 공산당에 가입한 많은 이는 사실 전혀 정치적이지 않으며, 그보다는 강한 봉사 정신을 가진 사람들이다. 그리고 외로운 부류가 있는데, 그들에게 당은 가족이나 다를 바 없다. 시인 폴은 지난주에 술에 취해 당이 아주 진절머리가 난다고 했다. 하지만 1935년 입당한 그가 만약 당을 떠난다면 '자신의 인생 전부'를 떠나는 셈이 된다.

[노란색 공책에는 '제삼자의 그림자'라는 제목이 달려 있어서 소설 원고 같아 보였다. 첫머리도 확실히 소설처럼 읽혔다.]

계단 위로 줄리아의 목소리가 크게 들려왔다. "엘라, 파티 안 가니? 욕실은 쓸 거야, 말 거야? 안 쓰면 내가 쓴다." 엘라는 대꾸하지 않았다. 한가지 이유인즉, 엘라는 지금 아들의 침대에 앉아 아이가 잠들길 기다리는 중이었다. 파티에 가지 않기로 이미 마음먹은 터라 줄리아와 입씨름을 벌이고 싶지 않았다. 잠시 뒤 그녀는 침대에서 조심스럽게 일어나 걸어 나왔지만 마이클이 금세 눈을 뜨고는 말했다. "무슨 파티요? 거기 가요?" "아니." 엘라가 대답했다. "그만 자렴." 아들의 눈이 스르르 감기고 눈썹이 떨리다가 가만히 놓인다. 잠들어 있을 때도 골격이 만만찮게 다부진 아들은 네살 먹은 튼튼한 꼬마다. 전등 불빛 아래 모래색 머리칼과 속눈썹, 맨팔에 돋은 금빛 솜털이 보인다. 여름 볕에 그을린 갈색 피부가 희미하게 어른거리며 빛난다. 엘라는 조용히 불을 끄고 기다렸다. 문 쪽으로 다가가 기다리다가 살며시 빠져나온 다음 다시 조금 더 기다렸다. 이제 아무 소리도 나지 않았다. 줄리아가 성큼성큼 계단을 올라와 특유의 쾌활하면서도 태평한 목소리로 물었다. "그래, 가긴 가는 거야?" "쉿, 마이클 방금 막 잠들었어." 줄리아가 목소리를 낮췄다. "가서 지금 목욕해. 네가 가고 나면 평화롭게 뒹굴고 싶어서 그래." "안 갈 거라니까." 약간 짜증 섞인 목소리로 엘라가 대꾸했다.

　"왜 안 가는데?" 넓은 방으로 들어서며 줄리아가 물었다. 위층에는 방 두칸과 부엌 한칸이 있는데, 모두 작은 편인데다 지붕 바로 밑이라 천장도 낮았다. 이곳은 줄리아의 집으로, 엘라는 아들 마이클과 함께 이곳에 세 들어 살고 있었다. 큰 방의 우묵한 곳에 침대가 놓여 있고 주위에는 책과 인쇄물 따위가 흩어져 있었다. 밝고 환하지만 평범해 보이는, 다시 말해 아무 특색이 없는 방이었다. 엘라는 그 방에 자신의 취향을 입히지 않았다. 그렇게 하기를 막는 뭔가가 마음속에 있었다. 여긴 줄리아네 집이고 가구도 그녀 거니까, 나만의 취향은 앞으로 다가올 시간 어딘가에 있겠지, 이런 마음이었다. 하지만 여기 사는 게 좋았고 이사 갈 계획도 없었다. 엘라는 줄리아를 따라 들어가며 말했다. "그냥 가고 싶지 않아서." "가고 싶은 적이야 한번도 없었지." 줄리아가 말했다. 줄리아는 방에 비해 너무 큰 안락의자에 앉아 담배를 피웠다. 그녀는 통통하고 다부진 체격에 활력 넘치는 유대인이었다. 직업은 배우였다. 배우로서 아직 성공하지는 못했다. 온갖 단역을 맡아왔고 연기도 능숙하게 잘했다. 그녀의 불평에 따르면, 그런 단역은 대략 두종류로 나뉘었다. "틀에 박힌 노동계급 출신의 코믹한 역할이거나 틀에 박힌 노동계급 출신의 불쌍한 역할이지." 최근에는 텔레비전에도 출연하기 시작했다. 그녀는 자기 자신에 대해 가슴 깊이 불만족스러워했다.

줄리아가 "가고 싶은 적이야 한번도 없었지"라고 말했을 때, 그 말은 엘라에 대한 불평이자 부분적으로는 스스로에 대한 불평이기도 했다. 그녀는 언제나 외출하고 싶어했고 초대를 절대 거절하지 못했다. 맡게 된 역할을 경멸하거나, 그 연극을 혐오하고 거기에 엮이지 않기를 바랄 때조차 "내 개성을 자랑스럽게 내세우는" 일을 즐기노라고 말하곤 했다. 리허설과 극장 기념품 쇼핑, 잡담과 험담역시 굉장히 좋아했다.

엘라는 여성지를 만드는 출판사에서 일했다. 한때는 옷과 화장품에 관한 기사를 썼고, 지난 3년 동안은 혐오감을 느끼면서도 남자친구 구하기나 연애 유지 비법 따위에 대해 썼다. 그녀는 일을 잘해내지 못했다. 여성 편집인을 친구로 두지 않았다면 벌써 오래전에 해고되었을 것이다. 최근에는 훨씬 더 마음에 맞는 일을 하게 되었다. 잡지에 새로운 의학 칼럼이 실리기 시작한 것이다. 칼럼 내용은 한 의사가 담당했다. 그러나 매주 밀려드는 수백통의 독자 편지 중 절반은 의학과 아무 상관도 없는 지극히 개인적인 성격의 글이라 사적으로 답장을 작성해야 했다. 엘라가 이 편지들을 맡았다. 이 직장 일에 더해, 그녀는 지금껏 단편소설 여섯편을 썼다. 그 자신은 "예민하고 여성적"이라며 작품들을 자조적으로 묘사하는가 하면, 자기와 줄리아 둘 다 가장 싫어하는 종류의 얘기들이라고도 했다. 장편 일부를 써놓은 것도 있긴 했다. 말하자면, 표면적으로는 줄리아가 엘라를 질투해야 할 이유가 전혀 없었다. 하지만 그랬다.

오늘밤 파티는 엘라가 보조 역할을 맡은 그 의사의 집에서 열렸다. 런던 북부라서 멀었다. 엘라는 귀찮았다. 그녀로선 몸을 움직이는 게 언제나 쉽지 않았다. 줄리아가 나타나지 않았다면 침대에 누워 책을 읽고 있었을 것이다.

"재혼하고 싶다면서." 줄리아가 말했다. "도대체 남자라고는 만나지도 않는데, 되겠어?"

"그게 바로 참기 힘든 점이야." 뜬금없이 활기를 보이며 엘라가 대답했다. "이제 시장에 다시 나온 셈이니 파티에 가야 하잖아."

"그런 태도는 아무 도움도 안돼. 세상이 그렇게 돌아가니까, 안 그래?"

"그야 그렇지."

엘라는 친구가 나가주길 바라는 마음으로 침대 가장자리에 앉아(그런 순간엔 침대가 아니라 연녹색 천을 씌운 소파인 셈이다) 줄리아와 함께 담배를 피웠다. 속내를 숨기고 있다고 생각했지만 실은 초조하고 찌푸린 얼굴을 하고. "결국," 줄리아 쪽에서 먼저 입을 열었다. "사무실의 그 끔찍한 속물들 말고는 아무도 만나지 않는 셈이잖니." 그러더니 곧 이렇게 덧붙였다. "그런데다 지난주에는 단호하게 선언까지 했고 말이야."

엘라가 웃음을 터뜨렸고, 조금 뒤에는 줄리아도 따라 웃었다. 곧장 그들은 서로에 대한 친밀감을 회복했다.

줄리아의 마지막 말은 그들에겐 일종의 익숙한 음인 셈이었다. 두 여자 모두 자신이 인습적이라고까지는 할 수 없어도, 지극히 전형적인 여성이라고 생각했다. 말하자면 인습적인 감정상의 반응을 보인다는 점에서 말이다. 그들의 삶이 결코 평범하게 굴러가지 못하는 이유는 자신의 진짜 모습을 알아보는 남자를 여태 만나지 못했기 때문이라고 느끼거나 그렇게 말할 터였다. 사실 여자들은 그들을 질투와 적대감이 뒤섞인 마음으로 대하고, 남자들의 경우 우울할 정도로 진부한 감정으로 대한다는 게 문제였다. 친구들은 그들이 상식적인 차원의 도덕을 대놓고 경멸하는 여자들이라고 생각했다. 엘라가 이혼 절차를 기다리는 동안 자신에게 호감을 보인 어떤 남자에게도 과하게 반응하지 않도록 (혹은 그 남자들이 스스로 자제하도록) 신중하게 처신했다고 말한다면, 그 말을 믿어줬을 단 한 사람이 바로 줄리아였다. 엘라는 이제 거리낄 게 없었다. 전남편은 이혼 다음 날 곧바로 재혼했다. 엘라는 신경 쓰지 않았다. 불행한 결혼이었다. 분명 무수한 여느 결혼보다 더 나쁘진 않았을 테지. 하지만 그 결혼을 그냥 견디며 지냈다면 엘라는 스스로에게 배신자가 되어 살아야 했을 것이다. 외부인들 사이에서는 남편 조지에게 다른 여자가 생겨 엘라를 떠난 것이라는 말이 돌았다. 이 때문에 사람들이 자신을 동정하는 게 못마땅하긴 했지만 착잡하게 뒤엉킨 자존심이 발동했기에 굳이 오해를 바로잡으려 하지는 않았다. 게다가 사람들이 어떻게 생각하든, 그게 무슨 상관이겠는가?

자긍심의 원천이자 자신의 미래이기도 한 아이는 엘라가 키우기로 했다. 남자의 도움 없이 아이를 키워야 하는 미래를 상상하기란 쉽지 않았다. 따라서 줄리아가 마땅히 현실적으로 나올 만도 하며, 그러니 초대를 받아들이고 파티에 가는 편이 좋겠다고 엘라도 생각했다. 하지만 그러는 대신 그녀는 너무 오랜 시간 잠만 자며 우울하게 지내고 있었다.

"그것 말고도 파티에 가면 닥터 웨스트와 언쟁을 벌여야 할 텐데, 그건 이로운 일이 못되니까." 닥터 웨스트가 성실하지 않아서가 아니라 상상력이 부족한 탓에 할 수 있는 바를 다하지 않는다는 것이 엘라의 평소 생각이었다. 어느 병원을 가야 할지, 어떤 약을 써야 하고 어떤 치료를 받아야 할지 등등 조언이 필요한 문의를 그는 전부 엘라에게 떠넘겼다.

"그거야 나도 알지, 그자들 정말 끔찍하잖아." 줄리아에게 그자들이란 관리 내지는 관료, 말하자면 어떤 종류든 직책을 맡고 있는 이들 모두를 의미했다. 줄리아에게 그자들은 정의상 중산계급이었다. 당에 가입한 적은 없지만 그녀는 공산주의자였고 부모님도 노동계급이었다.

"이거 보렴." 엘라가 흥분한 목소리로 이렇게 말하며, 핸드백에서 접힌 파란 종이를 꺼냈다. 싸구려 종이에 쓴 편지였는데 내용은 이랬다. "친애하는 닥터 앨솝께. 절박한 마음에 선생님께 편지를 드립니다. 전 목과 머리에 류머티즘 증상이 있답니다. 선생님은 칼럼에서 다른 환자들에게 친절하게 조언해주시잖아요. 제게도 도움 말씀 부탁드려요. 남편이 1950년 3월 9일 오후 3시에 병원에서 사망한 그 순간 제게 류머티즘 증세가 생겼어요. 지금 혼자 살고 있는데, 류머티즘이 갑자기 온몸에 발병해도 도움을 받기 위해 움직일 수조차 없다면 어떻게 될지 정말 두렵습니다. 친절하게 답해주시길 고대하며, 도로시 브라운 (부인) 올림."

"그 사람은 뭐래?"

"그자 말이, 자기는 의학 칼럼을 쓰기로 약속했지 신경증 외래환자를 받겠다고 약속한 건 아니래."

"그러고도 남을 위인이지." 일전에 닥터 웨스트를 만났을 때 줄리아는 그가 아군이 아님을 한눈에 알아봤다.

"온 나라에서 수백 수천 명이 시름시름 비참하게 죽어가는데, 누구 하나 신경 쓰는 사람이 없어."

"눈곱만큼도 상관하지 않지." 줄리아가 맞장구쳤다. 보아하니 친구를 파티에 보내려는 노력은 포기한 듯, 그녀는 담배를 비벼 끄며 말했다. "나 목욕할게." 그러고는 노래를 흥얼거리며 기운차게 쿵쾅쿵쾅 아래층으로 내려갔다.

엘라는 잠시 가만히 앉아 있었다. 곰곰이 생각 중이었다. 갈 생각이면 입을 옷을 다려야 할 거야. 옷을 살펴보려고 몸을 거의 일으키다가 그녀는 얼굴을 찡그렸다. 뭘 입을까 생각한다는 건 사실 가고 싶다는 뜻일까? 참 이상한 일이지. 가고 싶은 건가? 안 간다고 해놓고는 늘 마음이 바뀐단 말이야. 내 마음이 이미 정해져 있었다는 거, 그게 요점이겠지. 하지만 어느 쪽이지? 마음이 바뀌지는 않았어. 안 간다고 한 다음에도 불현듯 뭔가를 하고 있다니. 이젠 대체 어느 쪽으로 마음을 먹었는지조차 헷갈리네.

몇분 후 그녀는 반쯤 써놓은 자신의 장편소설에 온 정신을 집중하고 있었다. 주제는 자살이었다. 어느 젊은 남자가 자신이 자살하리라는 걸 알지 못하다가 죽음의 순간이 닥치는 순간 실은 자기가 여러달 전부터 치밀한 준비를 해왔다는 사실을 깨달으면서 죽는다는 이야기였다. 잘 정돈되고 계획한 대로 살아가지만 장기적인 목표는 없는 그 남자 삶의 표면과, 오로지 자살만을 가리키며 자살로 귀결되는 하부에 놓인 모티프 사이의 괴리가 소설의 핵심이었다. 주인공의 장래 계획은 눈앞의 삶에 두드러진 실용성과 대비되는 온통 애매하고 불가능한 것들로 이루어져 있다. 절망, 광기 혹은 비논리의 저류가 불가능한 먼 미래의 환상들로 이어지거나 혹은 회귀했다. 처음엔 거의 포착하기조차 어려운 절망의 기저로부터 숨겨져 있던 자살 의도가 점차 분명해지면서 소설은 적절한 연속성을 갖추게 될 터였다. 죽음이 바로 그 남자 삶의 진정한 연속성을 이해할 수 있게 만드는 순간이며, 이는 질서와 극기, 실용성과 상식을 이어준다는 뜻에서가 아니라 비현실감이 연속된다는 의미에서 그러하다. 죽음의 순간에 이르러서야, 죽음에 대한 어두운 욕구와 죽음 그 자체의 연결 고리가 실은 아름다운 인생의 거칠고 광기 어린 환상들이었음을, 상식과 질서 정연함은 (이야기의 앞부분에서 그렇게 보였던 것과 달리) 온전한 정신의 표식이 아니라 광기의 암시였음을 이해하게 될 터였다.

소설의 이 주제를 엘라는 어느 저녁 식사 모임에 가기 싫다고 혼잣말을 한 다음 자신이 외출 준비를 하며 옷을 입고 있다는 사실을 깨닫는 순간 떠올렸다. 그 생각에 놀라면서 엘라는 마음속으로 말했다. 바로 이런 식으로 난 자살하게 될 거야. 열린 창문 밖으로 뛰어내리거나 밀폐된 작은 방에서 가스를 틀겠지. 그러고는 어떤 감정도 없이, 그러나 갑자기 뭔가 알아차렸다는 기분으로, 오래전에 이 사실을 깨달았어야 했다고 나 자신에게 말하겠지. 맙소사! 그래, 이게 바로 내가 의도했던 일이구나. 내내 그랬어. 이런 식으로 자살을 하는 사람이 얼마나 많을까? 사람들은 언제나 자살이 어떤 절박한 심정이나 위기에서 연유하는 순간이라고 생각하지. 하지만 실제로는 많은 이에게 자살은 이런 식으로 찾아올 거야. 서류를 정돈하고, 작별의 편지를 쓰고, 호기심에 가까운 감정까지 느끼면서 친구들에게 활기차고 정답게 전화도 하겠지…… 그러다 아주 차분하고 효율적으로 문틈과 창틈을 신문지로 메우는 거야. 스스로에게 아주 초연하게 이런 말을 하면서. 그래그래! 참 얼마나 재미있는지. 도대체 뭐가 문제였는지 몰랐다니 얼마나 기이한 일이람!

이 소설은 쓰기 힘들었다. 기법 때문이 아니었다. 청년의 모습은 아주 뚜렷하게 상상할 수 있었다. 어떻게 살았는지, 습관이 어땠는지도 알 수 있었다. 마치 소설이 자신의 내부 어딘가에 이미 쓰여 있고 그걸 단지 옮겨 적기만 하면 되는 것처럼. 문제는 그 이야기를 스스로 수치스럽게 여긴다는 데 있었다. 줄리아에게는 소설 얘기를 꺼내지도 않았다. 그녀는 보나 마나 이렇게 나올 터였다. "그거 정말 부정적인 주제네, 안 그러니?" 또는 "진취적인 미래 같은 건 제시하지 않는구나……" 그게 아니더라도 작금의 공산주의 미학에 근거하여 비슷한 취지의 판정을 내릴 것이 분명했다. 이런 말들을 들먹거리는 줄리아를 비웃기는 했지만, 엘라 자신도 마음 깊은 곳에서는 친구와 같은 마음이었다. 이런 부류의 소설이 누군가에게 도움이 된다고는 생각할 수 없기 때문이었다. 그러면서도 그녀는 그걸 쓰고 있었다. 게다가 그 소설의 주제에 놀라기도 하고 창피함을 느끼기도 했으며 가끔은 두려운 마음도 들었다. 이렇게 생각한 적도 있었다. 아마도 난 비밀리에, 자신도 모르는 사이 자살을 결심한 걸까? (하지만 그것이 사실이라고 믿지는 않았다.) 그런 다음 이렇게 변명을 늘어놓으며 소설을 계속 써나갔다. '글쎄, 뭐 꼭 출판할 필요는 없으니까, 그냥 나를 위해 쓸 거야.' 친구들에게 소설에 관해 언급할 때는 농담조로 말했다. "아무튼 내 주변에선 전부 소설을 쓰고 있더라고." 다소간 맞는 얘기이긴 했다. 사실 이 작업에 대해 그녀는 달콤한 음식을 좋아하는 사람들이나 고독에 탐닉하는 사람들, 혹은 보이지 않는 분신과 연기를 하거나 거울에 비친 자기 모습과 대화를 나누며 내밀하게 여가 시간을 보내는 이들과 같은 태도를 취했다.

엘라는 옷장에서 드레스를 하나 꺼내 다림판 위에 놓으며 생각했다. 그러니까 결국 파티에 가는 거네, 그렇지? 어느 시점에 결심했을까? 옷을 다리는 내내 그녀는 소설에 대해 생각했다. 아니, 어둠속에서 기다리며 이미 그곳에 있던 걸 아주 조금 더 밝은 곳으로 가져왔다고 하는 편이 옳을 것이다. 옷을 갈아입은 다음 엘라는 마침내 그 청년과 헤어져 다른 일에 집중하기에 앞서 전신 거울에 비친 자신의 모습을 바라보았다. 마음에 차지 않았다. 입고 있는 옷이 정말 마음에 들었던 적은 한번도 없었다. 옷장에 수십벌의 옷이 있었지만 어떤 것도 마음에 쏙 들지는 않았다. 얼굴이나 헤어스타일도 마찬가지였다. 머리 모양은 한번도 맵시 있게 보인 적이 없었고 지금도 별로였다. 하지만 그녀는 아주 매력적으로 여겨질 만한 외모상의 특징을 갖추고 있었다. 체구는 아담했고, 작고 뾰족한 얼굴 윤곽에, 이목구비도 오밀조밀 예뻤다. 그래서 줄리아는 말하곤 했다. "잘 꾸미기만 하면 넌 최고로 섹시하고 매혹적인 프랑스 여자 같은 느낌일 거다. 넌 그런 유형이야." 하지만 엘라는 언제나 실패했다. 오늘 걸치고 있는 옷도 '최고로 섹시하게' 보이게끔 장식을 배제한 검은 모직 드레스였지만 그런 느낌은 없었다. 적어도 엘라가 입으면 그랬다. 게다가 머리는 뒤로 묶었다. 해쓱하고 딱딱한 느낌마저 들었다.

'거기서 누굴 만나든 신경 안 쓸 건데 뭐.' 거울에서 돌아서며 엘라는 생각했다. '그러니 무슨 상관이람. 정말 가고 싶은 파티였다면 더 열심히 준비했을 테지.'

아들은 잠들어 있었다. 엘라는 욕실 밖에서 줄리아를 향해 큰 소리로 말했다. "결국 가기로 했어." 그 말에 줄리아가 득의양양하게 깔깔 웃더니 작은 목소리로 말했다. "내 그럴 줄 알았다니까." 엘라는 약간 기분이 상해서 대꾸했다. "일찍 돌아올 거야." 이 말에 곧장 대답하지 않고 시간을 좀 끌다가 줄리아가 말했다. "혹시 모르니 마이클을 위해 내 침실 문은 열어놓을게. 잘 다녀와."

닥터 웨스트의 집은 한차례 환승을 포함해서 지하철로 30분을 간 다음, 거기서 버스로 조금 더 가야 했다. 엘라가 줄리아의 집 밖으로 나오는 일을 늘 망설이는 이유 중 하나는 이 도시가 두려워서였다. 개성이라곤 찾아볼 수 없는 황폐한 외곽 지대에 에워싸인 런던, 이 보기 흉한 덩어리 속을 수마일 뚫고 가다보면 분노가 치밀었고, 분노가 쓸고 간 자리에 두려움이 덮쳤다. 그녀는 정류장에서 버스를 기다리다가 마음을 바꿔 자신의 비겁함을 벌하는 의미에서 걸어가기로 했다. 그 집까지 1마일을 걸으며 자신이 혐오하는 것을 대면해볼 생각이었다. 눈앞에 놓인 잿빛 거리에 볼품없는 작은 집들이 끝도 없이 오글오글 이어졌다. 늦여름 저녁의 어스름이 축축한 하늘 아래 낮게 드리워 있었다. 사방으로 몇마일이나 이런 흉물스럽고 볼품없는 풍경이 이어졌다. 이게 런던이었다. 그런 집들이 끝도 없이 이어진 거리들. 몸에 심한 압박감이 느껴질 정도로 견디기 어려웠다. 이 흉한 풍경을 바꿔놓을 힘은 어디에 있을까? 게다가 이 모든 거리마다 핸드백 속에 든 그 편지를 쓴 여자와 비슷한 사람들이 살고 있겠지. 엘라는 생각했다. 그 거리들을 지배하는 건 두려움과 무지였고, 무지와 비열함이 그 거리들을 그렇게 만들었다. 이게 그녀가 지금 살고 있는 도시이며, 자신 또한 그 도시의 일부이기에 그런 사태에 책임이 있는 것이다…… 등 뒤로 자신이 내는 구두 굽 소리를 들으며 엘라는 텅 빈 거리를 잰걸음으로 걸어갔다. 그러다 어느 집 창문 커튼에 시선이 멈췄다. 레이스와 꽃무늬 커튼으로 보아 이쪽 끝에서부터 노동계급 구역이라는 사실을 알 수 있었다. 여기가 바로 그녀가 처리해야 하는, 하지만 도저히

답할 길이 없는 끔찍한 편지를 보내는 사람들이 사는 곳이었다. 그러다 갑자기 분위기가 달라져 이제 광택 나는 청록색 커튼이 보였다. 어느 화가의 집이었다. 집값이 저렴한 그곳으로 이사를 와서 집을 아름답게 꾸며놓은 것이다. 그에 이어 이런저런 전문직 종사자들도 이사를 왔다. 이 지역의 다른 사람들과는 구분되는 한 무리의 주민들이 거기 살고 있었다. 그들은 거리 아래쪽 사람들과 왕래할 수 없었고, 그 사람들 또한 이 집들로 찾아올 수 없었다. 아마 찾아오려 하지도 않을 것이다. 이곳에 닥터 웨스트의 집이 있었는데, 그는 처음 이 동네로 이사를 온 화가와 아는 사이여서 거의 맞은편에 위치한 집을 매입했다. 그는 말했었다. "때마침 잘 샀지요. 이미 집값이 오르고 있었거든요." 정원은 지저분했다. 그는 세 자녀를 둔 바쁜 의사였고 아내도 그의 진료 업무를 도왔다. 정원을 가꿀 시간이 없었다. (거리 아래쪽 정원들은 대부분 잘 가꿔진 상태였다.) 이 세계에서 여성지의 신전으로 편지를 보내는 일은 절대 없겠지, 엘라는 생각했다. 문이 열리자 쾌활하고 친절한 웨스트 부인의 얼굴이 나타났다. 그녀가 말했다. "드디어 오셨네요." 그러고는 엘라의 코트를 받아 들었다. 깔끔하고 예쁘장하면서도 실용적으로 꾸며진 현관, 이것이 웨스트 부인의 세계였다. 그녀가 말을 이었다. "남편 말이, 소수 과격파들 문제를 놓고 요사이 당신과 갈등을 겪고 있다고 하더군요. 그 사람들을 위해 그렇게 애쓰시다니 훌륭하세요." "제 일이니까요." 엘라가 말했다. "그 대가로 월급을 받잖아요." 웨스트 부인은 싹싹하고 관대한 미소를 지었다. 그녀는 엘라를 못마땅해했다. 남편과 함께 일해서가 아니었다. 그런 건 웨스트 부인에게는 너무 조야한 감정이었다. 엘라는 어느날 그녀가 "당신네 직장 여성들"이라는 말을 입에 올리기 전에는 부인이 뭘 못마땅해하는

지 알아차리지 못했었다. '소수 과격파'나 '그 사람들'처럼 그 표현도 너무 귀에 거슬려 엘라는 적절히 대꾸할 말을 찾지 못한 터였다. 지금 그녀는 남편이 자신과 업무 얘기를 나눈다는 사실을 엘라에게 굳이 알려줌으로써 아내로서의 권리를 확고히 하고 있었다. 예전에 엘라는 속으로 이렇게 생각하곤 했다. 어쨌든 착한 여자잖아. 지금은 화가 치밀어 이런 생각을 하고 있었다. 착한 여자는 아니야. 무슨 항균제라도 뿌리는 양 소수 과격파니 직장여성들 같은 표현이나 써대는 이 사람들 모두 죽은 자들이고 저주받은 자들이지. 저 여자 마음에 들지 않아. 좋아하는 척도 하지 않을 거야…… 웨스트 부인을 따라 거실에 들어서자 아는 얼굴이 여럿 보였다. 잡지사의 여자 상관도 있었다. 그녀 역시 중년이지만 세련된 차림새였고 밝은 회색 머리에는 웨이브를 넣은 모습이었다. 전문직 여성으로서 외모 역시 업무의 일부였고, 그러한 점에서 역시 보기 좋은 차림새이지만 결코 세련되진 못한 웨스트 부인과 구별되었다. 상관의 이름은 퍼트리샤 브렌트였는데, 이름 또한 직업의 일부였으니 말하자면 편집장 퍼트리샤 브렌트였다. 엘라가 퍼트리샤 옆에 가서 앉자 그녀가 말했다. "닥터 웨스트가 편지 때문에 당신과 말다툼을 했다고 얘기하던 중이었어." 재빨리 주위를 둘러보니 사람들이 기대에 찬 표정으로 미소 짓고 있었다. 그 사건은 이미 파티의 안줏거리가 되어 있었고 엘라가 조금 맞춰주다가 화제를 마무리하길 사람들은 기대하고 있었다. 반면 제대로 된 토론이나 언쟁은 이런 모임에서 절대 허용되지 않았다. 그래서 엘라는 웃으며 말했다. "말다툼이라고 하기도 뭐해요." 그녀는 조심스레 호소 반 농담 반으로 덧붙였는데, 그런 대꾸를 사람들이 기대하고 있어서였다. "하지만 그 사람들을 위해 해줄 수 있는 일이 아무것도 없다고 생각하면 마음이 참 무거워요." 방금 자신이 그 표현, '그 사람들'을 사용했음을 깨닫자 분노가 치밀면서 기분이 착 가라앉았다. 오지 말았어야 했어, 다시 이 생각이 들었다. 이 사람들(즉, 이번에는 웨스트 부부와 그들이 대변하는 것들)은 자기들과 비슷하게 굴어야만 타인을 용인하지.

"아, 그게 핵심이긴 하죠." 닥터 웨스트가 말했다. 유쾌한 음성이었다. 어느 면으로 보나 그는 쾌활하고 유능한 남자였다. 엘라를 놀리듯 그가 덧붙였다. "물론 체제 전부가 싹 바뀌지 않는다면 말이에요. 정작 본인은 모르고 있지만, 사실 우리 엘라는 혁명가랍니다." "전 여기 계신 분 전부가 원한다고 생각했는데요," 엘라가 말했다. "체제 변화를요." 하지만 분위기와 전혀 어울리지 않는 말이었다. 닥터 웨스트는 자신도 모르게 얼굴을 찌푸렸다가 이어 다시 미소를 지었다. "물론 우리도 변화를 바라긴 해요." 그가 말했다. "빠를수록 더 좋죠." 웨스트 부부는 선거에서 노동당 후보를 찍었다. 닥터 웨스트가 '노동당' 지지자라는 사실이 퍼트리샤 브렌트에게는 자랑거리였는데, 그녀 자신은 보수당을 지지했기 때문이다. 그런 식으로 자신의 관용을 입증하는 셈이었다. 엘라는 특정 정당을 지지하지 않았지만 퍼트리샤에겐 마찬가지로 소중했고, 그건 그녀가 이 잡지에 대한 경멸감을 공공연히 내비친다는 아이러니한 이유에서였다. 엘라와 퍼트리샤는 같은 사무실에서 일했다. 잡지와 관련한 모든 다른 사무실이 그렇듯이 그들의 사무실도 그 잡지의 분위기, 그러니까 내숭을 떨고 어린 숙녀처럼 속물적으로 구는 그런 분위기가 지배했다. 거기서 일하는 여자들은 자신도 모르게 전부 똑같은 말씨로 말하게 되는 것 같았는데, 심지어 전혀 그렇지 않던 퍼트리샤마저 그랬다. 그녀는 친절하고, 열성적이며,

직설적이고, 전투적인 자긍심이 넘치는 여성이었다. 하지만 사무실에서는 자신의 품성과 동떨어진 말을 하곤 했고, 자기 자신도 그럴까봐 두려움을 느끼던 엘라가 그 점을 비판한 적도 있었다. 아무리 먹고살기 힘들어도 무엇을 해야 하는지에 대해 자기 자신에게까지 거짓말을 할 필요는 없지 않으냐고 그녀는 말했다. 엘라는 퍼트리샤가 자신을 해고하리라 생각했고, 반쯤은 그래주기를 바라기도 했다. 퍼트리샤는 대신 엘라에게 값비싼 점심을 대접하면서 그 자리에서 스스로를 변호하려 애썼다. 듣고 보니, 그녀에게 이 일은 패배나 다름없었다. 한때 잘나가는 여성지 패션 부문 편집장이었지만 상부에서는 그녀를 그 자리에 적합하지 않은 인물로 판단했다. 세련된 문화적 허세로 치장한 잡지였던 터라 예술계 유행에 대해 예민한 후각을 갖춘 편집장이 필요했다. 퍼트리샤는 문화적인 최신 유행에 대한 감각이 전혀 없었고 엘라로서는 그게 그녀를 좋게 생각하는 한가지 이유였지만, 이 특정한 부류의 여성지 소유주는 그 점을 문제 삼아 퍼트리샤에게『주부 생활』편집을 맡겼다. 이 잡지의 독자층은 노동계급 여성들이었기에 가식적으로 교양을 과시하는 일 따위는 불필요했다. 이제 퍼트리샤는 업무에 적합한 사람이 되었으니, 이게 바로 그녀가 남몰래 속이 상한 원인이었다. 잘나가는 작가며 화가 들 이름이 오르내리던 지난번 잡지의 분위기를 은근히 동경하며 즐겼던 것이다. 그녀는 유복하나 교양은 갖추지 못한 시골 유지의 딸이었다. 어린 시절 하인들의 보살핌을 받으며 자랐고, 그렇게 "하층계급 사람들"과 일찍 접촉해보았기에 독자들에게 어떤 것을 제공하면 좋을지 직접 기민하게 파악할 수 있었다고 했다. 사무실에서는 내숭을 떨며 사용하는 '하층계급 사람들'이라는 표현을, 바깥에서는 아무런 자의식 없이 사용했다.

엘라를 해고하기는커녕, 퍼트리샤는 자신이 떠나야 했던 그 세련된 잡지에 대해 품었던 동경 어린 존경심을 그녀에게서도 느끼던 터였다. 그녀는 "고급 문학 출판사"에서 소설집을 낸 "일류 작가"가 자기 밑에서 일하고 있다고 태연히 말하곤 했다.

게다가 사무실에 당도하는 편지들에 대해서도 퍼트리샤는 닥터 웨스트보다 훨씬 더 따뜻하고 인간적인 이해를 보여주었다.

이제 파티에서 퍼트리샤는 이렇게 말하며 그녀를 감쌌다. "저도 엘라와 같은 생각이에요. 매주 엘라가 삼켜야 하는 비참함을 한번 들여다보면 대체 이 친구가 어떻게 그 일을 해내는지 신기할 정도라니까요. 너무 절망적이라 음식도 넘기기 힘들 지경이거든요. 정말이지, 제가 식욕을 잃을 정도라면, 그건 아주 심각한 문제랍니다."

그러자 참석한 사람들이 전부 웃었고 엘라도 퍼트리샤에게 고마운 심정으로 미소를 보냈다. 그녀는 '괜찮아, 당신 비난하던 거 아니었어'라고 말하는 듯 고개를 끄덕였다.

다시 사람들이 입을 열기 시작하자, 엘라는 이제야 편한 마음으로 주위를 둘러보았다. 거실은 널찍했다. 벽 하나를 튼 것이다. 똑같이 생긴 그 거리의 자그마한 집들 아래층엔 자그마한 방이 두칸 있어서 하나는 주로 식구들로 북적이는 부엌 구실을 했고 나머지 하나는 손님맞이용 응접실로 쓰였다. 반면에 이 집은 거실이 아래층 전체를 차지했고, 위층 침실과는 계단으로 이어져 있었다. 환한 거실은 여러 색깔로 칠해져 있었다. 암녹색, 담홍색 그리고 노란색이 대조를 이루며 각기 도드라진 구획들을 구성하는 식이었다. 웨스트 부인에겐 취향이랄 것이 없었으니, 이 거실도 의도한 만큼 세련된 공간은 못되었다. 한 5년 지나면 이 거리의 다른 집들도 밝은 단색들로 칠한 벽이며 그에 어울리는 커튼과 쿠션을 갖추게 될 테지, 엘라는 생각했다. 우리가 취향의 그런 단계를 강요하고 있으니까, 가령 『주부 생활』이. 그러면 이 거실은 어떻게 달라질까? 다음 유행이 뭐든 간에, 아마…… 어쨌든 파티에 왔으니, 좀더 사교적으로 굴어야겠지……

한차례 더 주위를 둘러보면서, 엘라는 이건 파티라기보다는 웨스트 부부가 "사람들 좀 부를 때가 되었어"라고 말했기 때문에 온 사람들의 모임임을 깨달았다. 손님들은 "웨스트 부부네 집에 한번 가봐야겠지"라고 말하며 거기 왔을 터였다.

오지 말걸, 후회가 되었지만 돌아갈 길도 막막했다. 이때 한 남자가 자리에서 일어나 방을 가로질러 오더니 엘라 곁에 앉았다. 첫인상은 야윈 젊은 남자로 예민해 보이는 얼굴에 초조한 듯 비판적인 미소를 짓고 있었는데, 자기소개를 하며(이름은 폴 태너, 의사였다) 말을 건넬 때는 순간순간 자기 의지에 반하는, 혹은 자신도 모르는 듯한 상냥함을 미소에 담았다. 엘라는 그 따스한 순간을 받아들이며 자신 또한 미소를 되돌려주고 있다는 사실을 깨닫고 그 남자를 좀더 찬찬히 살폈다. 당연하게도 그는 첫인상과 달리 젊지 않았다. 주근깨가 약간 섞인 새하얀 피부를 가졌으며, 거친 검은 머리칼은 정수리 주변으로 듬성듬성하고 눈언저리에는 깊은 주름이 패어 있었다. 깊고 푸른 눈동자가 꽤 아름다웠다. 투쟁적이고 진지한 눈에 회의론자 특유의 눈빛이 어른거렸다. 신경이 곤두선 얼굴이군, 엘라는 이렇게 결론 내렸고 말을 꺼낼 때 그의 몸이 긴장하는 것도 보았다. 말은 잘했지만 스스로를 경계하는 식이었다. 이런 자의식 때문에 엘라는 그에게서 멀어지려 하고 있었다. 조금 전만 하더라도 그의 미소에 담긴 무의식적인 온기에 감응했건만.

이것이 바로 훗날 그토록 깊이 사랑하게 되는 남자에게 엘라가 처음 보인 반응이었다. 나중에 그는 반쯤은 속이 상해서, 반쯤은 농담조로 불평하곤 했다. "처음부터 당신은 날 사랑하지 않았지. 첫눈에 사랑에 빠졌어야 하는데 말이야. 처음 본 그 순간 나와 사랑에 빠지는 여자가 단 하나라도 있으면 했는데, 절대 그런 일은 일어나지 않아." 그뒤로도 같은 주제를 밀고 나갔는데, 급기야 대놓고 너스레를 떨며 감정적인 언어를 동원하기에 이르렀다. "얼굴은 영혼이야. 섹스를 한 다음 비로소 날 사랑하는 여자를 어떻게 믿을 수 있겠어? 당신은 날 전혀 사랑하지 않았어." 그런 다음 쓸쓸한 얼굴로 익살스럽게 계속 웃어댔고, 그러면 엘라는 소리쳤다. "어떻게 육체적인 사랑을 다른 것들과 떼어놓을 수 있겠어? 말도 안되지."

엘라의 관심은 줄곧 그에게서 달아나고 있었다. 자기가 몸을 꼼지락대고 있다는 걸, 그도 자신의 그런 상태를 알고 있다는 걸 의식했다. 더구나 그가 그 사실에 신경을 쓰고 있다는 것도. 그는 엘라에게 이끌렸던 것이다. 너무도 열렬히 자신을 붙잡아두려 하는 그의 얼굴을 보며, 엘라는 이 모든 것 어딘가에 자존심이, 그러니까 자신이 반응하지 않으면 불쾌함을 느낄 성적인 자존심이 자리함을 느꼈고 그 때문에 불현듯 도망치고 싶었다. 너무도 급작스럽고 격렬해 편안하게 앉아 있기도 힘든 이런 감정의 소용돌이는 전남편 조지를 떠올리게 했다. 1년이나 이어진 그의 맹렬한 구애 끝에, 단지 그 때문은 아니라 하더라도 너무 지친 심정으로 그와 결혼했었다. 결혼해서는 안된다는 사실도 알고 있었다. 하지만 이왕 했으니, 헤어질 의지가 없었던 것이다. 결혼 직후 엘라는 그에게 성적으로 혐오감을 품게 되었는데, 그 감정을 누르거나 감추는 것이 불가능했다. 이 때문에 그는 아내를 더욱 원하게 되었고 엘라는 한층 그를 혐오하게 되었다. 심지어 그는 자신에 대한 아내의 혐오에서 어떤 전율이나 만족을 얻는 듯했다. 이렇게 그들은 어느 면에서 보나 가망 없는 일종의 심리적 교착상태에 놓여 지냈다. 당시 엘라를 자극하려는 목적에서 그는 다른 여자와 자고는 그 사실을 그녀에게 알렸다. 전에는 내지 못했던 헤어질 용기를 엘라는 그때야 발휘했다. 절박한 상황에서, 정직하지 못한 말이긴 했지만, 엘라는 남편이 신의를 저버렸다는 점을 이혼 사유로 내세웠다. 이런 태도가 자신의 도덕관념과 맞지 않는데다 남편이 자신에게 불성실했다는 인습적인 주장을 내세웠다는 사실에 그녀는 스스로를 향해 겁쟁이라고 끝없이 되뇌면서 자기 자신을 경멸하기에 이르렀다. 조지와 지냈던 마지막 몇주, 마침내 모든 상황이 종결된 뒤 그 집을 떠남으로써 자신을 숨 막히게 가두고 자신의 의지를 보란 듯이 앗아 간 그 남자에게서 완전히 떨어지기까지의 그 시간은 자기멸시와 히스테리로 점철된 악몽 같은 나날이었다. 그런 다음 조지는 엘라의 마음을 돌리기 위해 이용했던 그 여자와 재혼했다. 엘라에겐 참 다행스러운 일이었다.

우울해질 때면 엘라는 조지와 살았던 그 시절 자신의 행동에 대해 끝없이 속을 태우는 습관이 있었다. 스스로의 이런 심리에 관해 여러가지 정교한 설명을 내놓기도 했다. 자기 자신과 그 사람 둘 다를 폄하했고, 그 모든 일을 겪으며 완전히 지치고 찌든 기분이 들었다. 게다가 더 나쁘게는, 자신의 어떤 결함 때문에 불가피하게 다른 남자와도 똑같은 경험을 반복할 운명이 아닌지 남몰래 근심하기도 했다.

하지만 폴 태너와 만나기 시작한 지 불과 며칠 뒤부터 엘라는 극히 단순하게 이처럼 말하게 될 터였다. "물론 난 조지를 사랑한 적이 없어." 그 문제에 대해선 더이상 얘기할 것도 없다는 듯이. 실제로 그녀로선 더 할 말이 없었다. '물론 난 그를 사랑한 적이 없어'와 그 말의 당연한 귀결인 '난 폴을 사랑해'가 같은 차원에 놓일 수 없다는 그 모든 복잡한 심리적 태도도 이제 더이상 그녀의 마음을 어지럽히지 않았다.

어쨌든 지금 엘라는 그에게서 멀어지고 싶어 안절부절못했고 사로잡힌 느낌마저 들었다. 그 사람에게가 아니라, 자기의 과거가 그의 모습 속에서 부활할 가능성에.

그가 말했다. "웨스트와 언쟁을 벌이게 만든 그 환자의 사례는 뭐였죠?" 엘라를 잡아두려는 질문이었다. 엘라가 말했다. "아, 당신도 의사군요. 물론 그들 전부가 환자이고 질환을 앓고 있죠." 말이 날카롭고 공격적으로 나간 터라, 그녀는 애써 미소 지으며 덧붙였다. "미안해요. 제가 일 때문에 필요 이상으로 걱정하는 것 같네요." "이해해요." 그가 말했다. 닥터 웨스트라면 절대 "이해해요"라는 말은 하지 않을 터였고, 그때부터 엘라는 그에게 마음이 끌리기 시작했다. 스스로는 깨닫지 못했지만 그녀는 아주 잘 아는 사람이 아니면 늘 딱딱한 태도로 대했는데, 그런 태도가 눈 녹듯 금세 사라졌다. 엘라는 문제의 편지를 찾아 핸드백을 뒤지다가, 뒤죽박죽인 핸드백 안을 본 그가 놀리듯이 빙그레 웃는 것을 알아차렸다. 미소 띤 얼굴로 그는 편지를 받아 들었다. 그러고는 그것을 펴지 않은 채 손에 들고는 감사의 표정으로 엘라를 바라봤다. 마치 비로소 자신을 향해 마음을 연 그녀, 엘라의 참된 자아를 환영하듯이. 그런 다음 편지를 읽더니, 이번에는 펼친 채로 들고 앉아 있었다. "불쌍한 웨스트가 뭘 할 수 있겠어요? 연고라도 처방해주길 바라는 건가요?" "아니요, 물론 아니죠." "이 여자는 아마도 그때 이후로 일주일에 세번은 의사를 괴롭히고 있을 겁니다." 그가 편지를 다시 보았다. "1950년 3월 9일. 그 불쌍한 남자는 자신이 생각해낼 수 있는 연고라면 죄다 처방했겠군요.""네, 그렇죠." 엘라가 말했다. "내일 아침에 답장을 써야 해요. 그것 말고도 한 백통쯤 더." 편지를 돌려받으려고 엘라가 손을 내밀었다. "뭐라고 쓸 거죠?""무슨 말을 하겠어요? 사실 그런 여자들이 몇십만, 아니 몇백만은 될 텐데." 몇백만은 유치한 표현인 듯해서, 엘라는 무지와 비참함이 시커멓게 덩어리져 늘어진 광경을 전달하려 노력하며 열의를 담은 눈으로 그를 응시했다. 편지를 돌려주며 그가 말했다. "그래서, 대체 어떤 얘기를 할 생각인데요?""그 여자가 정말로 원하는 얘기는 해줄 수 없어요. 분명 닥터 앨숍이 백마 탄 기사처럼 몸소 와서 구해주길 바랄 테니까요.""그야 물론 그렇죠.""그게 문제예요. 이렇게 쓸 수는 없잖아요. 친애하는 브라운 부인, 당신이 앓고 있는 건 류머티즘이 아니랍니다. 당신은 버림받았고 외로우시죠. 그래서 신경을 써달라고 누군가에게 부탁하기 위해 증세를 만들어낸 거예요. 글쎄, 이렇게 쓸 수 있겠어요?""요령 있게 한다면 그런 말쯤이야 다 전달할 수 있어요. 아마도 그 여자 스스로도 알고 있을 겁니다. 사람들을 만나거나 단체에 가입하거나 하는, 그런 식의 노력을 해보라고 말해줄 수 있겠죠.""내가 그 여자에게 이래라저래라 하는 건 오만한 짓이에요.""도와달라고 편지를 보냈으니, 말해주지 않으면 그게 오히려 오만한 태도 아닐까요?""단체라고 하셨죠! 하지만 그 여자가 바라는 건 그런 게 아니에요. 개인적이지 않은 뭔가를 원하는 게 아니니까요. 결혼 생활을 오래 해왔고, 지금은 자기의 절반이 찢겨 나간 느낌이거든요."

이 말에 그는 한동안 진지하게 엘라를 주시했는데, 무슨 생각을 하는지는 짐작할 수 없었다. 마침내 그가 입을 열었다. "그래요, 당신 말이 맞는 것 같군요. 하지만 결혼 중개업소에 편지를 써보라고 제안할 수도 있겠죠." 엘라가 못마땅한 표정을 짓자 그는 웃음을 터뜨리며 말을 이었다. "좀 그렇긴 하네요. 그래도 결혼 중개업소를 통해 좋은 짝을 만나도록 제가 얼마나 많은 사람을 도와줬는지 들으면 깜짝 놀라실 겁니다."

"무슨 심리 치료를 하는 사회복지사처럼 말씀하시네요." 입에서 그 단어들이 튀어나오자마자 엘라는 그가 뭐라고 대답할지 짐작할 수 있었다. 닥터 웨스트는 자신이 건실한 일반의로서 "장식적인 질환"에 대해서는 인내심을 보일 수 없다며, 심각한 정신 질환자는 "주술사" 동료에게 보낸다고 농담조로 말한 적이 있었다. 그러니까 이 사람이 그 '주술사'였다.

폴 태너는 약간 주저하며 입을 뗐다. "어떤 면에서는 그게 제가 하는 일이긴 하죠." 그의 주저하는 태도가 자신에게서 뻔한 반응을 이끌어내고 싶지 않기 때문에 나온 것임을 엘라는 알아차렸다. 그게 어떤 반응인지도 알 것 같았는데, 폴이 자기에 관해 온갖 것을 알고 있는 주술사임을 깨닫고는 안도감과 함께 불편한 관심, 즉 바로 그가 염두에 둔 반응이 마음속에서 솟아나고 있었던 것이다. 엘라는 재빨리 말했다. "아, 당신에게 제 골칫거리를 늘어놓진 않을게요." 바로 그런 일이 벌어지지 않도록 할 말을 그는 잠시 골랐고, 이렇게 입을 열었다. "파티에서는 절대 조언하지 않으니까요."

"남편과 사별한 브라운 부인은 제외하고 말이죠." 그녀가 말했다.

미소 띤 얼굴로 그가 물었다. "당신 중산계급이죠, 그렇지 않나요?" 명백히 그녀를 재단하는 발언이었다. 그 말에 엘라는 마음이 상했다. "출신은 그렇죠." 그러자 그가 대꾸했다. "난 노동계급이에요. 그러니 당신보다는 내가 브라운 부인에 관해 더 많이 알겠죠."

이때 퍼트리샤 브렌트가 다가오더니 자기 직원 몇명과 얘기해보라며 그를 데리고 가버렸다. 엘라는 연인이나 부부를 위한 모임도 아닌 자리에서 자신들이 너무 서로에게만 몰두하고 있었다는 것을 깨달았다. 퍼트리샤가 조금 전의 행동으로 그들이 유별나게 굴었음을 넌지시 전한 셈이었다. 그 생각을 하니 살짝 짜증이 났다. 폴은 그녀의 곁을 뜨고 싶지 않은 눈치였다. 호소하는 듯하면서도 단호한 눈길을 줄곧 엘라 쪽으로 집요하게 보내고 있었다. 엘라는 생각했다. 그래, 저 단호한 눈길, 자기가 돌아올 때까지 기다리라고 명령하는 고갯짓 같잖아. 그에게 향했던 마음이 다시 엷어졌다.

집에 갈 시간이었다. 웨스트 부부 집에 고작 한시간 머물렀을 뿐인데 어서 자리를 뜨고 싶었다. 폴 태너는 퍼트리샤와 어떤 젊은 여자 사이에 있었다. 무슨 이야기를 나누는지 들리지는 않았지만 두 여자는 흥분과 은밀한 관심이 절반씩 뒤섞인 표정이었는데, 이는 곧 그들이 직접적으로 혹은 간접적으로 닥터 태너의 직업에 대해 이야기하고 있다는 뜻이었다. 두 사람이 환하게 얼굴을 밝히는 동안 폴은 내내 정중하나 딱딱한 미소를 유지하고 있었다. 몇시간이 지나도 저 여자들에게서 빠져나오긴 어려울 거야, 엘라는 생각했다. 그러고는 일어나 웨스트 부인에게 양해를 구했는데, 그녀가 그렇게 일찍 떠나려 하자 부인은 언짢은 얼굴이었다. 내일 한무더기의 편지를 놓고 만나게 될 닥터 웨스트에게 고개를 끄덕여 인사한 다음 폴을 향해 미소를 보내자, 엘라가 자리를 뜬다는 사실에 그의 짙푸른 눈이 화들짝 놀란 듯 휘둥그레졌다. 외투를 입으러 현관으로 나가자 그가 급히 달려오더니 집에 데려다주겠다고 말했다. 태도가 거칠다 못해 거의 무례한 수준이었다. 그는 남들이 추구하는 예의 같은 것에 얽매이길 원치 않는 사람이었다. 엘라가 말했다. "같은 방향이 아닐 텐데요." "어디 사시죠?" 그가 물었고, 엘라가 대답하자, 자기 집 방향에서 벗어난 곳이 절대 아니라고 단호하게 말했다. 그는 작은 영국제 차를 몰았다. 운전은 빠르고 능숙했다. 자가운전자와 택시 승객이 아는 런던은 지하철과 버스 승객이 아는 런던과 아주 다르다. 아까 지나쳐 왔던 수마일의 누추한 잿빛 구역은 불빛들이 피어나 은은하게 반짝이는 도시가 되어 있었고, 엘라는 이제 런던이 자기를 괴롭힐 힘을 잃어버렸다고 생각했다. 폴 태너는 엘라를 향해 날카롭게 탐색하는 시선을 보내며 그녀의 인생에 관한 짤막하면서도 실질적인 질문을 던졌다. 자신을 정리함에 분류하려는 그 시도에 저항하는 기분으로, 엘라는 전쟁 내내 여공들이 밥을 먹는 구내식당에서 음식을 날랐으며 그들과 같은 숙소에서 지냈다는 얘기를 들려주었다. 종전 직후 결핵에 걸려, 심하진 않았지만, 요양소에 입원해 여섯달을 보냈던 일도. 그 경험이 자신의 삶을 변화시켰다는 것, 여공들과 보낸 전쟁 시절보다 훨씬 더 깊숙이 자신을 바꿔놓았다는 얘기도 했다. 어머니는 아주 어릴 때 돌아가셨고, 그래서 말없고 완고한 인도 주재 영국군 장교 출신의 아버지가 자기를 양육했다는 것도. "그걸 양육이라 부를 수 있다면요. 제멋대로 놔두셨고 그래서 아버지한테 고마운 심정이에요." 엘라는 웃으며 덧붙였다. 그다음으로는 금방 끝나버린 불행한 결혼 이야기를 했다. 이 단편적인 정보 하나하나에 폴 태너는 고개를 끄덕였는데, 책상 너머에 앉아 환자의 답변에 그렇게 고개를 끄덕이는 그의 모습이 엘라의 눈에 선했다. "사람들 말이, 당신 소설 쓰는 분이라면서요." 줄리아의 집 앞에 차를 대며 그가 말했다. "쓰지 않는데요." 사생활을 침해당해 언짢은 심정으로 엘라는 대꾸했고, 그 즉시 차에서 내렸다. 그도 자기 쪽으로 재빨리 내려 엘라와 동시에 문 앞으로 다가섰다. 그들은 망설였다. 하지만 엘라는 자신을 쫓는 그의 집요함에서 벗어나 얼른 집 안으로 들어가고 싶었다. 그가 무뚝뚝하게 말했다. "내일 오후에 나랑 드라이브 가지 않을래요?" 뒤늦게 생각났다는 듯 급히 올려다본 하늘에 짙은 구름이 끼어 있었는데도 그는 이렇게 말을 이었다. "날씨가 좋을 것 같아서요." 이 말에 엘라는 웃어버렸고, 웃음에서 나온 호의로 그러자고 했다. 그의 얼굴은 안도감, 아니 승리감으로 환해졌다. 저 사람 일종의 승리를 거둔 셈이군, 마음이 서늘해지는 것을 느끼며 엘라는 생각했다. 그런 다음 그는 다시 한번 망설이는 태도로 악수를 청하더니 고개를 끄덕이고는 차 쪽으로 가면서 내일 2시에 보자고 했다. 엘라는 어두운 현관을 지나 실내로 들어섰다. 계단은 컴컴했고 온 집이 고요했다. 줄리아의 방문 아래쪽에서 불빛이 새어 나오고 있었다. 어쨌든 아주 이른 귀가였다. 엘라가 외쳤다. "나 다녀왔어, 줄리아." 그러자 친구의 낭랑한 목소리가 돌아왔다. "들어와서 얘기해줘." 줄리아는 널찍하고 편안한 침실의 큼지막한 2인용 침대에서 베개 더미에 기대어 책을 읽고 있었다. 잠옷 소매를 팔꿈치까지 걷어 올리고 있었다. 유쾌하고, 뭔가 눈치를 챈, 호기심 어린 얼굴. "그래, 어땠니?" "따분했지 뭐." 이 대답은 보이지 않는 의지력을 행사해 억지로 그 파티에 가도록 떠민 친구를 향한 타박이었다. "정신과 의사가 집에 데려다줬어." 엘라는 자기 얼굴에, 그리고 퍼트리샤와 그 젊은 여자 얼굴에도 떠올랐던 것과 같은 표정이 줄리아의 얼굴에도 나타나는지 보려고 일부러 그 단어를 써보았다. 똑같은 표정인 걸 보니, 말하자면 친구를 고의로 공격하기라도 한양 창피하고 미안한 마음이 들었다. 고의로 공격한 게 맞지, 엘라가 생각했다. "딱히 마음에 들지는 않아." 어린애처럼 엘라는 줄리아의 화장대 위에 놓인 향수병을 장난스럽게 만지작거리며 덧붙였다. 손목에 향수를 문지르면서 거울에 비친 줄리아의 얼굴을 보니, 그녀는 이제 다시 반신반의하면서도 짓궂은 표정으로 참을성을 발휘하고 있었다. 엘라는 생각했다. 그래, 물론 줄리아는 일종의 엄마 같은 친구야, 하지만 내가 늘 맞춰줘야 하는 걸까? 게다가 거의 항상 내가 줄리아의 엄마 같기도 하고. 뭔지는 모르겠지만 무언가로부터 줄리아를 보호해줘야 할 것 같아. "왜, 그 사람 별로야?" 줄리아가 물었다. 진지한 질문이라 엘라도 이제 진지하게 생각해야 했다. 대답 대신 그녀는 말했다. "마이클 봐줘서 고마워." 그러곤 잠을 자러 위층으로 올라가며, 줄리아를 향해 겸연쩍은 미소를 보냈다.

이튿날 런던 전역에는 햇살이 눈부시게 내려앉았고, 가로수들은 건물의 육중함이나 도로의 일부가 아니라 들판과 풀밭과 시골을 끌어온 것 같았다. 오후에 드라이브를 갈지 말지 망설이던 엘라는 풀밭 위 햇살을 마음속에 그리는 순간 기쁜 마음이 되었고, 이처럼 예기치 못하게 기분이 하늘로 솟아오르자 한동안 자신이 알고 있던 이상으로 우울에 빠져 있었음을 깨달았다. 아이의 점심을 요리하면서 그녀는 노래까지 흥얼거렸다. 그건 폴의 목소리를 기억하고 있었기 때문이었다. 어제 만났을 때는 그의 음성을 의식하지 않았지만 이제 그 목소리가 귓전에 울렸다. 따스한 음성, 교육받지 못한 계층의 억양이 약간 묻어나는 조금은 거친 느낌의 목소리. (그를 생각할 때, 엘라는 바라보기보다는 듣고 있었다.) 폴이 사용한 표현들이 아니라 이제 엘라가 섬세함, 아이러니, 공감으로 특징짓게 된 그의 말투를 엘라는 듣고 있었다.

그날 오후 줄리아는 친구 집에 마이클을 데려가기로 했고, 엄마가 자기 없이 드라이브 간다는 걸 아이가 모르게 하기 위해 점심 식사를 마치자마자 곧바로 떠났다. "어쨌거나 아주 기분 좋아 보이네." 줄리아가 집을 나서기 전에 말했다. "그건 그래, 몇달이나 런던 밖으로 나간 적이 없잖니. 게다가 남자친구 없이 지내는 건 나한텐 맞지 않는 일 같아." 엘라가 대꾸했다. "누군들 맞겠니?" 줄리아가 이죽거렸다. "없는 것보다 아무라도 있는 게 낫다고 생각하진 않는다만." 이 조그만 화살을 쏜 다음 줄리아는 유쾌하게 아이를 데리고 집을 나섰다.

폴은 늦게 왔는데, 형식적으로 사과하는 품을 보니 업무가 과중하고 바쁜 의사여서만이 아니라 기질적으로 자주 약속에 늦는 모양이었다. 그가 늦었다는 사실이 엘라는 오히려 반가웠다. 얼굴을 흘끗 보니 또다시 초조한 성마름의 구름이 내려앉아 있어서 지난밤 그가 마음에 들지 않았던 기억이 떠올랐다. 게다가 약속 시간에 늦는다는 건 자신을 진심으로 좋아하는 건 아니라는 의미이니, 폴이 아니라 조지와 관련된 두려움으로 조금은 긴장되었던 마음이 풀어졌다. (엘라 스스로가 이를 잘 알고 있었다.) 하지만 차에 올라 런던 외곽으로 향하자마자 다시 그가 초조한 눈길을 연신 보내고 있음을 의식하게 되었다. 단호함도 느껴졌다. 아무튼 그는 말을 이어갔고 엘라는 그의 목소리에 귀를 기울이고 있었는데, 기억했던 대로 듣기 좋은 음성이었다. 그의 말을 듣고, 창밖을 바라보고, 소리 내어 웃기도 했다. 그는 늦게 온 이유를 설명하고 있었다. 병원에서 함께 일하는 의사들과 어떤 오해가 있었다는 얘기였다. "사실 아무도 언성을 높이지는 않았지만, 중상류층 사람들은 워낙 들리지도 않게 박쥐처럼 끽끽거리면서 대화하잖아요. 나 같은 배경을 가진 사람들은 엄청 불리하죠." "그 병원에서 당신이 유일한 노동계급 출신 의사인가요?" "아뇨, 병원에서는 아니고, 그 진료과에서 그렇죠. 결코 그 점을 잊도록 놔두질 않는답니다. 자기들이 그런다는 사실조차 의식하지 못하지만요." 쾌활하고 유머러스한 말이었다. 원망도 일부 담겨 있었지만 오랜 습관에서 나오는 것이었기에 뾰족한 구석은 없었다.

이날 오후에는 두 사람을 가로막던 장벽이 하룻밤 사이 눈 녹듯 녹아버리기라도 한 양 대화하기가 훨씬 수월했다. 흉물스럽게 쫓아오던 런던 근교를 벗어나자 햇빛이 가득 쏟아졌고, 엘라는 기분이 가파르게 상승해서 도취된 듯 느껴졌다. 더구나 그녀는 이 남자가 자기 애인이 되리라는 것을 직감하고 있었다. 그의 음성이 선사하는 기쁨 때문이었다. 비밀스런 즐거움으로 마음이 벅차올랐다. 이제 미소 띤 그의 눈길이 너그럽게 다가오더니, 그가 줄리아와 똑같은 말을 했다. "당신, 기분 정말 좋아 보이네요." "맞아요, 런던 밖으로 나와서 그런가봐요." "런던이 그렇게 싫어요?" "아, 그건 아니에요. 좋아하긴 해요. 정확히는 런던에서 내가 사는 방식이 맘에 들어요. 이건 정말이지 싫지만요." 그러면서 엘라는 차창 바깥을 가리켰다. 울타리와 나무 들이 다시 작은 동네에 집어삼켜진 터였다. 옛 잉글랜드의 흔적이라곤 조금도 없는, 새로 조성된 흉한 동네였다. 쇼핑 중심가를 통과하며 보니 가게 간판들이 런던을 빠져나오는 내내 지나쳐 왔던 간판들과 똑같았다.

"왜요?"

"글쎄요, 확실히, 정말 볼품없잖아요." 의아한 표정으로 그가 그녀의 얼굴을 돌아보았다. 잠시 뒤 그가 말했다. "사람들이 그 안에 살고 있는데요." 그녀가 어깨를 으쓱했다. "그들도 마찬가지로 싫어요?" 엘라는 화가 치밀었다. 오랫동안 어울려온 이들이었다면 예외 없이 어째서 자신이 '이 모든 것'을 혐오하는지 설명해주지 않아도 이해했을 테고, 평범한 사람들을 가리키면서 '그들도 마찬가지로 싫어하는지'를 묻는 건 요점을 한참 벗어난 질문이기 때문이었다. 하지만 그 질문을 생각해본 다음 그녀는 굽히지 않고 이렇게 말했다. "어떤 면에서는 그래요. 그들이 견디며 사는 것들이 마음에 안 들어요. 모두 쓸어버려야 마땅하죠. 전부 다." 그러면서 손을 들어 크게 쓸어내는 시늉을 했다. 거대하고 암울한 런던의 땅덩어리를, 수천개나 되는 볼품없는 변두리 동네를, 그리고 비좁은 공간에 꽉 들어찬 영국의 무수히 많은 옹색한 인생을.

"하지만 그렇게 못한다는 사실, 당신도 잘 알잖아요." 그도 미소를 지으며 고집스럽게 말했다. "계속 그렇게 남아 있을 거예요. 더 많은 체인점과 텔레비전 안테나, 그리고 체면치레하는 사람들. 그런 거죠, 안 그래요?"

"물론 그렇겠죠. 하지만 당신은 그냥 그걸 받아들이나보네요. 어째서 그 모든 걸 당연하게 여기는 거죠?"

"이게 우리 시대니까요. 과거보다는 좋아졌잖아요."

"좋아졌다니!" 자신도 모르게 이렇게 반응했지만 엘라는 곧 말을 삼켰다. 병원에 머물던 시절부터 줄곧 자신을 떠나지 않던 개인적인 전망, 즉 삶의 근저에 놓여 있다가 전쟁과 잔인함과 폭력으로 발현하는 비개성적이고 파괴적인 어떤 어두운 힘에 대한 자신의 전망을, 방금 좋아졌다는 그 말 반대편에 세워놓고 있던 터였다. 하지만 그 전망은 그들이 논쟁하는 내용과는 아무 관련이 없었다. "그러니까 당신 말은," 엘라가 말했다. "실업자도 없고 굶주리는 사람도 없으니까 좋아졌다는 건가요?"

"좀 이상하긴 하지만, 그래요, 그런 뜻으로 한 말이에요." 자신과 엘라 사이에 일종의 벽을 세우는 듯한 태도였다. 즉 당신은 아니지만 나는 노동계급 출신이고, 따라서 사태를 각성한 집단의 일원이라는 식으로. 그래서 엘라는 그가 다시 말을 시작할 때까지 침묵을 지켰다. "세상이 참 많이 좋아졌죠, 훨씬 더. 어떻게 그 사실을 못 볼 수가 있는 거죠? 예전에는……" 그러다 그는 멈췄다. (엘라의 표현에 따르면) 우월한 지식으로 엘라를 '겁박하고' 있어서가 아니라, 그 자신의 머리에 떠오른 기억들로 인한 고통 때문이었다.

그래서 엘라는 다시 한번 말해보았다. "지금 이 나라에서 벌어지는 일들을 보고도 어떻게 혐오감이 들지 않을 수 있는지 이해가 안되네요. 표면적으로는 모든 게 다 괜찮죠. 전부 조용하고 고분고분하며 평범하기 짝이 없으니까요. 하지만 그 아래엔 독이 퍼져 있는 걸요. 증오와 시기심, 고독한 사람들로 넘쳐나죠."

"그거야 어디든 마찬가지잖아요. 일정한 생활수준에 도달한 지역이라면 다 그런 식이죠."

"그렇다고 괜찮은 건 아니잖아요."

"무엇이든 특정한 종류의 두려움보다야 나은 법이니까요."

"진짜 빈곤 말이죠? 물론 저 같은 사람은 그걸 이해할 자격이 없다는 뜻이겠고요."

엘라의 고집스러움에 놀라 그는 재빨리 그녀 쪽을 한번 보았는데, 엘라가 추측하기에 그러한 고집에 대해 일말의 존경심을 느끼는 듯했다. 그 눈길에 성적인 가능성을 놓고 여자를 저울질하는 기미는 전혀 없었기에 엘라는 이제 마음이 한결 편안해졌다.

"그래서 그 모든 걸, 영국 땅을 전부 거대한 불도저로 밀어버리고 싶은 건가요?"

"네."

"대성당 몇개랑 오래된 건물들 그리고 한두군데 예쁜 마을만 빼고?" "네." "그런 다음 건축가 각자의 소망대로 멋들어지게 지은 새 도시로 사람들을 데려와서, 너희들 여기를 좋아하든가 아니면 그냥 참든가 하라고 명령하고요." "그렇죠." "아니 어쩌면 당신은 맥주랑, 스키틀이랑, 순수 짠 천으로 옷을 지어 입은 소녀들로 이루어진 흥겨운 영국을 원하는 건지도?"

그녀가 화난 목소리로 대꾸했다. "그건 물론 아니죠! 윌리엄 모리스[14]식 대안은 아주 질색이거든요. 하지만 솔직하지 못하시네요. 당신 자신을 한번 돌아보세요. 분명 당신은 당신 에너지의 거의 전부를 계급 격차를 뛰어넘는 데 썼을 거예요. 지금 당신 삶의 방식과 당신 부모님이 살았던 방식 사이에는 아무런 연결 고리가 없죠. 그들에게 당신은 타인이 된 셈이에요. 당신은 틀림없이 두 부분으로 쪼개져 있을 테고요. 그게 바로 이 나라의 모습이기도 해요. 당신도 그런 사실을 알잖아요. 그래요, 그게 정말 싫어요. 그 전부가 혐오스러워요. 그런 식으로 쪼개진 나라가 끔찍하게 싫어요. 전쟁이 터지고 그 여자들과 지내기 전까지는 전혀 몰랐죠."

"그렇다면," 마침내 그가 입을 열었다. "어젯밤 그 사람들 얘기가 맞네요. 결국 당신은 혁명가군요."

"아뇨, 난 아니에요. 그 말들은 내게 아무런 의미도 없어요. 정치에는 전혀 관심 없으니까요."

그 말에 그는 웃으면서도 진솔한 애정을 담아 말했다. "당신이 원하는 대로 한다면, 그러니까 새로운 예루살렘을 건설하는 일 말이죠, 그건 식물을 갑자기 맞지 않는 토양에 옮겨 심어 죽이는 짓과 같아요. 우리에게 일어나는 일에는 어떤 연속성 내지는 일종의

---

**14** 영국의 화가이자 디자이너, 작가이자 사회주의 활동가로서 19세기 후반 전통적인 수공업 생산양식의 복원을 주창하며 미술공예운동을 주도했다.

보이지 않는 논리가 존재하거든요. 당신 방식대로 하면 사람들의 정신은 죽어버리고 말 거예요."

"단순히 뭔가가 계속된다는 이유로 그게 반드시 옳다고 할 수는 없죠."

"아니, 엘라, 그건 옳아요. 내 말을 믿어요. 그건 언제나 옳은 법이에요."

이 말에는 아주 내밀한 느낌이 깃들어 있어서, 이번에는 엘라가 놀라 그를 바라보며 말문이 막힐 차례였다. 엘라는 생각했다. 이 사람은 자기 안의 분열이 너무도 고통스러워서 가끔은 그게 그럴 만한 가치가 있었는지 회의한다는 얘기를 하고 있는 거야…… 그래서 그녀는 다시 고개를 돌려 차창 바깥을 내다보았다. 이제는 다른 동네를 지나고 있었다. 아까 본 동네보다는 나았다. 중심부에는 땅에 뿌리내린 채 원숙한 자태로 따뜻하게 햇볕을 쬐고 있는 집들이 모여 있었다. 하지만 그 주변으로 볼품없는 새집들이 늘어서 있고, 심지어 중앙 광장에는 다른 가게들과 똑같은 외관의 울워스 체인점에다 튜더 시대 술집을 조야하게 흉내 낸 선술집까지 있었다. 그런 동네들이 줄줄이 이어질 터였다. 엘라가 말했다. "차라리 동네에서 빠져나가 아무것도 없는 데로 가죠."

이번에는 그가 다시 놀란 표정으로 엘라 쪽을 보았는데, 이 눈길을 눈치채긴 했으나 엘라는 훗날까지 그 의미를 깨닫지 못했다. 한동안 그는 침묵을 지키다가, 햇볕이 내리쬐는 울창한 나무 사이로 작은 갈림길이 하나 나타나자 그리로 접어들었다. 그가 물었다. "아버지는 어디에 계세요?"

"아," 엘라가 말했다. "무슨 말을 하려는 건지 알겠어요. 전혀 그런 분이 아니랍니다."

"어떤 사람 말이죠? 아무 말 안했는데요."

"안했죠. 하지만 내내 암시했잖아요. 아버진 인도 주재 영국 군인으로 일하셨어요. 그렇지만 우스꽝스러운 세간의 이미지와는 아주 다른 분이에요. 군 생활이 맞지 않아 한동안 행정 업무를 하셨죠. 그 이미지와도 다르지만요."

"어떤 분인데요?"

엘라는 웃었다. 그 웃음소리에는 마음에서 절로 우러난 애정과, 거기 있으리라고는 미처 생각지 못했던 원망도 함께 담겨 있었다. "인도를 떠날 때 오래된 집 한채를 구입하셨어요. 콘월에요. 작고 외딴 집이죠. 아주 예쁘답니다. 오래된 그런 집 있잖아요. 아버진 혼자 있는 걸 좋아하세요. 늘 그랬어요. 책을 많이 읽으시고요. 철학과 종교에 대해 아는 게 많죠. 이를테면 부처라든가."

"아버지께서 당신을 좋아하세요?"

"날 좋아하냐고요?" 그 질문은 엘라에게 놀라움으로 다가왔다. 아버지가 자기를 좋아하는지에 대해 단 한번도 자문해본 일이 없어서였다. 그 말의 의미를 알아챈 순간 엘라는 웃으며 폴을 바라보았다. "참 대단한 질문이네요. 하지만 모르겠다면요?" 그러고는 나지막이 덧붙였다. "아니, 생각해보니 말이죠, 전에는 한번도 생각 못 했지만, 아버지가 날 좋아하시지는 않는 듯해요."

"물론 당신을 좋아하실 거예요." 틀림없이 그 질문을 후회하는 듯, 폴이 지나치게 성급하게 덧붙였다.

"이런 문제에 물론이란 없죠." 엘라는 생각에 잠겨 가만히 앉아 있었다. 자신을 향한 폴의 눈길에 자책과 더불어 애정이 어려 있음을 엘라는 잘 알았고, 자신을 염려하는 그 마음 때문에 그가 아주 좋아졌다.

엘라는 애써 설명을 이어갔다. "주말에 가면, 아버지가 좋아하시긴 하죠. 그건 알 수 있어요. 자주 들르지 않는다고 불평하시는 일은 절대 없지만요. 하지만 내가 찾아뵌다고 아버지께 크게 달라지는 것도 없으니까요. 정해진 일과가 있거든요. 할머니 한분이 집안 청소를 해주세요. 식사는 신경 써서 드시죠. 늘 드시는 같은 음식 몇가지, 소 살코기, 스테이크, 달걀 따위요. 점심 후엔 진을 마시고, 저녁 식사 뒤에는 위스키 한두잔을 드세요. 매일 아침 식사 후엔 산책을 오래 하시고요. 오후에는 정원을 가꾸시죠. 매일 밤늦은 시간까지 책도 읽으세요. 내가 있을 때도 똑같답니다. 말조차 걸지 않아요." 엘라가 다시 웃었다. "아까 당신 얘기도 이런 의미겠죠. 나와 맞지 않는 거예요. 아주 친한 친구가 한분 있는데, 대령이시고 아버지랑 생김새도 비슷해요. 바짝 말라 가죽만 남은 몸에 매서운 눈썹이 인상적인 분인데, 두분이 알아듣기 힘든 날카로운 고음으로 이야기를 나누시죠. 어떤 때는 서로 마주 보고 앉아 몇시간이고 단 한마디도 하지 않은 채 위스키만 홀짝이기도 하고, 이따금 인도에 대해 몇마디 나누시기도 해요. 혼자 있을 땐 신이나 부처나 다른 어떤 존재와 소통하신다는 생각도 들어요. 하지만 나랑은 아니에요. 내가 뭔가 말을 하면 대개는 당황한 기색으로 대꾸하시거나 동문서답하실 때도 있어요."

지금까지 그에게 한 말을 통틀어 가장 긴 이야기를 늘어놓았다고 생각하며 엘라는 침묵에 잠겼다. 평소 아버지에 대해서 언급은 커녕 생각조차 잘 하지 않는 터였으니 좀 이상한 일이었다. 폴은 이 대화를 이어가는 대신 뜬금없이 물었다. "여기 어때요?" 울퉁불퉁한 길이 야트막한 산울타리가 쳐진 들판 앞에서 끝나 있었다. "아," 엘라가 대답했다. "좋네요. 오늘 아침 당신이 딱 이런 작은 들

판에 데려다주길 바랐거든요." 재빨리 차에서 내리면서도 엘라는
그의 놀란 눈길을 놓치지 않았다. 하지만 엘라는 그 눈길을 내내
잊어버리고 있다가 먼 훗날, 그날 그가 자신에게 어떤 느낌이었는
지 알고 싶어서 기억을 더듬던 중에 다시 생각해냈다.

한참을 들판에서 거닐며, 엘라는 손가락으로 풀을 만지작거리고
냄새도 맡아보면서 햇살이 얼굴에 떨어지도록 놔두었다. 유유히
돌아와보니, 그는 풀밭에 깔개를 하나 펼쳐놓고 그 위에 앉아 기다
리고 있었다. 그 기다림의 표정 때문에 햇살 가득한 들판에서 누리
던 작은 해방감으로 마음속에 생겨난 편안함은 부서져버렸고, 그
자리에 긴장감이 고개를 들었다. 털썩 앉으며 엘라는 생각했다. 맙
소사, 뭔가 일을 벌일 작정이군. 이렇게 빨리 몸을 섞을 생각인 거
야? 아니, 그러진 않을 거야, 아직은 아니야. 아무튼 그녀는 그의 곁
에 누웠고, 행복하고 흡족한 마음으로 그냥 물 흘러가듯 내버려두
기로 했다.

나중에, 그렇다고 아주 오랜 시간이 흐른 다음은 아닌 가까운 훗
날에, 폴은 엘라가 자신과 하고 싶었기에 자기를 그곳으로 데려갔
던 거라고, 엘라 쪽에서 미리 계획한 일이라고 짓궂게 놀리곤 했다.
그럴 때면 그녀는 언제나 마구 화를 냈고, 그래도 그가 주장을 꺾
지 않으면 차갑게 대하기도 했다. 그런 다음에는 그 일을 잊어버렸
다. 그러면 또다시 그가 그때 일을 입에 올렸고, 엘라는 그 사건이
그에게 중요하다는 사실을 알았기에 그 자그마한 다툼은 끊임없
이 이어져 일종의 유독한 얼룩을 남기고는 그 독이 계속 퍼져나갔
다. 그의 말은 사실이 아니었다. 차 안에서 엘라는 이미 그의 목소
리 때문에 그와 연인 사이가 될 것을 예감했다. 그 음성을 그녀는
신뢰할 수 있었다. 그게 언제가 될 것인지는 딱히 중요하지 않았

다. 언젠가는 그렇게 될 것이었기에. 딱 맞는 순간이 언제인지는 그가 알게 되리라고 느꼈다. 만일 그 순간이 다른 날이 아닌 바로 오늘 오후라면 그게 적합한 때임이 분명했다. "그럼, 당신이 나를 안지 않았다면 내가 어떻게 했을 것 같은데?" 나중에 엘라는 궁금증과 적대감이 섞인 기분으로 그에게 물었다. "삐쳤겠지 뭐." 그는 웃으면서, 후회하는 듯 야릇한 함의를 담아 이렇게 대꾸했다. 그 후회가 진심인 듯해서 엘라는 그에게 더 이끌렸다. 마치 피할 수 없는 인생의 어떤 잔인함에 함께 희생된 동지에게 끌리듯이.

"하지만 전부 당신이 계획한 일이잖아." 엘라는 대꾸하곤 했다. "그 목적으로 깔개까지 갖고 갔으면서. 혹시 모르니 오후 나들이를 위해 차에 늘 깔개를 싣고 다니나봐."

"물론 그렇지. 풀밭에서야 안락하고 따스한 깔개만 한 게 없으니까."

그 말에 엘라는 웃었다. 하지만 나중에는 싸늘한 기분이 되어 이런 생각을 했다. '그 들판으로 다른 여자들도 데려간 적이 있겠지. 어쩌면 상습적이었을지도 몰라.'

하지만 그때 엘라는 더없이 행복했다. 도시의 중압감이 떨어져 나간데다 풀잎과 태양 냄새도 싱그러웠다. 조금 뒤 엘라는 반쯤 조롱 섞인 그의 미소를 깨닫고는 방어적인 자세로 일어나 앉았다. 그는 대놓고 빈정거리며 엘라의 남편 이야기를 꺼냈다. 엘라는 그가 알고 싶어하는 내용을 간략하게 들려줬다. 사실이야 어젯밤에 이미 얘기했으니까. 그런 다음 역시 간략하게 아이 얘기도 했다. 하지만 이번에 간략하게 말한 이유는 죄책감이었다. 혼자서만 이렇게 햇빛 속에 앉아 있다니. 함께 차를 타고 이 따스한 들판으로 왔다면 마이클이 무척 신나했을 텐데.

폴이 아내 얘기를 한 것 같았다. 이 말을 이해하기까지는 약간의 시간이 필요했다. 그는 두 아이가 있다는 말도 했다. 엘라는 충격을 받았지만 그에 대한 확신이 흔들리진 않았다. 아내 얘기를 급하고 짜증 섞인 투로 하는 것을 들으며, 엘라는 그가 아내를 사랑하지 않는다는 사실을 깨달았다. 이렇게 그녀는 벌써, 그것도 평소 관계를 분석하는 자신의 방식과는 동떨어진 순진무구한 태도로 '사랑'이라는 말을 쓰고 있었다. 심지어 그가 이렇게 대수롭지 않게 아내를 언급하는 것을 보니 별거 중인 게 분명하다는 생각까지 했다.

두 사람은 사랑을 나눴다. 엘라는 생각했다. '그래, 그 사람 생각이 맞아. 여기 이 아름다운 곳, 지금이 바로 딱 맞는 순간이야.' 긴장을 떨쳐버리기엔 자신의 몸에 남편의 기억이 너무 많이 새겨져 있었다. 하지만 그들의 육체가 서로를 이해했기에 곧 엘라는 확신을 갖고 자신을 던져버렸다. ('육체가 서로를 이해했다'는 표현을 엘라는 당시가 아니라 나중에 떠올렸다. 그 순간에는 이렇게 생각했다. 우리는 서로를 이해하고 있어.) 하지만 잠깐 눈을 한번 떴을 때, 그의 얼굴은 굳은데다 추해 보이기까지 했다. 보지 않으려고 다시 눈을 감았고, 엘라는 사랑의 몸짓 속에서 행복했다. 일이 끝난 뒤 그녀가 얼굴을 돌리자 그 굳은 얼굴이 다시 눈에 들어왔다. 본능적으로 그에게서 벗어나려 했으나 배 위에 놓인 그의 손이 엘라를 붙들었다. 약간은 놀리듯이 그가 말했다. "당신 말라도 너무 말랐군요." 엘라는 그 말에 상처 받지 않고 웃었는데, 자기 살에 놓인 그의 손이 자신을 있는 그대로 좋아한다고 말하고 있었기 때문이다. 스스로도 자신의 벗은 모습이 맘에 들었다. 연약하고 가녀린 몸에, 어깨와 무릎이 모나긴 했어도 젖가슴과 배는 하얗게 빛났고, 작은 두 발 또한 희고 섬세했다. 가끔은 엘라도 더 크고 풍만하며 굴

곡진, '더 여성스러운' 몸을 갖고 싶을 때가 있었지만, 지금 이 사람의 손이 자기를 만지는 방식이 그 모든 바람을 떨쳐내었기에 행복했다. 한동안 그는 엘라의 벗은 배 위를 여러번 부드럽게 누르다가, 돌연 손을 떼고 옷을 입기 시작했다. 버려진 기분을 느끼며 엘라 역시 주섬주섬 옷을 입었다. 순간 까닭 없는 눈물이 쏟아질 것 같았고, 다시 자기 몸이 너무 말라빠진 듯 여겨졌다. 그가 물었다. "남자와 잠자리를 한 지 얼마나 됐죠?"

무슨 의미로 묻는 건지 그녀로선 알 수 없었다. 조지를 말하는 건가? 하지만 그는 중요하지 않은데, 난 그를 사랑하지 않았으니까. 그가 날 만지는 게 너무 싫었어. "모르겠어요." 이렇게 대답했을 때, 엘라는 자기가 섹스에 굶주려 그와 정사를 벌였다는 것이 그 질문의 속뜻이었음을 깨달았다. 그녀는 얼굴이 달아오르는 걸 느끼며 급히 깔개에서 일어나, 고개를 돌리고 자기가 듣기에도 거슬리는 목소리로 이렇게 말했다. "그러고 보니 지난주에 하고 못했네요. 파티에서 남자 하나 골라잡아 집으로 데리고 왔죠." 엘라는 전쟁 당시 구내식당에서 일할 때 만났던 여자들을 떠올리며 적당한 표현을 골랐다. 그러고는 알맞은 단어를 찾아내 말을 이었다. "꽤 쓸 만한 몸이던데요, 그 남자." 차에 탄 엘라는 쾅 하고 문을 닫았다. 그는 차 트렁크에 깔개를 던져넣고 급히 차에 올라타더니 전진과 후진을 반복하며 차를 들판 밖으로 뺐다.

"습관인가봐요?" 그가 물었다. 차분하고 초연한 목소리였다. 엘라가 느끼기에 조금 전의 그가 한 남자로서 자신만의 질문을 했다면, 지금의 그는 다시 '진료실 책상에 앉아 있는 남자'처럼 말하고 있었다. 엘라는 오로지 한시바삐 집에 도착해서 실컷 울었으면 좋겠다는 생각뿐이었다. 이제 그와 안았던 일은 엘라의 의식 속에서 남편에 대한 기억들, 그리고 조지 앞에서 움츠러들던 자신의 몸과 뗄 수 없이 결부되었다. 새로 다가온 이 남자로부터 정신적으로 위축되며 멀어지고 있었던 것이다.

"습관적으로 그러나요?" 그가 재차 물었다.

"뭘 말인가요?" 엘라는 웃었다. "아, 그거요." 그러고는 마치 정신이 온전치 못한 사람을 보듯 믿을 수 없다는 얼굴로 그를 보았다. 그 순간 의심으로 얼굴이 잔뜩 굳은 그는 약간 미친 사람처럼 보였다. 그는 이제 '진료실 책상에 앉아 있는 남자'가 전혀 아닌, 엘라에게 적개심을 품은 한명의 남성이었다. 이제는 그래, 어디 한번 해보자는 생각으로 엘라가 노기 띤 웃음으로 응했다. "지금 보니, 당신 아주 멍청한 사람이군요."

간선도로로 들어선 뒤 도시로 돌아가는 길을 따라 더디게 움직이는 차량 행렬에 합류할 때까지, 그들은 다시 입을 열지 않았다. 그리고 이제 그가 화해를 제의하는 친근한 목소리로 말했다. "알고 보면 저도 비난할 처지는 못되네요. 연애라는 면에서 제 인생이 모범적이라고 하기는 어려우니까."

"제가 당신에게 기분 전환용으로 만족스러웠다면 좋겠군요."

그는 얼떨떨한 표정이었다. 이해하지 못하는 모습이 멍청해 보였다. 그는 뭔가 말을 만들어보려다 이내 관두는 듯했다. 그래서 엘라도 그에게 말할 기회를 주지 않았다. 마치 자신의 가슴 아래쪽 어딘가를 그가 일부러 차례차례 가격한 것만 같았다. 숨 쉬기도 어려울 정도의 고통이었다. 입술도 떨렸지만 그의 옆에서 우느니 차라리 죽는 편이 나았다. 엘라는 고개를 돌려 이제 어둑어둑하고 싸늘해진 시골 풍경을 바라보며 먼저 입을 열었다. 마음만 먹으면 딱딱하게도, 심술궂게도, 재미있게도 말하고 행동할 수 있었다. 그렇게 그녀는 잡지사에 떠도는 그럴싸한 풍문이나 퍼트리샤 브렌트의 연애사 따위를 들먹거리며 그에게 재미를 선사했다. 그러는 내내 이런 가식적인 이야기를 아무렇지 않게 귀담아듣는 그를 경멸하면서. 그가 침묵하는 동안 엘라는 계속해서 이야기를 늘어놓다가, 줄리아의 집에 도착하자마자 재빨리 차에서 내려 그가 따라오기도 전에 문간으로 갔다. 열쇠를 자물쇠에 넣으려 애쓰고 있는데 그가 등 뒤에 와서 말했다. "오늘밤엔 당신 친구 줄리아가 아드님을 재우나요? 괜찮으면 연극 보러 가죠. 아니, 영화가 좋겠네. 일요일이니까." 엘라는 너무 놀라 숨을 크게 몰아쉬었다. "하지만 난 당신 두번 다시 안 볼 건데요. 설마 다시 만날 거라 기대하는 건 아니겠죠?"

그가 등 뒤에서 두 손으로 엘라의 어깨를 잡으며 말했다. "왜요? 나 마음에 들었잖아요. 아닌 척해봐야 소용없어요." 엘라는 대답하지 않았다. 자신이 쓰는 언어가 아니기 때문이었다. 풀밭에서 그와 얼마나 행복했었는지 이제는 기억도 나지 않았다. 엘라는 말했다. "나 당신 다시 안 만날 거예요."

"왜요?"

엘라는 어깨를 격렬하게 비틀어 그에게서 벗어난 뒤 문에 열쇠를 꽂아 돌리면서 말했다. "오랫동안 누구와도 자지 않았어요. 2년 전 일주일간 어떤 유부남과 사랑에 빠졌던 이후로 말이죠. 그때 정말 좋았는데……" 움찔하는 그의 모습을 보니, 그 연애가 좋았다는 거짓말로 그에게 상처를 준 것 같아 쾌감마저 들었다. 하지만 이번에는 진실을, 자신의 몸을 이루는 분자들을 총동원해 그를 비난하며 말했다. "미국인이었어요. 단 한번도 나를 불쾌하게 만들지 않았죠. 잠자리에선 그다지 뛰어나지 못했지만요. 이거 당신이 쓰는 말 중 하나일 텐데, 맞죠? 어쨌든 그 사람은, 적어도 날 함부로 대하지는 않았어요."

"왜 이런 얘길 하는 거죠?"

"당신 정말 바보군요." 엘라가 열을 내며 경멸조로 말했다. 단단하고 쓰라린 흥분이 마구 솟아나 그는 물론이고 자기 자신마저 파괴하려 드는 것 같았다. "당신 내 전남편 얘기를 했죠. 아니, 그 사람이 무슨 상관이죠? 나로선 그자와 한번도 자지 않았던 거나 마찬가지예요." 그가 못 믿겠다는 듯 실소했지만 엘라는 그대로 말을 이어갔다. "그 사람하고 자는 거 정말 싫었어요. 내겐 아무 의미도 없었죠. 그런데 당신은 나더러 다른 남자와 잔 지 얼마나 되었냐고 물었잖아요. 당신한텐 그 모든 게 더없이 단순한 모양이네요. 당신 정신과 의사라고 했죠? 영혼을 치료하는 의사 말이에요. 그런데도 한 사람에 관해 가장 단순한 것조차 이해하지 못하는군요."

이 말과 함께 엘라는 줄리아의 집으로 들어섰고, 문을 닫고는 벽에 얼굴을 대고 울기 시작했다. 집에는 아직 아무도 없는 모양이었다. 벨이 귓전에서 울어댔다. 문 열어달라고 폴이 애를 쓰고 있었다. 하지만 엘라는 벨 소리를 뒤로한 채 눈물을 줄줄 흘리며 집 안에 자리한 어둠의 우물을 통과하여 불 켜진 꼭대기 층 작은 방으로 천천히 올라갔다. 이제는 전화벨이 울렸다. 폴이 길 건너편 공중전화 부스에서 전화를 거는 모양이었다. 울고 있던 엘라는 벨이 그냥 울리도록 두었다. 벨 소리가 멈추더니 다시 시작되었다. 작고 개성 없는 검은색 전화기의 굴곡이 혐오스러웠다. 눈물을 삼키고 수화기를 들면서 엘라는 목소리를 가다듬었다. 줄리아였다. 친구들과 저녁을 먹고 오겠다고 했다. 그런 다음 아이를 집에 데려가 재울 테니 외출하고 싶으면 하라는 얘기였다. "무슨 일 있니?" 줄리아의 목소리가 늘 그렇듯 풍성하고 차분하게, 2마일 떨어진 곳에서 들려왔다. "울고 있어." "들린다, 왜 우는 거야?" "아, 이 빌어먹을 놈들, 전부 다 꼴도 보기 싫어." "아, 그래. 그거라면 영화나 보러 가, 그럼 기분 좋아질 테니까." 그 말을 듣자 기분이 좀 나아지고 아까의 일이 대수롭지 않게 느껴져 엘라는 웃었다.

　30분 뒤 다시 전화벨이 울렸을 때 엘라는 폴은 안중에도 없이 전화를 받았다. 하지만 그였다. 다시 전화를 하려고 차에서 기다렸다고 했다. 엘라와 이야기를 하고 싶다고도 했다. "그런다고 무슨 소용이 있을지 모르겠네요." 태연한 농담조로 엘라가 말했다. 그러자 그도 냉소적인 농담조로 대꾸했다. "영화나 보러 가요, 그러면 말은 안해도 되잖아요." 그래서 엘라는 집을 나섰다. 그리고 편안한 태도로 그를 대했다. 그와 다시는 사랑을 나누지 않겠다고 결심했기 때문이다. 다 끝난 일이었다. 그와 외출한 건, 거절할 경우 감상적으로 구는 것처럼 보일지 모른다는 생각에서였다. 또한 전화를 통해 들려오는 목소리가 그 풀밭, 자신의 몸 위에 있었을 때 보았던 그의 굳은 표정과는 아무런 관련이 없었다는 것도 한가지 이유였다. 또 하나, 그들은 이제 런던을 떠나 도로를 달리던 차 안에서의 관계로 돌아가게 될 터이기 때문이다. 풀밭에서 엘라를 안았던 일에 대한 그의 태도가 그 일 자체를 상쇄해버렸다. 그가 그런 식으로 느꼈다면, 그건 일어나지 않은 일이나 마찬가지야!

　훗날 그는 말하곤 했다. "당신, 집 안으로 뛰어 들어가더니 내가 전화하자 바로 뛰어나왔잖아. 설득해주길 바랐던 거지." 이 말 끝에 그는 웃었다. 그 웃음의 느낌이 엘라는 싫었다. 그럴 때면 그는 서글픈, 아니 자의식에 가득 차 서글퍼진 난봉꾼의 미소를 지었는데, 스스로를 조롱하기 위해 난봉꾼 역할을 자처하는 식이었다. 하지만 그 푸념은 진심에서 나온 것이었기에 엘라는 두가지 모두 그의 방식이라고 느꼈다. 그래서 그가 난봉꾼 흉내를 낼 때면 일단 그와 함께 미소 지은 다음 얼른 주제를 바꾸었다. 그럴 때마다 그는 자기 자신이 아닌 다른 이의 인격을 내보이는 듯했다. 그게 그의 본모습이 아님을 엘라는 확신했다. 그런 태도는 그들이 함께하며 누리는 담백함이나 편안함과는 거리가 멀 뿐 아니라 그 경험 자체를 전적으로 배반하는 짓이었기에 그저 무시하는 수밖에 없었다. 그러지 않았으면 그와 헤어져야 했을 것이다.

그들은 영화관 대신 커피숍에 갔다. 그는 다시 병원 이야기를 들려주었다. 두군데서 두가지 다른 직책을 맡고 있다 했다. 한곳에선 정신과 진료를, 다른 곳에서는 조직 개편 업무를 하고 있었다. 그의 표현은 이랬다. "뱀 소굴을 조금은 개화된 곳으로 바꾸려고 애쓰는 중이죠. 과연 난 누구와 싸우고 있을까요? 일반 대중? 전혀 아니에요. 다름 아닌 구닥다리 의사들이랍니다……" 그에게는 두가지 이야깃거리가 있었다. 하나는 의료계 중진급 인사들이 저 잘난 맛에 거들먹거리는 꼬락서니였다. 엘라는 그의 비판 전부가 아주 단순한 종류의 계급적 관점에서 비롯되었다고 생각했다. 대놓고 말하지는 않았지만 그의 말에는 무지와 상상력 부족이 중산계급적 속성이라는 생각과, 진보적이고 자유주의적인 자신의 태도는 노동계급 배경에서 비롯했다는 암시가 깔려 있었다. 이는 물론 줄리아의 화법이기도 했고, 엘라 자신이 닥터 웨스트를 비판하는 방식이기도 했다. 하지만 여러차례, 마치 그녀에게 비난의 화살이 쏟아지는 듯, 분한 감정으로 엘라의 몸과 마음은 굳어버렸다. 이런 일이 벌어질 때마다 엘라는 구내식당에서 일했던 시절의 기억들로 다시 돌아가, 만약 그때의 경험이 없었더라면 지금 마치 수족관 바닥 유리를 통해 수많은 괴상한 물고기를 올려다보듯이 여공의 시선으로 이 나라 상류계급을 보지는 못할 거라고 생각했다. 두번째 이야깃거리는 첫번째의 뒤집힌 면으로, 그 얘길 꺼낼 때 폴은 완전히 다른 사람이 되었다. 비판을 쏟아낼 때마다 기쁨과 악의 섞인 조롱으로 넘치던 그의 말이, 환자들 이야기가 나오자 자못 진지해졌다. 엘라가 '브라운 부인들'에 대해 취하는 태도와 똑같았다. 이미 그들은 엘라에게 읍소하는 여자들을 이렇게 하나의 집단으로 부르고 있었다. 그는 드물게 섬세한 친절과 분노 어린 연민을 가지고 환자들 이야기를 들려주었다. 분노의 대상은 그들이 떨쳐버리지 못하는 무기력이었다.

이제는 그를 너무나 좋아하게 된 엘라에게 풀밭에서의 그 사건은 일어나지 않은 일이나 마찬가지였다. 그는 집에 도착할 때까지 계속 이야기를 하면서 엘라를 따라 현관으로 들어섰다. 함께 층계를 오르면서 엘라는 생각했다. 커피를 마신 다음엔 돌아가겠지. 정말 솔직한 마음이었다. 하지만 그가 다시금 자신의 몸을 원했을 때, 엘라는 생각했다. 그래, 이게 맞아. 저녁 내내 그렇게 가까웠잖아. 나중에 그가 "당연히 내가 당신을 안으리라는 걸 알고 있었잖아"라고 투덜거리면, 엘라는 이렇게 받아치곤 했다. "절대 아니거든. 당신이 원하지 않았어도 아무렇지 않았을 거야." 그러면 그는 "아, 뭐 이런 위선자가 다 있어!"라고 외치거나, "그게 설령 사실이라도 당신 자신의 동기를 그토록 의식 못하며 살면 안되지"라고 대꾸하기 일쑤였다.

폴 태너와 함께 보낸 그날밤, 엘라는 남자와 겪어본 중 가장 깊은 경험을 했다. 전에 알던 어떤 것과도 너무 달랐기에 과거의 모든 경험이 완전히 시시해졌다. 이 감정은 그토록 결정적이어서, 새벽 무렵 폴이 "이런 일에 대해 줄리아는 어떻게 생각해?"라고 물었을 때도 멍하니 "뭐 말이야?"라고 되물을 정도였다.

"지난주 말이야, 예를 들자면. 당신, 파티에서 남자 데려왔다고 했잖아."

"당신 미쳤나봐." 편안하게 웃으며 엘라가 말했다. 그들은 어둠속에 함께 누워 있었다. 엘라는 고개를 돌려 그의 얼굴을 보았다. 창문으로 들어오는 빛에 드러난 뺨 위의 어두운 선, 거기에는 저멀리 떨어져 있는 듯 외로운 무언가가 어려 있었다. 엘라는 생각했다. 이 사람, 아까와 같은 기분에 빠져들었구나. 하지만 이번에는 그게 마음을 어지럽히지 않았다. 자기 허벅지를 엘라의 허벅지에 따스하게 맞대는 그의 몸짓이 단순하고 소박했기에 얼굴에 서린 거리감은 중요하지 않았다.

"그러니까 줄리아가 뭐라고 하냐고."

"그러니까 뭐 말이야?"

"아침이면 무슨 말을 할 거 아니야?"

"딱히 뭐라고 해야 할 이유가 있어?"

"그렇구나." 그가 짤막하게 대꾸하고는 일어나서 덧붙였다. "집에 가서 면도하고 셔츠도 갈아입어야겠다."

그주에 그는 매일 밤, 마이클이 잠든 늦은 시간에 엘라에게 왔고, 매일 아침 일찍 '셔츠를 갈아입으러' 떠났다.

엘라는 더할 나위 없이 행복했다. 생각 같은 건 필요도 없는 부드러운 물결에 올라타 둥둥 떠다니고 있었다. 폴이 '그의 부정적인 인격'을 드러내며 말할 때도 엘라는 자신의 감정을 너무나 확신하고 있었기에 "아, 당신은 참 아둔하다니까. 내가 그랬지, 아무것도 모른다고"라고 대꾸할 뿐이었다. ('부정적인'은 줄리아의 표현으로, 계단참에서 폴을 얼핏 보더니 "저 얼굴에는 쓰라리고 부정적인 뭔가가 있어"라고 했다.) 그가 곧 청혼할 거라고, 엘라는 생각했다. 그렇게 금방은 아닐지 몰랐다. 때가 되면 할 것이고, 그게 언제일지는 그 사람이 알 터였다. 그가 이미 한 결혼은 사실 결혼도 아니었던 것이, 밤이면 밤마다 그는 엘라와 머물렀고 집에는 새벽에나 '셔츠를 갈아입으러' 잠시 들렀으니 말이다.

그다음 일요일에, 곧 시골로 첫 소풍을 간 지 일주일이 지났을 때 줄리아가 다시 친구 집에 아이를 데려가줘서 폴과 엘라는 이번에는 큐 가든으로 놀러 갔다. 병풍처럼 무리 지어 늘어선 진달래나무 뒤 풀밭에 누워, 그들은 얼굴을 내밀었다 감추기를 반복하는 햇빛과 나무들을 바라보았다. 그러면서 손을 잡았다. "이것 좀 봐." 폴이 얼굴을 조금 일그러뜨린 난봉꾼 표정으로 말했다. "벌써 늙어가는 부부 같군. 오늘밤에 침대에서 할 거니까 지금은 그냥 손만 잡고 있자는 식이잖아."

"그러면 뭐 안될 거 있어?" 엘라가 즐거운 마음으로 물었다.

그는 엘라 쪽으로 몸을 기울여 얼굴을 들여다보았다. 엘라는 미소를 보냈다. 그가 자신을 사랑한다는 사실을 엘라는 알고 있었다. 그에게 전적인 신뢰가 느껴졌다. "안될 거 있냐고?" 모종의 익살스러운 절박함을 담아 그가 말했다. "그건 끔찍한데. 여기 당신과 내가 누워서……" 지금 두 사람이 어떤지는 엘라의 얼굴에 온기를 전하는 그의 얼굴과 눈에 잘 드러나 있었다. "우리가 결혼한다면 어떨까 내다본다는 거." 엘라의 몸이 차갑게 굳었다. 남자들이 여자들에게 으레 그러듯이 경고조로 저 말을 하는 건 아니겠지? 그의 얼굴에 예의 쓰라림이 떠오르는 것을 보며 엘라는 생각했다. 아니야, 그렇지 않아, 다행히도 그는 자기 자신과 뭔가 대화를 하고 있을 뿐이야. 그러자 마음속이 다시 환해졌다. 엘라가 말했다. "하지만 당신은 사실상 결혼한 것도 아니잖아. 그걸 결혼이라 할 수 있겠어? 부인 얼굴도 제대로 안 보는데."

"우리 둘 다 겨우 스무살이었을 때 결혼했어. 그런 거 막는 법이 있어야 하는데 말이야." 엘라에게 입을 맞추며, 그가 아까처럼 익살스러운 절박함을 담아 말했다. 그러고는 그녀의 목에 아직 입을 댄 채로 이렇게 덧붙였다. "엘라, 당신 결혼하지 않고 사는 거 정말 현명한 결정이야. 똑똑하게 그냥 그대로 살아."

엘라는 빙그레 웃었다. 속으로 이런 생각을 하면서. 그러니까 결국 내가 잘못 생각한 거구나. 당신은 내게 딱 이만큼만 기대할 수 있어, 바로 이 말을 이 사람은 하고 있는 거야. 돌이킬 수 없이 거절당한 느낌이었다. 그래도 그는 여전히 엘라의 팔에 손을 댄 채 누워 있었고, 엘라는 자기 몸속에 전해지는 그 손의 온기를 느낄 수 있었다. 그녀를 향한 사랑으로 충만한 따스한 그의 눈도 불과 몇인치 떨어진 곳, 그녀의 눈 바로 위에 머물고 있었다. 미소 띤 얼굴과 함께.

그날밤 침대에서 엘라는 그저 기계적으로 그와 사랑을 나눴다. 반응하는 일련의 동작을 취했을 뿐이다. 그전까지와는 다른 경험이었다. 그는 이 사실을 모르는 듯했고 정사를 치른 뒤에는 여느 때처럼 그녀의 품에 안겨 누워 있었다. 그녀는 기분이 싸늘해졌고, 당혹스러웠다.

이튿날 엘라는 줄리아에게 폴 얘기를 꺼냈다. 그 사람이 자고 간다는 말은 내내 하지 않고 있었다. "가정이 있는 사람이야." 엘라가 말했다. "결혼 13년차. 밤에 귀가하지 않아도 아무 상관 없는 사이인가봐. 아이는 둘이고." 줄리아는 대수롭지 않다는 듯 얼굴을 찌푸리며 다음 말을 기다렸다. "문제는 말이야, 나도 정말 모르겠다는 거야…… 게다가 마이클도 있고."

"그 사람, 마이클에 대해선 어떻게 생각하는데?"

"딱 한번 그것도 잠깐 봤을 뿐이야. 너도 알겠지만 늦게나 들르니까. 마이클이 일어날 때쯤엔 이미 가고 없고. 집에 가서 셔츠 갈아입는대." 그 말에 줄리아는 웃었고 엘라도 따라 웃었다.

"정말 특이한 여자겠다, 그 사람 아내 말이야." 줄리아가 말했다. "아내에 대해선 뭐라고 하던?"

"너무 어린 나이에 결혼했대. 그러곤 징집되어 전쟁터에 나갔고, 돌아와보니 낯선 사람 같았대. 그때 이후 계속 여자들이 있었던 모양이야."

"그다지 좋은 느낌은 아니다." 줄리아가 말했다. "넌 어떤데?" 그 순간 엘라가 느낀 건 오직 상처 받은 싸늘한 절망감이었다. 그들의 행복과, 자신이 그의 냉소라 명명한 것 사이의 괴리를 그녀로서는 도저히 극복할 수 없었다. 일종의 공황에 빠져 있는 셈이었다. 눈치 빠른 줄리아는 그녀를 살펴보고 있었다. "처음 봤을 때 아주 군은 얼굴이고 괴로워 보이더라." "절대 괴롭게 지내는 사람은 아니야." 엘라가 얼른 대꾸했다. 그런 다음 자신도 모르게 당치 않게도 폴을 감싸고 있다는 사실을 깨닫고는 자조적인 심정으로 덧붙였다. "아니, 그러니까 내 말은, 그 사람 맘속에 일종의 쓰라림이 자리한 건 맞아. 그렇지만 하는 일도 있고 자기 일을 좋아하는 사람이야. 병원에서 병원으로 급히 돌아쳐야 하는데, 그러면서 겪는 온갖 놀라운 이야기를 나한테 들려주거든. 얘기 들어보면 환자들도 엄청 신경 써서 대하는 모양이더라. 그렇게 일하고도 밤에 여기 오면 잠이 필요 없는 사람같이 굴고." 자신이 자랑하듯 떠벌리고 있음을 의식하자 엘라의 얼굴이 붉어졌다. "아무튼 그건 사실이야."
미소 짓는 줄리아를 주시하며 그녀가 말을 이었다. "그런 다음 아
침에 달려 나가지, 눈도 거의 붙이지 않고 말이야, 셔츠 챙기고 아
마도 아내와 잠시 이런저런 담소를 나누러 가겠지. 활력이 넘치는
사람이야. 활력은 괴롭게 지내는 거랑 반대잖아. 아니, 쓰라림이라
해도 마찬가지지. 두가지는 함께 갈 수 없으니까."

   "음, 그렇구나." 줄리아가 말했다. "그럼 어떻게 될지 좀 기다려
보는 게 좋겠다, 안 그래?"

   그날밤 폴은 재미있는 말을 많이 하고 무척 다정하게 굴었다. 마
치 사과를 하는 것 같네, 엘라는 생각했다. 고통은 녹아 없어졌다.
아침이 되니 예전의 행복이 다시 찾아왔다. 옷을 입으며 그가 말했
다. "오늘밤엔 못 올 거야, 엘라." 엘라는 별 두려움 없이 대꾸했다.
"알았어, 괜찮아." 하지만 그는 웃으며 말을 이었다. "어쨌거나 나
도 아이들을 이따금 봐야 하니까." 마치 엘라가 그와 아이들 사이
를 고의로 떼놓는다고 비난하는 듯한 말이었다. "하지만 내가 막
은 건 아니잖아." "아, 당신이 막은 거지, 그런 거야." 반쯤 노래하
듯 그가 말했다. 그러고는 웃으며 엘라의 이마에 가볍게 키스하는
것이었다. 영원히 떠날 때면 다른 여자들한테도 이런 식으로 키스
했겠지. 그래. 그는 그들을 좋아하지 않았어. 그런데도 웃으며 이마
에 키스했을 테지. 그러다 갑자기 어떤 장면이 뇌리를 스쳤고, 엘
라는 깜짝 놀라 그 모습을 뚫어지게 쳐다보았다. 그가 벽난로 위에
돈을 놓는 장면이었다. 그가 여자에게 돈을 지불하는 부류의 남자
가 아니라는 사실은 엘라도 알고 있었다. 그런데도 벽난로 위에 돈
을 놓는 그의 모습이 눈에 또렷이 들어오는 것이었다. 그랬다. 그건
그의 태도 어딘가에 잠재된 모습이었다. 그녀, 바로 엘라 자신을 향

한 태도에. 하지만 우리가 함께한 그 모든 시간, 그의 모든 눈길과 몸짓이 나를 사랑한다 말하던 그동안의 시간과 이 장면이 대체 무슨 상관이 있는 걸까? (사실, 폴이 사랑한다고 거듭 말했다는 것 자체는 아무 의미도 없었다. 아니, 그보다는, 만약 그 말이 자신을 만지는 그의 손길이나 목소리가 전하는 온기에 의해 확증되지 않았다면 아무 의미도 없었을 것이다.) 그리고 이제, 그는 떠나면서 쓰라린 표정으로 얼굴을 일그러뜨리며 이렇게 말했다. "그래, 오늘밤엔 자유롭겠군, 엘라." "자유롭다니, 무슨 뜻이야?" "아…… 당신의 다른 남자친구들 얘기지. 요즘 그 사람들 팽개쳐놓고 있었잖아, 안 그래?"

아이를 유치원에 맡긴 뒤, 냉기가 뼛속으로, 척추뼈 깊숙이까지 스미는 듯한 기분을 느끼며 애나는 사무실로 출근했다. 실제로도 조금 떨고 있었다. 하지만 따뜻한 날씨였다. 요사이 그녀는 자기만의 행복에 몰두해 있던 터라 퍼트리샤와 어울리지 않았다. 이제 엘라는 연장자인 그녀를 다시금 편안하게 대할 수 있었다. 11년간의 결혼 생활 끝에 퍼트리샤의 남편은 어떤 젊은 여자와 살림을 차리겠다며 그녀를 떠났다. 퍼트리샤는 활달하고 호의적이면서도 재치 있는 냉소로 남자들을 대했다. 엘라는 그런 태도가 거슬렸다. 낯설었기 때문이다. 50대의 독신 여성인 퍼트리샤에게는 다 자란 딸이 하나 있었다. 엘라도 알다시피 그녀는 용감한 여성이었다. 하지만 그녀와 너무 가깝게 지내고 싶지는 않았다. 공감이 되더라도 퍼트리샤와 자신을 동일시하는 것은 자신의 어떤 가능성을 차단하는 일일 수도 있었기에. 적어도 그녀가 받은 느낌은 그랬다. 오늘 퍼트리샤가 아내와 결별한 남자 동료를 두고 건조하게 몇마디 했는데 엘라가 그 말을 잘라버렸다. 그녀가 상처 받았다는 것을 알고 엘라는 나중에 사무실로 돌아가 사과했다. 자기보다 연장자인 이 여자 앞에서 그녀는 늘 불리한 입장에 선 기분이었다. 퍼트리샤가 자신에게 보이는 호의에 상응하는 정도로 그녀를 좋아하지도 않았다. 그녀에게 자신이 일종의 상징이라는 것도 잘 알고 있었다. 아마도 자기 청춘에 대한 상징일까? (하지만 이 문제를 깊이 생각하고 싶지는 않았다. 위험한 일이니까.) 이제 애써 퍼트리샤 옆에서 이야기를 나누고 농담을 주고받던 엘라는 자기 고용주 눈에 눈물이 맺힌 걸 보고 당혹감을 느꼈다. 통통한 체형에 친절하고 똑똑한 이 중년 여성에게 엘라는 예리한 눈길을 던졌다. 패션지에 실리는 제복 같은 옷차림에, 희끗해지는 곱슬머리는 염색을 해서 풍성하고 화려해 보였다. 일할 땐 딱딱한 눈동자가 엘라를 바라볼 때는 부드러웠다. 퍼트리샤와 있을 때 엘라의 단편을 실었던 잡지의 편집장으로부터 전화가 왔다. 그는 점심때 시간이 자유로운지 물었다. 그렇다고 답하는 엘라의 귀에 자유로운이라는 말이 맴돌았다. 지난 열흘간 그녀는 자유롭지 못했다. 지금은 자유로운 게 아니라 뿌리 뽑힌 느낌, 혹은 다른 어떤 이, 즉 폴의 의지에 따라 이리저리 부유하는 느낌이었다. 전에 이 편집장은 엘라와 자고 싶어했지만 퇴짜를 맞았다. 이제 엘라는 그와 잘 가능성이 매우 높아졌다고 생각했다. 안될 게 뭐람? 뭐 달라질 게 있겠어? 편집장은 지적이고 매력적인 남자였지만 그 사람이 자기 몸을 만진다고 생각하니 혐오감이 일었다. 여자를 대하는 본능적인 따뜻함이나 여자를 좋아하는 아주 작은 불꽃조차도 없는 사람이었는데, 그런 따뜻함을 그녀는 폴에게 느꼈다. 그래서 몸을 맡겼던 것이다. 이제 엘라는 매력을 느껴도 다른 남자가 자기 몸을 만지게 놔두진 못할 것 같았다. 하지만 여하간 폴은 상관하지 않을 것이다. '파티에서 만나 집으로 끌어들이는 남자'를 놓고 농담하며 마치 그런 짓을 하는 그녀가 좋다는 듯 굴지 않았던가. 그래, 좋아. 잘됐어. 결국 원하는 게 그런 거라면, 그녀도 신경 쓰지 않을 작정이었다. 그래서 엘라는 꼼꼼하게 화장을 하고, 온 세상에 불복하는 거의 병적인 심정으로 점심 약속 장소에 갔다.

평소처럼 값비싸고 좋은 음식을 즐겁게 먹었다. 그는 엘라를 유쾌하게 해줬고, 그가 하는 얘기도 듣기 괜찮았다. 마음이 느긋해지면서 엘라는 늘 그랬듯 그에게 지적인 친밀감을 느꼈지만, 그를 지켜보며 이 사람과의 섹스는 상상할 수도 없는 일이라고 생각했다. 하지만 왜? 이 남자를 좋아하는데, 그렇지 않나? 그렇다면? 그럼 사랑 때문에? 하지만 사랑은 일종의 신기루이자 여성지의 독점 영역 아닌가. 다른 남자들과 자는지 안 자는지조차 상관하지 않는 남자에게 사랑이라는 말을 갖다 붙일 수는 없는 노릇이었다. 하지만 이 남자와 잘 생각이라면 내 쪽에서 먼저 의사표시를 해야 할 거야. 어떻게 해야 하는지 엘라는 알지 못했다. 너무 자주 그랬기 때문에 그는 거절당하는 걸 당연하게 생각했다. 식사가 끝나고 함께 인도로 나섰을 때 엘라는 갑자기 놓여난 기분이 들었다. 정말이지 어이없는 생각이었다. 물론 이 사람과는 자지 않을 거고, 이제 사무실로 돌아가면 끝이었다. 그때 문간에 서 있는 매춘부 두명이 보였고, 그러자 그날 아침 폴의 모습이 머리에 떠올랐다. 편집장이 "엘라, 정말 좋을 거야, 당신이……" 하고 운을 떼자 엘라는 미소로 그의 말을 막으며 대꾸했다. "그럼 집에 데려가줘요. 아니, 내 집 말고 당신 집으로." 까닭인즉 이제 침대에 폴이 아닌 다른 어떤 남자도 들일 수 없을 것 같았다. 유부남인 이 남자는 혼자 쓰기 위해 마련한 아파트로 엘라를 데려갔다. 본가는 교외에 있었는데, 신중하게도 아내와 아이들은 거기서 지내게 하고 이 아파트는 이런 식의 모험을 위해 사용했다. 벗은 몸으로 그와 단둘이 있는 내내 엘라는 폴을 생각했다. 그 사람은 분명 제정신이 아니야. 정신 나간 사람과 난 대체 뭘 하고 있는 걸까? 정말 내가 자기랑 만나면서 다른 남자들과 자도 괜찮은 걸까? 그럴 수는 없을 텐데. 동시에 엘라는 자신의 지적인 점심 친구인 그 남자에게 최대한 잘해주려고 애를 썼다. 발기가 쉽지 않자 그는 자책했지만, 엘라는 그게 자신이 그를 진심으로 원하지 않기 때문이라는 걸 알고 있었다. 그래서 즐거움에 몸을 맡기자고 마음먹었다. 어떤 여자가 털끝만큼도 좋아하지 않는 남자와 섹스를 하는 죄를 저지른다고 해서 꼭 그 남자의 기분이 틀어져야 할 이유는 없지 않은가 생각하면서…… 그 모든 게 끝났을 때 엘라는 이 일을 마음에서 송두리째 지워버렸다. 전혀 의미 없는 일이었다. 하지만 상처 받은 기분이었고, 몸이 부들부들 떨릴 만큼 울고 싶었으며, 지독하게 불행했다. 사실 그녀는 폴을 갈망하고 있었던 것이다. 이튿날 폴은 전화를 걸어 와 그날밤에도 올 수 없다고 했다. 이제 폴에 대한 욕구가 너무 커진 나머지 엘라는 아무 일도 아니야, 물론 그는 일하러 가거나 집으로 가서 아이들을 만나야 하니까, 이렇게 중얼거릴 정도였다.

다음 날 저녁 그들은 서로에 대해 방어 태세를 단단히 갖춘 상태로 만났다. 그러나 몇분이 지나자 그런 태도는 사라져버렸고, 두 사람은 다시 진심으로 하나가 되었다. 그날밤 언제쯤인가 그가 말했다. "이상하지 않아? 어떤 여자를 사랑하게 되면 다른 여자랑 자는건 무의미해지지. 정말 그렇더라." 그때 엘라는 이 말을 듣고 있지 않았다. 그녀 안의 어딘가에서 어떤 기제가 작동하기 시작하여, 그가 자신을 불행에 빠뜨리는 말을 할 때면 그 말을 듣지 않도록 만들었다. 그러나 다음 날 같은 말을 들었을 때 어젯밤 그 말들이 갑작스레 머릿속에 떠올랐고, 그제야 알아듣게 되었다. 그러니까 지난 이틀 밤에 걸쳐 그는 다른 누군가와 실험을 하고 있었고 그녀와 똑같은 경험을 했던 것이다. 이제 그녀는 다시금 확신을 가지고 그를 전적으로 믿을 수 있었다. 그러자 이번에는 그가 엘라에게 지난 이틀 사이 어떤 일을 벌였냐고 물어보기 시작했다. 엘라는 자신의 단편을 발표한 잡지 편집장과 점심을 먹었다고 말했다. "당신 단편 하나 읽었어. 좋더라고." 마치 그 단편이 별로이기를 바랐던 것처럼 그는 아주 힘겹게 이 말을 했다. "글쎄, 좋지 않아야 할 이유가 있겠어?" 엘라가 물었다. "보아하니, 그 인물은 당신 남편 조지겠지?" "약간은 그렇다고 할 수 있지, 전부는 아니고." "그러면 그 편집장은?" 잠시 엘라는 이렇게 말할까 생각했다. "나도 당신과 같은 일을 겪었지." 그렇지만 다시 생각했다. 벌어지지 않은 일에 열을 받는 그런 사람이라면, 그 남자랑 잤다는 얘길 듣고 뭐라고 할까? 잔 게 아니지만 말이야, 아무런 의미가 없었으니까, 전혀 같은 일이 아니야.

나중에 엘라는 그들이 '함께한 시간'(엘라는 절대 연애라는 표현은 쓰지 않았다)이, 각자 다른 상대에게 자신이 어떻게 반응하는지 시험해보고 서로를 향한 감정으로 다른 상대는 무의미해졌음을 확인한 그때 비로소 시작되었다고 결론지었다. 그 편집장과 잔 일이 엘라가 폴을 만나며 유일하게 한눈을 판 경우였다. 비록 엘라에게는 전혀 중요한 문제가 아니었지만, 나중에 폴이 자신을 탓했던 모든 것의, 말하자면 결정체가 바로 그 사건이었기에 엘라는 참담했다. 그 이후 그는 거의 매일 밤 엘라에게 왔고, 올 수 없는 밤도 그가 원하지 않기 때문이 아니라는 걸 엘라는 알았다. 그는 일 때문에, 또 아이를 생각해서 늦은 시간에 왔다. '브라운 부인'이 보내온 편지들에 답장 쓰는 일을 도와주기도 했는데, 가끔이나마 누군가에게 어떤 일들에 대해 도움을 줄 수 있고 그런 일을 폴과 함께 할 수 있어서 엘라는 무척이나 즐거웠다.

그 사람 아내 생각은 전혀 나지 않았다. 적어도 처음에는.

초창기에 유일한 걱정거리는 마이클이었다. 아이는 자기 아버지를 너무나 사랑했는데, 그는 재혼해서 지금 미국에 살고 있었다. 당연히 마이클은 새로 나타난 이 남자를 향해 돌아섰고 애정을 갈구했다. 하지만 마이클이 두 팔로 자신을 안거나 반가워서 달려올 때마다 폴은 뻣뻣하게 굳어버렸다. 본능적으로 경직된 채 애매하게 웃어 보이는 그의 모습이, 또 다음 순간 작동하기 시작하는(즉 영혼을 다루는 의사로서 이런 사태에 어떻게 대응해야 최선인지를 생각하는) 그의 모습이 엘라의 눈에 들어왔다. 폴은 마이클의 팔을 잡아 부드럽게 내려놓고 마치 어른을 대하듯 조심스럽게 말을 걸었다. 그러면 마이클은 대답했다. 남자 어른의 애정을 충분히 받지 못한 어린 아들이 진지한 질문에 어른처럼 진지하게 대답하는 모습을 보며 엘라는 상처를 받았다. 아들에게 애정의 자연스러운 발로가 차단되어버린 것이다. 엄마인 자신에게는 그런 애정을 간직하고 있어서 어루만지거나 이야기를 할 때면 따뜻하고 즉각적인 반응을 보였지만, 폴과 함께할 때나 남자들의 세계 속에 있을 때는 의젓하고 사려 깊고 차분한 모습이었다. 이따금 엘라는 두려움에 몸을 떨기도 했다. 나 때문에 마이클이 해를 입고 있어. 결과적으로 아이에게 안 좋을 거야. 남자에게 다시는 자연스럽고 따스하게 반응하지 못할 테지. 다음 순간 이런 생각도 들었다. 아니야, 정말 그럴 것 같지는 않아. 엄마인 내가 행복해야 아이에게도 좋고, 어쨌든 내가 여자로서 진짜 인생을 살면 분명 좋은 영향을 미칠 거야. 그래서 엘라의 걱정은 오래가지 않았다. 그럴 필요 없다고 본능적으로 느꼈기 때문이다. 그녀는 자신을 향한 폴의 사랑에 몸을 맡긴 채 이런저런 생각일랑 이제 접어버렸다. 마치 다른 사람의 눈으로 보듯이 자기 자신이 외부의 시선으로 이 관계를 보고 있다는 사실을 의식할 때마다 놀랍기도 하고 냉소적인 기분이 들기도 했다. 그래서 그런 식으로 보는 일마저 꺼렸다. 그날그날을 살아갈 뿐, 앞날은 내다보지 않았다.

＊ ＊ ＊

5년이 지났다.

만약 쓰게 된다면, 이 소설의 주제 혹은 모티프는 처음엔 묻혀 있다가 천천히 떠오를 테지. 폴의 아내, 즉 제삼자의 모티프가. 처음에 엘라는 그 여자에 대해 생각하지 않는다. 얼마 후에는 생각하지 않기 위해 의식적으로 노력해야만 한다. 미지의 그 여자를 향한 자신의 태도가 경멸받아 마땅한 것임을 깨닫는 순간부터. 엘라는 폴을 그녀에게서 빼앗았다는 이유로 그 여자에게 승리감과 쾌감을 느낀다. 처음 이를 의식하는 순간 너무도 경악스럽고 수치스러워 엘라는 그 감정을 꽁꽁 숨겨놓는다. 그러나 제삼자의 그림자는 다시 커지기 시작하고, 그 생각을 묻어두는 일 자체가 아예 불가능해진다. 엘라는 폴이 자기를 떠나 돌아가곤 하는 (그리고 앞으로도 늘 그러할) 그 보이지 않는 여자에 대해 수없이 생각해보는데, 이제 그 생각은 승리감이 아니라 시기심에서 비롯한다. 그녀로선 그 여자가 부럽다. 침착하고 차분하고 질투심도 없고 시기하지 않으며 아무것도 요구하지 않는 여자, 행복의 원천을 내면 가득 품고 있어서 자족하며 살면서도 늘 필요한 순간에 행복을 내어줄 준비가 되어 있는 한 여자의 모습을, 그녀는 차츰, 스스로의 의지와 무관하게 자신의 뇌리에 지어 올린다. 이런 이미지가 자기 머릿속에 떠오르다니 참 놀라운 일이라고 엘라는 (훨씬 나중에, 한 3년 정도 시간이 흐른 다음) 생각한다. 폴이 아내에 관해 말한 내용과 전혀 일치하지 않기 때문이다. 그러면 그 이미지는 어디에서 온 것일까? 차츰 엘라는 그 이미지가 바로 자기 자신이 되고 싶은 모습임을, 자신이 상상한 그 여자는 자기 자신의 그림자이자 자기가 아닌 모든 것임을 깨닫는다. 이 무렵 그녀는 자신이 폴에게 전적으로 매달리고 있음을 알고, 또한 그 사실이 두렵기도 하기 때문이다. 온몸의 모든 조직이 그와 얽혀 있어서 그 사람 없이 산다는 건 상상조차 안된다. 폴 없이 살아간다는 생각만으로도 시커멓고 차가운 공포에 휩싸이기 때문에 그런 일은 생각하지도 않는다. 그래서 그녀는 자신이 스스로를 위한 일종의 보호막이나 방패로 삼고자 제삼자인 그 다른 여자의 이미지에 집착하고 있음을 조금씩 깨닫게 된다.

두번째 모티프는 비록 소설의 말미에 이를 때까지는 분명하게 드러나지 않겠지만, 실은 첫번째 모티프의 일부라 할 수 있는 폴의 질투다. 그 질투는 점점 커져가고, 그가 서서히 물러나는 리듬과도 이어진다. 반쯤은 웃으면서, 반쯤은 진지하게, 그는 엘라가 다른 남자들과 몸을 섞는다며 비난한다. 까페에서는 엘라로선 거기 있는 줄도 몰랐던 남자에게 눈길을 줬다고 추궁한다. 처음에 엘라는 그를 비웃는다. 나중에는 원망이 자라나지만 늘 그것을 억누른다. 그러지 않으면 걷잡을 수 없어지니까. 얼마 후 엘라는 한결같이 차분하고 기타 등등 그런 자질을 갖춘 그 다른 여자에 관해 스스로 만들어낸 이미지를 차츰 인식하면서, 폴의 질투에 대해 궁금증을 느끼고 생각해보게 된다. 쓰라린 마음에서가 아니라 이해하려고, 그것이 진짜 의미하는 바를 알려고. 폴의 경우 그의 그림자, 즉 그의 상상 속 제삼자의 존재는 자유분방하고 무심하고 냉정한 자기혐오적 난봉꾼이라는 사실이 머릿속에 떠오른다. (가끔 그는 엘라와 있을 때 자조적으로 그런 역할을 한다.) 그러니까 그것이 의미하는 바는, 엘라와 진지한 관계로 접어들면서 추방당해 밀려난 그 안의 난봉꾼이 지금은 잠시 쓸모없이 유폐된 상태로 언젠가 복귀할 날을 기다리며 폴이라는 인격체의 날개 아래 머물러 있다는 것이다. 이처럼 엘라는 이제 자신의 그림자인 그 현명하고 온화하며 차분한 여자의 곁에 나란히 이 강박적이고 자기혐오적인 난봉꾼이 서 있는 모습을 목도한다. 어울리지 않는 이 두 인물이 엘라와 폴과 발맞추어 나란히 움직인다. 그런 다음 (소설이 끝나기 직전, 즉 절정의 대목에) 엘라는 이런 생각을 하게 된다. 폴의 그림자, 어디서든 그의 눈에 띄고 심지어 내가 거기 있는지조차 모르는 사람에게서도 발견하는 그 남자는 거의 희가극에나 나올 법한 난봉꾼이야. 그러니까 이건 폴이 내 곁에 있을 땐 (줄리아의 표현을 빌리자면) 자신의 '긍정적인' 자아를 사용한다는 의미지. 나에게 그는 좋은 사람이야. 하지만 나도 내 그림자로 어른답고 강인하며 보채지 않는 착한 여성을 하나 갖고 있어. 이건 내가 그 사람에게 나의 '부정적인' 자아를 사용하고 있다는 의미지. 그러니 내 안에서 커져가는 게 느껴지는 이 쓰라림, 그를 향한 이 쓰라린 마음으로 난 진실을 조롱하는 셈이야. 사실 우리 관계에서 그는 나보다 나아. 우리를 따라다니는 이 보이지 않는 인물들이 내내 그 사실을 증명하고 있잖아.

부차적인 모티프들. 엘라의 소설이 그중 하나다. 뭘 쓰고 있냐고 그가 묻는다. 그녀가 쓰는 원고 얘기를 할 때 그의 목소리는 언제나 불신으로 가득했기에, 엘라는 망설이다 마지못해 대답한다. "자살에 관한 소설이야."

"자살에 대해 뭘 아는데?"

"전혀 없지 뭐, 그냥 쓰고 있어."(하지만 줄리아에게는 제인 오스틴이 자신의 방에 사람들이 들어올 때면 쓰고 있던 소설을 압지로 감췄다는 일화에 대한 쓰라린 농담을 건네기도 하고, 쉰살이 안된 여자가 글을 쓸 경우 실명이 아닌 가명을 써야 한다는 스탕달의 경구를 인용하기도 한다.)

다음 며칠 동안 그는 엘라에게 자살 시도 전력이 있는 환자들 이야기를 들려준다. 자살에 관해 쓰기에는 그녀가 너무나 순진하고 무지하다고 생각해서 그런 얘기를 해줬다는 사실을 엘라는 오랜 시간이 지나서야 깨닫는다. (심지어 그 생각에 동의하기까지 한다.) 그는 엘라를 가르치고 있는 것이다. 그가 못 보게 엘라는 원고를 감춘다. 자신은 '작가라는 사실에 별로 구애받지 않으며, 단지 이야기가 어떻게 흘러갈지 궁금해서 쓸 뿐'이라고 말한다. 그는 이런 태도를 납득하기 어려워하는 것 같다. 그리고 엘라가 그 소설에 필요한 정보를 수집하기 위해 자신의 전문 지식을 이용한다고 불평하기 시작한다.

줄리아의 모티프. 폴은 줄리아와 엘라의 관계를 못마땅해한다. 자신에 대항하는 일종의 연합 전선으로 간주하며 그들 우정의 레즈비언적인 면에 관해 직업적 농담을 던진다. 그러면 당신과 다른 남자들의 친교 역시 동성애냐고 엘라가 묻는다. 하지만 그는 당신 참 유머 감각이 없군, 하고 대꾸한다. 처음에 엘라는 본능적으로 폴을 위해 줄리아를 희생시키지만, 나중에는 그들 우정의 성격이 바꿔면서 폴을 비판하게 된다. 두 여자의 대화는 섬세하고, 비판적 통찰로 가득하며, 암암리에 남자를 향한 비판이 담겨 있다. 그러나 엘라는 이것이 폴에 대한 배신이라고 생각하지 않는다. 그 대화는 다른 세계에서 온 것이기 때문이다. 폴을 향한 감정과는 아무 상관이 없는 예민한 통찰의 세계 말이다.

마이클에 대한 엘라의 모성애 모티프. 엘라는 언제나 폴이 아이에게 아버지 역할을 하게끔 만들려 애써보지만 늘 실패한다. 이 문제를 놓고 폴은 이렇게 말한다. "언젠가 다행이라고 생각할 날이 올 거야. 내 말이 맞았다는 것도 알게 될 거고." 의미인즉 이렇다. 내가 당신을 떠나고 나면 당신 아들과 친밀한 사이가 되지 않은 걸 오히려 다행으로 여기겠지. 엘라는 그 말에 대해서는 귀를 막기로 한다.

자기 직업에 대한 폴의 태도 모티프. 이에 관해 그는 엇갈린 태도를 보인다. 환자를 보살피는 자기 일에 사뭇 진지하면서도 종종 전문용어를 동원해 우스갯소리를 한다. 환자들 얘기도 미묘한 문제들과 심층적인 내용을 문학적이고 감정적인 언어로 들려준다. 그런 다음 똑같은 얘기를 정신분석 용어들로 판정하면서 그 이면을 들춰낸다. 그리고 5분 뒤에는 조금 전 문학적인 기준들과 감정적인 진실들을 판정하기 위한 잣대로 사용했던 그 용어들을 지극히 지적이면서도 냉소적인 웃음거리로 만드는 식이다. 스스로 최종적인 진실이라고 간주하는 모든 사고 체계를 불신하는 사람으로서 그는 문학적인 순간과 정신분석적인 순간, 즉 문학가의 인격체와 정신분석가의 인격체가 되는 매 순간 진지한 자세를 보이고, 엘라가 그 각각의 순간에 자기를 전적으로 용인하기를 바란다. 그러면서 그녀가 이 대조적인 인격체를 연결 지을 때면 못마땅해하는 것이다.

함께 지내는 동안 그들은 무수한 표현과 상징을 만들어낸다. 가령 '브라운 부인'이란 그의 환자들과 엘라에게 도움을 청하는 여자들을 가리킨다.

'당신의 문단 오찬'은 어떤 때는 유머러스하게, 다른 때는 사뭇 진지한 어조로 엘라의 외도를 두고 그가 쓰는 표현이다.

'자살에 관한 당신 논문'. 엘라의 소설을 가리키는 표현으로, 그의 태도가 엿보이는 말이다.

한가지 표현이 더 있는데, 그가 처음 그 말을 할 때 엘라는 거기에 내면의 어떤 태도가 얼마나 깊이 투영되어 있는지 모르지만, 갈수록 그 말은 점점 더 중요한 의미를 띠게 된다. "우리 둘 다 바윗덩어리를 밀어 올리는 자들이야." 자신이 실패한 그 무엇을 지칭하기 위해 그는 이렇게 말한다. 가난한 집안에서 태어났지만 장학금을 받고 의학 분야의 최고 학위를 취득하기까지 그는 창조적인 과학자가 되려는 야망으로 그 모든 투쟁을 감수했다. 그러나 이제는 자신이 결코 창조적인 과학자의 길을 걷지 못하리라는 것을 잘 알고 있다. 부분적으로는 가난하고 무지하며 병든 사람들에게 언제나 지칠 줄 모르고 공감하기 때문에, 즉 자신이 지닌 최선의 자질 때문에 그렇게 되었다. 도서관이나 실험실을 택해야 하는 순간 언제나 그는 약자들을 선택해왔다. 이제는 결코 새로운 길을 발견하거나 개척하는 사람이 되지 못할 것이다. 대신 병실에 늘 자물쇠를 채우고 환자들에게 늘 구속복을 입혀놓길 바라는 중산계급 출신의 반동적인 의료계 고위 관료들과 맞서 싸우는 사람이 되었다. "엘라, 당신과 난 실패한 자들이야. 우리는 위대한 인간들이 언제나 알고 있었던 진실을 우리보다 아주 조금 더 명청한 사람들이 받아들이도록 하려고 투쟁하면서 삶을 소진하고 있지. 수천년간 위대한 인간들은 아픈 사람을 독방에 감금해두면 상태가 악화될 뿐이라는 사실을 잘 알고 있었어. 지주와 경찰을 무서워하는 가난한 자는 노예에 불과하다는 것도. 그들은 이미 오래전부터 알고 있었고, 이제 우리도 알게 되었지. 하지만 영국의 수많은 개화된 대중은 어떨까? 아직도 모르고 있어. 그래서 엘라, 당신이나 나 같은 사람들이 그들에게 그걸 알려줘야 하는 거야. 위대한 인간들이야 귀찮은 일을 떠맡기엔 너무 위대하시니 말이야. 그 사람들은 이미 화성을 식민지로 개척하고 달 표면을 관개하는 방법을 알아내는 중이잖아. 우리 시대에 중요한 건 바로 그런 일들이니까. 당신이나 나야, 뭐 바윗덩어리를 밀어 올리는 사람들인 셈이지. 한평생 우린 커다란 바윗덩어리를 산 위로 밀어 올리면서 기운과 재능을 전부 소진하게 될 거야. 그 바윗덩어리는 위대한 인간들이 본능적으로 아는 진실이고, 산은 인류의 우둔함이지. 우리가 그 바윗덩어리를 밀고 있다고. 가끔은, 내가 그토록 원했던 이 일을 시작하기 전에 죽는 편이 오히려 나았겠다는 느낌이 들 때가 있어. 전에는 창조적인 일이라고 생각했지만 지금은 아니야. 직장 일은 어떠냐고? 닥터 섀컬리라고 있어. 버밍엄이 고향인, 키가 작고 늘 겁에 질려 있는, 여자를 사랑하는 법을 제대로 몰라서 자기 아내를 겁박하는 못난 녀석이지. 난 이자를 붙잡고 떠들어대면서 시간을 보내. 병실 문은 열어놓아야 한다고, 단추가 박힌 하얀 가죽을 덧댄 어둡고 비좁은 방에 불쌍한 환자들을 격리하면 안된다고, 구속복은 멍청한 발상이라고. 그런 말이나 떠들면서 매일매일을 허비하는 거야. 멍청한 사회가 만들어낸 질병을 치료하면서…… 그리고 엘라, 당신은 주인보다 못한 게 없는 노동자 아내들에게, 그들의 속물근성을 이용해 돈을 버는 사업가들이 고안해낸 유행하는 스타일과 인테리어를 소비하라고 권유하잖아. 또 모두의 우둔함이라는 굴레를 쓴 노예인 불쌍한 여자들한테, 자신이 사랑받지 못한다는 사실을 머리에서 떨쳐내려면 집 밖으로 나가 사교 클럽 같은 데 가입하거나 이런저런 건전한 취미를 한번 가져보라고 충고하기도 하지. 그 건전한 취미가 약발이 별로 없으면, 약발이 있을 이유가 없으니까, 그 여자들은 결국 나한테 외래 환자로 오겠지…… 엘라, 난 차라리 죽는 편이 낫겠어. 이런 삶이라면 그냥 끝내는 게 좋겠다고. 아니, 물론 당신은 이해 못할 거야, 이해가 안된다고 얼굴에 쓰여 있는데 뭐……"

다시 죽음. 죽음이 엘라의 소설에서 나와 삶으로 진입한다. 그러나 이건 활력이라는 형태를 띤 죽음이다. 이 남자는 마치 광인처럼 맹렬하고 분노에 찬 연민으로 자기 일에 열중하기 때문이다. 죽었으면 좋겠다고 하는 이 남자는 무기력한 사람들을 위해 일하면서도 절대 쉬는 법이 없다.

\* \* \*

마치 이 소설이 이미 완성되어서 내가 그걸 읽고 있는 듯하다. 전체가 눈에 들어오니, 시작할 때는 의식하지 못한 다른 주제가 하나 더 보인다. 순진함. 엘라가 폴을 만나 사랑하게 된 그 순간, 사랑이라는 말을 쓴 순간 순진함이 탄생했다.

그래서 이제 마이클과의 관계를 돌아보니(나는 내 애인의 이름을 엘라 아들의 이름으로 사용했다, 환자가 스스로 아무 관련이 없다고 확신하면서 정신분석가가 기다려왔을 법한 증거를 제공할 때 짓곤 하는 지나치게 열렬한 미소까지 지으면서) 무엇보다도 나의 순진함이 보인다. 영리한 사람이라면 누구든 처음부터 이 연애의 파국을 예견할 수 있었으리라. 하지만 나, 애나는 폴에 대해 엘라가 그랬듯 그런 예측을 거부했다. 폴은 엘라, 순진한 엘라를 탄생시켰다. 세상 물정을 잘 알고, 의심이 많으며, 노련한 그녀 내부의 엘라를 무너뜨린 그는 거듭 그녀의 명민함을 잠재웠고, 그녀 역시 기꺼이 조력하면서 그를 향한 자신의 사랑과 순진함의 수면 위를 암담하게 떠다녔다. 순진함은 자발적이고 창조적인 믿음의 또다른 이름이 아니던가. 바로 이런 이유에서 폴의 자기불신이 사랑에 빠진 이 여자를 파괴했고, 그럼으로써 그녀는 사력을 다해 순진함으로 돌아가야 한다고 생각하기 시작했던 것이다.

이제 어떤 남자가 매력적으로 다가올 때면, 나는 내 안에서 순진한 애나가 어느 정도나 다시 태어나는지를 살펴 그 관계가 얼마나 깊어질지 예측할 수 있다.

나, 애나는 지난 일을 돌아볼 때 가끔 큰 소리로 웃고 싶어진다. 경험이 순진함에게 경악과 시기심을 담아 짓는 비웃음 말이다. 그런 식의 신뢰는 이제 불가능할 것이다. 나, 애나는 다시는 폴과 사랑에 빠지지 않을 것이다. 마이클과도. 아니, 그보다는 이제 무슨 일이 벌어질지 뻔히 아는 상태로 남자를 만나게 될 것이다. 어떤 결실도 맺지 못하게끔 의식적으로 한계를 설정해놓는 그런 관계를 시작하게 되리라.

그 5년간 엘라가 잃어버린 것은 순진함을 관통하여 창조하는 힘이었다.

\* \* \*

연애의 끝. 당시 이 표현을 썼던 건 아니지만, 나중에 엘라는 씁쓸한 심정으로 그 시절을 이렇게 표현했다.

폴이 더이상 편지 업무를 거들지 않는다는 걸 깨달은 순간 그가 자기로부터 멀어지고 있음을 엘라는 처음으로 알아차린다. 그가 말한다. "그게 무슨 소용이야? 난 매일 병원에서 브라운 부인을 상대하잖아. 정말로 도움이 되는 일은 아무것도 할 수가 없어. 여기서 한 사람, 저기서 한 사람. 결국 바윗덩어리를 밀어 올리는 자들은 정말로 돕고 있는 게 아니야. 우리가 그렇게 상상할 뿐이지. 자선 심리 상담이나 복지사업 같은 건 불필요한 비참함에 습포를 대는 일에 불과해."

"하지만 폴, 도움이 된다는 거 당신도 잘 알잖아."

"그 생각을 할 때마다 느끼는 건데, 우리 모두 구시대의 유물이야. 자기 환자를 병든 세상의 징후라고 여기는 의사는 대체 어떤 작자일까?"

"당신이 정말 그런 심정이라면 그렇게 열심히 일하지는 않겠지."

잠시 망설이던 그가 일격을 가했다. "하지만 엘라, 당신은 내 애인이지 아내가 아니잖아. 왜 심각한 인생사를 전부 공유하길 바라는 거야?"

엘라는 화가 났다. "당신 매일 밤 내 침대에 누워 온갖 얘기 다 하잖아. 내가 바로 당신 아내야." 그 말이 입에서 나오는 순간, 파국의 보증서에 서명하고 있음을 엘라는 알았다. 그동안 그렇게 말하지 않은 게 도리어 끔찍하게 비겁한 행동 같았다. 그는 불쾌한 듯 슬쩍 웃었다. 물러나겠다는 몸짓.

\* \* \*

엘라는 소설을 완성하고 출판사로부터 출간 승낙을 받는다. 꽤 괜찮은 소설임을 그녀도 알기에, 깜짝 놀랄 일은 전혀 아니다. 다시 읽어본다면 소품이지만 정직한 소설이라고 평할 것이다. 하지만 그걸 읽은 폴은 노련한 조소로 반응한다.

"글쎄, 우리 남자들은 차라리 삶을 포기하는 편이 낫겠군."

두려운 마음으로 엘라가 묻는다. "그게 무슨 뜻이야?" 하지만 스스로를 풍자하듯 그가 연극 대사처럼 그 말을 던졌기에 그녀는 웃고 있다.

이제 자기풍자에서 물러나 그가 아주 심각하게 말한다. "사랑하는 엘라, 우리 시대의 위대한 혁명이 뭔지 알아? 러시아혁명, 중국혁명, 그딴 것들 아무것도 아니야. 진정한 혁명은 남성들에 맞선 여성들의 혁명이지."

"하지만 폴, 내게 그건 아무 의미도 없어."

"지난주에 영화를 한편 봤어. 나 혼자 갔지. 남자 혼자 볼 만한 영화라 당신은 데리고 가지 않았어."

"어떤 영화였는데?"

"이제 여자들이 남자 없이도 임신할 수 있다는 사실 알고 있어?"

"대체 뭐 때문에?"

"가령 난소에 얼음[15]을 넣으면 아이를 가질 수 있지. 이제 남성은 인류에게 불필요한 존재가 된 셈이야."

순간 엘라는 웃음을 터뜨린다. 확신에 차서. "그런데 정신이 제대로 박힌 여자가 뭣 때문에 남자 대신 얼음을 쓰고 싶겠어?"

폴 역시 웃는다. "엘라, 그건 그렇다 하더라도, 농담이 아니라 그

---

[15] 냉동된 정자를 농담조로 가리키는 표현. 1953년 미국 의사 제롬 K. 셔먼이 냉동된 정자로 인공수정에 처음 성공했다.

게 바로 우리 시대의 표식이야."

이 말에 엘라는 언성을 높인다. "맙소사 폴, 지난 5년 동안 언제라도 당신이 내게 아이를 갖자고 했다면 난 너무 행복했을 거야."

깜짝 놀라며 본능적으로 물러서는 그 몸짓. 그런 다음 웃으며 이어지는 신중하고 조심스러운 대답. "하지만 엘라, 원칙이 그렇게 된 거라고. 남자들은 더이상 필요 없어."

"아, 원칙." 엘라가 웃으며 말한다. "당신 정말 제정신이 아니야. 내가 늘 말한 것처럼."

그 말에 그는 진중하게 답한다. "글쎄, 아마 당신 말이 맞을지도. 엘라 당신이야 정신이 똑바로 박혀 있지. 언제나 그랬어. 내가 미쳤다는 거지? 나도 알아. 점점 더 미쳐가고 있으니까. 가끔 그들이 왜 나 대신 환자들을 가두는지 궁금할 지경이거든. 그런데 당신은 점점 더 정신이 멀쩡해지잖아. 그게 당신 강점이긴 해. 하지만 이제 당신 난소에 얼음이 들어갈 날도 머지않았지."

그 말에 엘라는 너무 큰 상처를 받은 나머지 더이상 그에게 어떻게 들릴지 신경 쓰지 않고 이렇게 외친다. "당신 정말 미쳤어. 그런 아이를 갖느니 차라리 죽는 편이 나아. 당신을 처음 만난 날부터 늘 당신 아이가 갖고 싶었는데 몰라서 그래? 당신을 만난 뒤로 모든 게 너무나 기뻤고……" 방금 나온 말을 그가 본능적으로 거부하고 있음을 엘라는 그의 얼굴에서 알아차린다. "그래, 좋아. 하지만 당신이 그래서 결국 불필요한 존재가 된다면, 스스로에게 조금의 신뢰도 갖고 있지 못해서 그런 거라면……" 그는 이제 서글프고 놀란 표정이지만 격분한 엘라는 전혀 신경 쓰지 않는다. "당신은 아주 단순한 사실 하나도 이해하지 못한 셈이야. 그렇게 단순하고 평범한 걸 왜 이해 못하는지 정말 알다가도 모르겠어. 함께했던 모든 게 행복하고 편안하고 좋았는데 당신은 지금 난소에 얼음 집어넣는 여자들 얘길 하고 있잖아. 얼음. 난소. 대체 그게 뭔데? 그래, 당신이 지구상에서 꺼져버리고 싶으면 그렇게 해. 난 상관 안할 테니까." 이 말에 그는 두 팔을 벌리고 말한다. "엘라. 엘라! 이리로 와." 가까이 다가와 안기는 엘라를 그는 감싸 안지만, 금세 이렇게 놀린다. "그런데 있지, 내 말이 맞아. 결국 그 사실을 솔직히 인정할 날이 오면 당신은 우리 모두를 지구 밖으로 떠밀어내고는 웃고 있을 거야."

* * *

섹스. 여자가 섹스에 관해 쓰기 어려운 이유는, 섹스란 생각하지 않고 분석하지 않는 순간에 가장 좋기 때문이다. 여자들은 기술적인 섹스에 관해선 의도적으로 생각하지 않는 편을 택한다. 남자들이 엄밀히 말해 섹스는 자기보존에서 비롯된다고 얘기할 때 여자들은 불쾌한 기분이 든다. 만족감을 얻는 데 핵심인 그 자발적인 감정을 보존하고 싶어서다.

여자들에게 섹스는 본질적으로 감정의 문제다. 사람들이 얼마나 여러차례 그 사실을 글로 표현해왔던가? 그런데도 가장 지적이고 통찰력 있는 남자와 함께 있을 때조차 여자는 간극 너머로 그를 바라보는 순간을 경험한다. 남자가 이해하지 못하는 순간, 여자는 갑자기 고독해지고 그 순간을 서둘러 잊으려 한다. 그러지 않으면 생각을 해야 하기 때문이다. 줄리아와 봅, 나, 이렇게 셋이 줄리아의 부엌에 앉아 수다를 떨고 있다. 봅이 누군가의 파탄 난 결혼 생활에 대해 이야기하는 중이다. "문제는 섹스였어. 가련한 녀석, 발기된 물건이 바늘 크기밖에 안되니 말이야." 줄리아가 말한다. "내가 보기엔 그 여자가 그를 사랑하지 않는 게 문제야." 봅은 줄리아가 자기 말을 못 알아들었다고 생각하고 이렇게 대꾸한다. "아니, 물건이 작다는 거, 그게 언제나 개한텐 큰 골칫거리였다니까." 줄리아가 받아친다. "그 여잔 그를 단 한번도 사랑한 적이 없었단 말이야. 두 사람이 함께 있는 걸 보면 누구나 빤히 알 만큼." 이제 인내심이 바닥난 봅이 말한다. "그 불쌍한 바보들 잘못이 아니라니까. 처음부터 모든 게 어그러지도록 그렇게 타고난 거라고." "아, 확실히 그 여자 잘못이야. 사랑하지 않으면 그 남자랑 결혼하질 말았어야지." 줄리아의 아둔함에 짜증이 난 봅은 기술적인 설명을 늘어놓기 시작하고, 줄리아는 나를 향해 한숨 쉬고 미소 지으며 어깨를 으쓱한다. 몇분이 지나도록 그가 계속 고집을 부리자 줄리아는 언짢은 농담으로 봅의 말허리를 잘라버린다.

나, 애나가 그 문제에 관해 써보려고 자리에 앉기 전까지 마이클과의 섹스가 어땠는지 결코 따져본 적이 없다는 사실이 참 놀랍긴 하다. 하지만 그 5년 사이에 아주 뚜렷한 변화가 일어났는데, 내 기억 속에 그건 마치 곡선 모양의 그래프 같다.

초반 몇달간 폴과 사랑을 나눴을 때, 엘라로 하여금 그를 사랑한다는 사실을 확신하게 만들고 사랑이라는 단어를 쓰도록 만든 것은 엘라가 곧바로 경험한 오르가슴이었다. 질로 느끼는 오르가슴 말이다. 그를 사랑하지 않았다면 경험할 수 없었을 것이다. 한 여자를 향한 남자의 욕구, 그 욕구에 대한 남자의 확신에서 비롯하는 그런 오르가슴이니까.

시간이 지나면서 그는 기계적인 수단을 이용하기 시작했다. (기계적이라는 단어를 나는 물끄러미 바라본다. 남자라면 쓰지 않을 단어다.) 엘라가 음핵 오르가슴을 느끼도록 외부에서 자극하기 시작한 것이다. 정말 미친 듯이 흥분하게 만들기는 했다. 하지만 엘라의 일부는 언제나 그 점이 원망스러웠다. 그 사람이 자기에게 헌신하지 않겠다는 일종의 본능적 표현으로 그렇게 하고 싶어한다고 느꼈기 때문이다. 알든 모르든 (아마 그는 자각하고 있었겠지만) 폴이 그 감정을 두려워한다는 느낌도 받았다. 질 오르가슴은 오직 감정의 문제이지, 결코 다른 무엇이 아니다. 감정으로써 경험하고 감정과 뗄 수 없는 감각을 통해 표출되는 그런 것. 따뜻한 소용돌이 안에서 빙글빙글 도는 듯, 막연하고 어두운 전일한 감각 속에서 사그라지는 어떤 것. 음핵 오르가슴은 여러종류가 있고, 그것들이 질 오르가슴보다 더 (남자들이 쓰는 표현을 빌리자면) 강력하기는 하다. 한없는 스릴과 흥분, 기타 등등이 따를 수 있지만 여자가 느끼는 진짜 오르가슴은 오직 한가지이며, 이는 남자가 그 자신의 욕구와 욕망 전부로 여자를 받아들이고 그 반응 전부를 원할 때에만 가능하다. 다른 모든 건 대체물이고 가짜다. 이 방면에 완전히 숙맥인 여자조차 이 사실을 본능적으로 안다. 엘라는 폴 이전에는 음핵 오르가슴을 경험한 적이 없었고, 폴에게 그렇게 말하자 그는 기뻐했다. "엘라, 적어도 어떤 면에서 당신은 처녀인 셈이군." 그러나 또한 그를 만나기 전에는 자신이 고집스럽게 '진짜 오르가슴'이라 지칭하는 그걸 그렇게 깊숙이 경험한 일도 없었다고 말했을 땐, 그는 자신도 모르게 얼굴을 찌푸리며 대꾸했다. "신체적으로 여성은 질 오르가슴을 경험할 수 없다고 유명한 생리학자들이 말했는데, 들은 적 있어?" "진짜 그렇게 말했다면 그 사람들 아는 것도 별로 없네, 그렇지 않아?" 시간이 흐르면서 그들 관계의 방점은 진짜 오르가슴에서 음핵 오르가슴으로 옮겨 갔고, 엘라가 더이상 진짜 오르가슴을 느끼지 못한다는 사실을 깨닫는 (그리고 그 문제에 대해 생각하길 서둘러 거부하는) 순간이 왔다. 그 깨달음의 순간은 폴이 엘라를 떠나는 파국이 닥치기 직전에 도래했다. 간단히 말해, 엘라는 자신의 이성이 받아들이지 않으려는 진실을 감정으로는 알고 있었던 셈이다.

폴이 그 얘기를 꺼낸 것도 파국의 순간 직전이었다. 당시 엘라는 그냥 어깨를 으쓱하며 넘겨버렸는데, 그의 어조나 태도가 자신이 그동안 경험해온 실제 그의 모습과 어긋났기에 (그가 침대에서 음핵 오르가슴에 치중하기 시작한 이후로) 그저 이 남자의 분열된 모습이 드러내는 또다른 징후라고 치부해버렸던 것이다.

"당신이 들으면 즐거워할 일이 오늘 병원에서 있었어." 그가 말했다. 그들은 줄리아의 집 앞 어두운 곳에 차를 대고 그 안에 있었다. 엘라는 그에게 미끄러지듯 몸을 밀착시켰고 그도 팔을 둘러 엘라를 감싸 안았다. 폴의 몸이 웃음으로 떨리는 걸 느낄 수 있었다. "당신도 알다시피, 품격 있는 우리 병원에서는 직원들을 위해 2주에 한번씩 강연회를 열잖아. 어제는 암백조의 오르가슴에 관해 블러드롯 교수의 강연이 있을 거라는 공지가 떴지." 엘라가 본능적으로 몸을 떼자, 그가 다시 잡아당기며 말을 이었다. "이렇게 나올 줄 알았어. 그냥 한번 들어줄래? 강당이 가득 찼어. 말할 필요도 없이 말이야. 교수가 일어났지. 190센티의 장신이었는데, 꼭 허리띠를 맨 막대자 같더라. 조그만 흰 턱수염을 달랑거리면서, 암백조가 오르가슴을 못 느낀다는 사실을 확실히 증명했다는 거야. 이 유용한 과학적 발견을 여성 오르가슴 일반의 본질에 관한 짧은 논의에 기초 자료로 활용하겠다면서." 엘라가 웃음을 터뜨렸다. "그래, 바로 이 지점에서 당신이 웃을 줄 알았지. 하지만 아직 내 말 안 끝났어. 이 순간에 눈에 띄었던 건, 청중석에서 벌어진 소란이었어. 사람들이 일어나 자리를 뜨고 있었지. 그 고명하신 교수는 심기가 불편해 보였고, 자기는 어느 누구도 이 주제를 불쾌하게 받아들이지 않으리라 확신한다고 하더군. 요컨대 성에 대한 탐구는 성에 대한 미신과는 분명히 다르며, 이런 종류의 병원이라면 전 세계 어디서든 그런 탐구가 진행되고 있다면서 말이야. 하지만 여전히 사람들은 자리를 뜨고 있었어. 어떤 사람들이었냐고? 전부 여자들이었지. 남자 한 쉰명, 여자 한 열다섯명이 거기 있었거든. 여의사들이 전부 자리에서 일어나 마치 명령이라도 받은 것처럼 줄줄이 나가더라니까. 우리 교수님께서 아주 실망하셨지 뭐야. 그 조그만 턱수염을 삐죽 내밀면서 그토록 존경하는 여성 동료들께서 이 정도로 점잔을 빼다니 놀라울 따름이라고 했지. 그래도 소용없었어. 눈앞엔 여자라곤 남아 있지 않았으니까. 그러자 우리 교수님께서는 목청을 한번 가다듬으시더니, 여의사들의 개탄할 만한 태도가 실망스럽긴 하지만 강연은 계속 이어가겠다고 선언하시더군. 암백조의 본성에 대한 연구에 기초해서 볼 때, 자기 생각엔 여성에게 질 오르가슴이 존재한다고 볼 생리적 근거가 없다는 거야. 아니, 계속 들어봐, 엘라. 물러나지 말고. 정말 여자들은 놀라울 정도로 예측 가능하다니까. 난 그때 다섯 아이를 둔 닥터 펜워디 옆에 있었는데, 그 사람이 내게 귓속말을 하더라고. 그 교수 부인은 공적인 일을 무척 중시하는 사람이라 남편 강연에는 늘 참석하는데 그날만은 오지 않았다는 거야. 그 순간 나는 내가 속한 우리 남성에 불충스러운 짓을 저질렀지. 나도 여자들을 따라 강당에서 빠져나온 거야. 다들 사라지고 없더군. 아주 이상했지, 여자라곤 코빼기도 보이지 않았으니. 그래도 한참을 찾다보니 오랜 친구 스테퍼니가 보이더라. 구내

식당에 앉아 커피를 마시고 있더라고. 나도 그 옆에 앉았지. 아예 보란 듯이 나를 멀리하는 눈치더군. 내가 말했어. '스테퍼니, 당신들은 어째서 우리 위대한 교수님의 성에 관한 명강연을 거부한 거지?' 그러니까 미소를 짓더라, 너무나 적대적이면서도 너무나 상냥하게 말이지. 그러더니 말했어. '친애하는 폴, 상식을 갖춘 여자라면, 남자들이 우리더러 섹스에 관해 어떻게 느껴야 하는지 들려주기 시작할 때 막아봤자 아무 소용 없다는 걸 잘 알고 있거든. 이렇게 수세기가 흐른 뒤에도 말이야.' 내 친구 스테퍼니가 다시 나를 좋아하게 만들기까지 30분의 고된 노력과 세잔의 커피가 필요했지 뭐야." 그는 다시 웃으며 팔로 엘라를 감쌌다. 그러곤 몸을 돌려 엘라의 얼굴을 보며 이렇게 말하는 것이었다. "그래. 당신까지 나한테 화내면 안되지. 내가 그 교수와 같은 남자라는 이유에서 말이야. 똑같은 말을 스테퍼니에게도 했어." 분노는 스러졌고, 엘라는 그와 함께 웃었다. 그러면서 생각했다. 오늘밤은 나랑 보내겠구나. 얼마 전까지 거의 매일 밤 엘라에게 왔던 그가 최근에는 일주일에 2~3일씩 집에서 밤을 보낸 터였다. 그냥 생각난 것처럼 그가 말했다. "엘라, 당신은 지금까지 내가 만난 여자들 중에서 제일 질투심이 없는 여자야." 불현듯 싸늘한 느낌에 이어 엘라는 두려운 마음이 들었고, 곧 방어기제가 신속하게 작동했다. 그의 말을 못 들은 척 이렇게 물었던 것이다. "집으로 올라갈 거지?" 그가 대답했다. "사실 그러지 않기로 마음먹었더랬지. 하지만 정말 그랬다면 여기 이러고 있지 않았겠지?" 그들은 손을 맞잡고 위층으로 올라갔다. 그가 말했다. "당신과 스테퍼니, 친하게 지낼 수 있을까?" 자신을 보는 그의 표정이 '마치 뭔가를 시험하는 사람처럼' 낯설다고 엘라는 생각했다. 요즘 스테퍼니 얘기를 참 많이 하잖아, 혹시…… 하는 생각이 머리를 스치는 사이 다시 그 일말의 두려움이 덮쳐 왔다. 아득해진 정신으로 엘라가 말했다. "저녁 차릴게, 생각 있으면 먹어."

함께 밥을 먹는 동안, 폴이 식탁 너머로 바라보며 말했다. "당신 참 훌륭한 요리사야. 난 당신한테 뭘 해주면 좋을까, 엘라?"

"지금까지 하던 그대로 하면 돼." 엘라가 대답했다.

요즘 들어 자주 그는 될 대로 돼라는 식의 익살스러운 표정을 지었는데, 지금도 그런 얼굴로 그녀를 보고 있었다. "난 당신을 눈곱만큼도 바꾸지 못했어. 옷차림이나 머리 모양조차 말이야."

그걸 두고 그들은 줄곧 실랑이를 벌여왔다. 그는 엘라의 머리칼을 이리저리 다른 모양으로 잡아보거나 옷을 잡아당겨 새로운 스타일로 만들며 말하곤 했다. "엘라, 당신은 왜 깐깐한 여교사 스타일을 고집하는 거야? 전혀 그렇지 않으면서." 목이 파인 블라우스를 사주는가 하면 쇼윈도에 걸린 옷을 권하기도 했다. "저런 옷은 어때?"

하지만 엘라는 그냥 검은 머리를 뒤로 묶는 스타일을 고수했고 그가 좋아하는 튀는 옷차림도 거부했다. 마음 한구석에서는 이런 생각이 들었다. 내가 자기에게 만족 못하고 다른 남자를 원한다는 불평을 저런 식으로 하는 거겠지. 섹시한 옷을 입기 시작하면 어떻게 생각할까? 만일 내가 아주 육감적인 모습으로 꾸민다면 저 남자는 견디지 못할걸. 지금만으로도 난 충분히 힘겨워.

그를 비웃으며 이렇게 말한 적도 있었다. "폴, 당신이 사준 그 빨간 블라우스 생각나? 깊이 파여서 가슴골이 보이는 그 옷 말이야. 내가 그걸 입고 있을 때 방으로 들어선 당신은 곧장 단추부터 채워주었지. 본능적으로 그렇게 했어."

오늘밤 그는 엘라에게 와서 그녀의 머리를 풀어 늘어뜨렸다. 찡그린 얼굴로 바짝 다가와 들여다보더니, 그녀의 이마 위로 갈라진 머리채를 목 주변으로 가지런히 가져다놓는 것이었다. 그녀는 미소 띤 얼굴로 그의 손에서 전해지는 온기를 느끼며 그가 마음대로 하도록 내버려뒀다. 그러다 문득 이런 생각이 떠올랐다. 날 누군가와 비교하고 있구나. 지금 나를 보고 있는 게 아니야. 엘라가 황급히 물러나자 그는 말했다. "엘라, 당신은 마음만 먹으면 정말 아름다운 여자가 될 텐데."

엘라가 대꾸했다. "그 말은, 내가 아름답지 않다는 거네?"

신음과 동시에 웃음을 터뜨리면서 그는 엘라를 침대로 끌어다 앉혔다. "물론 그건 아니지." 그가 말했다. "그럼 됐어." 엘라는 미소 띤 얼굴로 자신 있게 말했다.

그가 나이지리아에서 일자리를 하나 제의받았고 수락할 생각이라고 태연하게 전한 것이 바로 그날밤이었다. 엘라는 상황에 대해 그가 취하는 방관자적 어조를 의식하며 멍하게 그 말을 들었다. 이윽고 뱃속에 절망의 구렁텅이가 열렸음을, 돌이킬 수 없는 어떤 일이 일어나고 있음을 깨달았다. 하지만 엘라는 고집스레 생각했다. 뭐, 그러면 모든 게 다 해결되겠지. 그와 함께 거기로 갈 수 있잖아. 나를 여기 붙잡아두는 건 아무것도 없으니까. 마이클도 그곳에서 어떤 식으로든 학교에 다닐 수 있겠지. 내가 여기 꼭 남아 있어야 할 이유가 없잖아?

그건 사실이었다. 어둠속에서 폴의 품에 안긴 채, 엘라는 그 팔이 여러해에 걸쳐 천천히 다른 사람들을 모두 밀쳐냈다는 사실을 떠올렸다. 엘라는 거의 외출을 하지 않았다. 혼자 외출하는 일이 그리 즐겁지 않았고, 둘이 함께 모임에 나가는 일은 득보다 실이 많음을 애초에 받아들인 까닭이었다. 폴은 질투를 하거나 아니면 엘라의 문인 친구들 사이에서 자신이 개밥의 도토리 같다는 말을 했다. 그 말에 엘라는 "친구가 아니라 그냥 아는 사람들"이라고 대답하곤 했다. 자기 아들과 폴, 줄리아를 제외하면 엘라는 어떤 사람과도 끈끈한 관계를 맺지 않았다. 줄리아와는 평생 지속될 우정이었고 언제나 친구로 머물 터였다. 그래서 엘라는 말했다. "나 당신 따라갈래. 안될 게 뭐 있겠어?" 그는 주저하다가 웃으며 말했다. "하지만 런던에서 진행 중인 당신의 흥미진진한 문예 활동들을 전부 포기하고 싶지는 않겠지?" 엘라는 그더러 완전히 정신이 나갔다고 말하고는 따라갈 계획을 세우기 시작했다.

어느날 엘라는 그를 따라 그의 집으로 갔다. 아내와 아이들은 휴일을 맞아 어딘가에 가고 없었다. 함께 영화를 보고 나서였는데, 갈아입을 셔츠가 필요하다며 그가 집에 들러야겠다고 했던 것이다. 셰퍼즈부시 북쪽 교외 지역, 똑같이 생긴 집들이 줄지어 늘어선 어느 동네의 작은 집 앞에 그가 차를 세웠다. 말끔하게 정돈된 정원 여기저기에 장난감이 흩어져 있었다.

"뮤리얼에게 애들 얘기를 계속 하는데도 이런다니까." 그는 짜증을 냈다. "이런 식으로 물건을 아무 데나 던져두면 안돼지."

그때서야 엘라는 이곳이 그의 집이라는 사실을 깨달았다.

"잠시 들어오지 그래." 그가 말했다. 엘라는 내키지 않았지만 그를 따라 집 안으로 들어섰다. 현관에는 흔한 꽃무늬 벽지를 바른 벽에 짙은 색 서랍장이 놓여 있고, 폭이 좁고 기다란 예쁘장한 카펫이 깔려 있었다. 어쩐지 이곳은 편안한 느낌을 주었다. 거실은 취향이 다른 시대에서 옮겨 온 듯했다. 서로 다른 세가지 색으로 도배된 공간에 어울리지 않는 커튼과 쿠션 따위가 놓여 있었다. 정리를 마친 지 얼마 안된 것이 분명했다. 남의 눈을 의식해서 정돈한 느낌이 여전히 남아 있었다. 기분이 가라앉는 걸 느끼며, 엘라는 예의 깨끗한 셔츠를 찾아 부엌으로 향하는 폴을 뒤따랐다. 지금은 의학 잡지를 찾으러 들어선 것이었지만. 부엌은 식구들이 자주 사용하는 곳이라 그런지 지저분했다. 빨간 벽지를 바른 한쪽 벽이 이 방 역시 새 인테리어 작업이 진행 중이라는 사실을 알리고 있었다. 식탁 위에 『주부 생활』 열두어권이 쌓여 있었다. 엘라는 뒤통수를 세게 얻어맞은 것 같았다. 그러나 그녀 자신이 결국 이 끔찍하고 속물적인 잡지를 위해 일하고 있으며, 따라서 자신에게는 그것을 읽는 사람을 조롱할 권리가 없다고 되뇌었다. 누구 할 것 없이 모두가 마지못해 건성건성 냉소하며 일하고 있으니, 자신이 다른 사람들보다 더 나쁜 건 아니었다. 그런 식으로 자위해봤자 소용없는 일이긴 하지만. 부엌 구석에는 작은 텔레비전도 놓여 있어서, 엘라는 폴의 아내가 여기 앉아 밤마다 『주부 생활』을 뒤적이며 텔레비전을 보거나 혹은 위층에서 나는 아이들 소리에 귀 기울이는 광경을 마음속에 그려보았다. 거기 서서 잡지를 만지작거리며 부엌을 찬찬히 둘러보는 엘라를 보더니, 폴이 예의 차가운 유머를 실어 말했다. "엘라, 여긴 애들 엄마 집이야. 그 사람 마음대로 하는 곳. 이게 내가 집사람에게 해줄 수 있는 전부지."

"그래, 그게 전부겠지." "위층에 놔둔 모양이야." 폴은 부엌에서 나가 어깨 너머로 엘라를 돌아보며 "올라갈까?" 하고는 계단을 오르기 시작했다. 굳이 내게 이 집을 보여주는 건 뭔가를 증명하기 위해서일까? 그녀는 의아했다. 아니면, 나한테 말하고 싶은 뭔가가 있어서? 나로선 이 집에 이렇게 머무는 게 싫다는 걸 이 사람은 정말 모르는 걸까?

하지만 엘라는 다시 고분고분 그를 따라 올라가 침실로 들어섰다. 이 방은 느낌이 또 달랐는데, 오랫동안 지금의 모습이었음이 분명했다. 트윈 침대 사이에 말끔한 협탁이 놓여 있고 그 위에 폴의 사진이 담긴 커다란 액자가 있었다. 초록과 주황과 검정으로 꾸민 방은 여기저기 들쑥날쑥한 얼룩말 무늬로 장식되어 있었다. 실내장식계의 '재즈' 시대, 탄생 이후 25년이 흐르긴 했지만. 폴은 찾던 잡지를 협탁에서 집어 들더니 나갈 채비를 했다. 엘라가 말했다. "이제 얼마 뒤면 닥터 웨스트가 내게 편지 한통을 건네겠네. '친애하는 닥터 앨숍께. 어쩌면 좋을지 부디 알려주세요. 요즘 저는 밤마다 잠을 이룰 수가 없어요. 잠자리에 들기 전에 따뜻한 우유를 마시고 마음을 편안하게 하려고 애를 써보죠. 하지만 소용없어요. 조언 부탁드려요. 뮤리얼 태너 올림. 추신, 깜박하고 말씀드리지 않은 게 있네요. 제 남편은 아침 6시쯤 저를 깨워요. 병원에서 늦게까지 일하다 그 시간에야 귀가하거든요. 한주 내내 들어오지 않을 때도 있지요. 저는 늘 우울하답니다. 이런 지 벌써 5년째예요.'"

폴은 담담하고도 서글픈 얼굴로 그 말을 들었다. "남편으로서 나 자신이 자랑스럽지 못하다는 사실," 잠시 침묵한 뒤 그가 말했다. "당신한테 숨긴 적 없어."

"제발 폴, 왜 끝내지 않고 계속 이러고 살아?"

"뭐?" 그는 웃으면서, 이미 절반은 난봉꾼 역할로 돌아와 외쳤다. "애가 둘이나 딸린 그 불쌍한 여자를 버리란 말이야?"

"그녀를 아껴줄 남자가 생길 수도 있잖아. 그게 싫다고 하지는 마. 아내가 이렇게 살고 있다고 생각하면 틀림없이 당신 마음도 편치는 않겠지?"

심각한 어조로 그가 대답했다. "내가 말했잖아. 아주 단순한 여자라고. 당신은 늘 다른 사람들도 당신과 비슷할 거라고 생각하는

데, 글쎄 그렇지가 않다니까. 아내는 텔레비전을 보거나 『주부 생활』을 읽거나 벽에 벽지 쪼가리 붙이는 일 따위를 좋아한다고. 게다가 좋은 엄마고."

"당신 아내는 남자가 없어도 괜찮은 거야?"

"내가 보기엔 있는 모양이야. 조사해본 적은 없지만." 다시 웃으며 그가 말했다.

"아, 그러시군!" 엘라는 완전히 기운이 빠져 다시 폴을 따라 아래층으로 향했다. 마치 덫에 갇혔다 풀려난 듯, 작은 불협화음 같은 그 집에서 고마운 심정으로 빠져나온 뒤 거리를 바라보며 엘라는 생각했다. 아마 여기 집들은 전부 이렇겠지, 이리저리 조각난 채, 어느 집도 온전한 삶을, 온전한 사람을, 아니, 이 경우라면 온전한 가족을 반영하지 못하듯 온전한 모습을 갖추지 못했을 거야. 차가 거리로 나오자 폴이 말했다. "당신이 싫은 건, 뮤리얼에게는 이런 삶이 행복할지도 모른다는 사실이겠지."

"어떻게 행복할 수 있겠어?"

"언젠가 물어봤어. 나와 헤어졌으면 하는지. 원하면 부모님에게로 돌아가도 좋다고 했어. 아니래. 게다가 내가 없으면 그 사람은 길 잃은 어린아이 신세가 될 거야."

"맙소사!" 역겹고 두려운 마음으로 엘라가 내뱉었다.

"사실이야. 말하자면 그 사람한테는 내가 아버지인 셈이지. 전적으로 내게 의지하며 살고 있으니까."

"하지만 당신 아내는 당신 얼굴 한번 보기도 힘들잖아."

"능률적으로 살지 않으면 내가 아니지." 그가 곧장 대꾸했다. "집에 가선 모든 일을 다 처리해. 난방 기기며 전기 요금이며, 저렴한 카펫은 어디에서 살지, 아이들 학교 일은 어떻게 할지. 모든 걸 내가 알아서 하고 있어." 엘라가 침묵을 지키자 그는 고집스럽게 덧붙였다. "전에도 말했지만, 엘라 당신은 속물이야. 어쩌면 이게 아내가 원하는 삶일 수도 있다는 사실을 당신은 참지 못하지."

"그래, 참기 힘들어. 믿기지가 않아. 이 세상 어떤 여자가 사랑 없이 살고 싶을까?"

"당신, 참 못 말리는 완벽주의자야. 극단적이기도 하고. 모든 걸 당신 머릿속에 존재하는 어떤 이상에 맞춰서 재단하고는, 당신의 그 아름다운 이상에 못 미치면 경멸하며 아예 손을 떼버리지. 아니, 아름답지 못한 이상이라도 아름다운 척 스스로를 기만하는 건가?"

엘라는 생각했다. 우리 얘길 하는구나. 폴이 말을 이었다. "가령 뮤리얼도 당신한테 똑같은 얘길 할 수 있어. 대체 왜 그 여자는 천연덕스럽게 내 남편의 정부로 사는 걸까? 하나도 안정적이지 못한데? 남들 눈에 번듯한 것도 아니고."

"아, 그 안정적인 삶!"

"그래, 바로 그거야. 당신 방금 경멸하면서 아, 그 안정적인 삶! 이렇게 말했지. 아, 그 번듯함! 하지만 뮤리얼은 그런 식으로 말하지 않을 거야. 그 여자한테는 정말 중요하니까. 거의 모든 사람에게 정말 중요한 건 그런 것들이니까."

지금 그가 화난, 심지어 상처 받은 목소리로 말하고 있다는 사실을 엘라는 문득 깨달았다. 그가 아내와 자기 자신을 동일시하고 있으며(물론 엘라와 함께 있을 때 그가 드러내는 가치관은 아내와 달랐지만), 그 또한 안정적이고 남들 눈에 번듯한 삶을 중시한다는 생각도 불현듯 떠올랐다.

그녀는 입을 다물고 생각에 잠겼다. 이 사람이 정말 그런 식으로 살고 싶다면, 혹은 최소한 그렇게 살아야 한다면, 늘 내게 만족하지 못하는 이유를 이제야 알겠어. 점잖고 번듯하고 자그마한 아내의 반대편에 세련되고 화려하고 요염한 정부가 있었던 거야. 내가 실제로 바람을 피우고 섹시한 옷을 걸치길 진심으로 바라는지도 몰라. 글쎄, 난 그러지 않겠지. 난 그렇게 생겨먹었으니. 이런 내 모습이 싫다면 이 사람이 참아야지 뭐.

그날 저녁 그는 웃으면서, 하지만 공격적인 태도로 이렇게 말했다. "다른 여자들처럼 구는 게 엘라 당신에게도 좋을 거야."

"무슨 뜻이야?"

"집에서 기다리면서 다른 여자에게 못 가도록 자기 남자를 애써 붙잡아두는 아내로 사는 거 말이야. 발밑에 애인을 두는 대신에."

"아, 그러니까 당신 지금 내 발밑에 있구나?" 엘라가 조롱하듯 말했다. "그런데 당신은 왜 결혼을 일종의 대결로 보는 거지? 내 생각에 결혼은 전투가 아닌데."

"아니라고!" 이번엔 그 쪽에서 비딱하게 대꾸했다. 그러곤 잠시 뒤에 덧붙였다. "당신, 자살에 관한 소설을 막 마쳤지."

"그게 무슨 상관이야?"

"그 모든 지적인 통찰은……" 말을 멈추더니 그는 잠자코 엘라를 바라봤다. 서글프지만 비판 어린 시선으로. 또한 경멸을 담아. 엘라에겐 그렇게 보였다.

그들은 지붕 밑 엘라의 작은 방에 있었고 아이는 옆방에서 잠들어 있었다. 그들 사이의 낮은 탁자 위에는 엘라가 만든 음식이 놓여 있었다. 천번이고 그랬듯이. 손가락으로 포도주잔을 돌리며 그가 고통스럽게 말을 이었다. "당신이 없었다면 지난 몇달을 어떻게 버텨냈을지 모르겠어." "대체 무슨 일이 있었길래?" "아무 일 없었지. 그게 바로 문제야. 그냥 계속되는 거지, 똑같이. 아무튼, 나이

지리아에 가면 옴이 오른 사자 몸의 곪은 상처나 치료하는 일 따윈 하지 않을 거야. 여기선 그게 내 일이잖아. 더이상 자생할 기력도 없는 늙은 동물의 상처에 연고나 발라주기. 적어도 아프리카에선 뭔가 새롭고 발전 가능한 일을 맡게 되겠지.”

　예기치 못할 만큼 갑작스럽게 그는 나이지리아로 떠났다. 적어도 엘라로서는 예기치 못한 일이었다. 장차 일어날 일로 그 얘기를 하고 또 하던 어느날 그가 찾아와 내일 떠난다고 했다. 언제 어떻게 엘라가 합류할지는, 그가 그곳 사정을 파악할 때까지 모호한 일로 남아 있을 수밖에 없었다. 마치 몇주 안에 다시 볼 사람처럼 엘라는 공항에서 그를 배웅했다. 그러나 작별의 입맞춤을 하고 돌아설 때 그는 쓰라린 표정으로 일그러진 미소, 온몸이 고통스럽게 이지러지는 듯한 미소를 지으며 고개를 까딱했는데, 그 순간 갑자기 엘라는 얼굴이 온통 눈물범벅이 되면서 온 신경마디가 상실의 아픔으로 싸늘해지는 경험을 했다. 줄줄 흘러내리는 눈물을 멈출 수도, 한기를 막을 수도 없었다. 그 차디찬 느낌은 그후로도 여러날 줄곧 그녀를 덜덜 떨게 했다. 편지도 쓰고 계획도 세워보았지만, 한기는 마치 그녀를 서서히 뒤덮으며 깊어지는 내부의 그림자와 같았다. 폴은 달랑 한통의 편지를 보내어 언제쯤 그녀가 아들을 데리고 합류할 수 있을지 아직은 확실하게 말할 수 없다고 했다. 그러고는 아무 연락이 없었다.

　어느날 오후 엘라는 닥터 웨스트와 함께 예의 편지 더미 앞에서 일하는 중이었는데, 문득 그가 말했다. “어제 폴 태너에게서 편지가 왔어요.”

　“그랬어요?” 엘라가 알기로 닥터 웨스트는 그녀와 폴의 관계를 몰랐다.

"거기 나가 있는 게 좋은 모양이에요. 가족도 부를 것 같던데."
그는 편지 몇통을 자기 서류철에 조심스럽게 끼우더니 말을 이었
다. "가길 잘했지. 떠나기 전에 하는 말이, 예쁘긴 한데 제멋대로 구
는 어떤 여자한테 엮였대요. 아주 고약하게 딱 걸린 모양이던데. 듣
자 하니 착한 여자 같지는 않더라고요."

평상시처럼 숨을 쉬려 애쓰며 엘라는 닥터 웨스트를 살펴보았
다. 상처를 주려고 하는 말이 아니라 둘 다 아는 사람에 관한 일상
적인 잡담이었다. 엘라는 그가 건넨 편지 한통을 집어 들었는데, 첫
머리에 이런 말이 적혀 있었다. "친애하는 닥터 앨솝께. 몽유병 증
세가 있는 제 어린 아들 얘기를 하려고 합니다……" 엘라는 말했
다. "이건 분명 선생님 영역인데요?" 그들이 함께 일한 시간 내내
변함없이 계속되어온 정겨운 실랑이었다. "아니지, 엘라. 그렇지
않아요. 아이가 자면서 걷는다면, 약을 처방해봤자 아무 소용이 없
거든요. 게다가 내가 약을 처방하면 당신이 제일 먼저 나서서 비난
할 거잖아요. 그 여자에게 병원에 가보라고 하고, 아이가 아니라 자
기 잘못으로 생긴 증세라는 말 기분 나쁘지 않게 해줘요. 뭐라고
적으면 좋을지 내가 구태여 알려줄 필요 없겠죠." 또다른 편지를
집어 들며 그가 말을 이었다. "최대한 오래 영국을 떠나 있으라고
태너에게 말해줬어요. 그런 일들은 끊어내기 쉽지 않은 경우도 있
으니까. 그 젊은 여자가 결혼해달라고 내내 못살게 굴었다더라고
요. 실은 그렇게 젊지도 않은 모양이던데. 아무튼 그게 큰 골칫거리
였나봐요. 한껏 즐기며 살다 싫증이 나서 정착하고 싶었던 게지."

닥터 웨스트와 편지 일을 마칠 때까지 엘라는 이 대화에 관해 신
경을 끊으려고 애썼다. 그래, 내가 순진했어, 이런 결론도 내렸다.
병원에서 함께 일하는 스테퍼니와 사귀고 있었나보네. 다른 건 몰

라도 스테퍼니 외에 다른 여자 얘기는 없었고, 늘 그 여자 얘기뿐이었으니까. 하지만 그가 '제멋대로 구는 여자'라는 식으로 스테퍼니를 거론한 적은 없었다. 아니, 그건 웨스트 부부가 쓰는 표현일 테지, 제멋대로 구는 여자니 한껏 즐기던 삶에 싫증이 났다느니, 그런 멍청한 말을 즐겨 하는 자들이니까. 이 반듯한 중산계급 인간들은 정말이지 신기할 정도로 예측 가능하다니까.

그런데도 그녀는 마음이 무척 괴로웠다. 폴이 떠난 뒤로 떨쳐버리고자 싸워온 그림자가 이제는 완전히 엘라를 뒤덮고 있었다. 폴의 아내 생각이 났다. 그가 완전히 관심을 끊었을 때 그 여자도 분명 이렇게 전적으로 거부당하는 느낌을 받았겠지. 글쎄, 최소한 엘라, 그러니까 나는 너무 멍청해서 폴이 스테퍼니와 사귀고 있다는 사실조차 깨닫지 못했던 게 이점이라면 이점이겠어. 하지만 아마도 뮤리얼 역시 멍청하게 사는 편을 택했던 걸까? 그렇게 여러 밤을 병원에서 보낸다는 폴의 말을 그냥 믿기로 하면서.

엘라는 마음을 휘젓는 불쾌한 꿈을 꿨다. 작고 초라한 어떤 집에 있었는데, 그 집의 작은 방들은 제각각 다른 모습으로 꾸며져 있었다. 자기가 폴의 아내였고, 방들의 알력 때문에 집이 사방으로 부서지고 무너지려는 걸 애를 쓰며 간신히 막고 있었다. 엘라는 집 전체를 자신의 취향으로, 한가지 스타일로 꾸미기로 했다. 하지만 새 커튼을 달거나 방 하나를 새로 칠하면 그 즉시 뮤리얼의 방이 다시 생겨나는 것이었다. 이 집의 유령과도 같은 엘라는 뮤리얼의 영혼이 여기 있는 한 어떻게든 그 집은 무너지지 않으리라는 것을, 즉 방 하나하나가 각기 다른 시대와 다른 정신에 속해 있기에 그처럼 한데 붙어 서로를 지탱한다는 것을 깨달았다. 그런 다음 엘라는 부엌에 선 채 『주부 생활』 더미에 손을 올려놓고 있는 자신을 보았다. 그녀는 '섹시한 여자'였다(닥터 웨스트가 그렇게 말하는 걸 들을 수 있었다). 몸에 찰싹 달라붙는 오색 스커트와 꽉 끼는 저지 상의를 입었고 머리는 유행에 맞게 잘려 있었다. 그러다 그녀는 깨달았다. 사실 뮤리얼은 그 집에 없고 폴을 따라 나이지리아로 갔다는 걸. 자기는 이 집에서 폴이 돌아올 날을 기다리고 있다는 걸.

꿈에서 깼을 때 엘라는 울고 있었다. 폴은 결별을 원했던 여자, 그 여자 때문에 나이지리아로 떠났고, 그가 어떤 대가를 치르더라도 헤어지고 싶어했던 여자가 바로 자신이라는 사실이 처음으로 뇌리를 스쳤다. 자신이 바로 그 '제멋대로 구는 여자'였다.

아마도 폴의 편지에 있었을 어떤 구절 때문에 닥터 웨스트가 일부러 자기에게 그 얘기를 했다는 사실도 엘라는 처음으로 알아차렸다. 닥터 웨스트가 자신의 번듯한 세상에 있는 다른 한 구성원을 보호하기 위하여 엘라에게 내린 경고 조치였던 셈이다.

참 이상하게도, 그 순간 엄습한 충격으로 인해 벌써 여러달째 검은 손으로 엘라를 꽉 움켜잡고 있던 우울감이 적어도 한동안은 기세가 꺾였다. 대신 쓰라리고 분노에 찬 반항 쪽으로 마음이 기울었다. 엘라는 줄리아에게 폴이 자신을 '찼다'고 했고, 미리 그걸 내다보지 못한 자기야말로 바보 멍청이라고 했다(줄리아는 엘라의 말에 전적으로 동의한다는 뜻을 침묵으로 전했다). 엘라는 그렇다고 퍼질러 앉아 눈물이나 펑펑 쏟을 생각은 전혀 없다고도 했다.

자신이 무의식적으로 계획했다는 것은 전혀 알지 못한 채, 그녀는 외출을 했고 새 옷을 샀다. 폴이 그렇게 입어보라고 노래를 불렀던 '섹시한' 스타일은 아니었지만 전에 입던 옷과는 사뭇 달랐고, 적어도 스스로 생각하기에는 다소 딱딱하고 태연하며 무심하게 변한 자신의 새로운 성격에도 잘 어울렸다. 머리는 짧게 잘라서 작고 뾰족한 얼굴을 부드러우면서도 도발적으로 감싸게 했다. 얼마 뒤에는 줄리아의 집을 떠나기로 결정했다. 폴과 함께했던 집이었기에 더이상 그곳을 견딜 수 없었다.

아주 침착하고 단호하고 효율적으로 새집을 알아본 다음 그녀는 이사를 했다. 아이와 둘이 살기에는 너무 넓은 집이었다. 그곳으로 옮기고 나서야 남는 공간이 어떤 한 남자를 위한 공간이었음을 그녀는 깨달았다. 즉 그것은 폴을 위한 공간이었고, 여전히 그녀는 그가 자기에게 돌아올 것처럼 살고 있었던 것이다.

그후 그녀는 아주 우연히, 폴이 휴가차 영국으로 돌아온 지 벌써 2주나 되었다는 소문을 들었다. 그날밤에 그녀는 자신도 모르게 옷을 차려입고 화장을 하고 머리를 공들여 손질한 뒤 창가에 서서 거리를 내다보며 그를 기다렸다. 자정이 지날 때까지 그렇게 기다리며 이런 생각을 하고 있었다. 병원에서 일하느라 이렇게 늦게까지 못 오는 거겠지. 너무 일찍 잠들면 곤란해. 불이 꺼진 걸 보면 깨우기 싫어서 올라오지 않을 테니까.

밤이며 밤마다 그녀는 그러고 서 있었다. 거기 그렇게 선 채 마음속으로 이건 미친 짓이야, 이렇게 미쳐가는 거구나 되뇌는 자기의 모습을 발견했다. 비이성적인 행동인 줄 뻔히 알면서도 도저히 멈출 수 없다면, 바로 그게 미쳐가는 것 아닌가. 폴이 절대 오지 않으리라는 것을 알고 있었으니까. 그런데도 그녀는 변함없이 옷을 차려입고 그 창가에서 매일 밤 기다리며 서 있었다. 거기 서서 스스로를 바라보다가 그녀는 이 광기가 폴과의 관계가 불가피하게 끝나리라는 걸 내다보지 못하게 만든 그 광기의 연장선상에 놓여 있다는 사실을 깨달았고, 그때 비로소 자신을 그토록 행복하게 했던 그 순진함의 정체를 알아차릴 수 있었다. 그래, 그토록 어리석은

신의와 순진함과 신뢰를 갖고 사랑했고, 그랬기에 지극히 논리적인 결과로 지금은 결코 돌아오지 않을 것을 스스로도 잘 알고 있는 한 남자를 이렇게 창가에 서서 기다리는 거야.

몇주가 지난 후 닥터 웨스트는 득의양양한 악의를 감추고 겉으로는 별일 아니라는 듯 폴이 나이지리아로 돌아갔다는 말을 전했다. "부인은 따라가지 않겠다고 했대요." 닥터 웨스트가 말했다. "낯선 곳으로 가기 싫다고 했나보더라고. 이곳에서 더없이 행복한 모양이지."

* * *

이 이야기의 난점은, 폴과 엘라의 관계를 무너지게 만든 일종의 법칙을 분석하는 방식으로 쓰였다는 것이다. 달리 어떻게 써야 할지 모르겠다. 뭔가를 겪고 나면 언제나 그 일은 하나의 패턴이 되어버린다. 연애의 패턴은, 5년이나 지속되었고 거의 결혼한 것이나 다를 바 없는 연애라 할지라도, 결국 그 연애를 종식시킨 것을 통해 드러난다. 바로 그러한 이유로 모든 진실이 훼손된다. 어떤 일을 겪는 중에는 절대 그런 식으로 생각하지 않기 때문이다.

연인 관계가 시작될 무렵의 하루와 끝날 무렵의 하루, 이틀의 모든 세부 사항을 빠짐없이 기록해보면 어떨까? 소용없겠지. 나는 여전히 본능적으로 그 관계를 파괴한 요인들을 식별하고 강조할 것이다. 이런 식으로 그 일에 형태를 부여하는 것이다. 그러지 않으면 대혼란의 상태가 되니까. 시간상으로 수십개월 떨어져 있는 그 이틀은 어떤 그늘도 드리워지지 않은, 아마 한두차례 거슬리는 순간이 있을지언정(사실 다가오는 이별이 투사된 순간들이겠으나 그

땐 그렇게 느끼지 못하리라) 그조차 여전히 행복감에 젖은 한때일 것이며, 따라서 그 기록은 단순하면서도 무심한 행복의 기록에 지나지 않을 것이다.

문학은 사건이 일어난 이후의 분석이다.

마쇼피에서 벌어진 일에 관해 쓴 글은 노스탤지어의 형식을 띠고 있다. 폴과 엘라 이야기의 경우 노스탤지어는 없다. 대신 모종의 고통을 형식으로 삼는다.

한 남자를 사랑하는 한 여자를 보여주기 위해서는 그를 위해 요리하는 장면이나, 그가 벨을 누르길 기다리며 식사에 곁들일 포도주병 따는 모습을 제시해야 한다. 아니면 잠의 평온에서 반가움의 미소로 바뀌는 그의 얼굴을 보고자 아침 일찍, 그보다 먼저 깨어나는 모습이라든지. 그렇다. 천번도 넘게 반복된 순간들. 하지만 그건 문학이 아니다. 아마 영화로 만들면 더 나을 수도. 그래, 삶의 물리적인 특질, 그게 살아가는 것이지 사후 분석이나 불협화음의 순간 혹은 전조의 순간은 아닌 것이다. 영화의 한 장면. 엘라는 천천히 오렌지 껍질을 벗겨 폴에게 노란 과육 조각을 건네고, 그걸 하나씩 받아 드는 그는 생각에 잠긴 채 얼굴을 찌푸린다. 다른 무언가가 떠오른 것이다.


[파란색 공책은 다음 문장으로 시작되었다.]


"토미는 자기 엄마를 비난하고 있는 것 같았다."


[그다음 애나는 이렇게 썼다.]

입씨름을 벌이는 토미와 몰리를 뒤로하고 나는 위층으로 올라와 곧장 그 일을 소재 삼아 단편을 쓰기 시작했다. 이렇게 하는 것, 즉 모든 일을 허구로 바꾸는 것이 일종의 도피라는 생각이 문득 들었다. 왜 그냥 오늘 몰리와 토미 사이에 있었던 일을 있는 그대로 써내려가면 안되는 걸까? 난 왜 단순히 일어난 사건을 쓰지 못할까? 일기를 써보면 어떨까? 확실히, 난 스스로에게 뭔가를 감추기 위해 모든 일을 허구로 바꾸는 이런 짓을 하고 있다. 오늘 그 사실이 아주 뚜렷하게 느껴졌다. 몰리와 토미가 다투는 걸 들으며 앉아 있을 때도 그 때문에 괴로웠는데, 곧바로 위층으로 올라와 그럴 계획도 없이 이야기를 쓰기 시작하다니. 이제부터는 일기를 써야겠다.

1950년 1월 7일

이번 주에 토미는 열일곱살이 된다. 몰리는 한번도 아들에게 진로를 결정하라고 압박을 준 적이 없다. 사실 최근에는 토미에게 걱정 말고 한 2주 정도 "사고도 넓힐" 겸(이 문구를 몰리가 들먹이자 토미는 짜증을 냈다) 프랑스로 여행을 떠나는 게 어떻겠냐고 했다. 오늘 토미는 아예 싸울 작정을 하고 부엌으로 들어왔다. 몰리와 나, 둘 다 그가 들어서는 즉시 그 사실을 직감했다. 한동안 토미는 몰리를 적대적으로 대했다. 처음으로 아버지의 집에 갔던 날부터였다. (그때 우린 그 일이 토미에게 얼마나 큰 영향을 끼쳤는지 깨닫지 못했다.) 공산주의자에다 '보헤미안'이라며 몰리를 비난하기 시작한 게 그때부터였다. 몰리는 웃어넘길 작정으로, 지주계급 젠트리와 돈이 철철 넘치는 시골 저택이야 한번 방문해볼 만한 멋진 곳이 분명하지만 그런 삶을 살지 않아도 되는 토미야말로 더럽게 운이 좋다고 대꾸했다. 몇주 뒤 그는 다시 그곳을 방문했고, 돌아와서는 제 엄마에게 과도하게 정중히 굴면서 적의를 잔뜩 뿜어냈다. 그 시점에 내가 끼어들었다. 몰리가 자존심 때문에 차마 하지 못한 말, 즉 토미 부모의 개인사를 들려준 것이다. 리처드가 몰리를 돌아오게 하려고 경제적으로 괴롭혔던 일이며, 고용주들에게 몰리가 공산주의자라는 사실을 까발려 일자리를 잃게 만들겠다고 협박했던 일이며, 기타 등등 그 모든 길고 지저분한 이야기를. 처음에 토미는 사실로 받아들이려 하지 않았다. 연휴가 이어진 주말 며칠이야 리처드보다 더 다정다감한 인사도 없을 테니 그럴 만도 했다. 얼마 후 토미는 내 말을 믿긴 했지만, 그래도 아무 소용 없었다. 몰리는 아들에게 여름 동안 아버지 집에 가서 지내면 어떻겠느냐고 제안했다. 근사해 보이는 게 닳아 없어지려면 시간이 좀 필요한 법이니까(몰리가 내게 이런 식으로 말했다). 토미는 그렇게 했다. 6주. 시골 저택. 매력 넘치는 현모양처. 쾌활한 세 소년. 주말이면 사업상의 손님들이나 지역 유지들을 초대해 함께 머무는 리처드. 몰리의 처방은 마법 같은 효과를 발휘했다. "주말도 충분히 길었어요"라고 토미가 선언했다. 몰리는 기뻐했지만 섣부른 태도였다. 오늘 싸움은 마치 연극의 한 장면 같다. 토미는 겉으론 병역 문제를 의논하려는 것처럼 부엌에 왔다. 몰리가 양심적 병역거부자가 되라고 말하리라 예측했음이 분명하다. 물론 몰리는 그러기를 바랐지만, 결국 그가 결정할 일이라고 했다. 병역의 의무를 다해야 한다고 주장함으로써 토미는 언쟁을 벌이기 시작했다. 그러곤 몰리의 삶의 방식이며 정치적 성향, 어울려 지내는 사람들, 즉 엄마의 모든 것을 공격하기 시작했다. 뿌루퉁한 입매와 가무잡잡하고 고집스러운 얼굴을 몰리 쪽으로 내민 토미가 식탁 한편에 앉아 있었고, 반대편에는 점심 준비를 하느라 절반은 신경을 다른 곳에 둔 채로 몰리가 느긋하게 앉아 있었다. 연거푸 걸려 오는 당무 관련 전화를 받느라 몰리가 급히 자리를 뜰 때면 토미는 엄마가 돌아올 때까지 성난 얼굴로 참을성 있게 기다렸다. 그 지루한 싸움이 끝날 무렵 그는 스스로를 설득해서 양심적 병역거부자가 되기로 결심한 상태였고, 이제 엄마에 대한 공격은 그런 입장, 즉 소련의 군국주의 및 기타 등등과 연결되었다. 마치 방금 있었던 언쟁의 자연스러운 귀결이라도 되는 양, 토미는 아주 일찍 결혼해서 아이도 많이 낳겠다고 선언하고는 위층으로 올라갔다. 몰리는 지쳐 축 늘어져 있다가 이내 흐느끼기 시작했다. 나는 재닛에게 점심을 먹이느라 위층으로 올라갔다. 괴로웠다. 몰리와 리처드를 보니 재닛의 아버지가 떠올랐기 때문이다. 내겐 정말 아무 의미도 없었던, 그야말로 노이로제에 가까운 아둔함으로 맺어진 인연이었다. 그래도 아이 아버지잖아, 이런 말을 아무리 되풀이하더라도 달리 생각할 순 없을 것이다. 언젠가 재닛은 이렇게 말하겠지. "엄만 아버지와 결혼해서 1년 함께 사셨고 그런 다음 이혼하셨어요." 나이가 더 들어 내가 진실을 말해주면 이렇게. "엄만 아버지와 3년을 동거하셨어요. 그런 다음 아이를 낳기로 결정하고 내가 사생아가 되지 않도록 결혼을 하셨죠. 그런 다음 이혼하셨어요." 하지만 이런 말들은 내가 느끼는 진실들과 전적으로 무관하다. 맥스 생각이 날 때마다 무력감이 나를 압도한다. 그 무력감 때문에 전에 그에 관한 글도 썼었다(검은색 공책의 빌리). 하지만 아기가 태어난 순간, 어리석고 허울뿐인 결혼이 상쇄되는 것 같았다. 처음 재닛을 봤을 때 이런 생각이 들었다. 글쎄, 사랑이니 결혼이니 행복이니, 이런 것들이 다 뭐람. 여기 이렇게 경이로운 아기가 있는데. 하지만 재닛은 이해 못하겠지. 토미도 그렇고. 만일 토미가 이해할 수 있다면 아버지와 갈라섰다는 이유로 몰리에게 분한 마음을 품지는 않을 테지. 전에도 한번 일기를 쓰기 시작했던 게 희미하게 생각난다. 재닛이 태어나기 전이었지 아마. 찾아봐야겠다. 그래, 어렴풋이 기억나는 어느날의 일기는 이런 내용이었다.

1946년 10월 9일

어젯밤 일을 마치고 그 끔찍한 호텔 방으로 돌아왔다. 맥스가 침대에 말없이 누워 있었다. 나는 소파에 앉았다. 그가 다가와 내 무릎을 베고 허리를 감싸 안았다. 그의 절망이 느껴졌다. "애나, 우린 서로 할 말이 없는 모양이야. 왜 그럴까?" "같은 부류가 아니라서 그렇겠지 뭐." "같은 부류라니, 무슨 뜻이야?" 예의 반사적으로 비꼬는 목소리로 그가 물었다. 말끝을 일부러 늘이는 방어적인 비꼬기. 오싹했고, 어쩌면 같은 부류라는 게 중요하지 않을 수도 있다는 생각도 들었지만, 난 미래를 단단히 부여잡으며 대답했다. "같은 부류라는 거, 틀림없이 뭔가 중요한 의미가 있지 않을까?" 그러자 그가 말했다. "침대로 와." 침대 위에서 그의 손이 내 가슴으로 올라오자 성적인 반감이 일어 난 이렇게 말했다. "이래봐야 무슨 소용이야? 서로에게 아무 도움이 안되잖아. 전에도 그랬던 적이 없고." 그래서 우리는 그냥 잤다. 아침 무렵 옆방의 젊은 신혼부부가 사랑을 나눴다. 호텔 벽이 너무 얇아서 뭐든 다 들렸다. 신혼부부가 내는 소리를 듣고 있자니 불행했다. 그렇게 불행했던 적이 없을 정도로. 잠에서 깬 맥스가 물었다. "왜 그래?" 나는 말했다. "보다시피, 행복하게 사는 게 불가능한 일은 아니잖아. 우리 모두 그 사실을 놓치면 안되겠지." 날이 무척 더웠다. 태양이 떠올랐고, 옆방 부부는 웃고 있었다. 벽에는 태양이 만들어낸 희미하고 따스한 분홍

얼룩이 묻어 있었다. 내 곁에 누운 맥스의 몸은 뜨겁고 불행했다. 새들이 요란하게 노래하고 있었는데 이제 뜨겁게 달아오른 태양이 그 노래마저 삼켜버리기 시작했다. 갑작스럽게. 새들은 한순간 날카롭고 활기찬 불협화음으로 울어대는가 싶더니 곧이어 정적이 흘렀다. 신혼부부는 이야기를 나누며 웃고 있었는데 잠시 후 아기가 깨어나 울기 시작했다. 맥스는 말했다. "우리도 아기가 있으면 좋지 않을까?" 내가 대답했다. "그러니까 당신 말은 아기가 우릴 묶어줄지도 모른다는 거야?" 나는 짜증스럽게 내뱉었고, 그런 말을 입에 올린 나 자신이 미웠다. 아무튼 그의 감상적인 태도가 신경을 긁었던 건 분명하다. 그는 고집스러운 얼굴로 반복했다. "아기를 가져야겠어." 문득 이런 생각이 들었다. 안될 게 뭐 있어. 앞으로도 몇달은 이곳 식민지를 떠나지 못할 텐데. 돈도 없잖아. 아기를 갖자. 언제나 난 장차 뭔가 근사한 일이 눈앞에 나타날 것처럼 살고 있잖아. 지금 그 뭔가가 일어나게 하자…… 그래서 난 그를 향해 돌아누웠고 우리는 사랑을 나눴다. 재닛을 임신한 게 그날 아침이었다. 우리는 그다음 주에 등기소에 가서 부부가 되었고, 1년 뒤 헤어졌다. 이 남자는 단 한번도 나를 제대로 만진 적이 없고 내게 가까이 온 적도 없다. 하지만 재닛이 있다…… 아무래도 정신분석 치료사를 만나봐야 할 것 같다.


1950년 1월 10일

오늘 마크스 부인을 만났다. 예비 문답을 마친 뒤에 부인이 말했다. "여긴 어떻게 오셨죠?" 내가 대답했다. "틀림없이 제게 영향을 끼쳤을 경험들이 있는데, 그런 것 같지가 않아서요." 더 말하길 기다리길래 계속 말했다. "예를 들면, 제 친구 몰리의 아들이 지난주에 양심적 병역거부자가 되기로 결심했는데, 사실 그 반대도 똑같이 가능했을 거예요. 저도 그 비슷한 상태인 듯해요." "어떤 식으로요?" "전 사람들이 이런저런 결심을 하는 걸 살펴봐요. 그런데 그게 일종의 춤과 같은 거예요. 다들 똑같은 확신을 갖고 정반대로 행동할 수도 있거든요." 부인은 잠시 주저하더니 질문을 던졌다. "소설을 한편 내셨죠?" "네." "다음 작품은 쓰고 계시나요?" "아뇨, 다시 쓰지는 못할 거예요." 그녀는 고개를 끄덕였다. 난 그런 끄덕임이 어떤 것인지 이미 알고 있었고, 그래서 말했다. "작가로서 글이 막힌 게 괴로워서 여기 온 거 아니에요." 부인이 다시 고개를 끄덕여 나는 덧붙였다. "믿어주셔야 해요. 만일……" 이 어색한 망설임은 공세의 느낌으로 가득했고, 난 스스로도 잘 아는 예의 공격적인 미소를 지어 보이며 말을 이었다. "……우리 대화가 잘 풀리길 바라신다면 말이죠." 부인은 무덤덤하게 미소 지었다. "책을 한권 더 써보지 그러세요?" "문학의 가치를 더이상 믿지 못하겠어요." "방금 문학의 가치를 더이상 믿지 못한다고 하셨나요?" 그녀는 단어들을 끊어서 발음하며, 그 의미를 생각해보라는 듯 하나씩 내게 제시했다. "네." "그렇군요."

1950년 1월 14일

꿈을 많이 꾼다. 이런 꿈이다. 나는 어떤 콘서트홀에 있다. 이브닝드레스를 차려입은 인형 같은 관객들. 그랜드피아노. 나 자신은 볼썽사납게도 에드워드 7세 시대풍의 새틴 드레스를 걸치고, 메리여왕처럼 목에 꼭 끼는 진주 목걸이를 두른 채 피아노 앞에 앉아 있다. 그런데 단 한소절도 연주할 수 없다. 관객들은 기다린다. 그 꿈은 연극의 한 장면이나 오래된 삽화처럼 양식화되어 있다. 이 꿈을 마크스 부인에게 들려주자 그녀가 묻는다. "무엇에 관한 꿈일까요?" 내가 답한다. "감정을 느끼지 못하는 상태에 관한 꿈이겠죠." 그러자 그녀는 우리의 상담을 이끄는, 지휘자의 지휘봉과도 같은 현명한 미소를 살며시 짓는다. 다른 꿈. 전시의 중앙아프리카. 싸구려 댄스홀. 모두 취했고, 이제는 춤판을 접고 섹스를 하러 갈 시간이다. 나는 댄스홀 가장자리에 서서 기다리고 있다. 미끈한 마네킹 같은 사내 하나가 내게 다가온다. 맥스임을 깨닫는다. (그러나 그는 내가 빌리에 관한 공책에 썼던 허구적인 모습이다.) 나는 인형처럼 그의 품으로 걸어가 그대로 얼어붙는다. 움직일 수 없다. 다시한번 그 꿈은 기괴하게 변한다. 풍자화처럼. 마크스 부인이 묻는다. "그 꿈은 뭘 나타내는 걸까요?" "같은 거겠죠. 감정을 못 느끼는 상태. 전 맥스와 할 때 진허 느끼지 못했거든요." "그래서 불감증일까봐 두려우신 건가요?" "아니요, 그 사람은 제가 불감증을 경험한 유일한 남자였어요." 그녀가 고개를 끄덕인다. 불현듯 걱정되기 시작한다. 다시 불감증인가?

1950년 1월 19일

오늘 아침, 지붕 밑의 내 방에 있을 때였다. 벽 너머로 아기 울음소리가 났는데, 그러자 아프리카의 그 호텔 방이 생각났다. 거기 살 때 아침이면 아기 울음소리가 우리를 깨웠다. 아기는 젖을 먹은 다음 꼴깍거렸고 부모가 사랑을 나눌 때는 행복에 겨운 소리를 내곤 했다. 재닛은 바닥에 엎드려 블록 놀이를 하고 있었다. 어젯밤 마이클이 드라이브를 가자고 했는데, 난 몰리가 외출하고 없는 사이 재닛을 혼자 둘 수 없어서 못 간다고 했다. 그는 비아냥거리듯 대꾸했다. "그렇겠지, 언제나 모성의 의무가 연인의 의무에 앞서는 법이니까." 그 차갑게 비꼬는 말투에 나는 반감을 느꼈다. 그리고 오늘 아침에 어떤 반복성, 곧 옆집에서 울어대는 아기, 또 마이클을 향한 적대감(맥스를 향한 적대감을 상기시키는), 이런 것들이 나를 옥죄어 오는 듯 느껴졌다. 이어 일종의 비현실적인 느낌이 엄습했는데, 내가 여기 런던에 있는 건지, 거기 아프리카의 그 건물, 벽 너머 아기가 울던 그곳에 있는 건지 분간이 가지 않았다. 방바닥에 있던 재닛이 올려다보며 말했다. "엄마, 일로 와 놀아요." 난 움직일 수 없었다. 잠시 후 억지로 의자에서 몸을 일으켜 어린 딸 곁에 앉았다. 아이를 바라보며 이런 생각을 했다. 내 아이, 내 몸과 피를 나눈 아이. 하지만 그걸 느낄 수가 없었다. 재닛이 다시 말했다. "놀아요, 엄마." 집을 만들기 위해 나무 블록을 쌓는 나 자신이 마치 기계 같았다. 모든 동작을 스스로에게 수행하도록 시키는 기계. 방바닥에 앉은 내 모습이 보이는 것 같았다. 「어린 딸과 놀아주는 젊은 엄마」라는 그림. 영화의 한 장면이나 사진 같은. 마크스 부인에게 이 얘기를 했더니, 그녀가 말했다. "그래서요?" 내가 대답했다. "이것도 제가 꾸는 꿈들과 같아요. 실제 삶에서 갑작스럽게 일어났다는 점만 다르죠." 그녀가 잠자코 있기에 난 덧붙였다. "그것도 제가 마이클에게 적대감을 느꼈기 때문에 일어난 일이죠. 그게 모든 걸 얼어붙게 한 거예요." "그 사람과 잠자리를 하고 있나요?" "네." 부인은 다시 기다렸고, 나는 미소를 지으며 말을 이었다. "그건 아니에요, 불감증 말이에요." 그녀가 고개를 끄덕였다. 기다림의 끄덕임. 무슨 말을 기대하는 건지 알 수 없었다. 그러자 그녀가 말문을 터주었다. "당신의 어린 딸이 놀자고 했군요?" 그래도 이해가 되지 않았다. 그녀가 다시 말했다. "놀자고 했죠. 와서 놀자고요. 당신은 놀 수 없었고요." 그제야 무슨 말인지 이해가 되었고 화가 났다. 지난 며칠간 마크스 부인은 매우 교묘하게 거듭해서 바로 그 점을 내게 상기시켰고, 그때마다 내가 화를 내면 언제나 내 분노를 진실에 대한 방어기제로 간주했다. 난 이렇게 말했다. "아뇨, 그 꿈은 창작에 관한 게 아니에요. 아니라니까요." 이어 애써 농담을 하듯 물었다. "그 꿈을 꾼 사람이 선생님인가요, 저인가요?" 하지만 부인은 농담을 듣고도 웃지 않았다. "애나, 당신은 책을 썼잖아요. 그러면 작가죠." 작가라는 단어를 말할 때 그녀는 이해한다는 듯, 존경 어린 미소를 지었다. "선생님, 제 말 꼭 믿어주셔야 해요. 한마디도 더 쓰지 못하더라도, 결코 전 아무렇지 않다니까요." "아무렇지도 않다고요?" 그 아무렇지 않다는 말 뒤에 놓인 감정의 결핍을 나 스스로 깨닫게 하려 애쓰며 그녀가 물었다. "네, 맞아요." 내가 고집했다. "전 전혀 신경 쓰이지 않아요." "애나, 난 한때 작가가 될 수 있다고 믿었기에 정신분석 치료사가 되었답니다. 꽤 많은 예술가를 고쳐주었지요. 지금 당신이 앉아 있는 그 자리에, 얼마나 많은 사람이 더이상 한줄도 쓸 수 없다는 이유로, 내면 깊숙이 창작의 위기에 빠진 채 앉아 있었는지 몰라요." "하지만 전 그들과 달라요." "당신 자신에 대해 한번 말해보세요." "어떻게요?" "누군가 다른 사람을 묘사하듯이 자신을 설명해보라는 말이에요." "애나 울프는 작고 마르고 피부색은 가무잡잡한 편이며 성마른 여자로, 지나치게 비판적이고 방어적이다. 나이는 서른셋. 좋아하지 않는 남자와 결혼해서 1년 살다 헤어졌고 어린 딸이 있다. 공산주의자다." 그녀가 미소를 지었다. 내가 말했다. "제대로 못했나요?" "다시 해봐요. 가령, 애나 울프는 소설을 한권 썼는데, 비평가들이 높이 평가하고 잘 팔려서 사실 아직도 거기에서 나오는 돈으로 살아가고 있다." 마음에 적대감이 한가득 끓어올랐다. "좋아요. 애나 울프는 영혼을 치료하는 의사 맞은편 의자에 앉아 있다. 그 무엇에 대해서도 깊이 느낄 수가 없어서 치료를 받으러 온 것이다. 얼어붙은 상태로. 친구나 지인이 주변에 매우 많다. 다들 그녀를 보고 싶어한다. 하지만 그녀가 이 세상에서 유일하게 마음을 쓰는 사람은 자기 딸 재닛뿐이다." "왜 얼어붙은 거죠?" "두려워서요." "뭐가?" "죽음이." 부인이 고개를 끄덕였고 나는 그 게임 한가운데로 돌진하며 말했다. "아뇨, 나 자신의 죽음이 아니에요. 내가 기억하는 한, 세상에서 일어나는 중요한 사건들은 죄다 죽음과 파괴였어요. 내겐 생명이나 삶보다 그게 더 강력한 것 같아요." "어쩌다 공산주의자가 된 건가요?" "최소한 그들은 뭔가를 믿는 사람들이니까." "왜 그들이라고 하는 거죠? 당신도 당원이잖아요." "제가 정말 마음을 담아 우리라고 부를 수 있다면 여기 이렇게 앉아 있진 않겠죠?" "그렇다면 동지들을 진심으로 좋아하는 건 아니군요?" "전 사람들과 잘 지내는 편이에요. 그런 뜻으로 물어보신 거라면." "아뇨, 그런 뜻이 아니었어요." "이미 말씀드렸죠. 정말 마음을 쓰는 사람은 제 딸밖에 없다고요. 이기심 탓에 그런 거겠죠." "그럼, 당신 친구 몰리도 상관없다는 건가요?" "몰리를 좋아하긴 해요." "그럼, 당신 남자친구, 마이클은 어떤가요? 좋아하지 않나요?" "만약 그 사람이 내일 저를 떠난다면, 그와 자는 게 좋았다는 걸 제가 얼마나 오래 기억할까요?" "그 사람을 안 지는 얼마나 되었나요, 3주? 그 사람이 왜 당신을 떠난다는 거죠?" 뭐라고 대답해야 할지 알 수 없었다. 사실 그런 말을 전부 해버렸다는 것이 놀라울 뿐이었다. 시간이 다 되었다. 작별 인사를 하고 나가려는데 부인이 말했다. "애나, 작가는 신성한 신뢰를 받는 존재임을 기억해야 해요." 난 웃지 않을 수 없었다. "왜 웃어요?" "우습지 않나요? 문학이 신성하다는 거, 다장조의 장엄한 음조처럼 말이죠."
"평소처럼 모레 만나요, 애나."

　1950년 1월 31일
　오늘은 수십개나 되는 꿈을 들고 마크스 부인한테 갔다. 모두 지난 사흘간 꾼 꿈이다. 예외 없이 오도된 예술, 풍자만화, 삽화, 패러디 같은 요소를 지닌 꿈들. 그 모든 것이 놀랍고 새로웠으며 생생한 색채로 이루어져 있었기에 꿈을 꾸며 아주 즐거웠다. 부인은 말했다. "꿈을 정말 많이 꾸는군요." 내가 답했다. "눈만 감으면 바로 꿔요." "이 꿈들은 전부 무엇에 관한 것일까요?" 그녀가 미소를 보내기 전에 내가 먼저 미소를 짓는다. 그러자 그녀는 강경 노선을 취할 태세로 나를 준엄하게 지켜본다. 하지만 난 말한다. "뭐 하나 여쭤보려고요. 이 중 절반은 악몽이랍니다. 식은땀까지 흘리며 깨어날 땐 정말 공포스럽죠. 하지만 꿈꾸는 동안은 매 순간이 즐거워요. 꿈꾸는 일이 즐겁죠. 꿈을 꾸리라 생각하면 자는 시간을 고대하게 돼요. 꿈을 꿨다는 사실을 즐기기 위해 몇번이나 밤중에 깨어나기도 하죠. 아침이 되면 잠 속에서 도시들을 몇곳이나 건설한 것처럼 행복하답니다. 이상하죠? 그런데 어젠 10년째 정신분석을 받고 있는 여자분을 만났어요. 물론 미국인이죠." 여기서 마크스 부인은 미소를 지었다. "이분이 제게 환한 얼굴로, 살균 처리가 된 듯한 미소를 지으며 하는 말이, 자신에겐 인생보다 꿈이 더 중요하고 아이와 남편과 함께하는 낮 동안의 일들보다 꿈이 더 현실감 있다는 거예요." 마크스 부인은 계속 미소를 지으며 듣고 있었다. "네, 무슨 말씀 하시려는지 알아요. 그래요. 그분도 한때 자신이 작가가 되리라 생각했대요. 하지만 지금까지 제가 어디에서 만난 어떤 사람도, 계층이나 피부색이나 종교에 상관없이, 한때 작가나 화가나 무용수 등을 꿈꿔보지 않은 사람은 단 한명도 없었답니다. 아마 우리가 이 방에서 얘기한 어떤 것보다 흥미로운 사실일 테죠. 어쨌든 100년쯤 전만 하더라도 대부분의 사람들 머릿속에 예술가가 되려는 생각은 떠오르지 않았을 거예요. 그들은 신이 부여한 자신의 위치에서 벗어나지 않았죠. 어쨌든 깨어나 활동하는 시간에 일어나는 어떤 일보다 잠이 더 만족스럽고 흥미진진하며 즐겁다는 건 뭔가 크게 잘못된 게 아닐까요? 그 미국 여자처럼 되고 싶진 않거든요." 다시 침묵과 예의 지휘하는 미소. "그래요, 제 모든 창조력이 꿈으로 흘러들고 있다고 제 입으로 말하길 바라시겠죠." "글쎄요, 사실이 그렇지 않나요?" "선생님, 선생님과 제가 당분간 제 꿈을 무시하면 어떨지 여쭤볼 참이었어요." 그녀가 무덤덤하게 대꾸한다. "정신분석 치료사인 나한테 당신 꿈을 무시해도 되는지 물어보시는군요?" "적어도, 제가 그렇게 즐겁게 꿈을 꾼다는 게 감정으로부터 도피하는 한가지 방편일 가능성은 없을까요?" 그녀는 생각에 잠겨 잠자코 앉아 있다. 아, 정말 무척이나 지적이고 현명한 노부인이다. 이게 옳은 일인지 아닌지 생각하는 동안 침묵을 지켜달라는 듯 내게 작은 손짓을 보낸다. 그사이 난 우리가 앉아 있는 그 방을 둘러본다. 천장이 높고, 길쭉하고, 어둡고, 조용한 방. 온 사방에 꽃이 놓여 있다. 벽은 명화 복제화로 가득하고 조각상도 많다. 거의 미술관 같다. 아주 공들여 꾸민 방이다. 미술관에 있을 때처럼 즐거운 기분이 든다. 요는 내 삶의 그 어떤 것도 이 방에 있는 것과 일치하지 않는다는 사실이다. 내 삶은 늘 조야하고, 미완성 상태에, 거칠고, 불확실한 것이었다. 내가 잘 아는 사람들의 삶도 마찬가지다. 이 방을 보며, 내 삶의 그 거칠고 미완성적인 특징이야말로 정말 가치 있는 것이며 그것을 절대 놓쳐서는 안된다는 생각이 뇌리를 스쳤다. 부인이 잠깐의 명상에서 빠져나와 말했다. "좋아요, 애나. 당분간 꿈 얘기는 하지 맙시다. 대신 깨어 있을 때 하는 몽상을 들려주세요."

　마지막으로 부인을 만났던 그날, 마치 마술 지팡이라도 흔든 양 꿈이 중단됐다. "또 꿈꾼 거라도 있나요?" 자신에 대한 터무니없는 회피를 이제 잊어버릴 준비가 되었는지 알아내려고 부인은 무심하게 질문을 던진다. 우리는 마이클에 대한 내 감정의 미묘한 변화들에 관해 이야기를 나눈다. 함께하는 시간 대부분 우리는 행복하다. 그러다 갑자기 나는 그에게 미움과 원망을 품는다. 하지만 이유는 늘 똑같다. 즉, 내가 책을 썼다는 사실에 대해 그가 말도 안되는 얘길 할 때 그런다. 그는 그 사실을 괘씸하게 생각하면서 "여류작가"라고 나를 조롱한다. 재닛을 놓고도 삐딱하게 나오는데, 내가 그를 사랑하는 것보다 엄마 역할을 우선시한다고 말하는 식이다. 나와 결혼할 생각이 없다고 경고하기도 한다. 언제까지나 날 사랑한다고, 자기 인생에서 내가 제일 소중한 사람이라고 속삭인 직후에 그렇게 나오는 것이다. 난 상처도 받고 화도 치밀어오른다. 성을 내며 이렇게 말한 적도 있다. "그런 경고라면, 정말이지 딱 한 번이면 되는 거 아니야?" 그러면 내 기분을 달래주려고 그는 장난치듯 지분거린다. 하지만 그날밤 나는 처음으로 그와의 잠자리에서 불감증을 경험했다. 마크스 부인에게 얘기하자, 그녀가 말했다. "불감증으로 3년이나 힘들어하던 여성을 치료한 적이 있었죠. 그분은 사랑하는 남자와 동거하고 있었어요. 하지만 3년 동안 단 한 번도 절정을 경험하지 못하다가 결혼한 날 처음으로 느꼈다더군요." 다음 순간 그녀는 마치 이런 말을 하려는 듯 힘주어 고개를 끄덕였다. 그것 봐. 알겠지? 웃으며 내가 말했다. "선생님, 선생님은 자신이 보수 반동의 기둥이라는 사실을 알고 계시나요?" 미소를 띠며 그녀가 되물었다. "무슨 뜻이죠?" "저한테는 아주 대단한 뜻이죠." 내가 대꾸했다. "그런데도 당신 남자친구가 결혼할 생각이 없다고 했던 밤에 불감증을 겪었다고요?" "전에도 그 말을 하거나 암시한 적은 있었는걸요. 그래도 불감증은 아니었어요." 난 솔직하지 못한 스스로를 의식했고, 그래서 인정했다. "맞아요. 그가 날 받아들이는 방식에 따라 침대에서 제 반응이 달라지죠." "물론 그렇죠. 당신은 진짜 여자니까요." 부인은 이 말, 여자, 진짜 여자라는 말을 작가, 진정한 작가라는 말을 할 때와 똑같은 식으로 쓴다. 절대적인 진리인 양 "당신은 진짜 여자거든요"라고 그녀가 말했을 때 난 어쩔 도리 없이 웃기 시작했고, 한참 후에 그녀도 따라 웃었다. 이윽고 왜 웃느냐고 묻기에 나는 대답해주었다. 그걸 기화로, 이제 마크스 부인이 내가 꿈을 꾸지 않게 되면서 그녀나 나나 언급을 회피했던 '문학'이라는 말을 끌어들일 순간이었다. 하지만 그렇게 하는 대신 그녀는 물었다. "정치 얘기는 왜 전혀 하지 않는 건가요?"

그 문제를 잠시 생각해본 다음 내가 대답했다. "공산당 얘기를 하자면요, 두려움과 증오를 느끼다가 다시 절박하게 매달리는 일이 반복되거든요. 당을 방어하고 돌봐야 한다는 필요에서 말이죠. 이해하시겠어요?" 고개를 끄덕이는 부인을 보고 내가 말을 이었다. "그리고 재닛에 대해 얘기하자면, 한편으론 내가 하고 싶은 많은 걸 못하게 막는 존재니까 격하게 딸의 존재를 원망하기도 하지만, 다른 한편 전 그 아일 정말 사랑해요. 그리고 몰리. 이래라저래라 간섭하고 보호하려 들 땐 한시간 내내 미워하다가도 다음 한시간은 사랑하는 마음이죠. 마이클도 마찬가지고요. 그러니 제 인간관계 하나만 갖고도 저의 성격 전체를 다룰 수 있지 않을까요?" 이 대목에서 부인은 사무적인 미소를 지었다. "좋아요." 그녀가 말했다. "마이클 얘기만 해봅시다."


1950년 3월 15일

　마크스 부인에게 말했다. 마이클을 만나고 전에는 못 느꼈던 행복감을 얻었지만 내가 이해할 수 없는 어떤 일이 일어났다고. 그의 품에 안겨 긴장을 푼 채 행복하게 지내다가도 아침이면 그를 미워하고 원망하며 깨어나곤 한다고. 이 말을 들은 부인이 말했다. "글쎄요, 애나. 그러면 당신, 아마 다시 꿈을 꾸기 시작해야 할 때가 온 거네요?" 난 웃었고, 그녀는 웃음이 끝나길 기다렸다. 내가 말했다. "늘 당신이 이기는군요." 어젯밤 나는 명령을 받은 사람처럼 다시 꿈을 꾸기 시작했다.


1950년 3월 27일

　자면서 나는 울고 있다. 깨어났을 때 기억나는 거라곤 울고 있었다는 사실뿐이다. 마크스 부인에게 그렇게 말하자 그녀가 말했다. "꿈에서 흘리는 눈물이 우리 인생에서 유일하게 진실한 눈물이죠. 깨어 있을 때의 눈물은 자기연민이니까요." 내가 말했다. "그 말 참 시적으로 들리네요, 하지만 정말 그런 것 같진 않은데요." "왜죠?" "울게 되리란 걸 알면서 잠자리에 들 때면 모종의 쾌감을 느끼거든요." 그녀가 미소 짓는다. 난 그 말을 기다린다. 하지만 이제 부인은 날 도와주려 하지 않는다. 그래서 내가 반어적으로 묻는다.

"제가 마조히스트라는 얘길 하시려는 건 아니겠죠?" 그녀가 고개를 끄덕인다. 당연히 그렇다고. "고통에는 쾌감이 있는 법이니까." 거기 장단을 맞추어 내가 말한다. 그녀가 끄덕인다. "선생님, 저를 울게 만든 그 슬프고 향수 어린 고통이 그 빌어먹을 책을 쓰게 만든 것과 똑같은 감정이랍니다." 이 말에 부인은 충격을 받은 얼굴로 똑바로 몸을 세운다. 내가 책과 예술, 그 고상한 활동을 빌어먹을 것으로 묘사했기 때문이다. 나는 덧붙인다. "한걸음 한걸음씩 나를 이끌어 여하튼 제가 이미 알고 있었던 사실, 즉 그 책에는 뿌리부터 이미 독이 퍼져 있었다는 주관적인 깨달음으로 다가가도록 하기, 바로 그렇게 당신이 해주셨네요." 부인이 말한다. "스스로에 관한 깨달음이란 예외 없이 이미 알고 있었던 것을 한층 더 깊은 차원에서 아는 일이니까요." 내가 말한다. "하지만 그걸로는 부족해요." 고개를 끄덕이며 부인은 생각에 잠긴 채 앉아 있다. 그게 뭔지는 모르지만, 곧 어떤 얘기를 꺼낼 것이다. 조금 뒤에 그녀가 말한다. "일기를 쓰시나요?" "이따금요." "이곳에서 일어나는 일도 쓰세요?" "가끔요." 그녀가 끄덕인다. 속으로 무슨 생각을 하는지 보인다. 일기를 쓰는 것, 그 과정은 그녀가 나로 하여금 쓰지 못하게 하는 그 '장벽'을 풀어주고 녹여 없애는 과정의 첫걸음인 셈이다. 나는 너무 화가 나고 분한 마음이 들어서 아무 말도 할 수 없었다. 마치 그 일기를 언급함으로써, 그리하여 그것을 자신이 계획한 절차의 일부로 만듦으로써, 말하자면 그녀가 그걸 내게서 빼앗는 것 같다.

[이 지점에서 사적인 기록으로서의 일기는 중단되었다. 이후로는 신문에서 오려낸 기사 조각들을 꼼꼼하게 붙이고 날짜를 기입

하는 식으로 이어졌다.]

50년 3월

그 디자이너는 이 헤어스타일을 '수소폭탄 스타일H-Bomb Style'이라고 부른다. 'H'가 염색에 쓰이는 과산화수소를 뜻한다는 설명과 함께. 폭탄이 터진 듯이 목덜미부터 웨이브가 위로 치솟는 모양이다.『데일리 텔레그래프』

50년 7월 13일

오늘 의회에서 로이드 벤천 민주당 의원은 트루먼 대통령에게 북한을 향해 일주일 내에 철수하지 않으면 원자폭탄을 투하하겠다고 경고할 것을 촉구해서 환호를 받았다.『익스프레스』

50년 7월 29일

애틀리 총리가 확언한 바와 같이 영국이 국방비에 추가로 1억 파운드를 지출하기로 하면서, 기대했던 생활수준과 사회복지 부문의 개선은 연기될 전망이다.『뉴 스테이츠먼』

50년 8월 3일

미국이 수소폭탄 개발을 계속할 예정이다. 수소폭탄은 원자폭탄보다 수백배 더 강력한 폭발력을 가질 것으로 예측된다.『익스프레스』

50년 8월 5일

히로시마와 나가사키의 사례에 근거하여 폭파 범위, 열방사, 방

사능 등에 대한 결론을 내린 바에 따르면, 원자폭탄 한개가 영국의 인구 밀집 지역 한군데에서만 5만 명을 살상할 수 있다고 한다. 그러나 수소폭탄을 논외로 하더라도 다음과 같은 가정은 명백히 안전하지 않은데……『뉴 스테이츠먼』

50년 11월 24일
맥아더, 한국전 종결을 위한 공격에 10만 병력 투입. 『익스프레스』

50년 12월 9일
한반도 휴전회담 제안, 연합군 측은 불응할 것으로 예상됨. 『익스프레스』

50년 12월 16일
'중대한 위험'에 처한 미국. 오늘 비상소집. 트루먼 대통령은 오늘밤 대국민 담화에서 소련 지도자들에 의해 초래된 '중대한 위험'에 미국이 노출되어 있다고 말했다.

51년 1월 13일
트루먼 대통령은 어제 미국을 방어하려는 노력의 일환으로 모든 자국민의 희생을 수반하는 광범위한 목표들을 설정했다. 『익스프레스』

51년 3월 12일
아이젠하워, 원폭 사용 가능성 시사. 적을 충분히 섬멸할 수 있다면 즉각적으로 원자폭탄을 투하할 것. 『익스프레스』

51년 4월 6일

원자폭탄 관련 여간첩 사형선고. 남편 역시 사형. 판사는 바로 당신들이 한국전쟁을 일으켰다고 말함.


5월 2일

한국전 사상자 및 실종자 총 371명.


51년 6월 9일

미 대법원은 폭력적인 정부 전복 음모를 교사한 미 공산당 지도자 열한명에 대한 유죄판결을 확정했다. 그들은 각기 징역 5년형과 개인별 1만 달러의 벌금형을 앞두고 있다.『스테이츠먼』


51년 6월 16일

6월 2일 자『로스앤젤레스 타임스』에 따르면, "한국전 발발 이래 대략 200만명의 민간인이 살해되거나 동상으로 사망했으며 그중 대부분은 아이들로 추정된다. 현재 1000만명 이상이 집을 잃고 빈곤에 처해 있다". 같은 신문 6월 1일 자에서 남한 특사인 김동성은 이렇게 보고했다. "단 하룻밤 사이 156개 마을이 화염에 휩싸였다. 적의 진군 경로에 있었기에 유엔군 전투기들은 응당 그 마을들을 파괴할 수밖에 없었다. 이에 대피 명령에 응하지 못한 채 여전히 그곳에 머물던 노인과 아이 들이 살상되었다."『뉴 스테이츠먼』


51년 7월 13일

휴전회담 교착상태. 공산주의 세력이 연합군 기자와 사진기자 스무명의 개성 진입을 불허한 것이 원인.『익스프레스』

7월 16일

산유국 폭동 가담 인원 1만명. 진압 부대, 최루탄 사용.『익스프레스』

7월 28일

아직까지는 군비 재확충에 미국민들의 희생이 요구되는 상황은 아닌 것으로 보인다. 오히려 소비는 여전히 증가하는 추세다.『뉴 스테이츠먼』

51년 9월 1일

생식세포 급속 냉동과 영구 보관 기술이 확보되면서 시간의 의미 자체를 전적으로 바꿔놓았다. 현재 이 기술은 정자에 적용되고 있으나 난자에도 적용 가능하다. 1951년에 살아 있는 남자와 2051년에 살아 있는 여자가 2251년에 '짝짓기를 하여' 대리모를 통해 아이를 낳을 수도 있다.『스테이츠먼』

51년 10월 17일

이슬람 세계 격분, 수에즈에 추가 병력 투입.『익스프레스』

10월 20일

군, 이집트 봉쇄.『익스프레스』

51년 11월 16일

한국에서 공산주의 세력에 의해 1만 2790명의 연합군 전쟁 포로

와 25만명의 남한 민간인이 살상되었다.

51년 11월 24일

우리 자녀 세대의 생존 기간 내에 세계 인구가 40억에 도달하리라 예상된다. 그 40억을 먹여 살릴 기적을 어떻게 만들어낼 것인가?『뉴 스테이츠먼』

51년 11월 24일

1937년에서 1939년 사이의 소련 대숙청 기간에 얼마나 많은 사람들이 처형, 감금되거나 수용소로 보내지고 수개월간의 심문을 당하면서 사망했는지 아무도 알지 못하며, 현재 러시아에서 강제노동에 처한 사람들이 100만인지 2000만인지 역시 그 누구도 알지 못한다.『스테이츠먼』

51년 12월 13일

러시아, 원폭 투하기 건조 중. 세계에서 가장 빠른 전투기.『익스프레스』

51년 12월 1일

미국은 역사상 최대의 호황을 누리고 있다. 현재 2차대전 이전의 연방 예산을 전부 합한 것보다 더 많은 액수를 군비와 해외 경제원조 비용으로 지출하는 상황임에도 그러하다.『스테이츠먼』

51년 12월 29일

올해 영국은 사상 최초로 평화 시에 열한개 사단을 해외에 파견했으며 세입의 10퍼센트를 군비에 지출했다.『스테이츠먼』

51년 12월 29일

미국에서는 매카시와 그의 동료들이 마침내 도를 넘어섰다는 조짐이 나타나고 있다.『스테이츠먼』

1952년 1월 12일

1950년 초 트루먼 대통령은 미국이 수소폭탄 제조 노력을 가속화할 것이라고 전 세계에 공표한 바 있다. 과학자들에 따르면 이 수소폭탄은 히로시마에 투하된 것보다 1000배 이상의 폭파 효과를 가지며 티엔티 2000만 톤에 육박하는 파괴력을 갖추고 있다. 당시 알베르트 아인슈타인은 "전멸의 유령이 점점 더 뚜렷이 등장하고 있음을" 나지막이 지적한 바 있다.『스테이츠먼』

1952년 3월 1일

중세에 수십만의 무고한 이들이 마녀로 몰렸듯이 무수한 공산주의자와 러시아 애국자 들이 실체 없는 반혁명 활동을 벌였다는 이유로 숙청되었다. 체포된 사람들의 수가 그토록 터무니없는 비율로 증가한 이유는 밝혀낼 것이 아무것도 없었기 때문이다(와이즈버그는 매우 정교한 계산법을 통해 1936년에서 1939년 사이 무고하게 투옥된 사람들이 800만에 달한다고 추정한 바 있다).『스테이츠먼』

1952년 3월 22일

유엔이 한국에서 세균전을 벌이고 있다는 혐의, 단지 그것이 비상식적이라는 이유만으로 간단히 무시되어서는 안될 것이다.『스테이츠먼』

52년 4월 15일

루마니아 공산당 정부가 부쿠레슈티에서 '비생산적인 무리'의 대규모 강제 이동을 명령했다. 그 규모는 총 20만에 육박하며 해당 도시 인구의 5분의 1에 이른다.『익스프레스』

52년 6월 28일

여권 사용이 제한되거나 거부당한 미국민의 숫자를 정확히 가늠하기는 불가능하나, 알려진 사례들에 따르면 상이한 배경과 종교 및 정치적 신념을 가진 광범위한 개인들이 그런 일을 당해왔음을 알 수 있다. 명단에 포함된 사람들로는……『스테이츠먼』

52년 7월 5일

무엇보다 중요한 것은, 미국에서 벌어지는 마녀사냥의 여파가 보편적인 수준에서 사회적 순응을 야기하고 있다는 사실이다. 이 새로운 교리에 반대하는 사람은 경제적 파멸의 위험을 무릅써야 할 것이다.『스테이츠먼』

52년 9월 2일

내무부 장관은 정확하게 투하된 원자폭탄이 심각한 피해를 초래하는 것은 분명하지만 그 피해의 정도가 가끔은 아주 심하게 과장된다고 말했다.『익스프레스』

장미수로 혁명을 일으킬 수 없다는 사실은 나도 잘 알고 있다.

내가 궁금한 건, 전쟁의 위험을 제거한다는 명분으로 대만에서 150만을 사형시키는 일이 과연 필요했는가 하는 점이다. 그들을 무장해제 하는 것으로 충분하지 않았을까? 『스테이츠먼』

1952년 12월 13일
일본, 무기 지원 요구. 『익스프레스』

12월 13일
매캐런법 2조는 특히 이른바 수용소 설치를 허용한다. 그러나 그런 수용소들을 어떤 방식으로 신설할 것인지 지시하는 대신, 이 법은 미국 검찰총장이 "간첩 행위나 사보타주에 직접 가담하거나 다른 이들과 공모하여 그런 행위에 가담할 가능성이 있다고 믿을 만한 타당한 근거가 있는 모든 사람을 (…) 그가 지정한 수용소에" 체포하고 구금할 권한을 부여한다.

52년 10월 3일
국내 제조 폭탄 발포. 최초의 영국산 원자폭탄이 성공적으로 폭발했다. 『익스프레스』

52년 10월 11일
마우마우 단원들, 대령을 난도질하다. 『익스프레스』

52년 10월 23일
그들에게 회초리를 들어야. 대법원장 고더드 경의 말. 『익스프레스』

52년 10월 25일

퓌르스텐펠트브루크 소재 미 공군기지 사령관인 로버트 스콧 대령이 다음과 같이 말했다. "미국과 독일의 예비조약이 체결되었습니다. 저는 여러분의 조국이 가까운 시일 내에 북대서양조약기구의 정회원이 되기를 진심으로 희망합니다. (…) 우리가 공산주의의 위협을 막아내기 위해 친구이자 형제로서 어깨를 마주하고 설 날이 한시바삐 오기를 고대합니다. 독일 공군이 새롭게 조직됨으로써 저 또는 다른 미국인 사령관이 이 훌륭한 공군기지를 독일 공군 사령관에게 양도할 순간이 조속히 다가오기를 기원합니다." 『스테이츠먼』

52년 11월 17일

미국, 수소폭탄 실험 단행. 『익스프레스』

52년 11월 1일

한국: 휴전회담이 시작된 이후 민간인 포함 총 사망자 수가 가까운 시일 안에 지금껏 휴전회담 진전에 주된 장애물이었던 포로들의 수에 근접할 전망이다. 『스테이츠먼』

52년 11월 27일

오늘밤 케냐 정부는 지난 토요일에 벌어진 사령관 잭 메이클존 살해에 대한 집단 처벌로서 현재까지 750명의 남자와 2200명의 여자 및 어린이를 추방했다고 발표했다. 『익스프레스』

11월 8일

최근 매카시즘 비판자들을 소화불량에 걸린 '반미주의자'라고 부르는 게 유행이 되었다. 『스테이츠먼』


52년 11월 22일

트루먼 대통령이 수소폭탄 프로그램에 대해 '실시' 명령을 내린 지 겨우 2년이 되었다. 곧장 트리튬(삼중수소)을 생산하기 위한 10억 달러짜리 공장이 싸우스캐롤라이나주 써배너강에 건설되었고, 1951년 말엽까지 수소폭탄 산업은 크게 성장해, 이제 그 규모에 버금가는 산업은 US스틸과 제너럴 모터스 정도뿐이다. 『스테이츠먼』


52년 11월 22일

그러나 이번 선거운동의 첫번째 총탄이 발사되었는데 이는 아주 편리하게도, 국무부가 '오염'되었다는 앨저 히스의 주장을 최대치로 이용하고 있는 공화당 선거운동이 어지러운 절정에 이른 것과 그 시기가 딱 맞아떨어졌다. 첫 총성을 울린 이는 위스콘신주 공화당 상원 의원 알렉산더 와일리로, 그는 유엔사무국 내 미 공산당원들의 '광범위한 잠입'을 폭로하며 이에 대한 조사를 요구한 바 있다. (…) 이에 상원의 국가안전 분과 위원회는 이 새로운 선거운동의 첫 피해자 12인에 대한 교차신문 절차를 밟았고 (…) 그 12인은 공산주의와 결탁한 어떤 행위에 대해서도 증언하기를 거부했으나 결국 (…) 처분을 받았다. 그러나 마녀사냥에 나선 상원 의원들은 그 12인 이상의 제물을 노렸던 것이 명백해 보이며, 사실상 그들이 국가 전복과 간첩 활동을 했다는 유일한 증거는 그들의 침묵뿐이었다. 『스테이츠먼』

52년 11월 29일

체코의 사보타주 재판이 인민민주주의 공화국들의 정치재판이 취하는 통상 절차를 따르고 있음에도 예외적인 관심을 모으고 있다. 다른 무엇보다도, 체코슬로바키아는 최대치의 시민권과 재판부의 독립이 보장된 나라로, 동구권에서는 유일하게 민주주의적 삶의 방식이 깊이 뿌리박힌 곳이기 때문이다. 『스테이츠먼』

52년 12월 3일

다트무어 형무소 수감자, 태형. 중범죄자에게 채찍 열두대가 집행될 예정이다. 『익스프레스』

1952년 12월 17일

프라하에서 공산주의 지도자 열한명 교수형 집행. 자본주의의 첩자라고 체코 정부는 주장했다.

1952년 12월 29일

영국의 원자폭탄 생산을 곱절로 늘릴 신규 원자탄 공장이 1만 파운드를 들여 건설될 계획이다. 『익스프레스』

53년 1월 13일

소련, 암살 음모로 충격. 오늘 이른 시각 모스끄바 라디오는 유대인 의사들로 조직된 테러단에서 러시아 정부 지도자들에 대한 암살 모의가 있었다고 밝혔다. 그들이 노린 정부 요인들 중에는 소련군 수뇌부 인사들과 핵 과학자들이 포함되어 있었다. 『익스프레스』

1953년 3월 6일

스딸린 사망. 『익스프레스』

1953년 3월 23일

마우마우 단원 2500명 체포. 『익스프레스』

1953년 3월 23일

러시아, 재소자 사면. 『익스프레스』

1953년 4월 1일

한반도 평화, 당신에게 무엇을 의미하는가? 『익스프레스』

1953년 5월 7일

한국에서 평화 전망 고조. 『익스프레스』

1953년 5월 8일

현재 미국은 "동남아시아에 대한 공산주의 침략을 저지하기 위해" 유엔이 실시할 수 있는 조치를 논의 중이다. 한편 대규모 비행기와 탱크 및 탄약을 인도차이나반도로 실어나르고 있다. 『익스프레스』

1953년 5월 13일

이집트에서 잔학 행위 잇달아. 『익스프레스』

1953년 7월 18일

베를린에서 심야 교전. 오늘 새벽 동베를린 시민 1만 5000명이 어두운 거리에서 소련 탱크와 보병 부대에 맞서 싸웠다.『익스프레스』

7월 6일

루마니아에서 반정부 봉기 발발.『익스프레스』

53년 7월 10일

베리아, 재판 후 총살돼.『익스프레스』

1953년 7월 27일

한국전 휴전.『익스프레스』

1953년 8월 7일

대규모 전쟁 포로 폭동. 북한군 전쟁 포로 1만 2000명이 일으킨 폭동이 유엔 경비대의 최루탄과 소탄 발사로 제압되었다.『익스프레스』

1953년 8월 20일

페르시아에서 쿠데타 발생, 300명 사망.『익스프레스』

1954년 2월 19일

영국, 대량의 원자폭탄 비축 완료.『익스프레스』

1954년 3월 27일

2차 수소폭탄 실험 연기. 실험지 섬들이 첫 폭발의 잔열로 여전히 뜨거위 실험 불가. 『익스프레스』

3월 30일
2차 수소폭탄 폭발. 『익스프레스』

[여기부터는 다시 사적인 기록이 시작되었다.]

1954년 4월 2일

오늘, 마크스 부인의 표현대로라면 내가 그녀를 "경험"하는 일로부터 물러나기 시작했음을 깨달았다. 그것도 그녀의 어떤 말 때문에. 마크스 부인은 꽤 오래전부터 그 사실을 알았음이 분명하다. 그녀는 이런 말을 했다. "분석의 끝이 경험 자체의 끝은 아니라는 사실을 기억해야 해요." "그러니까, 효모는 계속 남아 제 할 일을 한다는 거군요." 미소 지으며 그녀가 고개를 끄덕였다.

1954년 4월 4일

다시 그 악몽을 꿨다. 이번에는 사람처럼 보이지도 않는 난쟁이 비슷한 형체로 그 무정부주의 원칙이 나타나 위협했다. 마크스 부인은 덩치가 크고 강력한 사람으로 나왔는데, 마치 착한 마녀 같았다. 꿈 얘기를 듣더니 부인이 말했다. "당신 혼자 있을 때 위협당한다고 느끼면 착한 마녀를 불러 도와달라고 하세요." "선생님을요?" 내가 물었다. "아뇨, 당신이죠. 나를 갖고 애나 당신이 만들어낸 것 안에 체현되어 있는 당신 말예요." 그러니까 이제 상황이 종료된 모양이다. 부인이 이렇게 말한 거나 마찬가지니까. 이제 너 혼자 해나가야 해. 그도 그럴 것이, 마크스 부인은 마치 멀어지는 사람처럼 태연하게, 거의 무관심하게 그 말을 했다. 그런 솜씨가 무척이나 존경스럽다. 마치 작별의 순간 내게 뭔가를 건네는 듯했다. 꽃핀 가지나 악한 기운을 막아주는 부적 따위를.

1954년 4월 7일

마크스 부인이 나에게 그 '경험들'을 기록해두었는지 물었다. 지난 3년간, 그녀가 일기에 대해 언급한 것은 이번이 처음이었다. 그렇다면 내가 기록을 하지 않았다는 사실을 본능적으로 알고 있던 게 분명하다. "아뇨." 내가 대답했다. "전혀 기록을 하지 않았다고요?" "네, 하지만 전 기억력이 아주 좋아서요." 잠시 침묵. "그렇담 당신이 시작한 그 일기는 텅 빈 상태로 있겠군요." "그렇지는 않아요. 신문 기사를 오려서 붙여놓았거든요." "어떤 것들이죠?" "그냥 제게 인상적인 것들요. 중요해 보이는 사건들이나." 마크스 부인은 어리둥절한 표정이었는데, 의미인즉 '자, 내게 정의를 내려보시지'였다. 나는 말을 이었다. "얼마 전에 그 기사 스크랩을 훑어봤어요. 전쟁과 살인, 대혼란과 처참함의 기록이더라고요." "그렇다면 애나 당신은 그것이 지난 몇년간의 진실이라고 생각하는 거네요." "선생님도 그게 진실이라고 생각하지 않나요?" 아이러니한 표정으로 그녀가 나를 보았다. 입을 열지도 않은 채 그녀는 우리의 '경험'이 창조적이고 생산적인 결과를 낳았으며, 그러니 내가 그렇게 말하는 건 스스로에게 정직하지 못한 행동이라고 말하고 있었다. 나는 말했다. "아, 그래요. 좋아요. 그 오려낸 기사 조각들은 사태를 제대로 파악하게 해줘요. 저는 제 소중한 영혼과 3년이 넘도록 싸워왔고 그러는 동안……" "그러는 동안요?" "제가 고문이나 살해를 당하거나 굶어 죽거나 수감된 상태로 죽지 않은 건 단지 운이 좋아서였죠." 부인이 여전히 아이러니한 표정이라 나는 말을 이었다. "선생님은 여기 이 방에서 무슨 일이 벌어지고 있나 보셔야 해요. 그건 단지 선생님이 창조성이라 부르는 것과만 관련이 있는 게 아니에요. 그건 그 어떤······ 뭐라고 불러야 할지 잘 모르겠네요." "파괴라는 단어를 쓰지 않다니, 다행스럽군요." "좋아요. 모든 것에는 양면이 있죠. 하지만 그 모든 것에도 불구하고 어떤 곳에서 끔찍한 일이 일어날 때면 나는 마치 그 일에 사적으로 연루된 것처럼 그에 대한 꿈을 꾸곤 해요." "당신은 신문에서 가장 끔찍한 사건들을 오려서 경험을 담는 일기장에다 붙여놓잖아요. 꿈을 어떻게 꿔야 할지 스스로에게 알려주려는 듯 말예요." "하지만 선생님, 그게 뭐가 잘못된 거죠?" 그동안 너무나 자주 이 특정한 교착상태에 이르렀건만, 우리 중 누구도 그 상태를 깨려 하지 않았다. 부인은 나를 향해 미소를 띤 채 사무적이고도 참을성 있는 태도로 앉아 있었다. 나는 도전하듯 정면으로 그녀를 응시했다.

1954년 4월 9일

오늘 헤어지면서 부인이 말했다. "애나, 언제쯤 다시 글을 쓸 생각이에요?" 물론 난 지금껏 내내 공책에 뭔가를 끼적거려왔다고 대답할 수 있었지만, 그녀의 질문은 그런 뜻이 아닐 터였다. 나는 대꾸했다. "다시는 못 쓰게 될 가능성이 높죠." 부인은 초조한, 거의 짜증에 가까운 몸짓을 해 보였다. 계획이 틀어진 주부처럼 표정이 좋지 않았다. 그 몸짓은 마음에서 우러나온 것으로, 평소 상담을 진행할 때 사용하는 미소나 끄덕임, 고갯짓, 혹은 조바심을 내며 혀를 차는 것과는 달랐다. "어째서 그걸 이해 못하시는 거죠?" 정말로 그녀를 이해시키고 싶은 마음으로 나는 말했다. "신문을 집어들면 그 안에 너무도 끔찍한 내용들이 담겨 있어서 내가 쓰는 글은 아무런 의미도 없어 보인단 말이에요." "그럼 신문을 읽지 않으면 되겠네요." 나는 웃었다. 잠시 후 그녀도 나에게 미소를 보냈다.

1954년 4월 15일

꿈을 여러개 꿨는데, 모두 마이클이 나를 떠나는 것과 관련된 꿈이었다. 그가 곧 떠날 거라는 사실을 나는 꿈을 통해 알았다. 그는 곧 그렇게 할 것이다. 자면서 나는 이 작별의 장면들을 지켜본다. 아무 감정도 없이. 일상의 매 순간 나는 절박하게, 온몸으로 불행하다. 잠든 상태에선 아무것도 느끼지 않는다. 마크스 부인이 오늘 내게 물었다. "나한테 배운 것을 한마디로 말해보라고 하면 뭐라고 하시겠어요?" "우는 법을 가르쳐주셨죠." 조금 퉁명스럽게 내가 대답했다. 그녀는 빙그레 웃으며 그 딱딱한 태도를 받아주었다. "그리고요?" "그리고 전 전보다 백배는 더 상처 받기 쉬운 사람이 되었어요." "그리고요? 그게 다예요?" "그러니까, 또한 제가 백배는 더 강인해졌다는 얘기를 듣고 싶으신 건가요? 모르겠어요. 전혀 모르겠네요. 그랬으면 좋겠지만." 부인은 힘주어 말했다. "나는 알죠. 당신은 훨씬 더 강해졌어요. 이 경험에 대해 쓰게 될 거예요." 얼른 단호하게 고개를 끄덕인 다음 그녀가 말을 이었다. "두고 보면 알거예요. 한두달 안에, 길어도 한두해 안에요." 나는 어깨를 으쓱했다. 다음주 약속을 잡았다. 마지막 약속이었다.

4월 23일

마지막 약속을 위한 꿈을 꾸었다. 그 꿈을 마크스 부인에게 가져갔다. 꿈에서 나는 손에 작은 상자 하나를 들고 있었고, 그 안에는 아주 소중한 어떤 게 들어 있었다. 미술관이나 강연장처럼 생긴 긴

방을 걸어갔는데, 그 방에는 죽은 화가들의 그림과 조각상이 즐비했다. (내가 '죽은'이란 단어를 쓰자 마크스 부인은 아이러니한 미소를 지었다.) 소규모의 한 무리 사람들이 그 방 끝의 연단처럼 보이는 곳에서 뭔가를 기다리고 있었다. 그들은 내가 그 상자를 건네주기를 기다리고 있었다. 마침내 이 소중한 물건을 그들에게 주게 되어 나는 더없이 행복했다. 하지만 그걸 넘겨주는 순간 불현듯 그들 모두 사업가와 중개인 등속이라는 사실을 깨달았다. 그 상자를 열지도 않고 그들은 내게 거액을 건네주기 시작했다. 나는 눈물이 났다. 그러고 이렇게 외쳤다. "상자를 열어봐요. 상자를 열어." 하지만 그들은 내 말을 들을 수 없거나, 혹은 내 말에 귀 기울이려 하지 않았다. 갑자기 그들 모두 어떤 영화나 연극의 등장인물이라는 사실을 나는 알아차렸고, 내가 그 영화나 연극을 썼다는 사실도 깨달았다. 그러자 수치심이 엄습했다. 그 모든 것이 깜박거리며 기괴한 소극으로 변하더니, 나 또한 나 자신의 연극에 등장하는 인물이 되었다. 나는 그 상자를 열어 억지로 그들에게 보여주었다. 하지만 그 안에는 내가 생각했던 아름다운 물건 대신에 파편과 조각 더미가 잔뜩 들어 있었다. 완전한 어떤 것이 아니라 파편으로 부서진 것들, 세계 여기저기에서 온 조각난 것들이었다. 아프리카에서 가져온 게 분명한 붉은 흙덩어리가 있었고, 다음 순간 인도차이나의 대포에서 떨어진 금속 조각도 눈에 띄었다. 다음에 눈에 들어온 것들도 죄다 끔찍했다. 한국전에서 목숨을 잃은 사람들의 찢어진 육신, 소련의 형무소에서 죽은 누군가의 공산당 배지. 흉측한 그 조각 더미를 쳐다보는 것 자체가 너무 고통스러워서 나는 눈을 돌리고 상자 뚜껑을 덮었다. 하지만 사업가, 혹은 돈과 관련된 일을 하는 그 무리는 알아차리지 못했다. 그들이 그 상자를 내게서 가져가더니 열어보았다. 나는 보지 않으려고 몸을 돌렸지만, 그들은 기뻐하고 있었다. 결국 나는 그것을 보았고, 상자 안에 뭔가 다른 게 있다는 사실을 알게 되었다. 작은 녹색 악어였는데, 조소하듯 주둥이를 벌렸다 다물었다 하고 있었다. 처음에는 그게 비취나 에메랄드로 만든 악어상이라 생각했지만 다시 보니 살아 있었다. 얼어붙은 굵은 눈물방울들이 뺨 위로 굴러떨어지며 다이아몬드로 변하고 있었다. 사업가들을 속였다는 사실을 알게 된 순간 나는 큰 소리로 웃으며 잠에서 깼다. 마크스 부인은 아무 논평 없이 이 꿈을 경청했는데 별 관심이 없는 눈치였다. 우린 다정하게 작별 인사를 나눴으나 그녀는 내가 그랬듯이 마음속으로 이미 거리를 두고 있었다. 자신이 필요한 경우에는 "잠깐 들러 나를 만나야" 한다고 그녀는 말했다. 나는 속으로, 당신이 내게 당신의 상像을 물려준 마당에 왜 당신이 나한테 필요하겠냐고 생각했다. 어려움에 처할 때면 언제나 그 풍채 좋은 어머니 같은 마녀의 꿈을 꾸게 되리라는 것을 난 아주 잘 알고 있었다. (마크스 부인은 아주 작은 체격에 강단 있고 활력 넘치는 여자였지만, 내 꿈에서는 언제나 크고 힘센 모습이었다.) 빛을 차단한 그 엄숙한 방을 나는 빠져나왔다. 반쯤은 그 안에 있고, 반쯤은 벗어난 채로 그토록 많은 환상과 꿈의 시간들을 보냈던 곳. 예술을 섬기는 제단과도 같은 그 방에서 나온 나는 차갑고 볼품없는 보도에 발을 디뎠다. 가게 쇼윈도에 비친 내 모습이 보였다. 왜소하고 핏기 없는 얼굴, 무미건조하고 까칠해 보이는 여자. 내 얼굴엔 조소의 표정도 있었다. 꿈에서 본 수정 장식함 속 그 악의에 찬 작은 녹색 악어의 주둥이가 머금고 있던, 바로 그 조소였다.

# 자유로운 여자들

2

## 두번의 방문과 몇차례의 통화 그리고 비극

아이 방에서 뒤꿈치를 들고 살금살금 나오는데 전화벨이 울렸다. 재닛이 다시 몸을 일으키더니 즐거운 듯 툴툴거렸다. "아마 몰리 아줌마겠죠. 이제 몇시간이고 계속 전화기를 붙들고 있겠네요." "쉿." 그러고서 전화를 받으러 가며 애나는 생각했다. 재닛 같은 아이들에게 안정감이라는 그물은 조부모나 사촌들, 모든 것을 갖춘 집이 아니라 매일 걸려 오는 친구들의 전화와 그들과 나누는 대화로 짜인다고.

"재닛이 지금 막 자려는 참인데 너한테 사랑한다고 전해달래." 전화기에 대고 애나는 큰 소리로 말했다. 몰리도 자기 역할을 다하느라 이렇게 대꾸했다. "나도 사랑한다고 전해줘. 지금 바로 자야 한다고도."

"너 지금 바로 자야 한다고 몰리 아줌마가 전하래. 잘 자란 말도." 어두운 방을 향해 애나가 외쳤다. 재닛이 대답했다. "엄마랑 아줌마가 몇시간이고 계속 수다를 떠는데, 내가 어떻게 자요?" 하지만 재닛의 방에서 전해오는 고요한 느낌으로 애나는 아이가 불만 없이 잠드는 중임을 알 수 있었다. 그녀는 목소리를 낮춰 말했다. "이제 됐어. 별일 없지?"

몰리가 지나치게 태평스럽게 물었다. "애나, 토미 지금 너희 집에 있니?"

"아니, 여기 있을 이유가 없잖아."

"아, 그냥 궁금했어…… 내가 걱정하는 걸 알면 엄청 화를 낼 테지만."

지난 한달 동안, 반마일 떨어진 곳에서 매일 전화를 걸어 몰리는 오직 토미 얘기만 했다. 토미가 몇시간이고 꼼짝하지 않고 자기 방에 틀어박혀, 언뜻 보면 생각조차 없이 멍하게 지낸다는 얘기였다.

이제 몰리는 아들 이야기는 접어두고 미국에서 건너온 옛 애인과 저녁 식사를 했던 전날 밤의 얘기를 우스꽝스럽게 늘어놓으며 불평을 터뜨렸다. 친구의 목소리에서 배어나는 히스테리를 감지한 애나는 말이 끝나길 기다렸다. "글쎄, 암튼 그 잘난 척 뻐기는 게으름뱅이 중년 남자가 거기 앉아 있는 꼴을 보니 예전 모습이 생각나더라. 글쎄, 그 남자도 그런 생각을 했겠지. 몰리가 저렇게 되다니 참 안된 일이야. 그런데 난 왜 누구한테랄 것 없이 까탈을 잡는 걸까? 주변에 정말 괜찮은 사람이 한명도 없어서 그런가? 게다가 굉장한 과거 경험이라도 있어서 지금 주변에 있는 사람들과 비교할수 있는 처지도 아니잖니. 진심으로 만족스러웠던 적이 없으니까. 아 그래, 바로 이런 거구나, 한 적이 없었던 거지. 그래도 쎔이 개중 제일 나았다고 생각하면서 몇년이나 줄곧 그렇게 향수에 젖어 있었거든. 왜 바보같이 그 사람을 거절했을까 의아해하면서 말이야. 그런데 그때 그 인간이 날 얼마나 진절머리 나게 했는지가 오늘 다시 머리에 떠오르더구나. 재닛이 잠들면 뭐 할 생각이야? 외출할 거니?"

"아니, 그냥 집에 있으려고."

"난 지금 바로 극장으로 가야 해. 늘 그러듯 늦었지. 애나 너 한 30분 후에 이리로 전화해서 토미랑 얘기 좀 해봐라. 핑계 하나 만들어서."

"무슨 걱정거리라도 있어?"

"오늘 오후에 토미가 리처드를 만나러 그 사람 사무실에 갔었어. 그래, 별일 아닌데 유난 떨고 있는 거 나도 알아. 리처드가 전화를 해서 이랬거든. '지금 즉시 토미를 만나야 하니, 그 아이를 여기로 보내.' 그래서 토미에게 말했지. '네 아버지가 지금 당장 널 만나야겠다는데.' '좋아요, 엄마.' 그애는 그러고서 일어나 나가더라. 딱 그런 식으로. 내 기분을 맞춰주려는 것처럼 말이야. 내가 만약, 창문 밖으로 뛰어내려, 그랬으면 정말 뛰어내릴 태세였어."

"리처드가 뭐라고 했대?"

"세시간쯤 전에 그 인간이 전화를 했어. 늘 그러듯 우월감에 차서 빈정대며 한다는 말이, 토미가 어떤 아이인지 내가 잘 모른다는 거야. 적어도 당신은 그 아일 이해했다니 다행이라고 했지. 그 사람 말이 토미와 방금 전에 헤어졌다는데, 애가 아직도 집에 오질 않았어. 그 아이 방에 가보니 침대 위에 도서관에서 빌린 심리학 책이 여섯권이나 있더라. 책이 놓인 모양새가 한꺼번에 읽고 있었던 모양이야…… 애나, 나 지금 바로 나가야 해. 이번엔 분장만 한 30분쯤 걸리는 역할이거든. 더럽게 멍청한 연극이야. 왜 하겠다고 했는지 모르겠다. 암튼, 잘 자."

10분 뒤 애나가 가대식 탁자 앞에 앉아 파란색 공책을 펼치는데 다시 몰리에게 전화가 왔다. "방금 매리언이 전화했어. 믿기지 않을 거다. 토미가 찾아왔다는 거야. 리처드 사무실에서 나온 다음 첫 기차를 탔나봐. 한 20분 그 집에 있다가 나갔대. 매리언이 그러는데, 토미가 거의 아무 말도 하지 않았다더라. 거기 정말 오랜만에 갔는데도 말이야. 정말 이상하지 않니, 애나?"

"토미가 거의 말을 안했다고?"

"그게, 매리언이 또 취해 있긴 했어. 리처드는 물론 집에 안 왔고. 요즘엔 자정 전에 귀가하는 법이 없는 모양이야. 사무실에 여자가 있다는 거지. 매리언이 그 문제를 끝도 없이 얘기하더라고. 토미한테도 그 얘길 하고 또 했을 거야. 애나 네 얘기도 하더라. 이번엔 너를 잡고 그러는 거지. 리처드가 너랑 뭔 일 있었다고 매리언한테 말한 게 분명해."

"하지만 정말 아무 일도 없었는걸."

"다시 만난 적 있니?"

"아니, 매리언도 만난 적 없고."

두 여자는 각자의 전화기 앞에 말없이 서 있었다. 만약 같은 방에 있었다면 조소 띤 눈빛이나 미소를 교환했을 터였다. 뜬금없이 애나의 귀에 이런 말이 들려왔다. "나 정말 무서워, 애나. 뭔가 끔찍한 일이 일어나고 있는 게 분명해. 맙소사, 뭘 어떡해야 좋을지 모르겠어. 이제 정말 얼른 나가야겠다. 택시를 잡아야겠어. 안녕."

평소 계단에서 발소리가 들리면, 애나는 웨일스 출신의 젊은이와 불필요한 인사를 교환해야 하는 상황이 싫어서 그 넓은 방의 다른 쪽으로 자리를 옮기곤 했다. 이번엔 고개를 급히 돌렸는데, 발소리의 주인공이 토미라는 사실을 알자 안도감에 탄식이 나오려는 걸 겨우 참았다. 토미는 애나와 애나의 방, 손에 들린 연필, 펼쳐진 공책들이 자신이 예상한 풍경 그대로임을 확인한 듯 미소를 지었다. 하지만 그것도 잠시, 그의 어두운 눈동자가 다시 자기 내면으로 초점을 맞추며 얼굴이 자못 숙연하게 굳었다. 애나는 본능적으로 전화기 쪽으로 손을 뻗었지만, 구실을 하나 만들어 위층으로 가서 전화를 거는 편이 낫겠다고 판단하고는 뻗은 손을 거두었다. 그러나 토미가 말했다. "엄마에게 전화하시려던 거 아니에요?" "그래, 좀 전에 몰리가 전화했었거든." "원하시면 위층으로 가셔도 돼요. 전 괜찮으니까요." 그의 친절한 말에 애나는 마음이 한결 편해졌다. "아니, 여기서 걸지 뭐." "엄만 제 방을 뒤지다가 광기에 관한 책들을 보고 많이 성나셨을 거예요."

애나는 광기라는 말에 놀라 얼굴이 딱딱하게 굳었고, 토미가 그 사실을 눈치챘다는 것도 알 수 있었다. 그래서 활기 있게 외쳤다. "토미, 일단 앉아보렴. 너랑 얘기 좀 해야겠다. 하지만 먼저 몰리에게 전화해야겠어." 이같이 갑작스러운 단호함에도 토미는 전혀 놀란 기색이 없었다.

그는 자리에 앉아 다리를 가지런히 모으고 두 팔은 팔걸이에 올린 단정한 자세로 전화 거는 애나를 지켜봤다. 하지만 몰리는 이미 떠나고 없었다. 애나는 짜증스러움에 얼굴을 일그러뜨리며 침대에 걸터앉았다. 보아하니 토미는 그들 전부를 놀라게 하며 즐기고 있는 게 틀림없었다. 토미가 말했다. "애나 아줌마 침대는 딱 관처럼 생겼네요." 애나는 자신의 모습을 살펴보았다. 자그맣고 창백한 낯빛에 검은색 바지와 검은색 셔츠를 걸친 단정한 모습으로 검은색

이불보가 깔린 좁은 침대에 다리를 꼬고 앉아 있었다. "그러고 보니 관이랑 비슷한 것도 같구나." 애나는 이렇게 대꾸하며 침대에서 일어나 토미 맞은편의 의자에 앉았다. 이제 그의 눈은 방 여기저기, 이 물체에서 저 물체로 느리고 조심스럽게 이동했고, 애나에게는 의자나 책들, 벽난로와 그림에 보내는 만큼의 주의만 기울일 뿐이었다.

"아버지를 만나러 갔다며?"

"네."

"왜 불렀다니?"

"내가 물어도 된다면 말이다, 이렇게 말하시려는 참이었죠?" 그가 묻고는 킥킥대며 웃었다. 토미에게서 처음 듣는 웃음소리였다. 자제력 없이 터져 나오는 가혹하고, 심지어 악의에 찬 웃음소리. 그 소리에 애나의 마음에서는 공포의 파동이 일었다. 자신도 따라서 킥킥거리고 싶은 욕구마저 일었다. 애써 마음을 가라앉히는 애나에게 이런 생각이 떠올랐다. 이 아이가 여기 온 지 채 5분도 지나지 않았는데 벌써 히스테리에 전염됐잖아. 조심해야겠어.

애나는 미소 띤 얼굴로 말했다. "그 말 하려던 참이었지. 하지만 관뒀단다."

"굳이 그렇게 말하실 필요가 있을까요? 뭘 알고 싶으세요? 아줌마와 엄마가 자나 깨나 제 얘기 하는 거 다 아는데요 뭐. 두분 제가 정말 걱정되시잖아요." 다시 냉정을 찾은 그는 이제 아주 보란 듯 악의를 내비치고 있었다. 지금껏 애나는 악의나 앙심 같은 감정을 토미와 결부시켜본 적이 한번도 없었다. 그래서 지금은 마치 자기 방 안에서 이방인을 마주하는 것만 같았다. 토미의 외모조차 낯설게 느껴졌던 것이, 짙은 피부색에 선이 굵고 고집스러워 보이는 그의 얼굴은 잔뜩 일그러진 채 악의적인 미소를 짓고 있는 가면 같았다. 가늘게 찢어진 두 눈엔 원망도 가득했는데, 토미는 그런 눈으로 그녀를 올려다보면서 빙그레 웃어 보였다.

"네 아버지가 원하는 게 뭐라니?"

"당신 회사에서 관리하는 회사 한곳이 가나에서 댐을 건설 중이래요. 거기 가서 아프리카인들을 돌보는 게 어떻겠냐고 하시더라고요. 복지사업 말이에요."

"싫다고 했어?"

"어떤 의미가 있는지 모르겠다고 했어요. 아버지에게 그들은 값싼 노동력에 지나지 않으니까요. 그러니, 설령 제가 그들을 조금이라도 더 건강하고 행복하게 뭐 그런 식으로 도와주고 아이들 학교 교육까지 받게 해준다 하더라도 아무 의미가 없을 거란 말이죠. 그러자 아버지는 당신 회사가 소유한 회사 한곳이 캐나다 북부에서 기술 관련 일을 하는데, 그곳에 가서 복지 쪽 업무를 맡는 건 어떠냐고 제안하더군요."

그는 애나를 바라보며 잠시 기다렸다. 악의에 찬 이방인은 방에서 사라지고 없었다. 이제 토미는 자기 자신으로 돌아와서 찌푸린 얼굴로 생각에 잠겨 갈팡질팡하고 있었다. 불현듯 그가 말했다. "아줌마도 아시겠지만 아버지는 절대 멍청한 사람이 아니에요."

"네 아버지가 멍청하다고 한 적은 없는 거 같은데."

토미의 참을성 있는 미소는 이런 말을 하고 있었다. 솔직하지 못하시군요. 하지만 대신 그는 목소리 높여 말했다. "그런 일자리들 원하지 않는다고 말씀드리자 아버진 이유를 물었어요. 그래서 대답했죠. 그러자 아버지는 공산당의 영향 탓에 제가 그런 식으로 나온다고 했어요."

애나가 웃음을 터뜨렸다. 그럴 거라고 내가 말하지 않았느냐는 취지의 웃음이었다. 그러고는 말했다. "네 엄마랑 나 말이구나."

토미는 애나의 입에서 나오리라 예측했던 말이 다 나올 때까지 기다려준 다음 말했다. "또 그러시네요. 아버지 얘긴 그런 뜻이 아니었어요. 서로 멍청하다고 생각할 만도 해요. 상대가 멍청한 인간이기를 바라고 있으니까. 아버지와 엄마를 함께 만날 때면 전 두분을 알아보는 것조차 힘들어져요. 둘 다 너무 바보 같아지니까요. 아줌마도 마찬가지예요. 아버지랑 계실 땐 말이죠."

"좋아, 그렇다면 네 아버지 말은 무슨 뜻이었는데?"

"아버진 당신 제안에 대한 제 반응이야말로 서방세계에 공산당이 끼친 진짜 영향을 압축적으로 보여준다고 했어요. 한때 공산당에서 활동했거나 현재 당원인 사람들, 또 어떤 식으로든 인연이 있었던 사람들은 모두 과대망상증 환자래요. 만일 자신이 경찰총장이고 어떤 곳에서 공산주의자를 색출해야 할 경우 딱 한가지 질문을 하겠대요. 저개발국으로 가서 쉰명을 치료하기 위한 시골 진료소를 운영할 생각이 있냐고요. 그러면 빨갱이들은 죄다 이렇게 답한다는 거예요. '아니, 난 가지 않을 거요. 사회의 근본원리가 바뀌지 않는 상황에서 쉰명의 건강을 증진시킨들 무슨 의미가 있겠소?'" 토미는 몸을 내밀어 애나를 정면으로 바라보면서 "어떻게 생각하세요, 애나 아줌마?"라며 대답을 재촉했다. 애나는 미소를 지으며 고개를 끄덕였다. 그래 알았다, 이런 취지였다. 하지만 그것으론 충분하지 않은 듯해서 덧붙였다. "그래, 너희 아버진 멍청한 사람이 아냐."

"절대 아니죠." 그가 안도한 듯 몸을 뒤로 젖혔다. 그러고는 몰리와 애나의 경멸에서 아버지를 구출했으니 이제, 말하자면 그들에게 보상을 해주듯 이렇게 말했다. "그래도 아버지에게 말했어요. 엄마나 아줌만 그 진료소에 갈 사람들이고 그런 질문에 걸려들지 않을 거라고요. 제 말 맞죠?" 그렇다는 대답이 토미에게는 중요했겠지만 애나는 자신을 위해 솔직하게 털어놓았다. "그래, 가는 쪽을 택하긴 하겠지. 하지만 리처드 말도 옳아. 나도 딱 그런 느낌이거든."

"하지만 가실 거죠?"

"그건 그래."

"아줌마가 정말 가실지 궁금해지네요. 저라면 가지 않을 거니까요. 아버지가 제시한 일자리를 모두 거부한 게 그 증거죠. 게다가 전 공산주의자인 적도 없었잖아요. 그냥 아줌마와 엄마 그리고 두 분 친구들이 공산당에서 활동하는 걸 지켜봤을 뿐이고 그게 제게 큰 영향을 주긴 했죠. 사실 전 의지력이 완전히 마비된 거 같아서 괴로워요."

"의지력이 마비됐다는 표현은 리처드가 쓴 거니?" 실제로 그랬을 거라 생각하지는 않았지만 애나는 확인차 물어보았다.

"아뇨. 아버지 말뜻이 그랬죠. 그 표현 자체는 광기에 관한 책들 중 한권에서 가져온 거예요. 실제로 아버지 말이, 유럽에서는 공산주의 국가들 탓에 사람들이 이제 모든 것에 신경을 끊게 되었대요. 중국이나 러시아처럼 대략 3년 정도면 나라 전체가 완전히 바뀔 수 있다는 생각에 모두 익숙해졌다는 거죠. 대대적인 변화를 눈앞에 두지 않는 이상 어떤 것에도 신경 쓰지 않을 거라고…… 아줌마도 같은 생각이세요?"

"어느정도는 그렇지. 공산주의 신화 속에서 살아온 사람들에겐 그게 진실이야."

"얼마 전까지도 공산주의자였던 분이 이제 공산주의 신화라는 표현을 쓰시네요."

"이따금 넌 나와 네 엄마 그리고 우리 친구들을 이제 더이상 공산주의자가 아니라는 이유로 힐난하는 것 같구나."

토미는 잔뜩 찌푸린 표정으로 고개를 숙인 채 앉아 있었다. "아줌마가 바쁘게 오가며 정말 활동적으로 지내던 시절이 생각나요. 이젠 그러지 않으시죠."

"아무것도 하지 않는 것보단 뭐라도 하는 게 낫다는 뜻이니?"

그는 고개를 들어 비난조로 날카롭게 쏘아붙였다. "무슨 말인지 아시잖아요."

"물론 알지."

"제가 아버지에게 뭐라고 대답했는지 아세요? 만약 아버지가 시키는 부정직한 복지 업무를 수행하러 나간다면 난 노동자들 사이에서 혁명 단체를 조직하게 될 거라고 했어요. 아버진 화조차 내지 않더군요. 대신 요즘 혁명은 대기업이 직면하는 가장 큰 위험 요소이니, 제가 선동하는 혁명에 대비해서 신중하게 보험이나 들어놓겠대요."

애나에게서 아무 대답도 나오지 않자 토미가 덧붙였다. "물론 농담으로 한 말이에요. 아시죠?"

"그래, 알아."

"하지만 저 때문에 잠을 설치거나 하진 마시라고 아버지께 말씀드렸어요. 혁명을 도모하거나 하는 일은 결코 없을 테니까요. 20년 전이라면 그랬겠죠. 하지만 지금은 아니에요. 이제 우린 혁명 단체들에 무슨 일이 벌어지고 있는지 알잖아요. 아마 5년 안에 서로 죽이려고 덤벼들겠죠."

"꼭 그렇진 않을 거다."

애나를 보는 토미의 표정은 이렇게 말하고 있었다. 마음에 없는 말을 하시는군요. 그가 대꾸했다. "2년 전 일이 생각나요. 아줌마와 엄마가 얘기했던 내용인데요. 아줌마는 그러셨죠. 만약 불행히도 우리가 러시아나 헝가리 혹은 그 비슷한 어떤 곳에서 공산주의자로 살고 있다면 상대방을 반역자로 몰아 총살시켰겠지. 물론 그것도 웃자고 한 말이긴 했지만요."

애나가 말했다. "토미, 너희 엄마와 난 인생을 좀 복잡하게 살아왔단다. 정말 많은 일이 있었지. 우리가 젊은이다운 신념이나 구호, 전투적인 함성으로 가득 차서 살길 바라는 건 무리한 기대야. 중년치고는 엄마나 나나 꽤 잘해나가고 있는 셈이잖니." 이렇게 말하면서, 애나는 스스로에 대해 조소 어린 놀라움, 심지어 혐오감마저 느꼈다. 그녀는 속으로 생각했다. 난 마치 지치고 늙은 자유주의자처럼 넋두리를 늘어놓는구나. 하지만 그 말을 고수할 결심으로 토미 쪽을 보니, 그는 매우 못마땅한 눈초리로 애나를 바라보고 있었다. "그러니까, 네 나이쯤에 중년이 할 법한 말을 할 권리는 없다, 이런 얘기군요. 좋아요. 하지만 전 이미 중년이 다 된 것 같은 기분인걸요. 여기에 대해선 뭐라고 하시겠어요?" 이제 그 악의에 찬 이방인이 돌아와 미움이 서린 눈을 들어 애나 앞에 버티고 앉아 있었다.

애나가 서둘러 말했다. "토미, 대답해봐. 아버지와 만났을 때 대체 무슨 얘기가 오간 거니?"

한숨을 지으며 토미가 다시 자신으로 돌아왔다. "아버지 회사에 갈 때마다 놀라요. 처음 갔던 때가 생각나네요. 늘 집에서 아버지를 만났고 매리언 아줌마의 집에서도 한두번 본 적이 있었죠. 글쎄, 전 늘 아버지가 정말 평범한 사람이라고 생각했거든요. 아시죠? 흔히 볼 수 있는 그런 사람 말이에요. 재미라곤 하나도 없는 그런 남자요. 아줌마나 엄마가 생각하는 것처럼요. 그런데 처음 회사에 찾아가서 아버질 보니까 갑자기 혼란스러웠어요. 그건 네 아버지의 권력, 그 엄청난 돈 때문이다, 아줌만 틀림없이 이렇게 말하시겠죠. 하지만 그 이상이었어요. 갑자기 아버지가 평범하다거나 이류 인생처럼 보이지 않더군요."

애나는 궁금한 마음으로 잠자코 앉아 있었다. 이 아인 대관절 무슨 얘길 하려는 걸까? 지금 내가 못 보고 있는 게 뭘까?

토미가 덧붙였다. "아, 지금 무슨 생각 하시는지 알아요. 토미는 스스로를 이류라고 여기는구나, 이런 생각 맞죠?"

애나는 얼굴을 붉혔다. 실제로 토미를 그렇게 생각한 적이 있어서였다. 그녀의 상기된 얼굴을 본 토미는 사악한 미소를 지으며 말했다. "평범한 사람들이 꼭 멍청한 건 아니죠. 저도 제가 멍청하다는 거 잘 알아요. 그래서 아버지 사무실에 갔을 때 아버지가, 말하자면 일종의 재벌이라는 사실 앞에서 잠시 혼란스러웠죠. 아버지처럼 저도 그런 일을 잘할 수 있다는 뜻이니까요. 하지만 결코 그렇게 될 리는 없을 텐데, 제 정신이 두편으로 갈라져 있기 때문이죠. 아줌마와 엄마 덕분에요. 아버지와 제가 다른 점은요, 저는 스스로가 평범하다는 사실을 알고 있고 아버진 모른다는 거예요. 저는 아줌마나 엄마 같은 분들이 아버지보다 백배는 더 나은 인간임을 잘 알죠. 아줌마가 그야말로 패배자에, 엉망으로 꼬인 인생을 살고 있다 해도 말이에요. 하지만 그 사실을 안다는 게 유감스럽네요. 이 말 엄마에게는 비밀로 해주세요. 사실 저로선 아버지가 절 키우지 않으신 게 아주 유감스럽거든요. 절 양육한 사람이 아버지였다면 전 아주 흔쾌히 아버지 방식대로 살았을 거예요."

애나가 토미에게 예리한 눈길을 던졌다. 보아하니, 자신의 말을 애나를 통해 몰리에게 전해서 엄마를 상처 받게 만들려는 게 분명했다. 하지만 그의 얼굴에는 끈기 있고 진지하며 내면으로 향하는, 일종의 자기성찰적인 시선이 담겨 있었다. 그럼에도, 애나가 마음 속에서 파도처럼 일어나는 히스테리를 감지했을 때, 그녀는 그것이 토미의 마음을 반영하는 파도임을 짐작할 수 있었다. 무슨 말로 그를 제지할 수 있을까, 그녀는 이런저런 생각을 해보았다. 굵고 짧은 목 위로 무거워 보이는 머리를 돌려 토미는 가대식 탁자 위 공책들을 살피고 있었다. 그 모습을 바라보며 애나는 생각했다. 맙소사, 저 공책 얘길 하려고 여기 온 게 아니면 좋으련만. 내 얘길 하려는 건가? 애나는 서둘러 말했다. "넌 아버지를 실제보다 훨씬 단순한 사람으로 생각하는 것 같구나. 내가 보기엔 그 사람 역시 분열되지 않은 정신의 소유자는 못되거든. 한번은 그런 말도 하더라. 요즘 대기업 사장은 선임 직원 노릇에 불과하다고. 그리고 너 잊어버린 모양인데, 30년대엔 네 아버지도 잠깐이나마 공산주의자였어. 한동안은 꽤 보헤미안으로 살기도 했고."

"그래서 지금 그걸 기억하는 한가지 방편으로 비서들과 바람을 피우시나보네요. 중산계급이라는 수레바퀴에 끼인 여느 번듯한 톱니바퀴가 아니라는 걸 스스로에게 설득하려는 듯이 말이죠." 원망이 가득한 이 새된 목소리를 들으며 애나는 생각했다. 이런 이야기를 하려고 온 거였구나. 마음이 좀 놓였다.

토미가 말을 이었다. "오늘 오후에 아버지 사무실에서 나와 매리언 아줌마를 보러 갔어요. 그냥 뵙고 싶어서 갔죠. 보통은 아줌마를 우리 집에서 만났지만요. 아줌마는 술에 취해 계셨고, 아이들은 그 사실을 모르는 척하고 있었어요. 아줌마가 아버지와 비서 얘기를 늘어놓는데도 아이들은 그것 역시 무슨 얘기인지 모르는 척하더라고요." 그는 이제 비난조의 눈을 하고는 몸을 내밀어 애나의 대꾸를 기다렸다. 그녀가 침묵을 지키자, 토미는 다시 말을 이었다. "어떻게 생각하시는지, 왜 말씀이 없으세요? 아줌마가 아버지 경멸하는 거 다 아는데요 뭐. 좋은 사람은 못되잖아요."

좋은 사람이라는 표현에 애나는 자신도 모르게 웃었는데 토미의 찌푸린 얼굴이 눈에 들어왔다. 그래서 말했다. "미안하구나, 하지만 내가 쓰는 표현이 아니라서 말이야."

"왜죠? 암튼 결국 그렇잖아요. 아버지가 매리언 아줌마 인생을 망쳤고, 그 아이들도 망치고 있으니까요. 사실 아닌가요? 설마 매리언 아줌마 잘못이라고 하시려는 건 아니죠?"

"토미, 무슨 얘길 해야 할지 모르겠다. 뭔가 말이 되는 소리를 듣고 싶어서 여기 왔을 텐데. 그치만 정말 모르겠어."

땀이 맺히고 핼쑥한 토미의 얼굴은 극도로 진지했고, 두 눈도 진정성을 내비치며 반짝였다. 하지만 그 눈동자엔 다른 어떤 것, 가령 악의에 찬 만족감 또한 희미하게 어른대고 있었다. 애나가 자신의 요구를 들어주지 못하는 이 상황에 대해, 그는 힐난하면서도 만족감을 느끼는 것이었다. 다시 그는 고개를 돌려 공책을 보았다. 지금이야, 애나는 생각했다. 바로 지금 듣고 싶어하는 얘길 들려줘야 해. 하지만 미처 생각해내기도 전에 그가 먼저 일어나 공책 쪽으로 갔다. 애나는 긴장한 채 잠자코 앉아 있었다. 누군가 자신의 공책을 들춰본다는 건 견딜 수 없는 일이었지만, 토미라면 볼 권리가 있다는 생각도 들었다. 왜 그런지는 설명할 수 없었다. 그는 등을 돌린 채 서서 공책들을 내려다보았다. 그런 다음 고개를 돌려 물었다. "왜 공책이 네권이나 되나요?"

"모르겠다."

"아실 텐데요."

"공책을 네권 장만해야겠다고 생각한 적은 없어. 그냥 그렇게 되었구나."

"왜 한권이 아닐까요?"

잠시 생각한 뒤 애나가 대꾸했다. "그러면 아마 그 공책이 완전히 엉망이 될 거라서. 너무 뒤죽박죽이었을 거야."

"뒤죽박죽이면 안되는 이유라도 있나요?"

그에게 대답할 적절한 단어를 찾으려 애쓰고 있는데, 위층에서 재닛의 목소리가 들려왔다. "엄마?"

"응, 그래. 자는 줄 알았는데."

"자고 있었죠. 목말라요. 누구랑 얘기하는 거예요?"

"토미랑. 오빠더러 올라가서 인사하라고 할까?"

"네, 물도 주시고요."

토미는 말없이 몸을 돌려 방에서 나갔다. 부엌에서 수도를 틀어 물을 받은 다음 계단 오르는 소리가 들렸다. 그러는 사이 애나의 감정은 극심하게 소용돌이쳤는데, 마치 몸의 모든 분자와 세포가 일종의 자극물에 심하게 쏠리는 느낌이었다. 토미가 방에 있을 땐 이 아이를 어떻게 대해야 하나 궁리하느라 평소 모습을 어느정도 유지할 수 있었다. 하지만 지금은 자기 자신이 어떤 모습인지조차 제대로 알 수 없었다. 웃고 싶고, 울고 싶고, 심지어 고래고래 소리를 지르고 싶었다. 뭔가를 때려 부수고 싶기도 했다. 집어 들어 흔들고 또 흔들어서 아주 그냥 박살을 내고 싶었다. 물론 그 대상은 토미였다. 그의 정신 상태가 자신에게 전염된 거라고, 애나는 생각했다. 그의 감정이 자신에게 침투한 것이었다. 토미의 얼굴에 떠올랐던 악의와 증오, 짧으나마 그의 목소리에 나타났던 새됨과 딱딱함이, 실은 그토록 격렬한 내면적 폭풍의 징후라는 사실에 애나는 경악했고, 문득 손바닥과 겨드랑이가 차갑고 축축해졌음을 깨달았다. 두려웠다. 자신에게 일어난 상충하는 여러 감정들은 다름 아닌 이것으로 귀결되었다. 공포. 토미에게 물리적으로 두려움을 느끼다니, 있을 수 없는 일 아닌가? 그렇게 겁에 질렸는데 딸아이와 얘기를 나누라고 위층으로 올려 보내다니! 하지만 그건 아니다. 재닛을 걱정하는 마음에 겁이 난 건 아니었다. 유쾌하게 주고받는 말소리가 위층에서 들려왔다. 웃음소리도. 재닛이 웃는 소리였다. 이어 느리면서도 단호하게 계단 내려오는 소리가 들리더니 토미가 방에 다시 들어섰다. 그는 곧장 이렇게 말했다. "재닛은 커서 어떤 어른이 될까요?" 창백하고 고집스러운 얼굴이었지만, 그뿐이었다. 애나는 마음이 조금은 편해졌다. 가대식 탁자에 한 손을 올린 채 서 있는 토미에게 그녀는 말했다. "모르겠어. 아직 열한살밖에 안됐잖아."

"걱정스럽지 않으세요?"

"아니, 아이들은 계속 변하니까. 나중에 개가 뭘 원할지 내가 어떻게 알겠어?"

입을 삐죽 내밀고 비난조로 미소 짓는 토미를 보며 애나는 말을 이었다. "왜, 내가 또 뭔가 바보 같은 말을 한 거니?"

"말하는 방식 때문이죠. 아줌마의 태도 말이에요."

"그렇다면 유감이구나." 하지만 어쩔 수 없이 그 말에는 불쾌함과 짜증이 묻어났고, 그러자 토미가 흡족하다는 듯 엷은 미소를 지었다. "재닛 아버지 생각은 하세요?"

이 질문의 충격이 횡격막에까지 닿아 팽팽함이 느껴질 정도였

다. 하지만 애나는 대답했다. "아니, 거의 안하는데." 자신을 뚫어
져라 응시하는 토미를 향해 애나는 말을 이었다. "내가 정말 어떤
기분으로 살고 있는지 말해주길 원하는 거니? 방금 네 질문, 마더
슈거가 묻는 말처럼 들리더라. 그분이 말하곤 했지. 그 사람 당신
아이 아빠잖아요. 아니면, 당신 남편이었잖아요, 이렇게. 하지만 그
사실은 내게 아무런 의미도 없단다. 대체 넌 뭣 때문에 힘든 거니?
네 엄마가 아버질 진심으로 좋아하진 않았다는 거? 글쎄, 맥스 울
프와 나보다야 너희 엄마와 아빠 관계가 훨씬 더 깊었지." 토미는
아주 창백한 얼굴을 하고 똑바로 선 채 오직 자기 내면을 응시할
뿐이었다. 토미가 자신을 보고 있기나 하는지조차 확신할 수 없었
다. 하지만 귀는 열고 있는 것 같았기에 애나는 말을 이었다. "무슨
뜻인지 나도 알아. 사랑하는 남자의 아이를 갖는다는 거 말이야. 하
지만 한 남자를 사랑하기 전까지는 알지 못했지. 나는 마이클의 아
이를 낳고 싶었어. 사실은, 사랑하지 않는 남자의 아이를 낳았던 셈
이지……" 그가 이야기를 듣고 있는 건지 의아해하며 애나는 말꼬
리를 흐렸다. 토미의 눈길은 몇 피트 떨어진 벽의 한 지점에 고정돼
있었다. 그는 애나 쪽으로 어둡고 멍한 시선을 돌리더니 그동안 한
번도 들어본 적 없는 미약한 냉소 어린 어조로 말했다. "계속하세
요, 애나 아줌마. 제게는 정말 놀라운 얘기거든요. 경험 많은 어른
이 자신의 속내를 들려주시다니 말이에요." 토미의 눈동자가 무서
울 정도로 진지했기에 그 냉소가 일으키는 짜증을 애써 참으며 애
나는 말을 이었다. "내가 보기엔, 그게 그렇게 끔찍한 일은 아니란
다. 그러니까, 끔찍하다고 생각할 수도 있지만 큰 상처가 되거나 독
이 되는 건 아니야. 원하는 것 없이 살아가는 일 말이야. '내가 하
는 이 일은 내가 진짜 원한 일이 아니다. 난 더 큰 뭔가를 할 수 있

는 사람이다.' '나는 사랑이 필요한 사람인데 사랑을 누리지 못하며 살고 있다.' 이렇게 말해도 딱히 나쁠 건 없다는 거야. 정말 끔찍한 건 뭐냐면, 차선을 최선인 척 가장하는 거지. 사랑이 필요한데도 필요하지 않은 척한다든가 더 잘할 수 있는 일이 있다는 걸 알면서도 지금 하고 있는 일을 좋아하는 척하는 거. 내가 만약 죄의식이나 뭐 그런 것 때문에 재닛 아빠를 사랑하지 않았으면서 사랑했다고 말한다면 그게 진짜 나쁜 일일 거야. 너희 엄마도 만일 '난 리처드를 사랑했어' 혹은 '난 내가 사랑하는 일을 하고 있어' 이런 말을 한다면……" 애나는 말을 멈췄다. 토미가 고개를 끄덕인 것이다. 자신의 말에 흡족함을 느껴서인지, 아니면 너무 뻔한 말이라 듣기 싫어서 그랬는지 애나로선 알 수 없었다. 그는 공책 쪽으로 몸을 돌려 파란색 공책을 펼쳤다. 그녀를 언짢게 만들 작정인지, 그의 어깨가 냉소로 들썩이는 것이 보였다.

"뭔데 그러니?"

그가 소리 내어 읽었다. "1956년 3월 12일. 요즘 재닛이 갑자기 공격적으로 굴어서 다루기가 어렵다. 결국 또 한번의 힘든 시기를 거치는 셈."

"그게 어쨌다는 거니?"

"아줌마가 엄마에게 '토미는 요즘 어때?' 하고 물어보던 일이 생각나서요. 엄마 목소리가 워낙 비밀 이야기에 적합하진 않잖아요. 쩌렁쩌렁 울리는 음성으로 소곤거렸죠. 오, 그 아인 지금 힘든 시기라고."

"아마 네가 그랬을 테니까."

"시기라. 그때 아줌마는 부엌에서 엄마와 저녁 식사를 하고 계셨어요. 저는 침대에 누워 두분이 담소하는 걸 들었죠. 물 한잔 마시러 층계를 내려왔어요. 당시 전 온갖 일을 걱정하며 불행하게 지내고 있었어요. 학교 공부도 제대로 할 수 없었고 밤에는 두려움에 시달렸죠. 물론 물 한잔은 핑계였어요. 부엌에 있고 싶었던 거죠. 두분의 웃음소리 때문에요. 그 웃음 가까이 있고 싶었어요. 아줌마도 엄마도, 제가 두려움에 시달리고 있다는 사실을 모르길 바랐어요. 그런데 문밖에서 그 얘기를 들은 거예요. 토미는 요즘 어때? 그러자 엄마가 그랬죠. 그 아인 지금 힘든 시기를 지나고 있지."

"그래서?" 극도의 피로감이 엄습했다. 애나는 재닛 생각을 하고 있었다. 재닛도 방금 전에 깨어나서 물 한잔을 달라고 했지. 토미는 지금 재닛이 불행하다는 말을 하려는 걸까?

"그 말이 저를 밀어냈어요." 토미가 무뚝뚝하게 말했다. "어린 시절 저는 늘 새롭고 중요한 어떤 것을 이루면서 자랐어요. 계속 뭔가와 싸우며 이겨냈다고요. 그날밤에도 그랬죠. 아무것도 잘못된 게 없는 척하면서 어두운 계단을 내려갈 수 있었잖아요. 그때 전 뭔가에 계속 매달려 있었어요. 자기 자신을 정말 어떤 사람으로 느끼는가 하는 문제 말이에요. 그런데 엄마는 그걸 그냥 어떤 시기라고 하는 거예요. 말하자면, 그 당시 제가 뭘 느끼는지는 전혀 중요하지 않았죠. 그건 호르몬이나 다른 어떤 영향 때문이고, 조금 있으면 지나간다는 식이었어요."

애나는 아무 말도 하지 않았다. 재닛이 걱정되었다. 하지만 아이는 다정하고 활기차 보이고, 학교생활도 잘하고 있지 않은가. 밤에 깨는 일도 거의 없었고 어둠이 무섭다고 한 적도 없었다.

토미가 말을 이었다. "아줌마와 엄만 줄곧 제가 힘든 시기를 거치고 있다고 얘기하신 것 같은데요?"

"그렇진 않아. 하지만 비슷한 암시를 주긴 한 모양이다." 애나가 쓸쓸하게 대답했다.

　"지금 제가 뭘 느끼는가는 전혀 중요하지 않다는 뜻인가요? 그럼 제가 느끼는 것이 정당하다고 스스로에게 말할 자격은 대체 언제쯤 생기나요? 결국, 애나 아줌마," 이 지점에서 토미는 등을 돌려 애나를 마주 보았다. "시기를 지나는 식으로 인생 전체를 살 수는 없는 노릇 아닌가요? 어딘가에 목표가 있어야 하잖아요." 그의 눈이 증오의 빛을 내뿜고 있었기에 애나는 힘겹게 대꾸했다. "내가 목표를 이뤘고, 우월한 지점에서 너를 판단하고 있다는 뜻이라면, 그건 사실이 아니란다."

　"시기들," 그가 고집스레 되뇌었다. "단계들, 성장통."

　"하지만 그게 여자들이 사람들을 보는 방식이긴 해. 특히 자기 자식을 대할 때 그렇지. 처음에는 아기가 딸인지 아들인지도 모르는 채 아홉달을 보내잖아. 가끔 난 재닛이 아들이라면 어떤 모습일까 궁금해. 정말 **모르겠니**? 아기들은 이런저런 단계를 거치잖니, 그러다가 어린이가 되고. 한 여자가 자기 아이를 볼 때는 아이의 예전 모습과 지금 모습을 한꺼번에 보기 마련이야. 나도 이따금 재닛을 볼 때면 조그만 아기로 보이기도 하고, 꼭 내 배 속에 들어 있는 것 같기도 하고, 갖가지 몸집의 어린 소녀로 보이기도 한단다. 그 모든 게 한꺼번에 보이는 거야." 자신을 응시하는 토미의 눈에 비난과 냉소가 어려 있었지만 애나는 굽히지 않았다. "그런 식으로 여자들은 사물을 본다. 일종의 연속적인 창조적 흐름 속에서 모든 걸 본다고. 글쎄, 어쩌면 그게 당연하지 않을까?"

　"하지만 그 경우 우리는 결코 개인이 못되는 거죠. 그냥 어떤 것의 일시적인 형태에 불과하니까요. 시기들 말이에요." 이 말 끝에 토미는 분노가 스민 웃음을 터뜨렸다. 그 아이가 제대로 웃은 건 이번이 처음이라는 생각에 애나는 기운이 났다. 잠시 두 사람은 잠자코 있었다. 토미는 반쯤 등을 돌린 채 공책들을 만지작거렸고, 애나는 그의 모습을 지켜보면서 애써 평정심을 유지하고자 심호흡을 하고 있었다. 하지만 손바닥은 여전히 축축했고 자꾸만 이런 생각이 들었다. 마치 뭔가 보이지 않는 적과 싸우고 있는 것 같아. 심지어 그 적의 모습이 그려질 지경이었다. 틀림없이 사악한 어떤 것. 악의와 파괴를 표상하는, 손에 만져질 듯한 형체. 그것이 자신과 토미 사이에 서서 두 사람 모두를 파괴하려 하고 있었다.

이윽고 애나가 입을 뗐다. "네가 왜 왔는지 알겠다. 우리가 대체 무엇 때문에 사는 건지 내가 얘기해줄 수 있다고 생각해서 온 거잖니. 하지만 넌 나를 너무 잘 알기 때문에 무슨 말이 나올지도 이미 알고 있었지. 결국 내가 할 말을 알면서도 여기 온 거야. 확인하려고." 이 말까지 할 의도는 없었지만, 애나는 나지막하게 덧붙였다. "그래서 정말로 두렵구나." 그것은 호소였다. 토미가 재빨리 이쪽을 쳐다보았다. 마땅히 두려워해야 한다는 눈빛이었다.

그가 고집스레 말했다. "한달이면 제 기분이 달라질 거라고 하시겠죠. 만약 달라지지 않으면요? 애나 아줌마, 제발 좀 알려주세요. 우린 대체 뭐 때문에 사는 거죠?" 이제 그는 등을 돌린 채, 소리 없는 득의양양한 웃음으로 온몸을 흔들어대고 있었다.

"말하자면 우리는 금욕주의자의 후예들이지." 애나가 말했다. "우리 같은 사람들은 말이야."

"아줌마 같은 사람들에 저도 포함되나요? 그렇다면 고마워요."

"아마 네가 처한 곤경은, 선택지가 너무 많다는 것일 거야." 굳은 어깨로 보아 듣고 있는 게 분명했기에 애나는 계속 말했다. "넌 아버지 도움을 받아 대여섯 나라에 갈 수 있고, 거기서 뭐든 할 수 있

잖니. 네 엄마와 나는 연극판이나 출판업계에서 열두군데쯤 일자
리를 알아봐줄 수 있지. 아니면 한 5년은 빈둥거리면서 즐겁게 지
낼 수도 있고. 네 아버지가 받쳐주지 않아도 네 엄마나 내가 돈을
대줄 테니까."

"할 일은 백가지나 되는데 될 수 있는 건 딱 한가지네요." 그가
고집스럽게 말했다. "하지만 제가 그렇게 풍부한 기회를 누릴 가치
가 없는 사람 같다면요? 아마 전 금욕주의자는 아닌가봐요. 애나
아줌마, 레지 게이츠 만나신 적 있어요?"

"우유 배달부 아들 말이니? 아니. 네 엄마가 얘기한 적은 있다만."

"어련히 그러셨겠죠. 엄마가 그 얘기 하는 장면이 눈에 선하네
요. 요점은요, 엄마도 그 말을 했겠지만, 걘 선택할 수 있는 게 하나
도 없었다는 거예요. 장학금을 받아야 했고, 만약 시험에 합격하지
못하면 자기 아버지랑 우유 배달이나 하면서 살아야 하죠. 하지만
합격만 하면, 아마 그렇게 될 텐데, 우리 같은 중산계급으로 올라올
수 있어요. 걔한테 기회는 백가지가 아니라 딱 하나뿐이에요. 그래
서 원하는 게 뭔지 분명히 알죠. 의지가 마비되는 병 따윈 앓을 일
이 없어요."

"레지 게이츠의 불리한 조건 때문에 걔가 부러운 거니?"

"네. 게다가, 아시는지 모르겠지만 걘 보수당 지지자예요. 체제
를 불평하는 자들은 살짝 맛이 갔다고 생각하죠. 지난주에 함께 축
구 경기를 보러 갔는데요, 전 차라리 레지로 태어났더라면 좋았겠
다 싶더라니까요." 이제 그가 다시 웃었다. 하지만 그 웃음소리가
애나는 오히려 오싹했다. 토미가 말을 이었다. "토니 기억나세요?"

"그래." 토미의 학교 친구 중 하나를 떠올리며 애나가 대답했다.
그 아인 양심적 병역거부자가 되기로 결심해서 주위의 모두를 놀

라게 했다. 군에 가는 대신 2년간 탄광에서 일을 했고, 그 일로 그의 중산계급 가족들은 퍽이나 골치를 앓았다.

"토니가 3주 전에 사회주의자가 되었답니다."

애나가 웃었지만 토미는 계속 말했다. "아, 그게 중요한 건 아니에요. 걔가 양심적 병역거부자가 되었던 무렵 생각나세요? 토니는 그저 부모님을 괴롭히려고 그랬죠. 사실이 그랬던 건 애나 아줌마도 아시죠."

"그랬지, 그래도 끝까지 밀고 나갔어, 안 그러니?"

"토니가 어떤 마음인지 전 잘 알고 있었어요. 일종의 농담 같은 결정이었죠. 한번은 토니 자신도 그게 올바른 길인지 잘 모르겠다고 털어놓았을 정도니까요. 하지만 부모님이 자기를 비웃게 놔두지는 않을 거라고 했어요. 딱 그렇게 말했죠."

"그러나 저러나 마찬가지야." 애나가 고집했다. "쉽지 않았을 거다. 2년이나 그런 일을 하면서. 하지만 끝까지 버텼잖니."

"그걸로는 충분하지 않았나봐요, 아줌마. 사회주의자가 된 것도 딱 그런 식이었죠. 요즘 새로 사회주의자가 된 무리들 아시죠? 대다수가 옥스퍼드 출신인 그 사람들 말이에요. 『좌파 리뷰』인가 하는 잡지를 낼 거예요. 그 사람들 만났는데요, 표어를 외치고 행동하는 모양새가 마치 일단의……"

"토미, 바보 같은 소리 관둬라."

"아뇨, 그렇지 않아요. 그들이 그런 일을 벌이는 이유는 딱 하나예요. 이제 아무도 공산당에 가입할 수 없다보니, 그게 일종의 대체물이 된 거죠. 끔찍하게 낡아빠진 상투어를 그들은 여전히 들먹이고 있어요. 아줌마와 엄마가 비웃던 그 표현들요. 그러니 그 사람들이 그런 말 쓰는 걸 괜찮게 봐줘야 할 까닭이 있겠어요? 걔네들은 젊어서 그런다고 아줌마는 말씀하시겠죠. 하지만 그걸로는 부족해요. 제 얘기 좀 들어보세요. 5년 있으면 토니는 전국석탄청이나 뭐 그런 곳에 괜찮은 일자리를 얻을 테죠. 노동당 의원이 될 수도 있고요. 이런 좌파, 저런 사회주의자에 관한 연설을 해대겠죠." 토미는 다시 새된 목소리로 숨 가쁘게 말했다.

"정말 쓸모 있는 일을 할지도 모르지." 애나가 말했다.

"자기가 하는 일에 아무 신념이 없다니까요. 그냥 겉멋으로 그러는 거예요. 게다가 여자친구도 생겨서 곧 결혼할 모양이에요. 사회학자라나. 그 무리들 중 하나죠. 포스터 붙이고 구호 외치면서 쉴 새 없이 돌아치고 있어요."

"너, 토니가 부러운 모양이다."

"애 취급 마세요, 애나 아줌마. 지금 절 애 다루듯 하시네요."

"그럴 생각 없었어. 그랬던 것 같지 않은데."

"아뇨, 그러셨어요. 아줌마가 엄마와 토니 얘길 했다면 다르게 말했겠죠. 만약 아줌마가 토니의 여자친구를 만날 일이 있었다면 뭐라고 하실지 귀에 들리는 것 같네요. 일종의 엄마 타입이군. 어째서 저한테는 솔직하게 말씀 안하시죠?" 이 마지막 말을 토미는 거의 고함치듯 했고, 얼굴은 일그러져 있었다. 애나를 노려보던 그가 급작스레 몸을 틀어, 마치 용기를 내기 위해서는 이렇게 분노를 터뜨려야 했다는 듯 애나의 공책을 들여다보기 시작했다. 제지당할 가능성에 대항하여 등을 꼿꼿이 세운 채였다.

애나는 완전히 무방비 상태로, 스스로를 겨우 억누르며 미동도 없이 그저 앉아 있었다. 자신이 쓴 내용의 내밀함을 떠올리자 고통스러웠다. 그렇게 잠자코 앉아 있는 사이, 토미는 고집스러운 열정에 휩싸여 읽고 또 읽었다. 잠시 뒤 애나는 몸과 마음이 소진되어 일종의 마비 상태로 접어드는 느낌으로 막연히 생각했다. 글쎄, 신경 쓸 게 뭐야. 저 아이가 이렇게 해야 한다면야, 내가 어떤 느낌이든 무슨 상관이겠어?

얼마 후, 아마 한시간쯤 흐른 뒤 그가 물었다. "왜 글씨체를 달리해서 쓴 거죠? 또 괄호를 친 부분은 뭐예요? 어떤 감정은 중요하게 취급하고, 다른 감정들은 중요하지 않다고 본 건가요? 뭐가 중요하고 중요하지 않은지는 어떻게 정하죠?"

"모르겠어."

"그 대답으로는 충분하지 않다는 거 아시잖아요. 여기 한가지 항목이 있네요. 아직 우리 집에 사실 때 일인데요. '창문 밖을 내다보며 서 있었다. 거리가 마치 수마일 아래에 놓인 것만 같았다. 갑자기 내가 창밖으로 몸을 휙 내던지는 느낌이 들었다. 보도 위에 널브러져 있는 내가 보였다. 그다음엔 내가 보도 위에 놓인 내 몸 옆에 서 있는 것 같았다. 난 그 두 사람 모두였다. 흘러내린 피와 찢어진 뇌의 조각들이 여기저기 흩어져 있었다. 나는 무릎을 꿇고 앉아 그 피와 뇌의 파편을 핥기 시작했다.'"

토니가 비난하듯 바라보았지만 애나는 침묵했다. "이걸 쓰면서 진한 괄호를 치셨네요. 다음엔 이렇게 썼어요. '가게에 가서 토마토 1파운드 반, 치즈 반파운드, 체리 잼 한병과 차 한봉지를 샀다. 토마토 샐러드를 만들고, 재닛을 데리고 공원에 산책하러 갔다.'"

"그래서?"

"같은 날이잖아요. 첫번째 내용, 피와 뇌 파편을 핥는 이야기에는 왜 괄호를 친 거죠?"

"보도에서 죽는다든지, 식인이니 자살이니 그런 것들에 대해 누구나 허황된 공상을 품는 순간이 있지 않니?"

"그런 건 중요하지 않은가요?"

"그래."

"그렇다면 토마토와 차 한봉지가 중요한 것들인가요?"

"맞아."

"광기와 잔인함이 계속 살아나가는 일만큼이나 똑같이 강력한 감정들이 아니라고 생각하시는 근거는 뭐죠?"

"딱히 그런 건 아냐. 내가 괄호를 친 건 광기와 잔인함이 아니라, 다른 어떤 거였어."

"뭔데요?" 그는 답을 듣길 고집했고, 애나는 너무 지쳤지만 들려줄 만한 대답을 찾아보았다.

"그건 다른 종류의 감수성이야. 모르겠니? 내가 먹을거리를 사서 요리를 하고 재닛을 돌보고 일을 하는 그런 날에도 광기는 번득일 수 있어. 그걸 써놓으면 극적이고 끔찍해 보이지. 그걸 썼기 때문에 그런 거야. 하지만 그날 실제로 일어난 일들은 모두 평범한 일상이었단다."

"그렇담 뭐 하러 이런 걸 쓰셨어요? 이 파란색 공책 전체가 신문 스크랩 아니면 피와 뇌 파편에 관한 글 쪼가리에다 전부 괄호를 치거나 선을 그은 것들이고 나머지는 토마토나 차를 사는 일 따위로 채워졌다는 건 알고나 계세요?"

"그럴 거야. 진실을 쓰려고 계속 노력했지만 진실이 아니라는 걸 깨달아서 그렇게 된 거란다."

"진실이었을 거예요." 그가 불쑥 말했다. "아마 그럴 거예요. 아줌만 그 진실을 견디기가 힘들어 선을 그어 지워버린 거죠."

"그럴지도."

"그런데 왜 공책이 네권인가요? 그렇게 나누거나 괄호 치지 않고, 특별한 기록도 없이, 그냥 큰 공책 한권에 썼다면 어땠을까요?"

"이미 말했잖니, 대혼란에 빠졌을 거라고."

그가 돌아서서 애나를 마주 보았다. 그러고는 시큰둥하게 말했다. "이렇게 작고 말쑥해 보이는데, 써놓으신 걸 한번 보세요."

애나가 대꾸했다. "말하는 게 네 엄마랑 아주 판박이구나. 바로 그런 목소리로 네 엄만 날 비난하지."

"제 말 무시하지 마시고요, 아줌마. 혼란에 빠지는 게 두려우신 건가요?"

애나는 일종의 공포로 위가 오그라드는 듯해 잠시 호흡을 가다듬고 나서 대답했다. "분명 그런 것 같구나."

"그렇다면 솔직하지 못한 거네요. 결국 뭔가를 주장하고 계신 거잖아요. 아닌가요? 제 말이 맞죠. 아줌마는 아버지같이 스스로를 틀에 가두는 사람들을 경멸해요. 그러면서 아줌마 역시 스스로를 가두고 있지요. 똑같은 이유에서요. 아줌마는 두려운 거예요. 무책임하게 살고 있기도 하고요." 그는 보란 듯이 입을 삐죽 내밀고는 만족스러운 미소를 지으며 이렇게 최종 판결을 내렸다. 애나는 이 아이가 바로 이 말을 하기 위해 왔다는 사실을 깨달았다. 저녁 내내 그들은 바로 이 지점에 도달하려 애써온 것이다. 토미가 말을 이어가려 했지만, 불현듯 스치는 생각에 애나가 먼저 입을 열었다. "자주 이 방 문을 열어두곤 했는데, 들어와서 공책들을 읽은 적 있니?"

"네, 어제도 왔었죠. 하지만 거리를 따라 걸어오시는 모습을 보고 마주치기 전에 떠났어요. 아무튼 전 아줌마가 솔직하지 못하다고 생각했어요. 행복한 분이지만⋯⋯"

"행복하다고? 내가?" 조소를 머금고 애나가 되물었다.

"그럼 만족하며 지내신다 정도로 해두죠. 맞잖아요. 엄마나 제가 아는 어느 누구보다 훨씬 더 그렇죠. 하지만 밑바닥을 들여다보면 전부 거짓이에요. 여기 앉아 쓰고 또 쓰지만 아무도 그걸 볼 수 없으니까요. 그건 오만한 태도라고 제가 전에도 말씀드렸죠. 게다가 아줌만 진짜 자기 모습을 그대로 인정할 만큼 정직하지도 않아요. 모든 게 분열되고 조각난 상태가 아줌마의 현실이죠. 그런데도 저를 애 취급하면서 넌 지금 나쁜 시기를 지나고 있어, 이렇게 얘기하시잖아요. 아줌마가 나쁜 시기를 보내지 않는다면, 그건 아줌마가 어떤 시기 자체에 속할 수 없기 때문이에요. 애써 자기 자신을 여러조각으로 나눠놓았으니까요. 모든 게 대혼란 상태라면, 현실이 그런 거죠. 어디에도 패턴 같은 건 없어요. 아줌마가 비겁한 마음으로 패턴을 만드는 것뿐이죠. 사람들은 조금도 선하지 않아요. 전부 다 식인종이죠. 따지고 보면 어느 누구에게도 마음 쓰는 사람이 없거든요. 기껏해야 한명의 타인에게나 가족에게 잘하는 게 최선이에요. 하지만 그것도 이기주의일 뿐이지 선량하게 사는 건 아니잖아요. 정말이지 우린 짐승보다 하등 나을 게 없어요. 그냥 그런 척하는 거죠. 사실은 서로에 대해 조금도 신경 쓰지 않으니까요."

이제 그는 애나가 아는 고집 세고 굼뜬 소년의 모습으로 다가와 맞은편에 앉았다. 그런 다음 갑작스레 유쾌하고도 소름 돋는 웃음을 터뜨렸는데, 그 소리에서 번뜩이는 적의가 느껴졌다.

애나가 말했다. "그 점에 대해서는 해줄 수 있는 말이 없는 것 같은데."

몸을 앞으로 기울이며 그가 대꾸했다. "한번 더 기회를 드리려고요, 애나 아줌마."

"기회라니?" 애나는 너무 놀라 자칫 헛웃음마저 터뜨릴 지경이었다. 하지만 소름 끼치게 굳은 토미의 얼굴을 보고는 웃는 대신 잠시 뜸을 들인 후 말했다. "무슨 뜻이니?"

"진심이에요. 말해주세요. 바로 지금요. 아줌만 철학을 갖고 살았잖아요. 아닌가요?"

"그랬던 것 같구나."

"그런데 이제는 공산주의 신화라는 말을 하시죠. 그럼 지금은 뭘 갖고 사시는데요? 아니, 금욕주의니 그런 말은 하지 말아주세요. 그런 건 아무런 의미도 없으니까요."

"이런 게 아닌가 싶어. 어쩌다 한번씩, 아마도 한세기에 한번쯤, 말하자면 신념에 따른 행동이 출현하곤 해. 신념의 우물이 차오르면 얼마 후 한두 나라에서 그것이 거대하게 솟구치고, 그러다 전 세계를 향해 나아가는 하나의 움직임이 되는 거야. 그것이 상상력의 소산이기 때문에, 그러니까 전 세계를 위한 어떤 가능성을 상상한 결과물이기에 그런 일이 생기는 거지. 우리 세기에 그런 일은 1917년 러시아에서 일어났어. 그리고 중국에서. 이후 그 우물은 말라버렸어. 네가 말한 것처럼 잔인함과 추악함이 너무 강력했기 때문에. 그런 다음 우물은 다시 서서히 차오르겠지. 그러고서 또 한번 고통스럽게 앞으로 나아가는 거야."

"앞으로 나아간다고요?" 그가 물었다.

"그래."

"그 모든 것에도 불구하고, 고통스럽게 나아간다고요?"

"그래, 꿈은 매번 더 강력해지니까. 사람들이 뭔가를 상상할 수 있다면 그 일을 쟁취할 때가 오는 법이야."

"뭘 상상한다는 거죠?"

"네가 말한 그거. 선량함 말이다. 친절함. 더이상 짐승으로 살지 않기."

"그럼 지금은요? 우리는 대체 뭘 해야 할까요?"

"그 꿈이 살아 있도록 해야지. 왜냐면 언제나 새로운 사람들이 나타날 거니까, 의지가 마비되지 않은 그런 사람들이." 애나는 힘주어 고개를 끄덕이며 강한 어조로 마무리했다. 방금 자신의 말은 매번 상담을 마칠 때마다 마더 슈거가 했던 말과 아주 흡사하게 들렸다. 우린 신념을 가져야 해요! 뒤이어 트럼펫과 팡파르. 애나의 얼굴에 분명 조금은 자조적인 미소가 떠올랐던 모양이다. 틀린 말을 하지는 않았다고 생각하면서도, 토미가 일종의 악의에 찬 승리감으로 고개를 끄덕이는 모습을 보자 자신의 얼굴에 떠오른 그 자조의 미소가 뚜렷이 의식되었다. 전화벨이 울리자 토미는 말했다. "엄마일 거예요. 저의 그 시기가 어떻게 해소되고 있나 확인하려고 전화하셨겠죠."

애나는 전화를 받아 응 또는 아니로 짧게 답하고 수화기를 내려놓은 다음 토미 쪽을 돌아보았다.

"네 엄마 아니야. 누가 여기로 오겠대."

"그럼 전 가봐야겠네요." 그가 천천히 몸을 일으켰다. 특유의 무겁고 느릿느릿한 동작이었다. 들어올 때의 눈빛, 자신의 내면을 향하던 그 공허한 눈빛이 다시 얼굴에 떠올라 있었다. "말씀 감사해요." 토미가 말했다. 실은 이런 말이었다. 당신에게서 발견하리라 예상했던 걸 확인시켜줘 고맙네요.

그가 떠나자마자 애나는 몰리에게 전화를 걸었다. 몰리는 극장에서 막 돌아온 참이었다. 애나가 말했다. "토미 여기 왔었어. 그 아이 때문에 너무 놀라서 진정이 안돼. 뭔가 크게 잘못된 게 있기는 한데, 그게 뭔지 당최 모르겠다. 내가 해줘야 할 말을 제대로 한 것 같지도 않고."

"뭐라고 하던?"

"글쎄, 전부 다 썩어빠졌대."

"그야 물론 그렇지." 몰리가 큰 목소리로 쾌활하게 말했다. 마지막으로 아들에 대해 얘기한 뒤 두시간가량 쾌활한 하숙집 주인 여자 연기를 한 터였다. 자신이 경멸하는 연극의 경멸하는 역할이었으나 그녀는 여전히 그 역할 속에 머물러 있었다. 게다가 출연진들 일부와 술집에서 즐거운 시간을 보내기도 했다. 아까의 초조한 태도와는 딴판이었다.

"그런데다 방금 매리언이 아래층 공중전화에서 전화를 했어. 날 만나려고 일부러 막차까지 타고 왔대."

"아니, 뭣 땜에?" 몰리가 불쾌하다는 듯 물었다.

"나야 모르지. 술에 절어 있더라. 내일 아침에 얘기하자. 그런데 몰리……" 방을 나서던 토미의 모습을 다시 떠올리며 애나는 갑작스러운 공포심에 휩싸였다. "몰리, 빨리 토미를 위해 뭔가 조치를 취해야 해. 꼭 그래야 돼."

"내가 얘기해볼게." 일 처리를 떠맡듯 몰리가 대답했다.

"매리언이 지금 노크하네. 문 열어줘야겠다. 잘 자."

"너도. 내일 아침에 토미가 어떤지 보고할게. 뭐 대수롭지 않은 일로 우리가 괜히 걱정하는 거겠지. 어쨌든 생각해봐, 우리도 그 나이 때 얼마나 끔찍하게 굴었니?" 수화기가 딸깍하고 놓이는 순간 친구의 유쾌한 웃음소리가 들렸다.

애나가 현관문 걸쇠 푸는 단추를 누르자, 곧 비틀비틀 층계를 오르는 매리언의 발소리가 들려왔다. 도와주러 내려갈 수는 없었다. 틀림없이 모욕을 느낄 테니까.

토미가 그랬듯이 매리언도 문 안으로 들어서면서 미소를 지었다. 들어오기 전부터 준비한, 방 전체를 향한 미소였다. 그녀는 방금 전까지 토미가 앉아 있던 의자로 다가가 털썩 앉았다. 크고 육중한 몸에 풍만하게 늘어진 살집. 얼굴선은 부드러우면서도 흐릿했고, 갈색 눈동자 역시 흐리멍덩했지만 의심이 한가득 담겨 있었다. 더 젊었을 땐 호리호리하고 생동감이 넘쳤으며 유머 감각도 풍부했다. 리처드는 그녀를 '밤색 눈동자의 아가씨'라 부르곤 했다. 한때는 애정을 담아, 그러나 이제는 적의를 실어서.

매리언은 눈을 굴리다가 크게 뜨기를 반복하며 주위를 둘러보았다. 미소는 사라지고 없었다. 틀림없이 만취 상태라 억지로라도 침대에 눕혀야 했다. 애나는 상대방의 시선이 쉽게 닿는 맞은편 자리에 앉아 있었다. 토미와 마주 보고 앉았던 바로 그 자리였다.

매리언은 머리와 두 눈을 돌려 애나에게 시선을 두고 힘겹게 입을 뗐다. "애나, 당신은 참, 정말이지 너무 운이 좋아. 내 생각엔, 음, 당신 하고 싶은 대로 사니까 운도 참 좋다는 거야. 방도 참 예쁘네. 그런데다가 당신은, 당신은, 당신은 지금 자유로운 몸이니까. 하고 싶은 대로 하잖아."

"매리언, 침대로 가 눕지 그래. 아침에 얘기해."

"내가 취했다고 생각하시네." 매리언이 또렷한 음성으로 원망스럽게 말했다.

"당연히 취했지. 아무러면 어때. 그만 자."

이제 애나는 너무 피곤했다. 갑자기 피로가 무거운 손길처럼 사지를 잡아끄는 것 같았다. 그녀는 의자에 퍼질러 앉아 밀려오는 피로와 싸우고 있었다.

"마실 것 좀 줘." 매리언이 투정하듯 말했다. "마실 거. 뭐 좀 마시게 내놓으라고."

애나는 몸을 일으켜 옆에 딸린 주방으로 가, 찻주전자에서 약하게 우려낸 차를 따른 뒤 위스키를 한스푼 넣어 매리언에게 건넸다.

"증말 감솨해." 매리언이 혀 꼬부라진 소리로 말하고는 위스키 탄 차를 한모금 꿀꺽하더니 고개를 끄덕였다. 그녀는 소중한 듯 찻잔을 조심스레 감싸쥐었다.

"리처드 어떻게 지내?" 매리언은 신중한 태도로 질문을 던졌는데, 그 말을 입 밖에 내놓느라 얼굴이 팽팽해질 정도로 애를 쓴 눈치였다. 들어서기 전부터 준비한 말인 것 같았다. 애나는, 말하자면 그 목소리를 평소 매리언의 음성으로 바꾸어 해석하며 생각했다. 맙소사. 매리언이 날 질투하고 있군. 그 생각을 한번도 못했다니.

그녀는 담담하게 대꾸했다. "하지만 매리언, 당연히 나보다는 당신이 더 잘 알고 있을 텐데."

애나는 자신의 사무적인 어조가 자기와 매리언 사이 취기의 공간 속으로 스러지는 것을 보았다. 그 말의 진의를 의심하는 매리언의 두뇌가 움직이는 모습도 눈에 보였다. 그래서 큰 목소리로 천천히 덧붙였다. "매리언, 날 질투할 필요는 전혀 없어. 리처드가 무슨 말을 했든 사실이 아니니까."

"나 지금 당신 질투하는 거 아냐." 매리언이 쉿소리를 내며 내뱉었다. 질투라는 표현이 마음속에 자리한 질투심에 불을 댕겼고, 그리하여 잠시 질투하는 여성이 된 그녀는 일그러진 얼굴로, 질투라는 자신의 환상 속에서 각각의 역할을 담당하는 여러 물건이 놓인 그 방 이곳저곳을 뚫어져라 둘러보았고 연신 침대 쪽으로 눈길을 보냈다.

"사실이 아니라니까." 애나가 말했다.

"그렇다고 뭐 그렇게 달라지는가 하면, 그것도 아니거든." 매리언은 넉살 좋은 웃음 비슷한 소리를 내며 말했다. "그렇게 여자가 널리고 깔린 마당에, 당신이라고 왜 안되겠어? 적어도 당신은 모욕거리는 안되잖아."

"아무 사이도 아니라니까 자꾸 그러네."

그러자 매리언은 턱을 들어 위스키 탄 차를 세차례나 연거푸 들이켰다. "목마르던 참이었지." 자못 엄숙하게 말하며 그녀는 애나에게 잔을 내밀었다. 하지만 애나는 받아들지 않고, 대신 이렇게 말했다. "매리언, 오랜만에 반가워. 하지만 정말 잘못 생각하고 있는 거야."

매리언이 한쪽 눈을 찡긋했다. 소름 끼치게. 그러고는 주정꾼 특유의 악동 같은 태도로 말을 이었다. "아, 그런데 생각해보니 말이야, 내가 질투가 나서 온 것 같긴 해. 당신이 바로 내가 되고 싶은 그런 여자거든. 자유롭지, 애인도 여러명이지, 게다가 하고 싶은 걸 하며 살잖아."

"난 자유롭지 않아." 애나가 대꾸했다. 자신의 냉랭한 목소리를 의식하며, 애나는 그 차가움을 떨쳐내야 한다고 생각했다. 그래서 이렇게 덧붙였다. "매리언, 난 오히려 결혼하고 싶어. 이렇게 사는 거 별로거든."

"말이야 쉽지. 결혼이야 원한다면 언제든 할 수 있잖아. 어쨌든 오늘 나 여기서 재워줘야 할 거야. 막차가 벌써 떠났거든. 리처드 그 인간이 어찌나 인색하게 구는지 지금 나 택시비도 없어. 정말 끔찍하게 인색한 놈이야. 진짜라니까." (남편을 비난하기 시작하자 매리언이 훨씬 멀쩡한 사람처럼 말한다는 사실을 애나는 깨달았다.) "믿을 수 있겠어? 그자가 그렇게 인색하게 나오는 걸? 돈이 지랄맞게 많으면서 말이야. 상위 1퍼센트 부자라는 거 당신 알아?

그런데 그자는 매달 내 계좌를 샅샅이 들여다보거든. 최상위 1퍼센트에 든다고 뻐기면서 내가 모델들 걸치는 옷가지 하나 샀다고 불평을 하질 않나. 물론 말로는 술값으로 얼마나 쓰는지 확인하느라 조사한다고 하지. 하지만 그게 아니라, 돈 자체가 아까워서 그러는 거야."

"그만 잠자리에 들지 그래?"

"어디서 자면 돼? 위층에 누구 있어?"

"재닛이랑 하숙생. 다른 침대도 있어."

매리언의 두 눈이 즐거운 의심으로 반짝였다. "하숙생을 두다니 당신 참 별나다. 남자 맞지? 정말 야릇하네."

다시 애나는 마음속으로 이 말을 번역해보았다. 매리언이 멀쩡한 정신일 때 리처드와 나눴음직한 농담이 귀에 들리는 듯했다. 이 남자 하숙생을 농담 따먹기 소재로 삼았겠지. 애나는 갑작스러운 혐오감에 사로잡혔다. 한창때보다야 훨씬 드물긴 하지만, 그녀는 매리언과 리처드 같은 자들에 대해 종종 혐오를 느끼곤 했다. 이런 생각도 들었다. 나의 이런 생활이 힘들 수는 있어. 하지만 적어도 매리언과 리처드 같은 사람들과 살고 있지는 않잖아. 다른 건 몰라도, 여자가 악의에 찬 농담을 듣지 않고서는 남자 하숙생을 둘 수 없는 그런 세상에 살지는 않으니 그래도 난 괜찮아.

"당신이 남자랑 사는 거 재닛은 어떻게 생각해?"

"매리언, 여기 이 방에서 내가 남자랑 지내는 게 아니잖아. 워낙 넓은 집이라 방 하나 세놓은 거라고. 그 방에 첫번째로 세 든 사람이야. 위층에 아무도 없는 작은 방이 있어. 제발 거기로 가서 잠자리에 들라고."

"자러 가긴 싫은데 어떡하지? 한때는 잘 때가 세상 무엇보다 행복한 시간이었지. 신혼 시절에 말이야. 그래서 당신을 질투하는 거야. 다시는 어떤 남자도 날 원하지 않겠지. 그런 건 전부 끝났다고. 그래, 가끔 리처드랑 자긴 해. 하지만 그 사람, 억지로 애를 써야 한다고. 남자들은 멍청해, 그렇지 않아? 우리가 모를 거라고 생각하지. 애나, 당신은 흥분하려 애쓰는 게 뻔히 보이는 남자와 자본 적 있어?"

"결혼한 다음에 남편과 그랬어."

"그래, 하지만 당신은 그 사람 털어버렸잖아. 잘한 일이지. 당신, 어떤 남자가 날 사랑해서 나랑 결혼하고 아이도 갖고 싶다고 했던 거 알아? 그러니까 리처드가 다시 날 사랑하는 척하더라. 내가 아이들 유모 노릇을 계속하길 바랐던 거야. 그게 전부였지. 그 사람이 나한테 바라는 전부가 그거란 걸 알게 되었을 때 갈라섰다면 얼마나 좋았을까. 당신 알아? 리처드가 이번 여름휴가에 날 데려갔거든. 내내 이런 식이었어. 침대에 누우면 그 사람이 연기를 시작하는 거야. 사실 그 작자가 그러면서 줄곧 자기 사무실에 있는 그 어린 계집애 생각을 하고 있었다는 건 나도 눈치챘지." 그녀는 애나에게 잔을 불쑥 내밀면서 명령조로 말했다. "잔 채워." 애나는 옆방으로 가 차와 위스키를 아까와 같은 비율로 섞어서 돌아왔다. 그걸 받아 마시더니, 매리언은 자기연민으로 울부짖으며 언성을 높였다. "애나, 자신을 사랑하는 남자가 다시는 나타나지 않으리라는 사실을 깨닫는다면 기분이 어떻겠어? 휴가를 떠날 때 이제부터는 달라질 거라 기대했지. 왜 그랬나 몰라. 첫날 묵었던 호텔 식당의 옆 테이블에 이딸리아 여자가 앉아 있었지. 리처드는 계속 그 여잘 보는 거야. 내가 모르는 줄 알았나봐. 그런 다음 나더러 일찍 자러 가는 게 좋겠다고 하더라. 그 이딸리아 여자랑 자고 싶었던 거지. 하지만 난 먼저 자리를 뜨지 않았어." 매리언은 이제 흐느껴 울며 만족감에 겨운 듯 새된 소리로 말을 이었다. "내가 그랬지. '그건 곤란하지, 당신 지금 입맛대로 여자 골라잡으려고 여기 온 거 아니잖아. 휴가는 나와 보내셔야지.'" 악에 받친 울음을 쏟아내느라 두 눈이 빨개졌고, 통통한 뺨은 눈물 자국으로 얼룩졌다. "그자가 이러더라. '당신은 아이들이 있잖아, 안 그래?' 하지만 네놈이 나에 대해 애정이라곤 쥐뿔도 없는데 왜 내가 애들을 아껴야 하는 거냐고, 그게 내 대답이었는데 그자는 말귀를 못 알아먹더라. 날 사랑하지 않는 놈이랑 낳은 애 녀석들을 대체 왜 신경 써서 돌봐야 하는 거냐고. 안 그래, 애나? 글쎄, 그렇지 않아? 뭐라고 말 좀 해봐. 그렇지 않아? 나랑 결혼하고 싶다고, 날 사랑한다고 했을 때, 아이를 셋이나 낳게 할 거고 그런 다음 애들은 죄다 나한테 맡겨놓고 자긴 어린 계집애들에게 가겠다고 말한 건 아니잖아. 글쎄, 뭐라고 말 좀 해보라니까, 애나. 당신이야 다 괜찮겠지. 딱 하나만 키우면서 원하는 대로 사니까 말이야. 당신이 리처드에게 매력적으로 보이는 것도 당연해. 이따금 그 인간이 짧게 그걸 하고 싶어서 간편하게 들를 때면 특히 그렇겠지."

전화벨이 한번 울리다가 멈췄다.

"당신 남자들 중 하나겠지." 매리언이 말했다. "리처드일 수도 있고. 글쎄, 리처드면 나 여기 있다고 전해줘. 그 인간 욕을 하고 있다고 꼭 얘기해. 반드시 그렇게 말해."

전화벨이 다시 울리기 시작하더니 계속 이어졌다.

전화기 쪽으로 가면서 애나는 매리언이 이제 거의 정신을 차린 모양이라고 생각했다. "여보세요." 몰리의 비명이 들렸다. "애나, 토미가 자해를 했어. 총을 쐈다고."

"뭐라고?"

"그랬다니까. 네가 전화한 직후에 애가 들어왔어. 아무 말도 없이 위층으로 올라가더라고. 탕 하는 소리가 났는데, 문을 세게 닫는 소리라고 생각했어. 그런데 신음 소리가 들리는 거야, 훨씬 나중에 말이야. 그래서 토미에게 무슨 일이냐고 외쳤는데 대답이 없어서 내가 헛소릴 들었나보다 생각했거든. 그러다 무서운 기분이 들어서 나가보니 계단참에 피가 흐르는 거야. 권총을 갖고 있는 줄도 몰랐어. 죽은 건 아니지만 곧 죽을 거야. 경찰 말이 그래. 이제 죽을 거래." 몰리는 절규했다.

"지금 당장 병원으로 갈게. 어느 병원이니?"

한 남자의 목소리가 들렸다. "부인, 제가 말씀드릴게요." 그러더니 그가 전화기에 대고 말했다. "지금 저희가 친구분과 아드님을 쎄인트메리 병원으로 데려가고 있어요. 친구분께서 이리로 오셨으면 하네요."

"바로 갈게요."

애나는 매리언 쪽으로 돌아섰다. 매리언은 턱이 가슴 위쪽까지 닿도록 고개를 떨군 채였다. 애나는 그녀를 의자에서 겨우 일으켜서는 침대로 데리고 가 눕혔다. 입을 벌린 채 퍼져 누운 매리언의 얼굴은 침과 눈물로 범벅이 되어 있었다. 술기운이 오른 뺨은 불그죽죽했다. 매리언의 몸에 담요를 여러장 덮어주고 난롯불과 전등을 끈 다음, 애나는 입고 있던 옷차림 그대로 거리로 달려나갔다. 자정도 이미 한참 지난 시각이었다. 거리엔 사람도, 택시도 없었다. 그녀는 반쯤 울면서 거리를 따라 내달리다가 경찰을 보고 그에게로 달려갔다. "병원에 가야 해요." 애나는 그를 붙잡고 말했다. 다른 경찰관이 거리 모퉁이에 나타났다. 한 사람은 택시를 잡았고 다른 경찰이 그녀를 부축해서 병원에 함께 가주었다. 토미는 아직 목숨이 끊어지지 않았지만 새벽이 오기 전에 사망할 거라고 했다.


## 공책들

[검은색 공책의 경우, **출처**라는 제목 아래의 왼쪽 지면은 텅 비어 있었다. 반면 오른쪽 **돈**이라는 제목 아래는 글자로 빼곡했다.]


통합비전사의 레지널드 타브루커가 애나 울프 양에게 보낸 편지: 지난주에 당신의 흥미진진한 소설 『전쟁의 접경지대』를, 솔직히 말씀드리자면 아주 우연히 읽게 되었습니다. 몇장 넘기기도 전에 이미 작품의 참신함과 진솔함에 깊은 인상을 받았어요. 네, 아시겠지만 저희는 텔레비전 드라마에 적당한 소재를 찾고 있습니다. 당신과 얘기를 좀 나눴으면 합니다. 오는 금요일 1시에 차 한잔 어떠신지요? 그레이트포틀랜드가에 있는 블랙 불이라는 곳을 아시나요? 전화 부탁드립니다.

애나 울프가 레지널드 타브루커에게 보낸 편지: 편지 대단히 감사합니다. 지금껏 텔레비전을 보면서 드라마를 쓰고 싶다는 생각은 한번도 안 들었어요. 이 사실을 바로 말씀드리는 게 좋을 것 같네요. 송구합니다.

레지널드 타브루커가 애나 울프에게 보낸 편지: 그리 솔직하게 말씀해주시니 감사합니다. 십분 동감합니다. 바로 그래서 당신의 매력적인 소설 『전쟁의 접경지대』를 내려놓는 순간 당신께 편지를 쓴 것이기도 하고요. 저희는 진정성을 갖춘 새롭고 진지한 드라마를 절실하게 찾고 있거든요. 다음주 금요일 레드 배런에서 점심 같이 하지 않으시겠습니까? 작고 소박한 곳이지만 스테이크가 아주 맛있답니다.

애나 울프가 레지널드 타브루커에게: 정말 감사합니다만 지난번 편지는 진심으로 한 말입니다. 『전쟁의 접경지대』를 드라마로 각색하는 작업이 제 마음에 차게끔 잘되리라 생각했다면 그렇게 말씀드리지 않았겠지요. 하지만 사실이 그렇지가 못하네요. 애나 울프 드림.

레지널드 타브루커가 울프 양에게: 저희로서는 안타깝게도 당신처럼 유쾌하고도 진솔하게 쓰는 작가들이 얼마나 귀한지 모릅니다! 분명히 말씀드리지만, 저희가 진심으로 창의적인 재능을 지닌 작가를 절박하게 찾고 있는 상황이 아니라면 당신께 편지드리는 일도 없었을 거예요. 텔레비전이 필요로 하는 게 바로 그런 재능이거든요! 오는 월요일 화이트 타워에서 점심 하시죠. 정말 충분한 시간을 내어 조용한 분위기에서 얘기 나눠야 할 것 같네요. 레지널드 타브루커 드림.

통합비전사의 레지널드 타브루커와 화이트 타워에서 점심 먹다.
식대: 6파운드 15실링 7펜스.

점심 약속을 위해 옷을 갈아입으면서, 몰리라면 이런 식으로 누군가를 연기하는 일이 얼마나 즐거웠을까 생각했다. 난 '여류 작가'처럼 보이기로 했다. 조금 긴 치마와 헐렁한 블라우스를 꺼내 입었다. 예술가풍의 구슬 목걸이도 목에 걸었다. 거기에 기다란 산호 귀걸이까지. 제법 그럴듯했다. 하지만 다른 사람의 살가죽 안에 들어간 양 엄청 불편한 느낌이었다. 짜증도 일었다. 몰리를 생각하는 것도 소용없구나. 나가기 직전에 나 자신의 모습으로 돌아갔다.

쓸데없이 귀찮은 일만 잔뜩 벌였다. 타브루커 씨(자기를 레지라고 불러달라고 했다)는 놀란 표정이었다. 여류 작가가 나타나리라 기대했던 모양이다. 호남형의 부드러운 인상, 중년 영국 남자. 그래요, 울프 양, 제가 애나라고 불러도 될지, 아무튼 요즘은 어떤 걸 쓰고 계신가요? "『전쟁의 접경지대』에서 나오는 인세 받아먹고 살아요." 약간 충격을 받은 표정. 돈에만 관심이 있는 듯한 내 말투 때문이겠지.

"작품이 아주 성공적이었군요?" "25개 국어로 번역되었죠." 내가 뱉어내듯 말했다. 장난기 어린 찡그림. 이어서 부럽다는 표정. 난 이제 전념을 다하는 예술가의 어조로 바꿔 말한다. "물론 차기작으로 바로 내달리고 싶지는 않아서요. 두번째 작품은 정말 중요하니까요, 그렇지 않나요?" 비로소 그는 평정심을 되찾고 기쁜 표정이다. "첫 작품도 모든 사람이 이루는 성취는 아니죠." 한숨을 쉬며 그가 말한다. "당신도 글을 쓰시는군요?" "딱 알아맞히다니 영민하시네요!" 이제는 반사적으로 떠오르는 저 장난기 어린 찡그림, 짓궂게 반짝이는 눈동자. "절반쯤 쓴 소설 원고가 서랍에 들어 있어요. 하지만 하는 일이 원체 그렇다보니 쓸 시간은 거의 못 내죠." 새우구이를 지나 메인 요리를 먹는 내내 그는 이 얘기를 했다. 기다리고 있노라니, 예측한 대로 그가 말한다. "물론 쓰레기 더미 사이로 조금이라도 괜찮은 작품을 구하려고 싸우고 또 싸우죠. 아시겠지만 저 위에 계신 높은 분들이야 정말 아무 생각이 없어요." (그의 위치는 꼭대기에서 절반 정도 내려온 자리인 모양.) "아무짝에도 쓸모없는 자들이에요. 뼛속까지 멍청하고요. 가끔은 대체 내가 무슨 영화를 누리려고 이 짓을 하고 있나 싶다니까요." 디저트로 나온 할바와 터키 커피를 마신다. 그가 시가에 불을 붙이고 담배를 사서 내게 건넨다. 아직 나의 매력적인 소설은 언급하지 않았다. "그러니까, 레지, 『전쟁의 접경지대』를 제작하기 위해 중앙아프리카까지 가서 촬영할 생각인가요?" 잠깐 그의 얼굴이 굳었다가 곧 평소의 매력을 되찾는다. "그 얘기 잘 꺼냈어요. 실은 그게 문제거든요." "이 소설에서 풍경이 꽤 중요한 역할을 하잖아요?" "아, 필수 불가결한 요소라는 생각에는 동의합니다. 아주 멋지게 그려놓으셨죠. 풍경에 대단한 감각을 가지셨어요. 사실 그곳 냄새를 맡을 수 있을 정도였거든요. 아주 훌륭했어요." "스튜디오에서 촬영하실 생각인가요?" "글쎄, 그게 바로 중요한 점이에요. 그래서 당신과 그 문제에 대해 얘기하고 싶었죠. 애나, 한번 말씀해보시죠. 당신이 쓴 그 멋진 작품의 중심 주제가 뭐냐, 이런 질문을 받는다면 뭐라고 대답하실 건가요? 물론 단순하게요. 텔레비전은 본질적으로 단순한 매체잖아요?" "단순하게 말해서, 인종차별에 관한 소설이에요." "아, 저도 그 말에 십분 동감합니다. 아주 끔찍한 일이죠. 물론 제가 경험한 적은 없지만 당신 책을 읽어보면, 정말 끔찍하더군요! 그런데 제 말을 이해해주실지 모르겠네요. 그러면 좋으련만. 그러니까, 『전쟁의 접경지대』를 말입니다……" (예의 장난기 어린 찡그림) "……그걸 쓰신 그대로 만들어서 마술 상자에 내보내는 건 불가능할 겁니다. 작품의 훌륭한 핵심은 건드리지 않으면서도 아주 많은 부분을 쳐내야 할 거라는 말입니다. 그래서 제가 궁금했던 게, 장소를 영국으로 바꾸면 어떨까 하는 건데요. 아니, 잠깐 제 말 좀 들어보세요. 제 생각을 이해하시면 이 아이디어에 반대하지 않으실 겁니다. 텔레비전에선 보이는 게 중요하거든요. 그렇잖아요? 우리 눈에 들어오나, 안 들어오나. 항상 이게 요점인데, 어떤 작가들은 이걸 잊어버려요. 자, 이제 제 생각을 간략하게 말씀드리죠.

전시의 공군 훈련 기지입니다. 제가 공군 출신이거든요. 아니, 푸른 제복을 입는 그 공군 말고, 그냥 행정병이었죠. 어쨌든 그래서 당신 책에 매료되었던 것 같기도 해요. 그 분위기를 정말 완벽하게 살려내셨더군요……" "무슨 분위기 말이죠?" "아, 당신 참 놀라운 분이군요. 진정한 작가들은 대단히 경이로운 존재죠. 자신이 뭘 썼는지조차 모르는 경우가 태반이라니까요……" 굳이 그럴 생각은 없었는데, 갑작스럽게 나는 말했다. "아마 다들 그럴 거예요. 그리고 그걸 썼다는 사실도 마뜩잖아하죠." 그는 얼굴을 찌푸리더니 이 말은 무시하기로 작정한 듯 말을 이었다. "아주 놀랍도록 제대로 그려냈죠. 그 모든 것의 절박함과 흥분, 그걸 읽을 때만큼 그렇게 생생하게 살아 있다는 느낌이 든 적이 없을 정도였어요…… 그러니까, 제가 제안하고 싶은 건 이겁니다. 우린 당신 책의 핵심은 그대로 가지고 갈 거예요. 그게 아주 중요하다는 데 동의하거든요. 공군기지. 청년 조종사. 그가 인근 마을의 한 처녀와 사랑에 빠지죠. 청년의 부모는 반대합니다. 계급 문제, 당신도 아시는 것처럼 딱한 일이지만 이 나라에 여전히 그게 있잖아요. 두 연인은 갈라서야 하죠. 그러다 마지막에 기차역에서 그 환상적인 장면이 나오는 겁니다. 그는 떠나고, 시청자는 그가 죽으리라는 걸 알고. 아니, 한번 생각해보시라니까요. 잠깐이라도요. 어떨까요?"

"대본을 새로 쓰길 바라시나봐요?"

"글쎄, 그렇기도 하고 아니기도 하죠. 당신이 쓰신 이야기는 기본적으로 단순한 사랑 이야기잖아요. 그렇죠. 인종 문제가 정말 중요하다는 거야 저도 알고 있고, 정말 몹쓸 일이라는 당신 의견에 200퍼센트 동의합니다만, 사실 그 줄거리는 단순하고 감동적인 사랑 이야기란 말이죠. 모든 게 다 들어 있어요. 절 믿으세요. 또 한편의 「밀회」가 될 겁니다. 당신 눈에도 그게 확 들어오면 참 좋겠는데. 텔레비전에서는 보이는 게 전부라는 걸 꼭 기억하셔야 합니다.”
“제 눈에도 아주 명백하네요. 어쨌든 소설『전쟁의 접경지대』는 던져버리고 다시 써야겠군요?”“글쎄, 꼭 그런 건 아니죠. 그 책이 워낙 유명한데다 아주 훌륭한 작품이니까 제목은 그대로 유지하는 게 좋겠어요. 접경지대라는 게 꼭 지리적인 의미는 아니잖아요? 그 본질에 있어서요. 전 그렇게 봅니다. 말하자면 경험의 접경지대인 거죠.”“글쎄요. 텔레비전 대본을 새로 쓸 때의 조건들에 대해 편지로 한통 써주시는 편이 좋겠네요.”“완전히 새로 쓰시라는 건 아니라니까요.” (장난기 어린 반짝임.) “그 책의 독자들이 놀라지 않겠어요? 소설이 일종의 「날개 달린 밀회」로 바뀐 걸 보고 말이에요.” (장난기 어린 찡그림.) “하지만 친애하는 애나, 시청자들은 어떤 일에도 놀라지 않아요. 마술 상자를 갖고 뭘 놀라고 말고 하겠어요?”
“점심 잘 먹었어요.”“아, 애나, 당신 말이 맞아요. 물론 그래요. 하지만 당신 정도 지성을 갖춘 사람이라면 우리가 중앙아프리카에서 촬영할 수는 없다는 사실을 잘 아실 텐데요. 윗선에서 그 정도 예산을 허락할 리 없으니까요.”“그야 분명 못하게 하겠죠. 그런데 그 문제는 제가 편지에서 언급했지 싶은데요.”“당신 소설, 멋진 영화가 될 수도 있을 겁니다. 혹시 원하시면 영화계 친구에게 말해볼까요?”“글쎄, 이미 그쪽과도 애기가 다 끝난 상태라서요.”“아, 저런, 잘 알겠습니다. 그렇군요. 결국 우리가 할 수 있는 일이라곤 계속 노력하는 것밖엔 없겠습니다. 사실 가끔 집에 가서 책상을 보면 그럴듯한 이야기를 찾아내기 위해 읽어야 할 책이 열두권이나 놓여 있고 대본도 백편이나 널려 있어요. 서랍에는 절반 정도 완성한 소설이 들어 있지만 몇달이 지나도록 한번 쳐다볼 시간도 없고요. 언젠가는 그 쓰레기 더미 속에서 참신하고 진정성 있는 이야기를 얻어낼 수 있으리라는 기대로 스스로를 위로하곤 하죠. 부탁인데 제발 『전쟁의 접경지대』에 대한 저희 제안을 고려해주세요. 장담하건대 잘될 겁니다." 우리는 식당에서 나온다. 종업원 두명이 꾸벅 인사를 한다. 레지널드는 코트를 받아 들고는 거의 미안하다는 듯한 작은 미소를 보내며 종업원 한명에게 동전을 쥐여준다. 우린 보도로 나와 선다. 나로서는 스스로가 몹시 못마땅하다. 난 대체 여기서 뭘 하는 걸까? 통합비전사에서 처음 편지가 왔을 때 이미 어떤 일이 일어날지 정확하게 예측하지 않았는가. 이 사람들은 언제나 예상보다 한단계 더 나쁘다는 걸 빼면 말이다. 하지만 그 사실을 알면서도 뭣 때문에 이렇게 쓸데없는 자리에 나온 거지? 쓸데없다는 사실을 입증하기 위해? 자기혐오는 이제 내가 그토록 잘 아는 다른 감정, 즉 일종의 경미한 히스테리로 바뀌기 시작한다. 곧 내 입에서 뭔가 뒤틀어진, 무례하고 자기고발적인 비난조의 말이 나오리라는 사실을 나는 너무도 잘 알고 있다. 삼킬 수 있는 말이지만 자제하지 못해 어쩔 도리 없이 내뱉고 말리라는 걸 깨닫는 순간이 있다. 보도에 나란히 서 있자니, 그는 빨리 벗어나고 싶은 눈치다. 토트넘코트 지하철역 방향으로 걸어가면서 내가 말한다. "레지, 『전쟁의 접경지대』를 갖고 제가 정말 하고 싶은 게 뭔지 아세요?" "아뇨, 말해보시죠." (이러면서 자신도 모르게 얼굴을 찡그린다.) "전 그 작품으로 코미디를 만들고 싶어요." 놀란 그가 멈춰 선다. "코미디라뇨?" 나를 향한 재빠른 곁눈질에 그가 실제로 마음속에 품은 그 모든 혐오감이 드러난다. 이어지는 말. "하지만 애나, 그 작품은 너무나 탁월하게 비장한 분위기잖아요. 군더더기 없는 비극이고요. 코믹한 장면은 기억조차 안 나는데요." "당신이 언급했던 그 흥분 상태 기억나세요? 전쟁의 맥박 말이에요.""그럼요, 물론 기억하죠.""그거야말로 그 책이 말하는 바라고 하셨죠. 동감이에요." 잠시 정적. 그 잘생기고 매력으로 똘똘 뭉친 얼굴이 굳어진다. 신중하고 조심스러운 표정. 내 목소리는 딱딱하고 분노와 혐오로 가득 차 있다. 자기혐오이리라. "대체 무슨 말씀인지 모르겠네요." 지하철역 출입구에 다다랐다. 한 무리의 인파. 신문 파는 사람은 얼굴이 없다. 아니, 코가 없다고 해야 할까. 입은 토끼 이빨이 삐죽 나온 구멍 같고, 상처가 아문 자리에 두 눈이 푹 파묻혀 있다. "글쎄, 당신이 들려준 이야기 있잖아요." 내가 말을 시작했다. "젊은 조종사, 활달하고 무모한 미남자가 하나 있댔죠. 그 지방 출신 아가씨는 지역 밀렵꾼의 어여쁜 딸이고요. 전시의 영국, 공군기지가 배경이에요. 자, 이제, 우리가 수천번도 넘게 본 영화 속 그 장면 기억나세요? 비행기가 독일로 날아가죠. 조종사들 식사 장면 따위가 이어지고요. 그들이 벽에 붙여놓은 화보 속 여자들도 한컷 들어가는데 섹시하다기보단 귀여운 여자들로 골라야 해요. 우리 젊은 이들이 더 노골적인 본능의 소유자들이라는 걸 모르게 해야 하니까요. 잘생긴 어떤 청년이 어머니에게 받은 편지를 읽어요. 고향 집 벽난로 위에는 운동경기에서 탄 트로피가 놓여 있죠." 잠깐의 침묵. "맞아요, 애나. 그런 유의 영화가 너무 많이 나왔다는 거, 동감이에요.""자, 이제 비행기가 착륙하기 시작합니다. 다른 비행기 두 대는 사라졌죠. 여러 무리의 남자들이 빙 둘러서서 하늘을 바라보며 기다리고 있어요. 목울대의 근육이 굳어져요. 그다음엔 조종사들 침상 장면이 나오죠. 텅 빈 침대. 청년 한명이 들어와요. 아무 말도 하지 않아요. 침대에 앉아서 빈 침대만 바라볼 뿐이죠. 그 청년의 목울대 근육도 팽팽해요. 이어 그가 빈 침대 쪽으로 다가가요.

침대 위에는 곰 인형이 하나 놓여 있어요. 그걸 집어 들 때 다시 목울대의 근육이 팽팽해지죠. 화염에 휩싸인 비행기 장면이 이어져요. 다시 곰 인형을 들고 있는 청년으로 가서, 그가 예쁜 젊은 여자, 아니 그보다는 불도그가 낫겠네요, 하여간 그 사진을 들여다보는 모습이 화면에 나타나요. 몇초 뒤엔 다시 화염 속의 비행기 장면이 나오고 애국가가 울려 퍼지겠죠." 침묵이 흐른다. 토끼 같은 얼굴에 코가 없는 그 신문팔이 남자가 외치고 있다. "키모이¹ 전황 소식입니다. 키모이 전황 뉴스 사세요." 레지는 자신이 잘못 이해한 거라고 판단하고는 미소 띤 얼굴로 말한다. "하지만 애나, 당신은 코미디라는 단어를 쓰지 않았나요?" "그 책이 정말로 무엇에 관한 이야기인지를 제대로 알아볼 정도로 당신은 명민한 분이죠. 죽음에 대한 노스탤지어 말이에요." 그는 인상을 썼고 이번에는 찡그린 얼굴을 쉽게 펴지 않았다. "글쎄, 저는 창피한 마음에 보상을 하고 싶은 심정인가봐요. 쓰잘머리 없는 영웅주의를 비트는 코미디를 한번 써보자 이런 생각인 거죠. 꽃다운 스물다섯살 청년들이 나가서 죽어버리는 그 빌어먹을 이야기를 한번 비꼬아보자는 그런 생각. 망가진 곰 인형과 축구 트로피, 대문간에 서서 일단의 비행기가 독일로 날아가는 광경을 의연하게 바라보는 한 여자를 뒤로한 채 죽어버리는 그런 이야기 말이죠. 그 여자의 목울대 근육도 팽팽해지고요. 어떤가요?" 신문팔이 남자가 아직도 외치고 있다. "키모이 전황 소식입니다." 그러자 나는 갑자기 무언가를 풍자하는 연극 장면 한가운데 서 있는 기분이 든다. 그래서 웃기 시작한다. 발작적인

---

1 중국 본토 연안에 자리한 대만의 섬 진먼(金門)의 영어식 표현. 미국과 대만 간 방어 조약 체결 논의가 본격화되고 이 섬과 인근 마쭈섬에 대규모 병력이 배치된 1954년 8월 중국의 포격으로 국지전이 발발했다.

웃음이다. 레지는 이제 인상 쓴 얼굴에 혐오감을 드러내며 나를 바라본다. 내게 맞춰주고 내게 잘 보이려는 욕구에서 이리저리 잘도 놀리던 그 입이 이제는 빈틈없어 보이고 약간 씁쓸한 느낌도 풍긴다. 웃음을 멈추자 나를 웃게 하고 말하게 만든 그 모든 것이 사라지며 난 이제 멀쩡한 정신으로 돌아온다. 이어지는 그의 말. "글쎄요, 애나, 당신 생각에 동감입니다. 하지만 전 제 일을 해야 하니까요. 당신 얘기처럼 정말 기가 막히게 코믹한 아이디어이긴 하지만 텔레비전보다는 영화에 맞겠네요. 그래요, 제가 보기엔 그런 것 같군요."(내가 다시 멀쩡한 상태로 돌아오자 그 역시 그렇게 말하며 원래의 상태를 회복한다.) "아, 물론 야만적인 장면도 있겠죠. 사람들이 받아들일 수 있을지 궁금한데요?"(입꼬리가 틀어진 그의 얼굴이 묘한 매력을 풍긴다. 나를 보는 모양새가, 서로를 이토록 증오하는 순간이 닥친 것이 믿기지 않는 눈치다. 나 역시 그렇다.) "글쎄요, 아마 가능하겠죠? 어쨌거나 전쟁이 끝난 지 10년이나 되었으니까요. 하지만 텔레비전용은 아니죠. 텔레비전은 단순한 매체니까요. 그리고 시청자들은, 굳이 말할 필요는 없겠지만, 그리 지적인 부류들은 못되거든요. 그 점을 언제나 기억해야 해요." 나는 키모이의 전투가 표제 기사로 실린 신문을 구입한다. 기왕 대화를 나누는 김에 내가 말을 꺼낸다. "이 지역도 오직 전쟁이 일어났다는 사실 하나 때문에 우리가 알게 된 장소들 중 한곳이 되겠네요." "그래요. 끔찍하죠, 정말. 우리 모두 그토록 아는 게 없다는 사실 말입니다." "그나저나 당신을 여기 계속 붙잡고 있었네요. 사무실로 복귀하고 싶으실 텐데요." "실은 제가 좀 늦긴 했답니다. 조심해서 가세요, 애나. 만나서 대단히 즐거웠습니다." "안녕히 가세요, 레지. 멋진 점심 감사드려요." 집에 도착해 침대에 쓰러지는 순간 침울함이 엄습하고, 이내 성난 자기혐오가 밀려든다. 하지만 그 만남에서 부끄러운 마음이 들지 않는 부분이 딱 하나 있다면, 내가 그자에게 신경질적이고 멍청하게 보였을 바로 그 순간이다. 텔레비전 방송이나 영화로 개작하자는 제의에 더이상 응해서는 안되겠다. 대체 뭘 바라고? 내가 할 수 있는 건 그저 나 자신에게 이렇게 말하는 것뿐이다. 더이상 쓰지 않기로 한 건 정말 잘한 일이야. 너무도 치욕스럽고 추한 짓거리들이니 그자들을 멀리해야 한다. 하지만 그 사실을 잘 알고 있으면서 자꾸만 찔러보는 이유는 대체 뭔지?

한시간짜리 텔레비전 연속극을 제작하는 미국 방송사 블루버드의 대표인 에드위나 라이트 부인이 보낸 편지: 친애하는 울프 양, 저희 방송사의 화면으로 선보이지 않을 수 없을 정도로 흥미진진한 드라마를 찾아 매의 눈으로 살피던 와중에, 당신의 소설 『전쟁의 접경지대』를 보고 엄청나게 열광적인 관심을 갖게 되었습니다. 당신과 우리 모두에게 이익이 될 많은 프로젝트를 함께 추진하면 어떨까 하는 바람에서 편지를 드립니다. 로마와 빠리로 가는 길에 사흘간 런던에 머물 예정인데, 술 한잔 하며 얘기를 나누었으면 합니다. 블랙스 호텔로 전화해주시기 바랍니다. 저희 방송사와 일하는 작가들을 위한 안내 책자를 동봉합니다. 안녕히 계십시오.

아홉면하고도 반이나 되는 안내 책자는 이렇게 시작한다. "매년 저희 사무실에 도착하는 드라마는 수백편이나 됩니다. 그중 상당수가, 텔레비전이라는 매체에 대한 감각은 제대로 갖추었으나 우리에게 필수 불가결한 요소들을 제대로 이해하지 못하여 요건을 채우지 못하는 일이 벌어집니다. 우리는 주당 한시간짜리 드라마를 선보이며, 기타 등등, 기타 등등, 기타 등등." 가령 항목 (a)는 이런 내용이다. "블루버드사가 선보이는 연속극의 본질은 다양성입니다! 주제는 무엇이든 환영입니다! 모험, 로맨스, 여행기, 이국적인 체험, 가정사, 가족사, 부모와 자녀 관계, 판타지, 코미디, 비극 등 전부 괜찮습니다. 진솔한 경험을 진지하고 참되게 그려 보이는 각본이라면 어떤 종류든 블루버드사는 절대 거절하지 않습니다."

항목 (y)는 이렇다. "매주 모든 연령층의 900만 미국인이 블루버드사가 제작하는 드라마를 시청합니다. 블루버드는 평범한 남녀노소에게 생생한 진실을 담은 드라마를 제공합니다. 그러므로 블루버드사의 작가들은 블루버드사와 공유하는 자신들의 책무를 반드시 기억해야만 합니다. 이러한 이유에서 블루버드사는 종교, 인종, 정치 혹은 혼외정사를 다루는 각본은 채택하지 않습니다."

"당신의 각본을 곧 읽을 수 있기를 열렬히 고대합니다."

애나 울프 양이 에드위나 라이트 부인에게: 친애하는 라이트 부인, 격려의 편지 감사히 받았습니다. 그러나 보내주신 작가용 안내 책자의 규정을 읽어보니, 블루버드사는 인종이나 혼외정사와 관련된 드라마들을 좋아하지 않는다고 적혀 있더군요. 두가지 다 『전쟁의 접경지대』에 담겨 있죠. 따라서 우리가 이 소설을 귀사의 연속극으로 각색할 가능성에 대해 의논하는 일은 무의미할 것 같습니다. 안녕히 계세요.

에드위나 라이트 부인이 울프 양에게: 전보. 신속하고 성의 있는 답장 정말 감사드립니다. 내일 저녁 8시 블랙스 호텔에서 같이 저녁 식사 하시죠. 이만 총총. 답장 전보료 지불 완료.

라이트 부인과 블랙스 호텔에서 저녁 먹다. 식대: 11파운드 4실링 6펜스.

에드위나 라이트. 마흔다섯 내지 쉰살. 통통한 편. 분홍빛을 띤 하얀 피부. 광택이 흐르는 철흑색 파마머리. 푸르스름한 잿빛에 반짝이는 눈 화장. 빛나는 분홍빛 입술. 역시 빛나는 연분홍 매니큐어. 마티니를 마시며 편안하고 친근하게 수다를 떨다. 그녀는 세잔, 나는 두잔을 마심. 잔을 한번에 비운 뒤 내려놓으며, 정말 술이 간절했다고 말한다. 대화를 이끌면서 영국 문단의 인사들을 거론하고 내가 개인적으로 누구누구와 아는 사이인지 알아내려고 한다. 거의 다 모르는 사람들이다. 어느 정도 급인지 가늠하려는 모양. 마침내 파악이 완전히 끝났는지 미소 띤 얼굴로 말한다. "가장 친한 친구 중 하나는 말이죠……"(미국 작가 한명을 언급하며) "……다른 작가들을 만나는 일이 늘 내키지 않는다고 하더군요. 앞날이 아주 촉망되는 작가죠." 우리는 식당으로 자리를 옮긴다. 따스하고 편안하며 점잖은 분위기. 그녀는 자리에 앉아 주변을 둘러본다. 한순간 방심한 모습으로. 화장 아래 주름진 눈꺼풀이 가늘어지고 분홍색 입술이 약간 벌어진다. 누군가 혹은 무언가를 찾고 있는 모양이다. 잠시 후 후회하는 듯 슬픈 얼굴이 된다. 마음을 담아 하는 말을 듣자니 거짓 감정은 아니다. "전 영국이 좋아요. 영국 방문을 아주 좋아하죠. 여기 보내달라고 핑곗거리를 만들어낼 정도니까요." 이 호텔이 그녀에겐 '영국'인가, 나는 궁금해진다. 하지만 그렇게 생각하기엔 너무나 명민하고 지적인 여자다. 마티니 한잔 더 하겠느냐고 묻는다. 거절하려다가 그녀가 한잔 더 하고 싶은 눈치길래 그러자고 한다. 갑자기 위가 꽉 죄어드는 느낌이 든다. 잠시 후 그 긴장감이 실은 그녀에게서 나한테 전해진 것임을 깨닫는다. 절제된 방어 태세를 갖춘 그 세련된 얼굴을 보고 있자니 꽤나 안쓰럽다. 어떤 삶을 사는지 눈에 훤하다. 이제 그녀가 식사를 주문한다. 세심하고 빈틈없다. 내 입장에선 마치 남자한테 데이트 신청을 받고 나온 자리 같다. 하지만 그녀는 전혀 남성적이지 않다. 그저 이

런 상황을 다루는 데 익숙한 탓이다. 실은 이런 역할이 그녀에게
얼마나 부자연스러운지, 그 역할을 하느라 어떤 대가를 치르는지
감이 온다. 멜론을 기다리는 동안 그녀가 담배에 불을 붙인다. 담배
를 까닥대고 눈은 내리깐 채 앉아서 식당을 한번 더 둘러본다. 갑
자기 얼굴이 환해지면서 안도감이 떠오르지만 곧 표정을 감춘다.
그런 다음 식당 안으로 혼자 들어와 구석 자리를 잡고 주문을 하는
어느 미국인 남성에게 고개를 까닥하며 미소를 보낸다. 그가 가볍
게 손을 흔들어 인사하자 그녀는 다시 미소로 응답하고, 담배 연기
가 눈 주변을 지나 머리 위로 피어오른다. 나를 돌아보며 애써 내
게 집중하려 한다. 갑자기 그녀가 무척 늙어 보인다. 난 이 여자가
아주 마음에 든다. 오늘밤 지나치게 여성스러운 어떤 옷을 걸치고
있을 모습이 생생하게 떠오른다. 그래, 시폰 소재 꽃무늬 드레스 같
은…… 그래, 일할 땐 이런 역할을 해야 하니 스트레스가 쌓이고
그러니까. 시폰 드레스의 프릴을 바라보며 혼잣말로 농담도 하리
라. 하지만 그녀는 기다리고 있다. 잠시 후 조심스러운 노크 소리.
그녀는 농담을 하며 문을 연다. 그때쯤 두 사람 모두 알코올 때문
에 몽롱하고 다정한 기분일 테지. 한잔 더. 이어 무미건조하고 계산
된 짝짓기. 뉴욕으로 돌아간 다음 그들은 파티에서 만날 테고, 아이
러니한 대화를 교환하리라. 그녀는 이제 까칠한 태도로 멜론을 먹
고 있다. 결국 영국 음식이 자기 입맛에는 더 맞는 것 같다고 한다.
하는 일을 접고 뉴잉글랜드 시골 어딘가로 가서 소설을 써볼 생각
이라는 말도 한다. (남편 이야기는 전혀 하지 않는다.) 우리 중 어
느 쪽도 『전쟁의 접경지대』에 관해 얘기할 마음이 없음을 나는 깨
닫는다. 그녀는 나를 파악했다. 만족스럽지도, 못마땅하지도 않다.
그냥 한번 운에 맡겨봤던 모양이다. 저녁 식사야 사업상의 손실이

지만 늘 있는 일이다. 잠시 뒤에 내 책에 관해 친절하게, 그리고 마지못해 운을 떼겠지. 우리는 진하고 맛 좋은 버건디 한병과 함께 스테이크와 버섯과 셀러리를 먹고 있다. 다시금 그녀는 영국 음식이 더 맛있다고 하면서도, 우리가 요리법을 익혀야 한다고 덧붙인다. 나도 이젠 그녀만큼이나 얼근하게 취해 마음이 푸근해졌다. 하지만 내 안 깊은 곳의 긴장감, 즉 그녀의 긴장감은 한층 더 심해지고 있다. 그녀는 구석 자리의 그 미국인 남자에게서 눈을 떼지 못한다. 방심하다가는 몇주 전 레지널드 타브루커에게 우스꽝스러운 풍자극을 선보이게 한 그 히스테리 상태에 빠져서 멋대로 지껄여대리라는 걸 나는 문득 깨닫는다. 실수하지 않기로 결심한다. 그러기엔 이 여자가 너무 마음에 들었기 때문이다. 그리고 나는 그녀가 무섭기도 하다. "애나, 당신 책 참 마음에 들던데요." "다행이네요. 고마워요." "우리나라 사람들은 아프리카와 아프리카 문제들에 정말 관심이 많아요." 싱긋 웃으며 내가 대꾸한다. "하지만 그 책에는 분명 인종 문제가 담겨 있죠." 그녀 역시 싱긋 웃는다. 내가 웃으며 말한 게 고마워서다. 그러고는 말을 잇는다. "그렇긴 해도, 그게 많은 경우 정도의 문제라서요. 글쎄, 당신의 그 멋진 소설에는 젊은 조종사와 흑인 처녀가 자는 장면이 나오죠. 그게 중요하다고 보시나요? 그들의 섹스가 이야기 전개에 꼭 필요한 요소인가요?" "아뇨, 그렇지는 않죠." 그녀가 주저한다. 지쳤지만 놀라우리만치 명민한 그녀의 눈동자에 실망의 빛이 어른거린다. 내가 타협하지 않기를 바랐기 때문이다. 내가 타협하도록 이끌기, 그게 그녀의 일이긴 했지만. 그녀에게는 섹스가 그 이야기의 핵심이었던 것이다. 그녀의 태도가 미묘하게 달라진다. 이제 텔레비전에 자기 이야기를 내보내기 위해 진정성을 희생할 준비가 된 작가를 상대하고 있는 셈이다. 나는 말한다. "하지만 그들이 진정 순수한 사랑을 하더라도 그것 역시 당신네 규정에 어긋나지 않겠어요?" "어떻게 처리하느냐의 문제겠죠." 이쯤에서 얘기를 완전히 접는 게 낫겠다는 생각이 든다. 내 태도 때문에? 아니다. 구석 자리에 홀로 앉은 저 미국인을 향한 그녀의 조바심 때문이다. 남자의 시선이 이쪽을 향하는 게 두번이나 내 눈에 잡힌다. 조바심을 내는 것도 당연하다. 그는 이리로 건너올지, 아니면 혼자 어딘가로 가버릴지 잠시 고민하고 있다. 하지만 에드위나를 제법 좋아하는 모양이다. 종업원이 우리 접시를 치운다. 내가 디저트는 괜찮고 커피를 마시겠다고 하자 그녀의 얼굴이 밝아진다. 여행하는 동안 하루 두번 업무상의 식사를 하는 그녀로선 코스 하나를 건너뛰는 게 다행스럽다. 외롭게 앉아 있는 동포 쪽으로 한번 더 눈길을 던지고 그에게 아직 움직일 기미가 없음을 확인한다. 따라서 다시 업무로 돌아오기로 한다. "정말로 멋진 당신의 그 재료를 어떻게 활용할 수 있을까 고민하고 있을 때, 이런 생각이 탁 스쳤어요. 그 책이 정말 환상적인 뮤지컬이 될 수 있겠다. 이야기로 쓸 때는 생략할 수 없는 심각한 메시지를 뮤지컬에서는 생략할 수 있거든요." "중앙아프리카를 배경으로 한 뮤지컬 말인가요?" "무엇보다도, 뮤지컬로 각색하면 자연경관 문제를 해결할 수 있으니까요. 소설의 경치 묘사는 아주 훌륭하죠. 하지만 텔레비전 방송용으로 만들 때는 그렇지 않아요." "그러니까, 아프리카 풍광을 규격화한 세트로 대체하겠다는 말인가요?" "네, 괜찮은 방법일 거예요. 그리고 이야기는 아주 단순하게 가는 거죠. 중앙아프리카에서 훈련 중인 젊은 영국인 조종사. 그가 파티에서 만난 예쁜 흑인 처녀. 그는 외로워요. 여자는 그에게 다정하죠. 조종사는 여자의 가족을 만나요." "하지만 그런 청년이 젊은 흑인 여자를 파티에서 만난다는 건 말도 안돼요. 정치적인 자리면 모를까요. 그러니까, 인종 간 장벽을 철폐하기 위해 애쓰는 극소수의 정치적 행동가들 말이에요. 정치적인 뮤지컬을 염두에 둔 건 아니죠?" "아, 제가 미처 그 사실을 깨닫지 못했네요…… 가령 그가 거리에서 사고를 당했는데, 여자가 그를 도와 자기 집으로 데려간다면 어떨까요?" "한 열두어가지 법을 위반하지 않고는 집으로 데려가지 못할걸요. 몰래 데려간다면 아주 절박하고 두려운 상황이 될 텐데, 뮤지컬에 어울리는 분위기는 못되겠죠." "뮤지컬도 아주, 아주 많이 진지해질 수 있답니다." 이렇게 나를 질책하듯 말하는데, 실은 체면상 그러는 거다. "해당 지역 노래와 춤 같은 것도 활용할 수 있어요. 중앙아프리카 음악은 우리 시청자들에겐 아주 새로울 테니까요." "이 이야기의 배경이 된 시기에 이미 아프리카인들은 미국에서 건너온 재즈를 듣고 있었답니다. 자신들 고유의 장르를 개발하기 전이죠." 이제 나를 향한 그녀의 표정이 은연중에 이런 말을 전한다. 당신, 까다롭게 굴기로 작정했군. 그녀가 뮤지컬 아이디어를 내던지고 대화의 방향을 틀어본다. "글쎄, 이야기를 그대로 둔다는 조건으로 저작권을 사들인다면, 장소를 바꿔야 하겠네요. 제 생각엔 영국에 소재한 공군기지가 좋겠어요. 미군 기지로요. 미국인 병사가 영국인 처녀와 사랑에 빠지는 이야기로." "흑인 병사가요?" 순간 그녀는 머뭇거린다. "글쎄, 그건 좀 힘들 거예요. 왜냐하면 결국 아주 단순한 사랑 이야기니까. 전 영국 전쟁 영화를 대단히 좋아한답니다. 당신네들은 정말이지 기가 막힌 전쟁 영화를 여러편 만들었죠. 기술이 아주 대단해요. 그런 종류의 느낌을 우리도 찾고 있어요. 그리고 그 전시 분위기, 영국 공중전 분위기에다 소박한 사랑 이야기, 우리나라 청년과 당신 나라 처녀의 사랑 이야기

말이에요.""하지만 그 청년을 흑인 병사로 설정한다면 미국 남부
민속음악도 사용하실 수 있잖아요?""그렇죠. 하지만 우리 시청자
들에겐 새롭지 않을 테니까요.""아, 방금 생각났어요." 내가 말한
다. "전시 영국의 시골 마을에 미국인 흑인 병사들의 합창이 나오
고, 영국 시골의 민속춤을 추는 젊고 발랄한 영국 여자들의 합창이
이어지면 되겠네요." 그녀를 향해 내가 싱긋 웃는다. 그녀는 얼굴
을 찌푸린다. 그러다 나를 따라 싱긋 웃는다. 그러다 나와 눈이 마
주치자 피식하고 웃음을 터뜨린다. 다시 웃는다. 그러다 스스로를
통제하고 찌푸린 얼굴로 앉아 있다. 그 전복적인 웃음이 없던 일
인 양 숨을 한번 깊이 들이마시더니 말을 잇는다. "물론 당신은 아
주 훌륭한 작가시죠. 직접 뵙고 이렇게 고견을 듣게 되어 정말 영
광입니다. 쓴 내용을 바꾸기 싫으신 거야 너무 당연하죠. 하지만 이
말은 꼭 드려야겠네요. 과도하게 텔레비전을 받아들이지 못하는
태도, 그건 실수하시는 거예요. 미래의 예술 형식이니까요. 제가 보
기에는 그래요. 그런 이유에서 전 텔레비전이라는 매체로, 텔레비
전을 위해 일하고 있어 영광이라고 생각해요." 그녀가 말을 멈춘
다. 혼자 앉아 있는 그 미국인이 종업원을 찾느라 두리번거리고 있
어서다. 하지만 아니다. 그는 커피를 더 달라고 한다. 그녀가 다시
내게 주의를 돌리고 하던 말을 잇는다. "정말로 위대한 사람이 언
젠가 말했듯이 예술은 인내심의 문제죠. 오늘 나눈 이야기를 다시
생각해보시고 편지 주시든가, 아님 다른 주제에 관해 대본을 한번
써보시면 어떨까요? 물론 우리 입장에서야 대본 각색 경험이 전무
한 작가에게 착수금을 주면서까지 대본을 의뢰할 순 없지만, 드릴
수 있는 충고와 도움은 기꺼이 드리고 싶네요.""고마워요.""미국
한번 오실 생각 없으세요? 전화 주시면 뵙고 당신 아이디어에 관해

의논할 수 있을 텐데, 그러면 정말 좋겠네요." 나는 답을 망설인다. 자제하기 일보 직전까지 간다. 그러다 도저히 나 자신을 막을 수 없음을 깨닫는다. 내가 말한다. "당신 나라에 가는 것보다 더 바라는 건 없지요. 하지만 어쩌죠? 입국 허가가 안 날 테니. 전 공산주의자라서요." 화들짝 놀란 그 푸른 눈동자가 구멍이라도 뚫을 듯 내 얼굴을 쳐다본다. 동시에 그녀는 호흡이 가빠지면서 의자를 뒤로 젖히고 자리를 황급히 뜨려는 무의식적인 동작을 취한다. 겁에 질린 게 확 드러난다. 나로선 좀 미안하고, 부끄럽기도 하다. 다양한 이유에서 그 말을 꺼냈는데, 우선은 유치한 발상에서였다. 충격을 가하고 싶었던 것이다. 두번째 이유 역시 유치한데, 그 말을 해야만 할 것 같다는 일종의 직감 때문이었다. 나중에 누군가한테 "아, 그 여자 물론 공산주의자야"라는 말을 들으면, 이 여자는 내가 그 사실을 숨겼다고 생각하리라. 세번째 이유는 어떻게 나오나 궁금해서였다. 그녀는 불안한 눈동자를 하고, 이제 립스틱이 번져버린 분홍색 입술을 벌린 채 가쁜 숨을 몰아쉬며 맞은편 자리에 앉아 있다. 이런 생각을 하면서. 다음번엔 꼭 더 신중하게 알아봐야겠어. 그녀는 스스로를 희생양으로 생각하고 있다. 그날 아침 나는 반미위원회 등등에서 혹독한 심문을 당한 수십명이 직장에서 해고되었다는 미국 신문 기사를 여러건 읽은 터였다. 그녀가 숨가쁘게 말한다. "물론 여기 영국은 상황이 많이 다르겠죠. 그건 저도 알고 있지만요……" 세상 이치에 통달한 여자라는 가면이 빠지직 소리를 내며 부서지자, 이제 그녀는 이렇게 내지른다. "하지만 애나, 전 절대 짐작조차 못했어요……" 말인즉슨, 난 그대를 정말 좋아하는데 그대가 어떻게 공산주의자일 수 있냐는 거다. 이 말에, 이 말의 편협함에 난 너무도 화가 나고, 이런 상황에 놓일 때마다 언제나 느끼는 감정에 다시금 에워싸인다. 차라리 공산주의자인 것이, 그리고 어떤 대가를 치르더라도 현실과 접촉하는 편이 낫다. 저렇게 멍청한 말이 나올 만큼 현실과 단절된 채 사는 것보다는 말이다. 이제 우리는 둘 다 단단히 화가 난 상태다. 그녀는 내 시선을 피하며 마음을 추스르고 있다. 2년 전 어느 러시아 작가와 이야기를 나누며 보냈던 밤이 생각난다. 우리는 같은 언어, 즉 공산주의의 언어를 사용하고 있었다. 하지만 우리의 경험은 너무도 달라서 우리가 쓰는 문구는 예외 없이 서로에게 다른 의미로 다가왔다. 완벽한 비현실감이 엄습했던 그 밤이 깊었을 때, 아니 다음 날 새벽이 거의 다 되었을 무렵 나는 안전하지만 비현실적인 상투어로 하던 얘기는 집어치우고 실제 일어난 일을 얘기했다. 모스끄바의 형무소에 감금되어 고문을 당하는 잔에 관한 이야기였다. 공포심에 눌린 그 작가의 눈이 내 얼굴을 응시했고, 급히 달아나려는 듯한 무의식적인 움직임 역시 똑같았다. 만일 그가 자기 나라에서 발설했다면 투옥될 수도 있는 어떤 사실을 난 입에 올리고 있었던 것이다. 사실인즉 우리의 공통적인 철학에서 쓰이는 상투어들은 진실을 은폐하는 수단이었던 셈이다. 진실은 공산주의자라는 딱지 외에 우리에게 어떤 공통점도 없었다는 것이다. 그리고 지금 이 미국인 여성의 경우, 우리는 밤새도록 민주주의의 언어를 쓰며 담소할 수 있을 터이나 그 언어들 역시 각기 다른 경험을 가리키리라. 그녀와 나는 거기 앉아 우리가 여자로서 서로에게 호감을 느꼈다는 사실을 곱씹어보고 있었다. 하지만 더는 어떤 화제도 생각해낼 수 없었다. 그 러시아 작가와 겪었던 그 순간 이후 더이상 아무런 나눌 말이 없었던 것처럼. 마침내 그녀가 말한다. "그래요, 애나, 이렇게 까무러치게 놀란 적이 없네요. 도무지 이해가 안돼서요." 그 힐난하는 어조에 난 다시 분노가 치민다. 심지어 그녀는 이렇게 덧붙이기까지 한다. "물론 당신의 솔직함이 존경스럽긴 해요." 난 생각에 잠긴다. 글쎄, 만일 지금 이곳이 미국이라면 위원회들에 의해 난 토끼몰이를 당할 테고, 그런 상황에서 호텔 탁자에 보란 듯이 앉아 태연하게 공산주의자라고 말하진 못하겠지. 그러니 화를 내는 건 정직하지 못한 태도야. 어쨌든 분노를 느낀 나는 덤덤하게 이렇게 말한다. "이 나라 작가들을 저녁 식사에 초대할 때는 미리 확인하시는 편이 좋을 거예요. 꽤 많은 작가들이 당신을 당황하게 만들 테니까요." 그러나 이제 그녀가 내게서 아주 많이 멀어졌다는 사실이 얼굴에 빤히 드러난다. 그녀는 의심하고 있는 것이다. 나는 범주상 공산주의자이고, 따라서 지금 하는 말은 거짓일 거라는 의심. 그러자 그 러시아 작가와 있었던 일이 다시 기억난다. 내 말을 액면 그대로 받아들이고 그 문제에 대해 얘기하든지 아니면 거부하고 빠져나가든지 양자택일의 상황에서 그녀는 후자를 택하며 다 안다는 듯 비꼬는 표정으로 "글쎄, 조국의 동지가 적으로 변하는 걸 보는 게 이번이 처음도 아니니까요"라고 말했다. 말하자면, 당신은 자본의 편인 적의 압력에 굴복했다는 뜻이었다. 다행히 이번에는 그 미국인 남자가 우리 탁자 옆에 나타났다. 여자가 짐짓 그러는 게 아니라 정말로 자신을 의식하지 않자 평정을 잃은 걸까? 그게 사실인 것 같아 서글프기도 하다. "이게 누구야, 제리잖아." 여자가 말한다. "어쩌면 마주칠 수도 있지 않을까 싶었는데. 런던에 있단 얘기 들었거든." "오랜만이네." 그가 말한다. "어떻게 지내? 이렇게 만나니 좋네." 세련되고, 차분하고, 성격도 좋은 남자. "이분은 울프 양이셔." 여자가 난처해하며 날 소개한다. 지금 친구에게 적을 소개하고 있구나, 어떤 식으로든 경고를 해야 하는데, 이런 기분이겠지. "울프

양은 아주 널리 알려진 작가야." 그녀가 덧붙인다. 그 널리 알려진 작가라는 표현 덕에 그녀의 초조함이 좀 누그러진다. 내가 답한다. "미안하지만 이제 그만 일어나야겠어요. 집에 가서 딸을 돌봐야 해서요." 안도의 기색이 역력하다. 우리 모두 레스토랑에서 나온다. 내가 작별 인사를 하고 돌아서는데, 그녀가 손을 남자의 팔꿈치 안쪽으로 밀어 넣고 있다. 이런 말도 들린다. "제리, 당신 만나서 정말 기뻐. 오늘 저녁은 쓸쓸히 보낼 줄 알았거든." 그의 대꾸. "친애하는 에디, 일부러 작정하는 날이 아니고야 당신이 하루 저녁이라도 쓸쓸하게 지낸 적이 있던가?" 여자는 그를 향해 담담하게 감사의 미소를 짓는다. 이 모든 것에도, 나로서는 우리 친교의 편안한 표면을 깨뜨린 순간만이 그날 저녁을 통틀어 우리가 정직했던 유일한 순간이라고 생각하며 집으로 향한다. 하지만 수치스럽고 불만스러우며 우울하다. 그 러시아인과 얘기를 나눴던 밤에 딱 그런 심정이었던 것처럼.

[빨간색 공책.]

1954년 8월 28일

어제저녁은 키모이에 관해 손 닿는 대로 많은 사실을 조사하며 보냈다. 나나 몰리의 장서는 거의 도움이 되지 않았다. 이게 또 한 차례의 전쟁의 서곡 같았기에 우리는 겁이 났다. 몰리가 말했다. "여기 이렇게 걱정하고 앉아 있는 거 말이야, 우리 너무 자주 이러는 거 아니니? 어쨌든 결국 큰 전쟁은 없었잖아." 다른 어떤 일로 골머리를 썩이고 있는 모양이었다. 마침내 그녀가 털어놓았다. 몰리는 포리스트 형제와 친한 사이였다. 그들이, 그러니까 아마도 체코슬로바키아로 '사라졌을 때' 몰리가 당 본부로 가서 어떻게 된 건지 알아본 적이 있었다. 걱정할 필요가 없다고, 친구들은 당을 위해 중요한 임무를 수행하고 있다는 답변을 들었다. 어제, 3년이나 투옥되어 있던 그들이 막 석방되었다는 소식이 들려왔다. 몰리는 곧바로 다시 본부를 찾아가 그 형제들이 수감자 신세였다는 사실을 알고 있었냐고 따졌다. 3년 내내 그들은 알고 있었다. 몰리가 말했다. "당을 떠나야 할까봐." 내가 대꾸했다. "상황이 나아지는지 좀 두고 보면 어떨까? 어쨌든 스탈린 이후로 쭉 청산 작업 중이잖아." 몰리의 말. "지난주에 너 탈당한다고 했지. 암튼 핼에게는 그렇게 전했어. 그래, 내가 그 대장님 직접 만났다니까. 이렇게 물어봤지. '악당들은 전부 죽고 없지 않나요? 스탈린과 베리아 등등요. 그런데 왜 그전과 똑같은 짓을 하고 있는 건가요?' 그 사람 말이, 공격당하는 소련 편에 서는 게 중차대한 문제라는 거야. 왜 있잖니, 늘 하는 말. 내가 대꾸했지. '소련의 유대인들은요?' 자본주의자들이 늘어놓는 거짓말이라고 하더라. '아, 맙소사. 그 말은 다시 꺼내지 마시죠.' 내가 외쳤어. 어쨌거나 그자는 늘 그러듯 다정하고 차분하게 긴 설교를 늘어놓았어. 공포에 질리지 말아야 할 이유에 대해서. 내가 미쳤거나 그들 모두가 미친 게 아닌가, 불현듯 이런 생각이 들더라. 그래서 말했지. '이봐요, 당신들 빨리 깨달아야지, 안 그러면 당에 남아나는 사람이 없겠어요. 진실을 말하는 법을 배우고, 비밀스러운 음모와 거짓말을 일삼는 짓은 관두는 게 좋을 거예요.' 친구들이 곤경에 처한 상황이니 화를 낼 만도 하다, 이해한다고 하더라. 내가 옳고 그 사람이 틀렸다는 걸 명백히 알고 있지만, 정신을 차려보니 어떻게 된 셈인지 나만 점점 미안해하고 방어적으로 나오고 있었어. 이상하지 않니, 애나? 1분만 더 있었어도 그자한테 미안하다고 했을지 몰라. 입 밖으로 나오려는 걸 겨우 참았지 뭐니. 얼른 그 자리에서 빠져나왔어. 집으로 와서 누워 있자니 어찌나 분통이 터지던지." 밤늦게 마이클이 왔다. 그에게 몰리가 한 말을 들려줬다. 그가 물었다. "그래서, 당을 떠날 생각이야?" 그 모든 일에도 내가 탈당하면 유감스러워할 것 같은 목소리였다. 그런 다음 아주 메마른 어조로 그가 말했다. "애나, 당신과 몰리가 탈당 얘기를 할 때면 늘 그러는데, 당을 떠나면 당신들이 도덕적 타락의 진창에 빠질지도 모른다는 뉘앙스를 풍기더라. 하지만 사실인즉 말 그대로 완벽하게 정신이 멀쩡한 사람들 수백만이 이미 당을 떠났고(살해되지 않았다면 말이지), 다들 살인과 냉소, 공포와 배신 따위에서 멀어지려고 그렇게 한 거잖아." 내가 대답했다. "중요한 건 그게 아닐 텐데?" "그렇다면 뭐가 핵심이지?" 내 대답은 이랬다. "1분 전에 나는 내가 당을 떠나면 당신이 섭섭해할 거라고 생각했거든." 그가 그 사실을 인정하며 웃고는 한동안 침묵하더니 다시 웃으며 말했다. "내가 당신 곁에 머무는 이유도 아마 그거겠지. 비록 나 자신은 신념 없는 삶을 산다 해도 신념으로 가득 찬 사람과 어울리는 건 참 좋아서 말이야." "신념이라!" "당신의 진지한 열의 말이야." 그 말에 내가 대꾸했다. "당에 대한 내 태도를 그 말로 표현하기는 어려울 것 같아." "그래도 당신은 아직 그 안에 있잖아. 이 사실이야말로 말할 수 있는 것 이상인 셈이지……" 씩 웃는 그를 보며 내가 말했다. "당신에게는 그렇단 말이군?" 잠자코 생각에 잠긴 그는 무척 불행해 보였다. 마침내 그가 입을 뗐다. "글쎄, 우린 노력했잖아. 정말 애썼어. 잘되진 않았지만. 그래도…… 이제 그만 잘까, 애나?"

나는 아주 근사한 꿈을 꿨다. 멋진 천으로 짠 어마어마하게 큰 직물이 펼쳐져 있었다. 수놓인 그림들이 놀랍도록 아름다운 직물이었다. 인류의 신화를 표현한 그림이었는데, 그저 그림이라기보다는 신화 그 자체였고, 그래서 그 눈부신 직물은 꼭 살아 있는 듯했다. 섬세하고 환상적인 다채로운 색이 드넓게 펼쳐진 천 위에서 빛나며 붉게 타오르는 것만 같았다. 꿈속에서 그 천을 매만지며 난 기쁨의 눈물을 흘렸다. 다시 그 천을 보자 그것은 소련 지도 모양이 되어 있었다. 지도는 점점 커지더니 부드럽게 반짝이는 바다처럼 찰랑거리며 퍼져나갔다. 이제 그 천에는 폴란드, 헝가리 등 소련 주변 나라들까지 포함되어 있었지만 가장자리는 투명하고 엷은 상태였다. 난 아직도 기쁨에 겨워 울고 있었다. 염려하는 마음 때문이기도 했다. 이제 그 은은하게 반짝이는 붉은 안개는 중국으로 퍼져갔고, 중국 위에서 진한 주홍색 덩어리로 굳어버렸다. 이때 나는 외계 어딘가에 서서 이따금씩 공중에다가 발을 디디며 자세를 유지하고 있었다. 공산주의 국가들은 다양한 채도의 붉은색으로, 나머지 나라들은 알록달록한 색으로 칠해진 지구가 회전하는 동안, 나는 우주의 푸른 연무 속에 서 있었다. 아프리카는 검은색, 하지만 진하고 광채가 도는 정말 멋진 검정이었다. 한밤중에 달이 지평선 바로 아래서 막 떠오르려 할 때와 같은 검정. 갑자기 나는 깜짝 놀랐고 인정하고 싶지 않은 감정에 갑작스레 압도당한 것처럼 구토가 일었다. 너무도 속이 메스껍고 어지러워 지구가 회전하는 모습을 내려다보기도 힘들었다. 다음 순간 내가 목격한 광경은 일종의 계시였다. 시간은 사라져버리고, 인류의 전체 역사, 그 유구한 이야기가 지금 내 눈앞에 펼쳐졌다. 마치 힘차게 차오르는 위대한 기쁨과 승리의 찬가와도 같았고, 그 안에서 고통은 미미하게 약동하며 대조적인 선율을 이루고 있었다. 잠시 후 내 눈에는 붉은 지역들이 세계 다른 나라들의 다양한 밝은 색에 잠식당하는 광경이 들어왔다. 색채들이 녹아 서로에게로 흘러드는 그 광경이 이루 말할 수 없이 아름다웠다. 세상은 온통 아름답게 반짝이며, 내가 본 적 없는 하나의 환상적인 빛깔로 완전히 어우러졌다. 감내하기조차 버거운 행복의 순간이었다. 그 행복이 넘쳐 올라 모든 것이 갑작스레 터지며 폭발했을 때, 나는 아무 소리도 내지 못한 채 우주 한가운데 서서 지켜볼 수밖에 없었다. 발아래는 고요함뿐이었다. 천천히 회전하는 세상은 이제 조금씩 사라지고 해체되어 그 파편이 우주 사방으로 날아갔고, 내 주변에는 온통 무중력상태의 파편들이 떠돌며 서로 부딪치고 흩어졌다. 세상은 사라지고 대혼란의 상태가 도래했다. 그 혼란의 와중에 나는 홀로 서 있었다. 그때 귓가에 어떤 나지막한 목소리가 또렷이 들렸다. 누군가가 그 천의 실을 잡아당겨 그것이 다 풀려버렸노라고. 나는 기쁨으로 가득 찬 고양된 기분으로 잠에서 깨어났다. 마이클을 깨워 꿈 얘기를 해줬으면 싶었지만, 그 꿈에서 느낀 감정이 말로 제대로 표현될 리 없었다. 꿈의 의미는 깨어나자마자 스러지기 시작했다. 멀어지고 있어, 붙잡아야 해, 빨리, 나는 혼자서 이렇게 중얼거렸다. 그리고 다음 순간 꿈의 의미를 알아낼 수 없게 되었다. 그 뜻은 그렇게 사라져버렸지만 나는 여전히 어떻게 표현할 수 없는 행복감에 싸여 있었다. 그래서 어둠 속, 마이클의 곁에서 혼자 깨어 우두커니 앉아 있었다. 다시 누워 그의 몸에 팔을 두르자 그가 돌아누우며 잠결에 얼굴을 내 가슴에 묻었다. 그 순간 이런 생각이 들었다. 기실 난 정치나 철학 그딴 모든 것에 조금도 개의치 않아. 내가 원하는 건 다만 마이클이 어둠 속에서 돌아누워 내 가슴에 얼굴을 묻어주는 것뿐이야. 그리고 나서 잠이 들었다. 오늘 아침 그 꿈을 또렷하게 떠올릴 수 있었다. 내가 느낀 감정도. 특히 그 말이 기억났다. 누군가가 그 천의 실을 당겨 그것이 다 풀려버렸다는 말. 온종일 그 꿈은 줄어들고 작아져 이제 조그맣고 빛나는, 무의미한 어떤 것이 되었다. 하지만 오늘 아침 마이클이 내 품에 안긴 채 잠에서 깨어나 눈을 떴고 나를 향해 미소 지었다. 빙그레 웃으며 날 보던 그 따스하고 푸른 눈동자. 내 삶의 대부분이 일그러지고 고통스러웠기에, 이제 행복이 따스하고 반짝이는 푸른 물결처럼 바로 내 속으로 밀려들자 믿기지가 않는다. 나는 혼잣말을 해본다. 나는 애나 울프다. 이게 나야, 애나, 그리고 난 행복해.

[1952년 11월 11일이라는 날짜가 적힌 이 면에는 휘갈겨 쓴 쪽지들이 붙어 있다.]

지난밤 작가 단체의 모임. 다섯명이 스딸린의 언어관에 대해 토론하는 자리였다. 문학비평가인 렉스가 이 선전 책자를 문장 단위로 읽어보자고 한다. 1930년대 '프롤레타리아 작가' 출신이며 파이프 담배를 피우는 무뚝뚝한 인상의 조지가 말한다. "빌어먹을, 그거 꼭 해야 돼? 난 이론은 젬병이라." 공산당 선전문 작성 담당자이자 언론인인 클라이브가 대꾸한다. "그래, 이거 아주 진지하게 한번 얘기해봐야 해." 사회주의리얼리즘 소설가인 딕이 말한다. "최소한 주된 논지는 파악해야지." 그래서 렉스가 말을 시작한다. 우리가 익히 아는 단순하고 존경에 찬 어조로 그는 스딸린에 대해 이야기한다. 내게 떠오른 생각은 이렇다. 이 방에 있는 우리 모두가 만약 술집이나 거리에서 만나면 지금과는 아주 다른, 메마르고 고통스러운 어조로 말하겠지. 렉스가 짤막한 기조연설을 하는 동안 우리는 모두 입을 다물고 있다. 그런 다음 방금 러시아에서 돌아온 딕이(사실 그는 늘 공산주의 국가 어딘가로 여행을 다닌다), 스딸린이 어떤 철학자에게 가한 한층 야비한 공격에 대해 소련 작가와 나눴다는 대화를 들려준다. "소련 사람들 논쟁의 전통이 우리보다 훨씬 더 거칠고 중구난방이라는 사실을 염두에 둘 필요가 있어." 나도 가끔 사용하는, 단조롭고 무뚝뚝하며 스스로 선량한 사람이라고 말하는 것만 같은 그 말투. "글쎄, 물론 그들의 법적인 전통이 우리와 매우 다르다는 사실은 인정해야겠지만 말이야." 기타 등등. 이런 말투를 의식할 때마다 나는 마음이 불편해진다. 며칠 전에는 나 자신이 그런 투로 말한다는 것을 깨닫고 말을 더듬기까지 했다. 평소 더듬는 일은 거의 없는데 말이다. 우리 모두 그 선전 책자를 한부씩 갖고 있다. 내가 보기에 그 책은 말도 안되는 내용이라 의욕이 가라앉았지만 나는 철학적인 사유를 하도록 훈련된 사람이 아니므로(렉스는 받았다) 괜히 멍청한 말을 하게 될까 두렵다. 하지만 문제는 그 이상이다. 나는 점점 더 익숙한 기분에 빠져들고 있다. 갑자기 말이 본래의 의미를 상실하는 그런 상황. 문장이, 문구가, 한 무리의 단어들이 마치 외국어가 된 것처럼 나는 그 말들을 듣고 있다. 그것들이 본디 지시하는 것과 실제로 가리키는 내용 사이에 도저히 건널 수 없는 간극이 존재한다. 나는 『피네건의 밤샘』처럼 언어의 붕괴를 다루는 소설들에 관해 생각하고 있었다. 의미론에 대한 그 집착. 스딸린이 이것을 주제로 굳이 선전 책자를 썼다는 사실 자체가 언어에 대한 전반적인 불안을 증명하는 셈이다. 하지만 가장 아름다운 소설의 문장들도 아둔하게 느껴지는 마당에, 그 어떤 것에 관해서든 내가 무슨 권리로 비난한단 말인가? 그럼에도 이 책자가 너무 덜떨어져 보였기에 나는 한마디 거든다.

"번역이 엉망인가봐." 이 말투에 깃든 송구함에 나는 깜짝 놀라고 만다. (렉스와 단둘이 있다면 이렇게 송구한 투로 말하진 않았을 텐데.) 그 즉시 나는 깨닫는다. 이 책자가 사실상 조야하기 그지없으며, 모두가 느낀 바를 내가 대신 말했음을. 러시아에서 넘어온 선전 책자와 기사, 소설과 선언문 따위에 대해 우리는 수년간 이렇게 말해왔다. "글쎄, 아마 번역이 좋지 못한 거겠지." 이제 나는 "이 책자는 형편없다"라고 말하기 위해 나 자신과 싸워야만 한다. (자신이 느낀 불편함, 혐오, 이런 것들을 입 밖에 낼 작정을 하고 모임에 가지만, 일단 모임이 시작되면 터무니없는 금기에 의해 입이 막혀버리는 경험을 얼마나 많은 사람이 똑같이 겪었을까?) 마침내 나는 입을 연다. 그리고 이때 내 목소리는 '어린 소녀'의 분위기, 매력적인 음조를 띤다. "있잖아, 내가 이 글을 철학적으로 비판할 만큼 공부를 한 건 아니지만, 여기 이 문장이 핵심이지 싶어. '상부구조나 토대 그 어느 것도'라는 이 표현, 이거 완전히 맑스주의 정전에서 벗어나는 전적으로 새로운 생각이거나, 그렇지 않으면 그냥 회피하며 얼버무리는 표현 같아. 그것도 아니면 그냥 오만한 태도거나." (말을 하다보니 내 목소리가 지나치게 흥분한 감이 있긴 하지만 그 천진난만한 '매력'이 사라진 진지한 어조로 바뀌었고, 그제야 안도감이 든다.) 렉스는 낯을 붉힌 채 책자를 뒤적이더니 이렇게 대꾸한다. "그래, 나도 그 문장이 다소 그렇다는 건 인정할 수밖에 없어……" 잠시 침묵이 감돈 후 조지가 무뚝뚝하게 말을 꺼낸다. "이런 이론적인 내용들, 난 도통 모르겠어." 이제 우리 모두 불편한 표정이다. 조지만 빼고. 많은 동지들이 이제 이런 단도직입적인 태도, 일종의 편안한 속물주의를 택하곤 한다. 이미 그게 인성의 확고한 일부가 되어서인지 조지는 그 점에 대해 아주 편안한 모양이다. 나의 뇌리를 스치는 생각. 그래, 그럴 법도 해. 당을 위해 좋은 일을 많이 하잖아. 이게 그가 당에 머무르는 방식이라면…… 그 책자에 관해 토론하지 말자는 결정은 없었지만 우리는 그 문제를 밀쳐둔 채 일반적인 사안들, 여기저기서 벌어지는 공산주의 정치 상황에 대해 이야기를 나눈다. 러시아, 중국, 프랑스, 우리나라. 내내 난 생각한다. 단 한번도, 우리 중 누구도, 뭔가 근본적으로 잘못되었다고 말하지 않아. 하지만 우리가 하는 말의 취지는 결국 그거지. 우리들 중 두 사람이 만나면 언제나 이야기는 세 사람이 모일 때와는 완전히 딴판으로 진행되는데. 이 현상에 대한 생각이 뇌리에서 떠나지 않는다. 두 사람, 그러니까 비평의 전통에서 볼 때 개인인 두 사람은 공산주의자가 아니라 일반인처럼 정치 토론을 한다. (일반인이라 함은, 그들이 쓰는 상투어만 제외하면 토론을 듣는 외부인의 입장에서는 그들이 공산주의자임을 알아차릴 수 없다는 뜻이다.) 하지만 두명보다 많을 땐 완전히 다른 분위기가 형성된다. 스딸린 얘기를 할 때 특히 그렇다. 그가 광인이고 살인자임을 나는 전적으로 믿을 준비가 되어 있지만(마이클이 말했듯이 이 시대가 어떤 것에 관한 진실도 제대로 알 수 없는 시대임을 늘 기억하고 있음에도), 사람들이 소박하고 친근한 존경의 어조로 그에 대해 하는 말을 들으면 기분이 좋다. 만일 사람들이 그런 어조를 내동댕이친다면 그것과 함께 대단히 중요한 뭔가가 사라져버릴 테니까. 참으로 역설적이게도, 민주주의와 더불어 사는 삶의 가능성에 대한 신념 말이다. 꿈이 사멸할 것이다. 적어도 우리 시대에는.

이야기가 산만하게 이어졌다. 내가 차를 내오겠다고 하자 모임이 끝나간다는 사실에 모두 안도하는 눈치였다. 차를 준비하던 중, 지난주에 내 앞으로 도착한 이야기 한편이 생각났다. 리즈 근교 어

딘가에 사는 동지가 보내준 것이다. 처음 읽을 때 나는 반어법을
연습한 글이 아닌가 생각했다. 그다음에는 어떤 특정한 태도를 아
주 솜씨 좋게 비꼰 글인지 모른다는 생각이 들었다. 그러다가 실은
그것이 아주 진지한 이야기임을 알게 되었는데, 기억을 더듬어 스
스로의 어떤 환상을 파헤치던 순간 그 사실을 깨달았다. 하지만 그
이야기를 반어나 조롱으로, 혹은 진지한 이야기로 읽는 것이 전부
가능했고, 바로 이 점이 중요했다. 또한 이 사실은 모든 것이 파편
화하는 상황과, 언어에 대해 내가 진실이라 느끼는 점, 즉 우리 경
험의 밀도에 비해 언어가 턱없이 희박해지는 현상과 결부된 무언
가의 고통스러운 해체를 가리킨다. 그럼에도, 차를 내린 후에 나는
그들에게 이야기 한편을 읽어주고 싶다고 했다.

[푸른 메모장에서 뜯어낸 평범한 편지지 여러장이 붙어 있고, 여
기에 매우 정갈한 필체로 글이 가득 적혀 있다.]

소련을 방문할 예정인 교사 대표단의 일원으로 선발되었다는
사실을 알게 되었을 때 테드 동지는 너무나 자랑스러웠다. 처음에
는 믿을 수가 없었다. 자신이 그렇게 대단한 영예를 누릴 자격이
못된다고도 생각했다. 하지만 역사상 최초로 세워진 노동자의 나
라를 방문하는 이 드문 기회를 놓치지는 않으리라! 마침내 공항에
서 다른 동지들과 모이는 그 위대한 날이 밝았다. 대표단에는 당원
이 아닌 교사도 세명이나 포함되어 있었는데, 그들 역시 알고 보
니 참 좋은 사람들이었다! 유럽 대륙을 관통하는 비행기 여행은 유
쾌했다. 매 순간 흥분이 고조되었고, 마침내 모스끄바에 이르러 어
느 호텔의 아주 고급스러운 객실로 들어섰을 때는 신이 나서 넋이

나갈 지경이었다! 대표단이 당도한 것은 거의 자정이 다 된 시각이어서, 공산주의 국가를 방문한 첫 순간의 전율은 다음 날 아침으로 미뤄둬야 했다! 테드 동지는 자기 방에 비치된, 족히 열두명은 앉을 만큼 커다란 탁자 앞에 앉아 그날의 일을 적어나갔다. 소중한 매 순간을 빠짐없이 기록해두기로 결심한 터였다. 그때 노크 소리가 들렸다. "들어오세요." 대표단 동지들 중 한명이겠거니 생각하며 그가 말했다. 하지만 문 앞엔 천으로 만든 모자를 쓰고 작업용 장화를 신은 두 남자가 서 있었다. 한명이 말했다. "동지, 우리와 함께 가시죠." 개방적이고 소박한 느낌의 사람들이었기에, 나를 어디로 데려가는지는 묻지 않았다. (부끄럽게도 찰나일지언정 나약해진 그 순간 자본주의 언론에서 읽은 그 모든 이야기가 내 머릿속에 떠올랐음을 고백해야겠다. 우리 모두 어쩔 수 없이 그들이 퍼뜨린 독극물에 오염된 탓이리라!) 다정한 두 안내자와 함께 나는 엘리베이터를 타고 내려갔다. 접수처에 앉은 여자가 나를 향해 미소를 짓고 나의 새 친구 둘에게도 인사를 했다. 검은색 차가 기다리고 있었다. 우리는 차에 올라타 말없이 나란히 앉아 있었다. 눈 깜짝할 사이 끄렘린궁전의 첨탑이 나타났다. 짧은 거리였던 모양이다. 커다란 문들을 여럿 통과한 다음 차는 건물 측면부의 눈에 잘 띄지 않는 문 앞에 멈춰 섰다. 두 친구가 차에서 내려 나를 위해 그 문을 열어줬다. 그들이 미소를 머금은 얼굴로 말했다. "동지, 함께 가시죠." 예술 작품들이 가득 걸린 벽면 사이로 난 멋진 대리석 계단을 오른 다음, 소박하고 간소한 느낌의 복도를 따라 걸어갔다. 여느 문과 다를 바 없이 평범해 보이는 문 앞에 이르러 우리는 멈춰 섰다. 안내인 한명이 노크를 했다. 한 남자가 거친 음성으로 대답했다. "들어오시오." 그 젊은 두 남자가 한번 더 내게 웃어 보이며 고개를 끄덕였다. 그들은 서로 팔짱을 낀 채 복도 저편으로 걸어갔다. 나는 한껏 용기를 내어 방 안으로 들어섰는데, 물론 내가 마주할 사람이 누구인지는 어느정도 알고 있었다. 여기저기 오랫동안 열심히 사용한 흔적이 뚜렷한 평범한 책상 뒤에, 셔츠 차림의 스딸린 동지가 파이프를 입에 문 채 앉아 있었다. "동지, 들어와 앉으시죠." 그가 정답게 말했다. 마음이 편해진 나는 그 정직하고 다정한 얼굴과 반짝이는 눈을 바라보았다. "감사합니다, 동지." 이렇게 말하며 나는 그의 맞은편에 앉았다. 잠시 침묵이 흐르는 사이, 그가 미소 띤 얼굴로 나를 찬찬히 보았다. 그런 다음 말했다. "동지, 이렇게 늦은 시간에 수고스럽게 불러 미안하오만……" "아!" 내가 열띤 목소리로 끼어들었다. "동지께서 밤늦은 시간까지 일하시는 건 온 세상이 다 아는데 별말씀을요." 그는 거친 노동자의 손으로 자신의 이마를 쓸었다. 그 순간 나는 피로와 고생의 흔적들을 똑똑히 보았다. 그분께서 우리를 위해 일하느라! 온 세상을 위해! 그분이 자랑스럽고 나 자신이 한없이 겸손해지는 느낌이었다. "동지, 당신의 충고가 필요해서 이렇게 늦은 시간에 이리로 모셨소. 당신 나라에서 교사 대표단이 왔다는 말을 전해 듣고, 좋은 기회로 삼아야겠다 생각했소." "스딸린 동지, 뭐든지 다 말씀드릴 수 있습니다……" "유럽에서의 우리 정책과 관련하여, 특히 영국에 대한 정책과 관련해 내가 올바른 자문을 받고 있나 종종 의문이 들던 참이오." 나는 침묵을 지키고 있었지만 엄청난 자부심을 느꼈다. 그래, 이분은 진정 위대한 사람이야! 참다운 공산당 지도자답게 심지어 나 같은 말단 당원에게도 조언을 구할 준비가 되어 있잖아! "영국에 대해 우리가 어떤 정책을 채택하는 것이 좋을지 당신이 대강이라도 말해줄 수 있다면 정말 고마울 거요, 동지. 당신 나라의 전통이 우리와 아주 다르다는 사실은 잘 알고 있소. 지금껏 우리가 취한 정책이 그 전통들을 제대로 고려하지 못했다는 사실도 말이오." 이제 나는 편한 마음으로 말을 시작할 수 있었다. 영국에 영향을 끼친 소련공산당의 정책에 많은 실수와 오류가 있다는 느낌을 자주 받았노라고 그에게 말했다. 자본주의 열강들이 그 신생 공산국에 대한 증오심에서 소련을 고립시킨 결과 발생한 일 같다고도 했다. 내가 말하는 동안 스딸린 동지는 파이프 담배를 태우며 내내 고개를 끄덕였다. 망설이는 나에게, 그는 한번 이상 이렇게 말하기도 했다. "동지, 부탁이니 제발 계속하시오. 하고 싶은 말을 정확히, 주저 없이 말이오." 그래서 난 그렇게 했고, 영국 공산당의 역사적인 상황에 관한 짤막한 분석을 시작으로 세시간 남짓 이야기를 이어갔다. 그는 종을 한번 울렸는데, 그러자 다른 젊은 동지가 러시아 차 두잔을 쟁반에 받쳐 들고 와 한잔을 내 앞에 놓았다. 스딸린은 차를 절제하며 조금씩 홀짝였고, 내 말을 경청하며 고개를 끄덕였다. 나는 적절한 대영 정책이라고 생각한 바를 간추려 말했다. 이야기를 마치자 그는 간단하게 답했다. "고맙소, 동지. 이제 보니 그동안 정말 잘못된 조언을 받아왔구려." 그런 다음 시계를 보며 말했다. "동지, 미안하오만, 날이 밝기 전까지 해야 할 일이 아직 많이 남아서 말이오." 나는 자리에서 일어났다. 그가 손을 내밀었다. 우리는 악수를 했다. "안녕히 계십시오, 스딸린 동지." "잘 가시오, 영국에서 오신 나의 친애하는 동지, 고맙소." 우리는 말없이 한번 더 미소를 교환했다. 내 눈동자는 눈물로 그렁그렁했다. 죽는 날까지 그 눈물이 자랑스러우리라! 방을 나서며 보니 스딸린은 파이프를 다시 채우는 참이었는데, 이미 그의 눈은 열심히 읽어야 할 엄청난 서류 더미를 향하고 있었다. 내 인생의 가장 위대한 순간을 뒤로하고 나는 문을 빠져나왔다. 아까 그 두 젊은 동지가 나를 기다리고 있었다. 우리는 깊은 이해가 담긴 미소를 교환했다. 우리의 눈동자는 축축이 젖어 있었다. 침묵 속에서 호텔로 다시 차를 타고 돌아왔다. 단 한번 이런 말이 입 밖으로 나왔을 뿐이다. "정말 훌륭하신 분입니다." 내가 그렇게 말하자 그들이 고개를 끄덕였다. 호텔에 이르자 그들은 객실 문까지 나를 배웅해주었다. 그러고는 말없이 내 손을 꽉 잡았다. 방으로 돌아온 다음 나는 쓰고 있던 일기를 마저 작성했다. 정말이지 진짜 쓸거리가 생긴 것이다! 해가 뜰 때까지 나는 글을 쓰며 이 세상에서 가장 위대한 그분 생각을 했다. 반마일의 거리도 채 안되는 곳에서 역시 뜬눈으로 밤을 지새워 일하며 우리 모두의 운명을 어깨에 짊어지고 있는 그분을!

[여기서 애나의 글이 다시 시작된다.]

낭독을 마치자 잠시 침묵이 내려앉았고, 잠시 후 조지가 입을 열었다. "솔직하고, 기본적으로는 꽤 잘 쓴 글인데." 어떤 해석이든 가능하다는 얘기다. 내가 말했다. "나 자신도 그런 환상을 품었던 적이 있었지. 말 그대로 말이야. 물론 내 경우엔 유럽 전체에 대한 정책까지 제대로 알려주는 거였지만." 갑작스럽게 어색한 웃음이 한바탕 일었고, 다시 조지가 말을 이었다. "처음엔 패러디라고 생각했는데 생각을 하게 만드는 글이네, 그렇지 않나?"

클라이브의 말. "러시아어 원문을 번역한 글 한편이 기억나는군. 아마 30년대 초에 나왔을 거야. 두 젊은이가 붉은광장에 서 있었지. 트랙터가 고장 난 거야. 대체 뭐가 문제인지 그들은 알아내지 못해. 그런데 갑자기 덩치 큰 어떤 남자가 다가오는 거야. 그는 파이프를 물고 있지. '무슨 문제라도 있습니까?' 그가 물어. '동지, 바로 그게 문젭니다. 대체 뭐가 문제인지 알 수가 없네요!' '그러니까 고장 원인을 모르는 거군요. 그것참 안됐구려.' 그런 다음 덩치 큰 그 남자는 들고 있던 파이프로 기계의 어떤 부분을 가리키지. '저긴 생각해봤소?' 젊은이들이 그곳을 손보자 트랙터가 부르릉 소리를 내며 살아나. 그들은 자애롭게 반짝이는 눈으로 자신들을 지켜보던 그 낯선 남자에게 감사의 인사를 하기 위해 돌아서지. 그 사람이 스딸린이라는 걸 그들은 비로소 알아차려. 하지만 그는 이미 돌아서서 손으로 경례를 붙이고는 끄렘린궁전을 향해 홀로 붉은광장을 가로질러 가는 중이었어."

다시 모두가 한바탕 웃음을 터뜨린 뒤 조지가 말했다. "그 시절엔 그랬지, 지금 누가 뭐라든 말이야. 아무튼, 난 일어날게."

모임이 파할 때 방은 적대감으로 가득 차 있었다. 우리는 서로를 혐오했고, 그 사실을 알고 있었다.


[노란색 공책이 이어졌다.]


### 제삼자의 그림자


엘라에게 일주일간 빠리 출장을 다녀오라고 제안한 사람은 편집장 퍼트리샤 브렌트였다. 퍼트리샤의 제안이라면 즉시 거절해야 해, 엘라의 본능이 말했다. 언젠가 그녀는 이렇게 말했던 것이다. "그자들이 우리를 무너뜨리도록 내버려둘 수는 없지." '그자들'이란 물론 남자들을 뜻했다. 간단히 말해, 퍼트리샤는 지나치게 정성을 들여 엘라를 버림받은 여성들의 클럽에 끌어들이고 있었다. 친절하긴 하지만 거기에는 은밀한 만족감 또한 있었다. 빠리에 가는 건 시간 낭비 같다며 엘라는 제안을 거절했다. 퍼트리샤가 내민 구실은 그들이 내는 잡지와 비슷한 프랑스 잡지의 편집장을 만나 영국 쪽 잡지에 실을 만한 연재물의 판권을 매입하자는 것이었다. 엘라는 그 연재물이 보지라르 지역의 주부들에게는 먹힐지 몰라도 브릭스턴의 주부들에겐 안 맞을 거라고 대꾸했다. "공짜 휴가나 마찬가진데 그냥 가지 왜 그래." 엘라가 빠리 여행 이상의 뭔가를 거절하고 있음을 직감한 퍼트리샤가 쌀쌀맞게 한마디 했다. 이틀쯤 후에 엘라는 마음을 달리 먹었다. 폴이 떠나고 벌써 1년이 지났는데도 자신의 모든 행동과 말과 감정은 여전히 그를 향하던 터였다. 아직도 그녀는 영 돌아오지 않을 남자를 구심점 삼아 살고 있었다. 스스로를 해방해야 했다. 하지만 순전히 이성에 따른 결심일 뿐이고, 엘라에겐 결심을 지탱할 정신적 에너지가 없었다. 그녀는 모든 것에 무관심했고 무기력했다. 폴이 자기를 떠나면서 뭔가를 즐길 수 있는 능력뿐 아니라 의지력까지 가져가버린 듯했다. 결국은 약을 먹겠다고 하면서도 의사에게 "물론 아무 도움도 안되겠지만요"라고 기어코 한마디 하는 성미 나쁜 환자처럼, 엘라는 빠리에 가겠다고 말했다.

때는 4월, 여느 때처럼 빠리는 매력적인 도시였다. 엘라는 2년 전 폴과 함께 묵었던 좌안의 중급 호텔에 방을 잡았다. 짐을 풀면서는 그의 자리를 남겨두었다. 자신이 무슨 짓을 하는지 알아차린 순간에야 비로소 그녀는 이 호텔을 선택한 것이 실수였음을 깨달았다. 하지만 지금 와서 다른 데로 옮기는 건 너무 번거로웠다. 아직 이른 저녁이긴 했지만 말이다. 긴 창문 너머 빠리는 녹음이 짙어가는 나무들과 여유롭게 거니는 사람들로 활기찼다. 거의 한시간을 꾸물거린 다음에야 엘라는 방에서 나와 식당으로 갔다. 사람들 눈을 의식하며 서둘러 식사를 했고 일부러 두 눈을 한곳에만 고정한 채 호텔로 걸어 돌아왔다. 그래도 그녀에게 다정하게 인사를 건네는 남자가 두명 있었는데, 그때마다 그녀는 초조하고 성마른 태도로 잔뜩 얼어붙어서는 발걸음을 재촉했다. 객실에 돌아온 엘라는 위험에 대비하듯 문을 잠갔다. 그러고는 창가에 앉아 생각에 잠겼다. 5년 전이라면 혼자만의 식사가 고즈넉함 때문에, 또 새로운 만남의 가능성 때문에 즐거운 일이었을 테고, 식당에서 혼자 호텔로 걸어올 때도 기쁜 마음이었을 텐데. 분명 그 두 남자 중 한명과 커피나 술을 마셨으리라. 대체 그녀에게 무슨 일이 일어난 걸까? 물론 폴과 만나는 동안은 그의 질투심 탓에 우연히라도 다른 남자는 쳐다보지 않으려 애썼다. 그와 함께했던 시절 그녀는 남자의 보호를 받으며 집안에만 머무는 라틴계 여자 같았다. 하지만 그건 폴이 자학적인 고통을 겪지 않도록 그냥 외관상 맞춰주는 것에 불과하다고 생각했었다. 실은 그를 만난 이후 자신의 성격 전부가 바뀌었다는 사실을 그녀는 이제 깨달았다.

한참이나 무기력하게 창가에 앉아 엘라는 어둠이 깔리면서 피어나기 시작하는 도시를 지켜보았고, 그 거리를 거닐면서 억지로라도 사람들에게 말을 붙여야 한다고 되뇌었다. 남자들 중 누군가의 눈에 들어 시답잖은 말이라도 나눠야 한다고. 하지만 마치 4년쯤 독방에 수감되어 있다가 이제 막 나와서 정상적으로 행동하라는 명령을 듣는 기분이었다. 그녀는 침대에 누웠다. 자는 것도 불가능했다. 늘 그랬듯이 폴 생각을 하며 겨우 잠을 청했다. 폴이 떠난 후 그녀는 단 한번도 질 오르가슴을 경험하지 못했다. 그의 손을 자기의 손으로 대신한 채 진정한 자아의 상실을 애도하면서 외음부 오르가슴의 날카로운 격통에 다다르는 일은 가능했다. 그렇게 지나치게 자극을 받아 초조하고 지친 상태로, 속았다는 기분으로 잠드는 것이었다. 이런 식으로 폴을 사용할 때면 늘 그의 '부정적인' 자아, 자기불신으로 가득한 그 남자가 마음 깊숙이 다가왔다. 현실의 그는 엘라에게서 점점 더 멀어졌다. 그의 눈에 담긴 온기, 그의 목소리에 깃든 재기를 떠올리기도 더욱더 힘들어졌다. 잠든 엘라의 곁에 누워 있는 폴은 패배한 그의 유령이었고, 엘라가 잠시 깨어 습관적으로 그의 머리를 가슴에 끌어안고자, 또는 그의 어깨에 머리를 놓고자 팔을 뻗을 때면 그 유령은 작고 쓸쓸한 자조적인 미소를 짓곤 했다. 그러나 잠들어 꿈을 꾸는 동안에는, 그가 어떤 가면을 쓰고 있든 언제나 따뜻함과 차분한 남성성의 이미지를 갖고 있었기에 그를 알아볼 수 있었다. 폴, 사랑했던 그를 엘라는 잠속에서 간직했고, 깨어나면 오직 고통에 찬 그의 형상들만 남아 있을 뿐이었다.

다음 날 아침 엘라는 아들이 없을 때면 늘 그러듯이 늦잠을 잤다. 마이클은 벌써 몇시간 전에 일어나 옷을 입고 줄리아와 함께 아침을 먹었겠구나 생각하며 그녀는 눈을 떴다. 학교 점심시간이 가까워지고 있었다. 이어 그녀는 아들의 일과를 떠올리기 위해 여기까지 온 게 아니라고 되뇌었다. 빠리가 빛나는 태양 아래서 그녀가 나오길 기다리고 있다는 사실도 떠올렸다. 이제 그 편집장과 만나기 위해 옷을 갈아입을 시간이었다.

『여성과 가정』잡지사는 쎈강 건너편 오래된 건물 중앙부에 있었는데 그 건물로 들어가려면 한때 마차들이, 그보다 전에는 사병부대가 밀려들었던, 귀족풍으로 조각된 아치 아래 보도를 통과해야 했다. 아직도 교회와 봉건제의 냄새를 풍기는 낡고 두툼한 돌벽

안쪽에, 『여성과 가정』사의 깔끔하고 현대적이며 고급스러운 분위기의 사무실 열두개가 자리하고 있었다. 안내를 받아 브룅의 집무실로 들어서자 잘 차려입은, 황소같이 우람한 젊은 남자가 과도하게 예의를 차리며 인사했지만, 엘라나 그녀의 제안에 자신이 전혀 관심이 없다는 사실을 감추지는 못했다. 점심 전에 가볍게 한잔하기로 했다. 로베르 브룅은 대여섯이나 되는 예쁜 비서들에게 약혼녀와 점심을 먹고 3시나 되어야 돌아올 거라고 말했고, 한다스의 의미심장한 축하 미소를 돌려받았다. 그 고상한 앞뜰을 지나고 고색창연한 진입로를 통과해 까페로 향하며 엘라는 그의 결혼에 대해 정중하게 물었다. 그는 유창하고 정확한 영어로 약혼녀가 엄청나게 예쁘고 지적이며 재능 있는 여자라고 대답했다. 내달에 결혼식을 올릴 예정이고 지금은 살 집을 장만하느라 바쁘다는 얘기도 했다. 엘리즈는(그는 능숙하게 예의를 갖춰 진지하고도 정중하게 그 이름을 발음했다) 지금쯤 두 사람이 몹시 탐내는 어떤 양탄자를 흥정하고 있을 거라고도 했다. 엘라도 곧 엘리즈를 만나는 특권을 누릴 터였다. 엘라는 그녀를 만나게 되어 자신도 참 기쁘다고 서둘러 대답하며 다시 한번 축하를 건넸다. 그러는 사이 차양을 치고 테이블마다 손님이 가득한 보도의 약속 장소에 도착했고, 두 사람은 자리에 앉아 뻬르노 두잔을 주문했다. 바야흐로 비즈니스의 시간이었다. 엘라가 불리했다. 물론 이 연재물 「나는 어떻게 위대한 사랑으로부터 도망쳤나」의 판권을 사서 퍼트리샤에게 돌아가면 어쩔 수 없는 시골 출신인 그 여자는 무척 기뻐할 터였다. 퍼트리샤에게 프렌치라는 단어는 요란하지 않으면서도 로맨틱하고 고상하며 세련된, 그야말로 제대로 된 명품 브랜드를 보장하니 말이다. '빠리『여성과 가정』지와의 계약에 의해'라는 문구는 그녀에게 고급 프랑스 향수와 동일한 종류의 고급스러운 묘미를 발산할 터였다. 하지만 퍼트리샤가 실제로 그걸 읽어본다면(프랑스어를 못하니까 번역문으로라도) 그 이야기가 어처구니없다는 데 마지못해서라도 동의할 것임을 엘라는 잘 알고 있었다. 마음만 먹는다면야 퍼트리샤를 그녀 자신의 약점으로부터 보호할 수 있었다. 어쨌든 엘라로서는 그 이야기를 살 마음이 없었고 그럴 의도도 전혀 없었으니, 결국 놀랍도록 잘 먹고 잘 씻은, 번듯한 젊은 남자의 시간을 허비하고 있는 셈이었다. 죄책감을 느껴야 마땅했으나 엘라는 조금도 그런 마음이 들지 않았다. 그가 마음에 드는 사람이었다면 미안했으리라. 사실 엘라는 이 남자를 아주 잘 훈련된 일종의 중산계급 동물로 간주하고 있었고, 그를 이용해야겠다는 심산이었다. 독립적인 존재로서 심신이 너무도 약해져 있었기에, 이자든 다른 자든 누군가 남자를 대동하지 않은 상태로 혼자 테이블 앞에 앉아 공공연히 즐길 자신이 없었던 것이다. 그래도 형식은 갖춰야 하니, 이제 브뢍 씨에게 그 이야기를 어떤 식으로 영국에 맞게 각색할 수 있는지 설명하기 시작했다. 무심한 남편 때문에 일찍 죽음을 맞이한 아름다운 어머니를 애달프게 그리워하는 어느 가난한 어린 고아에 관한 이야기. 어머니를 잃은 아이는 수녀원에 맡겨져 선량한 수녀들에게 양육된다. 독실함을 지녔지만, 열다섯살 되던 해 무정한 정원사의 유혹에 넘어가 순수한 수녀들을 마주할 수 없게 되자 소녀는 빠리로 도주한다. 비록 죄는 지었을지언정 마음만은 전적으로 순수한 우리의 주인공은 그곳에서도 이 남자 저 남자를 만나지만 모두가 그녀를 배신한다. 결국 스무살이 되었을 땐 또다른 착한 수녀들에게 사생아를 맡기고, 뒤이어 빵집에서 조수로 일하는 남자를 만나 사랑에 빠지지만 그녀는 그의 사랑을 받을 자격이 없다고 생각한다. 이 참다운 사랑으로부터 달아난 여자는 내내 울먹이며 두서너번 더 애정 없는 사내들의 품에 안긴다. 그러나 결국은 그 빵집 조수가 (충분한 우여곡절로 지면을 채운 다음에야) 여자를 찾아내어 용서하고 불멸의 사랑과 열정과 보호를 약속한다. 이 서사시는 이렇게 끝을 맺는다. "내 사랑, 내 사랑이여, 내가 당신에게서 도망쳤을 땐, 참된 사랑에서 달아나고 있다는 사실을 미처 알지 못했지요."

"아시겠지만," 엘라가 말했다. "프랑스적인 색채가 너무 강한 이야기라 새로 써야 할 거예요."

"그런가요? 어째서죠?" 동그랗게 튀어나온 진갈색 눈동자가 못마땅한 기색이었다. 엘라는 신중치 못하게도 에로티시즘과 종교적 색채가 뒤섞인 분위기에 대해 불평하려다가, 만일 로베르 브룅이 "이건 영국적인 색채가 너무 강하네요"라고 말했다면 똑같은 방식으로 정색했을 퍼트리샤 브렌트를 생각하며 겨우 자신을 억눌렀다.

로베르 브룅이 말을 이었다. "정말 슬픈 이야기잖아요. 심리적으로도 아주 진실한 내용이죠."

엘라가 대꾸했다. "여성지용 이야기들이야 늘 심리적으로 진실한 법이죠. 하지만 중요한 건 과연 어떤 차원에서의 진실인가가 아닐까요?"

이 말을 이해하지 못해 짜증이 난 듯 그의 얼굴과 커다란 두 눈이 잠시 꼼짝하지 않았다. 이어 그 눈은 보도 쪽으로 힐끗 시선을 던졌는데, 약속 시간이 다 되었는데도 약혼녀가 오지 않은 까닭이었다. 그가 입을 뗐다. "브렌트 편집장의 편지를 보니 이미 판권을 사기로 결정하신 모양이던데요." 엘라가 답했다. "그걸 실으려면 수녀원, 수녀, 종교 이런 것들 다 없애고 다시 써야 할 거예요." "하지만 당신도 아시다시피 그 이야기의 전체적인 요점은 그 가엾은 여자가 얼마나 선량한 존재인지, 얼마나 가슴 깊이 선한 사람인지예요." 그도 이제는 엘라가 이 이야기를 사지 않으리라는 것을 알고 있었다. 어느 쪽이든 사실 그로서는 알 바 아니었다. 이제 그의 눈이 다시 집중해서 뭔가를 보고 있었는데, 보도 끝에서 가냘프고 예쁜, 엘라처럼 창백하고 작고 뾰족한 얼굴에 부스스한 검은 머리칼을 가진 여자가 나타났기 때문이었다. 흠, 나도 이 사람이 좋아하는 유형이겠군, 하지만 이 사람은 분명 내 취향이 아니니까, 엘라는 생각했다. 여자가 가까이 왔을 때 엘라는 그가 일어나 약혼녀에게 인사하기를 기다렸다. 하지만 마지막 순간에 그는 눈길을 돌렸고 여자는 그냥 지나쳐 갔다. 그런 뒤 그는 다시 보도 끝을 지켜보기 시작하는 것이었다. 저런, 엘라는 속으로 탄식하면서, 그가 지나가는 모든 여자에게 노골적이고 육감적인 시선을 던지며 세밀하고 분석적으로 뜯어보는 꼴을 지켜보았다. 그러다 문제의 여자가 짜증 난다는 듯 쳐다보거나 더러는 관심을 갖고서 이쪽을 흘긋대면 얼른 다른 쪽으로 시선을 돌리는 식이었다.

마침내 못생겼어도 매력적인 어떤 여자가 나타났다. 낯빛은 누렜고 몸매도 땅딸막했지만 솜씨 좋게 화장을 했고 옷차림도 꽤 세련되었다. 그의 약혼녀였다. 그들은 공인된 연인에게 허가된 쾌락을 한껏 누리며 인사를 나눴다. 그들이 기대했던 대로 모든 눈이 그 행복한 한쌍을 향했고 다들 미소를 보냈다. 그런 다음 약혼녀에게 엘라가 소개되었다. 이제 대화는 프랑스어로 이어졌다. 그 양탄자 얘기였는데, 두 사람이 예상했던 것보다 훨씬 높은, 턱없이 비싼 가격을 불렀다는 것이었다. 하지만 결국 구입했다고 했다. 로베르 브룅의 입에서 불평 섞인 신음이 나왔다. 미래의 브룅 부인은 한숨을 짓고는 검게 화장한 눈 위로 속눈썹을 깜빡이면서, 그를 위해서라면 그 어떤 것도 너무 비쌀 수는 없다며 깊은 애정을 담아 속삭였다. 두 사람은 미소 띤 얼굴로 손을 맞잡았다. 그의 미소는 자족한 자의 그것이었고, 약혼녀의 미소는 기쁨에 찬, 그러나 약간은 초조해 뵈는 웃음이었다. 맞잡은 손이 떨어지기도 전에 그의 눈은 습관인 듯 지금 막 예쁜 여자가 나타난 보도 끝으로 재빨리 멀어졌다. 자제하면서 그는 얼굴을 찌푸렸고, 이 사실을 알아챈 예비 부인의 얼굴은 잠시 얼어붙었다. 하지만 다시 예쁘장한 미소를 지으며 의자에 기대앉아 엘라에게 이 힘든 시절에 가구를 갖추는 일이 얼마나 어려운지 예쁜 말씨로 들려주는 것이었다. 이따금씩 자기 약혼자를 바라보는 그 눈길에, 엘라는 어느 늦은 밤 런던 지하철에서 목격한 매춘부가 떠올랐다. 딱 그 매춘부가 했던 식으로 이 여자도 자그맣고 조신하며 어여쁜 눈길로 한 남자를 어루만지며 자기 품 안으로 불러들이고 있었다.

엘라는 영국 실내장식 유행에 관해 늘어놓으며 속으로 이런 생각을 했다. 이젠 약혼한 연인 사이에 끼인 외톨이 꼴이 되었잖아. 혼자만 고립되고 따돌림 당하는 기분이군. 1분 뒤면 이들은 일어나 자리를 뜨겠지. 그럼 난 더 발가벗은 기분이 될 텐데. 대체 내게 무슨 일이 벌어진 거지? 그래도 이 여자 신세가 되느니 차라리 죽는 편이 낫겠다. 그게 진실이야.

세 사람은 20분 더 함께 앉아 있었다. 약혼녀는 계속해서 자신의 포획물을 향해 생기발랄하고 여성적이며 짓궂으면서도 살가운 눈길을 보냈다. 약혼남은 내내 반듯하고 깍듯했는데, 다만 그의 눈이 스스로를 배신하고 있었다. 그리고 그의 포획물인 약혼녀는 단 한 순간도 그를 놓치지 않았으니, 지나가는 여자들을 (지금은 어쩔 수 없이 한순간이나마) 세밀하고 열띠게 살피는 그의 눈을 따라 움직이는 것이었다.

이 상황의 본질이 엘라에게는 가슴이 무너지도록 명백했다. 자신뿐 아니라 단 5분이라도 그 연인을 주의 깊게 살펴본 사람이라면 누구에게든 그렇지 않을까 싶었다. 그들은 너무 오랜 시간 연인으로 지냈다. 그녀는 돈이 많았고, 그는 돈이 필요했다. 여자는 필사적으로, 두렵도록 그를 사랑하고 있었다. 그도 여자를 좋아했지만 속박된다는 것이 이미 분한 모양이었다. 목 주위로 올가미가 조여오기 전부터 이 큼직하고 번듯한 황소는 안절부절못하고 있었다. 몇년 뒤면 그들은 브뢩 씨와 브뢩 부인이 되어 (여자의 돈으로) 잘 갖춰진 아파트에서 어린아이와, 아마도 유모와 함께 살고 있으리라. 여자는 여전히 명랑하고 살갑지만 불안해할 테고, 남자는 정중하고 사람 좋게 아내를 대하지만 집안일 때문에 여자친구와 누리는 쾌락이 방해를 받게 되면 가끔 짜증도 부리겠지.

마치 이들의 결혼이 과거지사이고 그 얘기를 전부 들었던 것처럼 엘라에게는 이 모든 단계가 명확했고 이 상황 전체가 혐오스러워 짜증이 났지만, 그럼에도 그들 연인이 일어나 자신을 떠날 순간이 두려웠다. 이윽고 두 사람은 감탄할 만한 프랑스식 예의를 모두 갖추며 떠났다. 남자는 지극히 부드럽고도 무심한 듯 정중한 태도로, 여자는 조바심 어린 깍듯함을 갖춰, 그 와중에도 한쪽 눈은 남자에게 고정한 채, 자 내가 당신 사업 파트너한테 얼마나 잘하는지 봐줘, 하는 식으로 말이다. 이제 사람들이 어울려 식사를 하는 시간에 혼자 테이블에 남게 되자, 엘라는 마치 살가죽이 벗겨진 듯한 느낌이었다. 곧장 그녀는 조금 전 로베르 브뢩이 앉아 있던 자리에 폴이 와서 앉는 상상으로 자신을 보호했다. 혼자가 되자 어떤 두 남자가 자신을 살피며 가능성을 타진하는 것이 느껴졌다. 이윽고 그들 중 하나가 다가올 테고, 그러면 **문명인답게** 술 한두잔을 마시며 즐거운 시간을 보낸 다음 재충전된 기분으로 폴의 유령에서 벗어나 홀가분하게 호텔로 돌아가리라. 엘라는 나지막한 화분을 등지고 앉아 있었다. 머리 위의 차양이 따스하고 노란 빛으로 그녀를 감쌌다. 눈을 감은 채 엘라는 생각했다. 눈을 뜨면 폴이 보이겠지. (갑자기, 폴이 어딘가 가까이에 와 있고 곧바로 자신에게 와 합류하지 않는다는 것이 불가능한 일로 여겨졌다.) 그가 떠난 후 나는 새에게 껍질을 쪼여먹히는 달팽이 신세가 되었는데, 내가 폴을 사랑한다고 말했던 건 대체 무슨 의미였을까? 폴과 함께하는 시간의 진짜 의미는 내가 나 자신으로 살 수 있다는 거, 독립적이고 자유롭게 살 수 있다는 거라고, 그렇게 말했어야 했는데. 그에게 결혼은 물론 그 어떤 것도 요구하지 않았지. 그런데도 지금 난 완전히 부서져버렸어. 그럼 그 모든 게 허위였군. 사실 난 그를 안식처로 삼았던 거야. 그 사람 부인, 겁먹은 그 여자보다 하등 나을 게 없어. 로베르의 아내가 될 엘리즈보다 나을 것도 없고. 자신을 지우면서, 절대 질문 따윈 하지 않으면서 뮤리얼 태너는 폴 옆에 남을 수 있었지. 엘리즈는 돈으로 로베르를 샀고. 하지만 난 사랑이라는 말을 쓰면서 스스로가 자유롭다고 생각하지. 진실은…… 옆에서 어떤 목소리가 맞은편 자리에 앉아도 되는지 물어 왔고, 엘라가 눈을 떠보니 작달막하고 활기 넘치는 어떤 프랑스 남자가 의자에 막 앉는 참이었다. 유쾌한 느낌의 남자라고, 그러니 이 자리에 그냥 있어야겠다고 엘라는 속으로 생각했다. 그러나 금세 초조한 미소를 지으며 몸이 좋지 않은데다가 두통 증세도 있다고 하며 서둘러 자리를 떴다. 그런 자신의 모습이 화들짝 놀란 여학생의 행동거지 같다고 생각하면서.

이제 엘라는 마음을 정했다. 빠리 시내를 가로질러 호텔로 걸어 돌아온 다음 짐을 쌌고 곧장 줄리아에게 한통의 전보를, 퍼트리샤에게 다른 한통의 전보를 보낸 뒤 버스에 올라 공항으로 직행했다. 세시간 후인 9시 항공편에 빈 좌석이 있었다. 공항 식당에서 그녀는 편안하게, 타인을 의식하지 않고 식사를 했다. 여행자는 혼자일 권리가 있으니까. 남는 시간에는 직업 정신을 발휘하여, 퍼트리샤 브렌트에게 전해줄 만한 특집과 기사를 표시하면서 프랑스 여성지를 열두권이나 읽었다. 정신을 절반쯤 기울여 이 일을 하는 동안 한편으로는 이런 생각을 했다. 그래, 지금 내가 처한 이런 상태에 맞는 치료법은 바로 일이야. 소설을 한편 더 써야겠어. 하지만 마지막으로 소설을 썼을 때를 돌이켜보면 그땐 그래, 소설을 써야겠어, 이런 결심은 한번도 하지 않았지. 그냥 정신 차려보니 쓰고 있었던 거야. 그래, 그런 정신 상태가 되어야 해. 말하자면 열린 마음으로 받아들일 준비가 된 상태. 수동적인 기다림 같은 상태. 그러면 아마 언젠가는 쓰고 있겠지. 하지만 어떻게 되든 정말로 난 상관없어. 지난번에 쓴 것도 필사적으로 매달렸던 건 아니었으니까. 만약 폴이, 더이상 한 글자도 쓰지 않기로 약속하면 당신과 결혼할 거라고 했다면? 세상에, 난 그렇게 했겠지! 엘리즈 같은 여자가 로베르 브룅을 사는 것처럼 나도 폴을 살 준비가 되어 있었던 거야. 하지만 그건 이중의 기만이었겠지. 그 소설은 창조가 아니라 그저 뭔가를 기록하는 일이었으니까. 이야기는 보이지 않는 잉크로 이미 쓰여 있었어…… 아마 내 안의 어딘가에 보이지 않는 잉크로 쓰인 또 한편의 이야기가 있겠지…… 하지만 그게 다 뭐람? 난 일종의 독립, 일종의 자유를 상실했고 그래서 이렇게 불행한데. 사실 내 '자유'는 소설 쓰기와는 아무 상관이 없어. 한 남자에 대해 취했던 나의 태도와 관련이 있겠지. 이렇게 산산조각 난 걸 보면, 결국 그건 자기기만이었어. 진실은 폴과 함께하는 행복이 다른 어떤 것보다 나에겐 소중했다는 거고, 그래서 지금 어떻게 되었지? 혼자서, 혼자 있는 걸 두려워하면서, 기댈 곳 없이, 재밋거리로 넘쳐나는 이 도시에서 이렇게 달아나고 있잖아. 연락하면 기뻐하거나 최소한 기쁜 모습을 보여줄 만한 한다스는 되는 사람들 중 어느 누구한테도 전화할 도덕적 에너지가 없는 탓에 말이야.

끔찍한 건, 인생의 어떤 단계를 거친 뒤에도 누구나 아는 진부한 경구만이 내게 남는다는 거야. 이번에 남은 건 여자들의 감정이란 아직도 여전히, 이제는 사라지고 없는 형태의 사회에 맞춰져 있다는 하나 마나 한 말이겠지. 내 마음 깊숙한 곳의 감정들, 나의 진짜 감정들은 한 남자와의 관계로부터 생겨난 거야. 단 한명의 남자. 그렇다고 내가 그렇게 남자에게 매여 사는 것도 아니고, 실제로 그런 여자들도 거의 없는데 말이야. 그렇다면 나의 이 감정들은 어리석고 무시되어 마땅한 것일까…… 언제나 난 나의 진짜 감정들이 어리석은 것이고, 말하자면 이런 스스로를 지워버려야 한다는 결론을 내리게 돼. 사람보다 일을 더 신경 쓰며 남자처럼 살아야 한다고. 일을 우선시하되 오는 남자는 마다하지 않고, 아니면 평범하고 편안한 남자를 하나 구해서 생계를 이어야 한다고. 하지만 그렇게는 못하겠어. 도저히 그런 식으로 살 수는 없어……

구내방송에서 항공편 번호를 부르는 소리가 들렸다. 엘라는 다른 승객들과 함께 활주로 아스팔트를 지나 비행기에 탑승했다. 옆좌석에 여자가 앉아 있는 걸 보니 안도감이 들었다. 5년 전이었다면 조금은 유감스러웠겠지. 비행기는 활주로를 따라 나아가다가 방향을 틀어 이륙할 채비를 했다. 기체가 진동하면서 속도를 모으고 공중으로 떠오르려 잔뜩 웅크리는 듯하더니 이내 속도가 떨어졌다. 2분 정도 부질없이 엔진음만 요란하게 내며 서 있었다. 뭔가 고장이 난 모양이었다. 덜컹거리는 금속 용기 안에 빽빽하게 들어찬 승객들은 다른 사람들도 자기처럼 놀랐는지 확인하려고 환한 조명 아래 서로의 얼굴을 훔쳐보다가, 태연함이라는 가면을 유지해야 한다는 사실을 깨닫고는 내밀한 두려움 속으로 침잠한 채 승무원 쪽으로 눈길을 돌렸다. 승무원은 짐짓 아무 일도 아니라는 표정이었지만 억지로 꾸민 티가 났다. 세번이나 비행기가 속도를 내어 나아가 이륙하려다가 다시 느려지며 엔진음과 함께 멈춰 서기를 반복했다. 얼마 후엔 공항 건물 쪽으로 돌아갔고, 정비공들이 "엔진의 경미한 이상을 정비하는" 사이 승객들은 모두 비행기에서 내려야 했다. 모두 떼를 지어 식당으로 돌아오자 관계자들이 짐짓 정중한 태도로, 그러나 조금은 짜증스럽게 식사가 제공될 거라고 안내했다. 엘라는 지겹고 성가신 기분으로 구석 자리에 혼자 앉았다. 다들 말없이, 그나마 엔진 고장이 적시에 발견되었다는 요행을 반추하고들 있었다. 모두 시간을 때우느라 식사를 했고, 음료를 주문한 뒤 창문 너머 환한 조명등 아래 수리공들이 비행기 주변에 모여 있는 장면을 지켜보며 앉아 있었다.

엘라는 북받치는 어떤 감정을 느꼈는데, 곰곰이 생각해보니 그건 외로움이었다. 자신과 한 무리의 사람들 사이에 마치 냉랭한 공기가 들어찬 공간이, 감정상의 진공이 존재하는 것 같았다. 몸에 전해지는 그 냉기는 육체적인 고립감에서 비롯한 느낌이었다. 또다시 그녀는 폴을 생각했다. 그 생각이 얼마나 강렬했는지, 그가 문을 열고 아무렇지 않게 자기에게 걸어오지 않는다는 사실이 불가능하게 여겨졌다. 자신을 에워싼 냉기는 곧 그와 함께하리라는 강렬한 믿음 속에서 스러지는 듯했다. 엘라는 애써 이 환상을 물리쳤다. 두려움에 에워싸여, 엘라는 이것, 이 광기를 멈추지 않으면 결코 나 자신으로 돌아오지 못할 거라고, 결코 회복하지 못할 거라고 생각했다. 그렇게 해서 폴의 현존을 추방하는 데 겨우 성공하자 차가운 공간들이 다시 자기 주변에 열리는 것 같았고, 이제 그녀는 냉기와 고립감 속에서 무심히 한무더기의 프랑스 잡지를 훑기 시작했다. 근처에 앉은 한 남자가 집중해 잡지들을 읽고 있었다. 의학 저널이었다. 첫눈에도 그는 미국인이었다. 작은 키에 어깨가 딱 벌어진 강단 있는 체격으로, 갈색 모피처럼 짧게 깎은 윤기 나는 머리칼이 인상적이었다. 과일 음료를 연달아 마시고 있었는데, 비행기 연착이 그에게는 아무런 영향도 주지 않은 듯했다. 수리공들이 비행기 주변에 떼 지어 모여 있는 창밖 장면을 살피고 시선을 돌리다가 두 사람의 눈이 마주치자 그는 너털웃음을 터뜨리며 말했다. "밤새 여기 갇혀 있겠네요." 그러곤 다시 의학 저널 쪽으로 눈길을 돌렸다. 벌써 11시가 지난 시간이었고, 이제 건물 안에서 기다리는 사람은 그들 무리뿐이었다. 갑자기 아래쪽에서 프랑스인들이 외쳐대는 소리가 시끄럽게 들려왔다. 정비공들의 의견이 엇갈려 말다툼이 벌어지고 있었다. 책임자로 보이는 어떤 사람이 다른 사람들을 말리는 건지 불평을 하는 건지, 두 팔을 요란스럽게 흔들며 어깨를 들썩였다. 다른 이들은 처음에는 되받아치다가 이내 입을 닫고 퉁명스럽게 서 있었다. 이윽고 수리공 무리가 공항 건물로 들어가버려 책임자만 비행기 아래 남게 되었다. 혼자 남은 그 사람은 맹렬하게 욕을 퍼붓더니, 마침내 단단히 화가 난 듯 어깨를 한번 으쓱한 뒤 다른 사람들을 따라 건물 쪽으로 갔다. 미국인과 엘라는 다시 한번 시선을 교환했다. 그가 재미있다는 듯 "저래도 뭐 별일은 없겠죠" 라고 말하는 순간, 다시 탑승하라는 안내 방송이 울렸다. 엘라와 그는 함께 갔다. "탑승을 거부하는 게 낫지 않을까요?" 그는 건강하고 새하얀 치아를 드러내고 소년 같은 푸른 눈동자에서 열띤 빛을 발산하며 대답했다. "내일 아침에 약속이 있어서요." 사고의 위험도 감수해야 할 만큼 중요한 약속인 모양이었다. 정비공들의 다툼 같은 건 보지 못한 척, 대다수의 사람들은 고분고분하게 비행기에 올라 각자의 좌석에 앉았다. 다들 어떻게든 괜찮다는 표정을 짓느라 애쓰는 듯했다. 겉으로야 차분해 보였지만 심지어 승무원들도 불안한 눈치였다. 비행기 내부의 환한 조명등 아래 마흔명의 사람은 공포에 짓눌린 채, 그 사실을 내비치지 않으려 용을 쓰고 있었다. 지금 자기 옆에 앉아 어느새 의학 서적을 읽고 있는 이 미국인을 빼면 모든 사람이 그런 상태라고 엘라는 생각했다. 그녀로선 사형장으로 향하는 기분으로 비행기에 탑승한 터였다. 수석 정비공이 어깨를 으쓱하던 모습이 떠올랐다. 엘라 자신의 마음 상태가 바로 그랬다. 기체가 진동하기 시작할 때 이런 생각이 스쳤다. 이제 곧 죽는구나, 정말 그렇게 되겠어, 그래서 기분이 좋네.

첫 순간이 지나가자 그 생각은 더이상 충격적인 발견이 못되었다. 그녀는 늘 알고 있었던 것이다. 극도로 지쳐 있었기에, 완전히 바닥에서부터 온몸이 너무도 지쳤기에, 이제 더이상 살지 못한다고 생각하니 마치 사면을 받은 느낌이야. 참 기막힌 일이지! 아마 이 활기 넘치는 젊은 남자를 제외하고 여기 있는 모든 사람이 비행기가 추락할지 모른다는 공포를 느끼면서도 다들 시키는 대로 순순히 그 안으로 들어왔잖아. 그러니 어쩌면 우리 모두가 지금 같은 기분일까? 엘라는 호기심 어린 눈으로 통로 건너편의 세 사람을 쳐다보았다. 그들은 겁에 질려 핼쑥했고, 이마에는 땀방울이 반짝였다. 비행기가 다시 공중으로 도약하기 위해 속도를 냈다. 활주로를 따라 요란한 소리를 내며 달리다가 강하게 진동하며 지친 사람처럼 안간힘을 다해 공중으로 떠올랐다. 아주 느릿느릿 지붕들 위로 오르더니, 아주 느릿느릿 고통스럽게 고도를 높였다. 미국인이 씩 웃으며 말했다. "자, 드디어 해냈군요." 그러곤 계속해서 책을 읽었다. 잔뜩 긴장한 채 서 있던 승무원이 환한 미소와 함께 되살아나 음식을 준비하러 가자 미국인이 다시 말을 건넸다. "그 바보 같은 정비공도 이제는 속 편히 밥을 먹겠어요." 엘라는 눈을 감고 생각했다. 확신컨대, 우리는 추락하고 말 거야. 그럴 가능성이 아주 높지. 마이클은 어떻게 될까? 아이는 생각도 못했구나. 그래, 줄리아가 잘 돌봐주겠지. 아들 생각을 하자 잠시 삶에 대한 의지가 솟구쳤고, 그녀는 다시 생각에 잠겼다. 엄마가 비행기 사고로 죽는다는 건 슬픈 일이겠지. 하지만 엄청난 마음의 상처가 되지는 않을 거야. 자살과는 다르게 말이야. 참 이상하지! 아이에게 생명을 부여한다는 말. 사실은 아이가 부모에게 생명을 부여하는 셈이잖아. 자살을 하면 아이가 깊은 상처를 입게 된다는 오직 그 이유 하나로 부모가 그냥 살기로 한다면. 살고 싶지 않지만 아이들에게 상처가 될까봐 그냥 계속 살아가는 부모들이 얼마나 많을까? (이제 졸음이 몰려왔다.) 글쎄, 이런 식으로 가면 그런 책임감은 느끼지 않아도 되겠지. 물론 탑승을 거부할 수도 있었지만, 그 정비공들 장면을 마이클은 결코 알지 못할 테니까. 어차피 끝난 일이야. 태어날 때부터 무거운 피로를 짊어지고 여태 살아온 것 같아. 언덕 위로 이 무거운 짐을 굴려 올리지 않았던 유일한 시간은 폴과 함께한 그때였지. 그래, 이제 폴 생각 관두자. 사랑도 이젠 됐고, 나 자신에 대해서도 이젠 그만 생각할래. 아무리 놓여나고 싶어도 단단히 사로잡혀서 빠져나오지 못하는 이런 감정들, 정말이지 지긋지긋하다…… 비행기의 거친 진동이 느껴졌다. 공중에서 산산조각이 날 거야. 그러면 나는 잎사귀처럼 빙글빙글 돌다가 어둠속으로, 바닷속으로 떨어지겠지. 빙글빙글 돌면서 저 검고 차가운 망각의 바닷속으로 가뿐하게 빠지는 거야. 엘라는 잠이 들었는데, 정신을 차려보니 어느새 비행기는 정지해 있고 그 미국 남자가 자신을 흔들어 깨우고 있었다. 착륙한 것이다. 이미 새벽 1시였고, 셔틀버스를 가득 채운 사람들이 종착역에 내렸을 땐 3시가 다 된 시각이었다. 엘라는 기분이 멍한데다 추위와 피곤에 지쳐 몸도 무거웠다. 그 미국인은 여전히 옆에 있었는데, 아직도 그는 활기차고 재발랐으며 혈색 좋은 넓적한 얼굴에 도는 건강한 광채도 그대로였다. 택시를 함께 타자고 그가 제안했다. 기다리는 사람 수만큼 택시가 충분하지 않았다.

"무사히 도착했네요." 그의 목소리만큼이나 자신의 목소리에도 씩씩하고 태연한 느낌이 실려 있음을 의식하며 엘라가 말했다.

"틀림없이 이렇게 될 줄 알았죠." 치아를 전부 드러내며 그가 씩 웃었다. "아까 거기서 그 사람이 어깨를 으쓱하는 걸 봤을 때 저는 아, 이제 됐구나 생각했어요. 어디 살아요?" 엘라가 대답하며 덧붙였다. "주무실 데 있으세요?" "호텔을 알아봐야죠." "이 시간에 쉽지 않을 텐데요. 저희 집에서 주무시면 좋을 텐데 방이 두개밖에 없어서요. 하나는 아들이 쓰고 있고요." "친절한 말씀 감사해요. 괜찮습니다." 정말 그는 괜찮았다. 곧 동이 틀 참인데다, 잘 데가 없긴 해도 마치 이른 저녁인 양 쾌활하고 생기가 넘쳤다. 엘라가 택시에서 내리려는데 그가 저녁을 같이 먹자고 제안했다. 엘라는 잠시 망설였지만 그러자고 했다. 두 사람은 이튿날 저녁, 즉 그날 저녁에 만나기로 했다. 위층으로 올라가면서 엘라는 자신과 그 미국 남자에게 공통의 화제라곤 없으리라 생각했고, 그러자 벌써부터 오늘 저녁 식사 자리가 지겨워지기 시작했다. 아들은 어린 동물의 동굴 같은 방에서 잠들어 있었다. 건강한 잠의 냄새가 났다. 엘라는 이불을 제대로 덮어주고는 이미 창가로 스미는 회색빛에 모습을 드러내기 시작한 그 발그레한 작은 얼굴과 헝클어진 갈색 머리털이 내는 부드러운 빛을 잠시 지켜보았다. 얘는 그 미국 남자 유형이구나. 둘 다 각지고 큼직한 체격에 혈색이 좋고 살집이 튼실했다. 하지만 그 미국 남자는 육체적으로 거부감이 느껴져. 그렇다고 그 멋진 젊은 황소, 로베르 브룅처럼 싫었던 건 아니지만. 왜 그런 걸까? 엘라는 잠자리에 들었고, 정말 오랜만에 폴의 기억을 떠올리지 않았다. 대신 이런 생각을 했다. 마흔명이나 되는 사람이 오늘 세상을 뜨는 줄 알았다가 목숨을 건지고 도시 전체에 흩어져 각자의 잠자리에 누워 있겠네.

2시간 후에 아들이 엘라를 깨웠다. 거기 엄마가 누워 있는 걸 보고는 놀라움과 반가움으로 환해진 얼굴이었다. 공식적으로는 여전히 휴가 중이었기에 엘라는 출근하는 대신 퍼트리샤에게 전화를 걸어 그 연재물의 판권을 사지 않았고, 빠리가 자신을 구해주지도 못했다고 말했다. 줄리아는 새로 맡은 배역을 연습하고 있었다. 엘라는 빨래와 요리를 하고 아파트를 정돈하면서 혼자 낮 시간을 보낸 뒤 아이가 집에 돌아온 다음에는 함께 놀아주었다. 오후 늦게 그 미국인, 싸이 메이틀런드라는 이름의 그 남자가 전화를 해서 엘라가 원하는 게 뭐든, 극장이나 오페라나 발레, 어떤 거든 자기는 따르겠다고 말했다. 엘라는 그런 곳에 가기엔 너무 늦었으니 그냥 식사나 하자고 했다. 이 말에 그는 곧바로 안도감을 드러냈다. "솔직히 말씀드리면 공연은 제 취향이 아니거든요. 보러 가는 일이 별로 없죠. 자, 그럼 저녁은 어디서 할까요?" "특별한 곳에서 드시고 싶나요? 아니면 스테이크나 뭐 그런 거 먹을 수 있는 데가 좋으세요?" 한번 더 그는 안도했다. "그런 곳이 제겐 딱 좋죠. 음식 쪽으로도 취향이 아주 단순해서요." 엘라는 괜찮은 식당 한곳의 이름을 대며 저녁을 위해 골라둔 옷은 옆으로 치워버렸다. 온갖 종류의 자제심 탓에 폴과 만날 땐 한번도 입지 않다가 그뒤로는 줄곧 반항하는 마음으로 입곤 하는 옷이었다. 이번에는 치마와 셔츠를 입고, 매력적이라기보다는 건강해 보이는 정도로 화장을 했다. 마이클은 만화책에 둘러싸인 채 침대에 앉아 있었다. "집에 막 왔는데 또 나가요?" 아이가 일부러 속상한 투로 말했다. "그러고 싶으니까." 아이의 어조를 흉내 내며 웃는 얼굴로 엘라가 답했다. 마이클은 억지 미소를 짓고는 곧 얼굴을 찌푸리더니 상처 받은 목소리로 말했다. "공평하지 않아요." "하지만 넌 한시간 후면 잠들어 있을걸. 그랬으면 좋겠다는 말이야." "줄리아 아줌마가 책 읽어주실까요?" "내가 벌써 몇시간이나 읽어줬는데? 게다가 내일은 학교에 가는 날이니 일찍 자야지." "그래도 엄마가 가버리면 졸라서 읽어달라고 할 거예요." "그렇게 안하는 게 좋을걸. 엄마가 화낼 테니까!" 마이클이 눈을 흘겼다. 튼실한 뺨을 온통 분홍빛으로 물들인 채, 아이는 자기 자신과 이 집에 속한 자기 세계에 대해 확신에 찬 모습으로 침대 위에 꼿꼿이 앉아 있었다. "입겠다던 옷은 왜 안 입은 거예요?" "대신 이걸 입기로 했거든." "여자들이란 참." 이 아홉살 난 꼬마는 고고한 태도로 말을 이었다. "여자들과 옷이란 하여튼." "그래, 그럼 잘 자렴." 엘라는 이렇게 말하고 잠시 그 부드럽고 따스한 뺨에 입술을 댄 채 아이의 머리칼에서 풍기는 상쾌한 비누 향을 행복한 마음으로 음미했다. 아래층으로 내려가보니, 줄리아는 목욕 중이었다. 엘라가 외쳤다. "나 나간다!" 줄리아도 큰 목소리로 대답 했다. "일찍 오는 게 좋을 거야. 어제 한숨도 못 잤잖니."

식당에 들어서니 싸이 메이틀런드가 기다리고 있었다. 여전히 생생하고 활기 넘치는 모습이었다. 불면의 밤을 보냈건만 맑고 푸른 눈동자에 흐린 기색이라곤 없었다. 그의 옆자리에 미끄러지듯 앉는 순간 갑자기 피로감이 밀려와 엘라는 물었다. "졸리지 않으세 요?" 의기양양하게 그가 곧장 답했다. "하루에 서너시간 이상 자는 법이 없어서요." "어째서죠?" "자느라 시간을 낭비하면 원하는 걸 얻지 못하니까요." "당신 얘길 해봐요, 그럼 제 얘길 해드리죠." 엘 라가 말했다. "좋아요." 그가 대답했다. "좋네요. 솔직히 말씀드리 면 당신은 제게 수수께끼 같은 사람이거든요. 그러니 아주 많이 얘 기하셔야 할 거예요." 하지만 그때 종업원들이 생색을 내며 주문을 받으러 왔고, 싸이 메이틀런드는 "이 식당에서 주문 가능한 가장 큰 스테이크"와 코카콜라를 시켰다. 체중을 아주 많이 줄여야 하 니 감자는 됐고 토마토소스는 달라고 덧붙였다. "술은 안 드시나봐 요?" "안 마셔요. 과일 주스만 마시죠." "어쩌죠? 제가 마실 포도주 를 주문하셔야 하는데." "하고말고요." 그러면서 그는 포도주 담당 종업원에게 "이 식당에 있는 가장 좋은" 포도주 한병을 갖다달라 고 했다. 종업원들이 자리를 뜨자, 싸이 메이틀런드는 즐거운 듯 말 했다. "빠리 종업원들은 촌뜨기 손님을 만나면 시중드는 방식을 바 꿔서 그 사실을 상대에게 알려줘요. 그런데 여기는 그럴 필요도 없 이 스스로 그 사실을 깨닫게 만드는군요." "당신이 촌뜨기란 말인 가요?" "그럼요." 조각같이 빛나는 치아를 드러내며 그가 말했다. "그렇다면 이제 인생 이야기를 들어볼 시간이군요." 이야기는 식사를 마칠 때까지 이어졌다. 비록 싸이의 식사는 10분 만에 끝나버렸지만, 그래도 그는 질문에 답하면서 유쾌한 태도로 엘라가 식사를 마치기를 기다려주었다. 그는 가난한 집 아들로 태어났다. 하지만 두뇌를 타고났기에 그걸 잘 이용했다. 장학금과 장려금이 그를 원하는 곳으로 이끌어주었다. 전도유망한 뇌 전문 외과의로서 결혼도 잘해서 다섯 아이를 두었고, 그의 말로는 지위와 창창한 미래가 눈앞에 펼쳐져 있었다. "그런데, 미국에서 가난한 소년이란 건 어떤 거죠?" "제 부친은 평생 여성용 양말을 팔았고 지금도 마찬가지죠. 가족 중에 굶는 사람이 있다거나 그런 건 아니에요. 하지만 우리 집안에 뇌 전문 외과의 같은 건 눈을 씻고 찾아봐도 없었죠." 자랑을 하도 담백하고 자연스럽게 해서 떠벌리는 것처럼 들리지 않았다. 게다가 그녀마저 그의 활력에 전염되기 시작했다. 어느새 엘라는 지쳤다는 사실조차 잊고 있었다. 그가 이제 당신 얘기를 들려줄 차례라고 했을 때, 엘라는 말하는 게 분명 고역스러울 이야기들은 일단 제쳐놓기로 마음먹었다. 다른 무엇보다 자신의 삶이 단순한 서술로, 가령 부모님은 이런 분들이고, 이런 곳에서 살았으며, 이런저런 일을 한다는 식으로 묘사될 수 없다는 생각이 떠올랐던 것이다. 한가지 더, 자신이 이 남자에게 끌리고 있다는 사실을 깨닫고 그녀는 당혹감을 느낀 터였다. 그가 자기 팔에 크고 하얀 손을 올려놓는 순간, 젖가슴이 팽팽하게 솟아오르는 듯했다. 허벅지도 축축해졌다. 하지만 이 남자와 그녀에게는 아무런 공통점이 없었다. 어떤 식으로든 동류가 아닌 남자에게 그녀의 몸이 반응한 적은 지금껏 한번도 없었다. 늘 어떤 눈길이나 미소, 목소리의 느낌, 웃음에 반응했었다. 그녀에게 이 남자는 건강한 야만인이었고, 이 남자와 자고 싶다는 생각이 들자 혼란스러웠다. 짜증이 나고 약이

올랐다. 남편이 자신의 감정을 무시한 채 육체적인 자극으로 욕망을 일깨웠을 때 바로 이런 느낌이 들었던 기억이 났다. 그 결과 불감증을 얻었다. 사소한 이유로 불감증에 걸린 여자가 될 수 있다는 생각이 들었다. 그리고 다음 순간, 상황 자체의 우스꽝스러움이 뇌리를 때렸다. 이 남자에 대한 욕망으로 흐물흐물해진 채 지금 여기 앉아 앞으로 발생할지 모를 불감증을 걱정하다니. 엘라가 웃음을 터뜨리자 그가 물었다. "뭐가 그렇게 우스운가요?" 되는대로 대답하자 그는 사람 좋게 대꾸했다. "좋아요. 당신도 절 촌뜨기 취급하는군요. 뭐, 상관없어요. 그럼 제안 하나 하죠. 지금 제가 한 스무 군데쯤 전화를 돌려야 하거든요. 호텔에서 그걸 했으면 해서요. 저와 함께 가서 한잔하시고 제가 일을 다 마치면 당신 얘기를 들려주는 거예요." 엘라는 수락했다. 저 사람은 내 쪽에서 그와 기꺼이 자겠다는 뜻으로 해석했을까? 하지만 그랬다 해도 그는 전혀 내색하지 않았다. 그녀가 속한 세계에서 만난 남자들은 눈길이나 동작, 분위기에서 무슨 생각을 하고 느끼는지가 드러났기 때문에 그들의 말을 통해 자신이 알지 못하는 것을 새롭게 알게 되는 경우는 없었다. 하지만 이 남자에 대해서는 도무지 하나도 알 수가 없었다. 그는 기혼이었다. 하지만 가령 로베르 브륑의 경우와는 달리 불륜에 대해 이 남자가 어떤 태도를 취할지는 미지수였다. 그에 대해 아는 게 아무것도 없으니 당연히 그 또한 그녀에 관해 아는 게 전혀 없을 터였다. 예를 들어, 그는 지금 그녀의 젖꼭지가 불타고 있다는 사실을 알지 못했다. 그래서 엘라는 그의 제안을 수락했고 태연히 호텔로 따라갔다.

그는 고급 호텔의 침실 겸 거실과 욕실이 딸린 방에 머물고 있었다. 건물 한가운데 있는 그 방은 냉방 시설을 갖추었으나 창문이 없어서 폐소공포증을 일으킬 것 같았고, 깔끔하되 개성 없이 꾸며져 있었다. 엘라는 짐승 우리에 갇힌 느낌이었지만, 그는 아주 편안해 보였다. 그는 엘라에게 위스키를 따라주고는 전화기를 끌어당겨 말한 대로 대략 스무통 정도 전화 통화를 했다. 그러는 사이 30분이 흘렀다. 엘라가 듣자 하니, 내일 런던의 유명한 병원 네곳의 방문 일정을 포함하여 최소한 열건의 약속이 잡혀 있는 것 같았다. 통화를 마친 그는 그 작은 방을 활기차게 성큼성큼 거닐기 시작했다. "이런!" 그가 외쳤다. "이런! 하지만 기분은 정말 좋군요." "내가 여기 안 따라왔다면 뭐 할 생각이었죠?" "일할 계획이었죠." 협탁에는 의학 저널이 산더미처럼 쌓여 있었다. "저널 읽는 일 말인가요?" "그렇죠. 읽을 게 아주 많아서요. 최신 성과들을 따라잡아야 하거든요." "일과 관련이 없는 다른 책도 읽으세요?" "아니요." 그가 웃으며 말했다. "교양은 아내 몫이에요. 난 시간을 못 내니까요." "부인 얘기 들려주세요." 그는 곧장 사진을 꺼냈다. 앳되고 예쁜 금발 미인인 아내가 다섯 아이에게 둘러싸여 있었다. "거참! 정말 예쁘지 않습니까? 우리 도시에서 제일가는 미인이죠!" "그래서 결혼한 건가요?" "아, 그럼요……" 그가 엘라의 어조를 간파하고는 그녀를 따라 자조적인 웃음을 터뜨리더니 스스로에게 놀랐다는 듯 고개를 내저으며 말했다. "당연하죠! 나 자신에게 이렇게 말해왔거든요. 난 이 도시에서 제일 예쁘고 세련된 아가씨와 결혼할 거다. 결국 그렇게 했죠. 딱 그렇게 되었어요." "그래서 행복하세요?" "아주 좋은 여자랍니다." 그가 즉시 힘주어 대답했다. "근사한 사람이죠. 게다가 잘생긴 다섯 아들도 두었고요. 딸도 하나 있으면 좋겠지만 사내아이들도 괜찮아요. 그놈들이랑 더 많은 시간을 보내면 참 좋을 텐데. 아이들 곁에 있으면 기분이 정말 좋죠."

엘라는 생각에 잠겨 있었다. 지금 내가 일어나서 가야겠다고 하면 그는 아무런 앙심도 품지 않고 사람 좋게 그러라고 하겠지. 아마 다시 만날 수도 있고, 아닐 수도 있겠지. 어느 쪽이든 우리 둘 다 상관없으니까. 어쨌든 지금 이 사람은 나와 뭘 어떻게 해야 할지 모르고 있으니 내가 지시를 내려줘야 할 거야. 가야겠다. 하지만 왜? 어제까지만 해도 나 같은 여자들이 우리 삶의 방식에 어울리지 않는 감정들을 느끼는 건 터무니없다고 생각했잖아. 지금 이 상황에서 남자라면, 만일 내가 남자로 태어났다면 되었을 그 남자라면 침대로 갈 거고 더는 생각하지 않을 텐데. 그가 말하고 있었다. "엘라, 지금까지 내 얘기만 했는데 당신 참 잘도 들어줬네요. 그건 인정해야겠어요. 하지만 그거 알아요? 당신에 대해서 난 하나도 모른다는 거 말이에요."

지금이야, 바로 지금.

하지만 엘라는 미적거렸다. "12시가 지났는데 알고 있어요?"

"그럴 리가? 그런가요? 저런. 전 3~4시 전에 자는 법이 없고 7시면 바로 일어나죠. 하루도 빠짐없이."

지금이야, 엘라가 생각했다. 어이없어, 이게 이렇게 어렵다니. 이제 자신이 하려는 말은 스스로의 깊은 본능에 완전히 반하는 내용이 될 터였고, 따라서 정작 대수롭지 않은 듯 아주 조금 가쁜 호흡과 함께 그 말이 나오자 스스로도 놀라지 않을 수 없었다. "나와 자는 거 어때요?"

그가 웃는 낯으로 엘라를 보았다. 놀라지 않았다. 마음이 동했던 것이다. 그래, 이 남자도 끌렸던 거야, 엘라는 생각했다. 그럼 잘됐네. 그의 그런 태도가 마음에 들었다. 갑자기 그가 넓적하고 튼튼해 보이는 머리를 뒤로 젖히며 열정적으로 외쳤다. "저런, 당신과 잘 거냐고요? 그럼요, 그래요, 엘라. 그 말 당신이 안했더라면 난 뭐라고 해야 할지 몰랐을걸요."

"알고 있었어요." 수줍게 미소 지으며 엘라가 대답했다. (그녀 자신이 이 수줍어하는 미소를 느낄 수 있었고 그 미소가 신기했다.) 이어 계속 수줍은 듯이 말했다. "그럼, 선생님, 이제 당신이 날 좀 편안하게 해주든가, 뭔가를 해야 할 것 같은데요."

그가 다시 미소를 지었다. 그는 방 건너편에 서 있었는데, 엘라의 눈에는 그가 온통 살로 된 존재, 따스하고 풍성하며 활력 넘치는 살집으로 이루어진 몸으로 보였다. 그래, 잘된 거야. 순리대로 되어가는 거야. (이 시점에서 엘라는 엘라로부터 빠져나와 옆에 선 채 지켜보면서 신기해하고 있었다.)

엘라는 일어나서 미소 지으며 천천히 옷을 벗었다. 그도 미소 띤 얼굴로 재킷과 셔츠를 벗었다.

침대에 눕자 따스하고 팽팽한 살이 기분 좋은 충격을 가해 왔다. (엘라는 한쪽에 서서 비딱한 생각을 하고 있었다. 참 잘한다, 잘해!) 그는 거의 곧바로 삽입했고 몇초 만에 사정했다. 그러고는 엘라 쪽에서 위로를 건네거나 그가 마음 상하지 않도록 다독거리려는 참에, 몸을 돌려 등을 대고 눕더니 팔을 휘저으며 외치는 것이었다. "아, 이런! 이럴 수가!"

(이 시점에서 엘라는 자기 자신, 즉 한 사람으로 돌아왔고 이제 둘이 하나가 되어 생각하기 시작했다.)

그의 옆에 누운 채 엘라는 육체의 실망을 애써 억누르며 미소를 지었다.

"아, 이런!" 그는 만족에 차 말했다. "난 이렇게 하는 게 좋아요. 당신한테 문제가 있어서 그런 건 전혀 아니에요."

엘라는 팔로 그를 감싸 안고 이 말을 곰곰이 생각해보았다. 잠시 후 그가 자기 아내 얘기를 시작했다. 보아하니 생각나는 대로 주워섬기는 것 같았다. "그거 알아요? 일주일에 두세번은 밤에 클럽에 가서 춤을 춰요. 우리 도시에서 제일 좋은 클럽이죠. 거기 가면 남자들이 전부 나를 보며 저 녀석 참 운 좋은 놈이라고 생각해요. 내 아내가 제일 예쁘거든요. 다섯 아이를 낳았는데도 말이죠. 다들 우리가 너무도 근사하게 살 거라 생각하죠. 가끔 난 그런 생각을 해요. 저 사람들에게 말해주면 어떻게 될까. 우린 다섯 아이가 있는데, 결혼하고 그걸 딱 다섯번 했다고. 그래요, 과장이 좀 섞이긴 했죠. 하지만 대략 그 정도예요. 아내가 관심이 없어요. 겉보기와 달리 말이죠."

"뭐가 문제인가요?" 엘라가 조용히 물었다.

"나도 몰라요. 결혼 전에 연애할 땐 아내도 뜨거웠는데. 아, 그때 생각만 하면 참!"

"얼마나 만났는데요?"

"3년 연애했죠. 그다음 약혼을 했어요. 그러니 4년쯤 만났네요."

"관계는 갖지 않았나봐요?"

"관계라. 아, 알겠어요. 예. 아내가 허락하질 않았죠. 허락하길 바랐던 것도 아니고. 하지만 그것만 빼고는 다 했어요. 참 뜨거운 여자였죠. 그때 생각을 하면 참! 그러다가 신혼여행에서 아내가 완전히 얼어붙었어요. 지금은 나도 아내 몸에 손대지 않죠. 아니, 뭐 파티에서 술을 마시고 취했을 때 가끔 하긴 하지만요." 그는 자신의 커다란 갈색 다리를 올렸다가 떨어뜨리면서 혈기 왕성한 웃음을 터뜨렸다. "춤을 추러 갈 때면 아내는 남자들의 혼을 아주 쏙 빼놓게 차려입어요. 죄다 아내를 보며 날 부러워하죠. 그러면 이런 생각이 드는 거예요. 저들이 그 사실을 안다면!"

"신경 쓰이지 않나요?"

"빌어먹을, 당연히 신경 쓰이죠. 하지만 어느 누구에게도 내 의지를 강요하진 않을 거예요. 그래서 당신이 좋아요. 함께 자자고 당신 입으로 말했죠. 그거 참 편안하고 좋네요. 당신이 맘에 들어요."

엘라는 그의 옆에 누운 채 미소를 지었다. 크고 튼튼한 그의 몸이 건강하게 요동치고 있었다. 그가 말했다. "잠시만 기다려봐요. 다시 해볼 테니까. 해본 지 오래되어 그랬던 모양이에요."

"다른 여자가 있나요?"

"가끔. 기회가 닿으면요. 찾아다니진 않아요. 그럴 시간이 없으니까."

"목표를 달성하기에도 너무 바쁘다?"

"그거죠."

그가 손을 아래로 내려 자기 아랫도리를 만졌다.

"내가 해줄까요?"

"뭐라고요? 싫지 않나요?"

"싫다뇨?" 엘라는 그의 곁에 팔을 괴고 옆으로 누운 채 웃는 얼굴로 되물었다.

"맙소사, 내 아낸 날 만지려고도 하지 않거든요. 여자들은 그거 안 좋아하는 법인데." 그가 또 한번 너털웃음을 터뜨렸다. "그러니까, 당신은 싫어하지 않는다는 거군요?"

잠시 후, 그의 얼굴이 경이로운 관능의 감각으로 젖어들었다. "아, 이럴 수가!"

엘라는 시간을 들여 그를 커지게 만들었고, 그런 다음 말했다. "자, 이제 다시 해요. 서두르지 말고."

그는 찌푸린 채 생각에 잠겼는데, 깊이 고민하는 것이 엘라의 눈에도 보였다. 그래, 어리석은 사람은 아니었어. 그러면서도 그의 아내와 그가 같이 잤다는 다른 여자들이 궁금했다. 그가 자신에게 들어왔을 때 엘라는 또 이런 생각을 하고 있었다. 전에는 이런 일이 한번도 없었잖아. 내가 쾌감을 주는 거 말이야. 참 이상한 일이지. 그동안 이런 말을 쓴 적도 없고 생각조차 해본 적이 없으니. 폴과 만날 때는 어둠속으로 스며들어 생각을 멈췄지. 이 일의 본질은 바로 그거야. 내가 의식적이고 기교가 있으며 용의주도하다는 점. 난 지금 쾌감을 주고 있어. 폴과 누렸던 그것과는 전혀 관련이 없지. 난 지금 이 남자와 누워 있고, 이것 또한 친밀함이야. 그의 살이 엘라의 안에서 너무 빨리, 거칠게 밀려들었다. 이번에도 엘라는 절정에 이르지 못했다. 그는 쾌감으로 광분해서 키스를 퍼부으며 소리를 질러댔다. "아, 정말, 정말 미칠 것 같아! 너무 좋아!"

엘라는 생각했다. 하지만 폴과 했다면, 이 정도 시간이면 절정에 이르렀을 거야. 그러면 뭐가 문제지? 이 남자를 사랑하지 않는다는 사실로는 충분하지 않은데. 불현듯, 이 남자와는 결코 절정에 이르지 못하리라는 생각이 들었다. 나 같은 여자들에게 진심이란 정숙함도, 정절을 지키는 것도 아니야. 그런 낡은 말들, 그 어떤 것도 아니지. 진심이란 오르가슴이야. 그거야말로 내가 조금도 통제할 수 없는 거니까. 이 남자랑은 절대 오르가슴에 이르지 못할 거야. 내가 쾌감을 줄 수 있을 뿐이지. 하지만 왜지? 지금 난 사랑하는 남자가 아니면 절대 오르가슴에 이를 수 없다는 말을 하는 걸까? 그게 사실이라면 난 대체 어떤 종류의 사막에 나 자신을 던져버린 걸까?

그녀로부터 말할 수 없이 엄청난 쾌감을 얻은 그는 넘치는 감사와 함께 만족감을 발산하고 있었다. 그를 그렇게 행복하게 해주니 엘라도 기뻤다.

이제 집으로 가기 위해 옷을 입은 뒤 전화로 택시를 부르고 있는데 그가 말했다. "당신 같은 사람과 결혼한다면 어떤 기분일까 참 궁금하네요. 젠장!"

"즐거울까요?" 엘라가 조용히 물었다.

"그럼요, 말이라고요! 대화도 나눌 수 있는데다 침대에서 그렇게 즐길 수 있다니, 상상조차 못하겠어요!"

"아내랑은 대화를 나누지 않나요?"

"좋은 여자긴 해요." 그가 진중하게 말했다. "아내와 아이들, 참 소중하죠."

"부인은 행복한가요?"

이 질문에 너무 놀란 나머지 그는 몸을 일으켜 팔꿈치를 괸 채 그 질문과 아내에 대해 곰곰이 생각하기 시작했다. 심각하게, 얼굴까지 찌푸리고. 엘라는 이 사람이 굉장히 마음에 들었다. 옷을 걸치고 침대 한쪽에 앉아서, 이 남자 참 괜찮은 사람이라고 그녀는 생각했다. 한참을 고민하던 그가 마침내 입을 열었다. "동네에서 제일 좋은 집에 살고 있고, 가구며 장식이며 아내가 원하는 건 전부 다 해줬죠. 아들 녀석들도 다섯이나 있고요. 딸을 바라는 건 알아요. 아마도 다음번에는…… 함께 멋진 시간도 보내죠. 일주일에 두세번은 나가서 춤을 추고, 어딜 가나 아내가 가장 멋진 여자랍니다. 그런데다 무엇보다 아내에겐 내가 있어요. 엘라, 당신에게 자랑하는 게 아니라 진심으로 말하는데, 내 아내는 아주 잘나가는 남편을 둔 셈이죠."

그러면서 그는 침대 옆 테이블에 놓여 있던 아내의 사진을 들어

올렸다. "불행한 여자처럼 보이나요?" 엘라는 그 예쁜 조그만 얼굴을 바라보며 대답했다. "아니, 전혀 그렇지 않아요." 그러고는 덧붙였다. "어쨌든 저로서는 날 수 없는 만큼이나 당신 아내 같은 여자를 이해하기가 힘들 것 같네요."

"맞아요, 당신은 이해 못할 거예요."

택시가 기다리고 있었다. 엘라는 그에게 키스를 하고 방에서 나왔는데, 떠나기 전에 그가 말했다. "내일 전화할게요. 나도 참, 그래도 다시 보고 싶어서요."

엘라는 이튿날 저녁도 그와 함께 보냈다. 어떤 쾌락을 기대해서가 아니라 그냥 좋아서 그랬다. 게다가 만남을 거절하면 그가 상처를 받을지 몰라서였다.

그들은 다시 저녁 식사를, 같은 식당에서 했다. ("이곳이 우리 식당인 셈이네요, 엘라." 그가 감상적으로 말했다. 마치 이렇게 얘기하듯이. "이게 우리를 위한 노래군요, 엘라.")

그는 자기 직업에 관한 이야기도 들려주었다.

"그럼 그 모든 시험을 전부 통과하고 그 모든 학회에 전부 참석하면, 그다음엔 뭐죠?"

"상원 의원 선거에 나가볼까 해요."

"대통령이 아니고?"

언제나처럼 그는 엘라와 함께 사람 좋은 자조적인 웃음을 터뜨렸다. "아뇨, 대통령은 아니죠. 하지만 상원 의원쯤은 도전해볼 만해요. 엘라, 부탁인데, 내 이름을 잘 봐줘요. 15년 뒤에는 제 분야에서 제일 잘나가는 사람이 되어 있을 겁니다. 지금까지 결심한 모든걸 다 이뤘잖아요? 그러니 장차 어떻게 될지도 이미 아는 셈이죠. 와이오밍주 상원 의원 싸이 메이틀런드. 내기 걸까요?"

"질 게 빤한 내기는 사양하겠어요."

그는 내일 다시 미국으로 떠날 예정이었다. 같은 분야의 일류 의사 열둘을 만났고, 병원 열두곳을 방문했으며, 학술 대회 네군데에 참석했다. 영국에서 할 일은 다 마친 셈이다.

"러시아에 한번 가보고 싶어요." 그가 말했다. "현재로서는 힘들지만요."

"매카시 얘긴가요?"

"그 사람 소문 들었군요?"

"그럼요. 들었죠."

"러시아 사람들이 우리 분야에선 아주 많이 앞서 있거든요. 그들이 쓴 논문을 전부 읽었어요. 여행 삼아 다녀오고 싶은데 지금 상황으론 어렵죠."

"상원 의원이 되면 매카시에 대해 어떤 입장을 취할 건가요?"

"내 입장? 또 농담인가요?"

"아니, 전혀."

"내 입장이라. 글쎄요, 그가 하는 말이 맞긴 하죠. 빨갱이들이 우리를 집어삼키게 놔둘 순 없으니까."

엘라는 잠시 주저하다가 조용히 말했다. "저와 한집에 사는 여자가 공산주의자랍니다."

그의 몸이 굳어지는 게 느껴졌다. 다음 순간 그는 생각에 잠겼고, 다음 순간 몸이 풀어졌다. "여긴 우리와 상황이 다르다고들 하더군요. 나로서는 이해를 못하겠어요. 당신에게 이 말을 못할 이유는 없겠죠."

"네, 상관없어요."

"그래요. 나랑 호텔로 갈래요?"

"당신이 원한다면 그러죠."

"내가 원한다면!"

다시 엘라는 그에게 쾌감을 선사했다. 그가 좋았고, 그뿐이었다.

두 사람은 그가 하는 일에 관해서도 정담을 나눴다. 그는 뇌엽 절제 전문의였다. "맙소사, 여태까지 말 그대로 수백개의 뇌를 반 토막 냈다니까요."

"괴롭지는 않았나요?"

"괴로울 게 뭐 있겠어요?"

"하지만 그 수술을 마치면 사람들이 돌이킬 수 없이 바뀌는 거 잖아요?"

"그게 핵심인데요. 대부분은 같은 사람이 되고 싶어하지 않죠." 그러고는 자신의 특징이라 할 만한 공명정대함을 발휘하며 덧붙였다. "그래도 수백번 그 수술을 했고 돌이킬 수 없는 일이 벌어졌다는 생각을 이따금 하기는 하죠."

"러시아 의사들은 절대 용인하지 않을 거예요." 엘라가 말했다.

"그렇죠. 그래서 거기 가서 그 사람들은 대신 어떻게 하나 알아보려는 거예요. 그런데 당신, 뇌엽 절제술은 어떻게 알게 됐죠?"

"한때 정신과 의사와 만난 적이 있거든요. 그 사람도 신경과 쪽이었어요. 하지만 뇌 외과의는 아니었고요. 뇌엽 절제는 아주 드문 경우가 아니면 절대 권장하지 않는다는 얘기를 한 적이 있어요."

불쑥 그가 말했다. "내가 그 수술 전문이라고 한 다음부터 당신이 날 별로 좋아하지 않는 것 같아요."

잠시 시간을 두었다가 엘라가 대답했다. "맞아요. 어쩔 수가 없네요."

그러자 그가 웃음을 터뜨렸다. "글쎄, 나로서도 어쩔 수 없는 일이군요." 그러고는 이렇게 물었다. "한때 만난 적이 있다, 딱 이런 식으로 말하나봐요?"

그렇게 표현했을 때 엘라는 폴 생각을 하던 중이었다. 한때 만난 적이 있다, 이 말은 '예쁘긴 한데 제멋대로 구는 어떤 여자'라는 그의 말, 혹은 다른 어떤 표현을 썼든 어쨌든 그가 의도한 바와 딱 상응하는 표현이야. 그러다 자신도 모르는 새 엘라는 이런 생각을 하고 있었다. 아, 정말! 그 사람은 내가 그런 여자라고 말했다는 거지. 그래, 난 그런 여자 맞아. 그래서 기쁘네.

싸이 메이틀런드는 이렇게 묻고 있었다. "그 남자 사랑했어요?"

사랑이라는 단어를 지금껏 그들은 입에 올린 적이 없었다. 그는 아내와 관련해서도 그 말을 쓰지 않았다.

엘라가 대답했다. "네, 아주 많이."

"결혼하고 싶지 않아요?"

수줍어하는 목소리로 엘라는 말했다. "여자라면 누구나 결혼을 원하는 법이죠."

그는 가볍게 코웃음을 치더니 몸을 돌려 엘라를 곰곰 뜯어보았다. "엘라, 당신 참 수수께끼 같은 사람이네요. 그거 알아요? 난 정말 당신을 모르겠어요. 꽤나 독립적인, 그런 여자라는 건 알겠지만."

"뭐, 대략 맞아요. 그렇다고 볼 수 있죠."

그러자 그는 두 팔로 엘라를 감싸며 말했다. "엘라, 당신이 내게 가르쳐준 게 하나 있어요."

"기쁘네요. 즐거운 것이면 좋겠는데요."

"그럼요. 즐거운 것이기도 하죠."

"잘됐네요."

"농담하는 건가요?"

"조금은요."

"괜찮아요. 상관없으니까. 있잖아요, 엘라. 오늘 어떤 사람과 얘기하다가 당신 이름이 나왔거든요. 책을 냈다면서요?"

"세상에 책을 내지 않은 사람이 있겠어요?"

"내가 진짜 작가를 만났다는 얘기를 하면 아내는 감격할 거예요. 교양이나 뭐 그런 거 아주 좋아하거든요."

"하지만 얘기 안하는 편이 좋을걸요."

"당신 책 한번 읽어볼까요?"

"책 안 읽는다면서요?"

"읽을 수도 있죠." 유쾌하게 그가 말했다. "무슨 이야기예요?"

"그러니까…… 뭐랄까, 통찰과 진정성, 이러저런 게 가득하죠."

"농담인 줄 아나봐요."

"진담인 줄 아는데요."

"그래요, 그럼 됐어요. 집에 안 갈 거죠?"

"가야 해요. 아들이 지금부터 네시간 뒤면 일어나거든요. 당신과 달리 난 잠을 자야 해서."

"알았어요. 엘라, 당신 잊지 못할 거예요. 당신과 결혼하면 어떨까 참 궁금하군요."

"별로 좋지 않을 거란 느낌이 드는데요."

엘라는 옷을 입기 시작했다. 그는 침대에 몸을 맡긴 채 생각에 잠긴 얼굴로 골똘히 그 모습을 지켜보았다.

"듣고 보니, 나도 별로일 것 같아요." 팔을 쭉 뻗으며 이렇게 말하고서 그는 웃었다. "아마도 안 좋을 거예요."

"그렇죠."

다정하게 그들은 작별했다.

택시를 타고 집에 돌아온 엘라는 줄리아를 깨우지 않으려고 살금살금 계단을 올라갔다. 하지만 줄리아의 방문 아래서 불빛이 새어 나오고 있었고, 곧 그녀를 부르는 소리가 들렸다. "엘라?"

"응. 마이클은 별일 없었지?"

"그럼. 어땠어?"

"재미있었지." 엘라는 신중하게 단어를 골랐다.

"재미있었다고?"

엘라가 침실로 들어섰다. 줄리아는 베개에 기댄 채 책을 보며 담배를 피우고 있었다. 그녀가 엘라를 찬찬히 뜯어보았다.

"아주 괜찮은 사람이더라." 엘라가 말했다.

"잘됐네."

"내일 아침에 눈뜨면 진짜 우울할 거 같아. 실은 벌써부터 느낌이 온다."

"그 사람이 미국으로 가버려서?"

"아니."

"꼴이 말이 아니다. 뭐야? 그 남자, 침대에서 잘 못하던?"

"별로긴 했지."

"아, 그랬구나." 줄리아가 너그럽게 말했다. "담배 피울래?"

"아니, 더 우울해지기 전에 자려고."

"벌써 우울해졌어. 끌리지도 않는 남자랑은 뭐 하러 잤니?"

"끌리지 않았다고 말하진 않았는데. 문제는 폴 외에는 누구랑 자도 소용이 없다는 거지."

"나아질 거야."

"물론 그렇겠지. 시간이 걸리겠지만."

"견뎌낼 거야." 줄리아가 말했다.

"그럴 작정이야." 잘 자라는 인사를 하고 엘라는 자기 방으로 올라갔다.

[파란색 공책이 이어졌다.]

* * *

1954년 9월 15일

어젯밤 마이클이 말했다(우리는 일주일 만에 만났다). "그러니까, 애나, 여기서 우리 연애의 대장정이 끝나는 건가?" 이렇게 물음표를 다는 거, 마이클답다. 자기가 끝을 내면서 마치 나 때문인 것처럼 말하기. 난 미소 띤 얼굴로, 하지만 나도 모르게 조소 어린 어조로 대답했다. "그래도 대단한 연애긴 했지?" 그가 말했다. "아, 애나, 당신은 삶에 대한 이야기를 꾸며내서 스스로에게 들려주느라 뭐가 참이고 뭐가 거짓인지를 모르지." "그렇다면 우리가 뭐 그렇게 대단한 연애를 한 게 아니라는 말인가?" 그럴 생각은 아니었는데 숨 가쁘게 애원하듯이 이 말이 튀어나왔다. 마치 내 존재를 부정하는 듯한 그의 말에서 끔찍한 실망과 냉정함이 느껴졌던 것이다. 그는 교묘한 대답을 내놓았다. "당신이 그렇다면 우린 그런 연애를 했던 거고, 아니라면 아닌 거겠지." "그럼 마이클 당신이 느끼는 건 중요하지 않다는 거야?" "나? 내 생각이 뭐가 중요하겠어?" (이 말에는 원망과 조소가, 하지만 애정도 함께 담겨 있었다.) 이런 대화가 오간 뒤, 나는 언제나 나를 사로잡는 감정, 즉 내 존재의 질료 자체가 옅어지고 사라지는 듯한 비현실감과 싸워야 했다. 그런 다음 생각했다. 나 자신을 되찾기 위해 마이클이 가장 싫어하는 애나, 비판적이고 성찰하는 애나를 동원해야 한다니 이 얼마나 아이러니한 일인가. 그래, 좋아. 우리가 함께한 삶에 관해 내가 이 야기를 꾸며낸다고 그는 말하지. 할 수 있는 한 진실되게 하루 종 일 일어나는 모든 일을 써보리라. 내일 밤 잠들기 전에 자리에 앉 아서 써봐야겠다.

1954년 9월 17일

너무 불행한 느낌에 사로잡혀 있어서 어젯밤에는 도저히 쓸 수 없었다. 물론 지금 나는 혹시 어제 하루 종일 일어나는 모든 일을 철저히 의식하기로 한 내 결심이 그 하루의 모습을 바꾼 건 아닐까 궁금해하고 있다. 단지 의식하기로 했다는 사실이 어제를 어떤 특 별한 날로 만든 건 아닐까? 어쨌든 모든 일을 기록해나가면서 어 떻게 되나 알아볼 작정이다. 아침 5시쯤 긴장한 상태로 잠에서 깨 어났다. 벽 너머 방에서 재닛이 움직이는 듯한 소리를 들었기 때문 이다. 하지만 딸은 뒤척이다 다시 잠든 모양이었다. 회색 물줄기가 창문에 어른거렸다. 회색빛도 비쳐 들었다. 어슴푸레한 빛 아래 거 대한 모습을 한 가구들. 나는 마이클과 함께 창문을 바라보며 누워 있었다. 그의 파자마 상의 안쪽에 팔을 넣어 그를 감싸고 그의 무 릎이 구부러진 곳에 내 무릎을 끼운 채. 그에게서 내게로 전해지 는 강렬한 치유의 온기. 이런 생각을 했다. 조만간 이 사람은 다시 는 오지 않을 거다. 아마 이번이 마지막일 수도 있고 아닐 수도 있 겠지. 하지만 이 두가지 느낌, 내 품에서 잠든 마이클의 따스함과 조만간 그가 내게 오지 않게 될 것을 알기 때문에 드는 느낌은 서 로 공존할 수 없는 것 같았다. 손을 쓸어 올리자 그의 가슴 털이 부 드러우면서도 거칠게 손바닥에 닿았다. 격한 쾌감이 밀려들었다.

내 기척을 느낀 그가 눈을 뜨고 날카롭게 물었다. "뭐야, 애나?" 꿈을 꾸다가 말을 한 건지, 목소리에 공포와 분노가 서려 있었다. 등을 돌려 눕더니 이내 다시 잠들었다. 나는 꿈의 그림자를 들여다보기 위해 그의 얼굴을 응시했다. 잔뜩 긴장한 표정이었다. 언젠가 마이클은 꿈을 꾸다가 갑자기 놀라 깨어나며 이렇게 말한 적이 있다. "사랑하는 애나, 지난 20년의 유럽 역사나 마찬가지인 남자와 계속 잘 생각이라면 그 남자가 힘겨운 꿈을 꾸더라도 절대 불평하면 안돼." 이 말엔 모종의 원망이 실려 있었다. 내가 그 역사의 일부가 아니라는 사실에서 오는 원망이었다. 그러나 그가 나와 함께 있는 이유는 바로 내가 그 역사의 일부가 아니고, 그로 인해 나의 어떤 것이 파괴되지 않았기 때문이라는 걸 나는 잘 알고 있다. 오늘 아침 그 딴딴하게 굳은 얼굴로 잠들어 있는 그를 보며, 나는 다시 그의 말이 무엇을 의미하는지 상상하려 애썼고, 그렇게 해서 그 역사를 내 경험의 일부로 만들고자 해보았다. "부모님을 포함해 가족 중 일곱이 가스실에서 살해되었어. 가장 친한 친구들 대부분도 죽었고, 공산주의자들이 공산주의자들에게 살해당한 거지. 살아남은 자들은 거의 모두 낯선 나라 여기저기에서 난민 처지가 되었어. 나 역시 절대 내 고향이 되지 못할 나라에서 남은 생애를 살아가겠지." 하지만 언제나처럼 그 말의 의미를 상상하는 일은 불가능했다. 밖에 비가 내린 탓인지 빛이 둔탁하게 비쳐 들었다. 그의 얼굴 근육이 풀어졌다. 이제는 여유 있고 차분하며 안심한 얼굴이었다. 침착하게 감은 눈과 그 위에서 부드럽게 빛나는 옅은 눈썹. 솔직하면서도 빈틈없는 미소를 지닌, 겁 없고 건방진 아이 시절의 모습이 그려진다. 나이 든 모습도 눈에 선하다. 쓰린 마음을 안고 살지만 지적인 고독 속에 갇힌, 까다롭지만 아는 게 많은 활동적인 노인의 모습. 나는 우리가, 아니 여자들이 아이들에 대해 갖는 감정에 젖어들었다. 강렬한 승리의 감정. 즉 모든 어려움에도, 죽음이 무겁게 내리눌러도, 이 사람은 여기 이 숨 쉬는 육신이라는 기적으로 존재하고 있구나 하는 느낌. 나는 이 감정을 쓸어 올리고 힘을 실었다. 그가 조만간 나를 떠나리라는 다른 감정에 저항하면서. 잠들었지만 그에게도 이 마음이 전해진 게 틀림없었다. 깨어나더니 그는 이렇게 말했다. "애나, 이제 그만 자." 그는 눈을 감은 채 미소 지었다. 그 미소는 강하고 따스했다. 하지만 애나, 내 생각이 뭐가 중요하겠어? 이런 말을 했을 때 그가 머물러 있던 곳과는 다른 세상에서 나온 게 분명한 미소. 그래, 말도 안돼, 물론 날 떠나지 않을 거야. 저런 미소를 보이면서 이별을 생각할 순 없어. 나는 그의 곁에 등을 대고 누웠다. 이제 곧 재닛이 깰 시간이라 애써 잠을 물리쳤다. 창에 흐르는 빗줄기 때문에 방 안의 빛이 엷은 회색조의 물처럼 이리저리 움직였다. 창문이 약하게 떨렸다. 바람 부는 밤이면 창문들이 요란하게 덜커덩대지만 나는 깨지 않는다. 하지만 재닛이 침대에서 몸을 뒤척이면 금방 잠에서 깬다.

6시쯤 되었을 것이다. 무릎에 팽팽한 긴장감이 느껴진다. 내가 마더 슈거에게 '가정주부 질환'이라 말하던 그것이 엄습했음을 깨닫는다. 내 안의 긴장이 시작되었고 평화는 이미 사라졌다. 스위치가 켜지고 전류가 흐르기 시작한 것이다. 재닛에게 옷을 입히고 아침을 먹여 학교에 보낸 다음 마이클에게도 아침을 차려줘야지, 차가 다 떨어졌다는 거 잊지 말고, 기타 등등, 기타 등등. 이 쓸모없지만 틀림없이 불가피한 긴장과 더불어 원망의 스위치도 함께 켜진다. 무엇에 대한 원망일까? 불공평이겠지. 세세한 것들을 걱정하느라 그렇게도 많은 시간을 소모해야 한다는 사실에 대한 원망. 이 원망이 마이클을 겨눈다. 머리로는 그게 마이클과 아무 상관도 없다는 걸 알면서도. 그래도 나는 정말 그가 원망스럽다. 하루 종일 비서며 간호사며, 온갖 일을 하는 여자들이 뒤치다꺼리를 하며 그에게서 이런 압박감을 덜어줄 테니까. 그 원망의 전류를 꺼버리기 위해 나는 온몸의 긴장을 풀어보려 애쓴다. 하지만 팔다리가 아프기 시작해 돌아누울 수밖에 없다. 벽 너머로 또 한번 뒤척이는 소리가 들린다. 재닛이 깨어나고 있다. 동시에 마이클이 부스럭거리고, 내 엉덩이에 밀착한 그가 점점 커지는 게 느껴진다. 원망이 형태를 갖춘다. 그래, 물론 지금 그걸 하고 싶은 거지. 내가 몸이 편치 않고 재닛이 깨는 소리에 귀 기울이는 지금. 하지만 그 분노는 그와 관련이 없다. 오래전 마더 슈거와 상담하던 중에 나는 그 원망, 그 분노가 비개인적인 것임을 알게 되었다. 그건 차라리 우리 시대 여자들의 질환이다. 여자들의 얼굴이나 목소리에서, 혹은 그들이 사무실로 보내오는 편지들에서 나는 매일 그걸 목격한다. 그들의 감정은 불의에 대한, 비개인적인 독성에 대한 원망이다. 그게 비개인적인 것임을 알지 못하는 운 나쁜 여자들은 이러한 감정을 남편이나 연인에게 떠안긴다. 반면 나처럼 운 좋은 여자들은 그 감정에 맞서 싸운다. 피곤한 싸움이긴 하다. 마이클은 반쯤 잠에 취한 채, 뒤에서 아주 격렬하고 깊숙이 나를 취한다. 그가 나를 비개인적으로 취하고 있기에 나는 그가 애나를 사랑할 때처럼 반응하지 않는다. 게다가 내 정신의 나머지 절반은 밖에서 재닛의 부드러운 발소리가 들리는 즉시 일어나 방을 가로질러 가 여기 들어오는 걸 막아야 한다고 생각하고 있다. 재닛은 7시까지는 방에 들어오는 법이 없다. 규칙으로 정해놓은 것이다. 들어오진 않겠지만 그래도 신경을 쓰고 있어야 한다. 마이클이 나를 움켜잡고 나를 가득 채우는 동안 옆방에서는 계속 소리가 이어지는데, 그 역시 이를 듣고 있다는 사실을, 그리고 이런 위태로운 상황에서 나를 취하는 것이 그에게는 쾌감의 일부라는 사실을 나는 알고 있다. 재닛, 그 여덟살 꼬마 소녀가 그에게는 한편으론 여자들, 그러니까 나와 자느라고 그가 저버린 다른 여자들을 대표하는 동시에, 다른 한편으론 그가 자신의 살 권리를 주장하며 맞서고 있는 어린아이, 혹은 아이의 본질을 뜻하는 것이다. 자기 아이들 얘기를 할 때면 그는 언제나 반쯤은 애정이 담긴, 반쯤은 공격적인 웃음을 머금곤 한다. 자신의 상속자들이자 동시에 암살범들이라면서. 그는 벽 너머 몇발자국 떨어진 곳에 있는 내 아이가 자기 자유를 빼앗도록 놔두지 않을 작정이다. 정사를 마치고 그가 말한다. "애나, 당신 이제 나를 버리고 재닛에게 가겠지?" 마치 새로 태어난 동생에게 부모의 사랑을 빼앗겼다고 느끼는 아이처럼 이 말을 한다. 나는 웃으며 그에게 키스한다. 원망이 갑작스레 너무도 강렬해져 이를 악물면서도. 언제나처럼 나는 그 감정을 누르며 이렇게 생각한다. 내가 남자라도 마찬가지일 거야. 엄마로서 자기통제와 절제가 너무나 힘들었기에 내가 남자라면, 그래서 자기통제를 강요받지 않는다면 지금의 나와는 다를 거라고 생각하는 나 자신을 차마 기만하지 못한다. 그래도 재닛에게 가기 위해 옷을 걸치는 몇초 안되는 이 순간 광포한 독약과도 같이 분한 마음이 엄습한다. 아이는 아무것도 모르겠지만, 그럼에도 재닛에게 가기 전에 섹스의 냄새가 아이를 괴롭히지 않도록 다리 사이를 재빨리 씻는다. 난 그 냄새를 좋아하고, 그렇게 빨리 그걸 씻어 없애는 게 싫다. 그리고 그래야 한다는 사실이 내 기분을 더 엉망으로 만든다. (이 모든 반응을 나 자신이 의식적으로 지켜보고 있다는 사실이 기분을 더 나쁘게 하는구나, 이렇게 생각했던 기억이 난다. 평소라면 반응들이 그렇게 강렬하지 않았을 텐데.) 하지만 재닛의 방에 들어서서 문을 닫은 다음, 검은 머리를 요정같이 풀어헤치고 작고 여린 얼굴(내 얼굴)에 미소를 띤 채 침대에 앉아 있는 딸아이의 모습을 보는 순간 분한 마음은 극기의 습관 아래로 사라지며 그 즉시 애정으로 변한다. 6시 30분, 방은 아주 싸늘하다. 재닛의 창에도 회색 물줄기가 흐른다. 내가 가스난로를 켜는 동안 재닛은 밝고 다채로운 색상의 만화책에 에워싸인 채 침대에 앉아 내가 모든 일을 평소처럼 하는지 지켜보면서 동시에 만화책을 읽고 있다. 애정 어린 마음으로, 나는 딸아이 크기만큼 몸이 움츠러들어 재닛이 된다. 커다란 눈망울 같은 거대한 노란 불, 뭐든 들어올 수 있을 그 거대한 창, 태양을 기다리는 회색의 불길한 빛, 비를 털어버릴 악마 혹은 천사. 이윽고 나는 다시 애나로 돌아온다. 큰 침대에 앉은 작은 아이 재닛을 본다. 기차가 지나가자 벽이 약하게 진동한다. 아이에게 다가가 입을 맞추고 따스한 살과 머리칼, 자는 동안 덥혀진 잠옷의 섬유에서 풍기는 좋은 냄새를 맡는다. 방이 데워지는 동안 난 부엌으로 가서 딸의 아침 식사를 준비한다. 시리얼과 달걀 프라이와 차를 쟁반에 담아 방으로 들어가고, 딸애가 침대에 앉아서 먹는 동안 나는 차를 마시며 담배를 피운다. 집은 아직 고요하다. 몰리는 두어시간 더 자다 일어날 것이다. 토미는 어제 밤늦게 여자애를 데리고 왔다. 그들 역시 잠들어 있을 것이다. 벽 너머 아기가 울고 있다. 한때 재닛이 울었던 것처럼 그 아기가 울면 연속성과 휴식의 느낌이 밀려든다. 젖을 주면 곧 잠들, 반쯤 잠든 아기의 만족스러운 울음소리. 재닛이 묻는다. "우리 아기 하나 더 키우면 안돼요?" 이 말을 자주 한다. 그러면 나는 대답한다. "남편이 있어야 아기를 갖는데 엄만 남편이 없잖니." 재닛이 이 질문을 하는 건 한편으론 내가 아기를 낳았으면 하는 마음 때문이고, 다른 한편으론 마이클의 역할을 확인하고 싶어서다. 그러면 다시 묻는다. "마이클 아저씨 여기 계세요?" "그래, 자고 있어." 나는 확고하게 답한다. 내 확고함이 딸애에게는 안정감을 주고, 딸애는 아침 식사를 계속한다. 이제 방이 따뜻해지자 재닛은 하얀 잠옷을 입은, 연약하고 다치기 쉬운 모습으로 침대에서 나온다. 내 목에 팔을 둘러 앞뒤로 흔들며 노래한다. 잘 자라 우리 아가. 나도 재닛을 흔들며 아기에게 하듯이 노래를 하고, 그러면 재닛은 옆집 아기가, 내가 갖지 않을 아기가 된다. 그러다가 갑자기 딸이 나를 풀어주자 나는 마치 무거운 것에 눌려 휘어 있던 나무처럼 다시 튀어오른다. 재닛은 아직 반쯤 잠에 겨워 평화롭게 콧노래를 부르며 옷을 입는다. 압박감이 다가올 때까지, 그래서 생각하기 시작해야 할 때가 오기 전까지, 오랜 세월 그 평화를 딸은 간직하리라. 30분 뒤에는 감자 요리를 해야 하고, 식품점에서 살 것들 목록을 작성해야 하고, 드레스 옷깃을 바꾸어 달아야 하고…… 그런 압박으로부터 정말이지 재닛을 보호하고 싶고, 그걸 미뤄주고 싶다. 동시에 나는 딸애를 어떤 것으로부터든 보호하려 들어서는 곤란하다고, 이런 욕구는 단지 자기 자신을 보호하고 싶다는 애나의 마음에서 나온 것뿐이라고 스스로에게 말한다. 재닛은 노래를 흥얼거리고 간간이 이야기도 하면서 천천히 옷을 입는다. 햇빛 아래서 게으르게 윙윙거리는 벌 같은 움직임이다. 짤막한 빨간색 주름치마에 감색 면 셔츠를 입고 감색 타이즈를 신는다. 어여쁜 작은 소녀. 재닛. 애나. 옆집 아기는 잠들어 있다. 아기의 만족스러운 침묵이 느껴진다. 나와 재닛을 빼고 모두가 잠들어 있다. 친밀함과 특별함의 감정, 재닛이 태어난 순간 시작된 감정이자, 이렇게 잠든 도시에서 우리만 단둘이 깨어 있을 때면 느끼는 감정이다. 따스하고 나른하며 친밀한 유쾌함이라는 감각. 딸은 너무도 연약해 보여 나는 손을 내밀어 딸이 걸음을 잘못 디디거나 위험한 동작을 하지 않게끔 도와주고 싶기도 하고, 가끔은 너무 강해 보여 마치 불사신처럼 여겨지기도 한다. 죽음의 무게를 무릅쓴 이 위태로우면서도 경이로운 불멸의 존재로 인해, 나는 마이클과 잘 때 승리감을 느끼며 큰 소리로 웃고 싶어진다.

이제 거의 8시가 가까워오자 또다른 압박감이 시작된다. 마이클이 남부 런던의 병원에 가는 날이고, 늦지 않으려면 8시에는 일어나야 한다. 그로서는 일어나기 전에 재닛이 이미 학교로 떠나고 없는 편이 낫다. 그게 나를 확실히 나눠주기에 나도 그 편이 더 좋다. 두 인격, 재닛의 엄마와 마이클의 애인은 나뉘어 있을 때 행복하다. 동시에 둘 다가 되어야 하는 건 고역스럽다. 이제 비가 그쳤다. 우리의 입김과 밤의 습기로 덮인 창문을 닦아내자, 차고 축축하긴 해도 날이 맑게 개어 있다. 재닛의 학교는 조금만 걸어가면 되는 가까운 곳에 있다. "비옷 입고 가." 내가 말한다. 금방 딸애의 목소리가 항의조로 높아진다. "아, 안돼요, 엄마. 비옷 싫어요. 더플코트 입을래요." 나는 차분하면서도 확고하게 말한다. "안돼. 비옷 입어. 밤새 비가 왔잖니." "자고 있었으면서 어떻게 알아요?" 이렇게 의기양양하게 쏘아붙이면서 딸애는 기분을 푼다. 이제는 더 까탈부리지 않고 비옷을 받아 들고 고무장화도 신을 것이다. "오늘 오후에 학교에 데리러 와요?" "그래, 그럴 거야. 하지만 혹시 내가 안 나타나면 그냥 집으로 오면 돼. 몰리가 있을 테니까." "아니면 토미 오빠가 있겠죠." "아니, 토미는 아니야." "왜요?" "토미는 이제 어른이잖아. 여자친구도 있고." 재닛이 토미의 여자친구에게 질투의 기미를 보이던 터라 난 일부러 그 말을 덧붙인다. 딸애가 침착하게 대꾸한다. "토미 오빠 앞으로도 날 제일 좋아할 거예요." 그러고서 말한다. "엄마가 데리러 오지 않으면 바버라네 집에 가서 놀게요." "그렇게 해, 그러면 6시에 데리러 갈게." 엄청난 소음을 내며 딸이 계단 아래로 내달린다. 마치 집 한가운데 산사태가 나서 무너져 내리는 것 같다. 몰리가 깰까봐 걱정스럽다. 10초 뒤 현관문이 쾅 하고 닫힐 때까지 나는 계단참에 서서 귀를 기울인다. 그런 다음, 다시 생각해야 할 때가 오기 전까지 딸애 생각은 머릿속에서 전부 몰아낸다. 침실로 돌아가보니, 마이클은 어두운 언덕처럼 이불 밑에 웅크리고 있다. 커튼을 치고 침대에 걸터앉아 키스로 마이클을 깨운다. 그가 나를 붙잡고 말한다. "다시 누워봐." "8시야, 일어날 시간 지났어." 그가 내 가슴에 손을 얹는다. 젖꼭지가 타오르기 시작하고, 나는 반응을 억누르며 다시 말한다. "8시라니까." "아, 애나, 당신 아침이면 늘 그렇게 효율적이고 현실적으로 군다니까." "나 원래 그렇잖아." 무심하게 그 말을 하지만 일말의 짜증이 목소리에 묻어난다. "재닛은?" "학교 갔어." 그가 가슴에서 손을 내리자, 엉뚱하게도 나는 우리가 섹스를 하지 않는다는 사실에 실망을 느낀다. 동시에 안도감도. 만약 하면 그는 늦을 테고 내게 성질을 부릴 테니까. 물론 예의 원망도 일어난다. 내 고통, 내 짐, 내 십자가. 그가 침대에 두시간 더 누워 있을 수 있게 만든 게 바로 나의 능률과 현실성인데도, 이 사람은 '당신은 늘 그렇게 효율적이고 현실적으로 군다'고 말하는 것이다.

그는 일어나서 씻고 면도를 하고, 그사이 나는 아침 식사를 준비한다. 우리는 늘 침대 옆 낮은 탁자의 천을 서둘러 걷어낸 뒤 거기서 식사를 한다. 이제 커피와 과일, 토스트를 먹는다. 그는 이미 매끈한 정장 차림에 차분하고 눈이 또렷한 전문가의 풍모다. 그가 나를 지켜보고 있다. 뭔가 말할 생각임을 나는 알고 있다. 터뜨릴 날이 오늘인가? 오늘이 일주일 만에 함께하는 아침이라는 사실이 떠오른다. 자기 집에서는 불행하고 갇힌 기분이라는 마이클이 지난 엿새간 아내와 있었다는 건 있을 수 없는 일이기에 이에 대해서는 생각하기가 싫다. 그렇다면 어디에 있었던 것일까? 질투라기보다는 무겁게 내리누르는 고통, 상실의 고통이 밀려온다. 하지만 난 웃는 얼굴로 그에게 토스트와 신문을 건네준다. 그가 신문을 받아 들고 한번 훑어보더니 말한다. "이틀 밤 연속으로 날 참아줄 수 있다면 말이야, 오늘 저녁에 강연하러 이 근처 병원에 와야 하거든." 내가 미소 짓는다. 매일 밤을 함께 보내던 그 세월을 생각하며 우리는 아이러니한 미소를 교환한다. 곧 그는 감상적인 기분에 빠지면서, 동시에 그 세월을 조롱한다. "아, 애나, 하지만 당신 인내심이 이제 바닥을 드러내고 있잖아." 난 그저 다시 미소 지을 뿐이다. 뭘 얘기해봐야 소용없으니까. 그러자 이번에는 그가 난봉꾼을 흉내 낸다. "아침이 밝아오면 당신은 점점 더 현실적으로 바뀌지. 지각 있는 남자라면 여자가 자기에게 아주 효율적으로만 대할 때가 바로 헤어질 때란 걸 깨닫는 법이거든." 갑자기 이 게임이 너무 고통스럽게 느껴졌기에 나는 말한다. "글쎄, 암튼 오늘 저녁에 와주면 나야 좋지. 여기서 밥 먹을 거야?" 그가 말한다. "당신이 이렇게 훌륭한 요리산데 당신과 밥 먹는 걸 어떻게 거절하겠어, 안 그래?" "기대할게." 내가 대꾸한다.

그가 말한다. "옷 빨리 입을 수 있으면, 사무실까지 태워줄게." 나는 망설인다. 만약 저녁때 요리를 해야 한다면 출근 전에 재료를 사야 한다고 생각하던 중이다. 그가 망설임을 눈치채고 재빨리 덧붙인다. "아니면 그냥 지금 가고." 그가 내게 키스한다. 그 키스는 우리가 나눈 그 모든 사랑의 연장선상에 있다. 그 친밀함의 순간을 밀쳐내면서 그는 다른 주제의 연장선상에 있는 말을 덧붙인다. "공통점이 하나도 없다 해도, 우리에겐 섹스가 있지." 요즘 들어서야 꺼내기 시작한 이 말이 나올 때면 나는 배 속 깊이 어딘가가 차갑게 식는 기분이다. 나를 완전히 밀쳐내는 느낌, 그게 아니라 해도 내겐 그렇게 느껴진다. 우리 사이에 엄청난 허공이 놓인 듯하다. 그 먼 공간 너머로 내가 비꼬듯 묻는다. "그게 우리가 함께한 전부인가?" 그러면 그가 말한다. "전부냐고? 하지만 사랑스러운 애나, 내 사랑 애나, 아, 이젠 가봐야겠네. 늦겠어." 그러고는 떠난다. 거절당한 남자의 쓰라리고 슬픈 미소를 머금고서.

이제 나도 서둘러야 한다. 다시 씻고 옷을 입는다. 작은 흰색 깃이 달린, 검은색과 흰색이 섞인 모직 원피스. 마이클이 이 옷을 좋아하는데 오늘 저녁 전에 옷 갈아입을 시간이 없을 것 같아서다. 그런 다음 식품점과 정육점으로 달려간다. 마이클을 위해 식재료를 사는 일은 언제나 내게 커다란 기쁨을 준다. 요리하는 행위 그 자체와 마찬가지로 관능적인 즐거움. 나는 달걀옷과 빵가루를 입힌 고기, 사워크림과 양파를 넣고 조린 버섯, 맑고 진한 호박색 수프를 머릿속에 그린다. 상상 속에서 그 요리와 내가 취할 동작들을 창조해내며 재료와 열, 질감을 확인한다. 재료들을 탁자 위에 둔다. 다음 순간 송아지 고기를 미리 두들겨놓아야 한다는 사실, 나중에 하면 재닛이 깰 테니까 지금밖에 할 시간이 없다는 사실을 깨닫는다. 그래서 송아지 고기를 납작하게 두드리고 얇아진 고기를 종이에 싸둔다. 이제 9시다. 생활비가 부족해진 탓에 택시가 아닌 버스로 출근해야 한다. 15분 남았다. 서둘러 방을 쓸고 침대를 정리한

다음, 지난밤의 얼룩이 묻은 시트를 벗기고 새 시트를 씌운다. 세탁물 바구니에 그 얼룩진 시트를 밀어 넣을 때 핏자국이 눈에 들어온다. 하지만 벌써 생리가 시작된 건 아닐 텐데? 나는 서둘러 날짜를 확인하고 그날이 오늘임을 깨닫는다. 갑자기 지치고 짜증이 난다. 생리 때면 늘 이런 감정이 따라오기 마련이니까. (내가 느낀 모든 것을 기록하는 날로 오늘을 고르지 않는 편이 더 좋지 않았을까, 이런 생각을 하다가 그냥 계속하기로 했다. 이건 예정에 없었는데. 생리는 까맣게 잊고 있었다. 나는 수치심과 수줍음이라는 본능적인 감정은 부정직한 것이라고 결론 내렸다. 작가에게 적합한 감정은 못된다고.) 목화솜 탐폰으로 질을 채우고는 급히 아래층으로 내려가는데 여분의 탐폰을 챙겨 오지 않았다는 사실이 생각난다. 늦었다. 탐폰을 핸드백에 밀어 넣고 손수건 아래 감추자니 자꾸만 짜증이 치민다. 그러면서 생리가 시작된 걸 알아차리지 못했다면 이렇게 기분이 엉망은 아니었을 거라고 되뇐다. 어쨌거나 사무실에서 걷잡을 수 없이 화를 내지 않기 위해서라도, 출근 전인 지금 나 자신을 다스려야 한다. 결국 택시를 타는 편이 낫겠다. 그러면 10분이 더 생기니까. 안락의자에 앉아 몸과 마음을 편안히 가지려 애쓴다. 하지만 너무 예민한 상태다. 이 긴장을 누그러뜨릴 방법을 찾아본다. 창틀에 덩굴식물 화분이 여섯개 놓여 있다. 이리저리 뻗어나가는 이름 모를 녹회색의 식물들이다. 그 여섯개의 토분을 부엌으로 옮겨서 물통에 하나씩 푹 잠그고는, 물에 밀려 올라온 공기가 거품으로 솟아나는 모습을 지켜본다. 물을 머금은 잎이 반짝인다. 축축한 생장물이 풍기는 짙은 흙냄새. 기분이 한결 낫다. 화분들이 조금이라도 햇볕을 받도록 다시 창틀에 가져다 놓는다. 그런 다음 코트를 들고 아래층으로 서둘러 내려가다 아직 잠이 덜 깬 채 실내복 차림으로 있는 몰리와 마주친다. "어딜 가느라 그렇게 급해?" 그녀가 묻고 내가 큰 소리로 답한다. "늦었어." 크고 나른하고 느릿한 저 목소리와 긴장된 내 목소리가 완전히 대조를 이룬다. 버스 정류장에 도착할 때까지도 빈 택시가 보이지 않고 때마침 비가 내리기 시작하기에 버스가 도착했을 때 그냥 올라탄다. 스타킹에 물이 약간 튀었다. 오늘밤 잊지 않고 갈아신어야 한다. 마이클은 이런 사소한 것들을 알아차리는 사람이다. 이제 버스 좌석에 앉아 복부 아래 당기는 듯한 둔중한 통증을 느낀다. 심하지는 않다. 첫날의 고통이 이렇게 경미하다면 이틀 정도면 끝나겠다. 다른 여자들에 비하면 내 고통은 아무것도 아닌데, 난 왜 고마워할 줄도 모를까? 가령 몰리는 닷새에서 엿새에 걸쳐 고통을 즐기듯이 신음하고 불평하는데. 내 정신은 다시 실용적인 쳇바퀴로 돌아가 오늘 해야 할 일들, 이번엔 사무실과 관련된 것들을 생각한다. 동시에 나는 기록하기 위해 모든 것을 낱낱이 의식해야 하는 이 일, 특히 생리와 관련하여 그렇게 해야 한다는 사실을 걱정하고 있다. 왜냐하면 내겐 생리가 규칙적으로 일어나는 일이며 어떤 감정 상태에 돌입하는 것 이상의 의미를 갖고 있지 않아서 특별한 중요성이 없지만, '피'라는 단어를 적는 순간 그게 엉뚱하게 강조될 수 있고 심지어 내가 쓴 걸 내가 읽을 때조차 원래는 존재하지 않았던 중요성이 생겨날지도 모르기 때문이다. 그래서 나는 시작하기도 전에 이미 하루를 기록하는 이 일의 가치를 회의하기 시작한다. 그러다가 문득 내가 문학적 스타일, 기교상의 어떤 중요한 문제에 대해 생각하고 있다는 사실을 깨닫는다. 예를 들어, 제임스 조이스가 똥 누는 남자를 묘사했을 때 그건 하나의 충격이었고, 또 충격적이었다. 단어들에서 충격을 가하는 힘을 제거하는 것이 조이스의 의도였음에도 말이다. 최근 한 서평에서 어떤 남자가 자신은 여성이 대변보는 장면을 묘사하는 글이 역겨울 것 같다고 써놓은 것을 봤다. 나는 그 말에 분노가 치밀었는데, 이는 물론 그가 여성이라는 낭만적인 이미지의 낭만적 특징을 덜어내는 일이 못마땅하다는 뜻으로 한 말이었기 때문이다. 그럼에도, 결국 그 사람은 맞는 얘기를 했다. 기본적으로 그것이 문학에 있어서의 문제는 결코 아니라는 생각이 든다. 가령 몰리가 유쾌한 너털웃음을 터뜨리며 저주가 시작되었다고 말할 경우, 비록 우리 둘 다 여자임에도 나는 그 순간 불쾌함을 억눌러야 하고 나쁜 냄새의 가능성을 의식하기 시작한다. 몰리에 대한 내 반응을 생각하면서, 나는 글쓰기에서 진실성이라는 문제(즉, 나 자신에게 진실해야 할 필요성)는 잊어버린 채 혹시 내가 냄새를 풍기고 있나, 이런 걱정을 하기 시작한다. 그건 내가 유일하게 싫어하는 냄새다. 나는 내가 화장실에서 만들어내는 냄새들도 싫어하지 않는 편이다. 섹스, 땀, 피부, 머리카락 냄새를 나는 좋아한다. 하지만 그 뭔지 모르게 수상쩍으면서도 본질적으로 부패한 냄새인 생리혈 냄새는 아주 질색이다. 불만스럽기도 하다. 심지어 나 자신에게도 이질적인, 외부에서 나에게 강요한 냄새 같다. 내가 만들어낸 것이 아닌 어떤 것만 같다. 하지만 이틀 동안 나는 외부로부터 온 이것, 내가 발산하는 나쁜 냄새에 대처해야 한다. 의식하려고 작정하지 않았더라면 이 모든 생각이 머리에 떠오르지는 않았으리라. 생리는 내가 별다른 생각 없이 대처하는 일, 혹은 일상적인 문제들을 다루는 내 정신의 일부가 처리하는 일들 중 하나에 불과하니까. 일상적으로 위생 문제에 간여하는 내 정신의 일부 말이다. 하지만 그걸 기록해야 한다는 생각이 그 진실을 파괴하며 균형을 무너뜨리고 있다. 그래서 나는 생리에 대한 생각을 머리

밖으로 밀쳐내지만, 그러면서도 사무실에 도착하자마자 화장실에
가서 냄새가 나지 않게끔 확실하게 처리해야 한다는 점을 머릿속
에 메모해둔다. 사실 난 곧 있을 뷰트 동지와의 만남에 대해 생각
하고 있어야 한다. 동지라는 단어를 나는 야유의 의미로 사용한다.
그가 야유하듯 나를 애나 동지라고 부르는 것처럼 말이다. 지난주
에 나는 뭔가에 대단히 화가 나서 그에게 이렇게 말했다. "뷰트 동
지, 만약 우리가 러시아 공산주의자들이었다면 수년 전 이미 당신
은 나를 총살했겠죠?" "그렇소, 애나 동지. 그럴 가능성이 무척 높
아 보이는군." (이런 농담이 요새 당원들 사이에서 유행이다.) 그러
는 동안 잭은 자리에 앉아 둥근 안경알 너머로 우리에게 미소를 보
냈다. 그는 내가 뷰트 동지와 싸우는 광경을 즐긴다. 존 뷰트가 떠
난 뒤에 잭이 말했다. "당신이 고려하지 않는 게 하나 있는데, 그건
바로 존 뷰트를 총살하도록 당신이 명령을 내렸을 수도 있다는 거
지." 이 말은 내가 남몰래 시달리는 악몽에 너무 근접한 발언이라,
나는 악령을 쫓아볼 목적으로 이런 농담을 했다. "친애하는 잭, 내
처지의 본질인즉 근본적으로 총살당하는 쪽은 나라는 거야, 이게
전통적으로 내 역할이거든." "너무 확신하진 마. 만약 당신이 30년
대의 존 뷰트를 알았다면 그렇게 쉽게 그에게 관료적인 처형자의
역할을 맡기진 않을 테니까." "어찌 됐든 그게 중요한 건 아니지."
"그럼 뭐가 중요할까?" "스탈린이 죽은 지 거의 1년이 다 되었지만
아무것도 바뀌지 않았어." "아주 많은 게 바뀌었잖아." "사람들이
감옥에서 풀려나긴 했지. 하지만 애당초 그들을 거기 집어넣은 태
도를 바꾸기 위한 조치는 아무것도 취해진 게 없어." "법을 바꿀 생
각을 하고 있으니까." "법이야 이렇게 저렇게 바뀌겠지. 하지만 그
건 내가 말하는 정신을 바꾸는 일과는 아무런 관련이 없잖아." 잠

시 후 그가 고개를 끄덕였다. "물론 그럴 수도 있지만, 어떻게 될지야 모를 일이지." 그는 부드럽게 내 마음을 살피고 있었다. 우리의 대화를 가능하게 하는 이 온화함과 초연함이야말로 신념이 무너진 가슴의 표징으로서 이런저런 시점에 대다수의 사람들로 하여금 배신을 저지르게 만드는 힘인지, 혹은 자신을 드러내지 않는 강인함인지 나는 종종 궁금했다. 모르겠다. 한가지 분명한 사실은 잭이 나와 이런 종류의 토론을 할 수 있는 당내의 유일한 사람이라는 것이다. 몇주 전 탈당을 고민하고 있다고 했더니, 그는 유쾌하게 대답했다. "입당한 지 이제 30년 되었는데, 알고 지내던 수천명 중에 나와 존 뷰트만이 그냥 여기 남아 있지 않을까, 가끔 그런 생각이 들어." "당에 대한 비판이야? 아니면 당을 떠난 수천명에 대한 비판?" "물론 타락한 수천명에 대한 비판이지." 그는 웃으며 대답했다. 어제는 이런 말도 했다. "글쎄, 애나, 만약 당신이 당을 떠날 생각이라면 한달 정도 일찍 알려주면 좋겠어. 참 유익한 일을 해주고 있는데, 당신을 대신할 사람을 구하려면 그 정도 시간은 필요해서 말이야."

오늘 나는 존 뷰트에게 두권의 책에 대해 보고해야 한다. 언쟁을 벌여야 할 것이다. 잭은 그 자신이 일말의 주저도 없이 말라 죽었다고 묘사하는 당의 정신으로 자신이 치러온 전투를 계속 수행하기 위한 일종의 무기로서 나를 고용했다. 이 출판사 운영은 잭이 맡고 있다. 사실 잭은 일종의 실무자이고, '당'에서 내려보낸 존 뷰트가 그 위에 있지만. 어떤 책을 내느냐 마느냐 최종 결정은 당 지도부에서 내린다. 잭은 '착한 공산주의자'다. 이 말은 그가 뜻대로 되지 않는 상황에 대해 원망할 수도 있었겠지만 그런 그릇된 자존심을 정직하고 진실한 마음으로 극복했다는 뜻이다. 원칙적으로 그는 당 지도부의 존 뷰트 휘하 소위원회가 내린 결정을 따라야 한다는 사실 자체를 못마땅하게 여기지는 않는다. 오히려 이런 종류의 권력집중에 찬성하는 편이다. 하지만 그도 지도부의 정책이 틀렸다고 본다. 잭이 생각하기에 잘못된 것은 사람이나 집단의 문제가 아니다. 단순하게 말하자면, '이 시대의' 당은 지성의 측면에서 썩은 물에 잠겨 있고, 따라서 상황이 달라지길 기다리는 것 외에 달리 뾰족한 수가 없다는 것이다. 그때까지는 자신이 경멸하는 지적 태도들에 자기 이름이 엮이는 상황을 그저 감내할 뿐이다. 나는 생각이 다르다. 내가 보기에 당은 이제 돌이킬 수 없이 지적으로 붕괴되었지만, 그는 수십년, 아니 수백년의 장기적인 관점에서 당을 바라본다(꼭 가톨릭교회 같다고 나는 놀리곤 한다). 사무실에서 일을 하다가 짬이 날 때나 점심을 들면서 우리는 이 문제에 대해 끝없이 토론한다. 가끔 존 뷰트가 듣고 있다가 끼어들기도 한다. 토론은 내 마음을 사로잡으면서도 동시에 분노를 유발한다. 이런 종류의 논쟁에서 우리가 사용하는 종류의 대화는 당의 공식 '노선'과 1000마일쯤 떨어진 것이기 때문이다. 더구나 이런 식의 대화는 공산주의 국가라면 반역죄에 해당할 것이다. 하지만 당을 떠나면 나는 바로 이런 논쟁을 그리워하게 되리라. 본원적인 철학이 삶의 토대가 되어야 마땅하다고 믿으며 살아온 사람들과의 교제 말이다. 바로 이게 당을 떠나고 싶어하고 또 떠나야겠다고 말하는 사람들이 정작 떠나지 못하는 이유다. 당 내부의 일부 지식인들과 비교하면 당 밖에서 만난 집단이나 지식인들은 대부분 아는 것이 별로 없고 경박하며 편협하다. 비극적이게도 이 지적 책임감, 이 고도의 진지함은 현재 진공상태다. 그런 태도는 영국이나 현재의 공산주의 국가와는 무관하며, 그보다는 오래전 국제적 공산주의에서 찾아볼 수 있었던 정신, 오늘날 우리가 스탈린주의라고 명명한, 오직 생존을 위한 절박함과 광기에 의해 살해당하기 전에 존재했던 그 정신과 관련이 있다.

버스에서 내리며, 임박한 싸움에 대해 생각하느라 내가 너무 흥분한 상태임을 깨닫는다. 뷰트 동지와 싸워 이기려면 무엇보다도 절대 평정심을 잃어서는 안된다. 하지만 나는 차분한 사람이 아니다. 더구나 하복부의 통증도 심하다. 설상가상으로 30분이나 늦었다. 나는 늘 제시간에 사무실에 도착하고 정해진 근무시간을 준수하려 애쓰는 편이다. 무급으로 일한다는 이유로 어떤 특권을 누리기를 바라지 않기 때문이다. (마이클의 농담. 친애하는 애나, 당신은 지역사회에 봉사하는 상류계급이라는 영국의 위대한 전통을 따르고 있는 거야. 무급으로 공산당을 위해 일하잖아. 당신 할머니께서 굶주리는 가난뱅이들을 위해 일하셨던 것처럼 말이야. 가끔 나도 그런 농담을 하긴 하지만 마이클이 하면 기분이 나빠진다.) 늦었기 때문에 서둘러 세면실로 가 몸 여기저기를 살펴본 다음 탐폰을 바꿔 끼우고 그 시큼한 곰팡이 냄새를 없애기 위해 허벅지 사이에 따뜻한 물을 몇번이고 끼얹었다. 그런 다음 허벅지와 팔에 향수를 뿌리고, 한두시간 뒤에 다시 와서 또 해야 해, 이렇게 나 자신에게 확인시킨다. 그런 뒤 위층으로 올라가서 내 사무실을 지나쳐 잭의 사무실로 간다. 존 뷰트와 함께 잭이 있다. 잭이 말한다. "애나, 좋은 냄새가 나는데." 그 즉시 내 마음은 가벼워지고 뭐든 다 해낼 수 있을 것 같은 기분이 된다. 말라비틀어진 몸에 머리가 희끗한 존 뷰트, 체액이 완전히 증발한 듯한 그 노인을 보면서 나는 30년대 초 젊은 시절의 그가 활달하고 명석했으며 위트 넘치는 청년이었다는 잭의 말을 떠올린다. 아주 뛰어난 대중 연설가였고, 당시 당의 관료주의에 반대했다고 했지. 태생적으로 비판적이며 권위에 굴하지 않는 사람이라고. 이런 얘기를 들려주면서 잭은 믿기 힘들어하는 내 모습을 다소간 씁쓸하게 즐기더니, 이어 존 뷰트가 20년 전에 쓴, 프랑스혁명에 관한 소설 한편을 내게 건넸다. 재기 넘치고 생생하며 아주 대담한 책이었다. 그러고서 지금 그를 다시 보니, 나도 모르게 이런 생각이 든다. 공산당이 저지른 진짜 범죄는 엄청나게 많은 경이로운 사람들을 아주 못쓰게 망가뜨려놓거나, 아니면 자기 나라에서 일어나는 모든 일로부터 차단당한 채 다른 공산주의자들과 폐쇄된 집단을 이루고 살면서 사소한 일에 머리를 싸매느라 먼지처럼 말라빠진 관료형 인간으로 바꿔놓은 것이라는 생각. 그런데 내가 방금 사용한 표현들이 놀랍기도 하고 불쾌하기도 하다. '범죄'라는 표현은 공산주의 사상의 무기고에서 나온 것으로, 아무런 의미도 없는 말이다. 모종의 사회적 과정이 개입하여 '범죄' 같은 말들을 멍청하게 만드는 것이다. 이런 생각을 하노라니 새로운 종류의 사고가 탄생하는 것이 느껴지고, 그래서 나는 힘겹게 생각을 이어간다. 여느 다른 기관처럼 공산당 역시 자신의 비판자들을 내부로 흡수하는 과정을 통해 유지된 건 아닐까. 공산당은 그들을 제 편으로 만들거나 아니면 파괴한다. 나는 계속 생각한다. 사회, 아니 사회들은 언제나 이런 식으로 조직되지 않았던가. 지배적인 집단이나 정부가 있으면 반대하는 다른 집단이 존재하고, 힘이 더 센 집단이 궁극적으로는 대항 집단을 변화시키거나 대체해왔던 거야. 아니, 사실은 전혀 그렇지 않아. 갑자기 내 눈에 이 상황이 완전히 다른 식으로 보인다. 아니지, 굳어버려 화석화된 사람들의 집단이 있고, 그들에게 맞서는, 한때의 존 뷰트처럼 젊고 새로운 혁명가들이 있어. 그 둘 사이에 온전함과 균형이 자리잡는 거야. 그런 다음 일단의 새롭고 활기찬 정신을 가진 비판적인 인물들이 하나의 집단을 이루어 죤 뷰트처럼 굳어 화석화된 사람들의 집단에 대항하지. 죽은, 혹은 말라버린 사유의 고갱이는 새로운 생명의 활기찬 싹들 없이는 존재할 수 없는데, 동시에 그 싹들 역시 너무나 빨리 수액이 죄다 말라버린 죽은 나무가 되는 거야. 달리 말해 바로 나, '애나 동지'가—나를 부르는 뷰트 동지의 음성에 담긴 그 조롱의 어조를 떠올리자 두려움이 엄습한다—뷰트 동지를 존재하게 하고, 먹여 살리며, 때가 되면 나 또한 그런 모습으로 변할 테지. 이런 생각, 그러니까 애당초 옳고 그른 건 없고 오직 하나의 과정 혹은 그냥 바퀴가 계속 돌아가는 것뿐이라는 생각을 하자, 내 안의 모든 것이 그런 인생관에 이의를 제기하는 것을 느끼며 나는 두려움에 황망해지고, 최근 수년간 정신을 바짝 차리지 않을 때면 어김없이 나를 감금하는 것 같았던 악몽 속으로 다시 돌아간 듯하다. 밤낮없이 나를 찾아오는 그 악몽은 실로 다양한 형태를 취하는데, 가장 간단하게 묘사하면 이렇다. 한 남자가 눈을 가린 채 벽돌 벽에 등을 대고 서 있다. 죽을 만큼 심한 고문을 당한 사람이다. 그의 맞은편에는 소총을 든 여섯 남자가 이미 사격 자세를 취하고 있다. 지휘관인 일곱번째 남자는 손을 올리고 있다. 그가 손을 떨어뜨리면 총성이 울리고 포로는 사살되어 쓰러지리라. 하지만 갑자기 의외의 상황이 전개된다. 물론 그 일곱번째 남자는 이런 일이 생길까봐 내내 귀를 기울이고 있었으니 전혀 예상하지 못한 일은 아니다. 바깥쪽 거리에서 고함 소리와 싸우는 소리가 터져나온다. 여섯 남자는 뭔가를 묻는 표정으로 자신들의 지휘관인 일곱번째 남자를 바라본다. 지휘관은 바깥의 싸움이 어떻게 될지 결과를 기다리며 서 있다. 함성이 들려온다. "우리가 이겼다!" 그 말에 지휘관은 공간을 가로질러 벽으로 가서 포박당한 남자를 풀어주고 그 자리에 대신 선다. 지금까지 묶여 있던 남자가 지휘관을 묶는다. 한순간, 바로 이때가 그 악몽의 끔찍한 순간인데, 그 둘은 미소 띤 얼굴로 서로를 쳐다본다. 짧고 씁쓸한, 그러나 순응하는 미소. 그 미소로 그들은 형제가 된다. 바로 그 미소 띤 얼굴에 내가 피하고 싶은 끔찍한 진실이 들어 있다. 그것이 모든 창조적인 감정을 비워버리는 얼굴이기 때문이다. 이제 일곱번째 남자, 그 지휘관이 눈이 가려진 채 벽에 등을 대고 서서 기다린다. 조금 전까지 포로였던 사람은 여전히 사격 자세를 유지하고 있는 남자들 쪽으로 간다. 총성이 울리고, 벽 앞에 선 몸이 움찔하더니 쓰러진다. 여섯 군인은 경련과 메스꺼움에 시달린다. 그들은 살해의 기억을 잠재우기 위해 술을 마시러 갈 것이다. 하지만 이제 자유의 몸이 된 남자, 한때 묶여 있던 그 남자는 다른 군인들이 자신을 저주하고 증오하며 비틀비틀 사라질 때, 마치 그 저주와 증오가 자신이 아닌 방금 사망한 지휘관에게 쏟아진 것인 양 태연한 표정으로 미소 짓는다. 무고한 여섯 병사에게 보내는 이 남자의 미소에는 사태의 진실을 간파한 끔찍한 아이러니가 담겨 있다. 이것이 나의 악몽이다. 이 악몽이 다시 내 머리를 휘젓는 동안 뷰트 동지는 앉아서 기다린다. 언제나처럼 비판적이고 방어적인 작은 미소를, 마치 찡그리듯 띤 채. "그래, 애나 동지, 이 두 걸작을 출판해도 되겠소?" 잭이 자신도 모르게 인상을 쓰는 것으로 보아, 나와 마찬가지로 그 역시 방금 알아차린 눈치다. 이 두 책은 출판될 것이다. 결정은 이미 내려져 있다. 두 책을 모두 읽어본 잭은 특유의 온화한 태도로 이렇게 평했다. "뭐 대단한 내용은 아니지만 이만하기도 쉽진 않으니까." 내가 뷰트 동지에게 답한다. "제 생각이 정말 궁금하다면, 둘 중 하나만 출판하라고 말씀드리고 싶네요. 저로선 어느 쪽도 괜찮은 작

품이라고 생각하지 않지만."" 물론 나도 그 책들에 대해 당신의 걸
작이 받은 그런 호평을 기대하진 않소." 그가 『전쟁의 접경지대』
를 좋아하지 않는 건 아니다. 그는 잭에게 그 책이 마음에 들었다
고 했지만 내게는 아무 말 하지 않았다. 그는 자신이 '자본가 출판
업자'라고 묘사하는 요인 덕분에 그 소설이 성공을 거뒀다고 암시
한 바 있다. 물론 나도 그 생각에 동의한다. 자본가라는 표현을 다
른 말, 가령 공산주의자나 여성지 같은 말로 바꿀 수도 있다는 사
실을 제외하면. 그의 말투는 우리가 벌이는 게임 혹은 역할극의 한
부분에 불과하다. 나는 '잘나가는 부르주아 작가'인 반면 그는 노
동계급 가치의 순수성을 지키는 인물이다. (사실 뷰트 동지는 영국
중산층 가정 출신이지만 물론 이런 건 상관없다.) 내가 제안한다.
"한가지씩 얘기하는 게 낫겠죠?" 나는 책상에 두뭉치의 원고를 내
려놓고 하나를 그의 쪽으로 민다. 그가 고개를 끄덕인다. '평화와
행복을 위하여'라는 제목이 달린 그 원고는 젊은 노동자가 쓴 것이
다. 적어도 뷰트 동지가 묘사한 저자의 면모는 그렇다. 사실 저자는
마흔이 다 된 사람으로 지난 20년간 공산당 임원이었는데, 한때 벽
돌공으로 일했다. 글이 엉망인데다 이야기에 생명력이 없기도 하
지만, 이 책의 정말 놀라운 점은 그릇된 관념에서 단 한발짝도 빠
져나오는 법이 없다는 사실이다. 화성에서 왔다는 그 유용한 가상
의 인물이(혹은 편의상 러시아에서 온 사람이라고 해두자) 이 책
을 읽는다면 아마 이런 인상을 받으리라. 첫째, 영국의 도시들은 심
각한 빈곤, 실업, 폭력, 디킨스의 세계에서나 볼 법한 그런 참혹함
에 시달리고 있다. 둘째, 영국 노동자들은 모두 공산주의자거나 최
소한 공산당을 그들의 당연한 지도자로 여긴다. 이 소설은 어떤 면
에서도 현실을 건드리지 못한다. (그런 책을 잭은 '공산주의자 구

름뻐꾸기의 입에서 뛴 침'[2]으로 표현했다.) 그러면서도 이 특수한 시대에 처한 공산당의 자기기만적 신화를 끊임없이 재생산한다. 작년에만 쉰가지 다른 형태를 하거나 가면을 쓴 그 신화를 읽어야 했다. 내가 말한다. "정말 형편없는 책이라는 거 당신들도 잘 알잖아요." 뷰트 동지의 길쭉하고 앙상한 얼굴에 사무적인 완고함이 나타난다. 나는 그가 20년 전에 쓴 소설, 그걸 쓴 사람이 바로 이 사람이라는 사실이 그저 놀랍기만 했던, 대단히 참신하고 훌륭한 그 소설을 떠올린다. 그는 이제 이렇게 대꾸한다. "걸작은 아니지. 그렇다고 한 적 없소. 하지만 난 꽤 좋은 책이라 생각하는데." 말하자면, 이 평가는 뒤따라올 이야기의 전주곡인 셈이다. 나는 그에게 항의하고, 그는 논박하리라. 이미 결정이 내려진 상태이므로 결과는 달라질 게 없다. 그 책은 출판될 것이다. 약간의 분별력이라도 갖춘 당 내부 인사들은 당의 수준이 이렇게 꾸준히 하락하는 꼴을 보며 더욱더 수치스러워할 것이다. 그래도 『데일리 워커』는 그 작품에 찬사를 보내리라. '결점에도 불구하고 당원 생활에 관한 정직한 소설'로 그 사실을 알아차리는 '부르주아' 비평가들이 이 작품을 멸시할 것이라고. 사실 모든 게 지금까지 그랬던 것과 다를 바 없을 것이다. 그러나 갑자기 난 전부 다 시시해진다. 내가 말한다. "좋아요. 출판하세요. 더이상 할 말 없습니다." 놀란 그들이 말없이 시선을 교환한다. 뷰트 동지가 눈을 내리깐다. 그는 불쾌해한다. 내가 이곳에서 수행하는 역할 또는 기능은 논쟁을 벌이고 비평가 역을 맡음으로써, 뷰트 동지에게 알 만한 사람의 반대를 무릅쓰고 자

---

2 '구름뻐꾸기의 입'은 아리스토파네스의 희곡 『새』에 나오는 '구름 속의 뻐꾸기 나라'를 인유한 표현으로, 현실 세계에서는 불가능할 정도로 모든 것이 완벽하고 이상적인 장소를 가리킨다.

기 의지를 관철했다는 환상을 심어주는 일이었음을 나는 비로소 깨닫는다. 그 사람 반대편에 앉은 난 사실 젊은 시절의 그 자신으로, 그에게는 물리쳐야 할 적수인 셈이다. 이 명백한 사실을 그동안 알아차리지 못했다는 게 창피하기도 하고, 일종의 감금당한 비평가라는 이 역할을 진작 거부했다면 이전의 다른 책들이 출판되지 않았을지도 모른다는 생각도 든다. 잠시 후에 잭이 부드럽게 말한다. "하지만 애나, 그렇게 나오면 안되잖아. 평가를 제대로 해서 뷰트 동지에게 조언하는 게 당신 일이니까." 내가 대답한다. "이 소설 형편없다는 거 당신도 알지. 뷰트 동지도 뻔히 알고 있고……" 뷰트 동지가 주름으로 둘러싸인 빛바랜 두 눈을 들어 나를 노려본다. "……나도 알고 말이야. 하지만 우리 셋 다 이 책이 출판될 거라는 사실 역시 이미 알고 있잖아." 이때 존 뷰트가 입을 뗀다. "애나 동지, 당신의 그 소중한 시간을 조금만 할애할 수 있다면, 이 책이 어째서 나쁜 책인지 내게 한 예닐곱 단어로 말해줄 수 있겠소?" "제가 볼 때 저자는 30년대 기억을 통째로 끌어올려서 마치 1954년의 영국에 들어맞는 진실인 양 꾸미고, 그것 말고도, 위대한 영국의 노동계급이 공산당에 충성을 다해야 한다는 생각에 빠져 있는 것 같아요." 그의 눈이 분노로 번득인다. 갑자기 주먹을 들어 잭의 책상을 탕 하고 내리친다. "빌어먹을, 출판해!" 그가 외친다. "빌어먹을, 출판하라니까!" 너무도 기괴한 상황이라 나로서는 실소를 참기가 어렵다. 이어 나는 이것이 뻔히 일어날 수밖에 없었던 상황임을 깨닫는다. 내 웃음과 잭의 미소에 존 뷰트는 분노로 완전히 쪼그라든 것 같다. 자기 앞에 겹겹이 바리케이드를 치고 내부의 요새 속으로 숨어든 채, 그는 줄곧 그 성난 눈을 들어 이쪽을 쏘아보고 있다. "내가 우스운 모양이지, 애나. 뭐가 그렇게 우스운지 친절하게 설명해주지 그래?" 나는 웃으며 잭을 보고, 그는 내게 고개를 끄덕인다. 그래, 설명해. 나는 다시 존 뷰트를 바라보며 잠시 생각한 다음 입을 연다. "당의 모든 잘못된 점이 동지의 말에 들어 있어요. 19세기 휴머니즘의 외침, 억압에 대항하는 용기, 거짓에 맞서는 진실을, 아무런 위험도 감수하지 않고 진정성에 대한 평판조차 얻지 못한 공산주의 출판사가 그런 썩어빠지고 거짓된 책을 내는 데 동원하고 있잖아요. 그게 바로 완전히 썩어빠진 지성의 결정체가 아니면 뭐겠어요?" 나는 엄청나게 분노한 상태다. 다음 순간 내가 바로 그 출판사에서 일하고 있다는, 따라서 비판할 입장이 아니라는 사실이 머리에 떠오른다. 잭이 이곳을 운영하고 있으며 사실상 이 책을 출판해야 한다는 것도. 나는 잭의 마음이 상했을까 걱정되어 그를 쳐다본다. 그는 조용하게 나를 돌아보더니 딱 한번 고개를 끄덕이고 미소 짓는다. 그 고갯짓과 미소를 존 뷰트가 본다. 잭은 존의 분노에 대응하기 위해 돌아선다. 뷰트는 말 그대로 분노에 완전히 찌그러진 상태다. 하지만 그것은 정당한 분노로, 그는 지금 선하고 옳고 참다운 것을 수호하는 중이다. 나중에 이 두 사람은 이 일에 관해 의견을 나눌 것이다. 잭은 내게 동의할 것이고, 그 책은 출판될 것이다. "그럼 다른 책은?" 뷰트가 묻는다. 하지만 나로선 이 대화가 너무 지리멸렬해져 더이상 견딜 수가 없다. 결국 이런 차원, 이런 수준으로 우리는 당을 판단해야 하고, 이런 차원에서 당은 실제로 결정을 내리며 일을 처리한다. 내가 잭과 나누는 대화의 차원은 당에 아무런 영향도 끼치지 못하는 것이다. 그 순간 불현듯 나는 탈당을 결심한다. 다른 어느 순간이 아니라 이 순간에 그런 결심을 한다는 게 흥미롭다. "그러니까," 내가 유쾌하게 말한다. "두 책 모두 출판되겠네요. 아주 흥미로운 토론이었어요." "고맙군, 애나 동지, 정말로." 존 뷰트가 말한다. 잭이 나를 지켜보고 있다. 내가 결심한 사실을 아는 듯하다. 하지만 지금 이 남자들은 나와 무관한 다른 일들을 논의해야 한다. 그래서 나는 존 뷰트에게 인사를 하고 바로 옆방인 내 사무실로 돌아온다. 이 방을 나는 잭의 비서인 로즈와 함께 쓰고 있다. 서로 싫어하는 사이인 우리는 냉랭하게 인사를 나눈다. 나는 책상 위에 놓인 잡지와 서류 더미를 마주하고 앉는다.

나는 러시아, 중국, 동독 등 공산주의 국가에서 영어로 출판된 잡지와 정기간행물을 읽고, '영국의 상황에 적합한' 이야기나 기사나 소설이 있으면 잭에게, 그리고 당연히 존 뷰트에게도 알려준다. '영국의 상황에 적합한' 읽을거리는 거의 없다. 가끔씩 기사나 단편이 나올 뿐이다. 그래도 나는 이 모든 자료를 탐독한다. 잭이 그렇게 하는 것과 같은 이유에서. 우리는 경향과 동향을 탐지하기 위해 행간의 의미와 숨은 뜻을 찾아내려 노력한다.

하지만 최근에 깨닫게 된바 이 일은 그 이상의 의미가 있다. 나를 매혹하며 집중하게 만드는 이유는 뭔가 다른 것이다. 글 대부분은 밋밋하고 온건하며 대책 없이 낙관적인데다 전쟁과 고통을 다룰 때조차 기묘하게 쾌활한 어조로 쓰여 있다. 그 모든 게 근거 없는 믿음에서 나온 것들이다. 하지만 이 형편없고 죽어 있고 진부한 이야기들은 내가 켠 동전의 이면이기도 하다. 『전쟁의 접경지대』를 쓰게 만든 마음의 충동이 나는 수치스럽다. 만일 그런 충동이 나로 하여금 펜을 들게 하는 감정이라면 다시는 쓰지 않겠다고 결심한 터였다.

작년에 이 이야기들 또는 소설들을, 단 하나라도 진실을 담은 단락이나 문장, 구절이 들어 있을까 하는 마음으로 읽으면서, 나는 진정한 예술이란 그게 무엇이든 깊고, 불현듯 드러나는, 가릴 수 없는 사적인 감정으로부터 번득이며 나온다는 사실을 인정하게 되었다. 심지어 번역문으로 읽을 때에도 참다운 개인적인 감정의 번득임을 오인할 수는 없다. 그리하여 단 한번이라도, 참다운 개인적인 감정으로만 쓰인 단편이나 소설, 심지어 기사를 발견하기를 간절히 기도하는 심정으로 나는 이 죽은 책들을 읽고 있는 것이다.

그러므로 이것은 역설이다. 나, 애나는 나 자신의 '건강하지 못한' 문학을 거부한다. 하지만 '건강한' 문학을 접할 때면 난 그것을 거부한다.

요점은 이런 글들이 본질적으로 비개인적이라는 사실이다. 그것들의 진부함은 몰개성에서 비롯한다. 마치 새롭게 등장한 20세기의 무명작가 한명이 그것들을 죄다 써놓은 듯하다.

입당한 이래 나의 '당원 활동'은 대부분 소규모 그룹들을 대상으로 한 문학 강연으로 채워졌다. 거기서 나는 이런 말을 했다. "중세 예술은 개인적이지 않고 공동체적이었죠. 집단의식으로부터 나왔다는 말입니다. 그 시대 예술에는 부르주아 시대 문학을 추동하는 고통에 찬 개인성이 없었어요. 개인적인 예술을 추동하는 이기주의를 마침내 버리게 되는 날이 언젠가는 올 겁니다. 우리는 인간의 자아분열이나 동료들로부터의 고립이 아니라 동료에 대한 책무와 형제애를 표현하는 예술로 돌아가게 될 거예요. 서양의 예술은……" 여기서 그 유용한 구호를 사용하여 "……점점 더 고통을 기록하는 영혼들이 내지르는 고뇌에 찬 단말마가 되고 있어요. 고통이 우리의 가장 깊은 현실이 되고 있는 거죠……" 이렇게 늘어놓는 식이었다. 그러다 한 석달 전쯤 나는 강연 도중에 말을 더듬기 시작했고, 끝맺지도 못했다. 그후론 더이상 강연을 맡지 않았다. 그

때 말을 더듬었던 게 무엇을 뜻하는지 나는 알고 있다.

당시엔 미처 몰랐지만, 잭을 도와주기 위해 여기 온 까닭은 내가 예술에 대해, 문학에 대해, 그러니까 삶에 대해, 그리고 다시 쓰지 않기로 한 내 결정에 대해, 매일 그것을 대면해야 하는 장소에서 예리하게 초점을 맞춘 채, 깊이, 사적으로 몰입하고 싶어서였다는 생각이 문득 들었다.

이 문제에 대해 여러번 나는 잭과 이야기를 나눴다. 그는 경청하고 이해한다. (그는 늘 내 심정을 이해한다.) 그러고는 말한다. "애나, 공산주의는 아직 채 마흔살도 되지 않았어. 지금껏 그것이 생산해낸 예술 작품 대다수는 그리 좋지 못했지. 하지만 이제 막 걸음마를 배운 아이의 첫걸음이라고 생각하지 못할 이유는 없잖아? 한세기쯤 지나면……" "혹은 다섯세기쯤 지나거나." 놀리듯이 내가 말한다. "한세기쯤 지나면 새로운 예술이 탄생할지도 모르잖아. 안될 이유가 뭐야?" 그러면 나는 이렇게 답한다. "나도 어떻게 생각해야 할지 잘 모르겠어. 헛소리를 늘어놓고 있는 게 아닌가 걱정이 되기도 해. 우리가 지금껏 벌인 논쟁이 전부 동일한 주제, 그러니까 개인의 양심이나 개인의 감수성에 대한 것이었다는 사실은 알고 있는 거야?" 그러면 그는 나를 놀리듯이 이렇게 말한다. "그러니까 그 개인의 양심이라는 게 당신이 말한 그 유쾌하고 공동체적이며 이타적인 예술을 만들어낼 거라는 얘기인가?" "안될 것 없지. 개인의 양심 역시 걸음마를 배우는 아이일지도 모르잖아?" 이때 고개를 끄덕이는 그의 동작은 이런 뜻이다. 그래, 이 모든 게 참 흥미로운 문제이긴 해. 하지만 우리 일은 계속해야지.

이 문학의 사체 더미를 읽어대는 건 내가 하는 일의 작은 일부일 뿐이다. 어느 누구도 의도하거나 기대한 사람이 없었는데도 내 업무가 아주 다른 것이 되었기 때문이다. '복지사업'이라고 잭과 내가 농담 삼아 부르는 일이 내가 주로 하는 일이다. 마이클도 그 표현을 쓴다. "당신 복지사업은 어떻게, 잘되고 있어? 최근에 새로 구한 영혼은 있고?"

'복지사업'을 시작하기 전에 나는 화장실로 가서 얼굴 화장을 고치고 다리 사이를 씻으며 내가 방금 내린 결정, 즉 탈당하기로 한 결정이 혹시 오늘 일어나는 모든 것을 기록하기로 함으로써 평상시보다 더 명료하게 생각하고 있었기 때문에 나온 건 아닌가 곱씹는다. 그럴 경우 내가 쓴 내용을 읽을 그 애나는 누구일까? 또 그녀의 판단을 두려워하는 이 다른 사람, 혹은 적어도 내가 생각하거나 기록하거나 의식하지 않는 동안 나와는 다른 시선으로 상황을 응시하는 이 사람은 누구일까? 그리고 아마도 내일, 이 다른 애나의 시선이 나에게로 향할 때 나는 당을 떠나지 않기로 결정하게 될까? 한가지 문제는 잭을 그리워하게 될 거라는 점이다. 도대체 그가 아닌 누구와 토론을 벌이고 거리낌 없이 그 모든 문제를 의논할 것인가? 물론 마이클이 있다. 하지만 그는 곧 날 떠날 거다. 게다가 그와 대화를 하면 언제나 쓰라린 감정이 뒤따른다. 그런데 여기서 흥미로운 점은 이거다. 마이클이 한때의 공산주의자이자 배신자에 타락한 영혼이라면, 잭은 공산주의 관료인 셈이다. 어떤 면에서 마이클의 동지들을 죽인 사람은 다름 아닌 잭이다(그러나 이렇게 따질 경우 나도 당원이니까 나 역시 마이클의 동지들을 죽인 사람이 되겠다). 마이클에게 배신자 딱지를 붙인 사람이 바로 잭이다. 잭에게 살인자 꼬리표를 붙인 사람이 바로 마이클이고. 하지만 이 둘은(두 사람이 설령 마주친다 하더라도 서로에 대한 깊은 불신 때문에 단 한마디도 나누지 않겠지만) 내가 말을 걸 수 있고 내가 느끼는 모든 걸 이해하는 세상에 둘뿐인 남자들이다. 그들은 동일한 경험의 일부다. 나는 화장실에 서서 새어 나온 생리혈의 퀴퀴한 냄새를 풍기지 않도록 팔에 향수를 뿌린다. 그때 불현듯 마이클과 잭에 대한 내 생각이 다름 아닌 그 꿈, 자리 바꾸기를 하는 총살 분대와 수인에 대한 악몽이라는 사실을 깨닫는다. 어지럽고 혼란스럽다. 나는 위층의 사무실로 가서 거대한 그 잡지 더미를 밀쳐놓는다.『보끄스』『소련 문학』『자유를 갈구하는 인민들이여, 깨어나라!』『다시 태어난 중국』, 기타 등등, 기타 등등(1년 넘는 시간 동안 내가 들여다보던 그 거울). 나는 이 잡지들을 다시 읽을 수 없으리라 생각한다. 그냥 읽지 못하겠다. 마치 그것들 위로 내가 죽어 엎어졌거나, 그것들이 전부 죽어 내게 엎어진 것 같다. 오늘은 어떤 '복지사업'이 날 기다리고 있나 알아본다. 이때 잭이 들어선다. 존 뷰트는 이제 지도부로 떠나고 없다. 그가 말한다. "내 방에서 같이 샌드위치랑 차 한잔 할까?" 잭은 공식적인 당의 급료로 살아가는데, 일주일에 8파운드다. 교사로 일하는 그의 아내도 그 정도를 번다. 그래서 그는 할 수 있는 한 아껴야 하고, 그 절약 방법 중 하나가 외식을 하지 않는 것이다. 나는 고맙다고 말하며 그의 사무실로 가서 그와 마주 앉는다. 그 두 소설에 관해선 더 할 말이 없기에 더 이상 아무 얘기도 꺼내지 않는다. 둘 다 책으로 나올 것이고 우리는 각기 다른 방식으로 수치스러운 심정이다. 잭의 친구 한명이 얼마 전 소련의 반유대주의에 관한 내부 정보를 갖고 영국으로 돌아왔다고 한다. 살인과 고문, 온갖 종류의 괴롭힘에 관한 소문들. 잭과 나는 자리에 앉아 그 모든 정보를 일일이 확인한다. 이거 사실일까? 그 말 사실인 것 같아? 만약 사실이라면 그건 곧 이런 뜻인데…… 그리고 나는, 이 남자가 공산주의 관료 체제 가운데 한 부분을 차지하고 있으면서도 무엇을 믿고 믿지 말아야 할지, 나 같은 사람이나 다른 말단 공산주의자에 비해 조금도 더 알지 못한다는 게 참 이상한 일이라고, 벌써 백번째 생각한다. 우리는 결국 다시 한번, 스딸린이 엄밀하게 의학적인 의미에서 광인이 되어버린 게 틀림없다는 결론을 내린다. 차를 마시고 샌드위치를 먹으며 만약 우리가 스딸린 말년의 소련에 살았다면 그를 암살하는 게 우리 임무의 일부라고 결정했을까 추측해보기도 한다. 잭은 아니라고 한다. 스딸린은 그의 경험의 일부가 된 사람이라서, 즉 그의 가장 깊은 경험의 일부인 까닭에, 범죄자 수준으로 정신이상이 되었다는 걸 잘 알고 있다 하더라도 방아쇠를 당기려는 순간 차마 그렇게 하지는 못할 거라는 얘기다. 대신 총구를 자기 자신에게 돌릴 거라고 한다. 그 말에 난 나 역시 못할 텐데, 그 이유는 "정치적인 살인이 내 원칙에 어긋나기 때문"이라고 말한다. 그런 식으로 우리 대화가 이어진다. 안전하고 평화로운, 번영 일로에 놓인 런던 한가운데 앉아 우리의 생명과 자유가 전혀 위협당하지 않는 상태에서 이런 대화를 나눈다는 게 얼마나 끔찍하고 기만적인 일인가 싶다. 그리고 내가 점점 더 두려워하는 어떤 일이 벌어진다. 단어들이 의미를 상실하는 것이다. 잭과 나의 대화가 귀에 들린다. 마치 내가 하는 말들이 내 안의 어떤 이름 모를 장소에서 나오는 듯하다. 하지만 그 말들은 아무런 의미가 없다. 나는 우리가 말하는 것들의 그림들, 즉 죽음과 고문, 교차신문 등의 장면들을 눈앞에서 계속 보고 있다. 여전히 우리가 사용하는 말들은 내가 보고 있는 것들과 하등 관련이 없다. 그 단어들은 미친 사람이 떠들어대는 멍청한 중얼거림 같다. 갑자기 잭이 이런 말을 한다. "애나, 당을 떠날 생각이야?" 내가 답한다. "그래." 잭이 고개를 끄덕인다. 친근하며 판단이 유보된 끄덕임이다. 또한 외로움이 물씬 묻어나는 끄덕임. 그리고 그 즉시 우리 사이에 간극이 발생한다. 우리가 서로를 믿기에 이것은 신뢰의 간극이 아니라, 그보다는 앞으로의 경험에서 오는 간극이다. 너무 오래 당에 머물렀기에, 그게 그의 삶이기에, 그의 모든 친구가 그 안에 있고 앞으로도 그럴 것이기에 그는 남을 것이다. 그리고 곧 다시 만날 때 우린 서로에게 낯선 사람이리라. 그가 얼마나 좋은 사람인지, 그리고 그와 같은 남자들, 그들이 어떤 경위로 역사에 배신을 당했는지에 생각이 미친다. 방금 나는 멜로드라마적인 표현을 썼지만, 그것은 멜로드라마적이지 않은, 정확한 표현이다. 지금 이야기를 그에게 하면 그는 예의 담백하고 친근한 태도로 고개를 끄덕일 것이다. 그러고 나서 우리는, 신의 은총이라고밖에 할 수 없는 그 아이러니한 이해 속에서 서로를 바라보겠지(총살 분대 앞에서 자리를 바꾸는 그 두 남자처럼).

나는 그를 찬찬히 살핀다. 반쯤 남은 맛없게 말라버린 샌드위치를 든 채 책상에 앉은 그를 보니, 그 모든 것에도 불구하고 영락없이 그가 되기를 바랐을 교수 같은 모습이다. 안경을 낀 소년 같은 얼굴은 창백하고 지적이다. 게다가 고상하다. 그래, 바로 그 단어, 고상함. 하지만 나와 마찬가지로, 그 이면에는 그의 일부가 된 피와 학살과 참혹함과 배신과 거짓의 비참한 역사가 놓여 있지 않은가. 그가 입을 뗀다. "애나, 우는 거야?" "금방이라도 울음이 터질 것 같긴 해." 내가 대답한다. 그가 고개를 끄덕이고 말을 잇는다. "해야 한다고 느끼는 그대로 하도록 해." 그의 영국식 양육, 즉 고상한 비국교도적 양심에서 그 말이 나왔다고 생각하니 웃음이 나온다. 그는 내가 왜 웃는지 잘 알기에 다시 한번 고개를 끄덕이며 말한다. "우리 모두 경험의 산물이잖아. 불행히도 난 30년대 초에 의식적인 인간으로 태어나고 말았지." 갑자기 난 견딜 수 없이 불행한 심정이 되어 이렇게 말한다. "잭, 우리 일이나 하자." 그러고서 사무실로 돌아가, 그 멍청한 비서가 점심 먹으러 가고 없다는 데 신에게 감사하며 팔에 머리를 파묻는다. 나는 생각한다. 나를 떠날 마이클, 이미 끝난 일이다. 이미 수년 전에 탈당했는데도, 그는 그 모든 것의 일부다. 이제 내가 당을 떠나려 한다. 내 삶의 한 단계를 접는 것이다. 그런 다음에는? 외부로 나가 뭔가 새로운 일을 찾아서 해야만 한다. 난 허물을 벗고 있거나 다시 태어나는 중이다. 비서 로즈가 돌아와 팔에 머리를 묻고 있는 나를 보더니 어디 아프냐고 묻는다. 나는 잠이 부족해서 낮잠을 좀 자는 중이라고 대답한다. 그런 다음 '복지사업'에 착수한다. 떠나면 이 일이 그리울 것이다. 뭔가 유용한 일을 하고 있다는 착각이 그리워지겠지, 이렇게 생각하면서 정말로 그게 착각이라고 믿는 건지 아닌지 반문한다.

18개월 전쯤 당에서 펴내는 잡지에 볼스앤드하틀리 출판사에 관한 짤막한 기사가 실렸었다. 지금까지 주력해온 사회학이나 역사 분야의 저작물뿐 아니라 소설도 출판하기로 했다는 내용이었다. 그러자 곧장 사무실엔 원고가 물밀듯 쏟아져 들어왔다. 우리는 당원들 전부의 부업이 소설가임이 분명하다는 농담을 했지만 곧 그 농담은 사라졌다. 개중 수년간 서랍에 꼭꼭 숨겨놓았을 게 분명한 원고들에는 예외 없이 편지가 첨부되어 있었는데, 내가 이 편지들에 답장을 보내야 했기 때문이다. 소설 대부분은 아주 형편없었다. 진부한 무명씨가 썼거나 아니면 그냥 그저 그런 태작들이었다. 하지만 편지들은 완전히 다른 느낌이었다. 그중에서 한 쉰통쯤 골라 책으로 펴내지 못하는 것이 정말 아쉬울 지경이라고 나는 잭에게 말하곤 했다. 그럴 때마다 잭은 이렇게 대답했다. "하지만 사랑하는 애나, 그건 당에 해로운 행위가 될 텐데, 대체 지금 무슨 제안을 하고 있나 알기는 하는 거야?"

전형적인 사례를 들면 이런 식이다. "친애하는 프레스턴 동지, 제가 보내는 원고를 당신이 어떻게 생각할지 모르겠습니다. 4년 전에 썼고 '유수한' 출판사들 몇곳을 골라 원고를 보냈는데 이젠 그만 보내라는 말을 들었죠. 볼스앤드하틀리가 늘 펴내던 철학적인 저술들 외에 창작물 투고도 장려하기로 했다는 소식을 접하고 저는 다시 한번 운을 시험해보기로 마음먹었습니다. 아마도 당신들의 결정은 사람들이 오래 기다린 변화, 즉 진정한 창조성에 대해 당이 새로운 태도를 취하기로 했다는 신호로 봐도 될는지요? 굳이 말할 필요 없겠지만, 어쨌든 당신의 판단을 고대하겠습니다! 동지의 인사를 전하며. 추신, 쓸 시간을 확보하는 일이 저에겐 참 어려웠습니다. 지역 당 지부 비서로 일하거든요(지난 10년 사이 당원이 쉰여섯명에서 열다섯으로 줄었고 그나마도 대부분이 활동을 중단한 상태지요). 저는 노조 활동도 적극적으로 하고 있답니다. 지역 음악 협회 비서 일도 하고 있고요. 이런 얘기를 늘어놓아 송구스럽네요. 당 지도부가 무슨 얘기를 할지는 알고 있지만, 전 지역 문화의 그러한 흔적들이 경멸의 대상이라고 생각하지 않습니다. 그래서 이 소설(감히 이렇게 부를 수 있다면!)을 쓰기 위해 매일 새벽 4시에 일어나 아이들과 저의 더 나은 반쪽인 아내가 깨어나기 전까지 세시간 동안 쓰고 또 썼습니다. 그런 다음엔 회사로 가서 상사들을 위해 또 열나게 일하는 하루를 시작하는 거죠. 버클리 시멘트 주식회사라고, 들어본 적 없으세요? 제 말 믿기 어려우시겠지만, 만약 그들과 그들이 벌여놓은 일에 대해 소설을 쓴다면 저는 명예훼손죄로 투옥되는 신세가 될 겁니다. 무슨 말인지 아시 겠지요?"

또다른 편지. "친애하는 동지에게. 떨리는 마음과 엄청난 두려움을 안고 제 이야기들을 보냅니다. 공정하고 타당한 판단을 기대하겠습니다. 소위 교양 있는 잡지들이 수차례 거절한 원고라서요. 당이 회합에서 매번 문화에 관한 연설만 늘어놓고 아무런 실제적인 활동도 전개하지 않다가 마침내 당 내부의 재능을 장려하는 것이 좋겠다는 사실을 깨달은 것 같아 개인적으로 아주 기쁩니다. 변증법적유물론이나 빈농 반란의 역사에 관한 두꺼운 저서들 다 좋습니다만, 살아 있는 글도 펴내야겠죠. 저는 오랜 창작 경험을 갖고 있습니다. 2차대전 때 글을 쓰기 시작했는데 당시 우리 부대 신문에 기고했죠. 그 이후로 시간 날 때마다 썼어요. 하지만 힘든 점은 있어요. 아내와 두 아이가 있는데(아내는 당원이 글을 끼적거리는 데 시간을 낭비하기보다 전단지 배포에 참여해야 한다는 킹가(衛) 현자들의 생각에 전적으로 동의하지요), 제 아내는 물론이고 글을 쓰려고 시간을 내보려 하면 당 지부 임원들까지도 모두 저를 곱지 않은 시선으로 보거든요. 동지의 인사를 드리며."

"친애하는 동지에게. 어떤 말부터 드려야 할지 정말 모르겠지만, 제가 지금 이 노력을 주저하고 두려워하면, 당신이 기꺼이 친절하게 절 도와주실지 아니면 제 편지가 쓰레기통으로 직행하게 될지조차 알 수 없겠지요. 저는 무엇보다 어머니로서 글을 쓰고 있답니다. 다른 수천명의 여자들처럼 저도 전쟁 막바지에 가정 파탄을 겪었고, 혼자서 두 아이를 먹여 살려야 했죠. 바로 그 무렵 저는 (소설이 아니라) 제 젊은 시절의 연대기를 완성했고, 일류 출판사들 중한곳의 평자로부터 호평을 받았어요(자본주의 출판사라 물론 편견이 있을 수 있겠지만, 그래도 저는 정치적 신념을 전혀 감추지 않았으니까요!). 하지만 두 아이에게 매인 몸이라서 언어로 자신을 표현하는 일을 접을 수밖에 없었답니다. 다행히도 그후 아내와 사별하고 세 아이를 기르는 어떤 남자분 댁 가정부 자리를 얻어 5년을 행복하게 보냈습니다. 그다음엔 그 남자분이 재혼을 했고(아주 현명하게 내린 결정은 못되었지만 그건 다른 기회에 말씀드릴게요) 더이상 그의 집에서 일할 필요가 없게 되어 저는 아이들과 함께 떠나야 했죠. 얼마 후 치과 병원의 접수원 일자리를 구해 주급 10파운드로 아이들과 저의 생계를 유지하면서 겉으로나마 넉넉하게 보이는 생활이 가능해졌답니다. 이제 아들 둘 다 일을 하고 있어서 갑자기 제 시간이라는 걸 갖게 되었지요. 제 나이 벌써 마흔다섯입니다만 인생이 끝났다는 생각에는 반대입니다. 친구이자 동지인 사람들과 그냥 동지인 사람들은 당을 위해 여가를 보내는 것이 제 임무라고 하더군요. 실질적인 도움을 주기에는 시간이 너무 부족했지만 그래도 전 당에 대해 늘 충실한 마음을 유지해왔어요. 하지만, 감히 고백해도 되나 모르겠는데, 당에 대해 저는 혼란스럽고 종종 부정적인 생각도 든답니다. 인류의 영광스러운 미래에 대한 저의 초창기 신념과 우리가 요즘 읽게 되는 내용들이(물론 자본주의 언론이 내는 것들이지만 아니 땐 굴뚝에 연기 날 리 없잖습니까) 너무 앞뒤가 맞지 않으니까요. 그래서 저는 글을 써서 제 참된 자아에 봉사하는 편이 낫겠다고 생각했어요. 그러는 사이 집안일과 생계비 버는 일로 시간이 흘러가버리고 저는 삶의 더 나은 것들로부터 완전히 멀어지게 되었습니다. 제가 무엇을 읽어야 할지, 어떻게 자신을 계발해야 하는지, 잃어버린 시간을 어떻게 벌충할 수 있을지 부디 조언해주셨으면 해요. 동지애를 담아. 추신, 저의 두 아들은 모두 고등교육 기관에 진학했고 지식 면에서 저보다 훨씬 많은 걸 획득했지요. 이 사실이 제게 떨쳐내기 힘든 열등감을 안겨주네요. 친절한 조언과 도움을 주신다면 이루 말할 수 없이 고맙겠습니다."

지난 1년간 나는 이런 편지들에 답장을 쓰거나 저자들을 만나 실질적인 조언을 주었다. 가령 글을 쓸 시간을 내기 위해 당 지부 임원들과 싸워야 하는 사람들에게 런던으로 오라고 했다. 그러면 잭과 내가 그들을 데리고 나가(잭은 당내에서 지위가 높았기에 그와 함께 가는 게 중요했다) 점심을 들거나 차를 마시면서 자신을 위한 시간은 정당한 요구이므로 마땅히 그 임원들에 맞서 싸워야 한다고 말하는 식이었다. 지난주에는 남편과 이혼하는 데 필요한 자문을 구하는 한 여성을 만나 그녀를 법률구조 사무소로 안내하기도 했다.

내가 편지와 그 저자들을 상대하는 동안 로즈 래티머는 적대감으로 얼굴이 굳어진 채 건너편에서 일을 한다. 그녀는 중하층 출신이며, '노동자'라는 단어를 들으면 말 그대로 눈에 눈물이 가득 차는 우리 시대의 전형적인 당원이다. 연설을 할 적에도 영국 노동자 또는 노동계급이라는 문구를 들먹일 때마다 경외심에 목소리가 물러질 지경이다. 모임을 조직하거나 연설을 위해 지방 출장을 갔다가 돌아올 때는 기분이 한껏 고양되어 있다. "정말 놀라운 분들이에요. 놀랍고도 경이로운 사람들. 진짜 노동자들이죠." 일주일 전 나는 편지 한통을 받았는데, 그건 로즈가 1년 전쯤 주말을 함께 보냈고 돌아와서는 경이로운 진짜 노동자들이라는 예의 찬사를 바쳤던 한 노조 임원의 아내로부터 온 것이었다. 그녀는 도저히 참을 수 없는 한계에 다다랐다며 한탄하고 있었다. 남편이 남는 시간 전부를 막역한 노조 임원들과 보내거나 술집에 가서 보내기 때문에 네 아이를 키우는 데 전혀 도움이 안된다는 것이다. 늘 그렇듯 진실을 드러내는 추신 부분에는 그들이 지난 8년간 '부부 생활을 하지 않았다'고 적혀 있었다. 난 아무 말 없이 이 편지를 로즈에게 건네주었고, 그녀는 그걸 읽더니 곧장 방어적이고 화난 목소리로 말했다. "내가 거기 갔을 땐 그런 건 전혀 눈치채지 못했는데요. 그분은 지상의 소금과도 같은 분이에요. 이 세상의 소금 같은 존재라고요. 이분들 모두요." 그런 다음 환한 가짜 미소를 머금고 그 편지를 돌려주면서 말했다. "당신 답장을 받으면 이 여자분은 아마 더 낙심할걸요."

이제 로즈와 함께 일하지 않아도 되니 참 다행이다. 사람들이 미운 경우는 거의 없었지만(혹시 그렇더라도 몇분 이상 지속되는 일은 없었지만) 그녀에게는 강렬하고도 상시적으로 미운 감정이 든다. 육체적 존재로서도 역시 내겐 꼴불견이다. 기름하니 여윈 목은 여드름과 땟자국 때문에 지저분해 보인다. 보기 흉한 이 목 위로 새처럼 좁다랗고 반질반질한 머리가 앙증맞게 달려 있다. 역시 당임원이며 사람은 좋지만 아는 건 별로 없는 남편은 그녀에게 만날 들볶이며 산다. 아이가 둘인데, 로즈는 이들의 교양과 미래에 대해 안달복달하며 가장 인습적인 중산층의 방식으로 양육하고 있다. 젊은 시절 로즈는 아주 예뻤다고 한다. 듣기로는 30년대에 손꼽히는 미모의 여자 당원이었다고. 사정이 이러니 그녀를 보면 겁이 나는 것도 당연하다. 존 뷰트가 나를 두렵게 하는 것과 똑같이 로즈 역시 나를 두렵게 한다. 어떻게 해야 내가 로즈처럼 되지 않을 수 있을까?

그 더러운 목에 최면이 걸린 듯 로즈를 보다가, 오늘 나 역시 스스로의 청결 상태를 신경 써야 할 특별한 이유가 있다는 사실이 떠올라 다시 화장실로 간다. 책상으로 돌아와보니 오후 우편물이 도착해 편지 두통과 원고 두편이 놓여 있다. 한 편지는 노령의 연금 생활자, 일흔다섯살의 독거노인이 보낸 것으로 이 책(아주 형편없어 보인다)이 출판되어 "노년의 중압감을 다소라도 덜어줄" 거라는 생각에 희망을 걸고 썼다고 한다. 이 일을 그만두기로 했다는 사실이 미처 떠오르기도 전에 이미 난 그를 만나보기로 결심한다. 내가 안하면 이런 일을 할 사람이 있을까? 아마 없겠지. 하긴, 그런다고 뭐가 달라지나? 올해 '복지사업'을 진행하며 내가 쓴 편지들과 그들과의 만남, 그들에게 준 조언, 심지어 실질적인 도움조차 뭔가 다른 결과를 만들어냈다는 생각은 들지 않는다. 아마도 좌절감을 약간 덜어주고, 불행도 조금쯤은 덜어줬겠지. 그러나 이건 위험한 사고방식이고, 내게는 너무 자연스러운 사고방식이 되어버렸기에 정말 걱정스럽다.

난 잭의 사무실로 간다. 그는 셔츠 차림으로 혼자 앉아 책상 위에 팔을 올려놓고 파이프 담배를 피우는 중이다. 창백하고 지적인 얼굴을 찌푸린 채 뭔가에 열중한 모습이, 여느 때보다 더 잠시 휴식 중인 대학교수 같다. 그가 자신의 저술 작업에 대해 생각하고 있음을 나는 금방 알아차린다. 그의 전공은 소련공산당 역사다. 그 주제에 관해 지금까지 거의 50만 단어에 이르는 방대한 원고를 썼다. 하지만 뜨로쓰끼나 그 비슷한 사람들의 역할에 대해 진실을 밝혔다는 것 때문에 지금은 출판이 불가능해진 상태다. 원고와 노트, 대화 기록들을 그는 수집하고 있다. 나는 이렇게 잭을 놀린다. "두세기 정도 지나면 진실을 말할 수 있겠지." 그는 침착하게 미소 띤 얼굴로 대답한다. "아니, 20년이나 50년 정도면 되지 않을까?" 이 주밀하게 작성된 노작이 수년간 제대로 인정받지 못했으며 아마 그가 살아 있는 동안에는 계속 주목받지 못하리라는 사실에 그는 전혀 개의치 않는다. 한번은 이렇게 말하기도 했다. "만약 운이 좋아 당 외부의 누군가가 이 모든 걸 먼저 출판하더라도 난 조금도 놀라지 않을 거야. 하지만 당 외부자라면 특정한 인물이나 문서에 나만큼 접근하지는 못하겠지. 그러니 결국 피차일반인 셈이야."

내가 말한다. "잭, 내가 떠나고 나면 곤란을 겪는 이들에게 나 대신 뭔가 해줄 수 있는 사람을 구할 수 있을까?" 그가 대답한다. "글쎄, 그 일을 맡길 누군가를 따로 고용할 여력이 없어서 말이야. 당신처럼 인세로 먹고사는 사람이 우리 동지들 중에 그렇게 많지는 않잖아." 이어 그는 누그러진 태도로 말한다. "최악의 상황에 놓인 사람들 경우엔 나라도 도움 줄 수 있는 게 없나 알아볼게." "노령의 연금생활자가 한분 있어." 내가 말한다. 그러고는 앉아서 우리가 그이를 위해 뭘 할 수 있는지 의논한다. 이윽고 그가 말한다. "나한테 한달도 시간을 주지 않는 거야? 하긴, 이럴 거라 늘 생각했어. 떠나기로 결심하고는 바로 걸어 나가는 거 말이야." "글쎄, 그러지 않으면 발을 못 뺄 것 같아서." 그가 고개를 끄덕인다. "다른 일자리 구할 거야?" "모르겠어. 생각해보려고." "말하자면 잠시 칩거에 들어가는 거구나?" "문제는 말이야, 세상 모든 것에 대해 완전히 모순적인 태도들이 지금 머릿속에서 어지럽게 섞여 있는 기분이라는 거야." "딱히 누구 할 것 없이 인간 정신은 원래 모순덩어리인 법이지. 그러니 그게 뭐 그렇게 대수롭겠어?" "그래도 분명 우리한텐 중요하겠지?" (내 말은, 그게 공산주의자들에겐 중요하다는 뜻이다.) "하지만, 애나 이런 생각 해본 적 없어? 그러니까, 역사상……" "아, 잭, 역사 얘기는 하지 마, 다섯세기에 걸친 얘기라면 관두라고. 현재를 회피하는 태도니까." "아니, 회피가 아니야. 왜냐면 역사를 통틀어 시대와 진정으로 의식이 합치했던 사람들은 다섯이나 열, 아무리 많아도 쉰명에 불과할 거야. 그리고 우리의 현실 인식이 현실과 맞아떨어지지 않는다 해서 그게 뭐 그렇게 끔찍한 일이겠어? 우리 아이들이……" "혹은 우리 손자의 손자의 손자들이." 내가 짜증스럽게 말한다. "좋아. 우리 손자의 손자의 손자들이 돌이켜볼 땐 우리가 세상을 보는 방식, 그러니까 지금 우리가 세상을 보는 방식이 틀렸다는 게 아주 분명해지겠지. 하지만 그들의 시대가 지나면 그들의 관점 역시 마찬가지가 될 거야. 아무것도 아닌 게 되는 거지."

"하지만 잭, 그건 진짜 터무니없는……" 목소리가 높아지는 것을 깨닫고 난 그냥 거기서 멈춘다. 생리가 내 머리채를 휘어잡은 상태다. 매달 그런 순간이 오는데, 그게 나를 무기력하고 통제 불능으로 만들기에 난 짜증이 난다. 이 남자가 대학에서 여러해 철학을 공부했고, 그러니 그에게 '내가 느끼기에 당신은 틀렸기 때문에 당신은 틀린 거다' 이런 식으로 말할 수 없어서 짜증이 난다. (더구나 그의 말에는 뭔가 위험스러운 매력이 있고 내 짜증의 일부는 그 매력과 싸워야 하는 데서 온다는 것도 난 알고 있다.) 날카로운 내 목소리를 무시한 채 잭은 부드러운 음성으로 말을 잇는다. "어쨌든 난 애나 당신이 그 문제를 계속 생각해줬으면 좋겠어. 마치 무슨 권리처럼 자기가 옳다고 고집 부리는 태도야말로 진짜 오만일 수 있으니까." (오만이라는 말이 뇌리를 때린다. 너무도 자주 나 자신이 오만하다고 자책해왔기에.) 나는 힘이 쭉 빠진 목소리로 말한다. "근데 난 생각하고 또 생각하거든." "아니, 다시 말할게. 지난

10년에서 20년 사이의 과학적인 성취는 가히 혁명적이었지. 온갖 분야에서. 그 모든 과학적인 성취, 아니 일부라도 그 함의가 무엇인지 이해할 수 있는 과학자는 전 세계를 통틀어 아마 단 한명도 없을 거야. 한가지를 아는 어떤 과학자가 아마도 매사추세츠에 있을 수 있고, 다른 사실을 아는 과학자가 케임브리지에 있고, 세번째 사실을 아는 과학자가 소련에 한명 있을 수는 있겠지. 사실 그조차도 아닐 것 같지만. 가령 원자에너지를 산업에 활용하는 일의 의미를 정말로 창의적으로 이해할 수 있는 사람이 한명이라도 생존해 있을까 싶어⋯⋯"그가 이야기의 핵심에서 말도 안되게 벗어났다고 생각하며 나는 고집스럽게 주장을 내세운다. "당신 말은 그러니까, 우리가 분열된 상태에 그냥 순응해야 한다는 거네." "분열이라," 그가 되뇌었다. "그래." "난 우리가 과학자가 아니라고 분명히 말하는 거야. 우리에게는 과학적인 상상력이 없다고." 내가 말한다. "당신은 휴머니스트고, 그게 당신이 받은 교육이지. 그런데 갑자기 두 손을 들고 물리학과 수학 교육을 받지 않아서 어떤 것도 판단할 수 없다고 말하는 거야?" 그는 불편한 기색이다. 이런 일이 별로 없었기에 나 역시 마음이 불편해진다. 하지만 나는 주장을 계속 밀어붙인다. "고립. 분열. 말하자면 그게 공산주의 메시지의 도덕적인 측면이겠지. 그런데 갑자기 당신은 어깨를 한번 으쓱하고는 우리 삶의 기계적인 토대가 복잡해지고 있으니 전체를 이해하려는 노력조차 하지 않은 채 그냥 만족해야 한다고 말하는 거잖아." 이제 그는 고집스럽게 문을 닫아버린 표정이고, 그러자 존 뷰트의 얼굴이 겹쳐진다. 화난 얼굴로 잭이 말한다. "분열을 피하는 거, 그건 일어나는 모든 일을 상상력으로 이해하고 말고의 문제가 아니야. 혹은 그렇게 하려고 노력해볼 문제도 아니지. 그건 자신의 일을 가능한

한 잘해낸다는 뜻, 좋은 사람이 되려고 노력한다는 뜻이라고 봐."
나로서는 그가 자신이 대변하기로 되어 있는 가치를 배반한 변절
자로 느껴진다. 그래서 말한다. "그건 배신인데." "뭐에 대한?" "휴
머니즘에 대한." 잠시 생각에 잠긴 뒤 그가 말한다. "휴머니즘이라
는 개념도 변할 거야. 다른 모든 것처럼." 내가 대꾸한다. "그렇다
면 그건 휴머니즘이 아닌 다른 뭔가겠지. 휴머니즘은 온전한 사람
이 되는 걸 지향하잖아. 온전한 개인이 우주 만물을 최대한 의식하
고 책임지려고 노력하는 것 말이야. 하지만 휴머니스트인 당신은
거기 앉아 아주 차분하게, 인간은 결코 온전해질 수 없으며 언제나
분열된 상태로 살 수밖에 없다고 말하고 있잖아." 그는 생각에 잠
겨 앉아 있다. 불현듯 나는 그에게 불완전하고 미성숙한 면이 있다
고 느낀다. 이런 반응은 탈당을 결심했기 때문에, 그리고 나의 감정
을 이미 그에게 투사하고 있기 때문에 나오는 게 아닐까? 아니면,
사실 그는 내가 지켜봐왔던 그 사람과 매우 다른 누군가가 아닐까
싶기도 하다. 하지만 동시에 난 그의 얼굴이 나이 든 소년의 얼굴
이라고 속으로 중얼거리지 않을 수 없다. 그는 자기 어머니라 해도
믿을 만큼 늙어 보이는 여자와 결혼했는데, 틀림없이 애정 때문에
한 결혼이었다.

　내가 고집스럽게 말을 잇는다. "분열되지 않고 살아가는 것이 각
자의 일을 잘해내는 그런 문제에 불과하다면, 당신은 옆방 로즈에
대해서도 그렇다고 말할 수 있겠네." "그래, 그렇게 말할 수 있어."
그가 정말 그렇게 생각한다는 걸 난 도저히 믿을 수 없어서 이 말
에 응당 따라붙어야 할 희미한 농담의 기미를 찾으려 애쓴다. 다음
순간 나는 그가 진심이란 사실을 깨닫고, 왜 하필 탈당하겠다고 말
한 이 순간에야 우리 사이에 불협화음이 시작된 것일까 다시 한번

의아하게 생각한다.

갑자기 그가 입에서 파이프를 떼고는 이렇게 말한다. "애나, 당신 영혼이 지금 위험에 처해 있는 것 같아."

"그럴 가능성이 높다고 할 수 있지. 그래, 그래서 끔찍해?"

"내가 보기엔 당신 지금 아주 위험한 상태야. 우리 출판계의 독단적인 보상 시스템 덕에 당신은 일을 하지 않아도 될 만큼 충분히 돈을 벌고 있지……"

"내가 특별한 재능을 갖춰서 그런 덕을 보는 것처럼 굴었던 적은 없는 것 같은데." (목소리가 다시 높아지는 것을 의식하며 나는 미소를 덧붙인다.) "그래, 그런 적은 없었지. 하지만 당신의 그 작지만 멋진 책이 한동안은 일하지 않아도 될 만큼 충분한 돈을 가져다줄 가능성이 큰 건 사실이잖아. 게다가 딸은 학교에 다니니 손이 많이 가지도 않을 거고. 그렇다면 당신은 잠자코 생각에 잠긴 채 방구석에 박혀 시간을 보내는 것 말고는 별로 할 일이 없고, 그러니 문제야." 내가 웃는다. (짜증스럽게 들리는 웃음소리다.) "왜 웃는 거야?" "질풍노도 같은 청소년기에 선생님 한분이 이렇게 말씀하시곤 했지. '생각에 잠겨 지내지 마라, 애나. 생각에 젖어 지내는 거 그만두고 나가서 뭔가를 해.'" "아마 그분 말씀이 옳았을지도 모르지." "문제는, 난 그 선생님 말이 옳았다고 생각하지 않거든. 당신 말도 그렇고." "그래, 애나. 그렇다면 더 해줄 말이 없네." "게다가 난 당신이 스스로 옳다고 믿고 있다고는 단 한순간도 생각한 적이 없어." 이 말이 끝나는 순간 그가 살짝 붉어진 얼굴로 일순 적대적인 시선을 내게 던진다. 그 적의가 내 살갗에 느껴질 정도다. 우리 사이에 이렇게 급작스레, 그것도 헤어지는 순간 적의가 생겨나다니, 나는 망연하기만 하다. 그래서 결별이 예상했던 것만큼 그렇게 고통스럽지는 않다. 우리 둘 다 눈가가 축축해진다. 우리는 뺨에 키스를 하고 서로를 바싹 끌어안는다. 하지만 그 마지막 말싸움은 분명 서로에 대한 우리의 감정을 바꿔놓았다. 나는 서둘러 내 사무실로 돌아가 코트와 가방을 집어 들고 아래층으로 내려간다. 로즈가 자리에 없어서 설명할 필요도 없다는 사실에 약간의 위안을 느끼며.

다시 비가 내리고 있다. 부슬비가 지루하게 조금씩 흩뿌린다. 빗물에 젖은 어둡고 덩치 큰 건물들은 반사된 불빛에 흐릿하고, 버스들은 진홍빛으로 생생하다. 택시를 탄다 해도 재닛을 데리러 학교로 가기에는 너무 늦었다. 그래서 난 축축하고 퀴퀴한 냄새가 나는 사람들로 들어찬 버스에 올라타 자리에 앉는다. 무엇보다 어서 빨리 목욕을 하고 싶다. 허벅지가 끈끈하게 들러붙고 겨드랑이도 축축하다. 버스에서 난 허무함 속으로 침잠한다. 하지만 더이상 그 생각은 하지 말기로 한다. 딸을 위해 생기 있게 굴어야 한다. 바로 이런 식으로, 난 사무실에 출근하여 잭과 끝없는 논쟁을 벌이고 그 슬프고 좌절감에 젖은 편지들을 읽고 로즈를 미워하는 애나와 작별한다. 집에 들어서니 아무도 없어서 재닛 친구의 엄마에게 전화를 건다. 재닛은 7시에 귀가할 예정이고, 지금은 놀이를 끝내는 참이란다. 그래서 나는 목욕물을 받아 욕실을 수증기로 가득 채운 뒤 여유롭게 목욕을 즐긴다. 목욕을 마치고 검은색과 흰색이 섞인 그 원피스를 살펴보니, 옷깃에 때가 약간 묻어 있어서 입을 수 없다. 사무실에서 옷을 허비했다는 생각에 짜증이 난다. 옷을 갈아입는다. 이번에는 화사한 줄무늬 바지에 검은 벨벳 재킷이다. 하지만 마이클의 논평이 귀에 울리는 것 같다. 오늘밤은 왜 또 그렇게 선머슴 같은 모습이야, 애나? 너무 남자애 같아 보이지 않도록 정성스럽게 머리를 빗질한다. 이제 집 안의 불이란 불은 다 켜놓은 상태다. 동시에 식사 두종류를 준비하는 중이다. 하나는 재닛을 위해, 나머지 하나는 마이클과 나를 위해. 요즘 재닛은 크림을 넣어 달걀과 함께 구운 시금치 요리라면 아주 사족을 못 쓴다. 구운 사과도. 흑설탕을 사야 했는데 깜박했다. 나는 아래층으로 뛰어 내려가 가게 문을 닫기 직전에 식료품점 문을 열고 들어선다. 그들은 마음씨 좋게 나를 맞이하고 나는 그들이 즐겨 하는 게임에 동참한다. 하얀 겉옷을 걸친 그 세 남자는 나에게 농담을 건네고 다정하게 굴며 귀염둥이니 자기니 하면서 나를 부른다. 나는 사랑스러운 작은 애나, 사랑스러운 작은 소녀다. 다시 집으로 돌아와 위층으로 뛰어 올라가니, 몰리가 와 있고 토미도 함께 있다. 시끄럽게 말싸움을 벌이고 있길래 못 들은 척 위층으로 올라간다. 재닛이 와 있다. 딸애는 다른 일로 신이 나 내게는 관심이 없다. 학교에서 아이들의 세계에 머물러 있었고 그런 다음엔 자기의 어린 친구와 함께 역시 아이들의 세계에 있었기에 거기서 빠져나오기 싫은 거다. 딸아이가 말한다. "침대에서 저녁 먹어도 돼요?" 나는 형식상 이렇게 말한다. "너 참 게으른 아이구나!" "맞아요, 하지만 상관없거든요." 내가 시키지 않아도 재닛은 스스로 욕실로 가 목욕을 서두른다. 딸애와 몰리가 세번째 계단참에서 함께 이야기하며 웃는 소리가 들린다. 부러 애쓰지 않아도 몰리는 아이들과 있을 때면 영락없이 어린애가 된다. 동물들이 극장을 인수해서 운영하는데 어떤 사람도 그들이 사람이 아닌 동물이라는 사실을 알아차리지 못했다는 말도 안되는 이야기를 재닛에게 들려주고 있다. 나도 이 이야기에 빠져들어 계단참으로 내려간다. 토미도 아래쪽 계단참에서 그 이야기를 들으며 서 있지만 얼굴은 짜증 난다는 듯 못마땅한 표정이다.

자기 어머니가 재닛이나 다른 아이와 있을 때만큼 그를 짜증 나게 하는 상황은 없다. 재닛이 웃으며 욕조 주변으로 온통 물을 튀기는지 물이 바닥에 떨어지는 소리가 들린다. 그 물을 죄다 닦아야 하기 때문에 이제 내가 짜증이 날 차례다. 흰 파자마에 흰 목욕 가운을 입은 재닛이 벌써 잠이 가득한 눈을 하고 올라온다. 나는 내려가서 물바다가 된 욕실 바닥을 닦는다. 딸애 방으로 돌아와보니 만화책들이 가득한 침대 위에 재닛이 누워 있다. 나는 구운 시금치와 달걀, 빵가루와 크림 덩어리를 곁들여 구운 사과를 쟁반에 담아 가져간다. 재닛이 이야기를 해달라고 한다. "옛날 옛적에 재닛이라 불리는 어린 소녀가 살았어요." 이야기를 시작하자 아이는 즐거운 표정으로 미소 짓는다. 나는 이 어린 소녀가 어느 비 오는 날 학교에 가서 수업을 듣고 다른 아이들과 놀다가 친구와 다툰 이야기를 들려준다…… "아니요, 엄마. 오늘은 나 안 그랬어요. 그건 어제였어요. 난 마리를 언제나, 영원히 사랑하니까요." 그래서 나는 재닛이 언제나, 영원히 마리를 사랑하는 것으로 이야기를 바꾼다. 재닛은 내가 자신의 하루에 형태를 부여하고 새롭게 창조하는 동안 스푼을 연신 입으로 가져가면서 몽롱한 표정으로 귀 기울인다. 나는 아이를 바라보며, 재닛을 바라보는 애나를 바라본다. 옆집 아기가 울고 있다. 다시 연속성의 느낌, 그 즐겁고도 친밀한 느낌이 들기 시작하고, 나는 이야기를 마무리한다. "그래서 재닛은 시금치와 달걀, 그리고 크림을 곁들인 사과로 맛있는 저녁을 먹었고, 옆집 아가는 조금 울다가 울음을 멈추고 잠이 들었어요. 그래서 재닛도 이를 닦은 다음 코하고 잤답니다." 내가 쟁반을 들자 재닛이 말한다. "이 닦아야 해요?" "물론이지, 이야기에도 나왔잖니." 딸애는 침대 가장자리로 발을 미끄러뜨리듯 내려와 슬리퍼를 신고는 몽유병자처럼 세면대로 가서 양치를 하고 돌아온다. 나는 불을 끄고 커튼을 친다. 잠들기 전, 재닛은 마치 어른처럼 침대에 똑바로 누워 손을 목덜미에 올린 채 부드럽게 움직이는 커튼을 응시한다. 다시 거세게 비가 내리고 있다. 아래층 현관문 닫히는 소리가 들린다. 몰리가 극장으로 떠난 모양이다. 재닛도 그 소리를 들었는지 이렇게 말한다. "어른이 되면 난 배우가 될 거예요." 어제는 선생님이 될 거라 했다. 딸애가 졸린 목소리로 말한다. "노래 불러주세요." 재닛은 이제 눈을 감고 중얼거린다. "오늘밤에 난 아기예요. 내가 바로 아기예요." 그래서 나는 노래를 부르고 또 부른다. "잘 자라 아가, 따스한 침대에 누워, 멋지고 새로운 꿈이 머리로 들어오네, 꿈나라로 갈 테야, 어두운 밤 내내, 따스하고 안전하게 아침 햇살 받으며 일어날 거야." 내가 노랫말을 여러가지로 다양하게 바꾸기 때문에 재닛은 자기가 아는 가사가 어떻게 바뀌는지 열중해서 듣는다. 내가 고른 말들이 기분에 맞지 않을 때면 딸애는 노래를 멈추게 하고 다르게 바꿔서 불러달라고 한다. 하지만 오늘밤은 내가 제대로 추측해서 불렀는지, 몇번 부르다보니 어느새 재닛이 잠들어 있다. 잠들어 있을 때 딸애는 무방비 상태에 너무도 작아 보여서, 어디서 닥칠지 모를 그 모든 해악으로부터 이 아이를 감추고 보호해야 한다는 강렬한 충동을 난 애써 눌러야 한다. 오늘 저녁 평소보다 그 마음이 더 강렬한 건 지금 생리 중인데다 누군가에게 매달릴 필요를 느끼기 때문임을 나는 알고 있다. 밖으로 나가 살며시 방문을 닫는다.

이제 마이클을 위해 요리할 시간. 아침에 잊지 않고 납작하게 두들겨놓은 송아지 고기를 풀어놓는다. 노란 달걀옷과 빵가루에 고기를 굴린다. 실내 공기가 축축하지만 빵가루는 어제 구워놓았던 거라 신선하고 바삭한 냄새가 난다. 버섯을 얇게 저며 크림에 재워둔다. 냉동고에서 굳힌 육수가 담긴 그릇을 꺼내어 녹이고 간을 한다. 재닛의 몫을 만들고 남은 구운 사과는 아직 따뜻한 껍질 아래속을 긁어내 체에 내린 다음 바닐라를 약간 넣은 크림과 함께 섞어서 걸쭉해질 때까지 젓는다. 다음엔 그 섞은 것을 사과 껍질 속에 다시 담아 오븐에 넣고 갈색이 날 때까지 굽는다. 부엌이 좋은냄새로 가득해지자 이내 나는 행복감에 젖는다. 너무 행복해서 온몸에 그 따스함이 느껴질 정도다. 바로 다음 순간 복부에 싸늘함이 밀려오고, 그러자 이런 생각이 든다. 행복하다는 느낌, 그건 거짓이야. 지난 4년간 이런 순간에 행복을 느끼는 일종의 습관이 생긴 거겠지. 이 생각과 더불어 행복한 느낌은 사라져버리고 아주 극심한 피로감이 나를 뒤덮는다. 피곤함과 함께 죄책감도 엄습한다. 이 죄의식의 모든 형태와 각종 변이를 너무나 잘 아는 터라 이제는지겹기까지 하다. 그럼에도 불구하고 난 이것들에 맞서 싸워야 한다. 어쩌면 난 재닛과 충분한 시간을 보내지 않는지도 몰라. 아니, 말도 안돼, 내가 제대로 엄마 노릇을 다하는 게 아니라면 그 아이가 그렇게 행복하고 편안할 리가 없잖아. 난 너무 이기적이야, 잭말이 맞아. 내 양심 따위는 신경 쓸 것 없이 그냥 일에 집중해야지. 아니, 그건 말도 안돼. 그건 아니야. 로즈를 너무 미워하면 안되겠지. 글쎄, 돌부처도 돌아앉을 여자니까. 정말 끔찍한 여자잖아. 나는 눈먼 돈으로 살아가고 있어. 그 책이 베스트셀러가 된 건 오직운이 좋았기 때문이지. 더 많은 재능을 가진 다른 사람들은 땀 흘리고 고통스럽게 사는데. 말도 안돼, 그게 내 잘못은 아니잖아. 이렇게 다양한 형태로 나를 괴롭히는 불만들과 싸우다가 나는 지쳐서 나가떨어진다. 하지만 이것이 딱히 개인적인 싸움은 아님을 난 잘 알고 있다. 다른 여자들과 이런 얘기를 나눌 때면 그들은 이성적인 생각이 아닌 줄 알면서도 주로 일이나 자기만의 시간을 원하는 마음에서 생기는 온갖 죄의식과 싸우며 산다는 얘기를 들려준다. 마치 행복감이 잠시 전에 끝난 행복한 상황에서 비롯한 신경계의 습관인 것처럼, 그 죄의식이란 것 역시 과거에서 비롯한 신경계의 습관이다. 나는 포도주 병의 냉기가 가시도록 잘 놓아둔 뒤, 방으로 들어가 나지막한 하얀 천장과 흐릿하게 그늘진 벽들, 붉게 어른거리는 불빛에서 기쁨을 구한다. 하지만 큰 의자에 앉아 있노라니 너무 우울해져서 애써 눈물을 참아야 할 지경이다. 기운을 차리며 이런 생각을 한다. 마이클을 위해 음식을 만들고 그를 기다리는 일, 이게 어떤 의미가 있을까? 그에겐 이미 다른 여자가 있고, 그는 나보다 그 여자에게 더 신경을 쓰고 있다. 난 알고 있다. 오늘밤 그는 습관 때문에 아니면 나를 배려하는 마음에 이리로 올 것이다. 잠시 후 나는 다시 (마치 내 안의 다른 방에 들어가듯이) 나 자신을 자신감과 신뢰의 느낌 속에 내려놓고는 이 우울감을 애써 떨쳐내고자 이렇게 중얼거린다. 금방 그가 올 거고, 우린 함께 밥을 먹고 포도주를 마시겠지. 마이클은 오늘 무슨 일이 있었는지 얘기할 거고, 우리는 함께 담배를 피울 테고, 그가 나를 품에 안겠지. 그에게 생리 중이라고 말하면 언제나처럼 웃으며 말하겠지. 사랑스러운 애나, 당신 죄의식을 나한테 덮어씌우지 말아줘. 생리를 할 때면 밤에 마이클이 나를 사랑해줄 거라는 사실에서 나는 위로를 받는다. 내가 자초하지 않은 내 몸 안의 상처에 대한 원망을 그 기대가 없애주는 것이다. 그런 다음 우리는 아침이 올 때까지 함께 잘 것이다.

벌써 밤이 깊었다. 몰리가 극장에서 돌아와 묻는다. "오늘밤에 마이클 오는 거니?" 내가 대답한다. "응." 하지만 몰리의 얼굴은 아닐 거라고 말하고 있다. 오늘 하루 잘 보냈냐고 묻는 몰리에게 난 탈당하기로 했다고 말한다. 고개를 끄덕이면서 그녀가 하는 말이, 예전엔 대여섯개 위원회에 속해 있었고 언제나 당을 위해 일하느라 바빴는데, 요즘엔 단 하나의 위원회 활동만 하는데도 당을 위해 일할 자신이 없다는 것을 깨달았단다. "그러니까 결국 마찬가지 상황이구나." 그녀가 말한다. 오늘 저녁 몰리는 토미 때문에 마음이 무겁다. 아들의 새 여자친구가 마음에 들지 않아서다. (나도 그렇다.) 몰리의 말. "그냥 이런 생각이 들더라. 토미 여자친구들은 전부 똑같은 유형이구나. 절대로 날 좋아할 수 없는 그런 유형 말이야. 집에 놀러 올 때면 하나같이 내가 마음에 안 든다는 티를 팍팍 내더라니까. 그런데다 토미는 서로 마주치지 않도록 배려하기는커녕 그냥 우리를 딱 부딪치게 만드는 식이야. 그러니까 그녀석이 여자친구를 일종의 분신으로 삼아서, 대놓고 말은 못하지만 속으로 느낀 걸 입 밖에 내는 셈이라고 할 수 있지. 내가 너무 확대해석 했니?" 글쎄, 그렇지 않은 것 같다. 몰리 생각이 옳은 듯하다. 하지만 난 확대해석인 것 같다고 대답한다. 마이클이 날 떠나는 상황에 대해 몰리가 조심스럽게 처신하는 것처럼 나도 토미에 관해 신중하게 군다. 서로를 감싸주는 것이다. 잠시 후 몰리는 아들의 양심적 병역거부가 유감스럽다는 얘기를 다시 꺼낸다. 탄광에서 대체 복무를 했던 2년 사이에 그는 어떤 소규모 집단에서 일종의 영웅이 되었는데, 몰리로서는 '자기만족에 젖어 우쭐대는 그 끔찍한 태도를 도저히 견딜 수가 없다'는 것이다. 나도 그런 토미의 태도가 짜증 나긴 하지만 아직 어린 나이니까 머지않아 달라질 거라고 말해준다. "오늘밤엔 내가 아주 심한 말을 했어. 수천명이 탄광에서 평생 일하면서도 특별히 대단하다고 생각하지 않는다, 그러니 제발 부탁인데 그거 좀 했다고 너무 요란 떨지 말라고 했지. 물론 부당한 말이긴 해. 이 정도 배경을 가진 남자애가 탄광에서 일한다는 자체가 대단한 건 사실이니까. 그앤 끝까지 참고 해냈고…… 아무리 그래도 그렇지!" 몰리는 담배에 불을 붙이고, 나는 무릎으로 내려가는 그녀의 두 손을 바라본다. 기운이 쭉 빠진 낙담한 몸놀림. 다음 순간 몰리가 말한다. "두려운 건 말이야, 사람들이 하는 어떤 일에서도 순수한 뭔가를 찾지 못하겠다는 거야. 무슨 말인지 알겠니? 뭔가 좋은 일을 할 때조차 나는 냉소적인 기분이고 심리 분석을 하려 들거든. 이거 정말 끔찍한 일 아니니, 애나?" 무슨 말인지 너무나 잘 알기에 나는 그렇다고 대꾸하고, 잠시 우리는 침울한 침묵 속에 앉아 있다. 조금 후에 몰리가 입을 뗀다. "토미 녀석, 이 여자애랑 결혼할 것 같아. 그런 예감이 드네." "글쎄, 그애들 중 한명이랑 결혼하는 거야 당연하겠지." "이렇게 말하면 아들을 장가보내면서 분하고 원통한 마음인 엄마처럼 들릴 거다. 나도 알아. 글쎄, 그런 게 전혀 없다고 할 수는 없지. 그렇지만 맹세하는데, 그 여자애 정말 끔찍해. 뼛속까지 빌어먹을 중산계급이야. 그런데다 오래전부터 열렬한 사회주의자였다지. 처음 그앨 만났을 때 이런 생각이 들더라니까. 세상에, 토미가 지금 내 면상에 던지는 이 끔찍한 꼬마 보수주의자는 대체 뭐지? 나중에 알고 보니, 사회주의자래. 너도 잘 아는, 그 왜 옥스퍼드의 강단 사회주의자들 중 하나 있었잖아. 그 사람 생각나지? 케어 하디.[3] 그

---

3 James Keir Hardie(1856~1915). 스코틀랜드 출신으로 11세에 탄광 노동자로 일하기 시작했으며, 노동운동에 투신하여 1892년 독립노동당 소속으로 영국 의회에 진출했고 1906년에는 노동당 원내 대표를 지냈다. 여성참정권, 무상교육, 연금제

자의 유령을 계속 만나는 기분이 들더구나. 글쎄, 자신들이 퍼뜨린 결과물을 보면 그 무리들도 엄청 놀랄걸. 토미의 새 여자친구야말로 그들에겐 진짜 괄목상대할 인물이지. 그러니까, 노동당이 공약을 실천해야 한다는 소리를 떠들어대는데, 보험 정책이니 저축 계좌니 하는 말들이 개 주변 허공에 떠 있는 게 눈에 훤히 보일 지경이더라니까. 어제는 한술 더 떠서 토미에게 노후 대책을 세워야 한다고 하더구나. 너 그런 말 들어본 적 있니?" 우리는 함께 웃어보지만 별 도움은 안된다. 몰리는 내게 잘 자라고 인사하며 아래층으로 내려간다. (내가 재닛에게 하듯) 그녀가 내게 부드럽게 밤 인사를 건네는 이유는 뻔하다. 마이클이 오지 않을 테니 몰리는 내 걱정에 마음이 좋지 않다. 이제 거의 11시가 다 되었고 나 역시 그가 오지 않으리라는 걸 안다. 전화벨이 울려서 받아보니 마이클이다. "애나, 미안해. 오늘밤엔 못 가게 되었어." 난 괜찮다고 한다. 그가 말한다. "전화할게. 내일이나 한 이틀 뒤에. 잘 자, 애나." 그러더니 머뭇거리며 덧붙인다. "나 먹으라고 요리했다면 정말 미안해." 그 했다면 때문에 난 분노가 치민다. 그리고 다음 순간, 이토록 사소한 일에 화를 내다니 참 이상한 일이다 싶어 헛웃음이 나온다. 그가 웃음소리를 듣고는 말한다. "아, 그래, 애나, 그렇겠지……" 내가 비정하고 무심하다는 뜻이다. 하지만 나는 갑작스레 이 모든 것을 견디기가 힘들어져 "그럼 잘 자, 마이클" 이렇게 말하고 수화기를 내려놓는다.

　나는 음식을 스토브에서 꺼내 재활용할 수 있는 건 따로 놔두고 나머진, 그러니까 거의 전부를 버린다. 그런 뒤 우두커니 앉아 생각

---

도 등을 강력하게 주창한, 영국 노동운동 역사를 대표하는 인물 중 하나다.

에 잠긴다. 그래, 내일 전화가 오면…… 하지만 그 사람은 전화하지 않을 것이다. 마침내 이렇게 끝났다는 것을 나는 깨닫는다. 재닛이 잠들었는지 가서 확인한다. 잠든 줄 알고는 있지만 가서 직접 봐야 한다. 이제 보니, 끔찍하게 회오리치는 시커먼 혼돈이 코앞에서 내 안으로 진입하려고 기다리고 있다. 내가 그 혼돈이 되어버리기 전에 빨리 잠들어야 한다. 나는 작은 잔에 포도주를 가득 따라 단숨에 들이켠다. 그런 다음 침대로 간다. 포도주에 잠긴 머릿속이 유영한다. 그래, 내일. 나는 생각한다. 내일은 책임을 질 거고, 미래를 직면할 거고, 더이상 비참하게 지내는 일 따위는 단호히 거부할 거야. 그런 다음 잠을 청한다. 하지만 미처 잠이 들기도 전에 내 울음소리가 들린다. 물론 이 눈물에는 일말의 기쁨도 없다. 오로지 고통에서 비롯한 눈물이다.

[여기까지 쓴 모든 글에 취소 표시 줄이 그어져 있고, 그 밑에는 이렇게 휘갈겨 써놓았다―아니, 제대로 되지 않았어. 이번에도 실패. 그리고 아래쪽에는 다른 글씨, 물 흐르듯 아무렇게나 휘갈겨놓은 긴 도입부보다 한결 단정하고 정돈된 필체로 다음 내용이 적혀 있었다.]

1954년 9월 15일

그냥 평범한 날이었다. 존 뷰트와 잭과 토론하다가 탈당하기로 결심했다. 철없던 지난 삶의 단계들이 싫어지는 식으로 당이 싫어지는 일은 없도록 조심해야겠다. 이미 그런 기미가 나타났기 때문이다. 매우 비이성적으로 잭을 미워했던 순간들. 재닛은 평상시와 같이 아무 문제도 없다. 몰리는 토미 때문에 걱정이 많은데, 내 생각엔 그럴 만하다. 새로 사귄 여자친구와 결혼할 것 같다고 한다. 그래, 몰리의 예감은 어긋나는 일이 별로 없었지. 마침내 마이클이 나를 떠나기로 결심한 모양이다. 마음을 잘 추슬러야겠다.

(2권으로 이어집니다)

발간사

# 고전의 새로운 기준, 창비세계문학

오늘날 우리는 인간의 존엄과 개성이 매몰되어가는 시대를 살고 있다. 물질만능과 승자독식을 강요하는 자본주의가 전지구적으로 확산되면서 현대사회는 더 황폐해지고 삶의 질은 크게 훼손되었다. 경제성장만이 최고의 선으로 인정되고 상업주의에 물든 문화소비가 삶을 지배할수록 문학은 점점 더 변방으로 밀려나고 있다. 삶의 본질을 성찰하는 문학의 자리가 위축되는 세계에서는 가진 자와 못 가진 자 할 것 없이 모두가 불행할 수밖에 없다.

이 시대야말로 인간답게 산다는 것의 의미가 무엇인지 근본적인 화두를 다시 던지고 사유의 모험을 떠나야 할 때다. 우리는 그 여정에 반드시 필요한 벗과 스승이 다름 아닌 세계문학의 고전이라는 점을 강조한다. 고전에는 다양한 전통과 문화를 쌓아올린 공동체의 경험이 녹아들어 있고, 세계와 존재에 대한 탁월한 개인들의 치열한 탐색이 기록되어 있으며, 새로운 세상을 꿈꾸는 아름다운 도전과 눈물이 아로새겨 있기 때문이다. 이 무궁무진한 상상력의 보고이자 살아 있는 문화유산을 되새길 때만 개인의 일상에서 참다운 인간적 가치를 실현하고 근대적 삶의 의미와 한계를 성찰하는 지혜를 얻을 수 있을 것이다.

'창비세계문학'은 이러한 문제의식에서 출발한다. 세계문학의 참의미를 되새겨 '지금 여기'의 관점으로 우리의 정전을 재구성해야 할 필요성이 그 어느 때보다 절실하다. '정전'이란 본디 고정된 목록으로 존재하는 것이 아니라 그때그때 주어진 처소에서 새롭게 재구성됨으로써 생명을 이어가는 것이다. 우리는 먼저 전세계 문학들의 다양성과 차이를 존중하면서 국가와 민족, 언어의 경계를 넘어 보편적 가치에 기여할 수 있는 가능성에 주목하고자 한다. 근대를 깊이 성찰한 서양문학뿐 아니라 아시아와 라틴아메리카, 중동과 아프리카 등 비서구권 문학의 성취를 발굴하고 재평가하는 것 역시 세계문학의 지형도를 다시 그리려는 창비의 필수적인 작업이 될 것이다.

여러 전집들이 나와 있는 세계문학 시장에서 '창비세계문학'은 세계문학 독서의 새로운 기준이 되고자 한다. 참신하고 폭넓으면서도 엄정한 기획, 원작의 의도와 문체를 살려내는 적확하고 충실한 번역, 그리고 완성도 높은 책의 품질이 그 기초이다. 독서시장을 왜곡하는 값싼 유행과 상업주의에 맞서 문학정신을 굳건히 세우며, 안팎의 조언과 비판에 귀 기울이고 독자들과 꾸준히 소통하면

서 진정 이 시대가 요구하는 세계문학이 무엇인지 되묻고 갱신해
나갈 것이다.

1966년 계간『창작과비평』을 창간한 이래 한국문학을 풍성하게
하고 민족문학과 세계문학 담론을 주도해온 창비가 오직 좋은 책
으로 독자와 함께해왔듯, '창비세계문학' 역시 그러한 항심을 지켜
나갈 것이다. '창비세계문학'이 다른 시공간에서 우리와 닮은 삶
을 만나게 해주고, 가보지 못한 길을 걷게 하며, 그 길 끝에서 새로
운 길을 열어주기를 소망한다. 또한 무한경쟁에 내몰린 젊은이와
청소년들에게 삶의 소중함과 기쁨을 일깨워주기를 바란다. 목록을
쌓아갈수록 '창비세계문학'이 독자들의 사랑으로 무르익고 그 감
동이 세대를 넘나들며 이어진다면 더없는 보람이겠다.

2012년 가을
창비세계문학 기획위원회
김현균 서은혜 석영중 이욱연 임홍배 정혜용 한기욱

창비세계문학 73

## 금색 공책 1

초판 1쇄 발행 / 2019년 12월 2일
초판 2쇄 발행 / 2020년 1월 13일

지은이 / 도리스 레싱
옮긴이 / 권영희
펴낸이 / 강일우
책임편집 / 양재화 홍상희
조판 / 한향림 전은옥
펴낸곳 / (주)창비
등록 / 1986년 8월 5일 제85호
주소 / 10881 경기도 파주시 회동길 184
전화 / 031-955-3333
팩시밀리 / 영업 031-955-3399 편집 031-955-3400
홈페이지 / www.changbi.com
전자우편 / lit@changbi.com

한국어판 ⓒ (주)창비 2019
ISBN 978-89-364-6470-7 03840